LA MAISON DE FER

Du même auteur :

Le Roi des mensonges, Lattès, 2008.
La Rivière rouge, Lattès, 2009.
L'Enfant perdu, Lattès, 2010.

www.editions-jclattes.fr

John Hart

LA MAISON DE FER

Roman

*Traduit de l'anglais (États-Unis)
par Valérie Rosier*

JC Lattès

Titre de l'édition originale
IRON HOUSE
publiée par Thomas Dunne Books,
un département de St. Martin's Press.

Couverture : Bleu T
Photo : © Joan Kocak/Trevillion Images

ISBN : 978-2-7096-3803-6

© 2011 by John Hart.
Tous droits réservés.
© 2013, éditions Jean-Claude Lattès pour la traduction française.
Première édition septembre 2013.

*Pour Pete Wolverton
et
Matthew Shear*

Les arbres s'agitaient avec fracas dans la tempête, leurs branches pliaient et craquaient sous le poids de la neige. Il faisait nuit noire. Entre les troncs noirs et rugueux comme de la pierre, un garçon courait, tombait, se relevait, repartait en courant. La neige fondait à la chaleur de son corps et ses vêtements trempés devinrent presque aussitôt raides de givre. Son monde était en noir et blanc, sauf là où il était rouge.

Sur ses mains et sous ses ongles.

Gelés au contact d'une lame de couteau qu'un enfant n'aurait jamais dû détenir.

Un instant, les nuages se déchirèrent, puis ce fut le noir complet et le garçon heurta un tronc d'arbre. Le nez en sang, il tomba encore. Il se redressa et se remit à avancer en s'enfonçant dans la neige jusqu'aux genoux, jusqu'à la taille. Des branches s'accrochaient à ses cheveux, lui lacéraient le visage. Loin derrière, un trait de lumière fusa dans la nuit, et les bruits d'une poursuite s'enflèrent comme un souffle dans la gorge de la forêt.

De longs hurlements portés par le vent âpre...

Des chiens juste derrière la crête...

1

Lorsqu'il se réveilla, Michael chercha par réflexe le revolver qu'il gardait toujours à sa portée il n'y a pas si longtemps encore. Sa main glissa sur le bois nu de la table de chevet et il se redressa aussitôt, en alerte, la peau luisante de sueur et du souvenir de la glace. Il n'y avait aucun mouvement dans l'appartement, aucun son à part les bruits de la ville. Il entendit la femme couchée à côté de lui remuer dans le fouillis tiède des draps, et sentit sa main sur son épaule.

– Ça va ?

Une faible lueur filtrait par les rideaux et la fenêtre ouverte. Il resta dos tourné, pour qu'elle ne voie pas le jeune garçon qui s'attardait dans ses yeux ni la peine qui les entachait, si profonde qu'elle lui restait encore à découvrir.

– Juste un mauvais rêve... Rendors-toi, dit-il en caressant la courbe de sa hanche.

– Sûr ? fit-elle d'une voix étouffée par l'oreiller.

– Sûr et certain.

– Je t'aime.

Michael la regarda sombrer dans le sommeil, puis il tâta de vieilles cicatrices causées par la morsure du gel, des zones mortes sur ses paumes et au bout de trois de ses doigts. Il se frotta les mains, les orienta vers la lumière. Des mains aux paumes larges, aux longs doigts effilés.

Des mains de pianiste, disait Elena.

Épaisses, marquées de cicatrices, objectait-il, mais elle persistait.

Les mains d'un artiste...

Et les paroles d'une rêveuse, d'une optimiste. Alors qu'il pliait les doigts, la voix d'Elena résonna dans sa tête avec les douces inflexions de son accent et, soudain, il eut honte. Oui, ces mains-là avaient accompli bien des choses, mais la création n'en faisait pas partie. Il se leva et déroula ses épaules tandis que New York prenait forme autour de lui : l'appartement d'Elena, l'odeur de la dernière pluie sur la chaussée brûlante. Il enfila un jean et jeta un coup d'œil par la fenêtre ouverte. La main sombre que la nuit étendait sur la ville n'était pas encore veinée de gris. Contemplant le visage d'Elena, il le trouva pâle dans la pénombre, doux, chiffonné par le sommeil. Dehors, la ville était plus noire et immobile que jamais, plongée dans le calme profond qui gît au creux d'une respiration. Des cheveux masquaient le visage d'Elena, et quand il les écarta, il vit pulser sur sa tempe le fil de sa vie, fort, régulier. Il eut envie de toucher ce pouls pour s'assurer de sa force, de son endurance. Un vieil homme agonisait et, quand il serait mort, ils viendraient chercher Michael ; et ils viendraient aussi la chercher elle, pour lui faire du mal à lui. Elena ne savait rien de tout ça, elle ignorait ce dont il était capable, elle ne se doutait pas une seconde du danger qu'il avait amené jusque devant sa porte.

Ça, c'était vrai. Ça, c'était réel.

Mais il irait jusqu'en enfer pour la protéger, la garder de tout mal.

Il contempla son visage dans la pénombre, la peau lisse et pleine, les lèvres entrouvertes, les cheveux noirs qui ondulaient sur ses épaules. Comme Elena remuait dans son sommeil, Michael eut un instant de faiblesse. Il pressentait que les choses empireraient fatalement avant d'aller mieux. C'était une certitude familière car, depuis l'enfance, l'odeur tenace de la violence lui collait à la peau. Et bientôt elle contaminerait Elena. À nouveau il se dit qu'il devrait la quitter, emporter ses problèmes avec lui et disparaître.

Il avait déjà essayé, une bonne centaine de fois. Et chaque tentative n'avait fait que renforcer sa conviction.

Il ne pouvait pas vivre sans elle.

Il y arriverait.

Pour la énième fois, il se demanda comment les choses avaient pu dégénérer à ce point et aussi vite.

Gagnant la fenêtre, il écarta juste assez le rideau pour regarder en bas, dans la ruelle. La voiture noire était toujours là-bas, noyée dans l'ombre. Le reflet d'un réverbère sur le pare-brise l'empêchait de voir à travers, mais il connaissait au moins l'un des types qui se trouvaient assis à l'intérieur. Sa présence signifiait une menace, et cela le mettait en rage. Car il avait passé un marché avec le Vieux, et il comptait que ce marché serait respecté. Pour Michael, les mots avaient encore du sens.

Promesses.

Règles de conduite.

Il jeta un dernier regard sur Elena endormie, puis sortit de leur cache deux .45 munis de silencieux. Ils étaient frais au toucher, familiers à ses mains. Il vérifia les chargeurs et se détourna de la femme qu'il aimait en plissant le front. Il était censé avoir dépassé tout ça, il était censé être libre. Il pensa une fois de plus à l'homme dans la voiture noire.

Huit jours plus tôt, ils étaient frères.

Michael allait sortir quand Elena prononça son prénom. Il s'arrêta sur le seuil, puis posa les armes par terre et revint dans la chambre. Allongée sur le dos, elle avait un bras à moitié levé.

– Michael...

Le prénom flottait encore sur ses lèvres en un sourire, et il se demanda si elle rêvait. Comme elle remuait, une odeur de lit tiède monta dans la pièce, mêlée du parfum de sa peau, de ses cheveux. C'était un doux parfum, celui d'une maison, d'un avenir, la promesse d'une vie différente. Michael hésita, puis lui prit la main quand elle dit : « Reviens te coucher. »

Il regarda dans la cuisine l'endroit où il avait déposé les revolvers, près d'un bidon de peinture jaune. La voix d'Elena n'était qu'un murmure, et il sut que, s'il partait, elle glisserait aussitôt à nouveau dans le sommeil. Il pouvait sortir et faire ce pour quoi il était doué. Les tuer ne ferait sans doute que provoquer une escalade de violences et d'autres types les remplaceraient à coup sûr ; mais peut-être le message atteindrait-il son but.

Ou peut-être pas.

Son regard passa d'Elena à la fenêtre. Au-dehors la peau de la nuit était toujours aussi noire et tendue sur la ville. La voiture était encore là, comme la veille et l'avant-veille. Tant que le Vieux serait en vie, ils ne s'en prendraient pas à lui, mais ils voulaient jouer avec ses nerfs. Ils mouraient d'envie de passer à l'attaque tandis qu'en Michael tout voulait riposter. Inspirant lentement, il songea à l'homme qu'il désirait être. Elena était là, à côté de lui, et la violence n'avait pas sa place dans le monde qu'ils voulaient créer. Pourtant il était avant tout quelqu'un de réaliste et donc, quand elle referma ses doigts sur les siens, ses pensées ne furent pas juste faites d'espoir, mais de châtiment et de force dissuasive. Un vieux poème lui vint à l'esprit.

Deux routes divergeaient dans un bois jaune...[1]

Michael se tenait à un croisement, et tout était question de choix. Retourner se coucher ou prendre les revolvers. Elena ou la ruelle. L'avenir ou le passé.

Elena lui pressa encore la main.

– Prends-moi, dit-elle, et il fit son choix.

La vie sur la mort.

La route la moins fréquentée.

L'aube s'abattait, brûlante, sur New York. Les flingues étaient cachés et Elena dormait encore. Assis, les pieds posés sur l'appui de fenêtre, Michael regardait la ruelle vide. Ils étaient partis vers cinq heures en reculant et avaient juste donné un coup de Klaxon avant de disparaître. Si c'était dans l'intention de le réveiller ou de l'effrayer, c'était raté. Michael était debout depuis trois heures

---

1. *The Road Not Taken* de Robert Frost (1874-1963).

du matin et il se sentait en pleine forme. Il contempla les bouts de ses doigts mouchetés de peinture jaune.

– Qu'est-ce qui te fait sourire, beau gosse ?

Surpris, il se retourna. Assise dans le lit, Elena s'étira langoureusement et écarta une longue mèche noire de son visage. Le drap tomba en la découvrant jusqu'à la taille et Michael se leva, gêné d'être surpris en flagrant délit de joie.

– Je pensais juste à quelque chose, dit-il.

– À moi ?

– Ça va de soi.

– Menteur.

– Tu veux du café ?

Elle s'affala contre les oreillers en poussant un petit soupir de contentement.

– Oui, mon bel animal...

– J'en ai pour une minute.

Dans la cuisine, Michael versa du lait chaud dans une tasse, puis du café. Moitié-moitié, comme elle l'aimait. *Café au lait* à la française. Quand il revint, elle avait passé l'une de ses chemises et ses bras minces sortaient des manches qu'elle avait relevées en les roulant négligemment. Il lui tendit son café.

– Tu as fait de beaux rêves ?

Elle hocha la tête, et une étincelle fusa dans ses yeux.

– Un en particulier m'a paru très réel.

– Ah oui ?

Soupirant d'aise, elle s'enfonça dans le lit.

– Un de ces quatre, je me réveillerai la première, assura-t-elle.

– Je n'en doute pas une seconde, trésor, répondit Michael en s'asseyant sur le bord du lit, et il posa une main sur la cambrure de son pied.

Elena était une grosse dormeuse, alors que lui réussissait rarement à dormir plus de cinq heures par nuit. Aussi s'avançait-elle un peu. Il la regarda siroter son café, et se prit à noter de petits détails : le vernis à ongles clair qu'elle préférait, ses longues jambes, la minuscule cicatrice sur sa joue qui était la seule imperfection de sa peau. Elle avait des sourcils noirs, des yeux bruns qui devenaient miel à une certaine lumière, un corps souple, musclé, découplé. Une belle femme à tous égards, mais ce que Michael admirait le plus chez elle, c'était la faculté qu'elle avait de puiser de la joie dans les choses les plus anodines : le plaisir de se glisser entre des draps frais ou de découvrir de nouvelles saveurs, son ardeur enthousiaste chaque fois qu'elle ouvrait la porte pour sortir. Elle était convaincue que chaque moment à venir serait meilleur que le précédent. Elle croyait que les gens étaient bons, ce qui faisait d'elle un éclat de couleur dans un monde atone.

Michael saisit l'instant précis où elle remarqua la peinture sur ses mains. Elle fronça un peu les sourcils et cessa de siroter son café.

– Tu as déjà commencé ? lança-t-elle en feignant la colère et lui, haussant les épaules en guise de réponse, ne put dissimuler un sourire.

Elle avait prévu qu'ils peindraient ensemble et s'en faisait une joie, imaginant leurs fous rires, les éclaboussures de peinture.

– J'étais trop impatient de m'y mettre, se défendit-il, songeant à la petite pièce au bout du couloir toute repeinte de frais.

Ils avaient beau en parler comme de la deuxième chambre, elle avait plutôt la dimension d'un dressing. Il y avait une haute fenêtre étroite avec une vitre dépolie. Dans la lumière d'après-midi, le jaune des murs brillerait comme de l'or.

Elle posa sa tasse et s'adossa au mur nu derrière elle, le drap tendu sur ses genoux repliés.

– Recouche-toi. Je vais préparer le petit déjeuner.

– Trop tard.

Michael se leva et retourna à la cuisine. Il avait mis des fleurs dans un vase. Les fruits étaient déjà découpés, le jus de fruit servi dans des verres. Il ajouta les croissants et apporta le plateau.

– Petit déjeuner au lit... En quel honneur ? lança-t-elle.

Michael hésita, la gorge nouée par trop d'émotion.

– La fête des mères, réussit-il à dire.

La veille, elle lui avait annoncé qu'elle était enceinte. De onze semaines.

Ils restèrent au lit presque toute la matinée, à lire, bavarder, puis Michael accompagna Elena à son travail, qu'elle ait le temps de se préparer avant le coup de feu de midi. Elle portait une petite robe noire qui faisait ressortir sa peau hâlée et ses yeux brun foncé. Avec des hauts talons, elle faisait un mètre soixante-dix et avait une démarche de danseuse, gracieuse, élégante, si bien qu'à côté d'elle Michael se sentait raide et balourd dans son jean, ses gros boots, son T-shirt usé. Mais c'était ainsi qu'Elena le connaissait : un gars fruste, sans le sou, qui avait dû interrompre ses études et espérait trouver un moyen de pouvoir les reprendre.

C'était par ce mensonge que tout avait commencé.

Ils s'étaient rencontrés sept mois auparavant dans un quartier proche de New York University. Habillé pour se fondre dans la masse, portant sur lui de la grosse artillerie, Michael était sur un coup et pas du tout d'humeur badine. Pourtant, quand le vent avait emporté son foulard, il l'avait attrapé instinctivement et le lui avait redonné d'un ample geste du bras qui l'avait lui-même surpris. Encore maintenant, il ne comprenait pas d'où lui était venue cette soudaine légèreté, mais sur le moment elle avait ri, et, quand il lui avait demandé son nom, le lui avait donné.

Carmen Elena Del Portal.
Appelez-moi Elena.

Un sourire amusé flottait sur ses lèvres, une flamme brillait dans ses yeux. Il se rappelait le contact de sa main fraîche et sèche, son regard le jaugeant sans vergogne, son accent teinté d'espagnol. Glissant une mèche rebelle derrière son oreille, elle avait attendu en souriant que Michael lui dise son nom à son tour. À cet instant, il avait bien failli partir. Mais quelque chose l'avait retenu. Une chaleur en elle, une absence totale de peur ou de doute. Et donc, à deux heures et quart de l'après-midi un mardi, contre tout ce que la vie avait pu lui enseigner, Michael lui avait dit son nom.

Le vrai.

Le foulard en soie était bien léger pour atterrir avec tant de poids sur deux vies. Il les mena à un café, puis un peu plus loin, de fil en aiguille, jusqu'à ce que, sans prévenir, l'émotion déferle sur Michael dans toute sa fougue et sa sauvagerie. Résultat : il était amoureux d'une femme qui croyait le connaître, mais ne le connaissait pas. Michael essayait de changer, mais tuer était facile. Bien plus facile qu'arrêter.

À mi-chemin de son lieu de travail, elle lui prit la main.
– Garçon ou fille ?
– Hein ?

La question n'avait rien que de très banal étant donné les circonstances, pourtant Michael en fut tout confondu. Il s'arrêta de marcher, obligeant les passants à les contourner. Elle réitéra en inclinant la tête.
– Tu préférerais que ce soit un garçon ou une fille ?

Ses yeux brillaient du genre de contentement qu'il n'avait rencontré que dans les livres, et quand il la regarda, ce fut comme au jour de leur rencontre, plus encore. L'air vibrait de la même intensité bleue, la même sensation de légèreté, de raison d'être. Les mots vinrent du plus profond de lui.
– Veux-tu m'épouser ?
Elle rit.
– Comme ça, de but en blanc ?
– Oui.

Elle posa une paume sur la joue de Michael, redevenant sérieuse.
– Non, Michael. Je ne vais pas t'épouser.
– Parce que ?
– Parce que tu me le demandes pour de mauvaises raisons. Et parce que nous avons le temps, dit-elle en l'embrassant. Tout notre temps.

En quoi elle se trompait.

Elena travaillait comme hôtesse Chez Pascal, un restaurant chic. Elle était belle, parlait trois langues et huit jours plus tôt, à sa demande, le patron avait engagé Michael pour faire la plonge. Michael avait prétendu qu'il avait perdu son boulot, qu'il lui fallait occuper ses journées avant d'en trouver un nouveau et que son prêt d'étudiant lui soit enfin accordé ; mais il n'y avait pas de boulot, pas de prêt étudiant, juste deux inventions de plus dans une mer de mensonges. Il devait absolument être sur place. Car, si personne n'oserait le toucher tant que le Vieux serait en vie, Elena ne bénéficiait pas d'une telle protection. Ils la tueraient, juste pour le plaisir.

– Tu en as informé ta famille ? demanda Michael à quelques rues du restaurant.

– Que j'étais enceinte ?

– Oui.

– Non, répondit-elle d'une voix sombre, empreinte de tristesse.

Michael savait qu'Elena avait de la famille en Espagne, mais elle en parlait rarement. Elle n'avait pas de photographies, pas de lettres. Quelqu'un avait appelé une fois, mais Elena avait raccroché quand Michael lui avait tendu l'appareil ; le lendemain, elle avait fait changer le numéro. Il ne cherchait jamais à en savoir plus, ne lui posait aucune question, ni sur sa famille ni sur son passé. Ils marchèrent en silence pendant plusieurs minutes. Une rue plus loin, elle lui prit la main.

– Embrasse-moi... (Quand ce fut fait, elle ajouta :) C'est toi, ma famille.

À la porte du restaurant, un auvent bleu faisait de l'ombre. Michael la précédait un peu, aussi vit-il les dégâts assez tôt pour empêcher Elena de les voir aussi. Même dos tourné à la porte, il gardait la vision des éclats de bois clairs tranchant sur la teinte acajou. Les balles avaient fait quatre trous à hauteur de tête, serrés en un cercle de sept centimètres de diamètre. Michael imagina la scène sans mal : une voiture noire longeant le trottoir, des armes munies de silencieux. De l'appartement d'Elena, le trajet faisait moins de six minutes ; ça s'était sans doute passé juste après cinq heures ce matin. Les rues vides. Pas âme qui vive. Un petit calibre, supposa Michael, une arme légère, pratique. Un .22, peut-être un .25. Il s'adossa à la porte et sentit des échardes à travers sa chemise, ainsi qu'une rage froide derrière ses yeux. Il prit la main d'Elena.

– Si je te demandais de quitter New York, tu voudrais bien ?

– Mon travail est ici. Nos vies...

– Si je devais partir, insista-t-il doucement, viendrais-tu avec moi ?

– Ici c'est chez nous. C'est là que j'ai envie d'élever notre enfant... (Elle s'interrompit, croyant comprendre.) Beaucoup de gens élèvent leurs enfants en ville...

Elle savait la défiance que lui inspirait cette ville, et il détourna les yeux car le poids des mensonges commençait à devenir trop lourd. Il pouvait rester ici pour affronter la guerre qui menaçait, ou bien lui dire la vérité et la perdre.

– Écoute, je serai en retard aujourd'hui, dit-il. Préviens Paul pour moi.

Paul était le patron du restaurant. Il se garait toujours dans la ruelle latérale, et n'avait sans doute pas vu la porte.

– Tu n'entres pas ?

– Pas tout de suite.

– Michael, c'est moi qui t'ai trouvé ce job, répliqua-t-elle avec une lueur de colère, si rare chez elle.

– Puis-je avoir tes clefs ? lui demanda-t-il en tendant vers elle la paume de sa main.

À contrecœur, elle lui donna le jeu que Paul lui avait confié. Masquant toujours la porte du restaurant criblée de balles, il l'ouvrit et la lui tint.

– Où vas-tu ? s'enquit-elle en se tournant vers lui, l'air encore en colère.

Michael eut envie de lui caresser la joue, lui dire qu'il tuerait ou mourrait pour elle. Quitte à réduire la ville en cendres.

– Je vais revenir, affirma-t-il. Ne bouge pas du restaurant.

– Tu es très mystérieux, tout à coup.

– J'ai quelque chose à faire, répliqua-t-il. Pour le bébé.

– Sérieux ?

Il posa la main sur le ventre plat d'Elena en imaginant les nombreuses et terribles façons dont cette journée risquait de finir.

– On ne peut plus sérieux.

2

C'est le moment. Michael ignorait depuis combien de temps les mots étaient là, mais ils accompagnaient le rythme de ses pas sur l'asphalte. Il avait essayé de jouer franco. Il avait essayé d'être gentil.

Mais quand c'est le moment.

Il héla un taxi et donna au chauffeur une adresse dans Alphabet City, dans l'East Village. Quand ils arrivèrent, il lui glissa un billet de cinquante dollars par la vitre en lui disant d'attendre.

L'appartement de Michael était situé au troisième étage d'un immeuble sans ascenseur ; il y avait deux chambres, des barreaux aux fenêtres, une porte blindée. Elena n'y était jamais venue, et Michael ne comptait pas qu'elle y vienne un jour. La penderie de la deuxième chambre contenait des fusils, des pistolets, un gilet pare-balles et des liasses de billets de banque, sa réserve de liquide. Sur un long présentoir s'alignaient couteaux et armes blanches en tout genre, ainsi que des rouleaux de fil de fer étincelants. Toutes choses qu'il aurait eu du mal à expliquer.

Michael débrancha l'alarme et traversa le salon. La pièce était spacieuse, avec de hautes fenêtres par où la lumière de midi entrait, éclairant le mur tapissé de livres, les beaux meubles, les œuvres d'art originales auxquels il ne jeta pas un regard. Il gagna le petit couloir tout au fond, dépassa la pièce qui contenait son équipement et entra dans la chambre du fond. Le lit était grand, spartiate, et sur la commode était posée la seule photographie qu'il possédait, fanée, craquelée, pressée entre deux verres. Celle de deux petits garçons dans un champ boueux maculé de neige. Comme il n'était pas sûr de revenir, Michael sortit la photo de son sous-verre et l'emporta jusqu'à la penderie. C'était bien la seule chose à laquelle il tenait.

À la porte de la penderie, il se déshabilla en laissant choir ses vêtements en tas. Dans un long casier en cèdre, il choisit une paire de chaussures anglaises, puis un costume sur mesure dans une rangée de vingt autres. Le costume aussi était anglais, tout comme les chemises. Il en enfila une couleur crème et noua une cravate sombre assortie aux circonstances de sa visite. Le Vieux appréciait une certaine élégance. Il la considérait comme une marque de respect, et Michael aussi y était sensible. Il glissa la photo dans la poche intérieure de son veston, puis rejoignit le taxi et donna au chauffeur une autre adresse. Ils roulèrent vers le nord-est, là où la rivière bordait les quartiers chics. Quand on est riche et qu'on tient à son intimité, Sutton Place est un bon quartier où s'installer. Célébrités et hommes politiques s'y côtoient, et personne ne s'étonne d'y voir passer de longues limousines aux vitres opaques. Le Vieux possédait tout l'immeuble dans lequel il comptait tranquillement finir ses jours, et si le FBI savait pertinemment qui vivait dans l'hôtel particulier de cinq étages avec vue sur la rivière, personne dans le voisinage ne s'en doutait ; c'était le but. Après une vie étalée devant les tribunaux et donnée en pâture à la presse, trois incarcérations, quarante-sept années de persécution et d'opprobre, le Vieux désirait mourir en paix.

Michael le comprenait.

Il laissa le taxi dépasser la résidence, puis le fit s'arrêter à un bloc d'immeubles plus au nord, près de l'ancien héliport de la Soixantième Rue. L'endroit était à présent une aire réservée à la promenade des chiens, et quand Michael sortit du taxi, des femmes élégamment vêtues bavardaient tandis que de petits chiens s'ébattaient près d'elles. L'une d'elles le remarqua et le désigna à ses amies, de sorte qu'elles se tournèrent vers lui toutes les trois alors qu'il réglait la course. Il leur adressa un petit hochement de tête, puis leur tourna le dos pour passer deux fois devant la maison, une fois en allant vers le sud, la deuxième en revenant par le nord. Après un portique, une allée menait à un parking privé situé à l'arrière de la maison. Quand il fut sur le seuil, Michael resta les paumes levées et suivit des yeux les caméras de surveillance disposées aux coins et au-dessus de l'entrée principale. Quelqu'un bougea derrière une fenêtre au troisième étage. Des rideaux remuèrent aussi au rez-de-chaussée.

Enfin, il frappa à la porte, et, au bout d'une longue minute, elle s'ouvrit sur quatre types. Deux étaient des sous-fifres dont Michael n'avait jamais pris la peine de retenir les noms. Ils avaient une vingtaine d'années, portaient des costumes sombres sur des chemises de soie, et avaient les cheveux lissés en arrière. L'un mâchait du chewing-gum, et tous deux avaient une main enfoncée sous leur veston, comme s'il était besoin de lui préciser qu'ils étaient armés. Malgré leur air imperturbable et leurs visages de six pieds de long, leur peur était palpable. Ils avaient dû entendre parler de Michael. Un battant, un tueur, un prince de la rue qui inspirait une telle crainte qu'il n'avait pratiquement plus besoin de tuer. Sa présence suffisait. Son nom. La menace qu'il contenait.

Le troisième, un jeune gars mince et calme, lui était inconnu. Quant au quatrième, Michael le connaissait bien.

– Salut, Jimmy.

Jimmy faisait trois centimètres de plus que lui, mais il pesait quinze kilos de moins. Étroit d'épaules, il était maigre, presque décharné. Fringant en pantalon vert-bouteille et veston de velours brossé, il avait quarante-huit ans et était assez vaniteux pour mal supporter de voir son crâne se dégarnir. Pour l'avoir longtemps fréquenté, Michael savait qu'une bonne dizaine de cicatrices zébrait ses bras et sa poitrine. Coups de couteau. Morsures. Balles. Dix-huit ans plus tôt, il avait montré à Michael certaines choses, de quoi faire défaillir les hommes les mieux trempés. Michael avait quinze ans à l'époque, il était dur, mais pas cruel, tandis que Jimmy était la cruauté incarnée. Une brute sadique qui jouait sur la peur et en jouissait. Encore aujourd'hui, c'était le type le plus dangereux que Michael ait jamais rencontré.

– Je peux entrer ? demanda Michael.

– Je suis en train d'y réfléchir.

– Eh bien, active un peu, tu veux ?

Jimmy était quelqu'un de complexe, composé à parts égales de goût du pouvoir, d'un ego démesuré et d'un fort instinct de conservation. S'il respectait Michael, il ne l'aimait pas. Lui était un boucher, Michael un chirurgien. Cette différence chatouillait son amour-propre et engendrait des problèmes. Questions de principe.

Ils s'affrontèrent du regard durant de longues secondes.

– Si tu y tiens, dit Jimmy, qui recula d'un pas.

Michael pénétra dans la pénombre du hall d'entrée imposant, avec son sol carrelé de marbre noir et blanc, son grand escalier tapissé de rouge dont les deux volées de marches partaient de chaque côté pour se rejoindre sur un palier trois mètres cinquante plus haut. À droite de Michael s'ouvrait une salle de billard donnant au-delà sur le petit salon qui servait de bureau, où il aperçut une longue table couverte de nourriture et devina la présence d'autres hommes, d'autres armes. Michael sut alors qu'ils prenaient leur mal en patience en attendant que le Vieux meure.

– J'aimerais le voir, Jimmy.

– Il ne pourra pas te sauver.

– Personne ne le demande.

– Tu me déçois, Michael, répliqua Jimmy en secouant la tête. Quand je pense à toutes ces années et à tout ce qu'on t'a donné. Occasions. Talents. Respect. Tu n'étais rien quand on t'a trouvé.

– Tu n'as pas droit à ce genre d'états d'âme, Jimmy.

— J'ai tous les droits.

Il était en colère et le cachait à peine. Michael pencha la tête pour voir les hommes derrière lui, puis revint à Jimmy.

— Les occasions, je les dois au Vieux, pas à toi. Le respect, je l'ai gagné tout seul. Certains de mes talents sont peut-être nés quand j'étais sous ta coupe, mais ce n'était qu'un début. Je me suis fait mon chemin tout seul.

— Pourtant, j'ai poussé pour qu'on te choisisse.

— Tu avais de bonnes raisons pour ça.

— Tu ne peux pas t'empêcher de la ramener, hein ?

— Et toi ?

Le silence dura jusqu'à ce que Jimmy cligne des paupières.

— Je veux le voir, répéta Michael.

— Tu crois toujours avoir ce droit ?

— Écarte-toi, Jimmy.

Jimmy haussa les épaules, souriant à demi, puis recula et laissa Michael entrer. À la lumière du lustre en cristal, Michael vit combien il était tendu, crispé. Ses yeux d'un brun foncé étaient vides, presque vitreux. Cet air-là, Michael le connaissait pour l'avoir vu bien des fois. Il annonçait des morts prochaines.

— Le Vieux m'a rendu ma liberté, Jimmy. Il a donné des ordres formels et définitifs disant qu'on devait me laisser tranquille. J'estime donc que j'ai toujours le droit de le voir.

— Dis ça à Stevan, répliqua Jimmy en retrouvant un regard à peu près normal.

Stevan avait trente-six ans, et il était diplômé de Columbia et de Harvard, non par souci de se cultiver l'esprit, mais par besoin maladif de respectabilité dans une ville qui ne connaissait que trop bien son nom de famille. C'était le fils unique du Vieux, et, dans le temps, Michael et lui étaient amis, frères même, mais ce lien n'était plus que cendres. Huit jours avaient passé depuis que Michael avait renoncé à cette vie. Une semaine et un jour. Un monde de changements.

— Comment va mon frère ? s'enquit-il en maniant le sarcasme pour dissimuler sa rage, car Stevan conduisait une

Audi noire, et Michael savait pertinemment qu'il gardait un .25 rangé dans la boîte à gants.

— Stevan ? À ton avis, ironisa Jimmy en le singeant. Son frère est un traître et son père est mourant.

— Il commet une erreur.

— Je ne le permettrais pas.

— Où était-il ce matin à cinq heures ?

Jimmy roula des épaules, fit une moue.

— Stevan a proposé de te pardonner, Michael... Combien de fois ? Trois ? Quatre ? Tu as juste à te repentir. Reviens parmi nous.

— Les choses ont changé. Je veux arrêter.

— Alors tu ne lui laisses pas le choix.

Michael revit les impacts de balle dans la porte de Chez Pascal. Deux séries à hauteur de tête.

— Il n'y a là-dedans rien de personnel, c'est ça ? lança-t-il.

— Exactement.

— Et les volontés de son père ? L'homme qui a tout construit en partant de rien ? L'homme qui t'a fait toi aussi ? Elles ne comptent pas ?

— Le fils n'est pas le père.

Une lueur d'ironie passa dans les yeux de Jimmy. Michael avait quinze ans quand le Vieux lui avait confié son éducation, en conséquence il était devenu un faire-valoir dont Jimmy tirait vanité, une chose qu'il pouvait désigner en disant : « Regardez le bel instrument que j'ai fabriqué. » Avec ces deux-là dans la rue, les affaires du Vieux avaient prospéré, car si Jimmy était efficace en solo, ce n'était rien comparé à ce qu'ils avaient accompli ensemble. Ils avaient mis la ville à feu et à sang d'une rivière à l'autre, du Nord au Sud et jusque dans le New Jersey. Mafia russe. Serbes. Italiens. N'importe. Si quelqu'un contrariait le Vieux, ils l'abattaient. Après toutes ces années, Michael n'était encore que ça pour Jimmy. Une arme.

Un outil jetable, facilement remplaçable.

Le regard de Michael passa à l'inconnu posté à un mètre derrière l'épaule droite de Jimmy. Il était vêtu sobrement et avec élégance d'un pantalon en lin et d'une chemise de golf tendue sur des muscles durs, saillants.

– Qui est-ce ? demanda Michael.

– Ton remplaçant.

Michael sentit un pincement de cœur qui n'était dû ni au regret ni à une blessure d'orgueil, mais au fait qu'un fil de plus était rompu. Il détailla l'homme en remarquant de petites choses qui lui avaient échappé. De fines cicatrices blanches sur les deux avant-bras, un doigt auquel manquait un ongle. Il faisait plus d'un mètre quatre-vingts et avait un vague air slave, avec des yeux écartés et de larges pommettes saillantes. Michael eut un petit haussement d'épaules, puis revint à Jimmy.

– Je ne me retournerai jamais contre des gens qui m'ont fait confiance, déclara-t-il.

– Non ? Depuis combien de temps es-tu avec cette femme ? Trois mois ? Un an ?

– Quelle importance ? C'est personnel.

– C'est important parce que tu as daigné nous parler d'elle il y a seulement huit jours. Tu nous as caché son existence. Entre ça et révéler nos petits secrets, il n'y a qu'un pas. Ça va ensemble. Secrets. Manque de confiance. Priorités.

– J'ai dit que je ne trahirais jamais personne.

– Pourtant tu as fait ton choix.

– Le Vieux aussi. Quand il m'a laissé libre de partir.

– Peut-être que le Vieux devient gaga.

C'était le remplaçant qui avait parlé, d'une voix sèche, teintée d'une pointe d'accent. Michael n'en croyait pas ses oreilles. Un tel manque de respect, ici, dans la propre maison du Vieux. Il soutint le regard du Slave, puis revint à Jimmy en le fixant durement.

– Je t'ai vu tuer pour moins que ça, dit Michael.

Jimmy mordit délicatement l'ongle de son petit doigt.

– Peut-être que je suis de son avis.

– Je veux le voir, exigea Michael d'un ton acerbe.

Chacun des types présents devait tout au Vieux. Leur vie. Leurs biens. Ce qu'ils étaient. Honore le Vieux et le

Vieux t'honorera. Un principe à l'ancienne, qui avait fait ses preuves.

— Personne ne peut décrocher, Michael, expliqua Jimmy. Il en a toujours été ainsi. Le Vieux a eu tort de te dire que tu pouvais.

— C'est lui le patron.

— Pour l'instant.

Le temps de deux battements de cœur, Michael réfléchit.

— Tu étais dans la voiture cette nuit. Avec Stevan.

— Une belle nuit pour faire un petit tour...

— Espèce de salopard.

Jimmy perçut la colère et bascula d'avant en arrière sur ses plantes de pied. C'était depuis longtemps une question entre eux, lequel l'emporterait sur l'autre. Michael vit la lueur poindre dans les yeux de Jimmy, il vit à son sourire froid et pincé qu'il n'attendait que ça, qu'il en mourait d'envie ; et il sut alors qu'il n'y aurait pas d'issue, aucun moyen de faire sa sortie avec élégance, quitter honorablement une vie dont il ne voulait plus. Trop de gens en faisaient une affaire personnelle.

Les doigts se crispèrent sur les armes fourrées dans leurs étuis et le temps s'étira, tel un fil prêt à se rompre ; mais soudain il y eut du mouvement dans l'escalier, et une infirmière apparut sur le palier. Elle avait la quarantaine, et on aurait dit une version vaguement féminine de Jimmy, en plus petit.

— Il veut savoir qui est ici, dit-elle comme Jimmy se retournait et levait le menton vers elle.

— J'arrive, lui répondit-il avant de revenir à Michael. Reste ici, lui ordonna-t-il froidement. Et toi, tiens-le à l'œil, fit-il à l'adresse du jeune Slave.

— Où est Stevan ? demanda Michael d'un ton impérieux.

Jimmy se fendit encore d'un sourire, mais ne daigna pas répondre. Il monta l'escalier à pas légers, pour redescendre peu après.

— Il veut te voir, déclara-t-il.

Comme Michael s'avançait, Jimmy l'arrêta.

— Attends un peu.

Remuant son index, il fit signe à Michael de lever les bras. Le Slave le palpa, vérifiant ses jambes jusqu'à l'aine, ses bras jusqu'aux poignets, lissant le tissu sur son torse et son dos, passant les doigts dans les cols de sa chemise et de son veston.

– C'était superflu, objecta Michael.

Jimmy le toisa de bas en haut.

– Je ne te reconnais plus, dit-il.

– M'as-tu jamais vraiment connu ?

– Ça va, conclut l'autre type en lui donnant une tape sur le poignet. Vas-y. Monte.

À l'étage se trouvait un poste d'infirmière équipé de moniteurs aux signaux verts. Des câbles en partaient et serpentaient le long de l'escalier jusqu'à l'étage au-dessus. L'infirmière était assise les pieds posés à plat sur le sol, les yeux braqués sur les écrans des moniteurs. Dans une petite pièce derrière elle, un prêtre aux cheveux gris argent était assis dans un fauteuil confortable, yeux mi-clos, mains croisées sur les genoux. Il portait des chaussures lustrées et un costume noir à col blanc.

– La fin est donc si proche ? demanda Michael quand l'infirmière leva les yeux.

Elle jeta un coup d'œil à Jimmy, qui acquiesça d'un signe de tête.

– Nous l'avons ressuscité deux fois, dit-elle.

– Quoi ?

La colère monta en lui. Le Vieux voulait mourir. C'était cruel de l'obliger à survivre.

– Pourquoi ? s'indigna-t-il. Pourquoi lui infliger ça ?

Elle jeta un coup d'œil à Jimmy.

– C'est son fils qui...

– Ce n'est pas à son fils de décider ! Il a exprimé clairement ses volontés. Il est prêt.

L'infirmière leva les mains d'un air horrifié.

– Je ne peux que...

– Est-ce qu'il souffre beaucoup ? l'interrompit Michael.

– La morphine ne lui fait pratiquement plus d'effet.

– Peut-on lui en donner plus ?

— Ça le tuerait.
— Est-il lucide ?
— Oui, par intermittence.

Michael scruta le prêtre qui le fixa en retour, visiblement terrifié.

— Combien de temps lui reste-t-il ?
— Des heures. Des semaines. Le père Paul est là depuis cinq jours.
— Je veux le voir.

Sans attendre de réponse, Michael monta au deuxième étage et s'arrêta devant une large porte à deux battants. Jimmy s'appuya au montant de la porte et ôta une peluche de sa veste en velours.

— C'est mal, Jimmy. Il veut mourir, dit Michael.
— Stevan en a décidé ainsi. Laisse tomber.
— Et si je ne peux pas ?

Jimmy haussa les épaules.

— Je ne suis pas ton ennemi, affirma Michael. Je veux juste en sortir.
— Il n'y a qu'une façon d'en sortir, et tu la connais. Quand le Vieux mourra, toi aussi tu y passeras. Ou alors persuade-nous de te faire à nouveau confiance.
— Ça fait deux façons.

Jimmy fit non de la tête.

— L'une c'est pour en sortir, l'autre, pour rentrer dans le rang. Rien à voir.
— Vous persuader ? Et comment ?

Les paupières de Jimmy clignèrent comme celles d'un lézard.

— En tuant la femme.
— Elena est enceinte.
— Écoute, fit Jimmy en se penchant plus près. Je comprends ton sens des responsabilités, mais il est déplacé. Le Vieux ne vivra plus longtemps. (Il fit un geste, englobant la maison, les hommes en dessous, puis baissa la voix.) Stevan ne sera pas capable de gérer tout ça. Il est faible, sentimental. Il n'est pas comme nous... Tu pourras être mon second, ajouta-t-il après un petit temps permettant

aux mots de faire leur chemin. Je te donnerai un pourcentage, carte blanche sur la rue.
Michael secoua la tête, mais Jimmy continua.
– Si je suis seul, les gens risquent de me défier, mais personne n'irait s'affronter à nous si on est tous les deux...
– Je ne veux pas de ça.
– On connaît tous les sentiments du Vieux pour toi. La rue l'accepterait. Les hommes. On pourrait s'associer.
– Elle est enceinte, Jimmy.
Jimmy baissa les paupières.
– Ce n'est pas mon problème.
– Je veux juste arrêter.
– Impossible.
– Je n'ai pas envie de te tuer.
Jimmy posa la main sur la poignée.
– Tu t'en crois capable ?
Il ouvrit la porte en grand, grimaça un sourire.
Et Michael entra pour voir le Vieux.

3

Michael entra et Jimmy le laissa seul avec le moribond auquel il devait pratiquement la vie. Dans la pièce au haut plafond lambrissé, aucune lampe n'était allumée et tous les rideaux sauf un étaient tirés. La lumière spectrale qui filtrait par cette unique ouverture creusait comme un étroit couloir de clarté blême dans la pénombre ambiante, éclairant juste un fauteuil, le lit et le corps décharné qui y gisait. Depuis de longs mois, Michael avait passé des heures et des heures dans cette pièce à veiller le vieil homme qui faiblissait chaque jour un peu plus, mais sa dernière visite remontait à huit jours, et le changement qui s'était opéré entre-temps était tel qu'il lui fit l'effet d'un linceul. Dans la chambre sans air, surchauffée, ça sentait le cancer, la douleur, l'odeur d'un vieillard à l'agonie.

Ses pas résonnèrent sur le parquet puis le son fut amorti dès qu'il atteignit l'immense tapis persan qui s'étendait jusqu'aux fenêtres. Le décor était le même, à part une croix de deux mètres de haut accrochée au mur. D'un bois sombre et lisse, elle semblait très ancienne. Michael ne l'avait encore jamais vue, mais il la remarqua à peine et, s'arrêtant près du lit étroit, il contempla le seul homme qu'il ait jamais aimé. Le Vieux portait la robe de chambre que Michael lui avait offerte huit ans plus tôt. Son corps criblé de perfusions semblait aussi frêle que celui d'un enfant rachitique. Les os proéminents, les veines qui saillaient sous la peau cireuse, les cernes d'un noir bleuté donnaient déjà à son visage exsangue l'aspect d'une tête de mort. En voyant le rictus qui déformait ses lèvres, Michael se demanda si la douleur omniprésente et insidieuse le harcelait même pendant son sommeil.

Il resta un moment prostré, accablé par le chagrin, puis il lui prit la main, s'assit dans le fauteuil et regarda la croix accrochée au mur. Le Vieux n'avait pas la moindre fibre religieuse, tandis que son fils affichait résolument ses convictions en ce domaine. Malgré ses nombreux péchés, Stevan assistait à la messe chaque dimanche. C'était un homme englué dans ses contradictions, en perpétuel conflit intérieur, qui craignait Dieu, mais était trop faible pour renoncer à tout ce que la violence procurait : l'argent, le pouvoir, la séduction facile de top models et de veuves de la haute qui ne résistaient pas à son physique attrayant et à l'aura qui entourait son nom. Stevan aimait la notoriété, pourtant il s'affligeait du caractère impénitent de son père, son manque de contrition, et Michael soupçonnait que c'était à cela que le Vieux devait d'avoir été par deux fois « ressuscité ». Stevan craignait sûrement que son père ne finisse en enfer. Tout cela était d'une telle hypocrisie que Michael en était effaré. Les actes ont des conséquences ; chaque choix a un coût. Le Vieux se connaissait, il ne trichait pas avec lui-même. Une philosophie que Michael partageait.

Il prit la photographie encadrée qui se trouvait sur la table de chevet. Elle datait d'une quinzaine d'années. Michael avait seize ans, il était large d'épaules mais maigre comme un clou, ce que son costume ne parvenait pas à cacher. Appuyé au capot d'une voiture, il riait, et le Vieux riait aussi, en le tenant par le cou. La voiture, une Ford GTO 1965, était son cadeau d'anniversaire.

Michael reposa la photo à portée de main du Vieux, puis il se leva pour se diriger côté nord, vers le mur tapissé de livres. Les rayons faisaient toute la largeur de la chambre et contenaient une collection que le Vieux avait mis plus de trente ans à réunir. Tous deux avaient en commun un amour pour les classiques de la littérature américaine, et de nombreux ouvrages étaient des premières éditions d'Hemingway, de Faulkner, de Fitzgerald. Michael prit *Le Vieil Homme et la Mer*, puis alla se rasseoir.

La fenêtre avait vue sur la rivière et sur le Queens, de l'autre côté. C'était là que le Vieux était né, d'une prostituée qui n'avait pour but dans la vie que de gagner de quoi s'acheter sa prochaine bouteille. Il était resté enfermé pendant des années dans un logement en sous-sol, seul des jours d'affilée, pas lavé, à demi mort de faim, jusqu'à ce qu'on le place à l'âge de sept ans dans un orphelinat. Un jour, il avait confié à Michael qu'il n'avait jamais rencontré d'enfance plus dure que la sienne avant que leurs chemins ne se croisent. Ce point commun faisait d'eux une famille, disait-il. Car personne d'autre ne pouvait comprendre la solitude qu'ils avaient connue, la peur. Cela les avait rendus lucides et forts. Si Stevan haïssait Michael, c'était à cause de ce lien privilégié qui l'unissait à son père.

Un lien qui lui était cher, non seulement parce que Michael était seul au monde, mais parce que les similitudes qui les rapprochaient faisaient réellement une différence ; car même Stevan n'avait pas conscience de ce que son père avait vécu dans sa petite enfance. Il ignorait que les cicatrices qui marquaient ses pieds étaient des morsures, celles des rats qui grimpaient dans son berceau, et que les doigts qui lui manquaient étaient dus à des engelures, datant des jours qui avaient précédé la mort de sa mère. Le Vieux ne parlait de ces choses qu'à Michael, car lui seul les comprenait. Oui, il était le seul à connaître toute l'histoire, le seul à deviner que le Vieux avait choisi cette pièce pour la vue, afin que la dernière chose qu'il contemple sur cette terre soit le lieu dont il s'était sorti jour après jour, avec la force de ses poings et de sa hargne. Ce taudis où il avait failli mourir étant petit se trouvait à une largeur de rivière et à une vie de là. Oui, le Vieux avait de la classe, et Michael l'admirait infiniment.

Le soleil monta et la lumière quitta le visage du gisant. Ses yeux étaient si enfoncés que Michael manqua l'instant où ils s'ouvrirent.

– Stevan ?
– C'est Michael.

La poitrine frêle se soulevait au rythme instable de petits halètements souffreteux, et Michael devina au plissement du front et des yeux que la douleur s'avivait encore en enfonçant ses griffes plus profond.

– Michael..., réussit-il à murmurer. Je t'en prie...

Le dernier soleil alluma un reflet dans son cou. C'étaient des larmes, et Michael détourna la tête pour fuir ce qui lui était demandé. Cela faisait des mois que le Vieux suppliait qu'on mette fin à ses jours, tant la douleur était atroce. Mais Stevan avait refusé. Stevan. Son fils. Tout ce temps, le Vieux avait souffert et supplié.

Dieu, comme il avait supplié.

Et puis, huit jours plus tôt, Michael lui avait dit, pour Elena. Expliquant que la vie avait pris le pas sur le travail, qu'il voulait s'en aller, mener une vie normale. En l'écoutant, les yeux brûlants de souffrance, le Vieux avait hoché la tête aussi fort qu'un homme affaibli par la maladie le pouvait. Il avait affirmé qu'il comprenait combien la vie pouvait être précieuse. *Précieuse.* En crispant les doigts sur le bras de Michael. *Courte !* Et tandis que ces mots résonnaient encore, il avait dit à Michael qu'il l'aimait.

Comme un fils.

Et il avait encore resserré son étreinte sur son bras pour l'attirer plus près.

Tu comprends ?

Une quinte de toux l'avait empêché de parler, mais quand elle s'était calmée, il avait rendu à Michael sa liberté, celle de vivre à sa guise, puis lui avait demandé de prendre sa vie en retour. Il n'y avait aucune ironie dans sa requête, juste de la souffrance ; et le voilà qui revenait à la charge.

– Je ne peux pas.

Michael se pencha, car les mots ne suffisaient pas. Il avait tué tellement de fois, cela aurait dû être simple comme bonjour. Une légère pression de quelques secondes suffirait. Mais il se rappelait le jour où le Vieux l'avait trouvé sous un pont de Spanish Harlem, lardé de coups de couteau et luttant pour rester en vie. Il avait entendu parler de ce garçon sauvage qui vivait avec les sans-logis, lui avait-il dit, et il était venu pour le voir de ses yeux, intrigué par les légendes qui couraient sur lui, curieux de savoir si elles étaient vraies.

Un son s'échappa des lèvres du Vieux mais aucun mot n'en sortit, seulement de l'angoisse. Michael était venu pour assurer à Stevan qu'il ne représentait pas une menace. À part ça, il avait espéré que le Vieux aurait encore la force d'exiger que ses ordres soient respectés, même après sa mort. Mais en voyant l'agonie poindre derrière ses yeux traqués, Michael avait honte de son égoïsme. Le Vieux méritait mieux. Il lui prit la main et regarda la photographie qui les montrait appuyés sur le capot de sa voiture, lui tenant Michael par le cou, la tête renversée en arrière.

Ils riaient.

C'était la seule photo où ils apparaissaient ensemble. Le Vieux s'était montré inflexible. Une, c'est tout. Ce serait trop dangereux, trop risqué qu'il y en ait d'autres, avait-il dit. Et depuis dix-sept ans, la photographie n'avait jamais quitté sa chambre. C'était un moment de joie pure saisi au vol, arrêté dans le temps, et Stevan détestait ce qu'elle signifiait des inclinations de son père. Pourtant le Vieux ne s'en était jamais défendu. Actes et conséquences, choix et coût.

Michael contempla le visage du moribond. Ce qu'il était autrefois, ce qu'il était devenu : la vie qu'il avait eue, et celle qu'il voulait quitter. Le tourment lui déformait les traits, mais, à travers la peur et la douleur, Michael vit l'âme du Vieux, et elle n'avait pas changé.

— N'aie pas peur, l'entendit-il murmurer.

— Vous en êtes sûr ? demanda Michael, qui doutait d'avoir bien entendu.

Le Vieux hocha la tête sans dire un mot de plus, et Michael lui pressa la main.

— Ils vont venir me chercher. Stevan. Jimmy. Ils essaieront de me tuer.

Il fallait que le Vieux se rende bien compte des répercussions qui suivraient inévitablement ce qu'il lui demandait de faire. Si Stevan venait, Michael le tuerait. Cette vérité remplit les yeux du Vieux, mais ce ne fut que quand il dit : « Fais-toi une bonne vie », que Michael fut sûr qu'il en était conscient. Il y avait une telle tristesse dans ses yeux, et elle n'était pas due à sa mort prochaine. Que le Vieux vive ou non, Stevan viendrait.

Et Michael le tuerait.

— Je le savais... (Sa voix faiblit et Michael se pencha plus près.) Je le savais quand je t'ai rendu ta liberté...

Michael chassa le désespoir de son visage. Il avait tué tant de gens, en avait aimé si peu.

— Puis-je la garder ? demanda-t-il en prenant la photographie qui était posée près du lit.

Le Vieux ne répondit pas, mais ses doigts bougèrent sur le drap. Michael dégagea la photo de son cadre, et la mit avec l'autre dans sa poche.

— Elena est enceinte, déclara-t-il, mais il ne sut si le Vieux avait entendu.

Les yeux pleins de larmes, il hochait la tête comme pour presser Michael d'agir. Michael l'embrassa sur le front, puis posa une main sur sa poitrine, l'autre sur sa bouche et son nez.

– Pardonnez-moi, souffla-t-il.

Tandis qu'il lui coupait la respiration, leurs yeux restèrent rivés et le Vieux ne lutta pas, même à la fin. Son cœur s'affola, puis battit une dernière fois, et à travers ses mains, Michael sentit passer une immense vague de paix, à tel point qu'il crut l'avoir imaginée. Comme il se redressait, les graphiques des moniteurs s'aplatirent et les alarmes hurlèrent à l'étage en dessous. Il ferma les paupières du gisant et entendit des éclats de voix, des pas montant l'escalier.

Le Vieux était parti.

Ils arrivaient.

Michael se dirigea vers la bibliothèque, les yeux fixés sur le rectangle noir qui contenait quelques minutes plus tôt l'exemplaire de la nouvelle d'Hemingway. Au fond, dans le creux derrière les autres livres, il trouva les deux 9 mm qu'il y avait cachés il y a trois mois avec quinze balles dans le chargeur et une engagée dans la chambre.

Vision.

Prévoyance.

Deux qualités qui faisaient cruellement défaut à son remplaçant. Michael le vit entrer en ouvrant le battant droit de la porte, tenant son revolver baissé, avec un sourire en coin. Il le laissa faire trois pas en avant, le temps qu'il se rende compte de ce qui allait se passer.

Puis il le visa en plein cœur.

Entre-temps, deux autres avaient pénétré dans la pièce. Michael reconnut les sous-fifres qui se trouvaient dans le vestibule. L'un se mit à pousser des hauts cris, mais ils portaient tous deux des armes longue portée peu adaptées pour une cible rapprochée. Avançant d'un pas, Michael tua l'un et l'autre en moins d'une seconde. Ils s'affalèrent et il entendit des cris monter de l'escalier ; trois hommes, peut-être plus. Il y avait de la peur dans leur voix. Michael ne dit rien, mais, traversant la pièce, il alla se poster à un mètre trente du battant gauche de la porte, resté fermé. La peur ronge ceux qui n'y sont pas habitués, aussi le temps jouait-il en sa faveur, mais il ne fallait pas trop compter dessus. Il écouta les pas sur le tapis, et quand il aperçut des chaussures par la fente sous la porte, il tira deux salves à travers le bois, en plein centre.

Un corps chuta. Michael le contourna en gagnant le palier d'où il découvrit trois autres types, deux qui se défilaient en descendant l'escalier et un autre qui pointait sur lui son revolver. Mais il ne suffit pas d'avoir le doigt sur la gâchette pour tuer quelqu'un quand ce quelqu'un vous tient aussi en joue, il faut le genre de sang-froid que les rock stars s'efforcent d'afficher. Michael l'avait, Jimmy aussi. À part eux, personne dans la maison n'en possédait une once.

Deux coups de feu volèrent au large de son épaule, il abattit le tireur d'une balle dans le front et le dépassa avant même qu'il ne soit à terre. Les autres types s'arrêtèrent net, l'un tira frénétiquement, l'autre leva les mains en l'air, sans brandir aucune arme. Michael tua le premier et garda les deux revolvers braqués sur le second. Il avait la soixantaine bien sonnée, c'était un malfrat sur le retour qu'on avait gardé par bonté d'âme. À présent il servait de factotum, faisait les courses, cuisinait. Les mains toujours levées au-dessus de sa tête, il semblait déjà résigné à son sort. Michael s'arrêta une marche au-dessus de lui et approcha un canon tout près de sa joue, qu'il sente la chaleur du métal.

– Où est Jimmy ?
– Il s'est tiré.
– Quand ça ?
– À l'instant.

Michael jeta un coup d'œil en bas, vers la porte d'entrée restée ouverte sur le dehors et sur la ville, qu'on devinait au-delà. Il revint au type et colla le canon brûlant contre sa joue.

– Si tu mens, je te fais mourir à petit feu.
– Je ne mens pas.
– Et l'infirmière ? Et le prêtre ?
– Idem.

— Ils font partie du personnel ?

Le type acquiesça, ce qui signifiait qu'ils garderaient le silence. Michael jeta encore un coup d'œil vers la porte ouverte sur le dehors.

— Tu as une voiture ?

— La Navigator, dit l'autre en sortant les clefs de sa poche de pantalon. Derrière le bâtiment.

— Il y a quelqu'un d'autre dans la maison ?

Le type fit non de la tête. L'odeur de poudre brûlée régnait sur tout, une brume grise stagnait sous le lustre en cristal. Michael scruta l'autre et se rappela qu'il leur était arrivé d'échanger quelques mots. Il s'appelait Donovan. Il avait des petits-enfants.

— Dis à Stevan que j'arrête. Je me retire.

Donovan hocha la tête, mais Michael comprit au même instant l'inanité de ses paroles. Le Vieux était mort de sa main. Le sang dégoulinait des murs et coulait dans l'escalier. Il était bien loin de pouvoir décrocher. Pas après ça.

— Dégage, lui intima Michael en agitant l'un des revolvers.

Donovan décampa sans demander son reste et Michael remonta l'escalier. Debout auprès du lit, il contempla la dépouille de l'homme qu'il venait de tuer. C'était un dur, mais il était aussi plein de gentillesse pour ceux qu'il aimait. Michael se souvint d'une conversation qu'ils avaient eue le matin de ses quatorze ans, un an après leur rencontre sous le pont. Le Vieux voulait savoir pourquoi.

Pourquoi je vivais dans la rue ?

Ouais. Le Vieux pencha la tête en faisant la moue. *Un gamin beau et intelligent comme toi. Tu aurais pu faire appel aux services sociaux ou autre. On t'aurait aidé. Pourquoi avoir choisi cette voie-là ? Pourquoi la rue ?*

J'avais mes raisons.

C'est tout ce que t'as à dire ?

Michael avait vu une lueur de malice briller dans les yeux du Vieux. Et autre chose aussi, un genre de fierté.

Oui, monsieur.

En tout cas, ce que tu fuyais ne peut plus t'atteindre maintenant, Michael. Tu le sais, n'est-ce pas ? Pas ici. Pas avec moi.
  Je sais.
  Et tu ne veux toujours pas me dire ce que c'est ?
  Pour ça aussi j'ai mes raisons.
  Le Vieux lui avait ébouriffé les cheveux en riant.
  C'est légitime. Tout homme a le droit d'avoir ses raisons.
  Et depuis, durant tout ce temps, Michael ne lui avait jamais dit pourquoi il avait choisi la voie la plus dure. Parce que le Vieux était dans le vrai. Chaque homme a ses raisons.
  Et ses secrets.
  Michael étendit les bras du Vieux le long de son corps et lissa la couverture sur sa poitrine. Il l'embrassa sur les deux joues ; elles étaient encore tièdes. Quand il se redressa, les larmes lui brûlaient les yeux. Il prit le livre d'Hemingway sur la table de chevet, puis resta un long moment debout, les yeux baissés.
  – Vous avez été bon pour moi, dit-il et, en partant, il emporta le livre.
  Pour cela aussi il avait ses raisons.

4

  Il existait des tueurs plus sophistiqués que Michael. Un coup de fusil tiré à mille mètres de distance ne faisait pas partie de ses méthodes, ni les explosifs, poisons et massacres en tout genre. Il était entré dans le métier en luttant pour sa vie, et ce pour des raisons toutes personnelles : manger, trouver un abri, ne pas finir dans une mare de sang. Autant de leçons qui s'apprennent vite dans la rue, et Michael enfant savait déjà qu'il valait mieux être brutal que doux, rapide que lent. Il apprit donc à voler, blesser, manigancer, sans aucune faiblesse mentale. Jimmy s'était juste contenté de faire fructifier ce don inné. Il avait aiguisé une disposition naturelle pour la violence, puis inculqué à Michael une économie de mouvement dont son élève était encore aujourd'hui pleinement satisfait.

Michael songea à Donovan, le vieux malfrat au menton piqueté de poils blancs, aux cheveux grisonnants. Jimmy serait stupéfait que Michael l'ait épargné, mais Jimmy n'était pas le seul professeur de Michael. Il y avait aussi le Vieux, et c'était sa mort qui avait enseigné à Michael comment il désirait vivre. Pas une seule fois durant son lent déclin le Vieux ne s'était préoccupé de questions d'argent, de pouvoir ou de réputation. Il se désolait seulement du manque de discernement de son fils. Il pleurait les femmes qu'il avait perdues, les filles qu'il n'avait jamais eues. Et déplorait de n'avoir pu embrasser le monde plus largement.

Fais-toi une bonne vie...

Il y avait une chance infime pour que Stevan laisse Michael décrocher pacifiquement, que ce soit par respect des volontés de son père ou pour s'éviter le genre d'ennuis qu'il risquait de lui causer. Mais aussi mince fût-elle, cette chance avait à présent disparu. Michael avait tué son père alors qu'il n'aurait pas dû et liquidé six de ses hommes. Tant que Michael vivrait, Stevan paraîtrait faible, il avait donc tout avantage à le supprimer. Mais il s'y ajoutait une dimension personnelle, qui rendait les choses imprévisibles.

Michael s'activa.

Dans la pièce de sécurité, il déconnecta les caméras de surveillance placées devant et derrière la maison, puis ôta les bandes enregistrées. Stevan saurait que c'était son œuvre, mais il n'entrait pas dans les plans de Michael de laisser une preuve vidéo de son passage en ces lieux. Il voulait changer de vie et sortir de celle-ci proprement.

Comme il s'inspectait, Michael vit du sang sur son pantalon, sa chemise, le dos de ses mains. En temps normal, il n'aurait jamais pris le risque de paraître en public dans cet état. Il se serait changé, aurait fourré ses vêtements dans un sac, démonté les revolvers et se serait débarrassé de tous ces éléments compromettants de façon rapide et sûre. Collecteurs d'eaux pluviales. Bennes à ordures. East River. Mais les circonstances n'étaient pas normales. Il n'avait pas établi de plan à l'avance, n'avait jamais eu l'intention de tuer le Vieux ni de déclarer la guerre. L'événement avait pris en tout et pour tout quatre-vingts secondes, et Michael était sur pilote automatique, vitesse rapide. Stevan se trouvait dehors quelque part, Jimmy était toujours en vie et Elena restait exposée, sans aucune protection.

Démarrant la Navigator, il fila vers le sud. Il lui fallait quitter la ville en emmenant Elena avec lui. Michael eut un instant de honte alors que les mensonges qu'il lui dirait défilaient telle une vidéo, mais la vérité serait pour un autre jour.

L'urgence étant de vivre assez longtemps pour la dire.

À mi-chemin de Tribeca, il fut coincé dans un embouteillage monstre. Il appela le restaurant avec son portable et demanda à parler à Elena.

– Tout va bien ? demanda-t-il.
– Paul est furieux.
– Je suis renvoyé ?
– Que t'importe ?
– Toi, tu m'importes.

Michael s'efforçait de garder un ton léger, mais elle laissa passer le silence qui suivit sans réagir. Elle était en colère, et cela se comprenait.

– Écoute, je ne vais plus tarder maintenant. Surtout ne sors pas, dit-il.
– Et où est-ce que j'irais ?
– Ne quitte pas le restaurant.

Michael raccrocha et essaya de se frayer un passage en opérant une percée après l'autre dans la masse compacte des véhicules, au milieu des coups de Klaxon. Deux fois il monta sur le bord du trottoir sans que cela l'avance à rien. Il arriva à Tribeca une heure après. Soixante-deux minutes avaient passé depuis qu'il avait tué le Vieux. Il se mit en double file derrière le gros SUV garé devant le restaurant, et vérifia les autres voitures ainsi que les fenêtres qui donnaient sur la rue étroite. Les trottoirs étaient encombrés de piétons. Michael glissa un pistolet dans la boîte à gants et fourra l'autre sous son veston. Il se donnait deux minutes pour emmener Elena à l'écart, trois de plus pour l'éloigner du restaurant. Il avait de l'argent. Ils se fondraient dans la ville, puis il la mettrait au vert. Quelque part dans les montagnes, songea-t-il, comme si le futur était déjà là ; mais le futur pouvait être une saloperie de piège. Son portable sonna alors qu'il coupait le moteur. Il regarda l'écran, et le laissa sonner encore quatre coups avant de répondre.

Il connaissait le numéro. C'était celui de Stevan.

Il décrocha en ressentant de la gêne, du regret et de la pitié. Malgré tous ses défauts, Stevan aimait son père.

– Salut, frérot, dit-il.

Pendant de longues secondes, Michael n'entendit qu'un souffle, et il s'imagina Stevan à l'autre bout de la ligne, ses ongles manucurés, son visage tout en longueur, ses yeux sombres pleins de fierté blessée. Stevan faisait le fort, mais, au fond, il cherchait toujours son reflet dans le regard des autres, tirait sa force de leur peur, de leur envie, et se définissait à travers la perception qu'ils avaient de lui plus que la sienne propre. Raison pour laquelle son père, plus avisé, préférait la compagnie de Michael. Ils étaient tous deux à nu, sans fioritures, affranchis des illusions et des faux-semblants. Pour eux, le pouvoir était un outil permettant de s'assurer la nourriture, un abri, la sécurité. C'est ce que l'enfance leur avait appris.

Les apparences ne signifient rien.

Stevan n'avait jamais saisi la différence, jamais compris pourquoi Michael brillait avec tant d'éclat aux yeux de son père ; et, quand il entendit sa voix au téléphone, Michael sut que des années de jalousie et de méfiance avaient fini par dégénérer en quelque chose de plus sombre encore.

– Il t'avait accueilli au sein de sa famille, Michael. Tu n'avais rien. Tu n'étais personne.
– Ton père souffrait.
– Ce n'était pas à toi de décider.
– Je l'aimais. Il m'a supplié.
– Tu crois que tu étais le seul dans ce cas ? Quelle arrogance ! Pour qui te prends-tu, à la fin ? Il le demandait à tout le monde, la femme de ménage, un inconnu, n'importe qui.
– J'ai juste fait ce que tu aurais dû faire il y a un mois.
– Il brûle en enfer à cause de toi.
– Il est mort comme il le souhaitait.
– Tu me l'as pris.
– Ce n'est pas ainsi que...
– Tu es mort, Michael. Et ta petite amie aussi.
– Ne fais pas de moi ton ennemi, frérot. Nous pouvons encore éviter de prendre ce chemin.
– Morte, la salope. Mort, l'enfoiré.
C'était fichu. Il n'y avait pas de paix possible.
– Au revoir, Stevan.
– Tu vois le restaurant ?
La question était si lourde de sous-entendus que Michael sentit son cœur se glacer d'effroi. Il scruta de nouveau la rue.
– Où es-tu, Stevan ?
– Tu croyais peut-être que nous n'aurions pas prévu le coup ? Tu croyais pouvoir t'en tirer comme ça ? Vraiment, frérot, railla-t-il en appuyant par dérision sur le dernier mot.
– Stevan...
– À l'origine, c'était prévu pour vous deux, mais je préfère que tu y assistes en direct avant d'y passer aussi.
– Non...
– Elle est enceinte, paraît-il.
Michael raccrocha, ouvrit brutalement la portière, et se mit à courir comme un fou. Mais il n'avait fait que sept foulées quand le restaurant explosa. Des flammes soufflèrent les fenêtres, l'impact le souleva de terre pour le flanquer contre la Navigator. De la fumée noire bouillonna

dans la déflagration qui suivit, et, un instant, il n'y eut plus aucun son. Michael vit le toit voler en éclats, puis soudain les sons lui revinrent, et il entendit hurler. Les flammes formaient d'immenses colonnes de chaleur et de fumée. Dans la rue les voitures se heurtaient et le trottoir était jonché de victimes. Michael vit un homme courir aveuglément, les vêtements en flammes, puis s'effondrer. Les flammes rugissaient, montant toujours plus haut en léchant les immeubles voisins. Michael se redressa.

Elena...

Il avança dans la fumée qui troublait sa vision, en tendant une main devant lui pour tester la chaleur. Elle lui brûla la paume à quinze mètres de distance, et un pan se ferma dans son esprit. Il ne supportait pas d'imaginer le corps d'Elena carbonisé, son visage défiguré par les flammes. Il laissa la chaleur déferler sur lui, sentant la cohue dans la rue, les mouvements frénétiques de la foule, les morts silencieux, immobiles. Les vitres d'une voiture passée trop près des flammes explosèrent. Une Escalade noire tourna le coin de la rue en roulant lentement et s'arrêta. Même avec la mort d'Elena à l'esprit, Michael classifiait instinctivement les gens, les visages, le choc et la peur, les sirènes au loin. Et il comprit ce qui allait arriver deux secondes avant que cela ne se produise.

Il se tourna vers l'Escalade alors que les vitres se baissaient et reconnut Stevan, son visage aux traits anguleux, ses cheveux bruns striés de gris. Assis à l'avant, il pointa sur lui son index et son pouce replié en simulant un revolver ; du siège arrière, une arme automatique ouvrit le feu. Michael plongea et fit une roulade tandis que les balles criblaient une voiture située juste derrière lui. Dans la panique et les hurlements de la foule, des corps tombèrent, puis furent piétinés. Mais les balles étaient désordonnées, dispersées. Michael se releva en brandissant un pistolet. Il tira neuf rafales en trois secondes. Ses salves égratignèrent la carrosserie, firent éclater les vitres, et la peur se peignit soudain sur le visage de Stevan, qui tapa sur le tableau de bord en criant quelque chose au chauffeur. Dans des crissements de pneus, le gros véhicule vira à droite en passant sur le bord du trottoir. Michael le poursuivit, loin de la chaleur et des cris. Il grimpa par-dessus des voitures garées dans un parking, atterrit durement sur les pavés et se remit à courir éperdument. Il réussit à les coller tout au long d'un pâté de maisons, puis la route se dégagea et l'Escalade prit de la vitesse en faisant ronfler son moteur. Michael s'arrêta, tira ses dernières salves à travers le pare-brise arrière. Il doutait qu'elles aient atteint leur cible, trop éloignée, trop mouvante, mais cela lui avait fait du bien. Qui sait ? Peut-être avait-il réussi.

De toute façon, Stevan était mort.

Maintenant ou plus tard. Son sort était fixé.

Michael regarda la voiture disparaître, puis il se rendit compte qu'il était au beau milieu d'une rue l'arme au poing, les vêtements tachés de sang. Des gens le dévisageaient. Hommes en complet veston. Chauffeurs de taxi. Une femme en robe noire.

Bouche bée.

Le fixant du regard.

Michael baissa son arme.

– Elena ?

Elle était debout dans une drôle de posture, un sac en papier blanc fripé à la main. Son regard effaré passa du pistolet au visage de Michael. Une brise soudaine fit voler des cheveux échappés de son chignon. Autour d'elle, les gens commençaient à reculer en se poussant. Plusieurs s'enfuirent en courant. L'un d'entre eux composait un numéro sur son portable.

– Michael ?

Il n'avait qu'une envie, l'agripper et ne plus jamais la lâcher. Il voulait la protéger des suites de ce qui venait de se passer. Les retombées, les répercussions. La façon dont sa vie allait changer. Mais surtout il voulait la serrer contre lui, donner libre cours à son soulagement, son amour. Au lieu de ça, il la saisit durement par le poignet.

– Il faut qu'on file.

– Tu as tiré sur cette voiture...

— Il faut partir maintenant.

Il se mit à l'entraîner vers le bas de la rue en cachant le pistolet tandis que plusieurs spectateurs se ressaisissaient et commençaient à appeler au secours. Sur le trottoir d'en face, une femme frêle le pointa du doigt en clamant : « Arrêtez cet homme ! »

— Michael, mais qu'est-ce qui se passe, bon sang ?

— Faut y aller.

— Tu l'as déjà dit, répliqua Elena en résistant.

Refusant de la lâcher, il se mit à courir à moitié, en la traînant derrière lui.

— Tu me fais mal, protesta-t-elle, mais il n'en tint pas compte.

Les sirènes se rapprochaient. La fumée bouillonnait au-dessus des toits, les rues grouillaient de gens terrifiés.

— Où allons-nous ? Michael...

Elle s'interrompit comme ils tournaient le coin de la rue. Devant eux, le restaurant n'était plus qu'un brasier.

Des gens gisaient à terre en sang, atteints par des éclats de métal et de verre. Brûlés. Abattus par des balles perdues. Certains étaient debout, hébétés, immobiles. D'autres rampaient dans les décombres en essayant de porter secours aux blessés. Elena se mit à pleurer.

— Mais Paul...

— Il est mort.

— Et les autres ?

— Morts.

— Mon Dieu !

Elena chancela quand elle vit le premier corps carbonisé dont le torse fumait encore. Ils croisèrent une femme dont le bas de la jambe avait éclaté sous l'impact d'une balle. Michael entraînait Elena à travers les gravats. Elle trébucha encore et serait tombée si Michael ne l'avait pas rattrapée.

— Que se passe-t-il ? D'où vient ce costume ?

Elle était en état de choc, avide de donner un sens à ce qu'elle voyait.

— On y est presque, répondit-il.

Une voiture de police tourna le coin d'un immeuble à deux rues de là, suivie d'un camion de pompiers. Michael ouvrit la portière de la Navigator et poussa Elena à l'intérieur.

— Ne me touche pas, cria-t-elle en ouvrant des yeux immenses, vitreux, où la lueur des flammes se reflétait.

— C'est moi, dit-il en bouclant sa ceinture de sécurité. Ça va aller.

— Ne me touche pas.

Michael fit le tour du véhicule et se mit au volant. Les pneus crissèrent sur les débris de verre et de briques explosées. À côté de lui, Elena découvrait avec stupeur la rue dévastée, les regards vides, les blessés qui marchaient. Michael surveillait du coin de l'œil la voiture de police qui approchait. Il roula lentement sur un demi-pâté de maisons, puis accéléra quand la route finit par se dégager.

Le chaos régnait partout.

Personne ne fit attention à eux.

Il dépassa deux blocs d'immeubles et le lieu de l'explosion disparut. Les immeubles masquaient les flammes et la fumée noire dont on ne percevait plus qu'un peu de brume. À Hudson Street, Michael tourna vers le sud, puis coupa vers l'ouest sur Chambers. Elena ne disait rien. Elle l'évitait du regard.

— Elena, dit-il.

Mais elle fit non de la tête.

Il roula vers le sud, dépassa Ground Zero et le North Cove Yacht Harbor. À Battery Park City, il se gara le long du trottoir et resta assis un long moment. Il prononça son nom, mais elle l'ignora. Il vérifia la circulation autour d'eux, puis sortit l'un des pistolets de la boîte à gants, l'autre de son veston. En silence, il les démonta, les essuya ; puis il sortit les deux bandes enregistrées d'une de ses poches et descendit de voiture. Sentant les yeux d'Elena dans son dos, il marcha jusqu'au bord de l'eau et jeta le tout loin dans la rivière.

— Ça va ? demanda-t-il une fois de retour dans la voiture.

— Tu viens de jeter une arme dans la rivière ?

– Deux, à dire vrai.
– Deux armes.
– Oui.

Elena hocha la tête une fois, et ses doigts froissèrent le petit sac en papier blanc posé sur ses genoux. Quand elle en lissa les plis, Michael vit qu'il venait d'une pharmacie située à deux rues du restaurant. Elle souleva le sac, puis le reposa.

– J'avais envie de vomir. Nausées matinales... J'aurais dû être dans le restaurant, ajouta-t-elle en posant une main à plat sur son ventre, et Michael devina sans peine ses pensées.

S'il n'y avait pas eu le bébé...

Elle leva les mains en un geste éloquent montrant le vide et la stupeur où elle se trouvait. La voiture. L'explosion. Les pistolets.

– Qu'est-ce qui se passe, Michael ?

Elle avait besoin de connaître la vérité, il le savait. Pour sa sauvegarde, et pour tant d'autres raisons. Mais comment lui révéler que l'enfant qu'elle portait était celui d'un menteur, que ses collègues de travail étaient morts à sa place ? Qu'elle restait une cible ? Comment dire à la femme qu'il aimait qu'aujourd'hui même il avait tué sept hommes avant que midi ne sonne ? Effrayée, elle scrutait son visage, et comme il hésitait à lui répondre, son regard tomba sur la chemise de Michael, et elle toucha une tache sombre qui souillait le tissu blanc.

– Elena... écoute-moi...
– Est-ce que c'est... du sang ?

Elle le regarda alors, le regarda pour de vrai. Elle vit d'autres taches sur son pantalon, sur le dos de ses mains.

– Je vais vomir, gémit-elle en se pliant en deux.

Michael tendit la main vers elle, mais elle recula, défit d'une main sa ceinture de sécurité tout en cherchant la poignée de l'autre. La portière s'ouvrit et elle descendit de voiture. Elle réussit à faire une dizaine de pas sur l'herbe brûlée par le soleil qui s'étendait jusqu'à la rivière, puis tomba à genoux.

– Ne t'approche pas, affirma-t-elle quand Michael voulut la rejoindre.

Il la regarda vomir sur l'herbe brune, et son désarroi était tel quand son téléphone sonna qu'il l'entendit à peine. Il le sortit de sa poche et quand il vit le numéro appelant, le monde parut soudain ralentir. Il hésita un bref instant, mais finit par décrocher. Tournant le dos à Elena, et faisant appel à tout son sang-froid, il déclara :

– Tu es un homme mort, Stevan.

– Ton frère sera le prochain.

Michael sentait la chaleur du soleil sur son cou, l'odeur de la rivière dans ses narines. Il regarda Elena et le moment sembla se figer.

– Je n'ai pas de frère, rectifia-t-il.

– Mais si, tu en as un.

On raccrocha. Michael cligna des yeux et une image surgit.

Tel un fantôme.

Son frère.

5

**Montagnes de Caroline du Nord,
vingt-trois ans plus tôt**

Un air glacial soufflait dans le hall de l'aile abandonnée. Lumière grise. Poussière, débris de toutes sortes. Le garçon qui y courait avait neuf ans, il était fagoté comme un épouvantail. Sous ses yeux, les larmes dessinaient des croissants dans la crasse, puis des traînées blanches qui descendaient jusqu'à son menton, son cou, les creux derrière ses oreilles. Les fenêtres défilaient au fil de sa course éperdue, mais le garçon ne prêtait pas attention à la neige qui tombait au-dehors, ni aux montagnes, qu'on devinait dans le lointain, ni aux autres enfants, qu'on distinguait à peine. Il courait, suffoquant à moitié, et s'en voulait de gémir comme une fille.

Cours, Julian...

Son souffle lui raclait la gorge comme du verre pilé.

Cours...

Arrivé à un croisement, il prit à gauche, trébucha et tomba dans un espace plus sombre qui sentait le pourri, le moisi, la terre gelée. Des éclats de verre crissèrent sous ses pieds, et il remua encore les lèvres.

Sticks and stones[1]*...*

Il ne se rendait pas compte qu'il parlait tout haut. Il sentait le flux rapide de son sang dans ses veines, le linoléum sec et cassant qui craquait sous ses pieds. Quand il se décida à jeter un coup d'œil par-dessus son épaule, son soulier buta sur une tuile cassée et sa cheville se tordit en pliant comme du carton. En tombant, il heurta un appui de fenêtre qui lui érafla le bras.

Sticks and stones...

Derrière lui, il y eut des cliquetis de métal, des voix distantes. Il s'arrêta au pied d'un escalier vermoulu. De la lumière filtrait du deuxième étage, et une neige fine tombait de quelque fenêtre cassée. Il songea à gravir les marches, mais il était trop faible, et sa cheville tordue lui faisait si mal que la douleur remontait tout le long de sa jambe en ondes fulgurantes.

Faites que je sois comme Michael, pria-t-il.

Des pas résonnèrent derrière lui, ses yeux se révulsèrent.

Rendez-moi fort.

Un autre sanglot s'échappa de sa gorge et il s'enfuit loin de leurs pas, des bruits qu'ils faisaient en claquant les portes et en tapant sur les murs en ciment avec des tuyaux métalliques.

---

1. « Bâtons et pierres... » : rime extraite d'une comptine anglaise.

Mon Dieu, je vous en supplie...
Comme il franchissait un seuil, sa cheville se déroba sous lui et il s'effondra de nouveau, la douleur fusant comme un éclair derrière ses yeux. Il essuya ses larmes d'un revers de manche car ce serait pire s'il pleurait quand ils l'attraperaient.
Dix fois pire.
Mille fois pire.
Il se redressa et traversa une enfilade de pièces clopin-clopant, apercevant fugitivement des sommiers nus, des chaises cassées, des armoires d'où sortaient des cintres tordus, des hardes moisies. Alors qu'il tournait pour s'engager dans un autre couloir, à bout de souffle, un hurlement de loup monta derrière lui, suivi d'un autre. Il chercha un endroit où se cacher, mais un cri résonna dans le couloir en rebondissant contre les murs : « Il est là ! »
Regardant en arrière, Julian vit de hautes fenêtres éclairées par la neige, puis des mains sales, des visages crasseux, des corps perdus dans d'informes vêtements noirs. Ils surgirent soudain de la pénombre. Cette fois il hurla et ils arrivèrent d'autant plus vite, ces cinq garçons plus vieux que lui, des grands, qui avaient déjà prouvé maintes et maintes fois leur ingéniosité en matière de cruauté. Leurs pas claquèrent dans le couloir comme des coups de fusil et Julian courut, à moitié aveuglé par les larmes, sanglotant, honteux.
Ils l'attrapèrent tout au fond du bâtiment. Julian sentit tout à coup une poche d'air froid, puis le contact de portes métalliques traversées d'une grosse chaîne ; quand il se retourna les mains levées, ils le poussèrent contre la porte et le jetèrent à terre. Il s'accrocha à la grosse chaîne et la secoua une fois avant qu'ils ne le forcent à en détacher les doigts et ne le renversent sur le dos. Puis ce furent des rires, des crachats, l'odeur du caoutchouc quand une lourde semelle lui écrasa le nez et que du sang en jaillit, brûlant.
— Ne lui faites pas de marques cette fois, dit une voix sans visage au-dessus d'un jean crasseux. Pas sur la figure.

— Michael ! hurla Julian.

— Cette fois ton frère n'est pas là pour te sauver la mise, barjo.

Julian connaissait la voix.

— Hennessey. Attends...

Mais Hennessey n'attendit pas. Comme il se penchait, Julian vit sa tignasse d'un roux terne dans la lumière blafarde et ses petits yeux brun foncé juste avant qu'il ne le saisisse par les cheveux et ne lui écrase le crâne contre le ciment en lui tordant le cou de telle sorte que sa joue gauche s'aplatit dans la poussière.

— Dis-le.

Son haleine brûlante pénétrait dans le conduit de son oreille. Levant les yeux, il vit sa peau empourprée, le duvet clair au-dessus de ses lèvres, son œil fou, impitoyable.

— Non.

— « Hennessey est le roi de la Maison de fer. »

Hennessey colla encore ses lèvres plus près de son oreille et Julian sentit le fin duvet de sa moustache naissante.

— Dis-le. « Hennessey est le roi de la Maison de fer. »

Julian se mit à pleurer, mais cela ne fit qu'exciter Hennessey qui pesa sur lui si fort que le sol inégal lui entailla la joue.

— C'est Hennessey le roi. Dis-le. Hennessey est le roi de la Maison de fer. Michael n'est qu'une lopette...

— Non.

— Michael n'est qu'une lopette. Allez, dis-le !

— S'il te plaît...

— Quoi ? s'exclama Hennessey en lui frappant la tête sur le sol, puis il se redressa. S'il te plaît quoi ?

Ils le dominaient tous les cinq. Hennessey se fendit d'un sourire et la même lueur folle lui emplit les yeux.

— S'il te plaît quoi, enfoiré ?

Il rigola, puis dit : « À vous les gars. » Les autres le bourrèrent de coups de pied jusqu'à ce que Julian ne bouge plus ; puis ils se penchèrent et lui dirent ce qu'ils allaient faire. Julian se roula en boule, en vain. Ils le prirent par les jambes, les cheveux, et le tirèrent, le traînèrent jusqu'à une ouverture. Il sentit la morsure du froid sur sa peau, puis ils le jetèrent nu par la fenêtre. Il atterrit sur une congère, en dessous d'une plaque en métal rivée au mur de pierre. La plaque était recouverte de neige, mais il savait les mots qui y étaient gravés.

« Entre ici, enfant, et ne connais de peur que celle de Dieu. »

Des rires lui parvinrent de la fenêtre, des visages se pressèrent contre la vitre, puis disparurent. Julian toucha son nez éclaté. Il cracha du sang sur le tas de neige durcie, et comme il essayait de se redresser, ses mains effleurèrent quelque chose de dur et de tranchant, un vieux couteau, égaré dans la neige. L'inclinant, il vit un manche de bois à moitié rongé, et une lame rouillée d'environ vingt-cinq centimètres. Il colla le bord plat contre sa joue, puis serra le manche du couteau jusqu'à ce que ses doigts lui fassent mal.

– Michael, gémit-il.

Mais son frère ne venait pas.

Julian regarda le ciel piqueté de blanc.

La neige comme des larmes.

Qui tombait.

Si froide...

La limousine gravissait une route de montagne bordée de neige à moitié fondue et d'asphalte éventrée. La poussière sableuse soulevée par les roues poudrait la carrosserie de la voiture, qui semblait quelque peu insolite sur cette route de montagne verglacée de Caroline du Nord, à mille deux cents mètres d'altitude. Dehors, l'air était glacial, la lumière terne. Tout était figé sur la montagne, on ne voyait aucun autre véhicule, pas de feuilles mortes portées par le vent, juste une sorte de neige mouillée qui suintait du ciel bas. La femme assise à l'arrière évitait de regarder vers l'abîme, quand les pentes raides donnaient sur du vide. Lorsque enfin la voiture replongeait sous les arbres et que le vertige se dissipait, elle rouvrait les yeux et contemplait la forêt, la neige qui s'étendait entre les troncs d'arbres dénudés. Comme elle allumait une cigarette, le chauffeur lui jeta un coup d'œil dans le rétroviseur.

– Je ne me remets pas à fumer, dit-elle.

– Bien sûr que non, acquiesça-t-il en détournant les yeux.

– Juste aujourd'hui.

– Mais oui.

Il avait gardé une coupe militaire, et elle remarqua que ses cheveux commençaient à grisonner. Des plis profonds barraient sa nuque, et le col de sa chemise brillait plus blanc que neige sur son veston noir. Elle tourna son alliance autour de son doigt et, quand elle inspira, la fumée de cigarette lui brûla les poumons. Ils étaient à une heure de Charlotte quand le premier flocon était tombé. Deux fois, le chauffeur avait suggéré qu'ils s'en retournent, mais elle avait refusé en répliquant que c'était le bon jour. Et voilà qu'ils se retrouvaient seuls dans ce coin perdu, à l'écart du monde.

Le chauffeur observa sa passagère à la dérobée. Elle avait vingt-cinq ans à peine, une peau translucide, des yeux verts, des cheveux dorés dont les boucles retombaient sur ses épaules. C'était jeune pour avoir autant de pouvoir et d'argent.

– Nous allons être en retard, fit-elle remarquer.

– Ils attendront.

– Oui, je le suppose, confirma-t-elle laconiquement en allumant une autre cigarette.

La neige tombait de plus en plus dense tandis que la voiture sinuait entre les masses rocheuses silencieuses. Au fil des cigarettes qui se consumaient, elle réfléchissait à ce qui l'avait poussée à venir ici. Que venait-elle chercher si haut dans ces montagnes et par ce froid ?

– Arrêtez-vous, dit-elle au chauffeur en se courbant, une paume plaquée contre son ventre. Arrêtez-vous là, insista-t-elle, comme il hésitait.

Le chauffeur ralentit et stoppa la voiture. Elle ouvrit la lourde portière et sortit, sans se soucier de la neige fondue et du sel qui brûleraient irrémédiablement le cuir luxueux de ses chaussures. En trois pas, elle parvint à la lisière des bois et se plia en deux.

— Madame ? Ça ne va pas ?

La neige perlait sur ses cheveux, son fin chemisier de soie ; quand enfin elle se redressa, elle s'essuya la joue d'un revers de main. Le contact de l'air froid sur sa peau lui fit du bien, il lui donnait une sensation de propreté, et la nausée passa. Se retournant, elle découvrit son chauffeur planté à l'avant de la voiture, une main posée sur le capot brûlant.

— Ce n'est pas un jour comme les autres, dit-il en hochant la tête comme s'il comprenait.

— Non.

— Moi aussi je serais nerveux à votre place.

Elle ne chercha pas à dissiper sa méprise.

— Prête à repartir ? demanda-t-il.

Elle regarda les arbres dénudés, leurs branches tordues vers le ciel de lin mouillé.

— C'est si calme, remarqua-t-elle.

— Laissez-moi vous ouvrir la portière.

— Si froid.

Il était seize heures passées quand la limousine entama sa longue descente. La route sinueuse pénétra dans une vallée étroite, avec en son centre la ville, formée de bâtiments trapus et ramassés. Abigail Vane ne la connaissait pas, mais c'était tout comme. Il y aurait des maisons décrépites, quelques bars, une station d'essence à chaque bout de la rue principale, un drugstore au milieu. C'était une petite ville, un point de lumière éclairant le versant sombre des montagnes, et elle savait qu'en roulant une demi-journée on en rencontrerait une centaine d'autres identiques. Caroline du Nord. Tennessee. Géorgie. Bourgades et villageois rêvant d'ailleurs. La voiture se glissa dans la rue principale et elle regarda au passage les clients accoudés au bar ou assis sur des tabourets en vinyle, des hommes à la peau burinée, rudes, comme le climat.

— On arrive bientôt ? demanda-t-elle.

– Oui.

De l'autre côté de la ville, la rue allait se rétrécissant et le chauffeur prit à droite pour s'engager sur un sentier inégal et pierreux. Des colonnes effritées se dressaient dans la neige, et une rivière coulait, rapide et noire, au bout du long champ qui s'ouvrait devant eux.

– Nous y voilà, déclara le chauffeur.

Abigail se pencha en avant.

Sise au creux de la vallée, l'institution était bâtie en brique et pierre, sur deux étages, avec un bâtiment principal flanqué de deux longues ailes. L'une des ailes était totalement sombre, avec des rangées de fenêtres aveugles, dont certaines condamnées par des planches. La lumière provenant des autres corps de bâtiments éclairait des constructions plus petites ainsi qu'une cour austère. Des silhouettes courbées évoluaient entre les murs. De petites silhouettes. Des enfants. Un garçon s'arrêta et se retourna, ses traits estompés par la neige qui tombait. Elle se pencha en avant, mais le chauffeur secoua la tête.

– Trop jeune, commenta-t-il.

L'allée longeait la cour en la contournant. Ils s'arrêtèrent devant de larges marches montant à un porche couvert. La porte d'entrée s'ouvrit et un homme sortit sur le seuil. Au-dessus de lui, des lettres étaient inscrites sur le fronton.

Foyer pour garçons d'Iron Mountain
Refuge et Discipline depuis 1895

Elle resta les yeux fixés sur les mots jusqu'à ce que le chauffeur se retourne, l'air préoccupé, le regard dur et brillant sous ses cheveux striés de gris.

– Vous êtes prête ?

– Accordez-moi une minute.

Son cœur battait trop vite, elle sentait dans ses mains un léger tremblement. Croyant comprendre, le chauffeur descendit de voiture et se posta devant sa portière. Il fit un hochement de tête en direction de l'homme campé sur le seuil, mais aucun d'eux ne parla. Deux ou trois minutes plus tard, Abigail Vane tapa en donnant un coup de bague sur la vitre. La portière s'ouvrit en grand et le chauffeur prit la main qu'elle lui tendait.

– Madame.

– Merci, Jessup.

Dès qu'elle fut sortie de la voiture, il lui relâcha la main. Elle détailla des yeux les marches en ciment fendues, la rouille sur la rampe de fer. Son regard passa du toit haut et pentu à la partie de l'édifice qui était en ruine, avec sa triple rangée de fenêtres aveugles, les vitres cassées, les carreaux manquants, les planches clouées, décolorées par le temps.

– Madame Vane.

Un homme au dos voûté s'empressa de descendre les marches à sa rencontre. Il avait un regard vif et engageant, une pomme d'Adam proéminente, des cheveux clairsemés ramenés au-dessus des oreilles et, quand il sourit, ses lèvres découvrirent de petites dents blanches.

– Nous sommes si contents de votre venue. Je me présente, Andrew Flint. Peut-être votre secrétaire vous a-t-elle parlé de moi ? Après tous ces courriers échangés et ces coups de téléphone, c'est un peu comme si je la connaissais.

Elle serra la main qu'il lui tendit, la trouva mince et fraîche.

– Monsieur Flint, dit-elle d'une voix neutre, celle dont elle se servait dans toutes les occasions officielles, galas de charité, réceptions, cérémonies publiques, et lorsqu'elle avait affaire à des personnalités importantes, tels que les deux derniers gouverneurs, le président, et une bonne centaine de directeurs généraux.

Elle lui serra fermement la main, puis relâcha la pression de ses doigts et attendit que lui aussi se rende compte qu'il fallait lui lâcher la main.

Flint jeta un coup d'œil à la limousine vide.

– Et votre époux ?

– Le sénateur était pris par d'autres engagements, répondit-elle en tripotant un bouton de son chemisier.

— Quel dommage ! Nous avions espéré..., commença Flint, puis il se força à sourire. Enfin, vous êtes ici, et c'est déjà un tel événement pour nous. (Écartant les mains, il engloba d'un geste nerveux la neige, la pénombre qui devenait plus dense.) Si nous entrions ?

À la moitié des marches, elle se retourna. Un crépuscule trompeur s'était abattu sur la cour, et les gamins qui s'y trouvaient encore se distinguaient mal dans la pénombre. La scène la déprimait ; tous ces enfants perdus. Mais, aujourd'hui, ce serait différent. Pour deux frères, songea-t-elle, aujourd'hui serait un grand jour, le début d'une nouvelle ère.

— Vous avez reçu notre don ?

— Oui, madame Vane. Bien sûr, répondit Flint en s'inclinant de nouveau et en se frottant les mains. Comme vous pouvez le constater, nous aurons l'occasion d'en faire bon usage.

Il fit un geste et elle suivit son regard.

Dans la tempête, l'aile abandonnée de l'orphelinat semblait une épave de navire échouée. Elle vit du mouvement derrière l'une des fenêtres, une lueur blanche qui perça deux fois l'obscurité et disparut.

— Cette aile est-elle encore utilisée ? demanda-t-elle.

— Mon Dieu non. Elle est dans un état déplorable.

— J'ai cru voir quelqu'un.

Il secoua la tête.

— Un oiseau peut-être. Ou un chat sauvage. Ils réussissent à y pénétrer. C'est un endroit très dangereux. Les garçons ont l'interdiction formelle de...

Elle s'arrêta sur la marche du haut.

— J'aimerais les rencontrer.

Flint se tordit les mains, et chercha ses mots en bafouillant un peu.

— Hélas, je crains que ce ne soit pas possible.

— Un don de cinq millions de dollars devrait faciliter les choses.

— Oui. J'en suis conscient, bien sûr. Mais... (Il hésita encore, tendant le cou pour scruter le bâtiment derrière

lui, comme attendant que quelqu'un vienne le sauver.) À dire vrai... Nous n'arrivons pas à les retrouver.
— Vous avez perdu les deux frères ?
— C'est-à-dire... pour l'instant.
— Cela arrive-t-il souvent ?
— Non. Non. Bien sûr que non.
— J'avais espéré les rencontrer tout de suite.
— Je suis certain qu'ils ne vont pas tarder à réapparaître. Ces garçons... vous savez ce que c'est. Ils doivent être dehors quelque part...
— Dehors quelque part ? répéta-t-elle, et ses yeux s'aiguisèrent.
— Oui, vous savez... En train de jouer, ajouta-t-il avec un rire nerveux.

Michael traversa le hall désert en courant, jetant des coups d'œil à droite, à gauche, les poings serrés. Des fenêtres le dominaient, aussi hautes que des portes, mais il ne regardait pas la neige au-dehors, ni son reflet fugitif sur les vitres. Cela faisait une heure que Julian avait disparu, ce qui ne lui ressemblait pas. Julian se cantonnait à leur chambre du deuxième étage, à leur couloir, sinon, il était toujours à proximité de Michael. Quand son grand frère n'était pas là, ce qui arrivait, alors il restait en compagnie de ses quelques copains. Julian n'était pas stupide. Il savait qu'il était faible. Et que cette faiblesse lui attirait des ennuis, pire, d'infinis tourments.
Martyriser Julian était l'un des jeux préférés d'Hennessey ; la raison principale en était que lui et ses amis n'avaient pas le courage de s'en prendre directement à Michael. La fois où ils avaient essayé, ils s'en étaient sortis avec des doigts cassés et des dents en moins. Ils étaient à cinq contre un, pourtant Michael les avait mis sur le carreau. Qu'importent les coups qu'il recevait ou le sang qu'il perdait, Michael se battait en grondant comme une bête en cage. Avec la même sauvagerie que Tarzan. C'est pourquoi les plus jeunes l'admiraient, pourquoi les plus vieux ne s'en approchaient pas, car, acculé, il devenait si

féroce que, chez les grands, plus d'un pensaient qu'il avait un grain. Mais ce n'était pas le cas. Il n'y avait que du temps à la Maison de fer. Du temps à brûler. Du temps à tuer. C'était un enfer sur terre, et son frère portait une cible dans son dos. Michael avait-il le choix ?

— Julian !

Il cria le prénom de son frère qui résonna dans l'air glacial. Quand Michael était revenu de sa corvée de cuisine, un gamin du couloir lui avait dit que Julian avait disparu, que des grands étaient venus et l'avaient forcé à sortir du groupe pour l'entraîner jusque dans l'aile abandonnée. En rigolant, Hennessey avait arraché des planches de la porte scellée et en avait frappé durement Julian pour l'obliger à courir. Ils étaient cinq, avait précisé le gamin. Ils lui avaient donné une avance de deux minutes, et étaient partis à sa poursuite.

C'était il y a une heure.

Et donc, Michael courait. Il appelait, appelait son frère.

De la vapeur sortait de ses lèvres.

Le prénom sonnait creux dans l'air glacial.

Flint conduisit Abigail à une petite chambre du premier étage.

— C'est la seule pièce dont nous disposons pour accueillir les visiteurs, dit-il en s'en excusant. Vous pouvez vous rafraîchir. Vous reposer. Les garçons ne vont plus tarder.

— Merci, monsieur Flint.

Il s'apprêtait à s'en retourner, puis s'arrêta.

— Puis-je vous poser une question ?

— Si c'est indispensable.

— Pourquoi ces garçons-là ?

— Cela vous intrigue-t-il à cause de leur âge ?

— Et parce que l'un des deux est si maladif, dit-il avec douceur, visiblement perplexe. C'est tout à fait inhabituel.

— Donc vous vous demandez quelles sont mes motivations.

— Une curiosité bien naturelle.

Abigail avança jusqu'à la fenêtre et contempla la neige.

— Ils ont neuf et dix ans, n'est-ce pas ? Ce sont des enfants trouvés ?

— Oui, on les a découverts dans le lit d'un ruisseau, juste de l'autre côté de la frontière avec le Tennessee, pas très loin, en fait. À soixante kilomètres à vol d'oiseau, deux fois plus par la route, surtout les routes d'ici. C'était fin novembre, il faisait très froid, et deux chasseurs ont entendu pleurer au creux d'un fossé. Le ruisseau n'était pas large, soixante centimètres, mais le courant était fort. Julian était en partie immergé et les deux petits étaient à moitié gelés. C'est un miracle qu'ils aient survécu, surtout Julian. Un enfant aussi chétif, un freluquet, comme disait ma grand-mère. Les chasseurs les ont emmitouflés dans leurs chemises. Sans le secours de ces inconnus, quelques minutes de plus et ils seraient morts.

— Quel âge avaient-ils à cette époque ?

— Nous n'en sommes pas certains. Julian était un nouveau-né, quelques semaines. Quant à Michael, le médecin a estimé qu'il avait dans les dix mois, peut-être moins. Mais Julian était un prématuré, cela en tout cas ne faisait aucun doute. Nous avons supposé qu'ils étaient de la même mère, et donc...

— Prématuré ?

— D'au moins un mois.

— Un mois.

Abigail sentit sa vision se troubler, et le temps passa, assez pour mettre Flint mal à l'aise.

— Madame Vane ?

— J'ai été élevée dans un orphelinat, monsieur Flint. C'était une petite institution, encore plus pauvre que celle-ci. Froide, dure, inhospitalière, précisa-t-elle, toujours postée face à la fenêtre, puis elle se retourna et leva la main, montrant le décor autour d'elle. Vous pouvez comprendre que je puisse éprouver quelque compassion pour...

— Oui, oui. Bien sûr.

— Je fus adoptée à dix ans, mais ma sœur de neuf ans ne le fut pas, ajouta-t-elle en posant sur Flint un regard sans faille. Elle aussi était de santé fragile, comme Julian, et on l'a laissée pour cette raison. J'ai donc trouvé refuge chez une famille aimante. Quatre mois plus tard, ma sœur contractait une pneumonie. Elle est morte seule dans cet horrible endroit.

– Je comprends.

– Vraiment ? J'ai fait un bon mariage, monsieur Flint, et je suis en mesure d'empêcher semblable tragédie. J'ai cherché des enfants qui correspondent précisément à ces garçons. Des grands. Dont personne ne voulait plus. Cela ne me rendra pas ma sœur, mais j'espère y puiser un peu de soulagement. Une nouvelle vie pour eux, et peut-être pour moi aussi. Cela satisfait-il votre curiosité ?

– Je ne voulais pas me montrer indiscret.

– Maintenant je voudrais les voir, monsieur Flint.

– Naturellement.

– Veuillez les trouver, je vous prie.

Julian avait des endroits où se cacher quand les choses tournaient mal. La cabane abritant un puits dans les bois, le vide sanitaire sous la chapelle. Un jour, il avait trouvé une crevasse dans le roc granitique, là où la rivière se jetait dans le pré en aval. Pour y entrer, on passait de justesse la tête la première par une fente étroite, mais, un mètre plus bas, la grotte s'élargissait et il pouvait s'étirer, le nez à trente centimètres de la roche noire et humide. La grotte était sombre et froide, et il en était sorti une fois couvert de sangsues ; mais plus les choses empiraient pour Julian, plus il descendait profond. Au fond du monde. Au fin fond de son esprit.

Michael le retrouva dans le second sous-sol.

C'était un réseau de pièces obscures et poussiéreuses qui se comptaient par dizaines, mais, au fil des années, Michael l'avait parcouru de fond en comble, en ouvrant toutes les portes. Il avait trouvé des rangées de placards contenant des dossiers qui dataient de plus de quatre-vingts ans, un couloir rempli de piles de journaux réduits en bouillie, une ancienne infirmerie, des armoires moisies bourrées de registres, de bandages, de masques à gaz. Il avait trouvé des boîtes de seringues en verre, des fauteuils équipés d'entraves, des camisoles de force tachées de brun. Certaines pièces avaient des portes en acier ; dans d'autres, des menottes étaient rivées aux murs en ciment. Un jour, il était entré dans une salle à l'extrémité sud et avait été balayé par une nuée de chauves-souris qui s'étaient frayé un passage à travers les fondations et le bois vermoulu des poutres. Les plafonds étaient bas, dans le sous-sol. La lumière rare.

La première fois que Julian avait disparu, Michael l'avait retrouvé dans la chaufferie, roulé en boule dans l'espace étroit derrière la chaudière, les genoux remontés contre sa poitrine, le dos appuyé contre les briques.

Il avait six ans, et il avait été roué de coups.

C'était il y a trois ans.

Michael avait plongé sous des tuyaux, puis avancé dans le noir vers une porte voilée sous laquelle fusait une lumière bleue chargée de chaleur. Il entendit parler à voix basse, en fait c'était son frère qui chantonnait ; quand il ouvrit la porte, une vague de chaleur en jaillit. La chaudière remplissait la pièce, nourrissant une flamme bleue dans ses entrailles, exhalant une vapeur chaude. Blotti derrière, ramassé sur lui-même, Julian se balançait, les bras passés autour des genoux. Torse nu, il n'avait pas de chaussures, sa peau était rougie, maculée de crasse, et ses cheveux fumaient.

– Julian ? dit Michael quand il se fut faufilé derrière la chaudière. Ça va ?

Julian secoua la tête sans lever les yeux. Michael vit alors les marques de coups et les éraflures sanglantes sur sa peau. Il posa la main sur l'épaule de son frère, puis s'assit ; un long moment, Julian ne dit rien. Quand il parla, ce fut d'une voix rauque, entrecoupée.

– Tu te rappelles quand on était petit ? Le vieux Dredge ?

Michael dut y réfléchir à deux fois.

– Le vieux chargé de l'entretien ?

– Il dormait dans cette petite pièce au bout du couloir, indiqua Julian en inclinant la tête, et Michael se souvint.

Dredge avait un réduit qui lui servait de chambre, équipé d'un lit de camp et d'un réfrigérateur. Le mur était tapissé de photos en double page extraites de magazines de charme, et il avait une réserve d'alcool dans le frigo. Étrangement, Julian n'avait jamais eu peur de ce vieux tout voûté.

— Et alors ?

— Je descendais ici, tu sais, raconta son frère comme si Michael ne s'en était jamais douté. Il m'aidait quand j'en avais besoin. Je me cachais ici, en bas, et il faisait le méchant quand les grands arrivaient pour me chercher. Il secouait cette espèce de canne qu'il avait en disant des trucs bizarres sans queue ni tête. Au bout d'un moment, les garçons prenaient peur et, en général, ils ne revenaient pas. Il n'était pas vraiment méchant, mais c'était sa façon de m'aider. C'était mon ami. Quand ça tournait mal, il me racontait des histoires. Il disait qu'il y avait des portes secrètes ici, des portes magiques. Ses yeux louchaient un peu vers le haut quand il en parlait, mais il jurait qu'elles existaient. Trouve le bon mur, me disait-il. Quand ça tourne mal, trouve le bon mur, tape juste où il faut, et il s'ouvrira.

— Soleil et marches argentées...

— Je t'en ai déjà parlé ? demanda Julian.

— Une porte ouvrant sur un monde meilleur. J'avais oublié, mais oui, tu m'en as déjà parlé.

Michael revit le vieux, sa peau sillonnée de rides, ses yeux injectés de sang, l'odeur d'alcool et de cigarettes dont il était imprégné. Il avait disparu il y a deux ans. Renvoyé, sans doute. Parce qu'il était fou, ou qu'il déblatérait des cochonneries, ou les deux.

— C'était juste une histoire, Julian. Juste un vieux un peu dingo.

— Un peu dingo, hein ? répéta Julian avec un drôle de rire.

Quand il joignit ses mains, Michael vit les jointures de ses doigts éclatées, ensanglantées.

Son frère était descendu ici pour taper sur les murs...
— Que s'est-il passé, Julian ?
— Ils ont essayé de me jeter dehors tout nu. Ils ont essayé, mais je me suis battu, ajouta Julian en reniflant. Ils m'ont pris mes souliers.

En observant son frère, Michael se rendit compte que sa peau était rouge à cause du froid, non de la chaleur, et que ce n'était pas de la sueur qui trempait ses cheveux, mais de la neige fondue. Puis il remarqua autre chose encore.

— Ce n'est pas ton pantalon.

Julian ne releva pas.

— Ils ont verrouillé toutes les portes sauf la principale. Ils voulaient m'obliger à sortir par là, devant tout le monde. Ils se marraient d'avance, mais je les ai eus. Je suis entré par où passent les chauves-souris. Tu sais ? Oui, Michael. La pièce des chauves-souris.

Michael comprenait maintenant. Il voyait son frère courir à travers la neige, nu et transi, puis se faufiler en se tortillant par un trou dans le bois vermoulu et tomber dans le sous-sol, la tête la première dans les grappes de chauves-souris et la fiente immonde qu'elles avaient répandue partout.

— Ce n'est pas ton pantalon, Julian.

Le pantalon était raide de crasse et bien trop large pour lui. Il semblait sorti d'un des cartons moisis qui jonchaient le sous-sol, c'était un pantalon d'homme, vieux, tout taché, aux revers effilochés. Julian crispa ses doigts sur ses genoux, ses yeux s'agrandirent, et son visage devint soudain tout flasque.

— Pourquoi est-ce que je porterais le pantalon de quelqu'un d'autre ?

Cet air-là, Michael le connaissait bien : les yeux perdus dans le vide qui refusent de se fixer, la bouche béante, à la limite de la folie.

Quand Julian décrochait, quand il se coupait de la réalité.

Cet air-là, Michael avait beau le détester, il ne comprenait que trop pourquoi son frère l'avait si souvent. Harcelé sans répit, Julian se désintégrait depuis des mois, de plus en plus fébrile, pâle, les yeux creux, car il mangeait et dormait à peine ; et, quand le sommeil venait, ses rêves étaient aussi tourmentés que ses jours. Le pire était advenu deux nuits plus tôt, quand Julian était tombé du lit avec un drôle de gémissement rauque, le menton tout baveux. Il s'était blotti dans un coin et roulé en boule, avec cette même mâchoire pendante, ces mêmes yeux hallucinés. Michael avait mis du temps à le sortir de cet état, et, quand enfin il l'avait fait se recoucher, Julian était resté nerveux, agité, l'œil vitreux. Terrifié. D'une voix entrecoupée, il avait essayé d'expliquer.

Les choses changent dans le noir. Ça me fait peur.
Les choses changent comment ?
Tu vas me prendre pour un fou.
Non.
Juré ?
Bon Dieu, Julian...
Tu vois les bougies : au début elles sont toutes propres, lisses et jolies, hein ? On a plaisir à les regarder. Elles sont comme elles doivent être.
Ouais, bon.
Et puis on les allume, et elles fondent, elles coulent, se déforment, deviennent affreuses. Eh bien, parfois c'est comme ça quand les lumières sont éteintes. Comme si tout devenait horrible.
Je ne comprends pas.
Comme si tout fondait dans le noir. Comme si le noir était une flamme et que le monde était en cire.
Le monde n'est pas une bougie, Julian.
Mais comment le sais-tu puisque tu ne peux pas le voir ?
Pourquoi tu pleures ?
Comment le savoir ? Qui peut en être sûr ?

Rien que d'y penser, Michael était en colère. Et si son frère avait perdu la boule pour de bon ?

– Qui t'a fait ça, Julian ? Hennessey ?
– Et Billy Walker.

Julian se remit à pleurer à grosses larmes. Il renifla bruyamment, essuya d'un revers du bras son visage couvert de crasse.

— Qui d'autre ? demanda Michael.
— Georgie-boy Nichols. Chase Johnson. Et ce taré qui sort de la maison de redressement.
— Celui qui vient de Géorgie ? Le grand ?
— Ronnie Saints, confirma Julian en hochant la tête.
— Ils étaient cinq.
— Ouais.

Redoublant de colère, Michael se leva. Il était en nage à cause de la chaleur que diffusait la chaudière.

— Il faut que tu te défendes tout seul, Julian. Dès que tu leur auras prouvé que tu en es capable, ils te laisseront tranquille.
— Mais je ne suis pas comme toi.
— Montre-leur juste que tu n'as pas peur.
— Je regrette, Michael.
— Ne dis pas que tu regrettes...
— Je t'en prie, ne sois pas fâché...
— Je ne suis pas fâché.
— Je regrette, Michael.

Julian se cacha le visage d'un bras pour pleurer, et Michael resta un long moment à le regarder.

— Il faut que tu arrêtes ça, Julian.
— Que j'arrête quoi ?

Julian leva vers lui ses yeux écarquillés, la voix encore entrecoupée par les sanglots, comme si une grosse boule restait coincée au fond de sa gorge.

— Arrête un peu de gémir tout le temps. Arrête de chantonner en prenant cet air abruti. Arrête de courir quand ils te poursuivent. Arrête de flancher...
— Michael...
— Arrête d'être un trouillard.

Julian détourna les yeux.

— Je ne fais pas exprès. S'il te plaît, ne dis pas ça.

Michael se détestait d'employer ces mots-là, mais il en avait assez des soucis, des bagarres.

– Monte à la chambre, Julian. Je t'y rejoindrai plus tard.
– Où vas-tu ?
– Régler ça moi-même.

Il poussa la porte gauchie d'un coup d'épaules et partit si vite qu'il ne vit pas la peine sur le visage de son frère, ni ses larmes brillantes comme des diamants, ni sa détermination. Il ne vit pas comment les bras de Julian tremblaient quand il se releva, comment il sortit le couteau caché derrière son dos et serra le manche jusqu'à ce que sa main soit blanche et dure comme de l'os.

– D'accord, Michael. D'accord.

Julian fixa le couteau d'un drôle d'air, puis contempla ses bras malingres, sa poitrine étriquée. Il n'avait pas les muscles de Michael, ni ses larges épaules, ni les veines robustes qui saillaient de ses bras. Il n'avait pas non plus ses yeux perçants, ses dents égales, son assurance. Sa peau à lui était blafarde, ses poumons le brûlaient quand il courait ; mais sa faiblesse n'était pas que physique. Plus profonde, elle se tapissait là, derrière ses côtes, et une partie de lui haïssait Michael de ne pas avoir cette même faiblesse en lui. Parfois cette haine était terrible, si forte qu'elle menaçait d'apparaître sur son visage ; puis elle disparaissait de même, dissipée par l'amour au point que Julian s'en souvenait comme d'un rêve.

Il demeura longtemps là, humilié et honteux, les yeux brillants. Dans son esprit déferlaient par milliers les souvenirs de toutes les vexations, sarcasmes et mauvais traitements qu'il avait reçus, le crachat de Hennessey sur sa figure, le pantalon d'un vieillard, le goût de la fiente de chauve-souris dans sa bouche. Mais c'étaient de petites blessures comparées à la douleur, la peur et le mépris de soi-même. La pire étant la déception dans les yeux de son frère. Julian essuya la morve qui coulait sur son visage et se demanda comment il pouvait aimer son frère et le détester en même temps. Les deux étaient si envahissants.

L'amour.
La haine.

Julian voulait être solide, bien campé sur ses pieds. Il voulait que ceux qu'il croisait dans le hall lui disent bonjour au lieu de lui faire du mal juste parce qu'ils le pouvaient. S'il était comme Michael, il aurait droit à ces égards-là, et donc Julian décida qu'il voulait être ainsi. Comme Michael. Mais quand il avança vers la porte, sa cheville meurtrie plia sous lui et sa chute fut si rude, si violente que son visage heurta le ciment en craquant comme du bois. Le couteau valsa loin de lui et il se roula en boule dans la poussière, solitaire, blessé, avec pour seul désir celui d'être dans la peau de son frère.

Michael...

Sa tête lui faisait mal comme si son arcade sourcilière avait éclaté et que quelque chose de tranchant, de brûlant, y était resté coincé. Cachant son visage dans ses mains, il pleura, et quand il rouvrit les yeux, il vit par terre la lame piquetée de rouille. Il saisit le manche et le métal racla sur le sol quand il se mit à quatre pattes, tête pendante, le regard trouble. Il entendit alors un drôle de bruit dans sa gorge, et son visage tressaillit quand il y eut un claquement sec dans sa tête, comme du verre qui se brise. Lorsqu'il se releva, il se sentit différent, étourdi, les membres lourds. Tout s'obscurcit autour de lui, il chancela, pris de vertige, et quand sa vision s'éclaircit à nouveau, il entendit des coups, des poings tapant sur le mur, des doigts cognant sans répit sur le ciment, tandis qu'au loin, dans un coin de son esprit, une voix disait : *Ça fait mal...*

Mais c'était un autre qui avait mal.

Arrête d'être si trouillard, dit le garçon, et les pieds de Julian raclèrent le sol noirâtre. Ses mains trouvèrent l'angle de la rampe, et il monta les marches, croisant au passage la cuisine en sous-sol dans des effluves de thé sucré et de viande grasse, de pain blanc et de margarine. Encore une volée de marches, puis Julian tourna à gauche sur le palier qui menait au réfectoire où les garçons avaient déjà commencé à se rassembler. Il passa devant la porte en chancelant, puis s'obligea à gravir encore un escalier désert et s'engagea dans un long couloir, le couteau plaqué contre sa jambe. Là il croisa quelques autres pensionnaires, et se rendit vaguement compte de leurs regards interloqués quand ils le découvrirent, sale, boiteux, couvert de meurtrissures, dans son pantalon dégoûtant, avec ce renflement hideux au-dessus de ses yeux fous. Quand ils virent le couteau, ils s'écartèrent sur son passage en s'aplatissant contre les murs. Mais Julian resta insensible à leurs regards, leur pitié, leurs quolibets, et la question que l'un d'eux lui posa, étonnante, parce que gentille.

Non, répondit le garçon avec la voix de Julian. *On n'a pas besoin d'aide.*

Il trouva Hennessey seul dans les toilettes du premier étage, au bout du couloir nord. Il était debout devant l'urinoir, et il se retourna quand la porte se referma en claquant, la surprise dans ses yeux se muant en une lueur mauvaise dès qu'il le vit.

– Bon Dieu, s'exclama Hennessey, puis il lui tourna le dos et tira la chasse d'eau.

Les toilettes sentaient l'urine et le désinfectant, une lumière d'un blanc froid tombait des lampes grillagées du plafond. Hennessey cracha par terre et s'approcha de lui. Les taches de rousseur sur son nez ressemblaient à des éclaboussures de boue. Il avait une dent cariée qui rendait son sourire d'autant plus vicieux, des mains comme des battoirs, couvertes d'un duvet blond.

– Je n'ai pas peur de toi, affirma Julian, le couteau caché derrière son dos.

Hennessey agita les doigts, arrondit la bouche en poussant comme un cri de peur et éclata de rire.

– Non mais regarde-toi ! T'es gaulé comme une gonzesse.

– Je ne suis pas un trouillard, dit Julian d'un air sombre.

– Si, t'en es un, rétorqua Hennessey en le repoussant durement.

– Retire ça tout de suite.

– Ou quoi ? lança Hennessey sans même se retourner.

Il avait une main posée sur la poignée de la porte quand le couteau s'enfonça de biais dans son cou, avec une sorte de crissement. Julian recula d'un pas tandis que le grand rouquin s'affalait dans un spasme, les deux mains sur sa gorge, les yeux révulsés. Il leva une main, vit le sang sur ses doigts écartés, et son ahurissement se changea en terreur.

En cet instant, Julian sentit une terrible satisfaction frémir et bouillonner à l'endroit où ses peurs se lovaient d'habitude, mais au plus profond de lui une voix s'écria que c'était mal. *Appelle un adulte*, dit-elle. *Va chercher de l'aide.*
Ferme-la, trouillard.

Les mots résonnèrent dans la tête de Julian, si fort qu'il chancela sur son bon pied.

Une telle haine.

Si puissante.

Julian se heurta à la porte d'un box, pénétra à l'intérieur à reculons en se cognant contre la cuvette en porcelaine et se prit la tête dans les mains, voyant les jambes d'Hennessey s'agiter spasmodiquement une ou deux fois, puis retomber, inertes. Derrière ses yeux, la douleur était atroce, comme si on lui arrachait quelque chose. Il serra plus fort ses tempes et la pièce se déforma étrangement, tout en angles bizarres, comme si la pesanteur déviait les lignes en faussant les perspectives. Relâchant sa tête, il se força à sortir du box, hagard, blessé, misérable.

– Michael ?

Ce fut sa voix à lui, cette fois, qui sortit de sa gorge. Hennessey gisait étalé sur le carrelage, le couteau sortant de son cou entre ses doigts comme une étrange excroissance. Le vide se faisait dans la tête de Julian à mesure qu'un épais liquide rouge se répandait autour du corps. Clignant des yeux, il joignit ses paumes ensanglantées qui collèrent l'une à l'autre, toutes poisseuses, et quand il les sépara, elles se détachèrent avec un bruit spongieux. Il regarda les lumières blanches du plafond, les glaces et leurs reflets réguliers. Une marée rouge coulait le long des joints du carrelage noir et blanc.

– Michael ?

Silence.

– Michael ?

La troisième fois, ce fut magique. La porte s'ouvrit et son frère fut là, son frère qui de tout temps avait toujours arrangé les choses. Il haletait, en sueur, et Julian devina qu'il avait couru. Il essaya de lui parler, mais il avait la tête en coton et du mastic dans la bouche. Levant ses mains ensanglantées, il cligna des yeux, et pendant cinq longues secondes Michael resta figé, son regard passant de Hennessey à son frère, de son frère aux deux côtés du couloir, puis revenant vers l'intérieur de la pièce. Il ferma la porte, contourna le corps, et Julian faillit crier de soulagement de le voir là. Il arrangerait ça. Il ferait en sorte que tout aille mieux.

Michael le prit par les épaules. Julian voyait bien que ses lèvres remuaient, prononçaient des mots, mais il ne parvenait pas à les comprendre. Il clignait des paupières, hochait la tête, passant des lèvres de Michael au corps affalé par terre. Tout était mauvais, le bruit qui résonnait dans ses oreilles, le goût de vomi dans sa gorge. Tout en lui parlant, Michael le conduisit à un lavabo et aida Julian à se laver les mains, les bras. Il mouilla du papier toilette et, presque maternellement, essuya le sang qui avait giclé sur son visage. Tout ce temps, ses yeux ne quittèrent pas ceux de son frère. Comme Julian ne réagissait pas, il répéta, plus fort, plus lentement : « Tu comprends ? »

Le son semblait sortir d'un long tunnel. Ils n'avaient pas de sens, mais cette fois Julian entendit les mots : « C'est moi qui l'ai fait. » Le visage de Michael était tout près du sien, et son frère se tapait la poitrine en répétant : « C'est moi qui l'ai fait. Tu comprends ? »

Julian se pencha en avant, bouche bée. Michael jeta un regard vers la porte, puis se baissa et tira le couteau du cou de Hennessey. Il sortit avec un bruit de succion et Michael le tint devant le nez de Julian, qui le fixa, ébahi.

– C'est moi qui l'ai fait. D'accord ? Tu ne pourras pas en assumer les conséquences. Compris, Julian ? Il te maltraitait encore et je suis arrivé. C'est moi qui ai fait ça.

– C'est toi qui as fait…

Julian sentit sa tête tomber, ses paupières se fermer malgré lui. Il décrochait.

– Oui. C'est moi, acquiesça Michael en regardant la porte fermée. Quelqu'un t'a vu avec le couteau. Les gens vont arriver d'une minute à l'autre. Il faut que je m'en aille. C'est moi qui ai fait ça. Dis-le.
– Hennessey me faisait mal... C'est toi qui as fait ça.
– Bien, Julian. Bien.
Alors il serra une fois son frère contre lui, ouvrit la porte et disparut, du sang sur les doigts, le couteau à la main.
Contemplant Hennessey, Julian vit ses yeux ternes comme du lait renversé. Il recula, aveuglé, et des gens arrivèrent. Ils criaient et bougeaient dans tous les sens, des mains se posèrent sur la gorge d'Hennessey, sur ses yeux. Quelqu'un approcha une oreille de sa bouche. Il y avait Flint et d'autres adultes. Tandis qu'ils lui posaient des questions, Julian clignait des yeux, encore et encore.
Il regarda la porte ouverte.
Et fit comme Michael avait dit.

Abigail se tenait à la fenêtre de la petite pièce étroite. Dehors, la neige flottait encore au gré du vent sur un ciel bas et sombre. La vitre était ourlée de givre et tout était humide et froid : les meubles, ses vêtements, sa peau. Elle vit un garçon qui courait dans l'allée, et soudain l'idée de tous ces enfants condamnés à vivre en ces lieux désolés lui fut intolérable. Le garçon courait, les pans de son manteau claquaient au vent, et elle se demanda pourquoi il était dehors dans la tempête, et vers où il courait ainsi. Fermant les yeux, elle demanda à Dieu de veiller sur ces enfants, de les protéger ; quand elle rouvrit les paupières, la nuit était tombée pour de bon, noire, mouvante, oppressante.
Elle chercha des yeux le garçon, mais il avait disparu.
La bise soufflait en rafales de neige tourbillonnantes. Soudain, elle entendit gémir au-dehors, une longue plainte solitaire, et porta sa main à sa gorge.
Des sirènes retentirent dans le lointain.
Cœurs battants. Petits cœurs rouges battant dans la nuit noire.

6

Michael avait vu ce moment tant de fois : en rêve et en imagination, durant ces heures moites où il ne pouvait pas dormir, quand il ne semblait plus y avoir un souffle d'air dans l'appartement d'Elena et qu'il se creusait la tête pour trouver comment lui raconter avec élégance les choses qu'il avait faites, lui parler de regret, d'espoir, d'aspiration ; mais il n'y avait aucune fenêtre en son âme qui ne fût brisée, bouchée, maculée de noir. Il était un tueur, point final. Cela, il ne pourrait jamais s'en défaire. Quant à savoir s'il avait des raisons d'en être arrivé là, outre le fait qu'il ne s'en était jamais pris à un civil innocent, quelqu'un qui n'était pas du milieu, cela compterait-il ?

Elle s'en ficherait, et il ne pourrait pas lui en vouloir.

Il avança vers elle de quelques pas, sachant seulement que l'instant de vérité qu'il avait maintes fois imaginé n'avait jamais ressemblé à ça : du sang sur ses mains, et Elena agenouillée dans l'herbe sèche. Elle se tenait le ventre d'une main en écartant de l'autre le tissu de sa robe et paraissait si petite, si vulnérable. Michael était incapable de deviner les pensées qui lui traversaient l'esprit, il savait seulement qu'elles devaient être visqueuses, humides et froides. Idées de trahisons, de mensonges, de violences.

Pour arriver jusqu'à elle, il restait tout au plus un mètre cinquante, mais la distance paraissait infinie. Fourrant le téléphone dans sa poche, il s'approcha.

– Ça va ? demanda-t-il.

Il ne voyait d'elle que son dos chauffé par le soleil, sous le tissu soyeux de sa robe. Elle secoua la tête tandis qu'une brise frémissante ramenait vers eux l'odeur de la rivière. Par-delà le flux de la circulation, Michael entendait au loin les bruits de la ville ponctués du mugissement des sirènes. Vers le nord montait une fumée grise, sinistre.

– Je ne te connais pas.

Des mots prononcés platement, froidement, avec un goût de cendres et d'incommensurable gâchis. Elle redressa le torse en vacillant un peu, toujours agenouillée, et chassa la main de Michael.

— Je ne sais rien de toi.

— Tu sais l'essentiel. Tout ce qui compte vraiment, répliqua-t-il.

— Tu tirais sur ces hommes. Tu viens de jeter des armes à feu dans la rivière. Mon Dieu, tout ça paraît si absurde, si irréel.

Elle restait figée, mais Michael vit qu'elle était près de s'effondrer. Ses amis étaient morts, et pour toute explication, elle n'avait eu droit qu'à des mensonges, ce dont ils étaient tous deux conscients.

— Là, rien n'a changé. Je te le jure, protesta-t-il, la main sur le cœur.

Le regard fixe, elle ne réagit pas, et Michael sentit un point glacial dans sa poitrine, comme si la panique s'y cristallisait.

— Tu es la seule chose qui compte pour moi. Ce que nous avons vécu, ce que nous avons partagé.

— Non.

— Je le jure sur notre enfant.

— Je t'interdis de jurer sur mon bébé, dit-elle en le fixant enfin dans les yeux, toute confiance bannie de son regard, et ils comprirent tous deux le poids des mots qu'elle avait choisis.

Michael vit alors une voiture de patrouille avancer lentement sur l'avenue et les dépasser. L'un des flics se retourna pour inspecter le carré d'herbes sèches où ils étaient agenouillés et la voiture garée le long du trottoir.

— Il faut qu'on y aille. Maintenant, dit Michael.

Suivant son regard, Elena comprit. Elle scruta son visage, puis la voiture de police, qui s'était arrêtée à une centaine de mètres. Si elle décidait de les appeler ou de courir les rejoindre, Michael ne pourrait pas l'en empêcher.

— J'ai besoin d'une explication, dit-elle.

— Tu l'auras.

– La vérité.
– Je te le jure, fit-il en se touchant encore la poitrine.
Entre eux, l'air vibrait de tension électrique, une énergie sombre, celle de l'amour tenaillé par la peur. Aussi tranchante qu'une lame de couteau et capable dans la seconde qui suivait de couper le lien qui les unissait pour les séparer à jamais. Ils le perçurent tous les deux, tel un éclair prophétique. Elena finit par hocher la tête, le suivit jusqu'à la voiture, et ils surent alors sans plus de doute que l'amour seul lui donnait la force d'avancer. Une fois sur le trottoir, le regard d'Elena passa de la voiture de police à la fumée noire qui montait dans le lointain, au-dessus d'un quartier en flammes où des gens mouraient, avec en fond le son aigu d'une sirène. Puis elle jeta un coup d'œil au père de l'enfant qu'elle portait et monta en voiture, les traits figés, les mains crispées sur ses genoux.

Michael démarra la Navigator et accéléra pour rejoindre le flot de circulation. Les flics étaient toujours dans leur champ de vision puis, la route s'incurvant, ils disparurent. Michael s'éloigna de la rivière en se dirigeant vers l'est.

– Il faut qu'on sorte de la ville, déclara-t-il.
– Pourquoi ?
Parce que le monde est petit.
– J'ai des ennemis.

Elle s'enfonça dans son siège et entoura ses genoux de ses bras. Maudissant la vérité d'être si nue, si absolue, Michael regarda dans le rétroviseur. Arrivé devant son immeuble, il fit le tour du bloc, puis s'arrêta. Elena se pencha en avant pour regarder à travers le pare-brise.

– C'est quoi cet endroit ?
– C'est là que j'habite.
– Mais..., commença-t-elle, pour s'interrompre aussitôt. Je veux rentrer chez moi, reprit-elle.
– Ce n'est pas possible.
– Pourquoi ?
– J'ai besoin que tu me fasses confiance, répondit-il en ouvrant la portière.
– Qu'est-ce qu'on est venus faire ici ?

— Il nous faut de l'argent.

Il inspecta la rue, les fenêtres du voisinage.

— Tu ferais mieux de m'accompagner.

Contournant la voiture, il vint lui ouvrir la portière. Une dame passa, promenant son toutou. Des oiseaux pépiaient dans les arbres en bas de la rue, et Michael vit qu'Elena lissait les plis de sa robe sur ses cuisses avant de descendre de voiture. Il la conduisit à la petite véranda qui servait de porche d'entrée, puis ils montèrent jusqu'au deuxième étage. Avant de la laisser entrer, Michael inspecta l'appartement.

Elle y pénétra, fit deux ou trois pas, puis s'arrêta sur le seuil du salon pour parcourir du regard le décor où Michael vivait.

— C'est un endroit comme un autre, dit-il. Je n'y viens presque jamais.

Elle toucha un tableau sur le mur, un livre sur l'étagère.

— Depuis combien de temps ?

— Quoi ?

Une lueur de colère fusa dans ses yeux.

— Cinq ans, répondit-il. Peut-être six. Peu importe...

— Comment peux-tu dire ça ?

— J'en ai pour une minute, répondit Michael. Attends-moi ici...

Il prit le couloir jusqu'à la petite chambre. Une fois devant la penderie, il quitta ses vêtements tachés de sang et se changea de pied en cap, enfilant un costume, des chaussures. Puis il choisit deux pistolets dans les armes accrochées au râtelier, prit un sac marin posé sur l'étagère et le posa par terre en le laissant ouvert. Il glissa l'un des pistolets, un Kimber 9 mm, dans un étui fixé à sa ceinture, sous son veston ; fourra l'autre, un Smith & Wesson .45 dans le sac, avec cinq chargeurs de réserve. Puis il s'occupa de l'argent. Sur l'étagère du bas, près des boîtes de munitions, il y avait deux cent quatre-vingt-dix mille dollars en liasses de billets de cent dollars. Il les fourrait dans le sac quand Elena apparut sur le seuil derrière lui. Elle hésita et Michael la laissa découvrir l'intérieur de la penderie, le reflet de l'acier, les liasses de billets, dans les odeurs mêlées de cuir et d'huile servant à graisser les armes.

– J'en ai d'autres en réserve, précisa Michael.

– Quoi ? dit-elle, les yeux braqués sur la rangée d'armes à feu.

– De l'argent.

– Tu crois peut-être que ça m'intéresse ? fit-elle en s'enflammant de nouveau. Tu crois peut-être que je reste pour l'argent ?

– Ce n'est pas ce que j'ai voulu dire.

– Je vais vomir, gémit-elle en se touchant le ventre.

– Mais non, ça ira, répliqua-t-il, plus sèchement qu'il ne l'aurait voulu, car le ton accusateur d'Elena le blessait ; s'il avait parlé d'argent, ce n'était que pour la rassurer, lui faire savoir qu'il pourrait la prendre en charge. La cacher. La garder en sécurité.

Il avança vers la sortie, elle le suivit, mais quand ils furent dans le couloir de l'immeuble, elle lui saisit le bras, et il s'immobilisa.

– S'il te plaît, dis-moi qu'il existe une explication pour tout cela. J'en ai besoin.

Elle était légèrement penchée en avant, sur la pointe des pieds, comme un oiseau prêt à s'envoler.

– C'est une longue histoire.

– Et de quoi parle-t-elle ?

– Elle explique tout. Le commencement, les raisons, tout.

– Tu me la raconteras ?

– Oui, mais plus tard. D'accord ?

– Promets-le-moi.

– Je te le promets.

Ils descendirent l'escalier. Michael sortit contrôler l'allée, puis replongea à l'intérieur de l'immeuble et la serra farouchement contre lui. Les cheveux d'Elena lui effleuraient le menton, et il eut envie de lui dire que tout irait bien, que la vie retournerait à la normale. Un mensonge de plus.

– Il faut qu'on se dépêche. Qu'on fonce tête baissée. Tout droit jusqu'à la voiture.

Il l'entraîna en marchant vite sur l'asphalte brûlant, la fit monter en voiture, et elle s'affala sur le siège. Du quartier où ils se trouvaient, Michael avait deux options pour sortir rapidement de la ville. Soit prendre vers le nord, par le Holland Tunnel, soit vers l'est, par le pont de Brooklyn. Une fois au volant, il démarra. À côté de lui, Elena, paupières closes, mains nouées, remuait les lèvres en silence. Michael comprit avec un petit temps de retard les mots qu'elle ne voulait pas prononcer à haute voix.
Mon Dieu je vous en prie...
Faites que ce soit une bonne histoire...

Il roula vers le nord à travers la ville, puis sortit par le Holland Tunnel et prit l'autoroute vers le sud. À côté de lui, Elena regardait la ville disparaître.

– Je n'ai jamais quitté New York, dit-elle.
– Tant mieux. Ce sera l'occasion de voir du pays.
– C'est une plaisanterie ?
– Oui. Pas très bonne, je te l'accorde.
Un silence pesant s'installa.
– Tu avais une histoire à me raconter, reprit-elle.
Dehors il faisait un ciel d'été, un ciel d'amoureux. Ils étaient dans le New Jersey, et la voix d'Elena était aussi distante que celle d'une inconnue.
– C'est l'histoire de deux garçons.
– Toi ?
– Moi et mon frère.
– Tu n'as pas de frère.
Michael attendit.
– Ah. Encore un mensonge, fit-elle en hochant la tête.
– J'avais dix ans la dernière fois que je l'ai vu.
Le soleil dardait ses rayons à travers les vitres. Michael lui passa une photographie décolorée, craquelée, celle de deux jeunes garçons sur un champ enneigé et boueux, vêtus de pantalons trop courts, de vestes raccommodées avec des pièces.
– C'est moi, à droite.
Elle prit la photo et son regard s'adoucit.

– Comment s'appelle-t-il ?
– Julian.

Elle caressa du doigt la silhouette de Julian, puis celle de Michael.

– Est-ce qu'il te manque beaucoup ? s'enquit-elle.

Comme chaque fois qu'elle était sous le coup d'une émotion, son accent ressortait et ses joues rosissaient légèrement. Michael hocha la tête, sachant qu'elle l'écouterait à l'expression de son visage. L'empathie était l'une de ses grandes qualités.

– On dit qu'on ne se souvient pas de grand-chose avant l'âge de deux ans, mais c'est faux. J'avais dix mois quand Julian fut abandonné nu sur la rive d'un ruisseau à moitié gelé. C'était un nouveau-né. Il neigeait. J'étais avec lui.

– Dix mois ?
– Oui.
– Et tu t'en souviens ?
– Par bribes.
– Quoi par exemple ?
– Les arbres noirs, la neige sur ma figure... Le silence, quand Julian a cessé de pleurer.

Elena garda les yeux baissés tout le temps que Michael lui parla. Des deux bébés qu'on avait jetés comme des sacs-poubelle dans les bois, de l'eau froide et des chasseurs qui les avaient trouvés, des longues années à l'orphelinat durant lesquelles la santé mentale et physique de son frère s'était lentement dégradée. Il raconta les dortoirs surpeuplés, la maladie, les bagarres, l'ennui, l'indifférence, la malnutrition. Il expliqua comment les plus costauds apprenaient à voler, les plus faibles à courir, les plus vieux à faire du mal.

– On ne peut pas l'imaginer.

Elena écoutait, attentive, devinant les mensonges et les demi-vérités à travers le récit qu'il lui faisait de sa vie passée. Parce qu'elle était intelligente, sur le qui-vive, et qu'elle portait un enfant qui comptait plus que sa propre vie. Ce qu'il disait avait néanmoins l'accent de la vérité, son honnêteté transparaissait dans la colère et le regret qui fusaient par instants dans ses propos, révélant le feu qui couvait en lui depuis longtemps.

— Hennessey est mort là, sur le carrelage des toilettes. J'ai pris le couteau et je me suis enfui.

— Pour protéger ton frère ?

— Parce que c'était moi l'aîné.

— Tu t'es enfui et tu as endossé le crime ?

Michael ne dit rien, mais Elena devina à son expression que c'était en effet le cas.

— Que s'est-il passé ensuite ?

— Julian fut adopté, répondit Michael avec un haussement d'épaules.

— Et pas toi.

Il secoua la tête.

— Je ne sais que dire.

— C'est ainsi.

— Et tu t'es retrouvé à New York...

— Ce n'est pas un bon endroit pour un garçon livré à lui-même.

— Que veux-tu dire ?

Michael glissa dans la file de gauche pour doubler une voiture.

— Neuf jours après ma descente du bus, j'ai tué un homme, continua-t-il sur le même ton.

— Pourquoi ?

— Parce que j'étais petit et qu'il était fort. Parce que le monde est cruel. Parce qu'il était fou, saoul, et qu'il voulait me faire brûler vif, histoire de s'amuser un peu.

— Mon Dieu.

— Il m'a trouvé endormi près des docks, et il m'a arrosé d'essence avant que je n'aie le temps de réagir. Il a gratté une allumette en me maintenant au sol de tout son poids, un pied posé sur ma poitrine. Je me souviens de ses godasses noires, attachées avec de la ficelle blanche, de son pantalon raide de crasse. Grâce à l'humidité, ou grâce au ciel, la première allumette n'a pas pris. Ou bien il avait trop gratté le soufre. Je ne sais pas. Il s'apprêtait à allumer la deuxième quand je lui ai fiché mon couteau dans la jambe. Sur le côté, juste au-dessus du genou. La lame s'est enfoncée jusqu'à l'os et je l'ai tournée jusqu'à ce que le type s'effondre. Alors je lui ai planté le couteau dans le ventre et je me suis enfui.

Elena secoua la tête, réduite au silence.

– Ce sont des choses qui arrivent quand on vit dans la rue, reprit-il. Des actes de violence insensés. Des coups de folie. L'imprévisible. À part ça, il est facile de s'y repérer. Les gens essaient de vous posséder. De vous contrôler, de vous exploiter en vous forçant à travailler pour eux, de se servir de vous, de vous baiser d'une manière ou d'une autre. Bref, si un gamin des rues ne peut s'en remettre aux autorités, il n'a aucun recours. J'ai eu de la chance, d'une certaine façon.

– Pourquoi ?

– J'étais robuste, rapide, je savais me battre. J'avais été élevé à la dure, à la Maison de fer. Ça m'avait formé, rendu vif, sans pitié. Ce que j'ignorais avant de me retrouver à la rue, c'était que j'étais malin, aussi. Que d'autres s'en rendraient compte, et que ça me serait utile.

– Je ne comprends pas.

– Un gosse des rues est vulnérable. Deux, c'est déjà mieux, mais ce n'est pas suffisant pour être en sécurité. Une dizaine, une vingtaine, c'est une armée. Dix mois après mon arrivée, j'avais six mômes sous mes ordres, qui travaillaient pour moi. Six mois plus tard, j'en avais dix de plus, des plus jeunes que moi, d'autres plus vieux, dix-sept, dix-huit ans. On dormait ensemble, on mangeait ensemble. Et on faisait des coups. Casses, cambriolages... Les touristes étaient une proie facile. Avec le temps, on a fini par se faire remarquer.

– Par qui, la police ?

– Non, des gangs, surtout. Quelques escrocs à la petite semaine. Car si nous ne roulions pas sur l'or, la came qui nous passait dans les mains avait de la valeur. Ordinateurs, jeux électroniques, bijoux, liquide. Certains se sont dit que ce serait du gâteau de venir me prendre ce que j'avais construit. Des gamins, c'est facile à intimider, facile à embrigader. C'était un marché inexploité, une occasion sans risque ou presque. Ça a fini par mal tourner, conclut-il en indiquant la cicatrice blanche qui courait sur son cou.

– Alors ce n'était pas une porte vitrée ? demanda Elena.
– Un mensonge de plus, désolé.

Elle connaissait ses cicatrices : deux sur le ventre, trois sur les côtes, la longue balafre sur son cou. Des marques pâles, un peu renflées, que ses lèvres avaient souvent effleurées.

– On créchait sous un pont de Spanish Harlem, on était sept, à l'époque. Cela faisait deux ou trois semaines qu'on traînait par là. On changeait régulièrement de périmètre, tu comprends ? Une semaine ici, un mois ailleurs. Cette fois-là, on avait dû rester un jour de trop, car les petits malfrats du quartier se sont pointés un après-midi. Ils étaient venus pour nous flanquer une dérouillée. Ils n'étaient que quatre, mais tous les autres ont fichu le camp.

– Les autres gamins ?
– Oui.
– Que s'est-il passé ?
– Je suis resté.
– Et ?

Michael haussa les épaules.

– On s'est affrontés au couteau ; j'ai reçu des coups, ils en ont reçu, mais ça allait forcément mal finir pour moi. Ce n'était qu'une question de temps. L'un d'eux m'a écrasé les os du poignet avec son pied. Ils m'ont cloué au sol. J'aurais dû y rester.

– Et alors ?
– Quelqu'un est arrivé.

Au ton de sa voix, Elena devina qu'ils en étaient au moment crucial du récit. Sans rien dire, ils longèrent sur presque un kilomètre une zone industrielle sinistre : hauts grillages fermés par des chaînes, goudron noir incrusté de plaques métalliques, lampadaires au sommet de longues perches recourbées.

– Michael ? dit enfin Elena.

– J'avais déjà entendu parler de lui, mais je ne l'avais jamais vu. C'était juste un nom à connaître, un homme à éviter. Il était brutal, disait-on. Un criminel. Un tueur.

– Un maffioso ?

– Non. Il n'était pas italien. Personne ne savait d'où il venait, même si certains prétendaient qu'il était d'origine polonaise. En réalité, c'était un Américain, né dans le Queens d'une prostituée serbe. Un orphelin, ai-je appris plus tard. Il était là quand la bagarre a commencé. Assis dans une limousine de l'autre côté de la rue, il regardait par la vitre baissée.

– Pendant que tu te battais ?

– Ils m'ont plaqué au sol, m'ont taillé le cou, dit-il en touchant la balafre qui faisait presque vingt centimètres, hachurée au milieu d'un nœud irrégulier. J'étais certain qu'ils allaient me faire la peau. Je l'ai vu à leurs mines. Je saignais. Ça les excitait. Alors il est apparu.

Michael le revoyait : des jambes de traviole, en costume bleu marine. Des cheveux noirs striés de blanc.

– Il avait l'air perdu, poursuivit Michael. C'est la première chose qui m'est venue à l'esprit en le voyant. Ce type est paumé et le pire, c'est qu'il s'en moque. Puis j'ai vu comment la peur s'emparait des gars qui me tabassaient. Ils ont reculé, mains en l'air. L'un d'eux a lâché son couteau...

Vous savez qui je suis ?

Comment expliquer le timbre du Vieux ce jour-là, dur et tranchant comme de l'acier, la portée de ses paroles sur le moment et encore aujourd'hui, telles qu'elles résonnaient dans la tête de Michael.

Vous feriez mieux de partir.

– Ils se sont barrés en courant sans demander leur reste, conclut-il d'une voix rauque.

– Michael, tu es en nage.

Il s'essuya le front du revers de la main. Il revoyait le visage du Vieux : mâchoires étroites, sourcils fins, yeux de pierre, mornes et sombres. Deux hommes l'accompagnaient. Ils restèrent debout tandis que le Vieux s'accroupissait près de lui. Il avait la quarantaine, était mince, avec une peau

pâle de citadin et des mains fines auxquelles manquaient des doigts. Ses dents étaient blanches et irrégulières.
Les autres se sont enfuis. Pourquoi pas toi ?
Je ne sais pas.
Quel âge as-tu ?
Douze ans.
Tu t'appelles Michael ?
Oui.
J'ai entendu parler de toi.
Mais il glissait dans l'inconscience. Le Vieux se releva dans un bruissement de tissu.
Qu'en penses-tu, Jimmy ?
Que c'est un petit merdeux, mais un dur à cuire.
Les chaussures raclèrent l'asphalte. Michael perdait son sang, son regard se voilait. Les mots lui parvinrent comme du brouillard descendant sur la rivière.
Si seulement mon fils était comme ce garçon...
Michael était en sueur, comme si la voiture était soudain surchauffée. Il sentait sous sa main la figure du Vieux, sa peau brûlante, parcheminée. Ses côtes étriquées, sa poitrine creuse, son souffle, alors qu'il cherchait une dernière fois à inspirer.

– Il m'a appris tout ce que je sais. Il m'a fait tel que je suis.

– Mon Dieu, Michael, tu es blanc comme linge.

– Il m'a donné un foyer... Il m'a donné un foyer et je l'ai tué, ajouta-t-il d'une voix éteinte, tandis que la voiture déviait vers la gauche.

Durant les trois heures qui suivirent, ils échangèrent peu de mots. Aux questions d'Elena, Michael répondait par bribes, en secouant la tête.

– Il était mourant. Je l'aimais.

– Et c'est pour ça qu'ils veulent te tuer ?

– Oui, et aussi parce que je suis avec toi. Ils croient que je vais les donner. Me rendre à la police et les balancer.

– À cause de moi ?

– En l'échange d'une vie normale.

– Tu ferais ça ?
– Non.
Michael revoyait le Vieux neuf jours plus tôt. Le teint jaunâtre, décharné, il était calé sur des oreillers pour mieux contempler la rivière de son lit. Michael lui avait pris la main et lui avait parlé pour la première fois d'Elena : ce qu'il éprouvait, pourquoi il voulait décrocher. Il s'était excusé de lui avoir caché son existence.
Je tiens à elle. Je veux la laisser à l'écart de tout ça.
De cette vie ?
Oui.
Elle t'aime ?
Je le crois, oui.
Le Vieux avait hoché la tête, les yeux noyés de larmes. Il comprenait.
C'est un cadeau, Michael, un cadeau précieux pour des hommes comme nous.
Des hommes comme nous ?
Des hommes à qui la vie fait rarement de cadeaux.
Mais comment lui expliquer ?
La vérité ? Ne lui dis pas.
Jamais ?
Pas si tu souhaites la garder...
– Michael ? s'enquit Elena d'une voix inquiète.
– Donne-moi juste une minute.
Mais une minute, ce n'était pas assez. Il y avait tant à dire, et si peu qu'elle puisse comprendre. À dix ans, il avait tué un homme pour sauver sa peau, et tué le suivant pour que le Vieux soit fier de lui.
– Il n'y a pas d'innocents, affirma-t-il, des mots qui remontaient à son enfance.
– Que sous-entends-tu ?
– C'est ce que quelqu'un m'a dit un jour. Peu importe.
– J'ai besoin d'en savoir plus. Tu m'as dit que tu l'aimais et que tu l'avais tué. Tu ne peux pas en rester là.
– Donne-moi juste une minute.
Mais ce n'était jamais le moment.

Au nord de Baltimore, ils furent bloqués par la circulation. Une heure, deux heures passèrent ainsi. Bercée par le ronronnement du moteur, Elena finit par s'assoupir, et même par sombrer profondément dans un sommeil troublé, brûlant, où elle rêva de bébés en flammes. Elle se réveilla avec un hurlement piégé au fond de sa gorge.

– Ce n'est qu'un rêve, la rassura-t-il.

– J'ai dormi combien de temps ?

– Deux bonnes heures.

La voiture faisait presque du surplace. Des lumières bleues fusèrent à travers les vitres, et elle vit des voitures de patrouille et des ambulances stationnées devant eux, près de voitures pliées, éventrées. Les débris de verre brisé scintillaient sur la route. Un instant, elle eut envie de se ruer hors de la voiture pour se rendre à la police et en finir une bonne fois. Elle appuya une paume contre son ventre, entendit crier dans le lointain, comme un dernier écho de son horrible rêve.

Michael lui caressa les cheveux.

– Ce n'est qu'un rêve, répéta-t-il. Je suis là pour toi, mon âme.

Ces mots, elle les avait entendus un millier de fois : après une dure et longue journée de travail, quand ils rentraient à pied à la maison dans le noir, ou quand elle émergeait d'un autre cauchemar ; les jours où elle était malade ou bien quand elle avait le cafard. Il lui caressait les cheveux, et la peur disparaissait. Le cauchemar s'estompait, et sa voix la recouvrait comme une couverture.

Moelleuse.

« Je suis là pour toi. »

Chaude...

Quand elle se réveilla de nouveau, encore confuse, effrayée, perdue, ils étaient à Washington.

– Tu ne m'as pas demandé où on allait, souligna Michael, vingt kilomètres plus loin.

– Quelle importance ? Seul compte aujourd'hui, rien ne sera réel jusqu'à demain.

Ils roulèrent encore un moment. À la lueur des phares, le visage de Michael était scindé en deux par l'ombre et la lumière.

– Il y a des choses que j'ai faites...
– Non.
– C'est important.
– Non, s'il te plaît, le coupa-t-elle en lui étreignant fort la main, mais quand Michael lui jeta un coup d'œil, il vit qu'elle luttait vaillamment pour refouler ses larmes, dont l'une brillait telle une étoile à sa paupière, dans le courant de lumière jaune.

Au nord de Richmond, Michael trouva un motel où l'on acceptait du liquide sans demander de pièce d'identité. Il était bon marché et propre, à cinquante mètres de l'autoroute. Quand ils furent dans la chambre, il attendit qu'Elena se soit déshabillée et glissée entre les draps. À part un trait de lumière qui filtrait entre les rideaux tirés, la chambre était plongée dans la pénombre.

– Viens te coucher, lui murmura Elena, allongée sur le dos, un bras levé.

Elle écarta le drap et ne dit rien quand Michael ôta le pistolet de sa ceinture et le posa sur la table de nuit. Il se déshabilla et s'allongea à côté d'elle. Elena se lova contre lui, enfouit sa tête au creux de son épaule, posa une paume sur sa poitrine, et Michael sut qu'elle sentait son cœur.

– Elena, souffla-t-il.
– Chut. Dormons.

Elle se colla contre son flanc, passa une jambe en travers des siennes et il sentit son ventre tiède, ses seins lourds, le souffle chaud de son haleine sur sa gorge, et il sut qu'elle faisait comme si rien n'avait changé. Il était son homme, et voilà. Tout était pour le mieux dans le meilleur des mondes. Il lui laissa cette illusion, le cadeau d'une nuit ; mais quand elle se fut endormie, il se leva, enfila son pantalon, sa chemise, prit le pistolet, le vérifia par habitude. Le cuivre des cartouches, l'acier bien graissé luisirent dans la pénombre. Il réunit les pièces, introduisit une cartouche dans la chambre et abaissa le cran de sûreté. Dehors, le parking était silencieux. Michael repéra les voitures, les angles de vue, les sorties. Stevan avait cinquante gars sous ses ordres et des ressources illimitées. Il avait aussi Jimmy.

Jimmy pourrait poser problème.

Déplaçant une chaise jusqu'à la fenêtre, Michael s'assit et plaça l'arme sur le rebord. Il surveilla, attendit ; une heure avant l'aube, son portable vibra dans sa poche. En voyant le numéro appelant, il ne fut pas surpris. Son frère adoptif était du genre bavard.

– Salut, Stevan.

– Tu sais où je suis ? demanda celui-ci d'un ton morne, où couvait la colère.

– Comment le saurais-je ? répondit Michael à voix basse, mais voyant Elena remuer dans son sommeil, il ouvrit la porte et s'avança au-dehors.

L'air était d'une douceur exquise, l'autoroute étrangement calme. Vers l'est, une aube timide pointait.

– Je suis garé devant la morgue municipale, dit Stevan. C'est là que les flics ont apporté le corps de mon père. Et maintenant, ils vont profaner sa dépouille, le découper, l'ouvrir en deux. Tout ça par ta faute, Michael.

– Je suis désolé, Stevan. Je n'ai jamais voulu ça. Je veux juste arrêter.

– Si je te laisse partir, on me prendra pour un faible. Et puis il y a mon père. Tu l'as tué de tes mains, dans son propre lit.

– Toi, tu as tué Elena. Nous sommes quittes.

– Pas le moins du monde. Comme si ça comptait, la mort d'une femme. D'ailleurs elle a survécu, je le sais... Tu crois pouvoir la protéger encore combien de temps ?

– Tu touches à Elena, je te tue. C'est aussi simple que ça.

– Je devrais avoir peur ?

– Tu ne me retrouveras jamais.

– Je n'en ai pas besoin.

– Pourquoi ?

– Dis bonjour à ton frère.

– Je t'ai dit que je n'avais pas...

La communication fut coupée. Michael referma le portable, et, quand il se retourna, il trouva Elena debout sur le seuil ; elle s'était enveloppée d'un drap.

– C'était lui ? demanda-t-elle.
– Stevan ? Oui.

Il la fit rentrer dans la chambre et referma la porte.

– Il veut vraiment ma mort ?

Sentant sa peur, il lui prit le menton et l'embrassa une fois sur les lèvres.

– Ça n'arrivera pas.
– Comment peux-tu en être sûr ?
– Tu as dit que jusqu'à demain rien ne serait réel. Demain n'est pas encore là.

Encore une illusion qu'ils choisirent d'accepter : les doigts de l'aube ne griffaient pas encore le ciel de rouge, et cela comptait pour quelque chose. Elle hocha la tête, les yeux fermés, et Michael dit :

– Retournons nous coucher.

Il lui prit le drap, l'étala sur le lit. Ils se couchèrent et elle se pressa de nouveau contre lui.

– Aime-moi.
– Tu le veux vraiment ?

Dans la chambre il faisait noir, la porte était verrouillée. Elle hocha la tête, ses lèvres douces sur les siennes, et Michael la renversa sur le dos. Ses mains retrouvèrent les plats et les déliés, les creux tièdes, les courbes satinées de sa peau. Elle lui embrassa le cou, la poitrine. Ils firent l'amour comme si c'était leur dernière nuit, et, en un sens, ça l'était, car tous deux sentaient venir le soleil du matin, et, avec lui, les dures et implacables vérités du jour qui couraient à leur rencontre.

7

Michael dormit profondément et se réveilla au son de la télé. Quand il ouvrit les yeux, Elena était perchée sur le bord du lit, enveloppée dans une couverture. Le réveil indiquait presque midi. Elle regardait CNN.
– On parle de nous, déclara-t-elle sans se retourner.
Michael rejeta les draps, se frotta la figure et alla s'asseoir à côté d'elle. L'image sur l'écran datait de la veille. On voyait le restaurant en flammes, les pompiers se battre contre l'incendie, puis la journaliste, qui interrogeait un homme et une femme d'âge moyen. Visiblement ébranlés tous les deux, ils décrivirent un homme qui ressemblait à Michael. Ils parlèrent d'armes automatiques, des morts, des hurlements des blessés. Ils décrivirent Elena, et c'était une très bonne description.
– Une femme en robe noire, avec de longues jambes... très jolie...
La femme tira sur la chemise de son mari pour l'interrompre.
– Elle lui tenait la main, ils couraient. Et ils sont montés dans la même voiture.
En bas de l'écran apparut la photo d'une Navigator de couleur foncée, une image granuleuse, sans doute extraite d'une vidéo de surveillance, avec en sous-titre : « LA POLICE RECHERCHE CE VÉHICULE », ainsi que le numéro d'immatriculation.
Michael se leva pour inspecter le parking. Quand il revint, le couple avait disparu de l'écran, c'était de nouveau un plan d'ensemble montrant des pompiers noircis par la fumée et des auxiliaires médicaux penchés sur des corps, puis des plans de coupe sur une rangée de housses en vinyle, des blessés hagards en état de choc. Quand la journaliste résuma l'événement et en vint aux premières

conclusions, Michael entendit par trois fois les mots « éventuelle attaque terroriste ».

Elena se leva, sans regarder Michael.

– La police croit que je suis impliquée, c'est ça ?

– Je ne...

– Ils me recherchent.

– Oui, reconnut Michael en hochant tristement la tête.

– Ils croient que j'ai tué mes amis.

– Ils ne savent pas quoi penser. Ils ont ta description et la mienne. Ils connaissent la voiture et c'est tout. Ça laisse beaucoup de questions en suspens. Ils ignorent nos noms ; ils ne savent rien de nous.

– La police veut m'arrêter et tes amis veulent me tuer ?

– Rien de tout cela n'arrivera. J'y veillerai.

– Je vais prendre une douche. (Elle désigna d'un geste le poste de télévision.) Ce n'est pas tout. Tu devrais regarder.

Sur le seuil de la salle de bains, elle hésita, refusant toujours de croiser ses yeux.

– Je vais rester là-dedans un certain temps. N'entre pas s'il te plaît, ajouta-t-elle, puis elle ferma la porte et la verrouilla.

Michael demeura assis devant la télé.

« D'après des sources proches de l'enquête, ces agissements pourraient relever du crime organisé... » Il y eut un plan de coupe sur la maison du Vieux à Sutton Place : voitures de police garées tout le long de la rue, ruban jaune et barrières, policiers entrant et sortant par la porte principale, housses mortuaires transportées sur des chariots et hissées dans des ambulances aux feux éteints.

« ... grâce à l'identification de la Navigator que des témoins ont vu quitter la scène de l'explosion, on a pu remonter jusqu'à cette adresse. Les premiers rapports indiquent que sept cadavres ont été découverts ici quelques minutes avant l'explosion de Tribeca... »

Michael jeta un coup d'œil vers la porte de la salle de bains. Son nom n'avait pas été mentionné, mais celui de Stevan si. Les flics voulaient l'interroger. Sa photo apparut.

Ainsi que celle de Jimmy.

Michael éteignit la télé et vérifia encore le parking. Le ciel était d'un bleu azur immaculé. Il appela la réception, et un homme plus âgé que le précédent lui répondit, avec une voix éraillée de fumeur.

– Où peut-on s'acheter des vêtements de qualité, dans le coin ? demanda-t-il.

Le type de la réception lui indiqua comment se rendre à la galerie commerciale la plus proche. Michael écrivit ses indications sur un papier, puis enfila ses vêtements de la veille. Il noua ses chaussures, se passa les doigts dans les cheveux, écrivit un mot : « Je suis allé nous acheter des fringues. Je serai vite de retour. S'il te plaît ne pars pas. » Elle ne partirait pas, il en était certain, pas après la nuit dernière. Trop de non-dits, trop de questions restaient en suspens.

Dehors, il faisait chaud et l'air sentait les vapeurs d'essence. Michael roula dix minutes dans Richmond puis, au sortir de l'autoroute, il trouva le gros centre commercial à l'endroit indiqué par le réceptionniste. Il se gara et pénétra par les rayons alimentation. En se dépêchant, il acheta trois tenues de rechange pour Elena et pour lui. Ses propres besoins se bornaient à des choses simples : jeans, chemises ordinaires, bonnes chaussures, plus un blouson léger à fermeture Éclair, qui lui permettrait de cacher le pistolet.

Michael connaissait les mensurations d'Elena, le style de chaussures qu'elle aimait. Il dépensa sans compter et paya tout en liquide. De retour dans le parking, il ôta les plaques minéralogiques de la Navigator et les échangea contre celles d'un pick-up bleu foncé garé tout au fond, dans un coin. Enfin, il se rendit à un drugstore situé à deux pâtés de maison de l'hôtel, où il acheta des brosses à dent, de quoi se raser, tout ce qui selon lui répondait à leurs besoins. Arrivé au motel, il traversa le parking en roulant lentement et n'y repéra rien d'alarmant.

Quand il entra dans la chambre, Elena était assise sur un fauteuil, enveloppée d'une serviette-éponge.

— Je n'ai pas pu me résoudre à remettre les mêmes vêtements, dit-elle. C'est comme s'ils étaient souillés.
— Tu n'as rien fait de mal, remarqua-t-il en posant par terre ses achats.
— Tu devrais prendre une douche, répliqua-t-elle.
Michael régla l'eau de la douche aussi chaude que possible. Il se savonna, se frotta, se rasa. Quand il ressortit de la salle de bains, habillé d'un jean neuf et d'une chemise bleue, le regard d'Elena s'attarda sur lui.
— Tu as meilleure allure, constata-t-elle.
Elle portait un jean de bonne marque et des bottes de cuir brun à talons plats avec des boucles à mi-mollets. Elle se leva, mal à l'aise.
— On peut aller faire quelques pas dehors ?
— Il n'y a pas grand-chose à voir.
— J'ai juste besoin de bouger.
Michael enfila le blouson et fixa le 9 mm à sa ceinture. Ils sortirent de la chambre, Elena la première. Dans le parking, il y avait peu de véhicules. On apercevait en contrebas de larges bâtiments aux parois de tôle. Entrepôts. Hangar à bateaux. Casse de voitures. Un deuxième motel en bordure de la route d'accès parallèle à l'autoroute. Des rangées de fenêtres aveugles donnant sur le même parking. Près du motel, il y avait un petit restaurant avec pour enseigne une tasse de café géante. Elena enfonça les mains dans les poches de son jean.
— J'ai envie de m'enfuir à toutes jambes.
— Pour aller où ?
— N'importe où.
À défaut, elle marcha vers le fond du parking et se contenta de longer la bordure où broussailles et grillages se rejoignaient. Ils avancèrent en silence jusqu'à une trouée dans les arbres par où ils aperçurent les toits de maisons construites dans une large ravine. Elena ferma les yeux et leva le menton comme pour humer la brise légère un peu âcre. Quand elle ouvrit les yeux, il comprit à son air résolu, au pli ferme de sa bouche, qu'il allait la perdre.
— Combien de personnes as-tu tuées ?

La question prit Michael au dépourvu. Elle était directe, prosaïque, pourtant il vit que le visage d'Elena était déformé par la peur et, soudain, cette peur fut omniprésente, elle rendit tout menaçant autour d'eux : les grincements des branches d'arbres, la stridence des voitures qui filaient sur l'autoroute, les reflets impénétrables sur les vitres du motel. C'était l'angoisse qui vous saisit et vous immobilise, tant vous craignez de faire encore un pas, traverser une ligne jamais franchie et vous retrouver piégé de l'autre côté. Michael se demandait avec inquiétude comment Elena réagirait aux termes qu'il emploierait, et il savait aussi ce qu'elle redoutait.

– Un ou cent, répondit-il, est-ce que ça compte ?
– Bien sûr que ça compte. Quelle question stupide !

Elle fourra ses mains dans ses poches, et ils regardèrent tous deux un chien qui avançait en bondissant sur le bord de l'autoroute. Langue pendante, babines retroussées sur des crocs brunâtres et cassés, il regarda vers le haut de la colline, puis renifla une couche qui jonchait le bas-côté.

– À part l'homme qui m'a élevé, reprit Michael, ce chien vaut mieux que n'importe lequel de ceux que j'ai tués.

En entendant la conviction de sa voix, et ce qu'impliquaient ses paroles, Elena frissonna.

– Un homme n'est pas un chien, répliqua-t-elle.
– Généralement, le chien est meilleur que l'homme.
– Pas toujours.
– Je me fie à mon jugement et il est plutôt sûr.

En voyant le chien enfouir sa truffe dans la couche puis la retirer, Elena eut envie de hurler ; elle eut envie de courir, de vomir, de s'arracher des gros morceaux de cœur.

– Que faisons-nous maintenant ?
– Je t'emmène déjeuner.
– Je n'ai pas faim.
– Ce n'est pas qu'une question de nourriture, dit Michael en posant trois doigts sur son bras.

Le restaurant était un bistro italien avec des nappes blanches, des boxes profonds. Quand ils s'assirent, le cuir souple des banquettes soupira doucement sous leur poids.

Un serveur apporta les menus et remplit leurs verres d'eau fraîche.

— Prendrez-vous un apéritif en réfléchissant à votre commande ?

— Elena ? demanda Michael.

— Tout ça est trop normal, dit-elle d'une voix tendue en appuyant ses mains sur la nappe blanche pour se lever. Pardon, fit-elle en passant devant le serveur ébahi, pour disparaître dans les toilettes pour dames.

— Pour moi, ce sera une bière, dit Michael au serveur.

Quand Elena revint, ils déjeunèrent, mais ce ne fut pas facile. Il y avait en elle une réticence qui allait bien au-delà de ce qu'il attendait.

Dès leur retour au motel, Elena s'enferma dans la salle de bains. Quand elle en sortit, ses cheveux étaient humides, et l'on voyait à son teint rosi qu'elle s'était aspergé le visage d'eau froide et frotté vigoureusement avec une serviette.

— J'ai pris une décision, affirma-t-elle d'une voix résolue. Je rentre chez moi.

— Tu ne peux pas.

— Je t'aime, Michael. Dieu sait que je t'aime. Et j'ai compris, d'accord ? Tout ce truc d'enfance, ce qui t'est arrivé, comment tu es devenu l'homme que tu es aujourd'hui. Cela me brise le cœur, sincèrement, et je pourrais passer une journée entière à pleurer sur le triste sort des petits garçons qu'on voit sur la photo que tu m'as montrée. Mais je dois penser au bébé en premier. Ce bébé. Le mien, ajouta-t-elle en mettant ses deux mains sur son ventre. Ça signifie que je ne peux pas rester avec toi. Désolée.

— Tu n'es pas en sécurité à New York. Tu ne l'es pas non plus ici, pas sans moi.

— J'ai appelé Marietta, déclara-t-elle en relevant le menton.

— Marietta, ta voisine de palier ?

— Elle a une clef de chez moi. Elle va m'envoyer mon passeport en express par le courrier de nuit. Demain je retournerai en Espagne.

– Tu as donné cette adresse à Marietta ?
– Évidemment.
– Quand l'as-tu appelée ?
– Quelle importance ? Je l'ai appelée, c'est tout. Elle m'envoie le passeport et je m'en irai.
– Quand ? insista Michael en lui saisissant le bras.
– Ce matin. Pendant que tu dormais.
– À quelle heure ?
– Sept heures et demie, huit heures. Aïe, Michael, tu me fais mal.
– Appelle-la, ordonna Michael en lui lâchant le bras, et il lui fourra son portable dans la main. Vas-y.
Elena composa son numéro.
– Elle ne répond pas.
– Essaie son portable.
Elena appela de nouveau et tomba directement sur le répondeur.
– Elle l'a toujours sur elle. Normalement elle répond toujours.
Marietta travaillait dans les relations publiques. Son téléphone, c'était sa vie et Michael le savait.
– Rapporte-moi mot pour mot votre conversation.
– Elle se rendait à un salon promotionnel pour Mercedes, je crois. Je lui ai dit où trouver le passeport, dans le placard au-dessus du four. Elle m'a assuré qu'elle le posterait en priorité.
– Quoi d'autre ?
– J'ai entendu des voix. Des gens dans l'escalier, peut-être. Elle a dit qu'elle devait partir.
– Rassemble tes affaires. On s'en va.
– Pourquoi ?
– Marietta est morte.
– Quoi ?
– Il faut qu'on bouge.
Michael regarda par la fenêtre en entrouvrant le rideau. Dehors, trois hommes descendaient d'un fourgon vert foncé. C'étaient des durs, un Hispanique et deux Blancs. L'Hispanique portait un sac à dos, lourd, visiblement.

Michael n'en reconnut aucun, mais il sut d'un seul coup d'œil pourquoi ils étaient venus. Il vérifia les plaques d'immatriculation du fourgon, la façon dont leurs yeux bougeaient, dont ils se déplaçaient.

— Trop tard.

Il referma le rideau, entra dans la salle de bains, fit couler la douche. Quand il en sortit, il laissa la porte de la salle de bains entrouverte.

— Qu'est-ce qui se passe ?

Une porte de communication reliait leur chambre à celle voisine. Elle était verrouillée, mais le bois était mince, de mauvaise qualité. Michael l'ouvrit d'un coup d'épaule, le montant de la porte se fendit, les charnières se tordirent.

— Allons-y.

Michael pencha la tête pour inspecter la pièce attenante, Elena y entra la première et il la suivit. Il referma la porte en appuyant fort dessus pour la recaler, puis gagna la fenêtre et écarta un peu le rideau. Les hommes avançaient de front dans le parking, et ils n'étaient plus qu'à trois mètres cinquante. Celui du milieu épiait la porte du motel, les deux autres l'encadraient et gardaient leurs flancs.

— Elena.

Elle se glissa près de lui. Il voulait qu'elle voie, qu'elle comprenne. L'un des hommes glissa une main sous sa chemise, et Elena aperçut le sombre éclat bleuté de l'acier.

— Mon Dieu, murmura-t-elle en se signant.

Michael indiqua d'un hochement de tête la porte intermédiaire.

— Dans dix secondes ils seront dans cette chambre. Tu sais comment te servir de ça ? demanda-t-il en ôtant le pistolet de l'étui fixé sur sa hanche.

— Non.

Elle avait peur pour de bon, maintenant. Un autre genre de peur.

— C'est facile. Quinze cartouches. Semi-automatique. Tu vises et tu appuies sur la gâchette. Si quelqu'un arrive par cette porte, tu tires. Continue juste à appuyer sur la gâchette. J'ai enlevé le cran de sûreté.

– Et toi ?

Il la fit s'adosser au mur, d'où elle aurait une bonne ligne de tir sur la porte.

– Qui que ce soit, insista Michael, puis il sortit le .45 et traversa la pièce jusqu'à la fenêtre.

Les hommes se regroupèrent sur le trottoir. Le parking derrière eux était vide. Ils firent un tour d'inspection, puis posèrent par terre le sac à dos, l'ouvrirent, et en sortirent une masse d'au moins quinze kilos. Un dernier regard alentour et ils dégainèrent leurs armes pour les plaquer contre leurs cuisses, puis deux s'écartèrent pour laisser au troisième la place d'armer son coup. C'était un gros costaud et il y mit tout son poids. La masse ne rencontra aucune résistance, la porte s'ouvrit en grand avec un craquement sinistre. Il lâcha la masse, les deux autres entrèrent les premiers, et lui suivit juste derrière.

Michael leur laissa exactement deux secondes, puis il ouvrit la porte qui donnait sur l'extérieur. Le jour était toujours aussi tiède, mais il sentit comme une fraîcheur. Le vent lui caressa le visage, et un regret furtif le saisit. Il avança dans l'allée, puis pénétra dans la chambre derrière eux d'un pas léger, sans un bruit, sans que son cœur change de rythme. Ils brandissaient tous les trois leurs armes vers la porte de la salle de bains et la douche qui coulait derrière. Aucun ne regarda derrière lui. Aucun ne l'entendit. Il fallut deux secondes à Michael pour les tuer.

Deux secondes.

Trois balles.

Qui résonnèrent coup sur coup, comme une pétarade. Braquant son arme, Michael ferma la porte derrière lui et vérifia les corps. Ils étaient morts, aucun doute là-dessus : les deux premiers d'une balle dans la nuque, le troisième d'une balle sur le côté, alors qu'il se retournait. Deux d'entre eux avaient des portefeuilles dans leurs poches arrière. Michael vérifia leurs cartes d'identité, puis les fourra dans l'un des sacs de courses. Un bref coup d'œil sur leurs armes ayant suffi à confirmer ses soupçons, il ramassa les cartouches usées, prit les sacs de vêtements et, après un dernier tour d'inspection, sortit de la chambre, laissant les trois cadavres sur le sol.

Arrivé devant la porte intermédiaire, il frappa.

– C'est moi.

– Entre, répondit Elena d'une voix tremblotante.

Michael la trouva accroupie par terre. L'arme braquée sur la porte.

– J'ai entendu... J'ai cru... Oh ! mon Dieu.

Elle se mit à trembler, Michael lui reprit l'arme, et elle se couvrit le visage de ses mains.

– On s'en va, dit Michael.

– Que s'est-il passé ?

– C'étaient des amateurs.

– Comment le sais-tu ?

– Je les ai eus facilement.

Michael s'activa, rangea le 9 mm dans son étui de ceinture, poussa les sacs de fringues dans les bras d'Elena.

– Quelqu'un aura sûrement entendu les coups de feu.

– Ils sont morts, c'est vrai ? Tu...

– J'aurais dû le remarquer, dit-il en secouant la tête. Les plaques m'ont trompé.

– Que veux-tu dire ?

– Le fourgon était là quand nous sommes rentrés. Je l'ai vu, mais il était immatriculé dans le Maryland. Je cherchais un véhicule portant des plaques de New York.

Il se posta à la fenêtre.

– Ce sont des tueurs à gages, sans doute venus de Baltimore, reprit-il. Je ne m'attendais pas à ça. Si je les traite d'amateurs, c'est en connaissance de cause. Leur fourgon est mal garé, on peut très facilement le bloquer. Aucun d'eux n'a surveillé leurs arrières. Leurs armes étaient de mauvaise qualité et mal entretenues. Deux d'entre eux avaient leurs papiers sur eux... Tu es prête ?

– Où allons-nous ?

– En Caroline du Nord.

– Pourquoi ?

– Pour retrouver mon frère.

Elle cligna des yeux, encore sidérée.

– Tu les as tués.

Michael ouvrit la porte, la prit par la main.

– J'essaie d'arrêter.

Ils montèrent en voiture et quittèrent le parking. Michael opéra un certain nombre de virages tout en gardant un œil sur le rétroviseur.

– Il nous faut une nouvelle voiture.

– Je vais dégobiller.

– Mais non.

– Je vais te dégueuler dessus.

Michael retourna jusqu'au centre commercial. Il grouillait de monde. Il y avait des milliers de voitures. Il remonta une rangée de véhicules, en longea une autre en sens inverse.

– Celle-ci fera l'affaire, déclara-t-il en indiquant de la tête une conduite intérieure flambant neuve.

– Quoi ?

– Quelconque. Sans dégâts apparents.

Il se gara quatre voitures plus loin.

– Et on va la piquer ?

– La vitre est ouverte, répondit Michael en grimaçant un sourire. C'est comme une invitation. Tu veux m'accompagner ?

– Non.

– Je reviens tout de suite.

– Michael... Ces hommes que tu as tués...

Le soleil d'après-midi illuminait son visage.

– Ces hommes sont venus pour nous tuer, répliqua-t-il.

– Il n'y a pas d'innocents, dit Elena. C'est ce que tu voulais dire ?

– Plus ou moins.

– Marietta était innocente.

– Je n'ai pas tué Marietta.

– Tu l'aurais fait ? riposta-t-elle en le tenant sous le feu de sa question. Si les choses étaient inversées et que c'était toi là-bas, à New York, l'aurais-tu tuée pour obtenir ce que tu voulais ?

– Ça dépend.
– De quoi ?
– De mon désir d'obtenir la chose en question.

Michael sortit de la voiture. Trois minutes plus tard, il était de retour.

– Allons-y. Garde la tête haute. Comporte-toi normalement.

Ils sortirent leurs affaires de la Navigator et les chargèrent dans l'autre voiture. Elena trébucha deux fois, mais personne ne le remarqua. Ni l'un ni l'autre ne parlèrent.

– Je ne peux pas accepter ta réponse, déclara Elena quand ils eurent repris la route. Je ne peux pas rester assise là et m'en contenter.

Michael roula en silence, la sentant à côté de lui crispée et malheureuse.

– Certaines personnes méritent de mourir, pour un péché ou pour un autre, commença-t-il une fois qu'ils furent sur l'autoroute. Quand cela tombe sur quelqu'un comme Marietta, c'est regrettable.

– Regrettable ?

– C'est un mot plus fort que tu ne l'imagines.

– Elle était mon amie. Elle avait des parents, des projets, des ambitions. Un petit ami... Mon Dieu, Michael. Elle était persuadée qu'il lui demanderait bientôt de l'épouser.

– Je n'ai jamais tué de civils, de gens qui n'étaient pas du milieu. (Michael attendit qu'elle le regarde.) Quand on a un peu de jugeote dans ce boulot, on n'en a pas besoin, ajouta-t-il.

– Et tu en as ? répliqua-t-elle d'un ton cinglant, la peur s'estompant.

Elle était en colère, elle avait envie de s'en prendre à lui, violemment, et Michael le comprenait pour avoir déjà éprouvé lui-même ce sentiment : la culpabilité du survivant, et ce premier goût du malheur, de sa terrible rapidité quand il survient.

– Oui, acquiesça-t-il.

– Qu'est-ce que cela peut bien vouloir dire ?

— Que je prends mes précautions, que je réfléchis avant d'agir, que je prépare et prévois ce qui va se passer afin d'épargner des innocents.

Elena eut un rire désespéré, des taches blanches apparurent au centre de ses pommettes.

— Ah oui ? Tu prévois ? Et quand ça ? Où ?

Michael eut un sourire las, puis il enfonça la main dans la poche intérieure de son blouson et en sortit le passeport d'Elena. Il la sentit soudain se figer sous la surprise, bouche bée.

— Il y a un vol direct de Washington. Si tu veux vraiment partir, je t'y emmène.

Elle prit le passeport et le serra tout en prenant lentement conscience de ce que cela impliquait, et le chagrin lui déforma les traits.

— Marietta...

Sa voix se brisa. Michael lui lança un regard compatissant. Il eut envie de lui dire que Marietta était morte vite et bien, tuée net. Mais c'eût été un mensonge. Car Jimmy avait sûrement voulu être sûr de son coup. Stevan aussi.

— Je suis désolé pour ton amie, dit-il.

Mais Elena sombrait dans la culpabilité, et elle ne l'entendit pas.

La circulation s'intensifia alors qu'ils approchaient de la banlieue de Washington. Michael croisa un break transportant une famille. À l'arrière, des gamins jouaient avec des revolvers, de petits jouets brillants, l'air très concentré.

— Raconte-moi le reste, exigea Elena, en gardant les yeux fixés sur eux.

L'un d'eux lui fit un signe de la main, puis une grimace. Elena se toucha la joue, puis se détourna. Elle voyait encore le gosse avec ses bonnes grosses joues en train de loucher, le nez écrasé contre la vitre maculée de traces, tandis que sa petite sœur visait son dos et appuyait sur la gâchette.

— Le reste de quoi ? s'enquit Michael en dépassant la voiture.

— Tout ce que tu ne m'as pas encore raconté. Je veux tout savoir.

Elle avait les yeux rougis et s'était rongé l'ongle d'un pouce jusqu'au sang.

— Ça ne te plaira pas.

— Je me dirai que ce ne sont que des mots.

— Mon âme...

— S'il te plaît.

Et donc, Michael parla des choses qu'il avait faites. Il décrivit la vie telle qu'il l'avait vécue : vie de gamin des rues, puis quand il était le bras droit du Vieux, son travail, comment procéder puis disparaître. Il parla d'autres choses, aussi : le seul homme sur lequel il pouvait compter, les précautions qu'il prenait, les fois où il avait failli y passer. Il parla de son amour pour le Vieux, et il parla d'elle, Elena ; comment, avec elle, il avait désiré plus. « Une vie normale. De meilleures raisons de vivre. »

Quand il eut fini, ils étaient garés sur Dulles International Airport. Les jets fendaient le ciel azuréen, immenses au-dessus de leurs têtes.

— C'est trop, conclut Elena.

— Tu voulais savoir...

— J'ai eu tort.

Elle regarda l'aérogare, les gens alignés sur le trottoir. Les bagages qu'on déchargeait.

— Je ne peux pas te sauver, fit-elle en secouant la tête.

— Je ne te le demande pas. Je te demande seulement de comprendre, et de me laisser essayer.

Elle effleura le passeport, s'éclaircit la gorge.

— J'ai besoin d'argent.

— Je ne me limite pas qu'aux choses que j'ai faites.

— Tu attends que je te supplie ?

Michael se rendit compte qu'elle craquait, et son cœur se serra. Ça ne se passait pas du tout comme il l'avait escompté. Il lui donna du liquide, une liasse épaisse, sans vérifier la somme. Plusieurs milliers de dollars. Puis il inspira profondément, et aborda le côté pratique de la situation.

— Aller en Espagne n'assurera peut-être pas ta sécurité. Stevan a de l'argent, le bras long, des relations. Il pourra te retrouver s'il le désire.
— Et le voudra-t-il ?

Une faible lueur d'espoir brilla dans ses yeux, mais elle s'éteignit vite, telle une petite braise refroidie. Elle agaçait de ses ongles son pouce à vif, où le sang formait maintenant une petite croûte.

— Que tu m'aimes ou pas, reprit Michael, c'est avec moi que tu es le plus en sécurité.
— Une sécurité relative ?
— Oui.

Elena hocha la tête pour admettre ce qu'elle savait déjà.
— Ça se voit ? demanda-t-elle en fourrant ses mains entre ses cuisses.
— Quoi ?
— Que j'ai peur.
— Tu es belle.
— Je suis terrifiée.

Cela se voyait dans ses yeux ; une panique muette mais totale l'habitait.
— Ne me quitte pas, dit-il quand elle ouvrit la porte.
— Je regrette, Michael.
— Je pourrai te protéger. Régler tout ça.
— Comment ?
— Je ne sais pas, mais je le ferai. Je t'en prie, Elena. Je ne me le pardonnerais jamais s'il t'arrivait quelque chose.
— Et tu penses qu'il va m'arriver quelque chose ?
— Stevan a l'esprit de vengeance. Entre nous, c'est devenu une affaire personnelle. Il voudra me faire du mal. S'en prendre à toi, c'est le meilleur moyen. C'est avec moi que tu seras le plus en sécurité, ajouta-t-il d'une voix vibrante, presque suppliante.
— Alors viens en Espagne. Là-bas, nous disparaîtrons dans la nature...
— Julian est mon frère, l'interrompit-il.

Elle le fixa durement dans les yeux, et il n'y eut plus aucune barrière entre eux.

– Et donc, à choisir, tu penserais d'abord à lui ?
– Ça ne se pose pas en ces termes.
– Non ?
– Je peux vous protéger tous les deux.
– Je regrette, Michael.
– C'est mon frère.
– Et c'est mon bébé, rétorqua-t-elle en se touchant le ventre, puis elle sortit de la voiture.
Sans même voir son visage, Michael sut qu'elle pleurait. À la courbure de ses épaules, à l'inclinaison de sa tête. Elle fourra l'argent dans l'une de ses poches, gagna le trottoir, et hésita. Les gens allaient séparément ou en groupes, ils la bousculaient, leurs yeux l'effleuraient au passage, des coups de Klaxon résonnaient là où la circulation formait des nœuds. Elena fit un pas, puis s'arrêta encore. Elle resta de longues secondes immobile, les épaules rentrées, tournant la tête à gauche, à droite. Quand un homme la heurta, elle se recroquevilla, laissa tomber son passeport, puis se pencha pour le ramasser. Il y eut un creux dans la foule, mais elle n'avança pas pour autant. Michael sortit de la voiture et, zigzaguant entre les véhicules, il se fraya un passage pour arriver derrière elle. En approchant, il remarqua que le passeport était plié en deux dans sa main. Comme il la rejoignait, elle tressaillit.
– Ce n'est que moi, dit-il.
Elle garda les yeux fixés sur la foule. Un homme à la forte carrure la bouscula en passant. Un punk en lunettes noires l'observait de derrière un pilier en ciment.
– Jusque-là je n'avais jamais eu peur des gens.
– Aucun ne constitue une menace, constata Michael après avoir scruté la foule.
– Comment peux-tu en être sûr ?
– Je le sais, c'est tout.
– Je ne veux pas mourir, dit-elle.
– Viens avec moi.
– J'ai peur.
– Je suis là pour toi, mon âme.
– Redis-le.

– Tu viendras avec moi ?
Elle resta un long moment silencieuse.
– Oui, si tu le redis.
Michael lui passa un bras autour des épaules. Il l'embrassa sur la tête, sentit ses cheveux tiédis par le soleil.
– Je suis là pour toi.

8

Le soleil qui éclairait les cieux chargés du comté de Chatham était si bien caché par d'épais nuages noirs qu'Abigail Vane le remarquait à peine ; c'était une vague présence, un soupçon orangé dans l'air immobile, un brin de couleur accroché aux arbres. La pluie tombait si drue que son crépitement sur les hautes herbes couvrait presque tous les autres bruits. Au long de sa chevauchée et de cette sombre matinée qui semblait ne jamais finir, la pluie lui avait cinglé le visage, picoté les mains, le sommet du crâne. Deux heures plus tard, son corps était transi, ses doigts si raides qu'elle pouvait à peine les ouvrir. Son dos lui faisait mal, ses jambes la brûlaient, mais Abigail s'en fichait et laissait sa monture rapide comme le vent emporter le cri coincé au fond de sa gorge.

Arrivée au bout du champ, elle ralentit en serrant la bride au cheval qui renâcla et fit un écart en sentant le mors dans sa bouche. Son pantalon était croûté de boue et de suint, ses pieds lourds dans les étriers. Un haut mur de feuillage la dominait, formé de chênes, de hêtres, d'érables si denses et imposants que, sous ces arbres, la nuit restait intacte. Elle écarta les cheveux collés sur son visage, puis manœuvra le cheval pour le remettre face à toute la longueur du champ. D'un bout à l'autre, ils avaient foulé la terre de la vallée en y creusant une vive entaille, une piste d'herbe écrasée et de boue fraîchement retournée. Mais le cheval n'avait pas son compte. Il remuait la tête, les yeux révulsés, et Abigail sentait en lui une sauvagerie assortie à son humeur. C'était un animal dangereux, haut de dix-sept paumes, que d'autres auraient qualifié de vicieux car il pouvait montrer une fourberie agressive qu'elle n'avait jamais rencontrée dans aucune bête avant lui.

Mais il était rapide.

Dieu, ce qu'il était rapide !

Elle tira une fois sur les rênes, puis enfonça les talons dans ses flancs et le laissa aller. Ses naseaux se dilatèrent, ses sabots martelèrent la boue avec un bruit de tonnerre. Ils atteignirent le bout du champ, tournèrent, repartirent en sens inverse. Ses poumons la brûlaient quand la vieille Land Rover sortit du couvert des arbres. Abigail sut qui la conduisait avant même qu'elle ne s'arrête. Elle manœuvra le cheval, le calma en glissant la main sur son encolure fumante. L'animal rejeta la tête en arrière, mais elle le calma encore en le tapotant doucement, puis le mena jusqu'à la Land Rover. Un homme attendait, planté près du capot. Il portait un pantalon kaki, des bottes de cuir, une cravate bordeaux sous un imperméable couleur vert-de-gris. Malgré son âge, la soixantaine bien sonnée, il restait mince et droit, avec de larges épaules, des mains rudes aux jointures épaisses, et le genre de sourire qu'il faut regarder à deux fois pour le voir. Cette fois, il n'y avait pas l'ombre d'un sourire, mais un air pincé exprimant sans doute possible une vive désapprobation.

— Je ne veux pas entendre ça, Jessup, déclara tout de go Abigail en se penchant, appuyée au pommeau.

— Entendre quoi ?

— Un laïus sur la sécurité, les règles de bienséance, la façon dont une femme de mon âge devrait se comporter.

— Satané cheval ! Et par ce temps, sans aucune visibilité, rétorqua Jessup Falls d'une voix crispée en désignant l'animal. Bon Dieu de bois, vous finirez par vous rompre le cou et vous l'aurez bien cherché.

– Quel langage ! s'indigna Abigail et ses yeux étincelèrent, ce qui laissa Jessup complètement froid.

– Vous vous romprez le cou et c'est moi qui devrai vous sortir de là.

– Ne soyez pas ridicule.

– Je ne suis pas ridicule. Je suis en colère. Bon sang, Abigail. Ce damné cheval a blessé deux entraîneurs. Il a failli tuer le dernier.

Balayant d'un geste sa sollicitude, elle se laissa glisser à terre. La pluie clapotait à travers les arbres et crépitait sur la voiture.

– Que faites-vous ici, Jessup ?

À présent il avait le teint rougeaud, des cheveux blancs et clairsemés, mais c'était toujours le même homme, celui qu'elle connaissait depuis si longtemps : son chauffeur, son garde du corps. Quand Abigail contourna le cheval, ses bottes s'enfoncèrent avec un bruit de succion dans la terre détrempée. Elle aussi avait pris de l'âge, mais avec grâce. Malgré quelques rides, elle faisait davantage trente-sept ans que quarante-sept. Ses cheveux avaient gardé leur teinte naturelle. On se retournait encore sur son passage.

– Votre mari est levé, l'informa Jessup. Il vous réclame.

Elle ralentit tout en regardant la colline au loin, où l'on apercevait par fragments la grande demeure : un morceau du toit d'ardoise, des fenêtres à pignons, l'une des sept hautes cheminées.

– Ça va ? s'enquit Jessup d'une voix radoucie, sa colère passée.

– Pourquoi ça n'irait pas ?

Il se racla la gorge, répugnant à relever tous ces détails qui ne trompaient pas : les vêtements trempés, la boue, le cheval à l'encolure moussant d'écume jaune. Certes Abigail était bonne cavalière, mais là, c'était de la folie.

– À cause de Julian, entre autres, répondit Jessup.

– Comment est-il ce matin ? répondit Abigail d'un ton sec, mais Jessup ne s'y laissa pas prendre.

– Je ne sais pas.

Elle se rapprocha du cheval et posa une paume sur le large aplat de sa joue, en regrettant de ne pas avoir sur elle une carotte ou une pomme. C'était sur une impulsion qu'elle s'était décidée à le sortir à cinq heures du matin, sous une pluie battante.

– Son état s'est-il aggravé ? insista-t-elle.

– Sincèrement je l'ignore. Personne ne savait où vous trouver, ni votre mari ni les domestiques. Personne. En premier, j'ai vérifié l'écurie.

– A-t-il dit quelque chose ?

– Pas que je sache.

Elle caressa le cheval, le visage dégoulinant de pluie. Elle avait froid maintenant qu'elle était à terre ; sa peau paraissait bleue dans la faible lueur de l'aube.

– Quelle heure est-il ?

– Sept heures passées.

Abigail se tourna pour mieux scruter Jessup. Il n'était pas rasé, et les cernes noirâtres sous ses yeux ressemblaient presque à des ecchymoses. Une image s'imposa à elle : Jessup n'ayant pratiquement pas fermé l'œil de la nuit, prostré et malheureux à côté d'un verre de whisky resté intact, arpentant durant les heures sombres la petite chambre qui lui était réservée. Son inquiétude pour Julian était réelle, autant que sa sollicitude envers elle, et, un instant, elle ressentit une profonde affection pour un homme qui laissait si bien transparaître ses émotions.

– Je ferais mieux de rentrer, dit-elle.

– Pas dans cet état, répliqua-t-il en secouant la tête.

– Quel état ? s'étonna-t-elle en essuyant une trace de boue sur son visage.

– À peine vêtue, répondit Jessup avec un sourire de travers. À cause de la pluie, votre chemisier est pratiquement transparent.

Baissant les yeux, Abigail constata qu'il avait raison. Jessup ôta son long imperméable, puis s'avança pour le lui draper sur les épaules. L'imper sentait la toile de sac, les chiens de chasse, la poudre brûlée. Comme elle sortait un bras pour mieux s'envelopper, Jessup lui saisit lestement la main et repéra des marques verdâtres sur son poignet. Larges, elles étaient en forme de doigts. Il y eut un long blanc, puis il dit :

– Quand ?
– Quand quoi ? répondit-elle en relevant le menton.
– Ne vous fichez pas de moi, Abigail.

Elle libéra sa main.

– Pensez ce que vous voulez, vous vous trompez.
– Il vous a frappée ?
– Bien sûr que non. Je ne le permettrais pas.
– Il s'est saoulé et il s'en est pris à vous. C'est pour ça que vous êtes ici.
– Non.
– Alors pourquoi ? lança-t-il, les traits aiguisés par la colère.
– J'avais juste besoin d'air pur et d'espace, dit-elle en tapotant le cheval.
– Bon sang, Abigail...

Elle lui tendit les rênes, manière de lui faire comprendre que le sujet était clos.

– Ramenez-le aux écuries à ma place. Calmez-le.
– Parlez-moi, Abigail.
– Je ne suis pas du genre bavarde. Je préfère l'action.
– Et c'est tout ? demanda Jessup en se renfrognant.

Elle leva les yeux, laissa la pluie lui cingler le visage.

– Vous êtes toujours mon employé.

Sur le coup, Jessup se raidit, ses yeux se rembrunirent.

– Et la Land Rover ? s'enquit-il.
– Je m'en charge.

Elle marcha jusqu'à la voiture sans regarder en arrière, mais sentit sur elle son regard fixe, malheureux.

– Ce n'est pas bien, dit-il.
– Ramenez-le en prenant le chemin le plus long, Jessup, lança-t-elle. Il a travaillé dur ce matin, ajouta-t-elle, puis elle ouvrit la portière et se glissa derrière le volant.

La vieille Land Rover Defender avait été achetée au tout début de leur mariage comme véhicule utilitaire pour la propriété. Abigail se rappelait le jour de sa livraison ; elle avait vingt-deux ans, et éprouvait encore pour son mari une craintive admiration. Il avait vingt ans de plus qu'elle, se préparait à briguer un poste de sénateur, était à la tête d'une fortune colossale. Il pouvait avoir toutes les femmes qu'il voulait, mais il l'avait choisie entre toutes, non seulement pour sa beauté, avait-il dit, mais pour son élégance, son raffinement, son maintien qui lui faisaient comme une parure. Après de longues années de célibat, il lui fallait un visage flatteur, servant ses ambitions politiques, et elle y correspondait parfaitement. Le jour donc où la Defender avait été livrée, ils avaient roulé jusqu'au point le plus haut du domaine, une longue corniche étroite qui donnait sur la maison et les terres. Il avait soulevé sa jupe, l'avait allongée sur le capot, et elle avait cru ses mains moites porteuses d'une félicité qui la comblerait. Mais en la baisant, il ne l'avait pas une seule fois regardée dans les yeux, tout à sa jouissance de propriétaire et à ses rêves de gloire : deux mille hectares de terres, une paire de nénés, une femme qu'il était fier d'exhiber en public. Deux mois plus tard, il gagnait haut la main son poste de sénateur. Un an plus tard, il avait sa première nouvelle petite amie.

Après avoir confié le cheval à Jessup, elle roula jusqu'à cette même corniche granitique, se gara et regarda en contrebas les pelouses, les écuries, les deux lacs jumeaux dont la surface d'un noir strié de gris miroitait. L'herbe était sans couleur sous la pluie, et au-delà se profilait la voûte sombre de la forêt. La pluie estompait tout le paysage sauf la maison, qui se dressait aussi haute et massive qu'elle l'était ce jour-là, tant d'années en arrière. L'espace d'un instant, Abigail eut envie de remonter le temps pour atteindre la jeune femme pleine de douceur et de conviction qu'elle était à l'époque, la gifler à toute volée, lui dire de rabaisser sa jupe et de s'enfuir comme si le diable était à ses trousses. Au lieu de ça, elle sortit le revolver qu'elle gardait dans la boîte à gants, soupesa dans sa main le métal froid et bleuté, vérifia le canon, les balles nichées dans la chambre. Tendant le bras, elle visa la maison, et caressa un moment d'obscures chimères. Puis elle rangea l'arme à sa place et referma la boîte à gants à clef.

Elle redescendit la piste en cahotant, projetant des gravillons qui allaient taper sous le véhicule aux amortisseurs usés. Au sortir de la forêt, elle tourna, traversa un dernier champ, puis prit la route principale du domaine qui montait jusqu'aux écuries et à l'arrière de la maison. Elle vit Jessup près des box, et quand elle tourna pour gagner le garage, aperçut au passage la longue allée filant tout droit jusqu'au portail en fer forgé qui avait, en perspective, la taille d'un timbre-poste.

Arrivée devant l'entrée de service, Abigail coupa le moteur. Une fois à l'intérieur, elle ignora les regards des domestiques et leur empressement soudain, tourna pour s'engager dans un étroit couloir, puis traversa l'office et entra dans les cuisines. Quand, levant les yeux, elles découvrirent l'imper démesurément large qui la recouvrait, ses pieds tout crottés, ses cheveux en désordre, les deux femmes qui étaient aux fourneaux en restèrent sans voix.

– Où est M. Vane ? demanda Abigail.

– M. Vane... Pardon, monsieur le sénateur est dans le bureau, répondit l'une en bégayant.

– Et Julian, il a mangé quelque chose ?

Les cuisinières échangèrent un regard soucieux.

– Monsieur le sénateur dit que personne n'a le droit de pénétrer dans cette partie de la maison.

– C'est absurde. Je me fiche de ce que môssieur le sénateur peut dire, éructa-t-elle, puis elle tempéra son ton, jugeant inutile d'effrayer le personnel. Préparez un plateau, ordonna-t-elle. J'enverrai quelqu'un le chercher.

– Bien, madame.

Abigail quitta les quartiers des domestiques pour pénétrer dans le corps principal de la maison. Là, sous un haut plafond, elle traversa la salle à manger, longea d'immenses fenêtres drapées de tentures, une table qui pouvait recevoir trente convives. Quand elle pénétra dans le vestibule, la hauteur de plafond s'éleva encore et l'air fraîchit un peu. Elle gravit l'escalier monumental qui montait en spirale jusqu'au troisième étage situé sous la coupole, dépassant au passage un lustre qui devait faire la taille de son lit et des portraits de défunts d'un autre temps dont aucun n'était un parent de son mari. Au premier étage, elle tourna pour gagner la grande aile somptueusement meublée et décorée qu'on réservait aux invités. Il y avait trois chambres de chaque côté du couloir. D'autres tableaux accrochés aux murs. D'antiques buffets à la patine luisante. À la moitié du couloir, un homme brun d'âge moyen était assis sur une chaise. Ce n'était pas un membre du personnel ni, autant qu'elle le sache, un assistant de son mari. Il était grand, bien bâti, de mise impeccable. Chaussures lustrées, manchettes d'un blanc immaculé, cravate bleu marine.

— Bonjour, madame Vane, dit-il d'un ton plat en se levant à son approche.

Son regard resta neutre, pourtant ses yeux bleu clair la détaillèrent posément. Elle le laissa faire, sachant que des histoires circulaient sur son compte. Son apparence ce matin-là permettrait sans aucun doute d'en forger une nouvelle. Mais elle n'en avait cure.

— Où est Mme Hamilton ?

— Elle dort, je présume. Le sénateur l'a jugée incapable de veiller sur son fils.

— Comment ça, « le sénateur a jugé » ?

— Il l'a congédiée il y a trois heures.

— Il ne me semble pas vous connaître, insinua-t-elle en inclinant la tête et en le considérant d'un air aussi froid et neutre que lui.

— Richard Gale. Je travaille pour votre mari.

— Ce n'était pas mon propos.

— Nous ne nous sommes jamais rencontrés.

— Mais vous savez qui je suis ?

— Bien sûr.

Elle le détailla encore du regard : de larges épaules, une taille étroite, la peau du cou un peu ridée. Il se tenait parfaitement immobile, souple sur ses pieds, un vague sourire aux lèvres. Abigail reconnut l'arrogance des hommes fiers de leur apparence physique. Elle l'avait souvent perçue chez des militaires et des agents des services de renseignements estimés dans leur milieu. Des années plus tôt, elle l'aurait trouvé séduisant, mais elle était alors bien moins maligne qu'elle ne se l'imaginait.

– Y aurait-il un problème ? demanda-t-elle.

– Non, madame. Pour vous, la voie est libre. Vous pouvez entrer.

– Comment ça, je peux ?

– Vous figurez sur la liste du sénateur.

– Que faites-vous exactement pour mon mari ? s'enquit-elle en fronçant les sourcils.

– Tout ce qui est nécessaire.

– Êtes-vous un agent fédéral ?

Il cilla une fois, sans ouvrir la bouche.

– Donc il vous a engagé à titre privé, conclut Abigail.

– Je travaille pour votre époux. C'est tout ce que je suis censé dire.

– Mon fils est-il sous surveillance ?

– Il n'a pas cherché à partir. Il...

– Quoi ?

Gale haussa les épaules.

– Mettons les choses au clair, monsieur Gale. Mon fils n'est pas prisonnier. Il est ici chez lui. Donc, s'il souhaite quitter cette pièce, vous pouvez m'appeler ou en référer à son père, vous pouvez le suivre si vous le devez ; mais si vous posez la main sur lui ou cherchez à restreindre ses mouvements d'une quelconque façon, je vous le ferai regretter.

– Les instructions du sénateur Vane sont très strictes.

– Ce n'est pas le sénateur Vane que vous devriez craindre.

Le ton de sa voix effaça toute ironie dans les yeux de son interlocuteur. Elle avança d'un pas.

– Le sénateur a certains soucis que je ne partage pas : les apparences par exemple, les procès, la presse, les électeurs. Ses soucis l'emportent sur le bien de son fils et lui font faire des idioties, comme vous poster dans ce couloir en vous confiant une responsabilité que vous êtes complètement incapable d'assumer. Mais ce n'est pas mon problème. Quant à moi, je suis la mère de ce fils, mon fils unique. Est-ce que vous me comprenez ?

– Je crois, oui.

– Non, monsieur Gale, vous ne me comprenez pas. Sinon vous vous enfuiriez à toutes jambes en priant le ciel pour que j'oublie jusqu'à votre nom.

– Mais le sénateur...

– Fichez la paix à mon fils.

– Oui, madame.

– Maintenant, écartez-vous de cette porte.

Abigail le frôla au passage et ouvrit la porte derrière laquelle son fils était depuis trois jours claquemuré, coupé du monde.

Trois jours de doutes et d'angoisses multiples.

Trois jours d'enfer. Elle franchit le seuil et referma la porte. Dedans, le noir total l'assaillit ainsi que la touffeur qui régnait dans la pièce. De lourds rideaux masquaient les fenêtres qui donnaient sur les lacs en dessous. Aucune lampe n'était allumée. S'adossant à la porte, elle chercha à puiser en elle le courage de sourire avant d'allumer la lumière. Elle était une mère avant tout, et l'effondrement de Julian était trop éprouvant pour elle. Depuis le tout début, c'était un garçon délicat, meurtri, inhibé, enclin à l'anxiété et aux terreurs nocturnes. Pourtant, elle avait travaillé dur pour qu'il se reconstruise, des mois, des années, au point que cette mission, réparer et réunifier les parties brisées de Julian, était devenue son credo, sa profession de foi. Elle s'était consacrée à lui en donnant tout ce qu'elle pouvait : éducation, activité, amour, patience, force, et, à bien des égards, cette application avait porté ses fruits ; car aussi faible et marqué qu'il fût, Julian avait de l'endurance et de la volonté. Il avait surmonté les traumatismes de son enfance, la perte de son frère, les cicatrices des longues années passées à Iron Mountain. Il était devenu un artiste et un poète, un auteur de livres pour enfants qui ne devait sa réussite qu'à son talent. Pour le monde extérieur, c'était un homme sensible, doué d'une subtile intelligence, mais au fond, Abigail le savait, Julian restait un être brisé, un condensé friable de tout ce qu'il avait subi étant enfant. C'était un secret bien gardé, une matière obscure profondément enfouie.

– Julian ?

Ses yeux commençaient à s'adapter à la pénombre. À sa droite, le lit était plat et vide. Les meubles formaient de vagues silhouettes bossues tandis que du fond de la chambre montaient des coups sourds et répétitifs.

– Julian ?

Elle entendit encore deux coups, puis ils cessèrent et il y eut un mouvement furtif dans un coin, au bout de la pièce.

– Je vais allumer. Peut-être vaut-il mieux que tu te protèges les yeux.

Elle avança à tâtons jusqu'à la table de chevet et alluma une petite lampe Tiffany dont la douce lueur éclaira un tapis jaune pâle, des plinthes couleur crème, des murs recouverts de papier peint français, à fleurs de lis dorées sur fond bleu. Des ombres se massèrent sous les meubles, et elle vit Julian, prostré dans un coin derrière le lit, le visage enfoui dans ses genoux remontés contre sa poitrine. Ses cheveux, sa chemise, son pantalon, tout était sale, graisseux, taché de boue et d'herbe. Des vêtements propres étaient rangés en piles bien nettes à sa disposition, mais il refusait d'y toucher. Il refusait de manger. Il refusait de boire.

– Bonjour, mon ange, dit Abigail en s'approchant, mais Julian se renfonça dans son coin en resserrant ses bras.

À la lumière, elle vit que ses mains étaient enveloppées de bandes qui allaient de ses poignets jusqu'au bout de ses doigts, bien serrées sauf sur les bords, où la gaze commençait à s'effranger. À l'endroit des jointures, les pansements étaient trempés de sang qui ressortait sur le blanc. Et sur les murs, sur tous les murs de la chambre, le sang souillait le bleu délicat du papier peint ; encore humide autour du coin où Julian était prostré, il avait séché ailleurs en laissant des traînées couleur rouille.

Quand elle vit les bandages et les murs, Abigail se figea. Jointures éclatées, murs tachés de sang... C'était une chose terrible et nouvelle. Pourquoi ? se demanda-t-elle, sans obtenir de réponse. Elle en chercha la raison, ne vit que folie. La poitrine comme enserrée dans des barbelés, les fils de sa volonté tranchés net, elle fit le tour de la pièce. Les marques allaient du sol au plafond. Les murs étaient éclaboussés de rouge plus ou moins foncé, et de questions toutes insoutenables.

Tombant à genoux, elle posa ses mains sur celles de son fils.

– Julian.

Les bandages étaient tièdes et mouillés.

Mon petit...

Dix minutes plus tard, Abigail trouva son mari dans le bureau, des bésicles sur le nez, la bouche entrouverte, occupé à lire le *Washington Post*. Derrière lui, des portes vitrées encadraient les jardins à la française et l'annexe de la piscine.

Randall Vane avait belle allure sous sa chevelure argentée. Il avait soixante-neuf ans, des épaules larges, et était assez grand pour supporter un peu d'embonpoint. Il avait un nez fort, des yeux verts qui allaient bien avec l'argent de ses cheveux. Léonin, l'avait-on qualifié jadis ; c'était l'un de ses mots préférés.

Léonin.

Semblable à un lion.

Abigail entra sans frapper. Tout en marchant, elle ne ressentait aucune sensation physique, ni ses pieds ni les traînées de sang que les bandages de son fils avaient laissées sur ses joues. Seulement la douleur dans les yeux de Julian et le souvenir de la chaleur de ses mains meurtries. Elle s'arrêta au bord du bureau et s'appuya si fort sur le bois que ses doigts blanchirent.

– Julian a besoin de voir un médecin, déclara-t-elle.

Entendant le tremblement de sa voix, elle se dit qu'elle devait être en état de choc. Randall abaissa le journal, ôta ses lunettes. Il détailla du regard son visage : le nez fin et ciselé, les grands yeux, la bouche autrefois généreuse, dont les lèvres serrées exprimaient à présent la rancœur. Son regard passa au manteau d'homme qu'elle portait et à son pantalon croûté de boue.

– Son état ne fait qu'empirer, ajouta-t-elle.

– Quel est ce manteau que tu portes ?

– Je te dis que son état ne fait qu'empirer, répéta-t-elle en mettant dans ses paroles toute la force de sa volonté.

Percevant cette force, le sénateur Randall Vane se renfonça dans son fauteuil, plia le journal, le laissa tomber sur le bureau. Il avait le teint rougeaud, des dents trop blanches. Sa chemise moulait sa poitrine large ainsi que sa bedaine, et sur les manchettes, son monogramme était brodé en fil bleu pâle.

– Que veux-tu dire ?

– Julian se fait du mal à lui-même.

Le sénateur croisa ses doigts épais sur son ventre.

– Ça a commencé la nuit dernière, expliqua-t-il d'un ton doucereux. Je ne sais pas quand.

– Où se trouve Mme Hamilton ? Julian devrait être veillé par quelqu'un qu'il connaît et qu'il aime.

– J'ai trouvé Mme Hamilton endormie dans le couloir.

– Elle m'a aidée à l'élever, Randall. Quand je ne suis pas là, c'est elle qui s'en occupe. C'était notre marché. Comment as-tu pu la renvoyer sans même me consulter ?

– Elle dormait durant ses heures de service, et pendant ce temps, Julian cognait sur les murs jusqu'à avoir les mains en sang. Je l'ai envoyée se coucher et j'ai fait venir quelqu'un de confiance.

– Qu'est-il arrivé à mon fils, Randall ?

Le sénateur se pencha en avant et posa ses coudes sur le bureau.

– Il s'est mis à taper sur les murs à coups redoublés. Que veux-tu que je te dise ? Nous ignorons pourquoi. Il l'a fait, c'est tout. Il saignait déjà quand je suis allé voir comment il allait. Cela faisait peut-être des heures qu'il cognait comme ça.

– Et tu n'es pas venu me chercher ?

– Te chercher où, exactement ? rétorqua-t-il en la fixant sans merci, et Abigail détourna les yeux, en colère, honteuse. Tu t'es enfuie en plein milieu de notre discussion.

– Notre dispute.

– Dispute, discussion. Peu importe. On ne t'a trouvée nulle part et il a bien fallu que je m'occupe seul de Julian. Nous lui avons bandé les mains, lui avons donné un sédatif. Les blessures ne sont pas graves. Nous le surveillons.

– Il a besoin d'un médecin.

– Je ne suis pas d'accord.

– Il n'a pas prononcé un mot depuis qu'il est rentré à la maison. Nous ignorons où il est allé, ce qui lui est arrivé...

– Cela n'a duré que quelques jours. Nous étions convenus...

– Non.

– Nous étions convenus de lui donner le temps de s'en sortir tout seul. Quelque chose l'a contrarié. Soit. Cela nous arrive à tous. Inutile d'en faire tout un plat. C'est peut-être une affaire de cœur, une jolie fille qui l'aura repoussé.

– Il se blesse lui-même.

– Les médecins tiennent des dossiers, Abigail. Et dès qu'il y a dossier, il peut y avoir des fuites.

– Je t'en prie, ne rapporte pas tout à toi.

– Politiquement, c'est un handicap.

– C'est ton fils.

Leur sujet de discorde n'était pas nouveau, il remontait à l'enfance de Julian. Un petit garçon qui avait du mal à regarder les gens dans les yeux serrait rarement les mains qu'on lui tendait, supportait encore moins qu'on le touche. Il était toujours d'une timidité maladive, tellement sur la défensive qu'il faisait une drôle d'impression aux gens qu'il connaissait à peine. Pour encore compliquer les choses, les livres pour enfants qu'il écrivait étaient on ne peut plus sombres. Ils abordaient des thèmes difficiles : la mort, la trahison, la peur, la douleur de la fin de l'enfance. Les critiques remarquaient souvent l'impiété notoire qui caractérisait ses récits, raison pour laquelle certaines communautés conservatrices avaient banni et même brûlé ses livres. La puissance de ses talents artistiques était cependant indéniable, au point que peu de gens pouvaient lire son œuvre sans en être profondément ébranlés. Donc, si dans certains milieux il était diabolisé, dans d'autres il était célébré comme un artiste hors pair. Son explication était simple : *le monde est cruel, et les enfants peuvent être plus forts qu'ils ne le croient.* Pourtant ses livres, comme la vie, ne finissaient pas toujours bien. Des enfants mouraient. Des parents manquaient à leur devoir. *Le leur cacher relèverait d'un autre genre de cruauté*, se plaisait-il à dire.

– C'est une année électorale, remarqua le sénateur en plissant le front. Il s'en remettra.

– Tu es aveugle, Randall.

– Aveugle ? Non, je ne crois pas.

– Aveugle et arrogant.

Le sénateur s'adossa, les doigts noués au-dessus de sa ceinture.

– Et ce manteau, d'où vient-il ?

– Je ne vois pas le rapport.

– Je peux faire venir un médecin d'ici le déjeuner. Dis-moi juste à qui appartient ce manteau que tu portes.

– Qu'est-ce que cela peut bien te faire ? répliqua-t-elle avec un soupir lassé.

– Tu as dit que j'étais aveugle.

– Bon. Tu n'es pas aveugle.

– Je veux entendre ta réponse.

– Il est à Jessup. Tu es content ?

– Jessup est un brave homme... quoiqu'un peu trop humble à mon goût, ajouta-t-il.

– Le brave homme m'a prêté son manteau.

– Bien sûr.

– Tu vas appeler ? insista Abigail en poussant le téléphone vers lui.

– Bien sûr, répéta le sénateur avec un sourire entendu.

– Tu me fatigues, Randall.

– Je considère cela comme mon devoir de mari.

– Un médecin, dit-elle. Vite.

De retour dans la chambre de Julian, Abigail découvrit qu'il s'était servi d'un bout de crayon pour dessiner la forme d'une porte sur le mur. Elle était petite et enfantine, rien à voir avec le style pictural dont il était capable. Normalement, si Julian avait dessiné une porte, elle aurait semblé si réelle qu'on aurait pu s'y laisser prendre et tenter de l'ouvrir pour passer dans l'autre pièce. Ou bien il l'aurait créée si étonnante et poétique qu'elle serait une porte donnant sur un autre univers, un passage vers un monde de magie et de joie. Ou encore un sombre portail s'entrouvrant pour accueillir une foule d'âmes égarées. Mais, en l'occurrence, les contours inégaux et divergents dessinaient une porte de guingois mesurant moins d'un mètre cinquante. La poignée n'était qu'un vague gribouillis, les gonds d'épais traits d'un noir foncé. Agenouillé devant, penché, Julian frappait encore sur la porte dessinée, et les bandages trempés de sang qui recouvraient ses mains étaient tout déchirés.

– Mon petit.

Elle s'agenouilla à côté de lui, assez près pour sentir sa chaleur, mais il était si concentré qu'il ne réagit pas. Dans son visage creux, ses yeux fiévreux cernés de violet étaient si enfoncés et rétrécis qu'ils paraissaient noirs. Mordillées jusqu'au sang, sèches comme de la craie, ses lèvres bougeaient en formant des mots sans suite, inaudibles. Il frappait sur la porte, essayant un endroit, puis un autre.

– Mon petit, je t'en prie..., supplia Abigail.

Comme elle tendait la main pour le toucher, son bras qui passait devant la lampe fit palpiter une ombre sur le mur. Julian tressaillit, et Abigail vit avec épouvante une terreur soudaine déformer ses traits. Tout aussi vite, l'émotion disparut, son visage redevint vide, inexpressif. Suspendant son geste, elle l'entendit murmurer, presque imperceptiblement.

– Lumière du soleil... Marches argentées...

9

Le médecin était comme tant d'autres hommes de sa profession, calme, sûr de lui, réservé. Il arriva en compagnie d'une infirmière inconnue. Quand la porte se referma en claquant, Julian se figea, son expression se fit plus attentive, pourtant il ne sortit pas de son état contemplatif, qui semblait émaner d'un lieu particulièrement calme de son âme.

– Julian, je suis le docteur Cloverdale. Je suis un ami de votre père. Je ne vais pas vous faire de mal. Juste vous examiner et soigner vos mains. Ça vous va ?

Comme Julian ne réagissait pas, le médecin ajouta :

– Ici nous sommes entre amis.

Avec des gestes empreints de douceur, il vérifia son cœur et ses poumons. Il pointa une lumière dans ses yeux, et Abigail imagina le visage de son fils vu de l'intérieur, un noir complet, avec une petite lueur aperçue depuis le fond d'un puits.

– C'est parfait, Julian. Parfait.

Le médecin poursuivit son examen, et quand il eut défait les bandages qui lui recouvraient les mains, Abigail étouffa un petit cri.

– Ça va, dit le médecin.

Non, ça n'allait pas. Les jointures étaient éclatées, une bouillie de chair à vif et suintante, où Abigail crut apercevoir l'éclat d'un os. Le médecin pansa les mains, puis administra un sédatif à Julian, qui ne réagit pas quand l'aiguille pénétra dans son bras. Abigail rejeta les draps et les couvertures, et ensemble ils le couchèrent.

– L'infirmière s'occupera de sa toilette, murmura le docteur Cloverdale quand il fut sur le seuil de la pièce.

Une fois dans le couloir, Abigail s'adossa au mur.

– Ses pauvres mains..., se lamenta-t-elle.

– Il n'y aura pas de séquelles.

– Vous en êtes certain ?
– Oui, sauf s'il se blesse encore.
Le médecin conservait sa gentillesse, mais son expression se fit plus grave.
– C'est la première fois ?
– Que voulez-vous dire ? répondit Abigail en percevant dans sa propre voix une pointe de panique.
– Reprenons depuis le début. Quand cela a-t-il commencé ?
– Il y a trois jours. Il est parti (nous ignorons où il est allé), et, quand il est rentré, il était dans cet état. Je l'ai trouvé dans le garage, pieds nus, tout sale. Il n'a pas voulu prononcer un mot, a refusé d'aller dans sa chambre. Il s'est réfugié ici et a fermé la porte à clef. Quand nous avons tenté de lui parler, il n'a pas voulu répondre, a refusé de sortir. À la fin de la journée, en désespoir de cause, nous avons fait venir le serrurier.
– Lui arrive-t-il souvent de disparaître comme ça ?
– Non, jamais. Il s'absente de temps en temps, bien sûr. Mais pas très souvent, et jamais sans nous en informer.
– Où va-t-il quand il sort ? Va-t-il voir des amis ? Part-il en vacances ?
– Non. Pas vraiment. Enfin... il a des amis, bien sûr, mais pas très proches. Surtout d'anciens camarades de classe. Aucun ami intime. Il se rend à New York pour rencontrer ses éditeurs. Occasionnellement, il donne une conférence, fait quelques apparitions publiques lors de colloques littéraires, ce genre de choses. La plupart du temps, il reste ici. Il se promène dans les bois. Écrit ses livres. C'est un jeune homme très renfermé.
– Bref, un garçon bien dans sa peau et à l'aise avec lui-même.
– C'est peut-être aller un peu loin.
– Il est plutôt âgé pour vivre encore chez ses parents...
– Il n'a pas que des faiblesses, docteur Cloverdale. Disons qu'il est juste compliqué.
– Le sénateur m'a raconté son parcours. Si j'ai bien compris, il a subi des mauvais traitements étant petit ?

– Oui.
– De quel ordre ? Plutôt graves ?
– Oui, répondit-elle en se sentant gagner elle-même par la folie. Graves, oui.
– A-t-il bénéficié d'une thérapie ?
– Oui, mais sans grand résultat. Il s'y est prêté sans conviction. Il se réveille toujours en hurlant.
– En hurlant ?
– Il réclame son frère. Ils étaient très proches.
– S'était-il déjà infligé des blessures auparavant ?
– Non. Ça a commencé juste la nuit dernière.
– Ce n'est pas de mon ressort, conclut Cloverdale en secouant la tête. Il lui faut un psychiatre, peut-être aussi devrait-il faire un séjour dans un établissement à Duke ou à Chapel Hill. Il aurait besoin d'être suivi par un spécialiste des traumatismes affectifs liés à l'enfance...
– Êtes-vous en train de suggérer que nous le fassions interner ?
– Tout de suite les grands mots. Si nous le placions dans un établissement de ce type, il serait sous observation pendant plusieurs jours. Nous pouvons le faire ici, cela ne pose pas de problème. Votre mari m'a engagé pour la semaine et donc, je suis à votre entière disposition. Pourquoi ne pas laisser passer un jour ou deux ? Je ferai en sorte que Julian se rassérène et se sente mieux. Je le surveillerai. Parfois les choses se résolvent d'elles-mêmes.
– C'est vrai ?
– Mais oui, assura-t-il en lui adressant son sourire posé de praticien.
Elle le scruta dans les yeux.
– Deux ou trois jours, alors, convint-elle.
– Bien, fit le médecin en croisant les mains. Maintenant parlons de vous.
En voyant son air patelin, Abigail prit conscience de son apparence et de l'effet qu'elle devait faire, couverte de boue, hagarde, affolée. Cela faisait deux nuits qu'elle n'avait quasiment pas dormi, à peine mangé. Elle était pâle, épuisée, le sang de son fils avait séché en laissant des

croûtes sur ses joues. Elle toucha ses cheveux en bataille, et sentit soudain son regard devenir vide tandis qu'elle se concentrait sur le menton du médecin.

— Je vais bien, affirma-t-elle.
— Si vous craignez que je n'en discute avec votre mari...
— Je vais bien, répéta-t-elle, incapable de le regarder dans les yeux.

C'était un sentiment ancien et familier. Le déni.

— Nous avons tous besoin d'aide à certains moments, madame Vane. Il n'y a pas à en avoir honte.
— Merci, docteur. Non.

Machinalement elle redressa le menton et envisagea un instant de lui dire la vérité, lui dire qu'il n'avait jamais rencontré de sa vie quelqu'un d'aussi fort qu'elle. Mais il prendrait ça pour une forfanterie inconsidérée, réagirait en se raclant poliment la gorge sans se départir de sa gentillesse affectée, et quand il verrait le sénateur, il secouerait la tête sans rompre la confidentialité à laquelle il était tenu. Mais leurs yeux se croiseraient, et ils échangeraient un petit sourire entendu sur la vanité des femmes. Donc elle garda la vérité pour elle. Elle ne dit pas au médecin qu'elle avait vu des choses qui lui briseraient le cœur, fait des choses qui le feraient tomber à genoux.

— Je vais bien, répéta-t-elle.

Et comme il prenait un air sceptique, pour lui clouer le bec, elle lui tourna le dos et s'éloigna.

10

Aussi grandiose qu'elle fût, la demeure n'était pas théoriquement la résidence principale d'Abigail. Celle-ci se trouvait à Charlotte, c'était un hôtel particulier du début du XXe siècle, sis sur un hectare dans Myers Park. Cette maison-ci était censée être leur résidence d'été, mais Abigail détestait Charlotte. C'était une ville trop importante, dont les habitants s'intéressaient de trop près aux faits et gestes de leur sénateur et de son épouse. Au fil du temps, Abigail s'était sentie de plus en plus attirée par l'espace et le calme du comté de Chatham, elle y avait fait de plus longs séjours, et, aujourd'hui, elle s'en absentait rarement. Elle vivait là en toute intimité, avec ses chevaux et son fils.

C'était presque idéal.

Elle descendit le long couloir jusqu'à la suite de pièces qui lui étaient réservées, se doucha, se changea, et redonna à son visage son aspect habituel de quasi-perfection. Se mirant des pieds à la tête dans une grande psyché, elle vit une belle femme d'allure élégante, s'estima satisfaite, et se rendit ensuite à la chambre de Julian. Située au deuxième étage et incroyablement spacieuse, la pièce occupait le coin supérieur de l'aile nord, avec une vue plongeante sur la colline en contrebas et, plus loin, le sommet de la forêt. Au printemps, c'était un océan de verdure qui se muait à l'automne en une mer intérieure flamboyante dont les éclats mouraient doucement, passant du rouge et or au brun, jusqu'à disparaître.

Sur le seuil, elle s'arrêta, hésitante. La pièce était tapissée du sol au plafond de livres accumulés depuis vingt ans, avec çà et là sur les rayons de bibliothèque des photographies encadrées. Sur cinq ou six chevalets posés contre le mur le plus éloigné, de grands blocs de dessin étaient ouverts sur les esquisses en cours : un paysage de forêt, un lac à la lueur de la lune, les personnages d'un nouveau livre que Julian avait en projet. Des fusils de chasse et des carabines sur lesquels une fine pellicule de poussière s'était déposée étaient rangés dans des casiers tapissés de velours, cadeaux de son père et d'admirateurs de son père, restés inemployés. Julian n'avait jamais rien tué de sa vie. C'était un homme doux, mais un homme néanmoins, et la pièce reflétait cette dualité : sombres tapis et œuvres d'art précieuses, livres pour enfants et armes silencieuses. La chambre d'un homme, celle aussi d'un petit garçon ; toujours sur le seuil, les yeux noyés de larmes, Abigail revoyait le jour où Julian était arrivé ici, dans son nouveau foyer. Il était si petit, si effrayé, si perdu sans son frère.

Combien de garçons habitent ici ? avait-il demandé.

Toi, c'est tout.

Il avait contemplé longuement la pièce, puis avait gagné la fenêtre donnant sur les longues pentes herbeuses et le vert profond, secret de l'immense forêt.

C'est si grand, avait-il constaté, dressé sur la pointe des pieds pour regarder dehors, ses petites mains posées sur l'appui de fenêtre, le menton relevé.

Ça te plaît ?

Il avait réfléchi longtemps, puis avait répondu : *Comment Michael fera pour me retrouver ici ?*

Cette question l'avait fait pleurer et encore aujourd'hui elle lui mettait les larmes aux yeux.

Abigail pénétra dans la pièce, passa un doigt sur le dos des livres, souleva une photographie, la reposa. Elle était agitée, en proie à une anxiété aussi vive qu'inhabituelle. Quand elle se retourna et découvrit son mari sur le seuil, elle tressaillit. Car elle ne l'avait pas entendu venir, ce qui était surprenant, vu sa corpulence.

– Pour revenir sur ce que j'ai dit, commença le sénateur d'un ton repentant. Évidemment que, pour moi, Julian vient en premier. J'espère que tu le sais.

Son regard fit le tour de la pièce, et il ne parvint pas à cacher son dégoût. En tant que politicien, c'était en tout point un conservateur. En tant qu'homme, il croyait aux activités viriles. Des gens comme Julian n'étaient pas sa tasse de thé, et, au fond de son cœur, Abigail avait toujours soupçonné le sénateur de se féliciter que Julian fût un enfant adopté.

C'était moins embarrassant.

Moins handicapant, politiquement.

En vérité, le sénateur n'avait jamais pardonné à Abigail sa stérilité. Il voulait un fils et une fille, deux enfants bien élevés, dotés de la beauté photogénique de leur mère. Ils étaient parvenus à un compromis gagné de haute lutte, un âpre combat qu'elle avait fini par remporter en arguant que l'adoption, en particulier s'il s'agissait d'un enfant déjà grand et rejeté, démontrerait la bonté d'âme et le grand cœur du sénateur. Or son score électoral était bas par ici, dans les montagnes. Il y avait réfléchi et avait acquiescé d'un hochement de tête, réglant ainsi la question une bonne fois pour toutes.

Le sénateur s'approcha du chevalet le plus proche.

– À propos de Julian, j'ai eu tort, désolé, déclara-t-il en feuilletant négligemment le bloc de dessin.

Il s'arrêta un instant sur l'esquisse d'une jeune fille à peine vêtue, avec des feuilles dans les cheveux et des yeux d'un noir charbonneux.

– Ça alors, si je m'attendais ! s'exclama-t-il.

– Pourquoi ? fit Abigail quand elle eut jeté un coup d'œil au dessin.

– Un peu osé, non ?

– C'est un auteur pour enfants, pas un gamin. Et il a eu des petites amies.

– Ah bon ?

– Pourquoi faut-il que tu sois toujours si dédaigneux ?

Le sénateur se remit à tourner les feuilles. Il dévisagea Abigail en prenant un petit air triste.

– Viens donc embrasser ton vieux mari, dit-il, puis il baissa humblement les yeux, comme elle savait qu'il le ferait.

Tendant la joue, elle sentit le contact frais et sec de ses lèvres. Il recula et considéra la pièce.

– Quel foutoir.

– J'en parlerai aux femmes de ménage, dit-elle.
– Brave petite.

Elle le regarda partir, puis se mit à ranger. Elle fit le lit, empila les livres, rassembla les tasses de café. Enfin, elle prit le smoking de Julian et le suspendit dans la penderie. Il sentait le cigare et l'après-rasage. Comme elle en lissait les plis, elle trouva une photo dans la poche : celle d'une va-nu-pieds, plantée sur le perron affaissé d'une masure. Une jeune fille de dix-neuf ans, si menue qu'on aurait dit un elfe. Des cheveux blonds tout emmêlés, un visage dont la beauté serait ressortie dans un autre contexte ; mais elle fixait l'objectif d'un air peu amène, la bouche déformée par un pli de colère. Vêtue d'un short en jean d'un bleu délavé, d'un débardeur trop étroit qui lui moulait les seins, elle avait fourré ses mains dans ses poches, ce qui ramenait le short bas sur ses hanches en découvrant un ventre plat, une peau brunie par le soleil, des os saillants.

La dernière fois qu'Abigail l'avait vue, elle n'était qu'une gamine, mais la maison était bien reconnaissable. Avec un malaise grandissant, elle s'approcha du chevalet et tourna les feuilles pour retrouver l'esquisse au fusain de la fille des bois. Elle regarda le dessin, la photo, puis les tint côte à côte. La main habile du dessinateur avait su mettre en valeur cette beauté farouche en la rendant encore plus attirante car, au milieu de la forêt, elle était dans son élément, avec ses cheveux entremêlés de feuilles. L'esquisse soulignait la courbe de ses hanches et de ses seins, et ses yeux bridés d'un noir profond brillaient d'une lueur complice.

Le regard fixé sur le dessin, Abigail sentit une vague de nausée monter de son bas-ventre.

– Non, non, et non.

Serrant dans son poing la photographie pliée en deux, elle quitta la pièce en courant presque. Dehors, la pluie s'était muée en brume. Elle trouva la Land Rover où elle l'avait laissée, démarra, puis vérifia les balles dans le chargeur du pistolet et dirigea le véhicule vers l'arrière du domaine.

– Non, non, et non, répéta-t-elle.
La forêt se fit plus profonde.

Durant une vie de conflits, de machinations et d'intrigues politiques, une épine était restée obstinément plantée dans le pied du sénateur. À l'arrière des deux mille hectares qu'il possédait se trouvait une ferme de trente hectares, un îlot de vieilles pinèdes qui appartenait à la même famille depuis le XVIIIe siècle. C'était une suite de collines et de ravins escarpés avec une route de gravier menant à un plateau de cinq hectares et à une maison qui datait d'avant la guerre de Sécession. La propriété détenait un droit de passage à travers l'arrière du domaine, et, malgré les propositions du sénateur, leur propriétaire refusait de les vendre. Il lui en avait offert cinq fois leur valeur, puis dix, puis vingt, pour finir par perdre patience. Depuis, les rapports s'étaient passablement compliqués.

La propriétaire en question s'appelait Caravel Gautreaux, un nom français de Louisiane, selon elle. Mais comment savoir, menteuse et cinglée comme elle était. Entre eux, il y avait eu des histoires. Des histoires salaces.

La route principale menait des pelouses et des jardins impeccablement entretenus jusqu'aux terres agricoles du domaine. Les pavés cédèrent la place à du gravier, et la piste sinueuse longea des vignobles, des paddocks, puis la laiterie biologique qu'Abigail avait créée huit ans plus tôt en partant de rien. Roulant toujours, elle dépassa l'endroit où la rivière formait une large cuvette, puis prit au nord à travers bois pour déboucher sur d'immenses pâturages. Quand la route replongea dans les bois, le gravier commença à se faire rare, la voie se rétrécit. À présent, les arbres rapprochés griffaient la carrosserie, et les hautes herbes se pliaient sous le pare-chocs avant tandis qu'elle s'enfonçait dans la forêt. C'était la partie la plus sauvage du domaine, mille cinq cents hectares de réserves et de terrains de chasse, vastes zones de forêt ancienne jamais déboisées.

La piste se mit à grimper, puis redescendit dans une gorge au fond de laquelle coulait un torrent impétueux. Abigail rétrograda et avança péniblement dans l'eau qui montait jusqu'aux essieux, puis elle gravit une pente raide sur la mauvaise piste qui faisait un coude. Ici la roche graniteuse saillait d'une terre noire et poudreuse. Les feuillus cédèrent la place à des pins laricios qui portaient encore des cicatrices datant de l'extraction de la résine, deux siècles plus tôt.

La piste croisa une route étroite recouverte de gravier qui menait à la nationale passant au sud du domaine, mais Abigail lui tourna le dos et prit au nord entre deux collines. À mesure que les pentes se faisaient plus escarpées, la route semblait plonger et la lumière faiblissait. Vingt ans avaient passé depuis sa dernière visite en ces lieux, pourtant son ventre se noua de la même façon quand la maison de Caravel apparut. C'était une vieille bicoque biscornue, avec de petites pièces au sol de terre battue et aux murs blanchis à la chaux. La cour jonchée de crottes d'animaux était encombrée de carcasses de voitures rouillées. Il y avait des chèvres groupées sous un pacanier, et des chevaux efflanqués sous un appentis ouvert aux quatre vents.

En avançant, Abigail vit des détails qu'elle avait oubliés à force d'essayer durant deux décennies d'effacer de sa mémoire tout souvenir de cet endroit. Sur la droite, un mince filet d'eau coulait d'une source captée. Au-delà, il y avait un fumoir et, par l'ouverture de la porte, on apercevait des crochets en métal pendus à l'intérieur. Quand elle descendit de voiture, une odeur de talc humide et de fleurs écrasées lui monta au nez.

Des carillons éoliens tintaient dans la brise, faits de morceaux de verre coloré noués par de la cordelette brune.

Abigail dépassa un foyer rempli de cendres et de petits os carbonisés. Sur les marches de la maison, des pierres marquées de pentagrammes étaient posées, ainsi que des bocaux à conserve contenant des clous rouillés baignant dans un liquide qui ressemblait à de l'urine. Il y avait des peaux clouées sur un cadre près du mur, et des plantes séchées accrochées sous le porche.

Abigail s'arrêta devant la porte d'entrée grande ouverte. Il y eut du mouvement dans la pénombre à l'intérieur, et une femme apparut sur le seuil.

— Eh bien, si je m'attendais !

C'était la même voix, le même regard étincelant de moquerie.

— Bonjour, Caravel.

— Salut, Prospérité.

Caravel Gautreaux s'arrêta dans une flaque de lumière et posa une main sur la rambarde. Si Abigail s'était préparée à la voir usée par la pauvreté et le dénuement, elle fut déçue. Certes, Caravel avait des mains rugueuses, mais elle gardait le genre de silhouette qui plaît aux hommes. Grande et mince dans une robe devenue presque transparente avec le temps, elle était pieds nus, la peau brunie par le soleil. Et, malgré quelques fils blancs dans les cheveux, elle avait toujours une belle bouche aux lèvres pleines.

— Tu as l'air en forme, constata Abigail.

— Ça peut aller, reconnut Caravel en allumant une cigarette. Et ton mari ?

— Si tu en veux, je te le laisse.

— J'en ai déjà tiré le meilleur, répondit Caravel avec une moue ironique. Tu es venue pour régler nos comptes, après tout ce temps ?

— Les hommes..., répondit Abigail avec un haussement d'épaules.

— Prononce-t-il toujours mon nom dans son sommeil ? Bof, ça a dû lui passer, ajouta Caravel en secouant la cendre de sa cigarette, comme Abigail ne répondait pas. Alors qu'est-ce qui t'amène, Prospérité ?

— Je suis venue voir ta fille.

— Oh, fit-elle d'un air amusé. C'est à cause de Julian.

Abigail se tendit. Jusqu'à présent, elle n'avait fait que des suppositions.

— Que sais-tu au sujet de mon fils ?

— Seulement qu'il a un faible pour les filles Gautreaux, comme ton mari, mais qu'il préfère te le cacher. Tout cela a un petit air de déjà-vu, non ? Les mensonges, les rendez-vous secrets à la lueur des bougies, l'odeur des jeunes amants dans la tiédeur de l'air...

— Ça te fait plaisir, hein ?

— Il y a beaucoup de choses qui me font plaisir. Les hommes, la fumée, la viande rouge saisie à point, répondit Caravel en savourant chaque mot.

— Je veux lui parler.

— Le plaisir de ta compagnie quand tu es toute tourneboulée...

— Bon sang, Caravel.

Le sourire s'effaça.

— Victorine n'est pas là, déclara-t-elle d'un ton plus dur.

— Alors je reviendrai quand elle sera rentrée.

— Tu ne comprends pas. Ça fait une semaine qu'elle a disparu. Peut-être qu'elle ne reviendra pas du tout.

— Ah, elle s'est enfin réveillée.

— Quoi ?

— Elle a enfin ouvert les yeux et fichu le camp.

La colère assombrit le regard de Caravel, sa bouche prit un pli amer.

— Retire ça tout de suite.

— Toi, arrange-toi pour que ta fille ne s'approche pas de mon fils, et il n'y aura pas de problèmes entre nous. Qu'elle reste loin du domaine, loin de la maison.

Caravel s'avança, une lueur de folie dans les yeux.

— Tu l'as vue, hein ?

— Je ne serais pas là si je l'avais vue, répondit Abigail en reculant d'un pas.

— Où est ma petite ? répliqua Caravel en pointant un doigt sur elle.

— Puisque je te répète que...

— Dis-lui que Maman Gautreaux n'est plus folle. Dis-lui que tout est pardonné si elle revient à la maison.

— Gardez vos distances, c'est tout.

— Tu lui répéteras ce que j'ai dit ?

— Primo, je ne sais pas où est ta folle de fille. Secundo, le mieux qui puisse arriver à cette enfant, c'est de fuir ta compagnie. Je le lui dirai si je la vois.

Caravel jeta sa cigarette dans la poussière.

— Tu te mets entre ma fille et moi ? Tu oses t'immiscer entre nous ? éructa-t-elle d'une voix haineuse en s'approchant, hors d'elle.

C'était comme si d'un seul coup elle avait perdu toute sa raison, et brusquement disjoncté.

— Cette enfant est à moi ! Compris ? Je ne permettrai pas que ton fils et toi vous lui racontiez des craques pour nous séparer. Ah, je vois, gronda-t-elle en avançant la main pour toucher Abigail. Je vois.

— Ne t'approche pas, riposta Abigail en reculant d'un pas chancelant.

— La distance importe peu, Prospérité. Tu serais à l'autre bout du monde que je pourrais quand même te faire du mal.

Abigail rejoignit la Land Rover, posa la main sur la portière.

— Reste à l'écart de mon fils, ordonna-t-elle.

— Je te le dis, un centimètre ou des milliers de kilomètres, c'est kif-kif. Où que tu sois, j'arriverai toujours à t'atteindre, continua Caravel, et elle s'assit en riant sur la marche du perron.

Abigail monta en voiture, démarra et dérapa dans la poussière en faisant un demi-tour serré. Par la vitre baissée, elle vit Caravel qui la fixait.

— Toutes les routes reviennent à Maman Gautreaux, lança-t-elle.

La maison oscilla dans le rétroviseur. Puis les arbres la masquèrent, mais Abigail entendit encore quelques mots, étouffés par le bruit du moteur. « Dis à ma petite... »

— Satanée route ! jura Abigail entre ses dents en accélérant.

Après avoir roulé cinq minutes en s'enfonçant dans les bois, elle finit par ralentir. Son cœur sautait comme un petit animal affolé. Tout en s'efforçant de calmer sa respiration, elle dut bien s'avouer que Caravel Gautreaux l'effrayait en la touchant au plus profond d'elle-même. Abigail avait quarante-sept ans, c'était une femme raisonnable ; mais elle savait aussi que le mal est bien réel, qu'il peut s'incarner en un être fait comme elle de chair et de sang, quel que soit le nom qu'on lui donne, péché, corruption, ou autre. En tout cas, cette femme était le mal. Il était inscrit dans les rides de sa peau et dans l'histoire de cet endroit, dans l'odeur de poussière et la faiblesse des hommes. Abigail savait seulement qu'elle avait paniqué en voyant la lueur dans les yeux de Caravel. Cette folie lui était familière, c'était le même regard froid et dur.

Abigail en avait connu, de ces femmes-là.

Elle avait des raisons de les craindre.

Un dernier frisson la parcourut, puis elle se reprit, comme toujours, en écrasant en elle la faiblesse et le doute. Tout en regagnant sa demeure, ses hauts murs de pierre, ses miroirs sans profondeur, Abigail se répéta qu'elle était de fer à l'intérieur, et plus forte que n'importe quelle autre femme sur terre.

Dix minutes plus tard, elle garait la Land Rover. Jessup Falls attendait à la porte de derrière.

– Où étiez-vous ? lui demanda-t-il sans ambages, rouge d'appréhension, le corps raidi par la tension.

– Je suis allée voir Caravel Gautreaux.

– Pourquoi ? Cette femme est folle.

– Je crois que Julian fréquente sa fille.

– Victorine Gautreaux n'a que dix-neuf ans.

– Sa mère avait le même âge quand elle faisait des ravages parmi les hommes mariés du comté. Chez les femmes Gautreaux, l'âge n'a pas d'importance. À quatorze ans, Caravel avait déjà commencé. Lycéens. Ouvriers agricoles. Vagabonds...

– Ce ne sont que des rumeurs...

– N'importe quel pantalon avec cinq dollars dans la poche et une bosse dans la braguette.

– Ça ne me plaît guère, cette façon de parler.

Abigail soupira, et, dans ce soupir, sa tension s'échappa, avec le souvenir de sa peur.

– Bon. Dites-moi ce qui s'est passé.
– Ça se voit tant que ça ? s'étonna-t-il.
– Je vous connais depuis longtemps, Jessup.
– Accompagnez-moi.

Il tourna le dos et Abigail le suivit. Ils prirent l'allée, puis la quittèrent pour s'enfoncer dans les herbes ombreuses.

– Il y a quelqu'un au portail.
– Il y a toujours quelqu'un au portail. C'est la maison du sénateur.
– Quelqu'un que vous aurez envie de voir.
– Au nom du ciel...
– C'est le frère de Julian.
– Quoi ?

Abigail le regarda dans les yeux, et vit la certitude surnager dans un courant d'inquiétude profond et régulier.

– C'est impossible..., dit-elle d'une voix qui n'était pas la sienne, trop ténue, trop jeune.
– Abigail...

Elle se courba alors que sa vision s'obscurcissait.

– Abigail...

Elle se pencha encore en avant, le souffle coupé. L'image lui revint, fugitive, de ce garçon qui courait dans la neige et que la nuit dérobait à sa vue. Il était si petit, si perdu. Elle tenta de se redresser, mais un poids de vingt-trois années pesait sur sa nuque.

Michael...

– Respirez, dit une voix.

Mais elle en était incapable.

11

Devant la voiture volée se dressait un portail de quatre mètres de haut, décoratif mais fonctionnel : deux tonnes de fer forgé à la main, assez résistant pour arrêter n'importe quel type de char d'assaut. Derrière, la bande noire de l'allée coupait droit à travers le gazon velouté jusqu'aux imposants murs de pierre de la demeure seigneuriale. Appuyé contre la voiture, Michael observait la circulation sur la route, les grilles, les gardes. Il entendit Elena l'appeler. Elle était restée assise à l'intérieur.

– Ça va ? s'enquit-il en se penchant pour regarder par la vitre.

Du siège passager qu'elle occupait, Elena se glissa derrière le volant. Elle était visiblement épuisée, les yeux cernés, les joues creuses, la voix empreinte de lassitude. Sur l'autoroute, au long de kilomètres sans fin, elle avait somnolé telle une âme à la dérive, sortant de longs moments de torpeur pour se réveiller en sursaut. Au motel la nuit précédente, elle s'était roulée en boule sur l'autre lit, seule, silencieuse, immobile, et pourtant réveillée. Au matin, elle s'était douchée et habillée sans rien dire, sans le moindre sourire. Elle évitait Michael du regard, et quand leurs yeux se croisaient, il décelait dans les siens un lieu clos et secret, là où auparavant n'en existait aucun.

– Va-t-on nous laisser entrer ? demanda-t-elle.

Michael observa les deux hommes qui gardaient le portail. C'étaient des professionnels : alertes, larges d'épaules, en grande forme physique, les cheveux courts, vêtus de costumes impeccables. Ils portaient des armes à la ceinture et communiquaient avec un matériel ultra-sophistiqué en adoptant une attitude à la fois polie et pleine d'assurance. S'il s'agissait d'agents privés, ils devaient coûter bonbon. Valaient-ils ce qu'ils étaient payés ? se demanda-t-il.

– À ton avis, il t'a cru ? insista Elena.

– Ça dépend.
– Moi, je ne crois pas qu'il reviendra.

L'attention des gardes était sans faille. Montées sur de hauts supports, les caméras de surveillance pivotaient, et l'une d'elles était pointée droit sur eux.

– Mais si, il va revenir, assura Michael.
– Et s'ils n'étaient pas là ?
– Le Sénat ne siège pas actuellement. C'est leur résidence d'été. Ça tombe bien.

Elena scrutait la route, la profondeur des bois tout en se mordillant les ongles. Elle se sentait à nu et vulnérable ici, dans la voiture, et Michael le comprenait. Mais comment lui dire la vérité ? Comment la regarder dans les yeux et lui expliquer que Stevan et Jimmy ne se contenteraient pas de les abattre vite et bien, postés sous le couvert des arbres ? Que lorsqu'ils viendraient, et ils viendraient à coup sûr, les choses prendraient une tournure beaucoup plus personnelle et rapprochée ?

Des voitures passèrent en rafale sur la route. Dans la forêt, l'aile d'un oiseau fit un éclair de couleur. Michael vit un véhicule surgir du bout de l'allée comme une balle de revolver en se dirigeant droit sur eux. C'était une Ford Expedition qui ralentit devant le portail. Au volant se trouvait le type aux cheveux blancs qu'ils avaient déjà vu. Il descendit de voiture et s'adressa aux gardes, qui restèrent en alerte sans se départir de leur flegme tandis que la grille s'ouvrait et que le type sortait pour venir à leur rencontre.

– Mme Vane accepte de vous recevoir. Vous pouvez monter dans ma voiture.

Michael vérifia la route, qui était vide. Les murs d'enceinte du domaine s'étiraient de part et d'autre du portail sur au moins un kilomètre et demi.

– Je préférerais garder ma propre voiture.
– Si vous voulez entrer, la vôtre reste ici.

Il y eut un blanc entre eux, un silence qui s'étira péniblement.

– Pareil pour les armes, ajouta le type aux cheveux blancs.

— Les armes ? s'étonna Michael.
— Ne me prends pas pour une bille, fiston. Celle qui est fourrée dans la poche arrière de ton pantalon. Range-la dans la voiture. Verrouille les portières. Et monte. On perd du temps.

Michael étudia son visage rude, tanné par le soleil. C'était celui d'un type honnête, mais Michael ne se fiait pas aux apparences. Il avait rencontré dans sa vie tant de menteurs, tant de faux-semblants.

— Vous connaissez mon frère ? s'enquit-il.

L'homme lui jeta un regard aigu en plissant les paupières.

— Je connais Julian comme si c'était mon propre fils.
— Il est là ?
— Oui.

Michael détourna les yeux le premier.

— Juste une seconde.

Il regagna la voiture, fourra le revolver sous le siège, remonta les vitres.

— Tu sais ce que tu fais ? demanda Elena en passant les paumes de ses mains sur ses cuisses.
— Tout va bien se passer.

Quand ils en furent sortis, Michael verrouilla les portières de la voiture.

— Elle monte à l'arrière, indiqua le chauffeur en levant le pouce. Toi, tu t'assieds devant, que je puisse t'avoir à l'œil.

Quand ils furent montés à l'intérieur, le type fit un demi-tour serré en tenant le volant de la main droite tout en gardant l'autre baissée du côté gauche de son siège, puis il remonta vers la grande maison, à travers des jardins à la française et des arbustes ornementaux taillés avec art. De loin, Michael vit qu'un garde était posté devant la porte d'entrée, et que deux autres patrouillaient aux coins du bâtiment. Sans pouvoir le vérifier, il se doutait que toute la grande maison devait être équipée d'appareils de surveillance électroniques ultra-perfectionnés, caméras, capteurs sensoriels, infrarouge.

— Pourquoi tant de sécurité ? demanda-t-il.

— Vous avez beaucoup de milliardaires dans vos relations ? rétorqua l'autre.

Arrivé à la moitié de l'allée, il bifurqua à gauche pour s'engager sur un chemin de gravier qui s'enfonçait dans une chênaie.

— Je croyais qu'on allait nous recevoir dans la maison, remarqua Michael.

— Pas pour l'instant. Plus tard, peut-être. Je m'appelle Jessup Falls.

— Voici Elena, présenta Michael.

Falls leva les yeux pour croiser ceux d'Elena dans le rétroviseur. Il avait toujours une main sur le volant, et l'autre dissimulée dans le creux entre son siège et la portière.

— Madame, dit-il.

— Vous en avez mis du temps, lança Michael.

Falls le toisa, haussa les épaules.

— Vous n'avez pas prévenu de votre arrivée. Il a fallu en discuter.

— Pour décider si oui ou non on nous laisserait entrer, dit Michael.

— J'étais à Iron Mountain le jour où vous avez tué ce garçon, Hennessey, alors oui. C'était l'un des points du débat.

— Est-ce pour cette raison que vous gardez une arme à portée de votre main gauche ?

Falls haussa les épaules, puis sortit l'arme de sa cache pour la fourrer entre ses cuisses.

— Question d'habitude, rétorqua-t-il.

— Vous êtes chargé de la sécurité ?

— Seulement pour Mme Vane. Le sénateur a ses propres gardes du corps.

Ils roulèrent sur un peu moins d'un kilomètre, d'abord à travers bois, puis le long d'une corniche qui offrait une belle vue sur la maison et les terres. Quand la vue disparut, Falls arrêta la voiture et coupa le moteur.

— Allons-nous rencontrer Mme Vane ici ? demanda Michael.

– Nous sommes du côté ouest du domaine, expliqua Falls d'un ton détaché. Nous allons au pavillon réservé aux invités. Par là, désigna-t-il d'un geste. C'est une maison particulière, presque toujours inhabitée.

Il pivota de façon à avoir Elena et Michael dans son angle de vue. Après les avoir longuement dévisagés, il fronça les sourcils.

– Il n'y a pas d'argent à vous faire ici.
– Nous ne sommes pas venus pour ça.
– Alors pourquoi ?
– Pour voir mon frère.
– Tout simplement ? Après tout ce temps ?

Comme Michael haussait les épaules, Falls demanda :
– Pourquoi êtes-vous armé ?
– Et vous ?
– Où habitez-vous ?
– Nulle part, en ce moment.
– Que faites-vous pour gagner votre vie ?
– Ces derniers temps, je faisais la plonge dans un restaurant.

Falls le quitta des yeux et regarda devant lui le chemin à travers le pare-brise.

– Vous ne me donnez aucune raison de vous faire confiance, observa-t-il.

– Vous vous occupez de sécurité à titre privé, ce qui signifie que vous deviez être flic, dans le temps. Vous ne me ferez jamais confiance, et tout ce que je pourrai dire n'y changera rien. Alors ne perdons pas de temps. Je veux voir Julian. Vous dites qu'il faut d'abord que je m'entretienne avec Mme Vane. Soit. Elle accepte de me recevoir. Allons-y.

– Bien raisonné. Maintenant, je voudrais que vous sortiez tous les deux de la voiture.

– Pourquoi ?

– Je n'ai pas voulu vous fouiller en bordure de la voie publique, mais ça ne signifie pas pour autant que je sois stupide.

Dehors, dans la fraîcheur des bois, Michael laissa Falls le fouiller. Ce qu'il fit à fond et prestement.

– Veuillez m'excuser, dit-il en s'adressant à Elena.

– Ça ira, dit Michael à Elena, et il surveilla Falls pendant qu'il la fouillait aussi, aussi méthodiquement et sans montrer aucun embarras.

– Vous pouvez remonter en voiture, conclut Falls.

Quand ils furent installés, il se tourna vers eux, la bouche serrée en un pli implacable.

– Il n'y a pas prescription en matière de meurtre en Caroline du Nord, déclara-t-il en plissant les yeux, et son regard alla de l'un à l'autre. Je voudrais que vous en ayez bien conscience.

– Je ne comprends pas, intervint Elena en se penchant en avant.

– Il parle de ce qui s'est passé à la Maison de fer... C'est une menace, ajouta Michael après quelques secondes, sans quitter Falls du regard.

– Un conseil, plutôt.

Tout en le fixant d'un œil morne, Michael lui fit un petit sourire.

– Nous savons tous deux qu'il n'y a pas de mandat d'arrêt lancé contre moi. Aucun acte d'accusation. Aucune trace nulle part.

– Pourtant, la police vous a recherché pendant un sacré bout de temps.

– C'était il y a vingt-trois ans, à l'autre bout de l'État. Personne ne me recherche, monsieur Falls, déclara Michael en se penchant un peu vers lui. Et nous savons tous deux quelle en est la raison profonde et véritable.

Ils se mesurèrent du regard pendant dix secondes, et, cette fois, Falls céda le premier.

– Ne me cherchez pas, jeune homme. Je prends mon boulot très au sérieux.

– J'aime mon frère, dit Michael.

– Alors nous ne devrions pas avoir de problèmes.

Le pavillon réservé aux invités était un cottage en pierre construit sur une butte qui donnait sur les lacs et la maison. Il y avait des décrottoirs en fer à côté de la porte, une véranda, des volets verts aux charnières de métal noir. Une pelouse descendait jusqu'à l'eau et, derrière la maison, des arbres épais formaient un mur de verdure.

– Attendez ici.

Ils regardèrent Falls monter sur le perron, puis ouvrir la porte d'entrée et disparaître. La petite maison semblait être là depuis toujours. Les plaques d'ardoise du toit étaient ourlées de mousse verte. Un ciel bleu se reflétait sur les fenêtres du haut ; celles du bas étaient sombres. Une vieille Land Rover Defender était garée devant l'entrée. Michael eut beau guetter, il ne perçut aucun mouvement à l'intérieur. Elena lui prit le bras, visiblement inquiète.

– C'est vrai, ce qu'il a dit ? Tu risques de te faire arrêter ?

– Ça n'arrivera pas.

– En vertu de quoi ? Une raison profonde et véritable ? Qu'est-ce que ça peut bien vouloir dire ?

– Que la recherche de la justice est rarement parfaite ou équitable, répondit-il en lui pressant l'épaule.

– Ne sois pas si énigmatique, Michael.

– Cela veut dire que personne ici n'a envie qu'on fasse de la publicité autour de l'adoption de Julian, ni autour de la mort d'Hennessey. Sachant que les médias en auraient fait leurs choux gras, le sénateur a préféré étouffer l'affaire.

– C'est en son pouvoir ?

– Il a de l'argent, de l'influence. Et puis Hennessey n'avait pas de famille.

– C'est horrible.

– Le monde dans lequel nous vivons est ainsi fait.

– Mais en quoi cela les gênait-il ? s'étonna Elena en désignant la résidence au loin. D'après ce que tu m'en as dit, Julian a déclaré que c'était toi qui avais fait le coup. Il était donc lavé de tout soupçon.

– Le scandale a une vie propre, il rebondit de lui-même, si on lui en donne l'occasion, c'est bien connu. Et puis je doute que Julian ait été très convaincant. Il n'a jamais su mentir. Il a du mal à cacher ses sentiments.

– La police ne l'a pas cru ?

– Disons plutôt que le sénateur a dépensé beaucoup d'argent et de crédit politique pour empêcher qu'elle fouille trop profond.

– Comment sais-tu tout cela ?

– C'était mon métier.

En la voyant tiquer, Michael lui donna une petite tape sur la hanche.

– Fais-moi confiance, Elena. Après ce qui s'est passé ces derniers jours, une enquête vieille de vingt ans est bien la dernière chose dont tu devrais te soucier.

– Promets-moi que tu ne te feras pas arrêter.

– Je te le promets.

– Bon. Merci...

S'appuyant contre lui, elle embrassa du regard les lacs, l'étendue du domaine.

– Tu t'attendais à ça ? reprit-elle.

– Il y a plus de surveillance que je ne l'avais prévu, mais c'est tant mieux.

– Ce n'est pas ce dont je parle et tu le sais, rétorqua-t-elle en soupirant.

– Et toi, comment te sens-tu ?

– Je suis triste.

– Pourquoi ?

Elle contempla les pentes herbeuses, la grande demeure au loin, puis lui prit le bras et posa la tête sur son épaule.

– Dire que tu aurais pu avoir cette vie-là.

Jessup trouva Abigail assise sur le canapé du salon.

– Il est là ? demanda-t-elle.

– Dehors. Vous êtes sûre d'être prête ?

Elle baissa les yeux sur la vieille photographie noir et blanc qu'elle tenait à la main.

– C'est Michael ? demanda Jessup.

– Oui. Ce cliché figurait dans son dossier, à Iron Mountain, expliqua-t-elle en lui montrant la photo.

C'était un jeune garçon qui devait avoir dans les huit ans. Les cheveux en bataille, il adressait un sourire forcé à l'objectif.

– C'est la seule photo de lui que j'aie jamais vue. Je l'ai manqué de peu, Jessup. Une tempête nous a ralentis. À cause de choses aussi simples que du vent et de la glace, toute sa vie m'a échappé.

– Il a tué un garçon de quinze ans. Il lui a enfoncé un couteau dans la gorge et l'a laissé mourir sur le carrelage des toilettes. Des gens comme lui ne changent pas. Je l'ai vu. Je le sais. Cette tempête vous a épargné une vie de misère.

– Il avait sûrement une raison pour faire ça.

– Alors il aurait dû rester pour s'en expliquer.

– Ce n'était qu'un enfant, il a eu peur.

– Ce n'est pas suffisant pour se fier à lui aujourd'hui.

– Non, bien sûr, Jessup. Je ne suis pas idiote ni romantique à ce point-là.

– Alors pourquoi le laisser entrer dans votre vie ?

– Parce que Julian le voudrait.

– Il est dangereux, Abigail. Croyez-moi, vous faites une erreur.

– Comment ça, dangereux ?

– Il avait une arme cachée sur lui, pour commencer. Et j'ai vérifié ses plaques d'immatriculation. C'est une voiture volée. Il prétend qu'il faisait la plonge dans un restaurant, ces derniers temps. Ça aussi, c'est un mensonge.

– Je ne le condamnerai pas sans l'avoir vu.

– Vous me payez pour vous protéger.

– Je vous paie pour que vous fassiez ce que je dis. Alors... du calme. Donnez-moi juste un peu de temps et de paix, d'accord ?

Elle ferma les yeux et, les rouvrant, fit un geste.

– Là, dehors ?

Jessup hocha la tête sans dire un mot. Abigail traversa la pièce jusqu'à la fenêtre, souleva le rideau.

– Mon Dieu. Ce qu'il lui ressemble ! s'exclama-t-elle.

Michael était plus grand, plus fort. Il avait le genre d'assurance tranquille dont Julian serait toujours dépourvu, pourtant, sans doute possible, ils étaient frères. C'étaient les mêmes cheveux châtains, les mêmes yeux bruns, expressifs. Mais là où chez l'un il y avait de la douceur, l'autre était dur. Là où l'un était timide, l'autre ne l'était pas. Michael était appuyé contre la voiture, les bras croisés, un pied posé sur la roue avant. Il les vit et fit un hochement de tête.

– Vous dites qu'il conduisait une voiture volée ?
– Oui.

Abigail les observa encore quelques secondes. Dehors, la jeune femme faisait les cent pas, visiblement agitée. Quant à Michael, il soutint le regard d'Abigail, et elle perçut dans ses yeux de la puissance. Une intelligence calme, rusée.

– Lancez des recherches, dit-elle. Je veux tout savoir sur lui. Où il travaille. Ce qu'il fait. Qui il est. Tout.

Jessup ouvrit son portable.

– Qu'est-ce qui vous a fait changer d'avis ?
– Je n'ai pas changé d'avis.
– Alors quoi ?
– Vous avez raison sur un point, reconnut Abigail.
– Lequel ?

Elle inclina la tête, observant toujours Michael sous ses longs cils noirs.

– Ce gars-là ne gagne pas sa vie en faisant la plonge.

Michael songeait à ce qu'Elena venait de dire quand il perçut dans l'air les effluves subtils d'un parfum. Levant les yeux, il découvrit une femme aussi raffinée que le parfum qui émanait d'elle. Elle avança dans l'allée, et l'instant qui suivit fut multiple, tout à la fois banal, étrange, doux-amer. Elle aurait pu être sa mère. Pour lui, c'était une inconnue, qui connaissait pourtant son frère mieux que lui-même. Michael approcha d'un pas, et remarqua la pâleur de son teint, presque diaphane.

– Je vous dérange ? s'enquit-elle.

— Pas du tout, répondit Michael en gardant un air impassible. Merci de nous recevoir. Voici Elena.

En guise d'accueil, la femme adressa à Elena un petit hochement de tête, puis revint à Michael. Son trouble était perceptible.

— Je me suis souvent demandé ce que je vous dirais si nous nous rencontrions. Une question normale, en apparence. Un souci quotidien. Quelle attitude adopterais-je ? Distante et terre à terre, comme si nous étions, évidemment, des étrangers ? Ou bien tomberais-je tout bonnement à genoux ? dit-elle en ponctuant sa phrase d'un petit rire. Je ne suis pas du genre à me mettre à genoux, mais dans des circonstances si… ? Excusez-moi, je dis n'importe quoi.

— Mais non, vous êtes on ne peut plus claire, déclara Michael. Je comprends parfaitement.

Elle posa un doigt sur ses lèvres, et ses yeux s'éclairèrent.

— J'étais à Iron Mountain le jour où vous vous êtes enfui. Je vous ai vu courir dans la neige cette nuit-là, votre manteau claquant au vent, puis disparaître. J'ai vu cette terrible tempête vous engloutir.

— C'était il y a longtemps, commenta Michael.

Les yeux brillants d'Abigail s'embrumèrent.

— Si seulement j'avais pu vous retrouver, je l'aurais fait.

— Ça va bien.

Michael ignorait pourquoi il avait dit ça, il ne devait rien à cette femme, mais il le dit, le pensa, et au même instant, sentit la morsure du gel sur sa peau, le vif souvenir des gerçures, au point que ses mains le picotèrent. Il ne pensait jamais à sa fuite éperdue dans la nuit glaciale, ne la revoyait que dans ses rêves. Et voilà qu'ils y étaient tous les deux : lui et cette inconnue aux grands yeux verts, qui semblait au bord des larmes.

— Ça va bien, répéta-t-il.

Mais elle s'avança et le prit dans ses bras.

— Je regrette tellement.

Un instant, Michael se raidit, puis il sentit ses cheveux lui effleurer la joue, légers et duveteux comme une plume.

Il huma sur sa peau une odeur de lavande sous le parfum raffiné.
— Pauvre petit, souffla-t-elle.
Jessup avança d'un pas.
— Madame Vane...
Mais elle ne fit pas attention à lui.
— Pauvre garçon.

12

Une petite part de Julian savait où il se trouvait. Il comprenait qu'il était dans l'une des chambres d'amis, que sa mère en entrait et en sortait, qu'il y avait un médecin. Mais cette conscience-là tremblotait telle une infime lueur dans la nuit. Il ignorait pourquoi il était dans cette pièce et ce qui se passait, n'avait aucune notion du temps, du jour, du mois, de l'année. Tout juste s'il se rappelait son propre nom.
Il était en miettes.
Terrorisé.
Il se sentait à l'étroit sur le lit trop petit, comme piégé dans le fouillis des draps qui s'entortillaient autour de ses jambes. Oppressé, il rejeta les draps, mais garda les yeux fermés, à voir du rouge à travers ses paupières, du rouge, du chaud, et des traînées de noir. Il attendait que quelque chose prenne forme, la froideur calme de la raison.
Mais de raison, point.
Le noir remua, et dans le rouge fusèrent des éclairs métalliques. Julian roula sur le flanc. Sa main le faisait souffrir et il y avait dans l'air une odeur désagréable, aussi

se concentra-t-il sur le noir. Le noir était rassurant, le noir était calme et frais. Au-delà, il faisait chaud, au-delà, il y avait le mal.

Julian se roula en boule.

Le noir formait une île, et tant qu'il demeurerait sur l'île, rien ne pourrait l'atteindre. Il y avait un autre terrain connu, l'île qu'il avait créée dans son esprit. Il pouvait s'y réfugier quand les choses devenaient trop âpres, dures, effrayantes. L'île était sûre, et l'île était à lui. Au-delà de l'île il y avait...

Il se crispa de peur à cette idée, voulut changer de cap ; mais des voix inconnues résonnèrent dans le couloir.

Cela aussi, c'était effrayant.

Des voix.

Des inconnus.

Julian pensa à s'effacer, mais la porte grinça, et quand il ouvrit les yeux, il vit des pieds d'où partaient des jambes. Il vit sa mère et une femme qu'il ne connaissait pas. Il y avait un homme aussi, mais sa présence n'avait pas de sens. C'était comme se regarder dans un miroir et y voir son propre visage déformé.

Julian cligna des yeux et l'obscurité monta en lui. L'homme dit quelque chose, mais Julian ne voulait voir personne. Il voulait être seul dans le noir et donc, fermant les yeux, il s'efforça de couper les ponts.

Il était doué pour ça : couper les ponts, larguer les amarres, partir à la dérive.

Quelqu'un lui toucha le bras, et, lorsqu'il rouvrit les yeux, il vit le visage qui était le sien, quoique pas tout à fait. Il y avait du réconfort là, une bonne chaleur, une raison de se sentir moins seul. Mais le lien était déjà presque rompu. Julian eut beau entendre prononcer son nom, ce nom n'avait pas assez de poids pour s'y ancrer. Il l'atteignit une fois, puis disparut.

Pourtant, Julian avait envie que cette même voix l'atteigne encore. Une part de lui comprenait ce qui se passait, et cette part-là voulait que l'homme au visage familier comprenne pourquoi il était sur l'île, parce qu'il s'était passé quelque chose. L'idée lui vint, folle et saugrenue, que l'homme au visage avait le pouvoir de tout arranger.

Et donc, Julian attendit que l'homme s'agenouille et, quand il fut tout près, Julian lui dit l'horrible chose ; il hurla tandis que le pont branlant se fissurait, s'écroulait.

Mais l'homme s'estompait déjà.

L'île était une île. Le rouge avait disparu, il n'y avait plus que du noir. Pourtant Julian comprit, enfin.

Michael...

Sa voix résonna en écho.

Il était seul dans le noir.

Michael oscilla sur les talons, puis se redressa. Son frère avait les yeux fermés à présent, mais ce qu'il y avait découvert frisait la démence. Dilatés, injectés de sang, ils distillaient une terreur panique telle qu'il n'en avait pas revu depuis les pires heures de leur enfance.

— Que vous a-t-il dit ?

C'était Jessup Falls. Il était sur le seuil, avec un garde armé posté derrière lui, dans le couloir. Un garde semblable en tous points à ceux du portail ; compétent, détaché, professionnel. Michael jeta un petit coup d'œil à Falls et secoua la tête. Quand il avait pris Julian par les épaules, il y avait eu un bref instant de conscience, un éclair de lucidité alors qu'ils étaient penchés l'un sur l'autre, tout proches. Julian avait semblé le reconnaître et il avait murmuré quelque chose, si bas que seul Michael l'avait entendu. La folie avait cédé la place à cette compréhension qui n'existe qu'entre frères, puis la source s'était brusquement tarie, et Julian avait disparu.

— Il va falloir que je vous repose la question, lança Falls en s'avançant dans la pièce droit sur lui, mais Abigail l'arrêta d'un geste.

— S'il vous plaît, fit-elle en s'adressant à Michael. Ça fait trois jours qu'il n'a pas ouvert la bouche. Rapportez-nous ce qu'il vous a dit.

— Ce n'était rien, mentit Michael. Un truc d'enfance. Une bêtise sans queue ni tête.

Il s'accroupit à nouveau et leva l'un après l'autre les bras de son frère. Julian resta sans réaction, même quand Michael remonta ses manches pour vérifier.

— Il n'y a rien, aucune trace d'aiguilles, aucun signe d'utilisation de drogue par voie intraveineuse, déclara le médecin. J'ai vérifié tous les endroits habituels, entre les orteils, sur l'arrière des jambes.

— Pourrais-je voir l'autre chambre ? demanda Michael en se relevant.

Le docteur Cloverdale consulta du regard Abigail, qui hocha la tête. Ils avaient sorti Julian de la pièce ensanglantée, mais les murs n'avaient pas encore été nettoyés. Ensemble, ils quittèrent la chambre d'amis et traversèrent le couloir. Le garde s'écarta pour les laisser passer.

— Vous allez comprendre ce qui m'a fait hésiter, le prévint Abigail en s'arrêtant sur le seuil, comme répugnant à s'engager dans la pièce.

— Quand l'avez-vous changé de chambre ? demanda Michael lorsqu'il eut rapidement inspecté les lieux.

— Juste ce matin.

— Et ceci a commencé il y a trois jours ?

Abigail lui raconta à nouveau l'absence de Julian, comment elle l'avait retrouvé dans le garage, et comment il s'était meurtri les mains jusqu'au sang en tapant sur les murs comme un forcené.

Michael effleura des doigts un croissant de sang séché, posa une main à plat sur l'une des portes dessinées.

— Cela lui était-il déjà arrivé ? s'enquit-il.

— Peut-être, il y a longtemps. Mais jamais avec cette gravité.

Il revit Julian dans la chaufferie de la Maison de fer. Les yeux vitreux, les jointures des mains éclatées. Il toucha la deuxième porte griffonnée jusqu'à mettre le plâtre à nu.

— Quand les choses tournaient mal, Julian se réfugiait dans des lieux souterrains : caves, sous-sols, grottes. Et s'il n'arrivait pas à descendre assez profond, il se creusait alors un passage dans son esprit. C'est arrivé souvent quand nous étions enfants. Il se retirait en lui-même. Cela pouvait durer un bon moment, parfois deux ou trois heures. Jamais aussi longtemps.

– Et ces portes ? s'enquit Abigail en désignant les dessins.

– Un jour, un vieux bonhomme lui a raconté qu'il y avait des portes magiques cachées dans les murs. Des portes ouvrant sur un monde meilleur, une vie différente. Que quand on tapait où il fallait, elles s'ouvraient. Il ne lui restait plus qu'à les trouver.

– Ses pauvres mains, dit Elena.

Michael s'arrêta près du lit dont on avait ôté les draps.

– Il s'est passé quelque chose, il y a trois jours. Quelque chose de mal.

– Je ne vois pas ce qui vous permet de l'affirmer, objecta Falls d'un ton sec en plissant les yeux. Ça remonte à vingt-trois ans. Il n'est plus le petit garçon qu'il était. Vous ne pouvez plus prétendre le connaître.

Sa défiance, son air incrédule hérissèrent Michael. Regardant les murs maculés de sang, il sentit la colère le gagner, lui qui gardait toujours la tête froide. Ce fut d'abord une étincelle, juste derrière ses yeux. Julian était son frère, et ils l'avaient laissé en arriver là.

L'ancienne volonté de protection se réveilla, plus vive que jamais. Vingt-trois ans d'inquiétude, de peur, de doute réprimés bouillonnèrent en lui, et sa rage fut si brûlante, si soudaine que Michael sut qu'il allait dépasser les bornes. Mais il s'en fichait. Il s'approcha de Falls et d'Abigail Vane, ignorant le garde posté dans le couloir qui se dressa au même instant en glissant une main sous son manteau.

– Avez-vous une idée de ce que mon frère a enduré pendant son enfance ? Les tourments, les mauvais traitements ? La négligence criminelle de responsables payés pour veiller sur lui et répondre à ses besoins les plus élémentaires ?

– Non..., commença Abigail Vane, mais il l'interrompit aussitôt et la transperça du regard.

– Non, vous n'en avez pas la moindre idée. Aucun de vous ne se doute de ce qu'il a subi, du nombre de fois où il s'est effondré. Vous ignorez ce que ce fut jour après jour de le ramasser, de recoller les morceaux pour le remettre sur pied. Vous n'étiez pas là, vous ne pouvez vous l'imaginer. Il a été battu, maltraité, torturé...

Un souvenir fusa dans son esprit avec une telle clarté que Michael vit rouge, littéralement. Julian avait huit ans, et il avait disparu depuis une heure quand Michael avait fini par le retrouver dans ces mêmes toilettes où Hennessey mourrait plus tard, une lame rouillée plantée dans la gorge. Ce furent ses hurlements qui l'y menèrent. Ils étaient quatre à maintenir Julian à terre, nu comme un ver, sur le carrelage glacial, chacun lui tenant un bras ou une jambe. Julian sortait tout juste de la douche. Encore tout mouillé, il se débattait en les suppliant d'arrêter. Hennessey appuyait un couteau contre le sexe glabre de Julian et s'amusait comme un fou.

Miam ! Je me ferais bien une petite saucisse... Si tu veux pas que je te la coupe, dis-le, petit merdeux.

— Julian n'aime pas parler de son enfance, répliqua Abigail en faisant face à Michael.

— Les cauchemars sont choses personnelles.

— Sans doute ne sommes-nous pas parvenus à comprendre ce que vous avez enduré dans cet horrible endroit, mais ce n'est pas faute d'avoir essayé, se défendit Abigail en baissant tristement la tête. Ça n'a pas été facile.

— Facile ! Cessez donc de mettre en question le passé et ce qui me lie à mon frère. Vous croyez peut-être comprendre, mais ce n'est pas le cas. Personne ne peut comprendre.

À la façon dont Elena le regardait, Michael prit conscience que tout s'était figé dans la pièce. Elle ne l'avait jamais vu élever la voix, jamais vu sortir de ses gonds.

— Personne ne voulait vous manquer de respect, dit Abigail. Nous comprenons ce qui vous lie à Julian et nous l'acceptons. Je vous en prie, ne soyez pas en colère.

Mais Michael l'était. Il en voulait au monde entier, et s'en voulait à lui-même. Avançant dans le couloir, il pointa un doigt sur le garde.

— Vous. Comment vous appelez-vous ?
— Richard Gale.
— Vous valez quelque chose, avec ça ? lança Michael en indiquant d'un hochement de tête l'arme que Gale portait à la ceinture.
— Michael, où voulez-vous en venir ? s'inquiéta Abigail en sortant derrière lui.

Elle lui saisit le bras, mais il se libéra. Étudiant Richard Gale, il apprécia ce qu'il vit. Un aplomb mêlé d'une envie d'en découdre. Une absence totale de peur et de doute, tandis qu'il défiait Michael du regard.

— Mettez-moi à l'épreuve, le défia le garde.

En cet instant, Michael sut tout ce qu'il avait besoin de savoir. Il prit Elena par la main.

— On s'en va.

Ils remontèrent le long couloir jusqu'à la courbe majestueuse de l'escalier, Abigail à leur suite, avec Jessup Falls sur ses talons. Elle le rattrapa à la porte d'entrée.

— Michael, je vous en prie… Pourquoi partez-vous ?
— Je suis venu m'assurer que mon frère était en sécurité. Il l'est.
— Que voulez-vous dire ?
— J'ai compté six gardes depuis mon arrivée. Il y en a sans doute davantage, tous bien armés et professionnels. Le domaine est ultra-protégé, portail, grille, murs d'enceinte. Vidéosurveillance. Alarmes et système de défense électroniques… Julian n'a pas besoin de moi.
— Mais si. Vous ne pouvez pas juste vous pointer comme ça et disparaître. Il a besoin de vous. Et moi aussi.

Michael regarda au loin, par-delà le portail. Jimmy était là, dehors, et il ne tarderait plus. Il sentit la petite main d'Elena, tiède, dans la sienne, et la pressa.

— D'autres aussi ont besoin de moi, rétorqua-t-il.

Elena répondit à sa pression, et il sentit son soulagement à la façon dont elle s'appuya contre lui. Il avait fait ce qu'il devait faire. Julian était en sécurité. Maintenant, ils pourraient avoir une vie à eux, construire une famille.

— Il faut qu'on parte, dit-il.

Mais Abigail n'en avait pas fini avec lui.
– Vous avez dit qu'il était en sécurité.
– Oui.
– Qu'est-ce qui le menace ?

Il lut dans ses yeux une inquiétude si avide qu'il faillit lui raconter la vérité. Jimmy. Stevan. La cible peinte sur son dos. Mais qu'en serait-il sorti de bon ?

– J'ai des ennemis, se borna-t-il à dire. Des gens susceptibles de vouloir m'atteindre à travers Julian.

– Quel genre d'ennemis ? intervint Falls en s'immisçant dans la conversation.

– Des gens qui ne se risqueront pas à affronter un tel dispositif de sécurité. Pour eux, le jeu n'en vaut pas la chandelle, assura Michael. Le risque disparaîtra avec moi.

– Ça ne me suffit pas, insista Falls. Quel risque ? Quelles menaces ? Si un danger peut venir du dehors, j'ai besoin de savoir quelle en est la nature. Je veux des précisions : qui, quand, comment. Tout.

Mais Michael était confiant : Julian n'était qu'un appât, rien de plus. Stevan s'était servi de son frère pour le forcer à se montrer.

– Julian n'est pas en danger. Rien ne le menace ici. Pas avec cette sécurité.

– Comment avez-vous fait pour nous retrouver ? demanda Falls d'un ton exigeant. Les dossiers d'adoption sont sous scellés. Le père de Julian est un sénateur des États-Unis.

Michael le laissa mariner une seconde.

– Je sais depuis longtemps comment retrouver mon frère, déclara-t-il.

– Comment ?

– J'ai mes sources, répondit-il avec un haussement d'épaules.

– Qui vous donnent accès à des informations d'ordre privé sur un sénateur et sa famille ? Quel genre de sources ?

Qu'aurait-il pu dire ? Comment expliquer qu'il connaissait la moyenne scolaire de Julian depuis le collège, qu'il avait des copies des déclarations d'impôts du sénateur, ainsi que des photos de lui avec deux prostituées différentes ? Michael se rappela le jour de ses dix-sept ans. Tôt le matin, un ciel encore noir. Le Vieux était venu le voir dans sa chambre, tenant un épais dossier à la main.

Un homme doit connaître sa famille. Joyeux anniversaire, Michael.

Il avait posé le dossier sur son lit en lui décochant un petit sourire triste, compréhensif.

C'était un drôle de cadeau, et qui avait coûté cher. Michael apprendrait plus tard que le Vieux avait dépensé dans les cinq cent mille dollars en engageant des détectives privés et en achetant des fonctionnaires véreux. Le Vieux ne faisait rien à moitié.

Et donc, oui.

Michael connaissait le sénateur et sa famille.

– Allons-y, déclara-t-il en pressant à nouveau la main d'Elena. Cela vaut mieux pour nous. Pour Julian.

– Mais vous l'avez vu ! protesta Abigail, désespérée. Vous ne pouvez pas juste partir comme ça.

– Je n'aurais pas dû venir.

– Alors pourquoi l'avez-vous fait ?

Parce que je devais vérifier par moi-même s'il était en lieu sûr ; parce que j'avais besoin de savoir s'il était bien protégé.

– C'est votre frère, Michael. De grâce.

– Je regrette.

Falls repartit à l'attaque.

– Quel genre de danger ? Quel genre de menace ?

– Rien que vous ne puissiez maîtriser.

– Ça ne me suffit pas.

– Il faudra bien.

Michael se remit en marche vers le portail. Abigail le rejoignit en courant et lui barra une dernière fois le chemin.

– Bon sang, Michael, dit-elle en posant une main à plat sur sa poitrine, puis elle hésita, jetant un coup d'œil à Falls, à l'imposante demeure. Il ne faut jamais se fier aux apparences. Vous m'entendez ? Jamais. Je vous demande de réfléchir.

– Pourquoi ?

Elena tira Michael par la main. Lui songeait déjà aux endroits où ils pourraient aller. Europe. Amérique du Sud.

Des mégapoles où ils disparaîtraient.

De longues plages de sable désertes, s'étendant à l'infini.

– Le garde qui vous a tant inspiré confiance, dit-elle d'un ton sec. Richard Gale. Celui qui était posté dans le couloir, devant la chambre de Julian.

– Eh bien ? demanda Michael.

– Il n'est pas là seulement pour empêcher les gens d'entrer.

– Insinuez-vous que Julian serait prisonnier ?

À côté de lui, Michael sentit Elena se crisper. Elle resserra ses doigts sur les siens en une pression calme, insistante, et il songea à ce que son frère avait dit dans un instant de lucidité. Puis il considéra cette lucidité, ses contours nets et brillants, tranchant sur la folie qui la cernait de toutes parts. Laissant errer son regard, il contempla plus bas le lac long, étroit, les choses qu'il voyait sur ses rivages. Quand il revint à Abigail, elle l'implora du regard.

– Je vous dis que c'est plus compliqué qu'il n'y paraît, et que vous devriez rester, supplia-t-elle en se redressant, et elle posa une main sur son bras. Je vous en prie.

Il y avait eu une époque où Michael était capable de s'éloigner des gens qui le ralentissaient. Survivre avant tout, telle était la règle de vie fondamentale de la rue. Or les gens mentent, les gens tuent ; il l'avait appris à ses dépens juste après être descendu du bus à New York. Cette vérité était ancrée au plus profond de lui au point qu'elle faisait partie de son être et était étroitement enroulée autour de son cœur comme une corde ; mais voilà que cela changeait. Quand il regardait Elena, il sentait cette même corde se relâcher dans sa poitrine.

– Est-ce que ça va ? lui demanda-t-il.

Ils étaient remontés en voiture et suivaient Jessup Falls jusqu'à la maison des invités.

– Nous n'aurions pas dû rester.

– C'est juste l'affaire d'une journée. Pour plus de sûreté

Elle scruta une ligne grise au loin dans le ciel.
— Les nuages s'amoncellent.
— C'est mon frère.
— Et moi, qu'est-ce que je suis ?
Michael lui prit la main. Elle était en colère, et il la comprenait.
— Regarde-moi, trésor.
— Non.
— Regarde-moi. Tu es tout le reste, dit-il quand elle y consentit. Tout ce qui compte, tu comprends ? Tu es ma vie.

Une fois devant le pavillon, Falls attendit qu'ils descendent de voiture, puis il abaissa sa vitre. Il avait l'air aussi morose qu'Elena.
— La porte n'est pas fermée à clef, déclara-t-il. Il y a tout le nécessaire. Appelez à la grande maison en cas de besoin.
— D'accord, répondit Michael qui resta près de la voiture, tandis qu'Elena allait s'asseoir sur la véranda extérieure.
— Vous ne trouverez pas votre arme dans la voiture, précisa Falls.
— J'ai remarqué.
— Je vous la rendrai quand vous partirez.
— Faut-il aussi que je vérifie l'argent ?
Michael lâcha son sac marin sur les graviers du chemin, puis regarda Falls qui considéra un bon moment le sac posé à terre avant de relever les yeux.
— Il n'y a pas de voleurs ici, jeune homme. Et pas d'idiots non plus.
— Je m'en souviendrai.
— Je ne suis peut-être qu'un employé, mais Julian est comme un fils pour moi, reprit Falls après un petit temps de réflexion. Je l'ai vu grandir. J'ai veillé en partie sur son éducation, et sa mère occupe une grande place dans mon cœur. Je leur suis entièrement dévoué.
— Où voulez-vous en venir ?
— À ceci : je ne suis pas aussi indulgent que Mme Vane. Ce n'est ni dans ma nature ni dans la charge qui m'incombe. C'est pourquoi vous devez me parler de certaines

choses que j'ai besoin de savoir. Je ne renoncerai pas, alors réfléchissez-y. Je compte sur vous pour changer d'attitude d'ici à demain matin.

— J'y réfléchirai.

— D'ici là, ajouta Falls en mettant en prise la grosse Ford automatique, ne vous approchez pas de la grande maison sans qu'on vous y ait autorisé. À la nuit tombée, les chiens sont lâchés, et les gardes ne sont pas là juste pour faire de l'esbroufe. Je vous le garantis.

— Nous nous sommes compris.

Après avoir marqué un petit temps, Falls relâcha la pédale de frein. Michael regarda les feux arrière disparaître dans la pénombre amassée sous les arbres, puis il rejoignit Elena sous la véranda. Elle était assise dans un rocking-chair, les genoux remontés contre la poitrine. Michael prit place à côté d'elle.

— Tu as faim ?
— J'ai peur.
— Je reviens.

Il regagna la voiture et déclencha le dispositif de l'airbag du côté passager. À l'intérieur de la poche vide se trouvait le .45, enveloppé dans du papier journal.

— Tu vois, nous sommes parés.

Elena ne semblait pas rassurée pour autant. Elle entra dans la maison, gagna la chambre du fond, tira les rideaux et se mit au lit.

— Je t'aime, Michael, et je peux supporter tout ça. Ton frère. Cet endroit. J'accepte de t'accorder un jour de plus, si cela peut te rassurer. Dis-moi seulement que tu sais ce que tu fais.

— Je sais ce que je fais.
— Jure-le sur ton âme.
— C'est toi mon âme.
— Alors sur ta vie.
— Tu es ma vie... Bon, je le jure sur ma vie, dit-il en se touchant le cœur.

Elle l'attira à elle et l'embrassa.

— Tu m'aimes ?

– Tu le sais bien.
– Et si tu avais à choisir ? Julian ou moi ? Julian ou le bébé ?
– Ça n'arrivera pas.
Elle prit son visage entre ses mains, le regarda au fond des yeux, l'embrassa fort, puis roula sur le flanc.
– Ça vient juste d'arriver.

13

Jessup disposait d'une chambre à l'écart du quartier des domestiques. Elle comprenait un coin salon, une penderie, une salle de bains et une entrée séparée. Il aurait pu occuper une pièce plus spacieuse mais, pour lui, avoir une entrée indépendante était important. Une heure après qu'il eut accompagné Michael et Elena à la maison des invités, Abigail frappait à sa porte.
– Entrez.
Jessup lui ouvrit et s'écarta pour la laisser passer. Ils étaient du côté nord de la grande demeure, et l'entrée était située dans un renfoncement, au pied de trois marches qui recevaient peu de soleil et sentaient le ciment humide. Abigail le frôla sans mot dire. L'air farouche, elle semblait en proie à une agitation qu'elle aurait su réprimer en temps normal. Il ferma la porte et elle arpenta la pièce, effleura du doigt un ou deux livres, s'assit sur le lit pour se relever aussitôt.
– J'ai toujours aimé l'atmosphère de cette pièce. Très masculine, dit-elle en détaillant le mobilier massif, les murs lambrissés, la petite cheminée en pierre, puis elle

prit un tisonnier en fer forgé et fit briller en l'inclinant les bosselures du fer martelé. Elle vous va bien.

— Et vous, vous allez bien ?

Quand elle remit le tisonnier en place, il sonna contre le support avec un bruit de ferraille.

— Il s'est installé au pavillon ?

— Oui.

— Après toutes ces années, fit-elle en haussant les épaules. Je n'arrive pas à y croire.

— C'est inquiétant.

— Ce n'est pas ce que je voulais dire.

— Nos soucis ne sont pas du même ordre.

— Êtes-vous toujours obligé d'être si paranoïaque ?

— Et vous si naïve ?

Elle se permit un sourire, lui toucha le bras.

— De solides épaules capables de supporter tout le poids du monde...

— Pour ça, vous avez diablement raison.

La main d'Abigail retomba, ainsi que son sourire.

— Avez-vous informé le sénateur ?

— J'ai parlé aux agents de sécurité. Le sénateur Vane est toujours en réunion avec ses avocats...

— Et qu'en pensent-ils ?

— Que Michael est un cinglé intéressé. Par l'argent, vraisemblablement. Ou bien encore l'un de ces trouducs qui défendent le droit à l'avortement, le contrôle des armes à feu, et sont contre la peine de mort. C'est généralement ce genre de types qui menacent la sécurité du sénateur. Ils ne vont pas chercher plus loin.

— Mais vous si ?

— Mes intérêts sont plus personnels.

— Pensez-vous qu'il représente un danger ?

— D'après moi, nous devrions tous l'avoir à l'œil.

— Votre intuition ne me suffit pas. Il me faut plus que ça.

— Il y a plus.

Jessup se rapprocha d'une petite table située dans un coin sous une fenêtre. Il ouvrit une chemise et éparpilla une pile de photos.

— Elles sortent tout juste de l'imprimante.
— Des clichés de sa voiture ?
— La fouille a été rapide et superficielle, n'empêche...
— À qui avez-vous fait appel ?
— Alden.
— Alden est doué.

Falls étala quelques photos. La voiture. Les plaques d'immatriculation. Des clichés de l'intérieur.

— Il y avait une arme dans le véhicule, dit-il en sortant l'image en gros plan d'un pistolet. Un Kimber 9 mm, un pistolet de très haute qualité. Les numéros de série ont été effacés. Pas limés, mais brûlés à l'acide. Très efficace. Très pro. Nous avons également trouvé ceci, ajouta-t-il en faisant glisser sur la table une autre photo, montrant un sac marin béant sur des liasses de billets.

— Combien ?
— Dans les deux cent quatre-vingt-dix mille dollars.
— Pensez-vous toujours qu'il soit intéressé ?
— Trois cent mille, ça ne fait pas un milliard.
— C'est tout ce que vous avez trouvé ?
— Il y avait ça au fond du sac.

Falls sortit une photo de la chemise et la lui tendit. C'était celle d'un livre.

— Hemingway ? En quoi cela devrait-il m'inquiéter ?
— Je vous montre juste ce que nous avons trouvé. L'arme. Les vêtements. Le liquide. J'ai gardé les deux meilleures pour la fin, poursuivit-il en sortant une autre photo.

C'était un cliché noir et blanc en gros plan, montrant deux garçons sur un champ de boue et de neige. L'usure du temps avait estompé leurs traits. Leurs yeux n'étaient plus que des points noirs.

— Mon Dieu, s'exclama Abigail en prenant la photo.
— C'est la même, n'est-ce pas ?
— La cour à Iron Mountain.

Elle effleura du doigt les deux garçons. Oui, Julian avait la même photo sur son bureau à l'étage. Elle était arrivée anonymement, le jour de ses quinze ans. Aucune carte jointe. Juste la photo. Pendant des années, ils avaient fait des suppositions. Qui l'avait envoyée, et pourquoi ? Abigail avait souvent trouvé Julian endormi, la photo à la main.

— Vous savez ce que cela signifie ?

— Qu'il sait où nous trouver depuis un sacré bout de temps.

— Mais pourquoi n'a-t-il pas cherché à nous joindre ? Ni à entrer en contact avec Julian ?

Abigail ne parvenait pas à détacher son regard de la photo. D'après Julian, elle avait été prise moins d'un mois avant que Michael ne s'enfuie.

— Nous aurions pu le retrouver il y a des années.

— Ce qui nous ramène à la question du temps.

Une certaine inflexion dans sa voix fit qu'Abigail leva les yeux.

— Ce n'est pas tout, n'est-ce pas ?

Falls tira une dernière photo de la chemise. Il la sortit face cachée, puis la retourna et la fit glisser à travers la table. C'était un agrandissement d'une autre photo, montrant Michael adolescent, appuyé au capot d'une voiture. Un homme plus âgé le tenait par le cou. Ils riaient.

— Il avait aussi celle-ci. Il devait avoir dans les seize ans quand elle a été prise. Peut-être un peu plus.

Abigail détailla la photo, les deux hommes, l'adolescent et l'homme mûr, des bâtiments de grès brun aux fenêtres ouvertes, des voitures garées, une bouche d'incendie.

— On dirait la rue d'une grande ville.

— New York.

— Vous en semblez certain.

— Je le suis.

— Ça pourrait être n'importe où, Jessup. Les grandes villes, ce n'est pas ce qui manque.

— Reconnaissez-vous l'homme qui tient Michael par le cou ?

— Non.

— Regardez mieux.

Elle inclina la photo vers la lumière.

— En effet, sa tête me dit vaguement quelque chose. La photo a presque vingt ans.

— Il fait la une des journaux depuis plus longtemps que ça.

Falls lâcha un journal qui atterrit sur la table.

— Voici le *New York Times* d'hier.

Abigail prit le journal, regarda les gros titres, le portrait d'un vieil homme retrouvé mort dans sa propre maison, au milieu d'une tuerie.

— Otto Kaitlin ?

— Sans doute le plus grand caïd dans l'histoire récente du crime organisé.

— Je sais qui est Otto Kaitlin. Qu'a-t-il à voir avec Michael ?

— C'est le même homme.

— Vous dites n'importe quoi.

— Il y a un article de fond en page cinq. Ce qu'on sait de sa vie. Quelques vieilles photographies. La ressemblance est évidente.

Abigail alla à la page cinq, compara les photos. Michael et l'homme qui riait. Un roi de la pègre avec quarante ans de meurtre, de racket et d'extorsion à son actif. Il y avait une photo d'identité judiciaire de Kaitlin jeune, une autre le montrant sur les marches d'un tribunal, menotté, mince et élégant dans un costume bien coupé. Oui, les yeux, les cheveux, le sourire confiant, tout était là. Otto Kaitlin était un gangster de la vieille école, jugé cinq ou six fois et jamais condamné. Il était photogénique, s'exprimait avec distinction, c'était un tueur gentleman à l'aisance décontractée, avec un sourire hollywoodien. On avait écrit des livres en s'inspirant de son ascension. Au moins deux films en avaient été tirés. D'un pas chancelant, Abigail s'approcha d'une chaise et s'assit.

Falls ouvrit un tiroir d'où il sortit un pistolet scellé dans un sac en plastique.

— Celui-ci provient de la voiture de Michael... Il y avait sept morts dans la maison d'Otto Kaitlin. Six d'entre eux ont été tués avec un 9 mm. Une heure plus tard, c'était l'explosion à Tribeca. Encore neuf morts. Une dizaine de blessés. La police recherche un homme et une femme qui ont fui les lieux du drame dans une voiture dont on a pu remonter la trace jusqu'à la maison de Kaitlin. Un homme et une femme dont les descriptions concordent tout à fait.

Abigail secoua la tête.

— Quelles descriptions ? Un homme d'une trentaine d'années. Une femme brune. Ce pourrait être n'importe qui. Un million de gens différents.

— Six hommes tués avec un 9 mm.

— Vous pensez que c'est l'arme en question ?

— Ça se pourrait.

— « Ça se pourrait. » Non mais écoutez-vous ! On croirait entendre les ragots de vieilles commères ou d'employés de bureau, sans aucun fondement.

Falls indiqua la photo de Michael riant avec le Vieux.

— Il s'agit d'Otto Kaitlin, cela nous le savons.

— Nous n'en savons rien du tout.

Falls la força à prendre la photo.

— Cessez de nier l'évidence. Regardez.

— D'accord. J'admets qu'il y a une ressemblance, mais pour le reste, c'est complètement ridicule. Michael est le frère de Julian. Il a failli être mon fils.

— Vous êtes irresponsable, répliqua Falls en posant la main sur la page où s'étalaient les photos d'Otto Kaitlin. Ce sont des gens à prendre très au sérieux, Abigail. Des truands. Des tueurs.

— Vous dramatisez.

— Il se pointe dans une voiture volée avec un sac rempli de fric en liquide et une arme non répertoriée. Ce n'est pas un quidam quelconque.

— N'empêche, je crois en la sincérité de ses intentions.

— Vous croyez qu'il aime son frère ?

— Oui.

— Et si le danger le suit ? S'il est bien en relation avec Otto Kaitlin...

— Vous pourrez nous protéger, l'interrompit-elle en posant une main sur son épaule. Un costaud comme vous. Ex-flic. Ancien militaire.

— Ne faites pas l'enfant.

Abigail lâcha la photo et posa ses deux mains à plat sur la table.

— Nous avons dépensé plus d'un million de dollars pour la sécurité l'an dernier, déclara-t-elle. Julian est mon fils, et, aussi dure qu'ait été sa vie, je ne l'avais encore jamais vu s'effondrer à ce point. Son frère lui est revenu au bout de vingt-trois ans, et je pense qu'il y a une raison à cela. Je suis persuadée qu'il pourra nous aider. Donc, faites votre boulot. Alertez les hommes du sénateur contre une menace éventuelle, mais restez dans le vague. Soyez prudent. Soyez intelligent. Sachez que si Michael s'enfuit à cause de vous, je ne vous le pardonnerai jamais, ajouta-t-elle d'une voix crispée, en se raidissant. Et gardez vos théories pour vous. Je ne veux plus entendre parler de truands, de massacres, ni de vieilles photographies.

— Vous commettez une erreur, répliqua Falls en secouant la tête.

— Je ne le crois pas.

— Vous l'avez dit vous-même.

— Quoi donc ?

Falls la dévisagea longuement.

— Ce gars-là ne gagne pas sa vie en faisant la plonge.

14

Il y a des choses qu'il vaut mieux faire seul et la nuit. Michael se leva avec cette idée en tête, et elle atténua un peu le goût de trahison qu'il avait dans la bouche. Au réveil, il était quatre heures et demie du matin ; Elena dormait. Tout en la surveillant du coin de l'œil, Michael s'habilla, puis il sortit discrètement le pistolet du tiroir de la table de chevet. Chargeur plein, une balle engagée dans le canon. Il s'étonnait de la vitesse avec laquelle Elena s'était accoutumée à la présence permanente d'une arme à feu, au point qu'elle faisait maintenant partie du décor. Étrangement, cette triste idée lui donnait de l'espoir. Il changerait et ferait tout son possible pour la rendre heureuse, mais, au fond, il savait que la violence était plus qu'une simple souillure sur son âme.

Il coinça l'arme dans sa ceinture, ouvrit doucement la porte et se glissa au-dehors. Là-bas, dans la grande maison, aucune fenêtre n'était éclairée. La nuit était calme, sous de hauts nuages et un mince croissant de lune. Michael s'éloignait dans l'allée lorsque Elena l'appela. Sa silhouette se découpait dans l'encadrement de la porte. Enveloppée d'un drap comme elle l'était, le visage noyé dans l'ombre sous la masse de cheveux ébouriffés, on aurait dit un fantôme. Il perçut sa détresse dans l'inflexion rauque de sa voix.

— Tu t'en vas ?
— J'ai quelque chose à faire. Je ne voulais pas te réveiller.
— On est en plein milieu de la nuit.
— Je n'en ai pas pour longtemps.
— Je veux venir avec toi.

Dans la pénombre, ses yeux étaient noirs et avaient l'éclat du verre. Elle tremblait. Michael la comprenait. Son univers s'était brusquement assombri, et il ne tenait plus que par un fil.

— Tu ne sais même pas où je vais.
— Je m'en fiche. Je veux être avec toi.
— Tu es en sécurité ici.
— Et s'il t'arrive quelque chose ? lança-t-elle en se mordant la lèvre.

Michael la rejoignit. Il l'embrassa sur la joue.
— Bon, tu ferais mieux de t'habiller.

Elle se glissa dans la maison. Une lumière resta éclairée quelques instants, puis s'éteignit. Quand elle sortit, Elena portait un jean, des chaussures noires, une chemise foncée, et s'était fait une queue-de-cheval.

– Tu es certaine de vouloir venir ?
– Où tu iras j'irai.

Une réponse résolue, qui en valait bien une autre. Alors Michael lui confia ce que Julian lui avait dit et où ils se rendaient, puis il le regretta presque aussitôt en la voyant aussi perplexe. Tout reposait sur l'instinct et la confiance, sur sa certitude qu'il était arrivé quelque chose à Julian, quelque chose de mal qui l'avait fait s'effondrer. Les peurs de son frère étaient denses et complexes, mais elles étaient fondées, et Michael en connaissait toutes les nuances. Quant à Elena, elle raisonnait comme une personne normale.

– Ça n'a aucun sens, affirma-t-elle.
– C'est ce que j'espère découvrir.
– Mais tu l'as vu. Il est dans un état lamentable. Ça peut vouloir dire tout et n'importe quoi.
– Je connais mon frère. Durant une seconde, nous nous sommes compris. La confusion a disparu et c'était Julian. Il m'a reconnu. Et il n'était pas fou quand il m'a dit ça.
– Mais je croyais qu'Hennessey était mort.
– Il l'est.
– Alors pourquoi Julian dirait-il une chose pareille ?

Michael se repassa dans son esprit l'instant où les pupilles de Julian s'étaient rétrécies, quand la folie s'était estompée.

Hennessey est dans l'abri à bateaux...

– Je sais seulement qu'il le croyait, et qu'il avait peur.
– C'est pour cette raison qu'on est restés, n'est-ce pas ? Parce que Julian a peur, et qu'il a dit cette absurdité.
– Ce n'est pas la seule raison.
– Alors dis-le-moi, Michael. Dis-moi ce qui nous empêche de partir au loin, pour nous mettre en lieu sûr et avoir cet enfant. Pourquoi devrions-nous rester ici ?
– Parce que c'est mon frère et que, donc, je vais l'aider. Parce que je l'ai revu, et qu'il a besoin de savoir que je veille au grain. Il faut que je le rassure, que je lui dise que j'ai vérifié, que j'ai réglé le problème, qu'il ne risque

plus rien. Tu l'as vu. Il a besoin de savoir que quelqu'un veille sur lui.

– Y a-t-il seulement un abri à bateaux sur le domaine ? s'enquit Elena en scrutant la nuit.

– Oui, à la pointe nord-est du plus grand des deux lacs. On le devine à peine. Il est en pierre, je crois, construit au-dessus de l'eau, avec trois grandes ouvertures, et bordé sur un côté d'un ponton en bois. Un sentier y mène en longeant le lac.

– A-t-il dit autre chose ? demanda Elena en contemplant le noir luisant du lac sous la lune.

– Oui.

Michael revit les lèvres crayeuses, les épaules nouées de Julian.

Michael, je t'en prie...

– Il m'a supplié.

Michael connaissait l'odeur de la mort aussi bien que celle des cheveux d'Elena. Il en sentit le premier relent alors qu'ils étaient encore à quinze mètres de l'abri à bateaux. Ce n'était qu'un soupçon à peine perceptible dans la pureté de l'air ambiant.

– Reste là une seconde.

– Quoi ?

– Attends-moi là.

Il posa une main sur son bras et l'obligea à se baisser avec lui dans la pénombre. Le sentier qui faisait le tour du lac courait entre l'eau noire et une pente boisée descendant d'une crête lointaine au-dessus. Devant eux, l'abri à bateaux formait une masse sombre contre la courbe du rivage. Michael huma l'air en inspirant profondément. L'odeur s'intensifiait.

– Il faut que tu restes ici.

– N'y compte pas.

Il lui pressa le bras et sortit le pistolet coincé au creux de son dos.

– Ne discute pas, Elena. C'est sérieux.

Se redressant un peu, il vérifia le sentier derrière eux, la surface ridée du lac, puis scruta longuement les bois tandis qu'un filet d'air tiède et nauséabond pénétrait ses narines.

– Je ne resterai pas ici, Michael.
– Je ne peux pas te laisser approcher. Tu ne sens rien ?
– Non.
– Attends un peu.

Il y eut encore un remuement d'air, et la même puanteur tiède s'exhala, disparut, revint. En voyant Elena incliner la tête, Michael sut qu'elle l'avait perçue.

– Qu'est-ce que c'est ?
– Un cadavre.
– Tu veux dire une charogne, une bête qui serait morte ?
– Reste ici. Ne fais pas de bruit.
– Tu ne peux pas me laisser au milieu des bois.
– Il n'y a que nous ici, dit-il, aussitôt pris d'un doute, car il y eut un bruit, une sorte de raclement vers la droite, là où le lac formait une anse peu profonde.

La lueur blanchâtre de la lune et de quelques grosses étoiles se reflétait sur l'eau. Sur l'autre rive, des prairies dont l'herbe était plus violette que noire descendaient en pente douce jusqu'au bord du lac.

– Michael...
– Chut.

Aux aguets, il ne perçut aucun autre bruit suspect et revint au sentier qui partait droit devant lui. L'abri à bateaux prenait corps, on discernait le bord du toit, l'avancée du ponton du côté le plus proche. C'était une construction large et basse, dont les murs de pierre devenaient plus sombres à mesure qu'ils rejoignaient l'eau. L'abri avançait de trois mètres en surplomb du lac, et Michael distingua les trois ouvertures en arche réservées aux bateaux, plus les carrés sombres de fenêtres fermées par des volets.

– Tiens, dit-il en lui fourrant à nouveau le pistolet dans la main. C'est comme l'autre fois. Tu te souviens. Le cran de sûreté est enlevé. Évite de me tirer dessus si tu peux.
– Je n'en veux pas.
– Je reviens tout de suite.

– Il n'en est pas question.

Mais il ne voulait en aucun cas qu'elle découvre ce qu'il craignait de trouver dans l'abri à bateaux, aussi lui tourna-t-il le dos pour mettre un terme à la discussion et s'avança-t-il vivement sur le sentier. L'odeur s'intensifiait à chaque pas. À six mètres de l'abri, elle fut assez puissante pour le saisir à la gorge. Encore trois mètres, et ses derniers doutes s'évanouirent. C'était tout près, à l'intérieur ou juste à côté de l'abri. Michael jeta un regard derrière lui, mais Elena avait disparu, noyée dans la pénombre. Il hésita, sachant combien elle devait se sentir perdue et effrayée ; pourtant les risques augmentaient à chaque pas, le risque de se faire surprendre, celui de commettre une erreur, aussi cloisonna-t-il son esprit en chassant Elena de ses pensées quand l'abri se dressa devant lui, plus imposant qu'il ne l'imaginait. À l'arrière, les arbres s'espaçaient, et il vit qu'un chemin de graviers filait à travers l'herbe. Il s'arrêta, puis avança par l'arrière et se courba quand il fut à découvert sur la bordure dégagée qui longeait l'abri. Enfin il sentit sous ses doigts la pierre humide et fraîche.

Passant le coin du bâtiment, Michael découvrit l'endroit où les véhicules devaient se garer à l'origine, vide et envahi par les mauvaises herbes. Plus loin, une prairie montait vers la crête boisée au-dessus. L'herbe était tondue de près, mais des creux humides envahis de broussailles sinuaient jusqu'au bord de l'eau.

Revenant vers l'abri à bateaux, Michael s'engagea sur le ponton qui courait le long du mur et avançait au-dessus de l'eau. Les pierres étaient moussues, le bois du ponton gorgé d'humidité de sorte que ces lieux sentaient non seulement la mort, mais le pourrissement, le délabrement, l'abandon. Passant devant une fenêtre fermée par des volets, Michael arriva trois mètres plus loin devant la porte, restée entrouverte. Une grosse serrure pendait à un moraillon tout tordu, avec cinq ou six vis arrachées du bois. La porte était en aussi mauvais état que les volets, sa peinture tout écaillée.

Quand Michael la poussa, une tiédeur pestilentielle l'assaillit, si forte qu'elle aurait donné la nausée à tout autre que lui. Il laissa à ses yeux le temps de s'adapter, puis franchit le seuil. À l'intérieur, c'était le silence, à part les clapotis de l'eau. Michael s'écarta sur la droite pour éviter que sa silhouette ne se découpe dans l'encadrement de la porte. À tâtons il trouva un interrupteur, mais hésita à allumer. Le lac était si sombre que la lumière se verrait à des lieues. Il préféra gratter une allumette, et lorsqu'elle s'enflamma, il distingua vaguement dans la pénombre une eau noire et clapoteuse, ainsi que des canoës rangés sur des supports. Des bateaux à voiles gisaient en désordre contre le mur du fond. Un canot à moteur en bois reposait dans une élingue. Il était poussiéreux, et à moitié recouvert d'une bâche goudronnée ; le vernis en était fissuré. Contre le mur du fond se trouvait un établi jonché de cordes, de voiles, d'outils poussiéreux.

Une fois l'allumette consumée, Michael en gratta une autre et avança prudemment vers le fond. Sur l'établi, il avait discerné une lampe de bureau flexible près d'un coffre à outils et d'un tas de vieux gilets de sauvetage orange. Il tordit la lampe pour diriger l'ampoule vers le bas puis, après avoir jeté dessus un vieux chiffon, l'alluma. La lumière était trop atténuée pour qu'on puisse la repérer du dehors, mais assez forte cependant pour éclairer l'intérieur de l'abri à bateaux, et le cadavre. D'abord il vit les jambes, qui sortaient de derrière l'un des voiliers, l'une droite, l'autre repliée en dessous. Des pieds, chaussés de bottes de travail en cuir. Un jean. Une ceinture en cuir repoussé.

Michael enjamba une pile de bidons de vernis, puis contourna le bateau par l'arrière. En fibre de verre, il faisait dans les cinq mètres cinquante de long. Le corps était coincé derrière. Peut-être était-il tombé ainsi. Il en distinguait des parties, mais la pénombre était dense, de sorte qu'il tira le bateau de côté. La quille râpa sur le bois, les cordes remuèrent, l'une d'elles se déroula le long de la coque. Revenant au cadavre, Michael découvrit un homme d'âge moyen, dont la mort n'était pas récente. Le torse était ballonné. Le visage flasque avait ce manque complet d'humanité que Michael ne connaissait que trop bien. Un œil resté ouvert était d'un blanc laiteux, et des moustaches ressortaient sur la peau grise et marbrée du visage. Il mesurait plus d'un mètre quatre-vingts, devait peser dans les cent trente kilos, un homme corpulent, certes, mais en mauvaise forme physique. Il avait des mains calleuses, des ongles noirs. Sous le menton, la chemise en jean était tachée de sang séché. Le manche d'un couteau sortait de son cou, et ce fut ce couteau qui donna tout son sens à l'ensemble.

Michael s'accroupit. La lame n'avait pas pénétré le cou à l'endroit précis et selon l'angle du couteau qui avait tué Hennessey, mais presque : du côté droit, juste en dessous de l'oreille. En plus de la blessure, il y avait quelque chose de familier dans le visage du mort. Michael sentit ses poils se hérisser sur ses bras. Il en étudia les traits un long moment, puis fouilla la poche de la chemise et celles du jean. Comme il ne trouvait rien, il retourna le corps qui remua mollement ; il en déduisit que la rigidité avait disparu. La mort devait remonter à deux ou trois jours. Trois, se dit Michael en se fondant sur le jour où Julian était rentré en si pitoyable état. Le cadavre était froid, avachi, et les doigts de Michael s'enfonçaient dans la graisse. Grognant sous l'effort, il le fit rouler sur le côté. Un bras ballant vint heurter un autre bateau, et le corps se détacha du sol en résistant un peu, à cause du sang séché qui avait collé. Michael ôta le portefeuille de la poche arrière de l'homme avec deux doigts, en se servant d'un chiffon. Il contenait des billets de banque, deux ou trois cartes de crédit, et un permis de conduire qui confirma ses soupçons. Michael connaissait le mort, et Julian aussi.

Ce taré qui sort de la maison de redressement.
Ronnie Saints.

Ses traits s'étaient épaissis avec l'âge, mais Michael avait une étonnante mémoire des visages, en particulier de ceux qu'il considérait comme des ennemis. Dans la liste des tortionnaires de Julian, Ronnie Saints venait juste après Hennessey. À onze ans, il avait tiré trois ans dans un centre de détention pour mineurs délinquants, condamné pour avoir battu à mort ou presque un petit voisin en lui disputant un pistolet volé. Quand il en était sorti, ses parents avaient disparu, morts ou bien perdus au fin fond des montagnes du nord de la Géorgie, sous l'emprise de la métamphétamine. Quand Ronnie avait débarqué à la Maison de fer, on s'était interrogé une semaine ou deux sur son compte, ensuite, plus personne ne s'en était soucié. C'était encore un de ces mineurs délinquants irrécupérables.

Michael vérifia le permis de conduire. Saints avait trente-sept ans et habitait à Asheville. Michael mémorisa son adresse, puis fit rouler le cadavre sur le dos. La main toujours enveloppée du chiffon, il posa un doigt sur l'extrémité du manche en bois riveté de métal. C'était sans doute un couteau de pêche, ou quelque chose d'approchant. Il appuya dessus, mais la lame bougea à peine. Elle était profondément enfoncée, coincée entre de l'os et des tendons. Michael ôta son doigt et examina le cadavre. Il ne vit aucune autre blessure ou aucun hématome indiquant qu'il y avait eu lutte. Et pas de sang, à part autour de l'endroit où il avait trouvé le corps.

Ça s'était passé vite et bien.

Michael ne perdit pas de temps à réfléchir au pourquoi ni au comment ; les vieilles habitudes mentales reprirent le dessus, plus vives que jamais. Julian avait des ennuis, et il devait y remédier. C'était son rôle de frère, la famille servait à ça. Il se releva et, réfléchissant à la marche à suivre, se fixa dans l'immédiat trois tâches très précises. Il lui fallait une embarcation qui ne risque pas de couler, quelque chose d'assez lourd pour lester un corps et le maintenir au fond de l'eau. Les lattes grossières du plancher étaient trop profondément imbibées de sang pour qu'on puisse les décaper, mais cet endroit était un vrai capharnaüm et, manifestement, il ne servait plus. Il suffirait de déplacer un peu les bateaux, de verser un peu de vernis.

Il trouva une vieille paire de gants sur l'établi et les enfila. Le premier canoë qu'il inspecta était en bois et en trop mauvais état pour qu'il envisage de s'en servir. Le deuxième était en aluminium. Il le dégagea de son support et le mit à l'eau ; le canoë se posa avec un grand floc en cognant contre la rampe en bois. Ce ne serait pas facile de hisser le corps dedans, puis de le balancer. Le canoë était étroit et risquait de basculer, mais, sur l'eau, il serait léger, rapide, silencieux. Michael attrapa l'homme par les pieds et le traîna sur trois mètres. Il s'arrêta au bord du ponton. Le canoë oscillait soixante centimètres en dessous, sur l'eau d'un noir métallique. Sur une étagère au fond, Michael trouva une ancre de six kilos ainsi qu'un rouleau de cordage résistant. Il plaça l'ancre sur la poitrine du mort et l'attacha en enroulant plusieurs fois la corde autour du torse et de la taille. C'était pénible ; le corps était lourd et mou. Après avoir passé une dernière boucle autour des chevilles, Michael souleva les jambes pour bien serrer le nœud. Ce fut alors qu'il vit Elena.

Elle était sur le seuil, une main sur la bouche, le visage livide, presque translucide. Depuis combien de temps était-elle là ? Il n'eut pas le temps de s'en soucier, car le soleil était bien près de se lever. Ils disposaient de quarante minutes, peut-être moins.

– Aide-moi, dit-il.

Vaincue par la puanteur, elle se plia en deux en hoquetant.

– Il y a une chaîne ici, lui indiqua Michael quand elle se redressa. J'en ai besoin.

Les yeux d'Elena errèrent avant de se poser sur un amas de chaînes dans un creux à côté de la porte, puis ils revinrent au cadavre alors que Michael arrachait le couteau du cou pour le jeter dans le canoë.

– La chaîne, Elena, s'il te plaît.

– Tu l'as tué ?

Michael traîna encore le cadavre sur vingt centimètres, l'aligna parallèlement au canoë.

– Il est mort depuis un bout de temps, répondit-il.

– Que fais-tu ?

– Je règle le problème. Je n'ai vraiment pas le temps de t'expliquer. Tu veux bien me passer la chaîne, s'il te plaît ?

Elle ne bougea pas. Il comprenait ses réticences, mais n'en était pas moins en colère. Il lui avait bien dit de l'attendre. Elle aurait dû l'écouter.

– Tu savais ce que tu allais trouver ici ?

– C'est une odeur qu'on ne peut confondre avec aucune autre, répondit-il en allant lui-même ramasser la chaîne, puis il lui prit l'arme des mains et la fourra dans sa ceinture. Je regrette que tu ne m'aies pas attendu. Je voulais t'épargner ça.

– Qui est-ce ? demanda-t-elle en ravalant la bile qui lui montait aux lèvres, les yeux fixés sur le cadavre.

– Peu importe. Bon, viens par là s'il te plaît. J'ai besoin de ton aide, lui dit Michael en entourant la chaîne autour du corps, puis il leva les yeux avec impatience. Tu n'auras pas à le toucher, juste à tenir le canoë.

– Tenir le canoë, répéta-t-elle. Pourquoi ?

La question resta suspendue dans l'air, entre eux. Michael chercha à croiser son regard, et vit l'instant où elle comprenait.

– Tu vas le jeter dans le lac ?

– Ce n'est pas moi qui l'ai tué, Elena, mais il faut le faire disparaître. C'est important. Crois-moi. Le canoë, s'il te plaît.

Elle secoua la tête.

– C'est mal.

– Un mal nécessaire.

– Nous devrions appeler la police...

– Je te demande juste de tenir le canoë. S'il te plaît...

– Je ne vais pas jeter un homme mort dans le lac.

– Je sais ce que je fais.

– Je t'en prie, ne me dis pas ça.

– Le soleil se lève.

Elle secoua la tête.

– Je m'en vais.

– Elena...

Elle sortit en chancelant, et la porte claqua contre le mur extérieur. Un instant, Michael l'aperçut, puis elle disparut. Son regard alla de la porte béante au cadavre. Une demi-seconde, il hésita, puis lui courut après.

— Elena.

— Ne t'approche pas de moi.

Ses pas résonnèrent sur le bois, puis ne firent plus de bruit quand elle atteignit l'herbe. Elle courait en aveugle dans le noir. Michael la rattrapa au bord de l'eau en la saisissant par le bras et la força à s'arrêter.

— Calme-toi. Viens.

Elle voulut dégager son bras, mais il résista.

— Lâche-moi, Michael.

— Écoute.

— Lâche-moi, sinon je vais hurler.

Au bout de trois longues secondes, Michael la relâcha. Il y eut un lourd silence.

— Quelle sorte d'homme es-tu ?

— Un homme, c'est tout.

— Je ne supporte pas d'être avec toi.

Quand il vit sa tête bouger dans le noir, il sut qu'elle allait s'en aller.

— Ce n'est pas prudent, dit-il comme elle s'éloignait d'un pas. Tu ferais mieux de rester avec moi.

— Non.

— Elena...

— J'ai besoin de réfléchir. Besoin de temps. Besoin de...

Mais elle ignorait ce dont elle avait besoin ; et le ciel s'éclairait. Quand Michael voulut lui prendre la main, elle recula en chancelant.

— Ne me touche pas.

— Ce n'est que moi...

— Ne me suis pas. Ne m'appelle pas.

Elle recula, Michael avança.

— Fais encore un pas et tu ne me reverras plus jamais. Je te le jure ! fit-elle en levant une main pâle dans le noir.

Michael se figea, glacé.

— Fais-moi confiance.

– Je ne peux pas. Je ne veux pas, dit-elle, et il y avait un tel dégoût dans sa voix, tant de peur et de répugnance que lorsqu'elle lui tourna le dos pour s'enfuir, Michael renonça à la suivre.

Torturé par le doute, en proie à un affreux dilemme, il la regarda s'effacer peu à peu le long du rivage, puis retourna lentement vers l'abri à bateaux. Elle avait besoin de réfléchir, besoin de temps. Et donc, il répandit du vernis sur le plancher ensanglanté, tira un bateau dessus, fit basculer le cadavre dans le canoë. Son cœur était aussi lourd et meurtri que le corps qu'il jeta dans le lac, dans l'eau noire et profonde entourée des bois silencieux et des collines violettes. Puis Michael se retrouva seul face au choix qu'il avait fait.

Une fois de retour au pavillon, il ne fut pas surpris de voir que la voiture avait disparu, ainsi qu'Elena. Il contempla le vide qu'elle avait laissé, puis resta debout sur le porche, immobile, tandis que le jour nouveau s'apprêtait à détrôner la nuit épuisée. Il eut envie de l'appeler, mais les minutes passèrent et une aube rouge se coula dans le fond de la vallée. Elena comprendrait et reviendrait, ou bien elle disparaîtrait pour de bon. Et donc, il entra dans la maison, prit une douche. Posa son sac marin près du canapé, puis s'allongea et laissa un sommeil sans rêve l'emporter. Le soleil était à son zénith lorsqu'il se réveilla des heures plus tard. Quand il ouvrit la porte, une chaleur torride l'assaillit. Alors, depuis le porche, il constata simultanément deux faits patents.

Elena n'était pas revenue.

Les flics draguaient le lac.

15

Elena conduisait les yeux noyés de larmes, la gorge brûlante. Elle avait encore l'odeur dans les narines, si forte que ses cheveux, ses vêtements, les pores de sa peau en étaient imprégnés. Des images l'accompagnaient : le gris marbré du cadavre, ses mains boursouflées, l'expression de Michael, son froid détachement, la précision méthodique de ses gestes.

Il y a une chaîne là...

Jetant un coup d'œil dans le petit miroir du pare-soleil, elle s'essuya le visage d'un geste du bras tandis qu'un rire sinistre montait en elle des tréfonds de son âme. Comment avait-elle pu s'autoriser à penser qu'il était toujours celui qu'elle croyait connaître, et qu'un homme capable de tuer de sang-froid serait un père décent pour l'enfant qu'elle portait ?

Le rire qui s'échappa de sa gorge était si rauque, si déchirant qu'elle se fit peur. Elle ne se reconnaissait pas dans le miroir. Ces yeux noir de jais qui semblaient en verre n'étaient pas les siens. Sous ses doigts, le volant n'avait pas l'air vrai. Tout semblait faussé. Elena ignorait où elle se trouvait : une ville quelconque de Caroline du Nord, une route à quatre voies bordée de fast-foods et de motels bon marché. D'abord elle avait traversé une campagne baignée d'une lumière rouge virant à l'orange, dans le bruissement des arbres.

Je n'ai rien fait dont je doive avoir honte.

C'était une idée fausse, sans doute, mais elle s'y cramponna en tâtant ce qui se trouvait sur le siège à côté d'elle : des vêtements propres, son passeport, assez d'argent pour retourner en Espagne. Elle oublierait Michael, oublierait les morts qu'elle avait vus. Elle retrouverait son père et lui dirait qu'elle avait eu tort de partir, que la vie au village lui suffisait. Cette idée lui évoqua des images avec tant de clarté qu'elle en eut presque les larmes aux yeux : un foyer, une famille, des gens qui ne changeaient pas. Elle effleura son ventre tiède, et là où il y avait eu de la peur, sentit de la résolution. C'était décidé : elle rentrerait chez ses parents. Elle rentrerait à la maison, et en dépit de cette erreur, élèverait son bébé qui deviendrait un enfant parfait, dans la complète méconnaissance de ses origines paternelles.

Elena rabattit le pare-soleil pour ne plus se voir. Assez de ces yeux de pierre, assez de cette sensiblerie. Elle était Carmen Elena Del Portal, et elle rentrait chez elle. Mais d'abord, il lui fallait se débarrasser de l'odeur. Cela supposait une douche, un endroit où se changer. L'idée était si séduisante qu'elle devint impérative. Ses vêtements lui pesaient, ils semblaient souillés et putrides, tout comme sa propre peau ; aussi quand un motel apparut sur une hauteur en bordure de la route, elle mit son clignotant pour tourner à droite et s'engagea dans le parking.

Un moment, elle resta assise en silence, rompue par trop d'émotion. Et comme elle songeait à Michael, son cœur soudain s'attendrit.

Non.

Elle se frotta la figure, secoua la tête.

Non.

Une clochette sonna quand elle entra dans le hall du motel. Le réceptionniste était un homme grand et maigre d'une quarantaine d'années, avec un visage déjà très marqué. Il avait de longs bras, des mains larges et carrées. Il déposa sur le comptoir une clef reliée à une étiquette en plastique et garda le sourire quand elle y déposa elle-même quatre billets de banque.

– Si vous avez besoin de quelque chose, n'importe quoi..., dit-il en retenant la clef deux secondes de plus que nécessaire. N'hésitez pas à appeler la réception.

– Merci.

– Je m'appelle Calvert. Ici c'est chez moi, précisa-t-il en désignant le plafond bas, la moquette usée jusqu'à la trame.

— Merci, Calvert... Auriez-vous une carte ?
— Où voulez-vous aller ? demanda-t-il en se grattant la tête.
— Où se trouve l'aéroport le plus proche ?
— À Raleigh.
— Alors c'est là que je vais.

Il lui montra Raleigh sur la carte, puis Elena regagna la voiture. Après avoir posé la carte sur le siège avant, elle déchargea ses quelques affaires et gagna une petite chambre sombre et humide, située tout au bout du couloir. Elle verrouilla la porte, se déshabilla. Le sol de la salle de bains était propre, le rideau de douche d'un blanc grisâtre. Munie des petits flacons de shampoing, d'après-shampoing et d'une savonnette enveloppée de papier, Elena se mit sous la douche et laissa l'eau brûlante lui piqueter la peau en laissant des marques rouges sur son visage.

Calvert était appuyé au comptoir quand il entendit sonner deux fois la clochette au-dessus de la porte d'entrée. En un bref éclair de mouvement et de couleur, il distingua un homme efféminé, étroit d'épaules et habillé chic ; autant de caractéristiques qui ne lui donnèrent nullement envie de se montrer serviable. Il n'aimait pas les richards et détestait les pédés, aussi ne leva-t-il pas les yeux de son journal, l'esprit encore tout émoustillé par la petite Mexicaine excitante en diable qui s'était penchée assez bas pour qu'il aperçoive son soutif quand il lui avait désigné Raleigh sur la carte.

Le type se racla la gorge.

Calvert tourna la page et, relevant la tête, détailla mieux le visiteur. C'était un homme d'âge moyen en pantalon de velours noir et veston bordeaux. Il portait des verres fumés qui laissaient voir ses yeux, et une grosse montre en or qui devait valoir plus cher que la plupart des voitures.

— Un peu chaud pour la saison, non ? commença Calvert en lorgnant le pantalon en velours, sans cacher son dégoût.

— Moi, je trouve qu'il en jette, répliqua l'homme en souriant.

Calvert se rendit compte que ce type était trop abruti pour se sentir insulté. Il restait planté là, sans se départir de son calme, et dans quelque partie reptilienne de son cerveau, Calvert pressentit que la situation n'était pas tout à fait normale ; mais il était ici chez lui, et ce gars portait un pantalon en velours. Derrière la vitre, une voiture poussiéreuse était garée, immatriculée à New York.

– Ça, il en jette, c'est sûr. Bon... C'est pour quoi ?

– La dame qui vient juste d'entrer... Quelle est sa chambre ?

– En quoi ça vous regarde ? Je ne donne pas ce genre de renseignements.

– J'aimerais vous voir changer d'avis.

– Et moi j'aimerais vous voir repartir aussi sec. Vous voyez bien que je suis occupé..., rétorqua-t-il en feuilletant le journal d'un doigt jauni par la nicotine.

– Vous n'êtes guère aimable.

– Ça se peut.

Un long moment passa, un silence rompu seulement par le bruissement des pages que Calvert continuait à tourner.

– Vous êtes encore là ? reprit-il sans relever la tête.

– En fait, j'aimerais vous montrer quelque chose.

– Me montrer quoi ?

– Un tour de passe-passe.

Calvert leva les yeux, et le type fit un grand geste de prestidigitateur en passant sa main gauche au-dessus de son épaule.

– Vous voulez dire, un tour de magie ?

– En quelque sorte. Vous regardez bien ?

– Non.

– Je vous assure que ça vaut le coup d'œil.

– Bon, d'accord, fit Calvert en repliant le journal. Je regarde.

– C'est très rapide.

Calvert observa la main. Les doigts bougèrent, puis la main se referma en un poing serré.

– Attention. Un deux trois... Et voilà.

Calvert fixait toujours la main gauche quand Jimmy lui tira une balle dans le cœur avec un .22 muni d'un silencieux. L'impact le fit reculer d'un pas et, l'espace d'un instant, il ouvrit la bouche, puis s'effondra sur place. Jimmy contourna le comptoir, lui tira par précaution une balle dans le crâne, puis l'enjamba d'un pas gracieux et consulta l'écran d'ordinateur. Satisfait, il décrocha du tableau la clef de la chambre douze, puis brossa la manche de son veston pour en ôter une peluche.
– Péquenaud de mes deux, lâcha-t-il avant de s'engager dans le couloir.

16

Sous le jet d'eau brûlante, Elena suffoquait presque à cause de la vapeur. Elle saisit le pommeau de la douche, sentit la surface granuleuse du métal corrodé, le contact un peu visqueux du rideau en plastique qui collait à sa jambe. Elle se lava encore.
Pourtant, l'odeur et les images persistaient.
Alors qu'elle se lavait les cheveux en enfonçant ses ongles dans le cuir chevelu, de bonnes choses lui revinrent... Toutes les bonnes choses d'avant : la peinture jaune sur les mains de Michael, son visage s'illuminant quand il parlait du bébé. Sept mois se cristallisèrent soudain en un seul instant quand elle revit les mains de son amant lui caresser le ventre, les seins, puis ces mêmes mains toucher la peau du cadavre. Il s'était montré si... compétent. Le cadavre ne le perturbait pas. Ni l'odeur. Ni le simple fait que cet homme était mort.

Il y a une chaîne là...
Tout cela était réel. Trop réel.

Une paume posée sur son ventre, Elena pria comme elle priait étant petite, non seulement pour demander à Dieu de la guider et de lui donner de la force, mais pour qu'Il fasse en sorte que tout s'arrange. Au fond, elle savait bien qu'il n'y avait pas de solution miracle et en eut un peu honte. Son père lui avait appris à être forte, à ne compter que sur elle-même, aussi repoussa-t-elle cette faiblesse. Elle creusa en elle pour trouver le noyau dur de son être. La peur, le chagrin furent traversés d'une colère ardente. Michael était un tueur, et ce fut en ce mot qu'Elena retrouva le fil de sa volonté. Au début, il sembla ténu, fragile, tout emmêlé à d'autres, mais elle l'extirpa, tira dessus tant et si bien qu'il se tendit enfin et qu'elle sentit sa volonté lui revenir. Elle s'en remettrait ; les derniers vestiges de sa peine, le souvenir des mains de Michael sur sa peau, cela aussi se flétrirait et finirait par disparaître. Elle se le promit, se le jura ; mais les mensonges, les faux-fuyants sont par nature vifs et glissants, et une petite partie d'elle-même sut au même instant qu'elle trichait. Elle l'aimait. Il ne ressemblait à aucun autre et elle l'aimait.

Pourtant ces choses qu'il avait faites...
Elle ferma le robinet et, sous un dernier filet d'eau, écarta ses cheveux de son visage.

– Ça va, dit-elle.

Peu convaincue, elle réessaya.

– Ça va aller.

C'était mieux. Plus réaliste.

Les anneaux raclèrent la tringle avec un bruit métallique quand elle tira le rideau de douche avant de tendre la main pour prendre le peignoir ; sauf qu'il n'était plus là où elle l'avait laissé. À sa place, elle vit un homme, ou plutôt le devina à travers la buée. Il était tout près d'elle, trente centimètres à peine. Un grand front, des frisottis clairsemés sur le sommet du crâne, des yeux d'un bleu froid, et des lèvres minces, sans couleur, sur lesquelles flottait un petit sourire amusé. C'était si irréel, si inattendu qu'elle faillit

en rire. Sans doute un malentendu, un employé de l'hôtel qui se retrouvait au mauvais endroit au mauvais moment. Mais l'attitude de l'homme et l'expression de son visage ne cadraient pas avec cette hypothèse. Il était trop calme, son petit sourire trop ironique. Il tenait le peignoir d'une main, et de l'autre un objet noir et carré. Alors seulement Elena sut qui il était et un hurlement monta du fond de sa gorge.
– Non, ça ne va pas, dit le type.
Comme elle levait les bras, un éclair bleu jaillit soudain et la transperça de part en part. La douleur fut atroce, une chaleur blanche, fulgurante, puis elle ne sentit plus rien.

17

La maîtrise de soi et la prévoyance faisaient partie de ce qui rendait Michael si efficace dans son travail : choisir le lieu et l'heure de ce qu'il avait à faire en contrôlant les différents paramètres, puis agir en envisageant posément toutes les éventuelles conséquences de ses actes. À l'inverse, presque tous ceux qui travaillaient dans la même branche tuaient sous l'emprise de la rage ou de la peur et en tiraient du plaisir pour des raisons inavouables. Ils se laissaient dominer par leurs émotions, et atteignaient très rarement un âge canonique. Ils se consumaient, se relâchaient, devenaient des boulets pour l'organisation qui les employait et les avait à charge. Plus d'un finissait avec une cible dans le dos, d'ailleurs Michael en avait lui-même supprimé deux ou trois. La logique qui régissait son monde était simple. Les émotions, c'est mal. Garder le contrôle, c'est bien. Mais il n'était plus question de contrôle à présent.

Elena était partie. Elena avait disparu.

Pris de vertige, il s'assit sur la première marche de la véranda. La nuit dernière, tout semblait limpide : le problème et comment y remédier. C'était son boulot, prendre en charge les problèmes et les régler. Il avait supposé qu'Elena serait capable elle aussi d'assumer. Qu'elle serait patiente, le laisserait s'expliquer. Mais ce regard qu'elle lui avait lancé ! Il y avait tant de regret dans ses yeux, tant de dégoût, de répugnance.

Qu'est-ce que j'ai fait ?

Elle était partie et c'était sa faute. Cela faisait des heures qu'elle avait pris la route ; à cette heure, elle pouvait se trouver en Virginie, en Caroline du Sud, peut-être même en Géorgie ou dans le Tennessee.

N'importe où.

Stevan et Jimmy aussi pouvaient être n'importe où.

Malgré l'angoisse qui le rongeait, il se força à raisonner. Sans les moyens dont disposait la police, Stevan et Jimmy devaient être aussi désorientés que lui. Ils n'avaient pas accès aux relevés de cartes de crédit, ni aux bases de données. C'est pourquoi ils s'étaient servis de Julian pour débusquer Michael. Une fois loin du domaine, Elena ne risquerait plus rien. Ils ne pourraient pas retrouver sa trace. Elle était en sécurité. Elle serait en sécurité.

Michael se le dit et se le répéta. Il se força à refouler ses émotions, puis avança au bord de la véranda pour observer la scène qui se déroulait aux alentours de l'abri à bateaux. Quelques voitures de police dont les lumières clignotaient dans l'air pur y étaient garées, et deux canots flottaient sur l'eau. On entendait des hommes s'interpeller pendant qu'ils sondaient le fond du lac.

Les plongeurs ne tarderont pas à arriver, songea Michael, et il se demanda combien de temps ils mettraient pour trouver le corps. Le lac était vaste et semblait profond, à voir comment les pentes s'abîmaient des deux côtés. L'eau restait opaque même au soleil, et il s'en dégageait de la fraîcheur en permanence.

Mais ce n'étaient que des suppositions conformes à ses souhaits.

Il vit l'un des filins voler en l'air, vit briller à son extrémité de gros crochets en fer, puis le filin s'enfonça. On le ramena, et les crochets émergèrent en traînant des sortes d'algues. Son regard dévia vers la droite.

C'est par là, songea-t-il.

Quand un deuxième filin vola dans l'air en formant un arc de cercle puis retomba, Michael se demanda si c'était Elena qui avait prévenu la police. C'était plausible. Les choses qu'elle avait vues n'étaient pas précisément normales : un cadavre tué d'un coup de couteau, un petit ami entourant le corps de chaînes pour le jeter dans le lac... Mais aurait-elle appelé la police ? Michael en doutait. Si elle l'avait dénoncé, il serait en fuite, mort ou menotté, à cette heure. Restait une possibilité.

Quelqu'un d'autre les avait vus.

Il se repassa les événements de la nuit dans sa tête : leur approche silencieuse, l'herbe violine, un son provenant de l'autre rive, du bout du lac. S'il frissonna, ce ne fut pas à l'idée qu'on les avait observés à leur insu, mais parce qu'il entendit soudain une voix d'outre-tombe. Il revit le visage du Vieux, aussi nettement que s'il était en vie, assis à côté de lui sur la véranda. Ce n'était pas le moribond parlant d'amours perdues et de son regret de n'avoir pas eu de filles, mais le Vieux qui l'avait élevé.

Ne cherche pas midi à quatorze heures, fils. Si les flics sont là, c'est que ta femme t'a donné.

Michael cligna des yeux, et l'image s'effaça. Cet homme-là avait compris que la vie est changement, la vie est foi, et que tout n'est pas simple. Il avait donné à Michael sa liberté, au détriment de son propre fils.

Non, rien n'était simple dans tout ça, le Vieux.

Dans sa vie non plus rien n'était simple. Michael était-il un tueur ou un père ? Pourrait-il être les deux ? Pourrait-il changer pour Elena et néanmoins être assez fort pour protéger Julian ? Élever un enfant ? Bâtir une vie ? Michael tentait d'analyser froidement sa situation en compartimentant son esprit. Mais il avait beau faire, les cloisons ne tenaient pas longtemps. Oui, il fallait garder la tête froide, mais Elena était partie ; il fallait de la force, mais l'émotion l'affaiblissait. Je vais finir par devenir dingue, se dit-il.

Rentrant dans la maison, il fit couler de l'eau froide et s'aspergea le visage. Après s'être essuyé, il suivit du doigt la longue cicatrice nacrée qui courait sur le côté de son cou. Trois centimètres plus à droite et elle se serait trouvée au même endroit que le couteau qu'il avait retiré de la gorge du mort, la nuit dernière.

Où es-tu Elena ?

Il déposa la serviette à côté du lavabo et s'obligea à se concentrer. Qu'Elena l'accepte ou pas, qu'elle lui revienne ou non, s'en inquiéter ne l'aiderait pas à résoudre l'énigme du cadavre au fond du lac.

Cloisons étanches.

Contrôle.

Michael inspira profondément, puis évoqua Ronnie Saints. Non pas les sensations d'odeur ni de toucher liées à son cadavre, mais les raisons de sa présence en ces lieux. Que faisait donc Ronnie Saints ici, dans le comté de Chatham ? Que cherchait-il ? Pourquoi était-il mort et qu'est-ce que Julian savait de tout ça ? Michael se scruta dans la glace en essayant de se rappeler à quoi il avait pu ressembler plus de deux décennies en arrière. Il ne se rappelait que la faim, les cheveux en bataille, le contact de la laine rêche sur sa peau et de manchettes de chemise raides de crasse. Fermant les yeux, il réessaya. Il voulait revoir Ronnie Saints le plus distinctement possible, mais au lieu de ça il vit son frère, non pas sous les traits d'un petit garçon torturé et brisé, mais d'un enfant plus jeune encore, le visage tourné de côté sur un oreiller. Il devait avoir dans les cinq ans.

Faisons comme si on nous avait adoptés...

Les souvenirs qui lui restaient de Julian souriant étaient rares, et, un instant, il en fut ébranlé. Ainsi il y avait eu de bons moments par-ci, par-là : des éclairs de joie timide et fugitive. Ces souvenirs-là s'étaient-ils tout bonnement effacés, ou les avait-il enfouis avec les autres vestiges de son enfance ? Un instant, Michael se sentit mesquin et déloyal.

Avait-il dû à ce point se glacer le cœur ?

Avait-il eu à ce prix besoin d'exister ?

Il se cramponna au lavabo. Quelle importance ? Le passé était le passé. Seul comptait le présent. Mais justement. Le présent se limitait-il à lui seul ? C'était une bonne question. D'abord Hennessey, et maintenant Ronnie Saints. Deux garçons de la Maison de fer, morts. À vingt-trois ans d'intervalle, et morts tous deux d'un coup de couteau planté dans la gorge.

Il y avait de quoi s'interroger.

Et qui donc avait prévenu la police ?

De retour sous la véranda, il composa le numéro de portable d'Elena. Sans y croire.

C'était trop tôt.

Trop compliqué.

Peut-être cela valait-il mieux. Une rupture propre et nette, et pour elle, une vie sûre, facile, loin de la sienne. Il essaya de trouver cette idée réconfortante, mais le mensonge se consuma quand une image lui vint en tête : Elena et l'enfant... une petite fille peut-être, une beauté aux yeux noirs avec la peau satinée de sa mère. Elles se promenaient sur de hauts plateaux dans les montagnes de Catalogne, l'une longue et triste, l'autre bien trop jeune pour comprendre quel était ce vide dans sa vie.

Parle-moi encore de mon papa...

Le ciel au-dessus d'elles serait douloureusement bleu, et dans le sillage du silence d'Elena, la question reviendrait. L'image était si claire dans son esprit : une enfant, des mensonges racontés assez souvent pour avoir le goût de la vérité. Elena continuerait son chemin, et sa fille grandirait sans lui. Ce futur imaginé lui perçait le cœur. Mais non, rien n'était joué. Tout était encore possible.

Il la rappela.

Vingt minutes plus tard, Abigail Vane descendait de la Land Rover décatie. Elle avait de l'allure en pantalon de lin, à peine maquillée. Sa peur était moins palpable, elle affleurait à peine à présent.

— Je me suis dit que cela vous intriguerait peut-être, déclara-t-elle en désignant l'abri à bateaux, mais Michael resta les yeux fixés sur la grande enveloppe qu'elle tenait à la main.

— Un tantinet, oui.

Elle avait beau cacher soigneusement sa détresse, de petites choses la trahissaient. Ses doigts exsangues, crispés sur l'enveloppe, sa voix un peu étranglée, cet air hagard dans ses yeux.

— Asseyons-nous, proposa-t-elle en montrant les rocking-chairs, et ils prirent place dans l'ombre profonde de la véranda.

Abigail se pencha en avant, l'enveloppe tremblotant un peu dans ses mains.

— La police du comté est venue tôt ce matin, des inspecteurs munis d'un mandat les autorisant à fouiller l'abri à bateaux et à sonder le lac.

— Qu'est-ce qu'ils recherchent ?

— Un corps, répondit-elle sans ciller, aux aguets.

Mais à ce genre de petit jeu, Michael était imbattable. Flics, morts, secrets... tout cela ne l'impressionnait guère.

— Un corps appartenant à quelqu'un en particulier ?

— Je n'en ai pas la moindre idée.

— Vous ont-ils montré le mandat ? Savez-vous pourquoi ils font ces recherches ?

— Quelqu'un les a informés qu'il y avait eu un meurtre dans l'abri à bateaux, et qu'on avait jeté le corps dans le lac pendant la nuit. Je n'en sais pas plus.

— Et quel est ce quelqu'un ?

— Une source confidentielle, d'après la déclaration. Nos avocats veillent au grain, mais ils n'ont pu empêcher les recherches.

— Pour quelle raison voudriez-vous les empêcher ?

Michael guettait sa réaction. Effectivement, elle accusa le coup et en resta un instant bouche bée. Cela ne dura guère.

— Ils ont d'abord fouillé l'abri à bateaux et trouvé du sang sur le sol. En grande quantité, apparemment. Même si quelqu'un avait essayé de le dissimuler.

— Vous l'avez constaté de vos yeux ?

— C'est ce qu'on appelle une scène de crime. Elle est sous scellés.

— Pourquoi êtes-vous ici, madame Vane ?

— Appelez-moi Abigail.

Michael se pencha plus près.

— Qu'attendez-vous de moi, Abigail ?

C'était là le point sensible, le nœud du problème ; et cela transparut sur son visage. Elle avait peur, oui, mais pas pour elle-même. Et elle avait besoin de quelque chose. Désespérément.

— Aimez-vous votre frère ? demanda-t-elle. Je ne parle pas du souvenir que vous en gardez ni de l'idée que vous vous en faites. L'aimez-vous comme je l'aime ? Comme s'il faisait encore partie de vous ?

— Julian fera toujours partie de moi.

— Mais l'aimez-vous ? Il y a une différence entre l'amour et le souvenir de l'amour. Le souvenir qu'on en garde vous fait chaud au cœur, mais, au fond, il ne signifie rien. L'amour implique qu'on est prêt à faire n'importe quoi. À commettre des choses impensables, n'ayant plus rien à voir avec une vie normale. Je voudrais savoir si c'est ce que vous éprouvez.

— Pourquoi ?

— Pour décider si oui ou non je peux vous faire confiance.

— Vous craignez que Julian n'ait un rapport avec tout ça, devina Michael en désignant le lac.

— Quelque chose l'a fait s'effondrer. Vous l'avez dit vous-même.

Michael se redressa en s'écartant d'elle. Des idées, des images mouvantes erraient dans les profondeurs de son esprit, encore floues, encore vagues. Il revoyait l'abri à bateaux abandonné et pourrissant, la peur dans les yeux d'Abigail.

— À votre avis, que s'est-il passé là-bas ? demanda-t-il.

— Je serais prête à tuer pour aider votre frère. J'ai besoin de savoir si vous en êtes au même point. Ce n'est pas un désir, mais une nécessité.

Quand elle eut dit ces mots, il sentit monter en elle quelque chose d'impérieux, une fermeté, une certitude morale mettant son âme à nu.

— J'aime mon frère, déclara Michael.

Abigail ferma les yeux, puis expira profondément. Nouant ses mains, elle se pencha vers lui.

— Que vous a-t-il dit ? Dans sa chambre hier, qu'a-t-il chuchoté ? Quelque chose qui vous a troublé, visiblement. Je scrutais votre visage à cet instant-là, alors s'il vous plaît, n'allez pas prétendre que je me trompe. Je ne vous croirai pas.

— J'ignore à quoi vous faites allusion.

— Je suis prête à me mettre à genoux s'il le faut. Ça ne me dérange pas.

À la voir chuchoter ainsi d'un air de conspirateur, Michael douta un instant de sa sincérité. C'était bien joué, cette façon de les réunir en invoquant des intérêts communs. Il se leva, fit deux pas en direction du lac.

— S'il y a un cadavre au fond de l'eau..., commença-t-il, puis il jeta un coup d'œil en arrière, vit son visage figé tel un masque d'ivoire. Pensez-vous vraiment que Julian en soit capable ?

— Oui, répondit-elle sans sourciller, le regard dur, brillant. Je l'en crois capable.

— Pourquoi ?

C'était la question clef, et malgré le besoin qui la tenaillait et tous ses beaux discours sur l'amour, elle la déconcerta. Ils étaient allés trop loin, trop vite. Il la sentit rentrer en elle-même.

— Vous êtes venue seule ce matin, remarqua-t-il. Je m'étonne que Jessup Falls vous y ait autorisée.

— Jessup est un brave gars, mais vous ne lui revenez pas. Pour lui, vous faites partie des méchants.
— Des méchants ?
— Des méchants de New York.

Elle passa une main sur l'enveloppe posée sur ses genoux, et, un instant, Michael se sentit presque chanceler, comme si le sol se dérobait sous ses pieds.

— Des méchants d'Otto Kaitlin, ajouta-t-elle.
— Otto Kaitlin ?
— Vous avez bien entendu.

Michael cligna des yeux, tandis que Jessup Falls remontait brusquement d'un cran dans son estime. En vingt années, la police elle-même n'avait pas réussi à établir ce lien. Les enquêteurs connaissaient son existence, mais n'avaient de lui aucune photo ni portrait-robot et ils ignoraient jusqu'à son nom ; ils avaient beau suivre de près ses interventions, les descriptions dont ils disposaient se contredisaient. Il était petit, grand, blanc, noir. Michael était un fantôme, une rumeur ; un ennemi public masqué sous de faux noms et des histoires fabriquées. Il était une ombre qui recevait ses ordres d'Otto Kaitlin et de nul autre. Un code. Une énigme. Il en avait été décidé ainsi vingt ans plus tôt, c'était l'idée de Jimmy, et Michael avait lui-même usé de prudence. Il n'avait jamais été arrêté, on n'avait jamais relevé ses empreintes. Il disposait d'une dizaine de fausses identités, toutes en béton.

— Pourquoi Falls penserait-il que j'ai quelque chose à voir avec Otto Kaitlin ?

Le regard d'Abigail s'aiguisa, et Michael sentit son caractère implacable refaire surface. Malgré la peur qui l'habitait, elle avait pris sa décision.

— Pour qui me prenez-vous, Michael ? dit-elle en ouvrant l'enveloppe kraft posée sur ses genoux. Une dilettante ? L'épouse oisive et désœuvrée d'un homme fortuné ?

Elle sortit une photographie de l'enveloppe et la lui tendit.

Michael l'inclina à la lumière. C'était une copie de la seule photo existante qui le montrait en compagnie d'Otto

Kaitlin : Michael, le Vieux, et la Corvette 1967 que Kaitlin lui avait offerte pour ses seize ans. L'originale se trouvait dans son sac marin. Quand il rendit la photo à Abigail, son visage ne trahissait aucune des émotions qui le traversaient : amour, regret et colère, qu'on ait pu faire une copie de cette photo pour s'en servir contre lui.

– Ce n'est qu'une photo, déclara-t-il froidement.

Elle la rangea dans l'enveloppe.

– Il y a pas mal d'agitation à New York ces derniers temps, on parle de terrorisme, de crime organisé. La police recherche un homme et une femme.

– New York, ce n'est pas la porte à côté.

– Ce n'est pas si loin.

Michael haussa les épaules. Il avait de l'argent. Julian était protégé. Il lui fallait maintenant retrouver Elena et s'en aller. Le reste, il s'en fichait.

– Bon. Falls me prend pour un méchant... Pas vous ? demanda-t-il.

– Disons plutôt que je n'en ai cure.

– Pourquoi ?

– Parce que je pense qu'on va retirer un cadavre de ce lac, dit-elle en se penchant en avant, la bouche barrée d'un pli amer. Et je suis persuadée que vous savez quelque chose à ce sujet.

18

Lorsque Elena reprit conscience, elle entendit le ronronnement d'un moteur sur un fond sonore de circulation. Dans le noir où elle était plongée, pieds et mains liés, elle ne voyait rien. Ses membres étaient engourdis et, sur ses lèvres scellées, elle sentait le goût amer de l'adhésif. Comme elle essayait de bouger, sa tête heurta du métal. La douleur résonna dans sa nuque. Suffoquant dans l'air confiné et saturé d'essence qui lui brûlait la gorge, elle eut un haut-le-cœur et se mit à paniquer. Roulant sur elle-même et ruant tant qu'elle pouvait malgré les liens qui l'entravaient, elle se cogna durement les genoux, les coudes, les orteils, la plante des pieds.

Je suis dans un coffre de voiture.

Une voiture conduite par un tueur.

C'est un cauchemar, se dit-elle, un rêve horrible qui s'est imprégné dans ma conscience. Le motel. La douche... Rien de tout cela ne peut être réel ! Pourtant le peignoir en éponge sur sa peau nue, les brûlures sur son flanc dues aux décharges électriques ne laissaient pas place au doute. Elle s'efforça de rester calme, de penser au bébé. Mais la voiture s'arrêterait fatalement quelque part, au bout d'un vague chemin de terre, alors il la sortirait du coffre, elle verrait un dernier rayon de soleil, puis ce serait la fin. Elle reposerait dans la poussière, et son bébé mourrait en elle.

Luttant contre la nausée, elle essaya de réfléchir. Que ferait Michael ? Quelle question idiote ! Elle ne savait même pas qui était Michael. Mais elle devait penser comme lui. Elle devait être forte. Réfléchis, Elena ! En tâtonnant, ses doigts rencontrèrent une sorte de bidon, des sangles en nylon, un écheveau de corde. Il était impossible d'évaluer la distance parcourue car la voiture ne cessait de ralentir, d'accélérer, de virer à droite, à gauche. À un moment elle traversa un passage à niveau (Elena le devina au petit cahot redoublé et au cliquetis métallique quand ils passèrent sur les rails), puis elle tourna à gauche deux fois de suite et s'engagea sur des gravillons. Les chocs de son corps contre les parois du coffre se firent plus rudes, et le chemin de terre isolé qu'elle redoutait tant lui apparut en pensée. Quand il la sortirait du coffre, il y aurait de grands arbres dont le feuillage remuerait comme si de rien n'était, se dit Elena en se voyant déjà faire sa dernière prière. Soudain, ce fut le silence. La voiture s'arrêta en douceur, le moteur s'éteignit. Elle chercha à tâtons quelque chose de tranchant ou de dur qu'elle pourrait saisir, mais ne trouva rien.

Michael...

Le capot s'ouvrit, et le même homme, sans doute le fameux Jimmy, se pencha sur elle. Postés derrière lui, deux autres types l'observaient froidement, comme si elle était un poisson au fond d'un seau. Jimmy dit quelque chose et les deux autres s'avancèrent pour la sortir du coffre. Ils la prirent par les bras et les jambes pour la soulever, mais elle se débattit comme elle put, ce qui les fit rire. Alors qu'ils la hissaient hors du coffre, elle leur échappa des mains et tomba par terre.

– Bon Dieu, jura l'un d'eux, sans doute Jimmy.

Levant les yeux, Elena aperçut une maisonnette verte encerclée par des arbres et des herbes sèches, au bout d'une longue allée poussiéreuse. La voiture était gris métallisé et sentait le chaud.

– Pas mal les nibards, commenta l'un deux, et elle se rendit compte que son peignoir s'était ouvert en grand.

– Emportez-la dans la maison, ordonna sèchement Jimmy.

Deux paires de mains, l'une velue, l'autre mince et bronzée, l'empoignèrent de nouveau. Quand ils la relevèrent, elle gigota tant et si bien qu'ils la lâchèrent encore.

– Bon sang...

– C'est qu'elle est forte, Jimmy.

– C'est ridicule. Reculez.

Le visage de Jimmy apparut au-dessus d'elle, pâle et flou sous une voûte de verdure dont les feuilles remuaient exactement comme elle l'avait imaginé. Il tint le pistolet paralysant à trois centimètres de ses yeux et l'arme grésilla en projetant des étincelles bleues.

– Tu te souviens de ça ?

Malgré elle, Elena hocha la tête.

– Alors sois gentille.

Il baissa l'arme et referma le peignoir.

Les deux types la soulevèrent de terre sans qu'elle bronche et la transportèrent, montant quatre marches jusqu'à une véranda délabrée. La maison avait l'air d'une ancienne ferme, avec une porte grillagée à moitié dégondée, des bardeaux dont la peinture verte s'écaillait sous le soleil ardent. De la véranda, elle vit un peu plus loin une grange enfouie dans des broussailles et des ronces, près de laquelle cinq ou six véhicules poussiéreux étaient garés.

– Chambre du fond, indiqua Jimmy.

Quand ils franchirent le seuil, Elena fut assaillie par une vague de chaleur. La première pièce était remplie de vieux meubles, avec un tapis brunâtre maculé de boue. Des armes étaient posées sur la table, et à certains détails, on devinait la présence d'autres hommes.

– Sur la droite.

Ils contournèrent une table basse, puis s'engagèrent dans un couloir dont le plancher craqua sous leurs pas. La chambre en question était meublée en tout et pour tout d'une unique chaise et d'un lit en fer. Ils la laissèrent tomber sur le matelas nu, et une odeur de moisi lui monta au nez. Quand elle regarda vers la porte, des hommes s'étaient massés sur le seuil. Ils étaient trop nombreux pour qu'elle les distingue les uns des autres et formaient une seule créature étrange, avide, avec çà et là l'éclat d'une boucle de ceinture, un regard fixe, des mains qui s'ouvraient et se refermaient. La sueur dégoulinait sur son visage, l'air brûlant frôlait sa peau nue là où le peignoir remontait sur ses hanches. Dans le silence pesant, elle entendit un moustique vrombir près de son oreille.

– Dehors, ordonna Jimmy.

Tout le monde sortit.

Jimmy referma la porte. Malgré la chaleur, il avait le teint frais, comme s'il s'était poudré la peau. Il lissa ses manches, vérifia la propreté de ses chaussures, puis saisit l'unique chaise pour l'approcher près du lit en la traînant sur le plancher. Une fois assis, il ôta ses lunettes de soleil, les rangea dans sa poche de poitrine, puis se pencha et arracha d'un coup sec le ruban adhésif qui scellait les lèvres d'Elena. Elle aurait voulu crier, protester en usant d'arguments rationnels, mais aucun son ne sortit de sa bouche. Une seule chose occupait ses pensées : *ne faites pas de mal à mon bébé...*

— Commençons par ce que je sais déjà, dit Jimmy en écrasant entre deux doigts un moustique qui lui agaçait la nuque. Tu t'appelles Elena Del Portal. Tu es née en Catalogne il y a vingt-neuf ans et tu vis dans ce pays depuis trois ans. Tu es enceinte. Tu travaillais comme hôtesse dans un restaurant chic dont il ne reste plus que cendres. À première vue, tu es plutôt séduisante, du moins pour des hommes comme Michael, qui ne s'attachent pas aux détails. Pourtant l'un de tes seins est un peu plus petit que l'autre et tu as une vilaine tache à l'intérieur de la cuisse droite.

En voyant Elena se recroqueviller, il sourit froidement.

— Quelque chose m'aurait-il échappé ?

— Que voulez-vous ?

Jimmy ne daigna pas répondre. Il croisa les jambes dans un froissement de velours.

— Michael t'a avoué qui il était en réalité, n'est-ce pas ? C'est pour ça que tu es partie si précipitamment et que tu pleurais sous la douche, dans cet infâme motel.

Il alluma une cigarette avec un briquet en laiton, puis souffla de la fumée vers la fenêtre ouverte.

— Sais-tu qui je suis ?

Elena déglutit et sentit sa gorge la brûler.

— Jimmy.

— Michael t'a parlé de moi ?

— Oui.

— Et que t'a-t-il raconté ? Un scénario digne d'un bon film d'épouvante bien sanguinolent ? Dommage, le manque d'imagination a toujours été son point faible, ajouta Jimmy en voyant Elena se figer, et il secoua la tête. Aucun sens du destin. Aucune profondeur de vue.

Elena revit Michael avec de la peinture sur les mains : son enthousiasme quand il parlait du bébé et envisageait l'avenir. Une famille, c'était depuis toujours quelque chose de trop beau pour lui. Il lui avait décrit tant de fois comment ce serait quand ils en formeraient une, et quel sens cela avait pour lui.

— Ce n'est pas vrai, dit-elle.

— Un petit mec sans envergure, aux idées étriquées.

— Vous vous trompez.

— Ah, une fougueuse. Ce n'est pas pour me déplaire. N'empêche, ce que je dis est vrai. C'est sans doute le seul point où j'ai échoué, dans la façon dont je l'ai élevé. Il manque d'estime de soi. Il n'a pas le sens de sa propre grandeur. C'en est déprimant.

Jimmy prit une dernière bouffée, puis jeta d'une pichenette la cigarette par la fenêtre.

— Moi aussi, je vais te raconter une histoire, reprit-il. Une histoire drôle. Michael t'a-t-il parlé du jour où le Vieux l'a trouvé ? Comment il se faisait massacrer sous un pont dans Spanish Harlem avant que le Vieux ne le sauve *in extremis* ? Il te l'a racontée, celle-là ?

En la voyant hocher la tête malgré elle, Jimmy rigola.

— Évidemment. C'est sa préférée, elle fait partie de sa mythologie personnelle. Elle semble sortie tout droit de ces romans qu'il affectionne. Dickens. *Oliver Twist*... Mais le nœud de l'histoire, il l'ignore lui-même, et c'est justement ce qui en fait toute la beauté, ajouta Jimmy avec un geste maniéré et un sourire condescendant dont Elena sut qu'elle ne l'oublierait jamais.

Il se pencha en avant.

— Prête ? Écoute bien. C'est Otto Kaitlin qui avait engagé ces loubards pour qu'ils taillent Michael en pièces. Pas mal, hein ? Otto voulait voir de ses yeux si ce petit gars avait vraiment quelque chose dans le ventre. S'il était aussi coriace qu'on le disait.

Jimmy alluma une autre cigarette, s'adossa, haussa les épaules.

— Il l'était, conclut-il.

— Où voulez-vous en venir ?

– À ceci : ce n'est pas Otto Kaitlin qui a fait Michael. C'est moi.
– Quelle importance ?
– Pauvre conne, si je te le dis, c'est pour que tu saches que Michael n'est pas un tueur comme les autres. Il tue avec la virtuosité d'un Mozart. Il exécute avec le talent d'un Léonard de Vinci. Il est passé maître dans son art, et son génie, c'est à moi qu'il le doit. C'est moi qui l'ai fait. Pas Otto Kaitlin. Pas la rue. J'ai donné naissance à ce garçon autant que la putain qui l'a pondu sur le grabat d'un asile de nuit.
– Et vous en êtes fier ?
– Dieu devait bien être fier de Jésus, non ?

Dans les yeux sombres de Jimmy couvait une folie latente, mais Elena y décela autre chose, une chose qu'elle crut, l'espace d'un instant, reconnaître.

– Que voulez-vous de moi ?
– Je veux que tu me parles de Michael, dit Jimmy, abattant ses cartes. Quels sont ses projets. Où il compte aller.
– Laissez-moi partir.
– Non, non, non. Il est trop tard.

Jimmy se leva, vint s'asseoir à côté d'elle. Elle sentit l'os de sa hanche contre sa jambe. Il passa un doigt le long du front moite d'Elena, puis frotta la sueur entre ses doigts.

– Je ne sais rien, dit-elle.
– Bien sûr que si. Tu vas me dire où il se trouve. Les armes dont il dispose. Les sorties de secours. Les gens qui l'entourent. Où il dort et à quels moments. De petites choses, conclut Jimmy avec un sourire en coin qui ne dura guère.

Il se lécha les lèvres, rougit un peu, alors Elena eut une révélation ; elle sut soudain ce qu'elle avait perçu dans les yeux de Jimmy.

– Vous avez peur de lui.

Elle ignorait d'où lui venait cette certitude, mais savait qu'elle était fondée. Le petit discours de Jimmy, la façon dont il revendiquait sa paternité sur Michael, tout ça, c'était du vent, des fanfaronnades. Il avait peur, et maintenant qu'elle avait mis le doigt dessus, sa peur était palpable, manifeste, elle transparaissait sur son visage, dans son attitude.

– Redis ça et t'es morte, t'entends ?

C'était une menace, mais Elena avait été électrocutée, ligotée, fourrée au fond d'un coffre de voiture, terrorisée. Cette intuition était son seul moyen de pression, et, apparemment, il avait sur Jimmy un certain effet. Son visage n'était plus qu'un masque de mort aux yeux éteints. Elena allait parler quand il la saisit soudain par les cheveux, la fit tomber du lit et la traîna sur le sol.

– Pardon ! Pardon ! implora-t-elle tandis qu'il la tirait à travers le salon sur le tapis crasseux.

Les hommes se levèrent, regardèrent.

Elle sentit le bois vermoulu de la véranda érafler sa peau, les pas de Jimmy résonnèrent sur le plancher creux, le soleil lui frappa le visage, et il la tira encore en descendant les marches jusque sur la terre poussiéreuse.

– Je vous en prie...

Dans sa bouche, les mots étaient comme du verre pilé.

Il la traîna jusqu'à l'arrière de la voiture, la fit rouler en la poussant du pied.

– Qu'est-ce qui se passe, Jimmy ? dit une voix.

Mais Jimmy ne daigna pas répondre. Il ouvrit le coffre, se pencha, en sortit un bidon d'essence et le vida sur Elena qui tenta instinctivement de s'écarter en rampant.

– Qui a peur maintenant ?

Sa voix avait une sonorité inhumaine, une indifférence trop étudiée pour être réelle. Quand il abaissa le bidon d'essence, malgré ses yeux qui la brûlaient, Elena vit dans sa main le briquet en laiton. Jimmy le fit tourner entre ses doigts, l'ouvrit, le referma.

– Non, cria-t-elle en se roulant en boule pour protéger l'enfant qu'elle abritait dans son ventre.

– Non quoi ?

– Je vous en prie...

Jimmy cligna des yeux en regardant au-dessus d'eux le ciel d'un bleu azuréen.

– Il fait chaud aujourd'hui, dit-il.
Elena se mit à pleurer.

19

En général, Julian n'aimait pas les médicaments, sauf quand il en avait besoin. Lorsqu'il avait peur et froid dans le noir de son esprit, il les appréciait énormément. Il aimait l'expression recueillie du médecin quand il faisait pénétrer l'aiguille dans le petit flacon de produit, les reflets de la lumière à travers le verre. Il aimait les petits tapotements d'ongle sur la seringue, les quelques gouttes qui jaillissaient de l'aiguille. Et quand l'aiguille ressortait, ses yeux cessaient de papillonner.

L'aiguille faisait taire la voix dans sa tête.

L'aiguille aidait Julian à se cacher.

C'était d'abord une sensation de brûlure là où l'aiguille s'enfonçait, mais elle était passagère et se muait en une tiédeur qui se répandait de son bras à sa poitrine, puis dans ses jambes et jusque dans le métal de son crâne. Dans l'immense et sombre espace d'où descendait la voix lorsque le monde était trop vaste ou Julian trop effrayé, quand il se sentait faiblir.

Faiblir. C'est le mot juste, n'est-ce pas ?

Le sarcasme le fit encore se replier sur lui-même. Tant de choses l'effrayaient : sa vie et ce qui l'attendait, l'échec qui menaçait et les répercussions qui résonneraient au plus profond de son âme. Il craignait que les gens ne le percent à jour, que vingt années d'illusion volent en éclats et que chacun découvre qu'il n'était qu'une ombre. Non pas un homme à part entière, mais une ombre. C'était là une peur fondamentale, de celles qui vous hantent votre vie durant mais ne sont pas toujours les pires. Il y avait aussi la peur immédiate, celle qui vous saisit et se compte en secondes, en minutes, celle qui engendre chez un lâche des millions d'infimes dégradations. La voix percevait toutes ces peurs. C'est pourquoi Julian détestait tant la voix, et pourquoi il en avait besoin. La voix faisait mal, mais elle l'obligeait à rester fort. Et il lui fallait être fort.

Tout ce dont tu as besoin, je l'ai...

Malgré la piqûre, la voix était forte, et très en colère après tous ces mois d'absence. Julian essaya de se rappeler quel événement avait pu la ramener, mais son esprit était trop confus.

Quelque chose de mal...

Il essaya de s'en souvenir. Il imagina son cerveau comme un fruit qu'il pressait avec ses doigts pour en extraire le jus.

Quelque chose de mal...

Il compressa un peu plus les méandres gris de son cerveau.

Bon à rien...

– Arrête, dit Julian en se tenant les tempes.

Quand la voix était-elle revenue ?

Il l'ignorait ; c'en était trop.

On n'a pas besoin de lui...

La voix était à présent un filin d'acier.

Répète avec moi...

– Non.

On n'a pas besoin de Michael...

– Non.

Dis-le !

Julian se roula en boule alors que quelque chose remuait faiblement dans le monde à l'extérieur de son esprit. C'était un son familier, des mots murmurés dotés d'un certain pouvoir, car la voix se détourna. Elle monta et s'éloigna jusqu'à ce que Julian se retrouve seul dans le noir, recroquevillé sur une île. De là il observait : Michael et sa mère avaient franchi le seuil et s'entretenaient avec le médecin.

Il les vit s'arrêter près du lit, il entendit les questions qu'ils posaient. Il aurait voulu leur parler, mais en fut incapable. Ils entendaient ce qu'il entendait lui-même, une voix qui semblait être la sienne, mais ne l'était pas.

La voix se moquait d'eux. Elle riait.

C'était la voix d'un dément.

Michael s'arrêta auprès du lit et sentit Abigail se glisser à son côté. Julian gisait sur le flanc, les cheveux collés par la sueur, le teint cireux sous le hâle de l'été. Ses doigts repliés étaient bandés d'une gaze tachée de rouge aux jointures. Comme un faible son s'échappait de ses lèvres, Michael se pencha plus près.

– Julian ?

Le son s'enfla en un rire rauque, sardonique. Michael se redressa.

– Pourquoi rit-il ?

– Je n'en ai aucune idée, répondit le médecin. Jusqu'à présent il a dit quelques mots, toujours les mêmes. C'est la première fois que je l'entends rire.

– Qu'a-t-il dit ?

– Vous ne devriez pas tarder à l'entendre.

Michael s'accroupit près du lit et posa la main sur le front de Julian.

– Il n'a pas de fièvre.

– Non.

– Alors de quoi souffre-t-il ? s'enquit Abigail avec l'anxiété d'une mère.

Joignant les mains, le médecin rapprocha son menton de sa poitrine, ce qui fit naître un léger double menton.

– Peut-être pourriez-vous me le dire.

– Ce qui signifie ?

– Ce qui signifie que le sénateur refuse toujours de me confier ses antécédents médicaux. Cela ne me facilite pas la tâche. Franchement, je commence à perdre patience. Manifestement, il y a des choses que j'ignore et que j'aurais besoin de savoir.

— Mon mari a des préoccupations que la plupart des hommes ne partagent pas.

— Les dossiers médicaux sont confidentiels. Il n'est pas concevable que je trahisse ainsi la confiance d'un patient. Ce soupçon est insultant.

— Pourtant ce genre de choses arrive fréquemment.

— Ce n'est pas dans mes pratiques.

Devant la colère du médecin, Abigail pâlit mais ne céda pas.

— Son dossier médical est sous scellés.

— Sous scellés ?

— Une décision judiciaire... C'est une pièce relevant d'une affaire de délinquance juvénile, ajouta-t-elle après s'être raclé la gorge.

— Je ne comprends pas.

Les yeux d'Abigail allèrent de Julian au médecin, puis se posèrent sur Michael. Visiblement elle était tourmentée, en proie à un grave conflit intérieur ; le médecin se fit plus compréhensif.

— Présentons les choses autrement, tenta-t-il en se rapprochant d'eux et en parlant d'une voix posée. Connaissez-vous la chlorpromazine ?

Il attendit, mais Abigail resta figée.

— Loxapine, halopéridol, clozapine... Ziprasidone, olanzapine... Tous ces traitements ne vous disent rien ?

Abigail détourna les yeux.

— Ce sont des antipsychotiques ? intervint Michael.

— En effet.

— Pourquoi parlez-vous d'antipsychotiques ? réagit enfin Abigail.

— Regardez-le, fit Cloverdale en désignant Julian, qui riait à nouveau d'un rire de dément.

Ils le regardèrent tous, et les yeux de Julian s'élargirent, et le rire s'étouffa soudain dans la cavité de sa bouche.

— On n'en a pas besoin..., commença Julian d'une voix aiguë.

— Il répète ça tout le temps, dit le médecin.

— Que dit-il exactement ?

Julian releva le menton et plissa les paupières, le visage déformé par un drôle de sourire.

– On n'a pas besoin de Michael.

Ses paroles aspirèrent d'un coup tout l'air de la pièce, et, aussitôt, ses traits s'avachirent, ses yeux se révulsèrent. Sa respiration ralentit et devint plus profonde. Le médecin secoua la tête, puis croisa les yeux embrumés de Michael.

– À mon avis, il se pourrait que Julian soit schizophrène, conclut-il tristement.

Michael jeta un coup d'œil à Abigail, qui baissa les yeux et fixa le sol. Le masque de son visage était si crispé qu'il aurait suffi d'un simple mot pour le faire voler en éclats.

– Il faut que je lui parle, dit Michael.

Le médecin interrogea Abigail du regard, et comme elle hésitait, Michael durcit le ton.

– Seul.

Ils quittèrent la pièce. La porte s'ouvrit, se referma, Michael s'assit près du lit et, pour Julian, ce fut comme si un nuage noir, après tant d'années, avait été chassé de devant la lumière du soleil. Les mains de son frère étaient fortes, et, même si des rides cernaient le coin de ses yeux, Julian sentait entre eux le même lien que lorsqu'ils étaient enfants, et Michael eut la force de le voir à travers la nuit infernale qui l'entourait. Le soulagement monta si puissamment que Julian crut qu'il allait pleurer ; peut-être pleura-t-il en effet, car il entendit Michael dire :

– Tout va bien. Ne t'en fais pas.

Il lui caressa la nuque. Il y avait tant de sollicitude dans ses yeux.

– Parle-moi, frérot. Il n'y a que nous. Toi et moi. Je ne sais pas ce qui t'est arrivé, mais ne t'en fais pas. Je vais régler ça. Je vais tout arranger.

Julian était si heureux. Toutes ces années de solitude. Toutes ces années à se demander où était son frère, à s'inquiéter pour lui, à souffrir de son absence. Mais Michael

était de retour, et il y avait tant à dire, tant de choses qui s'amassaient dans sa gorge en formant une marée de mots. Les yeux brillants, Julian hocha la tête et ouvrit la bouche.
– On n'a pas besoin de toi.
Non...
Une porte blindée claqua dans son esprit, et, de très loin, il entendit rire.
Et reconnut sa voix.
Non !
Michael s'était déjà relevé. Julian essaya de l'appeler, mais il en fut incapable. Il resta échoué sur le rivage d'une île qui s'enfonçait. Dans les ténèbres qui l'engloutirent, le rire résonnait, brûlant.

20

Sous le soleil écrasant, le briquet que Jimmy faisait tourner entre ses doigts s'ouvrait et se refermait avec un claquement sec. Comme Elena tentait de reculer en rampant, Jimmy posa un pied sur sa nuque et lui enfonça la tête dans la boue. Elle aurait voulu ne plus pleurer, mais ses cheveux trempés collaient à ses lèvres et elle sentait le goût amer de l'essence sur sa langue.

Jimmy alluma une cigarette.
– Jimmy..., lança une voix d'homme.
– Quoi ?
– Stevan arrive.

Elena entendit des pneus crisser dans la poussière, un bruit de moteur qui se rapprochait. Jimmy se redressa, jeta la cigarette loin d'elle puis, regardant vers le bout de l'allée, il poussa un long soupir.

— Ça m'aurait étonné, dit-il en glissant le briquet dans sa poche.

Lorsqu'elle vit sa main ressortir vide, Elena en éprouva un tel soulagement que, quand la voiture s'arrêta, elle resta lovée sur elle-même, aussi prostrée qu'un enfant battu.

— Que se passe-t-il, Jimmy ?

Une portière se referma en claquant. Elena vit d'abord des pieds contourner la voiture, puis un homme apparut, plutôt séduisant, en costume chic et chemise blanche impeccable. Des cheveux noirs, un visage bronzé aux traits réguliers. Pas de cravate, et pas l'ombre d'un sourire.

— C'est bien qui je crois ? demanda le nouveau venu d'un ton glacial en découvrant Elena.

— Tout va bien, Stevan, déclara Jimmy sur la défensive en levant les mains. Pas de quoi s'énerver.

Repliée sur elle-même, Elena s'efforça de rester immobile, mais son regard se fit implorant.

— Je vous en prie, empêchez-le. Il voulait me faire brûler vive, réussit-elle à dire d'une voix rauque.

— Elle m'a mis en pétard, repartit Jimmy en la poussant du pied.

— Que fait-elle ici ?

— Elle s'est barrée, alors je l'ai suivie, répondit Jimmy en haussant les épaules. Je me suis dit qu'on pourrait peut-être en tirer quelque chose.

Stevan jeta encore un regard à Elena, puis lança d'un ton rogue :

— Bon, portez-la à l'intérieur. Et qu'elle se nettoie un peu. Bon Dieu, nous ne sommes pas des bêtes.

Les hommes s'écartèrent sur son passage et il disparut dans la maison.

— Exécution, ordonna Jimmy.

Deux types soulevèrent Elena et la transportèrent en prenant le même couloir.

– Nan, dit Jimmy quand ils arrivèrent devant la porte de la chambre, et il leur indiqua la porte située au bout du couloir.

La salle de bains n'était guère plus large qu'une penderie et ils durent s'y introduire de biais. Pas de fenêtre. Une petite ampoule nue accrochée au-dessus du miroir.

– Mettez-la dans la baignoire.

Quand ils l'y eurent déposée, Jimmy coupa l'adhésif qui lui enserrait les poignets et les chevilles. Sentant dans sa bouche un goût métallique, Elena se rendit compte qu'elle s'était mordu la langue jusqu'au sang. Ses mains ankylosées la brûlèrent lorsque la circulation y revint.

– Va me chercher des fringues, demanda Jimmy à l'un des hommes.

– Quelles fringues ?

– N'importe quoi. Je m'en fiche.

Le type revint avec des vêtements d'homme chiffonnés et les posa en tas sur le lavabo. Jimmy ouvrit la douche, puis s'accroupit près de la baignoire et la regarda trembler sous le jet glacé.

– Je peux te tailler en pièces, te brûler vive, te tuer. J'ai sept gars ici qui ne demandent qu'à te baiser jusqu'à ce que tu tombes dans les pommes. S'ils ne le font pas, c'est juste parce que je ne tolère pas ce genre de comportement, déclara-t-il, et il écarta les cheveux de son visage. Est-ce que nous nous comprenons ?

Elena ne dit rien. Il se releva et la toisa.

– Je serai dehors s'il te manque quelque chose. Savon parfumé. Peignoir propre.

Il tira sur elle le rideau de douche, ferma la porte. Transie, Elena cracha du sang et regarda l'eau rouge tournoyer autour de la bonde. Elle était seule, en vie. Recroquevillée sur elle-même, elle se força à respirer profondément pour s'aider à tenir le coup. Ce n'était pas facile. Cette femme terrifiée qui tremblait sous le jet d'eau froide lui était étrangère. Elle cracha encore du sang, puis ouvrit son peignoir et posa une paume sur son ventre tout en revoyant les cicatrices sur le corps de Michael, ses mains fortes et capables. Oui, il était différent de celui qu'elle croyait connaître, pourtant c'était le même. Pour la première fois depuis sa fuite, elle pria pour qu'il la retrouve et tue Jimmy sous ses yeux. C'était un sentiment nouveau, cette rage qui couvait sous sa paume et se répandait en elle. Une rage maternelle, féroce, qui lui donna pour la première fois un semblant d'espoir, dans le remous glacé de son impuissance.

En sortant de la salle de bains, Jimmy tomba sur Stevan. Le couloir était vide, et la maison elle-même semblait désertée.
– J'ai dit aux autres d'attendre dehors, l'informa Stevan. Il faut qu'on parle tous les deux, et je ne veux pas les inquiéter. Ils ont besoin de savoir où nous en sommes, toi et moi.
– Il n'y a pas de problème, Stevan. Je te soutiendrai jusqu'au bout et ils le savent.
– Tant mieux parce que... pourquoi tu souris comme ça ?
– Désolé.
– Alors arrête.
– Très bien. Voilà.
Stevan lui jeta un regard dur, puis reprit la parole.
– Tu sais ce que mon père m'a dit avant de mourir, et comment il m'a mis en garde ?
Jimmy se retint de rire. Stevan prenait le ton de celui qui se sent dans son bon droit, il se targuait d'être le successeur légitime du Vieux, mais ce droit ne signifiait plus grand-chose. Il était assez futé, mais faible aussi, et la rue le savait. Les bookmakers prenaient déjà des paris sur le temps qu'il durerait et sur celui qui le ferait liquider pour prendre sa place. Les malins pariaient sur le court terme. Et les mieux informés sur Jimmy. Si Stevan était encore en vie, c'était grâce à certains enjeux. Selon la rumeur, le Vieux avait laissé soixante-sept millions en liquide. Pas d'actions ni de cash-flow, mais des dollars en

espèces sonnantes et trébuchantes dans une dizaine de comptes off-shore.

Or Stevan était le seul à avoir les numéros de compte, les mots de passe, les codes d'accès.

Autrement il serait déjà mort.

Baissant la voix, Stevan se rapprocha de Jimmy.

— Mon père m'a dit que je devrais te tuer dans ton sommeil, et m'en féliciter. Il voulait même que je le fasse avant qu'il ne meure.

L'attention de Jimmy s'aiguisa.

— Ah ouais ?

— Il pensait que tu étais cinglé.

— Foutaises. Nous nous respections lui et moi.

— Il respectait tes capacités ; ce n'est pas la même chose.

— Lâche-moi, Stevan. Ton père et moi avons travaillé ensemble pendant vingt-cinq ans. Depuis l'époque où tu n'avais pas de poils sur la quéquette.

— Ça ne change rien. Il m'a dit que tu étais un déséquilibré profond, et que la seule chose qui t'empêchait de déconner, c'était que tu avais peur de lui et de Michael.

— Michael ne me fait pas peur.

— Il a prévu que tu perdrais la boule quand Michael et lui ne seraient plus là. Que tu déraillerais, que tu représenterais un risque.

— Ton père n'avait plus toutes ses facultés, répliqua Jimmy en maîtrisant la fureur soudaine qui l'envahissait.

— Écoute, Jimmy, si je te dis ça, c'est parce que je pense qu'il se trompait, parce que je veux que tu aies confiance en moi et qu'on fasse équipe tous les deux. Tu comprends ? Je veux que ce soit le début d'une nouvelle ère, pour toi comme pour moi.

— Bien sûr, Stevan. Ça va de soi.

— Alors qu'est-ce que tu fous ?

— Pourquoi, y a un problème ?

— Nous sommes ici pour tuer Michael, d'accord ?

— D'accord.

— Le coincer et le tuer pour ce qu'il a fait à mon père.

— Et parce qu'il se la joue solo en se prenant pour…

— Tu viens d'enlever sa nana, Jimmy, l'interrompit Stevan. Tu crois qu'il ne va pas s'en rendre compte ?

— C'est toi qui l'as prévenu qu'on allait s'en prendre à son frère.

— C'était un appât. Et une menace plus qu'un fait. Ça, c'est un fait ! Un passage à l'acte.

— Quelle importance, puisque ça nous donne l'avantage, rétorqua Jimmy.

— Ça te tente peut-être d'affronter Michael face à face, mais pas moi. Il est capable de débouler ici et de tous nous flinguer en moins de trente secondes.

— Parle pour toi.

— En quarante secondes, si tu veux. Avec toi planté en plein milieu.

Jimmy plissa les yeux.

— Moi, je pense que c'est toi qui as peur, dit-il.

— Retire ça tout de suite.

— Non.

Les secondes s'écoulèrent lentement en formant une mare de silence, et Stevan cilla le premier.

— Tu n'es pas de taille contre lui, Jimmy.

— Tu crois ça ?

— J'en suis convaincu.

Jimmy eut du mal à cacher son dégoût.

— Alors pourquoi ne pas le laisser s'en aller tout bonnement ? Laisse-le partir.

— Parce qu'il a tué mon père, putain, et cela dans son propre lit !

Jimmy détourna les yeux. Si Stevan voulait la mort de Michael, ce n'était pas à cause de la façon dont le Vieux était mort. Mais à cause de la manière dont il avait vécu. Parce qu'il aimait Michael plus que son propre fils. Qu'il le respectait davantage. Parce que Stevan était un couard, et pas Michael.

Le reste n'était que mensonge.

— J'ai un plan, annonça Stevan. Il est en train de se mettre en place. Toi, reste tranquille et ne t'en mêle pas.

Tu interviendras en temps et en heure, quand je te le dirai. Contente-toi d'attendre.

— Michael, ça me regarde.

— N'en fais pas une affaire personnelle, Jimmy. La question n'est pas de savoir lequel de vous deux est le meilleur. Mais de le tuer et de passer à autre chose.

— Ça ne me plaît pas.

— Eh bien, c'est décidé.

— Ah ouais ?

— Quand j'aurai besoin de toi, je te ferai signe.

21

Michael luttait pour refouler ses émotions, mais il sentait encore sous la paume de sa main la peau de Julian, brûlante, tendue sur l'ossature d'un visage qu'il reconnaissait presque comme sien. Pour la première fois depuis son arrivée en Caroline du Nord, loin d'être une idée abstraite, la détresse de son frère pénétrait sa chair et son sang telle une lame, avec l'acuité d'une souffrance absolue. Et, pour la première fois en dix ans, il était vraiment en passe de perdre son sang-froid.

Abigail et lui se trouvaient à l'étage en dessous, dans un couloir désert.

— Expliquez-moi pourquoi ses antécédents médicaux sont sous scellés, exigea-t-il.

— Il ne voulait pas vraiment dire ça, répondit Abigail, en plein désarroi. Il a besoin de vous.

— Ne changez pas de sujet. Vous connaissez ces traitements. Vous aviez déjà entendu le diagnostic. (Elle ouvrit la bouche pour protester, mais Michael ne lui en laissa pas le temps.) Les tribunaux ne mettent pas des dossiers médicaux sous scellés sans une très bonne raison.

– Ils le font quand un sénateur en place joue de son influence.

– C'est ce qui s'est produit ?

– Faveurs. Menaces. Les moyens de pression nécessaires.

– Pour couvrir ce que Julian avait fait.

– Pour protéger mon fils.

– Nous parlons de l'abri à bateaux, n'est-ce pas ? Ça s'est passé il y a combien de temps ? Quinze, vingt ans ?

– Que savez-vous sur l'abri à bateaux ?

– Je sais qu'on l'a laissé à l'abandon. L'aire de stationnement est envahie de mauvaises herbes, la route qui y mène en très mauvais état. Le ponton est pourri, les bateaux inutilisés. Tout le reste du domaine est impeccablement entretenu, mais on laisse cet abri à bateaux se délabrer lamentablement. Alors, depuis combien de temps ?

– Dix-huit ans le mois prochain, répondit Abigail après une brève hésitation.

– Qui a-t-il tué ?

– Comment faites-vous pour deviner ces choses ? fit-elle en dressant la tête.

– Vous avez dit vous-même qu'il en était capable, que vous vous attendiez qu'on sorte un cadavre du lac. Donc, arrêtons de tourner autour du pot. Qui a-t-il tué ?

– Je ne peux pas en parler ici, répondit-elle, et il vit qu'elle était près de craquer.

– Alors où ça ?

– N'importe où sauf ici.

Ils finirent dans la Land Rover, avec Michael au volant, et roulèrent au hasard, sur les chemins du domaine. Abigail regardait droit devant elle, comme pétrifiée.

– C'est advenu cinq ans après son arrivée chez nous. Il avait quatorze ans. Il a eu très peu d'amis dans sa vie, votre pauvre et merveilleux frère. Le premier, ou plutôt la première, était une jeune fille, Christina Carpenter. Elle était plus âgée que lui, elle avait dix-sept ans quand elle est morte, mais c'était une toute petite chose délicate. Très jolie. Sa mère s'occupait des écuries ; son père travaillait en ville. Ils habitaient une maisonnette à quelques kilomètres d'ici. C'étaient de braves gens, et leur gamine se prit d'affection pour Julian. Rien de physique. Ils étaient jeunes et c'était une gentille fille. Ils étaient amis, voilà tout. (Elle cilla, et Michael sut qu'elle revoyait le passé.) Une amitié entre adolescents, tout ce qu'il y a de normal.

Michael acquiesça en hochant la tête, mais en réalité il avait du mal à imaginer la chose. Son enfance n'était faite que de violence, de faim, de méfiance. L'amitié en était totalement absente. À cet âge-là, il vivait dans la rue. La seule fille qu'il avait rencontrée s'était offerte à lui contre un billet de dix dollars et des fruits au sirop en conserve qu'elle avait aperçus par l'ouverture de son sac. Quand il avait refusé, elle lui avait avoué avec un petit rire qui sonnait creux qu'elle en était soulagée, car elle n'était jamais « allée avec un garçon ». Elle pensait juste que c'était ce qu'ils voulaient tous.

Je te prends dans ma bouche...

Ce fut son entrée en matière, dite lentement, avec gêne.

Je te prends dans ma bouche pour dix dollars et si tu me donnes la moitié de ce truc..., avait-elle proposé en montrant la boîte de conserve.

Au début, Michael n'avait rien dit. Il restait sur ses gardes car, dans la rue, il suffit d'un moment de distraction pour qu'on vous attaque par-derrière. Mais personne ne faisait attention à eux.

Les gens passaient sans les voir.

Elle trimbalait une bouteille d'eau en plastique, et n'avait sur le dos que des vêtements raides de crasse qui sentaient mauvais. C'était une jeune fille au bout du rouleau et bien près de craquer ; aussi Michael la laissa-t-il parler. Elle avait fugué, lui raconta-t-elle, quitté une ville de Pennsylvanie dont le nom ne lui dit rien. Elle était arrivée à New York depuis plus d'une semaine, à vrai dire, elle avait perdu le compte des jours. Elle était descendue d'un bus arrivé de nuit, avait déambulé au hasard des rues, et n'avait

aucune idée du quartier de la ville où elle se trouvait, de ce qui différenciait Harlem du Queens ou de Manhattan.
De toute façon, tout ça, c'est New York, pas vrai ?

Confondu par son ignorance, Michael comprit seulement qu'elle était seule et qu'elle avait froid et faim, aussi lui donna-t-il des fruits au sirop, puis il lui en redonna en la voyant frissonner et jeter des regards avides sur la boîte de conserve. Elle avait mangé en se pourléchant les lèvres de sa petite langue rose. Le jus avait coulé sur son menton et, là où elle s'était frottée, la peau propre ressortait. Il verrait combien elle était jolie si elle pouvait se laver quelque part, lui avait-elle dit ensuite. Elle pensait même décrocher un boulot de mannequin pour présenter des vêtements, des chapeaux, des chaussures. C'est pour ça qu'elle était montée à New York, parce que tous les gars de chez elle trouvaient qu'elle était jolie comme un cœur, expliqua-t-elle en se passant coquettement les doigts dans des cheveux tout emmêlés. « Y en a même un qui m'a dit que j'avais un visage d'ange », ajouta-t-elle, et Michael ne la contredit pas.

Il lui donna la fin de la boîte et lui proposa de rester avec lui quelque temps si elle voulait. Mais elle refusa. Elle voulait trouver un endroit où se laver pour avancer dans son projet de devenir mannequin. « Il faut commencer jeune », expliqua-t-elle, tandis qu'une mouche bleue bourdonnait autour de sa bouche poisseuse. Elle ne devait guère être plus âgée que lui, mais il doutait fort qu'elle ne soit « jamais allée avec un garçon ». Michael reconnaissait en ceux qu'il croisait l'abusé et le désabusé, l'amer et l'effrayé, et il songea que les gars qui la disaient jolie comme un cœur ou la comparaient à un ange ne l'avaient pas fait gratuitement. Ainsi va la vie, ainsi va la rue. Et donc, après lui avoir proposé vainement son amitié, il lui désigna le centre-ville, pensant que ce serait le quartier le plus sûr, entre les touristes, les flics et les rupins qui le fréquentaient. Mais elle n'arriva jamais si loin. Elle mourut à deux rues de là, criblée de coups de couteau et fourrée dans un grand carton où elle s'était vidée de son sang. La rue en parla une journée, puis elle tomba dans l'oubli. Pourtant, Michael se rappelait son nom : Jessica, qui préférait qu'on l'appelle « Jess », un ange perdu dans une ville grise et froide.

En entendant Abigail parler d'une amitié entre adolescents tout ce qu'il y a de normal, Michael avait ressenti pour la première fois une pointe de jalousie. Toutes ces choses normales qu'il n'avait pas connues, comme avoir des amis, avoir une mère. Ça devait être bien.

Chassant ces vains regrets, il se gara en haut d'une colline et regarda en contrebas l'eau noire, les flics en uniformes. Une troisième barque flottait sur l'eau. Il vit aussi des plongeurs.

— Comment l'a-t-il tuée ? demanda-t-il.

— Ils étaient sur le lac, dit Abigail. Ils y venaient beaucoup pour canoter, pêcher, nager. Parfois Julian emportait un livre et lui en lisait des passages pendant qu'elle ramait. Il avait dû voir une scène semblable dans un film, et en avait déduit que ça se faisait. Il ne lui lisait pas de poésie ni rien de romantique, mais des nouvelles de science-fiction, des récits d'aventure, ou bien il lui montrait des bandes dessinées...

Abigail se tut. Au pied de la colline, l'eau brillait entre les berges vertes et renflées.

— Il n'y eut aucun témoin. Ils sont partis un samedi matin. Et, l'après-midi, on a retrouvé Julian marchant au bord d'une route, trempé jusqu'aux os, les mains en sang.

— Et la fille ?

— On a repêché le corps de Christina le lendemain. Elle avait des contusions sur le visage, des ecchymoses autour d'un poignet. La police a cru que les mains meurtries de Julian correspondaient à ces marques, mais il n'y avait aucun mobile crédible, aucune raison pour qu'il fasse du mal à cette jeune fille.

— Je ne crois pas qu'il lui en ait fait. Elle était son amie.

— La police ne fut pas de cet avis. Dès le début, les types chargés de l'enquête crurent que Julian était coupable. Qu'il avait voulu lui faire des avances et qu'elle l'avait rejeté. Selon eux, il l'avait vraisemblablement tuée dans un accès de rage aveugle.

— Et Julian, a-t-il nié ?

— Il était aussi perdu qu'un nouveau-né, sans aucun souvenir de ce qui s'était passé, où il était allé, ni comment il s'était retrouvé là, sur ce bord de route. Tout ce que je sais, c'est qu'il a pleuré en voyant son cadavre quand on l'a sortie de l'eau. Il lui était très attaché...

— Mais ? dit Michael comme elle laissait sa phrase en suspens.

— Mais des questions restaient en suspens, et il n'y avait pas d'autre piste. Les marques de coups, le trou noir de Julian, la peau sous ses ongles, sa relation avec la victime... Julian était la dernière personne à l'avoir vue en vie.

— Selon qui ?

— La police, pour commencer.

— A-t-il été inculpé ?

— Inculpé, mais jamais jugé.

— Faveurs et menaces ?

— Disons que certaines dispositions furent prises.

— Telles que ?

— Vingt millions de dollars versés à la famille de la défunte. Cinq autres pour fonder une œuvre caritative en son nom.

— Bref, vous avez acheté ses parents.

— Nous avons fait ce que nous devions pour protéger Julian.

— Et le sénateur.

— Nous avons fait ce qu'il fallait. Point final.

Elle était en colère, sur la défensive, et Michael ne lui en tint pas rigueur.

— Et le diagnostic de schizophrénie ?

— Il est sorti avant l'ordonnance de non-lieu ; comme faisant partie de l'enquête. Ce fut d'abord l'expertise d'un psychiatre mandaté par la police, puis une évaluation ordonnée par le tribunal. Le juge a accepté de placer les dossiers sous scellés.

— Mais Julian a-t-il été soigné ?

— Oui. Traitement. Thérapie. Il a fini par arrêter. Il disait que les médicaments l'affaiblissaient. Il n'aimait pas que les gens le prennent pour un faible. Un reste de Iron Mountain, je suppose ; une blessure profonde et mal cicatrisée.

Ils restèrent un moment silencieux ; puis un nuage masqua le soleil.

— Écoutez, j'ai été patiente, reprit Abigail.
— Moi aussi. Il reste encore beaucoup de non-dits.
— Je vous en prie, Michael, j'ai besoin de savoir.
— Vous voulez parler du mandat de perquisition.

Ce n'était pas une question. Ils regardèrent un plongeur basculer en arrière depuis une yole en métal.

— J'ai besoin d'entendre la vérité, dit-elle.
— Vous avez confiance en moi ?
— Oui.
— Changeons d'endroit, décida Michael en démarrant la Land Rover.

Il fit demi-tour et redescendit la piste. Quand les flics furent hors de vue, il raconta à Abigail Vane ce qu'elle exigeait de savoir.

— Ils vont repêcher un corps dans votre lac.
— Oh ! non.

Comme la piste se faisait plus raide, Michael rétrograda. Abigail s'y était peut-être préparée, mais on ne l'aurait pas dit à la voir ainsi, pâle et tremblante.

— Comment savez-vous qu'il y a un cadavre dans ce lac ?
— Je l'y ai mis... Allez-vous tenir le coup ? demanda-t-il en la voyant porter sa main à sa bouche.
— Oui. Excusez-moi. Continuez.

Elle resta immobile tandis que Michael lui racontait ce qu'il avait découvert dans l'abri à bateaux, et pourquoi lui-même s'y trouvait. Il lui répéta ce que Julian lui avait dit, puis lui donna le nom du mort, et expliqua qu'il connaissait très bien Ronnie Saints. Cela ne lui prit que deux ou trois minutes.

— Ronnie Saints ? s'exclama-t-elle en se détournant. Oh ! mon Dieu.
— Ce nom vous dit quelque chose ?
— Accordez-moi juste un instant.

Michael l'observa. Elle était sous le choc. Elle inspira plusieurs fois profondément, puis acquiesça, les yeux fermés.

— Julian le connaissait.

— Il le connaissait. Il en avait peur. Il le détestait, renchérit Michael.

— Saints était l'un de ses persécuteurs, poursuivit Abigail, le visage toujours tourné vers la vitre, et ce n'était pas une question.

— L'un de ses tortionnaires, plutôt. Appelons les choses par leur nom, rectifia Michael, et il sentit ses mains se resserrer sur le volant. Sur la liste, Ronnie Saints venait juste après Hennessey. Il était grand et fort, et comme lui, il aimait faire souffrir. C'était un délinquant juvénile venu des montagnes du nord de la Géorgie. Il a cassé l'index de Julian à trois reprises. Toujours le même doigt. Chaque fois le doigt a guéri. Un jour que Julian avait tenté de se défendre, Ronnie Saints lui a tordu l'oreille si fort qu'il a fallu la recoudre.

— N'y avait-il pas d'adultes ?

— Trop peu et trop indifférents. Tant que personne ne mourait, nous étions livrés à nous-mêmes. C'était la loi du plus fort.

— Mais Julian aurait pu se plaindre auprès des... responsables ?

— Personne ne mouchardait à la Maison de fer.

Abigail finit par se tourner vers lui.

— Je suis contente qu'il soit mort, déclara-t-elle en se redressant.

Michael éprouvait la même chose. Pourtant certaines considérations échappaient encore à Abigail.

— Julian et Ronnie Saints ont séjourné durant un an ensemble, à Iron Mountain. Les flics vont finir par le découvrir, expliqua Michael. Cela leur donnera un mobile, et après la mort de cette jeune fille il y a dix-huit ans, il ne leur en faudra pas plus pour inculper Julian.

— Christina est morte il y a si longtemps. Julian n'avait que quatorze ans.

— Les flics ont la dent dure et la mémoire longue. Comptez sur eux. Ils ont déjà Julian dans leur collimateur.

Les gravillons crissaient sous les pneus. À l'intérieur du véhicule, il faisait une chaleur étouffante.

— Reprenons. Comment la police est-elle au courant, pour le corps ? Qui les a prévenus ? s'enquit Abigail.

— La personne qui m'a vu le jeter dans le lac.

— Dans ce cas, pourquoi n'êtes-vous pas en état d'arrestation ?

— Peut-être qu'il faisait trop sombre pour qu'on me reconnaisse. Ou qu'il existe une autre raison.

Abigail s'affaissa, encore mal remise du choc qu'elle avait reçu.

— Pensez-vous que Julian l'a tué ?

— Si c'est lui, il avait sûrement ses raisons.

— Et cela fait-il une différence ?

— Les raisons font toujours une différence.

— Et vous, Michael, avez-vous tué des gens ? enchaîna-t-elle sans le quitter des yeux. À part Hennessey ?

Michael perçut la peur dans sa voix. Il n'avait pas besoin de la dévisager pour savoir ce qui lui en avait coûté de poser cette question. Elle se faisait des idées sur lui, le genre de suppositions qui en général dégoûtent ou horrifient les gens ; il le comprenait. Il s'était dévoilé à elle plus qu'il ne l'aurait fait en temps normal, mais ils avaient une chose en partage, ce lien, qui était presque un lien du sang. Et donc Michael était face à un choix. Il pouvait soit ignorer la question, soit lui raconter les mêmes bobards que d'habitude. Cette fois, il innova :

— Oui, j'en ai tué.

— Et aviez-vous de bonnes raisons pour cela ?

— Certaines étaient bonnes, répondit-il, puis il haussa les épaules. D'autres peut-être moins.

— Mais rien qui vous empêche de vivre ?

— Non.

Elle regarda par la vitre.

— Ça doit être agréable, chuchota-t-elle.

Ils contournèrent le lac par l'extrémité sud et rejoignirent le pavillon en coupant par les bois. De loin, ils s'aperçurent que la porte du pavillon était grande ouverte. Au lieu de s'en approcher, Michael demeura à distance et coupa le moteur.

– Votre amie serait-elle revenue ?

Michael ne répondit pas tout de suite. Il scruta l'ouverture de la porte, les fenêtres, puis les bois autour d'eux, la lisière des arbres de chaque côté de la maison. Elena était quelqu'un de volontaire, et elle avait de bons motifs d'être en colère. Non, elle ne serait sûrement pas revenue, pas déjà, pas après ce qu'elle avait vu dans l'abri à bateaux.

– Sa voiture n'est pas là, nota-t-il.

– Mais la porte est ouverte.

– Ce n'est pas dans son tempérament de changer ainsi d'avis.

– Alors le vent, peut-être ?

– Je ne pense pas.

Michael observa les fenêtres, vit quelque chose remuer à l'intérieur.

– Ça bouge.

Abigail regarda à nouveau la maison, et quand elle revint à Michael, il tenait un pistolet, apparu dans sa main comme par enchantement. Elle repensa à ce qu'il venait de dire sur les raisons qui accompagnent les actes, puis imagina les cadavres gisant dans les rues de New York. Des images de sang, de mort, qui avaient accompagné le long règne d'Otto Kaitlin et ses quarante années de violences.

– Restez ici, lui intima Michael.

Il sortit de la voiture et, tenant l'arme abaissée contre sa jambe, se dirigea vers la maison à travers champs. Quand il arriva au bas du perron, il vit des ombres et de la lumière par l'ouverture de la porte, mais ne décela aucun mouvement. Jetant un regard en arrière, il aperçut Abigail. Elle était descendue de voiture, une main posée sur la portière ouverte ; puis il entendit bouger tout au fond de la maison. Une fois sur la véranda, il sentit le plancher vibrer sous ses pieds.

Abigail l'y rejoignit.

À l'intérieur, deux coups sourds résonnèrent, comme si on frappait sur du bois.

– Au fond à droite, murmura Michael.

Risquant un coup d'œil à l'intérieur, il fit signe à Abigail de rester derrière lui. Puis, relâchant le cran de sûreté, il se glissa dans la maison et disparut dans la pénombre. Deux pas plus loin, il entendit une voix qui venait de la chambre du fond pousser un juron.

Michael sentit Abigail se crisper derrière lui. Un couloir menait à l'arrière de la maison et aux deux chambres situées tout au bout. Comme Michael inspectait la cuisine, un fracas de verre brisé retentit dans le silence. À la moitié du couloir, il comprit ce qui se passait et fonça dans la chambre juste à temps pour voir une silhouette passer par la fenêtre et disparaître.

Il se précipita pour essayer d'identifier l'intrus, mais, à cause des arbres massés contre l'arrière de la maison, il devina à peine à travers le feuillage le corps qui s'y enfonçait.

Sans réfléchir, il sauta lui-même par la fenêtre et se mit à courir à sa poursuite, bondissant par-dessus un tabouret en bois qui gisait à moitié caché dans la mousse et les fougères. Sans doute était-ce l'objet que le fugitif avait lancé dans la fenêtre. Celui qu'il poursuivait courait vite en coupant à travers les arbres, loin devant lui, tandis que la forêt s'épaississait autour d'eux. Au loin, il entendit Abigail l'appeler, mais n'en tint pas compte et continua sa course en accélérant l'allure. Un sentier s'ouvrit dans les bois, et il gagna alors assez de terrain pour distinguer le fugitif.

C'était une femme. Bâtie comme une gymnaste, avec de longues jambes, une taille fine, des muscles souples, une peau brunie par le soleil, elle courait sans montrer aucun signe de fatigue. Michael accéléra encore, se rapprocha ; comme si elle le sentait, la femme fit un brusque écart vers la droite et quitta le sentier. Pendant de longues secondes, Michael la perdit de vue, mais aussi agile qu'elle fût dans les bois, les froissements d'herbes, les craquements des brindilles sous ses pieds la trahissaient, et il put la suivre à l'oreille. Quand les arbres s'écartèrent sur une petite clairière, il la rattrapa et lui fit un croche-pied. Elle s'étala de tout son long.

– Du calme, gronda-t-il.

Comme elle se redressait en s'apprêtant à s'enfuir, Michael la maintint au sol d'une main tout en rengainant son arme.

– Ça suffit, lui dit-il, mais elle se débattait comme un beau diable et il dut la plaquer au sol avec son avant-bras. Je veux juste vous parler.

– Lâche-moi ! J'ai dit lâche-moi, enfoiré ! Ôte tes sales pattes de là !

– Relax. Je ne veux pas vous faire de mal.

Il relâcha la pression pour lui montrer ses bonnes intentions, et la sentit se détendre sous son bras. Il put alors mieux la détailler. Elle était pieds nus, sale, la peau couverte de piqûres d'insectes, et portait un short en jean effrangé ainsi qu'un débardeur dont le blanc d'origine était devenu grisâtre. Ses cheveux d'un blond terne étaient pleins de brindilles, et ce n'était qu'une gamine. Michael regretta la façon dont il l'avait plaquée à terre.

– Excuse-moi, je n'avais pas vu que tu étais si jeune. Est-ce que je t'ai fait mal ?

– T'as fini ? lança-t-elle d'une voix aiguë, aussi enfantine que le reste de sa personne.

– Oui, répondit Michael, et il retira son bras.

Mais elle restait immobile, inerte. Navré, il se pencha en avant, alors elle bougea, roula vite sur le dos, et une main jaillit de sa hanche droite. Il y eut un éclair argenté, puis elle s'éloigna en rampant. Michael toucha la longue entaille rouge vif qui zébrait sa poitrine, et vit du sang sur ses doigts. Quand il regarda la fille, elle était accroupie un mètre cinquante plus loin, un rasoir ouvert à la main.

– Personne me touche, sauf si je le dis.

Michael se relevait quand il saisit l'expression de son visage, les grands yeux effrayés, les lèvres rouge cerise ouvertes sur de petites dents blanches. Elle devait peser quarante-cinq kilos à tout casser, cette fille des bois, avec son joli minois et ses yeux bleus, farouches et brillants ; mais ce qui fit soudain tomber toute la colère de Michael ne tenait pas à son apparence. C'était plus profond que ça, et familier. Il se rassit dans la poussière tandis qu'elle repliait la lame du rasoir et le glissait dans la poche étroite de son short.

– La prochaine fois, je te zigouillerai ta belle gueule.

Puis elle cracha par terre et s'en fut en courant sur ses petits pieds nus aussi bruns que la terre poussiéreuse de l'été, lui décochant un dernier coup d'œil qui fusa tel un éclair bleu.

22

Humilié et honteux, Michael se sentait aussi passablement stupide. Il s'était fait avoir comme un bleu.

– Ce n'était qu'une gamine. Dix-huit, dix-neuf ans, raconta-t-il, en pleine déconfiture.

– Tenez-vous tranquille.

Il était assis sur le capot de la Land Rover, et sa chemise ensanglantée gisait en tas à ses pieds. Campée entre ses genoux, Abigail sortait de la gaze d'une trousse de premier secours ouverte sur le capot à côté d'elle.

– Ça va faire mal.

L'entaille était superficielle mais longue, une fente de trente centimètres qui courait de sa sixième côte sur son flanc droit jusque sous son cœur. Abigail nettoya la plaie à l'alcool, puis y pressa de la gaze et dit à Michael de la maintenir tandis qu'elle défaisait une dizaine de Steri-Strip.

– À quoi ressemblait-elle ?

— Une sauvageonne, très jolie et très sale. Au jugé, elle doit faire dans les un mètre soixante et quarante-cinq kilos, dit-il les yeux fermés, en la revoyant en pensée. Une tignasse blond foncé, tout emmêlée, qui lui tombe sur les épaules. Un petit menton pointu. De grands yeux.

— Bleus ?

— Oui, un bleu de pierre précieuse. Et elle jure comme un charretier.

Michael souleva un instant la gaze pour regarder l'entaille.

— Laissez-moi deviner le reste, dit Abigail en restant concentrée sur sa besogne. À moitié nue et aussi sauvage qu'une chatte en chaleur ?

— Vous la connaissez, apparemment.

— Victorine Gautreaux. Je connais sa mère.

— Que faisait-elle ici ? demanda Michael puis, voyant Abigail pincer les lèvres, il risqua une hypothèse. Julian ?

— Ce n'est qu'une supposition, mais j'en ai bien peur... Je crois qu'elle s'est enfuie de chez elle. Peut-être cherchait-elle Julian. Tenez bon. Donnez-moi ça.

Il lui tendit encore des bandages. Elle appuya sur la blessure, puis changea la gaze et appuya de nouveau.

— Avait-elle une raison de s'enfuir ? demanda Michael.

— Je n'ai pas trop envie de m'étendre sur ce qui se passe au sein de cette famille, mais je sais que les services sociaux l'ont enlevée plusieurs fois à sa mère quand elle était plus jeune, vers les sept ans, puis encore une ou deux fois quand elle avait dans les douze, treize ans.

— Pourquoi ?

— Divers types de maltraitance et de négligence. Pas de suivi médical, illettrisme. Cette gamine a très peu fréquenté l'école, et, quand elle y allait, c'était pour chercher la bagarre. Elle a mordu certains élèves, en a blessé quelques-uns assez gravement. Bref, une gosse impossible. Son cas est passé devant le tribunal pour enfants, mais les abrutis qui gouvernent le comté n'ont jamais eu le courage de l'enlever à sa mère pour la placer. Sans doute parce qu'ils en avaient peur...

Abigail étancha encore la blessure, puis appuya la gaze.
— On ne lui a pas laissé une chance de s'en sortir, conclut-elle.
— Et vous pensez qu'elle est la petite amie de Julian ?
— Ça m'étonnerait. Vous l'avez vue...
— Comment se seraient-ils rencontrés, d'après vous ?
— Dans les bois, je suppose. Qu'est-ce que j'en sais ?

Le sang ne coulait plus. Abigail rapprocha les bords de la plaie et y apposa des Steri-Strip pour la fermer. Elle y mit ensuite de la gaze propre qu'elle fixa avec du sparadrap.

— Vous pouvez la faire recoudre, si vous voulez ; je pense que ça tiendra. La cicatrice ne sera peut-être pas très jolie, mais au point où vous en êtes... une de plus, une de moins. Rentrons à l'intérieur, proposa-t-elle en ramassant la chemise sale, les bandages.

Quand Michael eut enfilé une chemise propre, ils inspectèrent la maison. À part la vitre brisée, rien ne semblait changé. Michael essaya d'ouvrir une fenêtre, puis une autre.

— Les châssis sont coincés à cause de la peinture.
— Cela explique la vitre brisée, confirma Abigail en touchant les échardes que les coups avaient taillées dans le bois. Mais pas ce qu'elle faisait là. Il doit y avoir une raison.

Ils la découvrirent lors de leur deuxième inspection des lieux.

— Abigail, appela Michael depuis la chambre du fond.

Quand elle l'y rejoignit, il se trouvait à l'intérieur de la penderie.

— Regardez ça, indiqua-t-il en pointant un doigt en l'air, et elle se glissa auprès de lui.

La penderie était quasiment vide, à part une tringle et quelques cintres en fer, mais une trappe apparaissait dans un coin du plafond. Autour, la peinture blanche était maculée de traces de doigt et de crasse.

— Il y a un grenier. Je ne pense pas qu'il y ait grand-chose d'intéressant là haut. Il nous faudrait monter sur quelque chose pour y accéder, dit-elle en regardant autour d'elle.

— Je sais où trouver un tabouret.

Il alla récupérer le tabouret échoué dans les fougères et ils le calèrent dans la penderie.

— Vous n'auriez pas une lampe de poche, par hasard ? demanda-t-il.

— Non, désolée.

— On ne peut pas tout avoir.

Quand il monta dessus, le tabouret oscilla mais tint bon. La trappe dont un côté était fixé par des charnières bascula vers le haut.

— Il y a une échelle. Reculez.

Michael rabattit complètement la trappe et tira l'échelle tout en descendant du tabouret. Elle aussi était fixée par des charnières. Lorsqu'elle toucha le sol, son inclinaison était presque verticale.

Il grimpa lentement. Quand sa tête dépassa le plancher du grenier, il accorda à ses yeux quelques secondes, le temps de s'adapter à la pénombre. Un peu de lumière pénétrait par les trous d'aération pratiqués dans les avant-toits, assez pour que Michael discerne le plafond bas et pentu. L'air était sec et brûlant.

— Vous voyez quelque chose ?

— Il y a une bougie. Attendez.

La bougie à moitié fondue se trouvait sur une coupelle, à un mètre cinquante de lui. Il trouva des allumettes, en gratta une, et alluma la bougie. Puis il prit la soucoupe et la tint en l'air.

— Que voyez-vous ?

— Vous devriez me rejoindre.

Le pentagramme faisait deux mètres cinquante de large et il semblait avoir été griffonné sur le sol avec du charbon de bois ou le bout noirci d'un bâton. Il était bien dessiné, quoiqu'un peu grumeleux et plus sombre à certains endroits qu'à d'autres. Autour, une dizaine de bougies étaient disposées, fichées dans des bouteilles ou collées à même le sol. Un cercle géant renfermait le pentagramme, et en son centre se trouvaient un oreiller ainsi qu'un tas de couvertures grossières.

Michael alluma encore quelques bougies, et la lumière tremblotante se répandit dans la pièce. À l'extérieur du cercle, il y avait une paire de tongs, un broc d'eau et un short en jean. Il vit aussi un bol, une brosse à dents, un petit tube de baume pour les lèvres.

— Apparemment, elle a dormi ici, déduisit Michael en poussant les couvertures du pied. Pendant combien de temps ? C'est difficile à dire.

— Mais... Et ça, c'est quoi ? demanda Abigail en faisant le tour du motif dessiné sur le sol.

— Oui, c'est pour le moins curieux. Des pentagrammes. J'avoue que je n'y connais pas grand-chose.

— Pas mal de gens du coin seraient prêts à jurer que sa mère est une sorcière.

— Pardon ?

— Issue d'une lignée de ses pareilles. C'est une longue histoire.

Abigail prit une bougie et avança vers le fond du grenier en se baissant pour scruter dans les coins sombres là où les chevrons s'abaissaient, puis elle se retourna et contempla la pièce.

— Que diable faisait-elle ici ?

— J'en ai une vague idée, dit Michael en repoussant du pied la couverture.

Il se pencha, ramassa quelque chose, et laissa se dérouler une longue bande de sachets plastiques.

— Des préservatifs.

— Super.

Poussant encore la couverture, il se figea.

Abigail se rapprocha tandis que Michael se relevait. Un revolver reposait dans sa paume, en acier bleu un peu rouillé sur le canon mais bien brillant sur la gâchette.

— Un Colt .357.

Il débloqua le barillet, vérifia le chargeur.

— Il manque une balle, constata-t-il.

Depuis la véranda, ils regardaient au loin les canots évoluer sur l'eau. Les mains posées sur la rambarde, Michael resta longtemps à les observer, sans rien dire. Tous deux partageaient les mêmes terribles pensées.

— C'est un grand lac, finit-il par dire.

— Nous l'avons fait creuser juste après notre mariage, expliqua Abigail, et son visage s'adoucit à cette évocation. C'était l'idée de mon mari, qu'il brille tel un joyau au milieu du domaine. Il était censé être un signe de changement et de permanence, une métaphore de notre nouvelle vie ensemble.

Des filins volèrent au-dessus de l'eau, puis s'y enfoncèrent. Un autre plongeur bascula en arrière depuis l'un des canots.

— Ce lac serait plus grand qu'il ne me déplairait pas, dit Michael.

— Ils vont le retrouver, n'est-ce pas ?

— Est-il profond au moins ?

— Pas assez, répondit Abigail d'un air navré.

23

Victorine s'aplatit comme un animal. Elle avait trouvé la grotte des années plus tôt lors de ses explorations, quand elle n'était qu'une gamine qui allait pieds nus, car sa mère lui avait confisqué ses chaussures pour la punir de quelque chose, oubli, négligence, ou méfait. Sa mère la traitait comme ça, elle avait une langue de vipère, et assez de cruauté en elle pour imaginer des punitions conséquentes.

D'ailleurs Victorine s'y était habituée, jusqu'à ce que Julian lui démontre que la vie pouvait être meilleure.

À l'entrée de la grotte, la pierre usée par les passages d'animaux était lisse, et, à l'intérieur, il y avait des os de petits mammifères éparpillés dans les creux et les coins. Victorine supposait qu'elle avait dû servir de tanière à une panthère, du temps où il y en avait encore dans cette partie de l'État. Ça devait remonter à loin ; des centaines d'années. Peut-être davantage.

À plat ventre, elle se glissa dans la grotte. Là où la voûte s'élargissait, il y avait une fissure dans le granit par laquelle la lumière filtrait. La fissure permettait aussi à la fumée de s'échapper quand Victorine faisait du feu, en revanche la pluie aussi y pénétrait, ce pour quoi elle ne dormait pas ici. Une fois, lors de sa première fugue, elle y avait dormi une semaine d'affilée. Résultat, elle avait chopé une pneumonie et avait failli y passer. Sa mère avait déclaré que c'était le châtiment de Dieu pour les péchés qu'elle avait commis envers la brave femme qui l'avait élevée, mais Victorine penchait plutôt pour les effets néfastes du froid, de l'humidité, et des spores de champignons. Cela lui avait servi de leçon.

Elle avait bien l'intention de passer la nuit au chaud, mais pas dans la maison de sa mère. Plus jamais. Soudain des images lui revinrent de l'homme qu'elle avait tailladé. Ce devait être le frère de Julian. Ils avaient les mêmes traits, mais quant au reste, rien à voir. Ce gars s'apprêtait à la suivre, alors qu'elle venait de lui filer un coup de rasoir. Elle l'avait vu dans ses yeux, un éclair décidé, qui s'était brusquement éteint. Pourtant il courait vite, il était fort, et la plaie n'était pas profonde. Qu'est-ce qui l'avait retenu ? Mystère. Elle s'interrogea un instant, puis laissa tomber.

Du fond de la grotte, elle sortit une vieille caisse qui contenait une couverture miteuse et quelques bouts de chandelle. Elle se prépara une couche, puis alluma les bougies. Leur flamme fit luire les marques protectrices qu'elle avait gravées dans le roc il y a longtemps. Sa mère se prétendait sorcière, et, en dix-neuf ans, Victorine n'avait trouvé aucune raison de mettre sa parole en doute. Elle était méchante, et, indéniablement, elle avait du pouvoir sur les hommes. En tout cas, sorcière ou pas, dès qu'il s'agissait de sa mère, Victorine jouait la sécurité. Il y avait eu trop d'histoires, trop de malfaisance.

Elle s'emmitoufla dans la couverture et s'allongea sur un coin sableux qui épousait les formes de son corps quand elle s'y blottissait. Couchée là, dans la pénombre de la vieille tanière parsemée d'ossements, elle imagina ce que lui réserverait le lendemain. Et pour se tenir chaud, elle songea à ce qu'elle voulait, ainsi qu'à Julian Vane. Elle se rappela comment il lui avait décrit ce que sa vie devrait être, avec les dons que Dieu lui avait accordés : un corps de rêve, l'œil d'un artiste, et un esprit aussi étincelant que la dent du milieu sur la grande fourche rouge de Satan.

Elle avait un projet, mais pas d'argent. Elle avait un ami, mais il avait disparu.

Bon sang, Julian, où es-tu ?

24

Abigail avait pris le volant, et ils s'enfonçaient vers l'arrière du domaine, sur une piste traversant des bois touffus.

— Les femmes Gautreaux savent y faire avec les hommes. Cela tient à leur façon de bouger, leur beauté, leur odeur. Je ne saurais l'expliquer. Il faut le voir pour comprendre. Elles ont un truc. Un truc pas naturel, ajouta-t-elle en secouant la tête.

— À votre manière d'en parler, on dirait que vous en avez fait les frais.

– Caravel Gautreaux a eu une liaison avec mon mari. C'était il y a longtemps, mais ça a duré un bon moment. Il allait chasser, soi-disant, mais revenait sans rien dans sa gibecière. C'était au début de notre mariage. Il ne s'agissait que d'une passade, d'après lui. Qui s'est avérée par la suite la première d'une longue série.

Ce fut dit sans honte aucune, mais la blessure n'était pas refermée, et Michael le comprit. Il est toujours dangereux d'accorder sa confiance à quelqu'un.

– Parlez-moi d'elle.

– Le clan Gautreaux est arrivé de France dans les années 1830, commença Abigail avec un large geste de la main englobant les arbres, la forêt. Une mère avec deux grands fils et une fille qui n'avait que treize ans. À l'origine, ils s'installèrent sur les rives du lac Pontchartrain, mais furent chassés de Louisiane huit ans plus tard ; leur errance les mena sur les côtes de Caroline, et de là ils remontèrent la rivière jusqu'à l'intérieur des terres pour arriver dans le comté de Chatham. La fille avait alors vingt et un ans et elle était enceinte des œuvres de l'un des frères. Quant à savoir lequel, mystère. Ils gagnaient leur vie par la rapine et le commerce des esclaves, vendaient de l'alcool aux Indiens, des armes aux plus offrants.

– Des opportunistes.

– Sans scrupules... Prêts à voler et à tuer si cela pouvait leur rapporter. On disait que les femmes étaient les pires, la mère, mais aussi sa fille et les deux jumelles dont elle avait accouché. Elles se prostituaient, jouaient les guérisseuses, les ensorceleuses... Elles filaient la syphilis à leurs clients, et le lendemain leur proposaient de les guérir pour trois dollars. Le clan Gautreaux devint plus isolé et dangereux à mesure que le comté se peuplait. Durant la guerre civile, il accueillait des déserteurs en leur promettant le gîte et le couvert, cela dans le seul but de leur trancher la gorge, puis de les dépouiller... Un vieux qui habite en ville jure encore qu'étant enfant, un jour qu'il s'était introduit sur leurs terres, il trouva dans une remise plus d'une centaine de mousquets entassés.

Michael n'avait pas une imagination particulièrement fertile, pourtant, sur cette langue de terre noire où ils avançaient, la scène décrite par Abigail se déroulait comme un film dans son esprit : un homme aux abois, une famille qui lui offre refuge et pitance, puis, la nuit venue, l'une des filles approchant en silence, nue, pour se jucher sur lui, la peau moite et luisante à la lueur des flammes, tandis que la mère se glisse par-derrière pour soulever d'un geste vif le menton de l'homme et lui trancher les veines jugulaires.

– L'histoire a plusieurs versions, poursuivit Abigail, mais, pour l'essentiel, je n'ai jamais douté de sa véracité. Après un siècle et demi, c'est toujours le même nid de vipères, de la mauvaise graine élevée à la dure et prospérant sur la violence, l'orgueil, l'avarice. Ainsi vous trouvez Victorine belle ? s'enquit-elle en faisant la grimace.

– Exceptionnellement belle.

– Sa mère aussi l'était jadis, elle avait du chien, comme on dit. Une beauté sauvage, presque animale. On devait avoir l'impression en la baisant de forniquer avec une sorte de lionne des montagnes. Certains hommes aiment ça.

– Tout cela vous touche de trop près. Je ferais mieux d'y aller seul.

– Désolée, mais Victorine est dans le coup, et cela concerne Julian. Je viens.

– Vous en faites une affaire personnelle.

– La mère est mauvaise. Telle mère telle fille.

Michael revit l'instant où il avait reçu le coup de rasoir, puis ce qu'il avait ressenti après le choc, quand sa rancœur s'était muée en quelques secondes en des sentiments plus complexes. Victorine s'était montrée cruelle, rapide, agressive, mais elle avait peur aussi, et était bien décidée à ne pas le montrer. Cette expression, il la connaissait bien, elle était le reflet de ses jeunes et dures années, et c'était ce qui l'avait retenu, alors qu'il aurait pu terrasser cette sauvageonne, rasoir ou pas.

– Ce n'est pas ce que j'ai vu, dit-il.

– Qu'avez-vous vu ?

– Une toute jeune fille, qui essaie juste de survivre.

Abigail resta pensive, mais cela ne dura guère.

– Survivre... peut-être, mais à quel prix ? Une sale engeance, croyez-moi. Des putains, des voleurs, des assassins.

La piste s'interrompit et elle dut rétrograder afin de manœuvrer la Land Rover et lui faire passer le creux du ruisseau.

– Dommage que cette racaille n'ait pas fini sur un bûcher, à l'époque où ça se faisait.

Quand ils pénétrèrent sur les terres de Caravel Gautreaux, le changement fut net. Les feuillus disparurent au profit des résineux, la terre devint rocailleuse, le sol se tapissa d'aiguilles de pin, la forêt s'assombrit.

– Ne la laissez pas vous toucher, dit Abigail.

– Pourquoi ?

– Conseil d'ami, répondit-elle sans quitter la route des yeux, puis elle ralentit et stoppa le véhicule. Nous y sommes.

Les arbres s'écartaient pour offrir aux regards une bande de terre nue et une étendue de ciel bleu. Michael découvrit la vieille masure, les appentis, les animaux efflanqués et pelés. Puis il vit la voiture de police. Garée dans un coin d'ombre, elle était sombre et sans signe distinctif, cependant il n'en eut aucun doute.

– Les flics sont là, dit-il.

– Vous en êtes sûr ?

Michael vérifia les alentours, ne vit personne.

– Ils doivent être à l'intérieur.

– Nous ferions mieux de partir.

C'était en pensant à lui qu'elle disait ça, à son histoire, mais alors qu'elle s'apprêtait à redémarrer, la porte d'entrée s'ouvrit et un homme recula de dos sur le perron, suivi de Caravel Gautreaux.

– Il vaut mieux aller leur parler, dit Michael. Partir maintenant nous rendrait suspects.

Il descendit de la Land Rover et détailla Caravel Gautreaux. Elle était plus grande que sa fille et, en effet, il se dégageait d'elle beaucoup de magnétisme, une sorte d'attrait difficile à définir. Un regard profond sous des cheveux noirs filetés de blanc. Des épaules larges sans être masculines, des mains fortes. Quelque chose de sensuel dans ses paupières un peu lourdes, son aplomb, sa façon de se tenir.

– Abigail Vane ! lança-t-elle avant que le flic n'ait eu le temps d'intervenir, avec un sourire entendu. Tu m'amènes encore un de tes gars ?

Elle descendit du perron, déclenchant ainsi le mouvement. Ils se rejoignirent tous les quatre au milieu de la cour. Elle portait un chemisier sans manches. À un mètre cinquante, sa peau qui paressait rugueuse de loin à cause de la crasse sembla devenir plus lisse. Encore un pas, et ses cheveux aussi prirent de l'éclat.

– Celui-là, j'en ai entendu parler, déclara-t-elle en dévisageant Michael.

– Par qui ? demanda Abigail. Votre fille ?

Caravel se mit à rire et Abigail fit un geste de la main comme pour la rejeter.

– Michael, voici l'inspecteur Jacobsen, le présenta-t-elle froidement. L'inspecteur et moi sommes de vieilles connaissances.

– Même si nous n'avons pas échangé un mot depuis un sacré bout de temps, remarqua l'inspecteur. À propos, comment va Julian ?

Mince, le teint rougeaud, il avait la soixantaine, et l'on sentait de l'animosité sous ses paroles, ainsi qu'une indéniable méfiance.

– Nous avons eu affaire l'un à l'autre, il y a bien des années, expliqua Abigail à Michael, sans répondre à l'inspecteur.

La tension était palpable tandis que Jacobsen détaillait Michael des pieds à la tête.

– La ressemblance est frappante, conclut-il en s'adressant à Abigail. J'ignorais que vous aviez un autre fils.

– Je suis bien le frère de Julian, intervint Michael, mais je ne suis pas pour autant le fils de madame.

– Julian a été adopté...
– Et pas moi.
– Et qu'est-ce qui vous amène ici ? s'enquit le flic en les toisant tous les deux, avant de s'adresser à Abigail. J'ai toujours eu l'impression que Mme Gautreaux et vous ne vous appréciiez guère.
– Nous voudrions parler à sa fille. Pour une question d'ordre privé, répondit Abigail.
– « Pour une question d'ordre privé », la singea Caravel, puis elle imita des caquètements de poule et éclata d'un rire strident qui fit rougir Abigail. Ça, pour baratiner, elle est forte.
– Avez-vous trouvé quelque chose dans le lac ? s'enquit Michael.
– Pas encore, répondit Jacobsen tout en le scrutant d'un regard froid, clinique, comme s'il le disséquait. Les plongeurs opèrent toujours. Nous quadrillons toute la zone. Je ne suis pas censé vous en dire plus... Vous ressemblez vraiment à votre frère. L'avez-vous vu récemment ? demanda-t-il, puis il se tourna vers Abigail. Est-il en ville ?
– Vous perdez votre temps, rétorqua Abigail. Julian n'a jamais fait de mal à personne et n'en fera jamais.
– Pourtant, en ce moment-même, votre mari a fait venir pas moins de six avocats. Quant à Julian, il n'est pas question de l'interroger. Tout cela me rappelle quelque chose.
– Vous pouvez faire part à nos avocats de toutes les questions concernant mon fils. Bon, eh bien... nous sommes ici pour lui parler, ajouta Abigail en désignant Caravel Gautreaux. En privé. Alors si vous avez terminé...
– Terminé ? Non, nous ne faisons que commencer.
– Commencer quoi ? Des recherches oiseuses fondées sur des sources pour le moins douteuses ? De vieilles taches dans un abri à bateaux désaffecté ? Vous n'en faites pas un peu trop ?
– Qui sait ?
Ils s'affrontèrent du regard, mais la radio de l'inspecteur mit fin à leur petit duel silencieux en crépitant.
– Dix-neuf. J'écoute.

Jacobsen baissa le son de la radio et s'éloigna afin qu'ils ne captent pas ses échanges. Quand il revint, il avait l'air préoccupé, et très pressé.

– Nous reprendrons cette conversation plus tard.

– Du nouveau ? lança Michael comme Jacobsen se dirigeait vers la voiture de patrouille, mais l'inspecteur ne daigna pas répondre.

Il démarra, opéra un demi-tour serré dans un crissement de pneus en faisant voler la poussière, puis les roues se redressèrent et la voiture disparut dans un ronflement de moteur.

– Allons-nous-en, dit Michael à Abigail en lui touchant l'épaule.

– Pourquoi ?

– Ne discutez pas.

Mais Caravel Gautreaux ne l'entendait pas de cette oreille.

– Je veux qu'on me rende ma petiote.

– Mais puisque je vous ai dit que...

– Je sais ce que t'as dit et je sais aussi qu't'es une menteuse.

– Vous connaissez mon mari, mais moi, vous ne me connaissez ni d'Ève ni d'Adam.

– Oh que si, je les reconnais toujours, ceux qui sortent du ruisseau, lança Caravel Gautreaux en faisant la moue.

Abigail se détourna, mais elle lui barra le chemin et la regarda en penchant la tête.

– Pas la peine de prendre tes grands airs. C'est pas parce que t'as épousé un richard que tu sors du lot.

– Écartez-vous de mon chemin, Caravel.

Gautreaux avança la main vers elle, et eut un rire sarcastique en voyant Abigail tressaillir.

– C'est la vérité vraie, et nous le savons toutes les deux, lança-t-elle, puis elle esquissa un mouvement et Abigail tressaillit encore. Regardez-moi cette pimbêche, elle est blanche comme un linge, se moqua-t-elle en riant encore.

– Abigail ?

– Ça va, Michael.

– Alors allons-y.
– C'est ça, barrez-vous. Et ne revenez pas ici sans y être invités.

Michael fit monter Abigail en voiture et ferma la portière. Il jeta un regard à Caravel Gautreaux, qui redressa la tête d'un air de défi.

– Va ton chemin, crâneur.
– Vous devriez être plus prévenante envers les gens que vous ne connaissez pas.
– Fais-moi confiance, riposta Gautreaux. Je la connais comme ma poche.
– Et moi, vous me connaissez ? répliqua-t-il puis, la visant avec ses doigts comme s'il tenait un revolver, il fit mine d'appuyer sur la détente, et démarra.

À côté de lui, Abigail semblait en état de choc. Elle resta un long moment prostrée, silencieuse.

– Je suis désolée, déclara-t-elle enfin, affalée sur le siège passager, tandis que ses joues reprenaient enfin un peu de couleur. Elle me fait peur.
– Pourquoi ?
– Vous ne pourriez pas comprendre... Pourquoi roulez-vous si vite ? demanda-t-elle peu après, car Michael poussait l'allure et la Land Rover cahotait durement sur la piste crevassée.
– Il faut se magner.
– Pourquoi ?
– Ils ont retrouvé le corps.
– Comment le savez-vous ?
– Je le sais, c'est tout.

Vingt minutes plus tard, ils émergeaient des bois, et Abigail lui indiqua comment rejoindre un endroit qui surplombait le lac, au bout de la corniche dont la pente allait s'inclinant et finissait sur un à-pic. Ils sortirent de la voiture. Aucun arbre ne leur masquait la vue et ils purent observer à loisir le lac, les policiers, les quatre canots rassemblés au même endroit sur l'eau plate. Sur la rive, tous les flics restaient silencieux, immobiles. Deux plongeurs étaient déjà dans l'eau. Un autre les rejoignit.

– Que font-ils ?

Abigail s'approcha tout près du bord. Encore un pas et elle aurait basculé dans le vide. Les flics essayaient d'abaisser une sorte de long filet ressemblant à un hamac par-dessus le bord du plus grand des canots. Il y avait des cordages à chacune de ses extrémités. Ils le laissèrent s'enfoncer dans l'eau, un plongeur à chaque bout. Abigail parla quand il devint évident que Michael ne lui répondrait pas.

– Ils se servent de ce truc pour ramener le corps à la surface ?

– En théorie, oui, répondit-il en regardant le filet s'enfoncer avec les trois plongeurs. Sauf qu'il y a un problème.

– Quel genre de problème ?

– Ce n'est pas là que j'ai balancé Ronnie Saints.

25

Ils attendaient toujours que le filet remonte. Des bulles d'air venaient éclater en surface, mais le filet restait immergé.

– Que devons-nous en conclure ? demanda Abigail tout en dévisageant Michael comme s'il pouvait lui apporter une réponse tant soit peu sensée.

– J'ai balancé Ronnie Saints par là, montra-t-il. À trois cents mètres au moins.

– Il n'y a pas de courant dans le lac. Il est impossible que le cadavre ait pu dériver.

– À moins que quelqu'un ne l'ait déplacé.

– Cela semble peu plausible.

— En effet, acquiesça Michael. Le soleil était presque levé quand j'ai jeté le corps dans l'eau. Si quelqu'un l'a changé de place, il l'a fait en plein jour.

— Alors ?

— Alors il reste deux possibilités. Ou les flics se gourent, ou bien il y a un autre cadavre dans ce lac.

Abigail croisa les bras sur sa poitrine, crispée d'angoisse. Michael vérifia l'heure à sa montre ainsi que l'angle du soleil.

— Nous devrions nous en aller, déclara-t-il.

— Comment ça ?

— S'ils retirent un cadavre de cette eau, ils boucleront tout le domaine en tant que scène de crime et nous ne pourrons plus en sortir. Il y aura des recherches, une enquête en règle pour homicide, et donc des interrogatoires. Cela risque de durer. Jacobsen est un coriace, et il a de bonnes raisons d'être remonté. Rien ni personne ne sortira ni n'entrera ici sans l'approbation de la police.

— Mais mon mari...

— Les enquêteurs redoubleront de zèle justement à cause de la position qu'occupe votre mari, et à cause de ce qui s'est passé la dernière fois. Ce sera pire. Les fédéraux risquent d'entrer en scène. Les médias. On ne parviendra jamais à empêcher l'affaire de s'ébruiter.

Sur le lac, des hommes se mirent à tirer sur les cordages. L'eau bouillonnait entre les canots, et Michael la prit par le bras.

— Il faut y aller. Ils ramènent quelque chose à la surface. Il ne nous reste pas beaucoup de temps.

Il la tira doucement par le bras, mais elle résista, entêtée, et se dégagea.

— Je veux voir ce que c'est.

Il lui accorda une minute. Elle se trouvait à un mètre à peine du bord de la falaise, instable sur ses pieds. Sur le lac, les hommes se penchaient par-dessus le bord des canots en s'agitant. Des éclats de voix leur parvenaient, assourdis par la distance. Un plongeur refit surface, puis un deuxième. Entre eux, le filet affleurait.

— C'est trop loin, remarqua Michael. Vous ne pourrez rien distinguer de précis.

Le filet monta encore de quelques centimètres. Il contenait visiblement quelque chose. Les flics criaient en s'efforçant de le hisser hors de l'eau.

— Mon Dieu, fit Abigail, blême, en portant une main à sa bouche.

Michael l'obligea à monter dans la Land Rover et démarra. La boîte de vitesse grinça alors qu'il passait en première.

— Il faut qu'on soit partis quand ils auront ramené ce corps sur le rivage.

— Partis, mais où ?

— Asheville est à cinq heures d'ici.

— Asheville ?

— Il y a trop de questions sans réponses. À qui appartient ce corps ? Que fait-il là et quel rapport a-t-il avec Ronnie Saints ? Pourquoi et par qui Ronnie Saints a-t-il été tué ? Et qui diable a jeté ce deuxième cadavre dans votre lac ? Tous ces mystères doivent être reliés d'une manière ou d'une autre à Ronnie Saints. Nous commencerons par aller chez lui. Ça me semble un bon début.

— Comment savez-vous qu'il habitait Asheville ?

— J'ai trouvé son permis de conduire.

— Pensez-vous que Julian soit mêlé à tout ça ? s'enquit Abigail en désignant le lac, et Michael réfléchit en essayant de trouver une réponse satisfaisante.

Oui, Julian était capable de tuer. Il avait tué Hennessey quand ils étaient gamins. Pourquoi n'aurait-il pas tué Ronnie Saints, un autre garçon de la Maison de fer ? Mais ça ne tenait pas debout. Michael le savait intimement grâce à l'instant où son frère et lui s'étaient reliés, malgré l'état d'aliénation où se trouvait Julian, et malgré le fait que son frère savait qu'un cadavre se trouvait dans l'abri à bateaux.

— Ronnie Saints se pointe, d'anciennes rancœurs remontent à la surface, Julian et lui en viennent aux mains et ça tourne mal... Oui, ça, je peux l'imaginer. Mais ce deuxième

cadavre balancé dans le lac... Ça ne colle pas. Julian est un impulsif, il agit sur le moment, sous le coup d'une émotion.
— Puis-je vous demander pourquoi vous en êtes si sûr ?
Michael resta un moment pensif. Que pouvait-il se permettre de lui confier ? Que Julian avait appris depuis la naissance qu'il valait mieux s'enfuir que se battre ? Qu'il était d'une nature craintive, et que tuer Hennessey avait été un accident, pire, une aberration ? Que rien dans tout cela n'était cohérent ?
— Vous avez lu les livres de Julian ?
— Évidemment.
— Il s'y passe de drôles de choses.
— Des choses horribles, renchérit-elle en se touchant la gorge. Même les illustrations sont terrifiantes.
— Mais ses récits ne se bornent pas à cela, n'est-ce pas ? Oui, ses personnages luttent, ils souffrent, ils sont aux prises avec le mal et la violence. Mais ce sont aussi des éclopés de la vie qui trouvent une façon de dépasser ce qui les a abîmés. Ses livres parlent de choses sombres, mais également de lumière, d'espoir, de sacrifice, d'amour, de confiance, d'un combat pour mieux vivre et devenir meilleur. L'histoire peut être terrible et tourmentée, pourtant ses personnages trouvent des issues, des portes qui leur permettent de traverser ces épreuves et de les dépasser. Ils se débrouillent tant bien que mal pour continuer à avancer...
Michael chercha ses mots un moment.
— On peut voir dans ses livres la vie que Julian a choisie, conclut-il.
— Impuissance et maltraitance ?
— Non.
— Fragilité ?
Sa fragilité à elle suintait par tous les pores de sa peau, et Michael comprit. Julian souffrirait toujours, et ce serait toujours un spectacle pénible à regarder. Mais ce n'est pas ce que lui voyait dans l'œuvre de son frère.
— Non, ses livres ne finissent pas bien. Ses personnages vivent un enfer et sont bien près d'être anéantis, mais il y

a du bon en eux. Une sorte de force les habite quand des choix s'offrent à eux, malgré la peur et la haine qui les entourent, malgré le doute et leur manque de confiance en eux-mêmes. Les personnages qu'il crée sont des êtres blessés, tourmentés, mais c'est cela qui est magique dans son œuvre. C'est justement ce qui en fait l'intérêt.
— Magique ?
— Oui. Si les récits de Julian sont si sombres, c'est parce que la lumière qu'il espère transmettre est tellement faible qu'elle n'apparaît que quand tout est noir alentour. Vous l'avez lu : personnages noirs, sombres intrigues, douleur, combat, trahison. Mais la lumière est toujours là. Elle est dans les gens qu'il choisit comme héros de ses histoires, et dans leurs dénouements. Ses livres sont subtils, c'est pourquoi tant d'enseignants et de parents leur jettent l'anathème. Ils voient dans leur impiété l'absence de Dieu, mais la vérité n'est pas là. Chez lui, Dieu est dans les petites choses, dans une dernière lueur d'espoir, un geste de tendresse quand le monde est en cendres. Julian fait surgir la beauté de mondes en ruine en grattant la poussière et la saleté qui la recouvrent, et il le fait d'une façon que les enfants comprennent. Il les emmène au-delà des apparences, leur montre comment, sous la laideur et l'horreur, il existe un chemin difficile, qui permet de survivre si l'on choisit de le prendre. J'ai toujours puisé du réconfort dans les livres de Julian, j'ai toujours cru que lui aussi prenait cette même voie.
— Il est malheureux, habité par la peur.
— Peut-être que cette voie est plus longue pour certains. Peut-être est-il toujours en chemin.
— Et peut-être qu'il a tué ces hommes.
Les doigts de Michael se crispèrent sur le volant.
— Je ne le croirai que quand ce sera un fait établi, et même alors, j'essaierai de l'annihiler.
— L'annihiler ?
— J'arrangerai ça, affirma Michael, imperturbable.
— Comme vous avez fait pour Hennessey ?

— Pardon ? fit Michael, et il lui jeta un coup d'œil oblique, les traits empreints de gravité.
— Au début de son séjour chez nous, j'ai passé du temps assise au chevet de Julian, répondit-elle avec un pâle sourire. Encore maintenant il parle dans son sommeil.
— Où voulez-vous en venir, Abigail ?
— C'est vous qui parlez d'amour, de sacrifice, de portes permettant d'échapper à la violence. Dites-moi donc où je veux en venir.
— Vous croyez que Julian a tué Hennessey ?
— Peu m'importe au fond, mais oui. Je pense que c'est possible. Surtout, je suis contente que vous voyiez ses livres de cette façon. Je la partage.
— Vraiment ?
— Pour moi, votre frère est un génie. C'est l'homme le plus profond, le plus sensible que je connaisse. Prenez à gauche.

Michael arriva devant un embranchement, avec la maison sur la droite, et une déviation en forme de Y sur la gauche.

— Il y a deux portails plus petits de chaque côté de l'enceinte, dit-elle. Pas de gardes. Juste des codes d'accès.
— Lequel est le plus proche ?
— Le gauche.

Michael tourna à droite.

— Que faites-vous ? demanda-t-elle.
— Je veux emmener Julian avec nous.
— Il ne voudra pas nous parler.
— Nous verrons bien. D'ailleurs je m'en fiche.
— Alors pourquoi ?
— Je ne veux pas le laisser entre les mains de la police. Je ne veux pas qu'on l'oblige à avouer.

La maison apparut, masse de pierre grise à travers des arbres espacés.

Fermant les yeux, Abigail revit Julian prostré dans sa chambre. Puis un cadavre allongé dans un long filet, qui émergeait d'une eau trouble. Des lambeaux de chair découvrant des orbites vides, des dents d'une blancheur écœurante dans une bouche aux lèvres rongées où frétillaient de petits poissons.

– Mon Dieu..., murmura-t-elle.

– Ça va ?

– J'ai la migraine, répondit-elle en se frottant les tempes.

Michael roulait à vive allure et il resta silencieux. Quand ils furent devant la demeure, Abigail lui dit de la contourner. À l'arrière se trouvait un immense garage, un bâtiment en pierre, long et bas, avec des portes en bois. Abigail désigna un emplacement tout au bout.

– Venez avec moi, dit-elle une fois qu'ils furent descendus de voiture.

Elle disparut par une entrée latérale, et Michael la suivit. À l'intérieur, il aperçut des carrosseries luisant dans l'obscurité, des clefs sur une longue rangée de crochets. Abigail ne perdit pas de temps et choisit une Mercedes, un vrai bijou, sans doute l'une des voitures les plus chères que la firme fabriquait.

Abigail lui tendit les clefs.

– La Land Rover est horrible sur l'autoroute.

– Quelle est la meilleure façon de faire sortir Julian ?

– Julian ne vient pas avec vous. Ni moi non plus.

– Vous avez entendu mes raisons.

– Dans cette famille, nous ne fuyons pas devant les problèmes. J'ai confiance en mon mari. Malgré ses défauts, il sait toujours les régler.

– Julian risque d'être compromis.

– Il a besoin d'être chez lui, avec des gens qu'il aime. Il n'est pas assez fort pour partir avec vous à l'aventure en fonçant sur les routes à un train d'enfer.

– Si c'est une question de confiance...

– Je crois en vos bonnes intentions, affirma Abigail. Mais je ne sais si vous seriez capable de vous occuper de Julian.

– Alors venez avec moi.

– Non, je reste ici avec mon fils.

Michael regarda l'heure à sa montre. Les minutes passaient.

— Donnez un cadavre à un flic, et il sera comme un chien qui flaire une piste, surtout s'il s'agit d'une affaire qui fait les gros titres des journaux, ce qu'elle sera à coup sûr... Or la seule piste qu'ils reniflent, c'est Julian, vous comprenez ? Ils l'ont raté la dernière fois. Cette fois, ils reviendront en force, avec tout l'appui nécessaire. Ils le hacheront menu, le dévoreront tout cru.

— Julian est sous surveillance médicale. Les avocats disent que cela nous donne du temps.

— Les avocats ne peuvent faire davantage. C'est à nous de découvrir pourquoi Ronnie Saints était ici. Et à qui appartenait l'autre corps. Si Julian n'a pas tué ces hommes, nous devons savoir qui l'a fait. Et s'il l'a fait, il nous faudra établir un plan pour le sauver. Impossible de faire quoi que ce soit sans informations. Nous pouvons être à Asheville dans cinq heures. C'est un début, Abigail. Et c'est tout ce que nous avons pour l'instant.

— Prenez la voiture et allez-y.

— Ils vont le briser. Comprenez-vous ? Julian ne supportera pas une garde à vue. Il ne s'en remettra pas.

— Je suis désolée, Michael. Je dois rester avec Julian, et mon cœur me dit qu'il doit demeurer chez lui, là où il se sent en sécurité. Il faudra partir sans moi.

Abigail appuya sur un bouton et la porte du box commença à se lever, découvrant la chaussée, des arbres, un coin de ciel. Michael aperçut les flics le premier. Les voitures filaient sur la route venant du lac vers la maison avec leurs gyrophares allumés. Elles n'étaient plus qu'à cinq cents mètres.

— Merde, jura-t-il en avançant jusqu'à la porte. Nous n'arriverons jamais à le faire sortir à temps.

Le portable d'Abigail se mit à sonner.

— C'est Jessup, annonça-t-elle, puis elle répondit, le regard fixé sur les voitures de police. Bonjour, Jessup. Oui ?... Oui, je sais. Je les ai sous les yeux... Non, je suis dans le garage. Avec Michael. Ils ont trouvé quelque chose dans le lac.

Elle écouta une longue minute, puis couvrit le microphone et murmura à Michael :

— Jessup était sur place quand le corps a été ramené sur le rivage. Il dit qu'il a séjourné dans l'eau au moins deux semaines, c'est un homme, enfin, ce qu'il en reste. Lesté avec des blocs de ciment. Aucun indice permettant de l'identifier pour l'instant.

La première voiture de police disparut en gagnant la façade de la maison.

— Ils sont à l'entrée, dit Abigail à Jessup. Je vais aller au-devant d'eux... Non, je veux être là, répondit-elle à ce qu'il lui disait.

Cette fois, Michael entendit la voix de Falls résonner avec un son métallique dans le silence du garage.

— Ce n'est pas malin. Je ne veux pas que vous soyez mêlée à tout ça. Un peu de jugeote, voyons. Le sénateur est là, avec les avocats. Nous devons éviter de nous laisser gagner par l'émotion, laissons les professionnels gérer la situation.

— Mais Julian..., protesta Abigail, puis elle s'interrompit.

La voix de Falls redevint un bourdonnement inaudible, et Abigail sembla se recroqueviller à mesure qu'elle écoutait.

— D'accord. Oui, finit-elle par dire. Je sais, vous avez raison. Oui. Puis-je...

Mais elle abaissa le téléphone, l'œil éteint.

— Il a dû partir, expliqua-t-elle. Il a peur que je perde les pédales. Que je me laisse emporter par mes émotions.

— Le feriez-vous ?

— Pas en temps normal, mais dès qu'il s'agit de Julian, mon instinct protecteur se réveille et, en effet, je réagis parfois de manière exagérée. Cela n'aiderait pas Julian de me voir dans cet état.

— Alors venez avec moi.

Un instant Abigail parut perdue, son regard papillonna, allant de Michael à la voiture, puis à la maison.

— Vous croyez sincèrement que Julian n'est pas coupable ?

— Ronnie a été tué à peu près au moment où Julian a craqué, donc il a peut-être un rapport avec cette mort-là. Mais vous dites que l'autre corps n'est plus qu'à l'état de squelette. Cela signifie qu'il s'est passé des semaines depuis qu'il a été jeté dans le lac. Comment Julian allait-il il y a une ou deux semaines ?

— Il allait bien.

— Alors c'est qu'il ne l'a pas fait. Nous avons besoin d'en savoir plus.

— Mais, Asheville... ?

— Elena est partie. Je ne peux entrer en contact avec Julian. Or mon frère a besoin de moi... Vous ne lui serez d'aucune utilité en restant ici, ajouta-t-il en voyant qu'Abigail hésitait.

— Alors on fait juste un aller-retour, d'accord ?

Il acquiesça en hochant la tête.

— D'accord, accepta-t-elle. Je viens.

Ils montèrent en voiture. Dehors, la route était lisse et silencieuse. Abigail lui donna juste quelques brèves indications. Quand ils furent devant le mur d'enceinte, un portail voûté s'ouvrit en silence, et Michael accéléra pour rejoindre le flux de la circulation. Ils roulèrent vers l'ouest en contournant la ville. Les champs cédèrent la place à des zones d'habitation, des centres commerciaux apparurent en bordure de la route, défigurant le paysage. La circulation plutôt fluide au départ se fit plus dense.

— Vous prendrez la nationale vers le nord, dit doucement Abigail. Dans trois ou quatre kilomètres. Cela nous conduira à l'autoroute 40. Et par là, jusqu'aux montagnes.

— Merci.

— C'est l'itinéraire que j'ai suivi quand j'ai ramené Julian à la maison.

Ce fut dit posément, à voix basse, et quand leurs yeux se croisèrent, une idée resta comme suspendue dans l'air entre eux. Une idée très simple. La Maison de fer n'était pas loin d'Asheville.

À une heure environ.

Le temps d'une vie.

Cinquante minutes plus tard, après avoir roulé à une vitesse folle pour rejoindre l'autoroute, Michael décéléra et prit une vitesse de croisière dépassant juste de dix kilomètres à l'heure la limite autorisée.

– Elle n'a pas appelé ? s'enquit Abigail en le voyant vérifier son téléphone.

– Non, répondit-il en rangeant le portable dans sa poche.

– Vous vous êtes disputés ?

– On peut dire ça.

– C'est une jolie fille.

– C'est la femme de ma vie.

– Êtes-vous mariés ?

– Pas encore...

Un bon kilomètre plus loin, Michael ajouta laconiquement :

– Elle est enceinte.

Abigail tourna la tête mais, au lieu de l'en féliciter comme il aurait pu s'y attendre, elle le surprit :

– Quand un schizophrène a un frère ou une sœur, celui-ci ou celle-ci a quarante à soixante-cinq pour cent de chances d'être schizophrène. Le saviez-vous ?

– Non.

– Ça fait plus de la moitié. Ce mal a tendance à se transmettre dans une famille. Frères et sœurs. Enfants.

Elle faisait allusion à la grossesse d'Elena. Michael se crispa.

– Avez-vous jamais été soumis à un diagnostic ? lui demanda-t-elle.

– Non.

– Vous est-il arrivé de vous sentir...

– Je ne suis pas schizophrène.

Elle regarda un moment le paysage de collines qui défilait.

– C'est une terrible maladie, reprit-elle en secouant la tête.

– Peut-elle se manifester de façon violente ?

– Selon les gens, elle prend différentes formes.

— Et chez Julian ?
— Pertes de mémoire. Hallucinations. Pensées confuses. C'est pourquoi il vit toujours chez nous. À la maison, il est en sécurité. Il a moins de risque de stress. Moins de chances d'avoir des délires.
— Quels genres de délires ?
— Des voix, répondit-elle, la mâchoire crispée. Le traitement y remédie.
— Lui arrive-t-il de décrire ce qu'il ressent ?
— Une fois, il y a longtemps. Il m'a confié que la voix lui fait mal, mais l'oblige à être fort. Qu'elle l'aide à se tenir debout, à grandir quand il se sent petit et vulnérable. Il avait bu, cette nuit-là. C'était pitoyable et il s'en est rendu compte. Je crois qu'il a toujours regretté de m'en avoir parlé. Parfois je le surprends à me regarder, et il semble toujours contrarié. Il m'a demandé une fois si je l'aimais moins.

Michael revit Hennessey, la lame plantée dans sa gorge, le carrelage noir et blanc des toilettes souligné de rouge. Julian, hagard, coupé de la réalité.

— Et les stéréotypes de la schizophrénie ?
— Que voulez-vous dire ?
— Comme on en voit dans les films. Les personnalités multiples.
— Ces manifestations sont rares, et dépeintes dans les films d'une façon simpliste, exagérée qui n'aide personne. La maladie est plus complexe que cela. Elle a des degrés infiniment variés. Julian est perturbé, mais ses problèmes n'atteignent pas ce niveau-là.
— Vous en êtes certaine ?
— Je connais bien ce mal, croyez-moi. De l'intérieur et de l'extérieur.

Ils étaient à une heure d'Asheville quand le sénateur appela. Abigail posa quelques questions, puis écouta un long moment.

— Les journalistes se bousculent aux portes du domaine, expliqua-t-elle quand elle eut raccroché. Bientôt l'affaire fera la une des médias au niveau national.

Michael n'en fut pas surpris.
– Quoi d'autre ?
– Julian est tranquille pour l'instant. Un juge d'une juridiction intermédiaire a délivré une injonction temporaire le protégeant des interrogatoires de police jusqu'à ce que les experts médicaux aient rendu leurs avis. Ils ont obtenu un jour de répit, peut-être deux. Cloverdale l'a remis sous antipschychotiques.
– Est-ce tout ?
– Ils sont encore occupés à fouiller le lac.

Asheville est nichée dans les Blue Ridge Mountains, dans la partie occidentale de la Caroline du Nord ; c'est une jolie ville entourée de lieux portant des noms tels que Bat Cave, Black Mountain, Old Fort. Il y a de la culture à Asheville, de la musique, des expositions, de l'argent ; mais il y a aussi de larges zones de pauvreté au fin fond des montagnes, qu'elles s'étirent vers la Caroline du Nord, la Géorgie, ou le Tennessee. Abigail décrivit ainsi la région alors qu'ils arrivaient aux abords de la ville.
– Iron Mountain se trouve à soixante kilomètres plus à l'ouest, enfoncée dans les massifs, mille mètres plus haut, près du Tennessee. En voiture, c'est à peine à une heure d'ici, mais on a l'impression de changer de pays.
– C'est la partie pauvre de l'État ?
– En fait, les frontières entre États ne signifient pas grand-chose, ici. Lost Creek, Tennessee. Snake Nation, Géorgie. Blackstrap Pass. Hells Hollow. Partout des montagnes. Partout la même histoire.
– Vous n'y êtes jamais revenue, n'est-ce pas ?
– À Iron Mountain ? Non. Je n'avais aucune envie ni aucune raison d'y retourner. Julian était en lieu sûr et vous, vous étiez perdu dans la nature. Et puis cette partie du monde m'a toujours fait une sale impression, ajouta-t-elle tandis que la route descendait vers Asheville qui s'étalait en contrebas.

Ils trouvèrent la maison de Ronnie Saints en bordure de la ville, contre une large vallée au pied de massifs escarpés. La route était étroite, noire et sinueuse. Ils croisèrent des maisons aux dimensions modestes, avec des portiques pour enfants sur l'herbe rase, des pick-ups garés dans les allées, des drapeaux américains accrochés à de petits poteaux. Les torrents alentour étaient impétueux, et les sapins du Canada s'élevaient à trente mètres.

– Je ne m'attendais pas tout à fait à ça, commenta Abigail.

– Ronnie Saints semblait sorti tout droit d'un film d'horreur et il a hanté les pires cauchemars de votre fils. Il était difficile de voir en lui un être humain comme un autre.

Ils tournèrent pour s'engager dans une petite rue bordée de maisons jaunes, rouge brique et blanches, avec des volets verts. Celle de Ronnie était la plus petite de la rue, vieille mais assez bien entretenue ; la peinture commençait à peine à s'écailler. Une camionnette était garée dans l'allée avec SAINTS ELECTRIC écrit en lettres blanches sur le flanc.

– C'est bien ici, apparemment, constata Michael en dépassant lentement la maison.

Il vérifia les maisons voisines, les cours, les jardins, les voitures garées.

– C'est son véhicule professionnel. Il doit avoir une deuxième voiture. Cela pourrait signifier qu'il est marié. Pas de jouets d'enfants ni de balançoires, pourtant. Peut-être un colocataire.

La camionnette barrait l'allée. La maison était sombre et silencieuse.

– Cet endroit ne m'inspire guère, confia Abigail.

– Que voulez-vous dire ?

– Je ne sais pas, répondit-elle, visiblement inquiète, les mains crispées. C'est difficile à définir, mais je le sens au fond de moi. Comme une mauvaise vibration. Une menace de danger.

Arrivé au bout de la rue, Michael fit demi-tour et se gara le long du trottoir. La Mercedes ressortait dans la rue étroite. Pour l'instant, personne ne semblait y faire attention.

— Allons-y, dit-il en ouvrant sa portière.

— Michael...

Elle était si pâle que Michael la prit en pitié.

— Vous feriez mieux de rester dans la voiture. Si les flics du comté de Chatham retrouvent Ronnie et identifient le corps, ils dépêcheront immédiatement la police d'Asheville ici. Vous êtes facilement reconnaissable. Il vaut mieux que personne ne vous voie. Une fois rentrée chez vous, vous auriez du mal à expliquer pourquoi l'épouse du sénateur est venue sonner à la porte d'un homme mort.

— Vous en êtes sûr ?

— Restez ici.

Michael claqua la portière et elle la verrouilla. Il jeta un regard en arrière, puis se dirigea vers la maison, un bungalow blanc avec une large allée, une véranda et un garage monoplace. Un grand arbre poussait sur la pelouse près du trottoir. Michael observa les fenêtres, toucha au passage le capot de la camionnette ; il était froid. En montant sur la véranda, il jeta encore un regard en arrière, puis sonna à la porte.

Rien.

Il sonna une deuxième, une troisième fois.

Ensuite il fit deux pas vers la gauche et regarda par la fenêtre en mettant ses mains en coupe. Il n'y avait aucune fente dans les rideaux. Il écouta un long moment, puis essaya d'ouvrir la porte d'entrée.

Elle était en chêne massif et verrouillée.

Il trouva la clef sous une plante en pot.

Abigail vit Michael chercher la clef sous le paillasson, sur le linteau au-dessus de la porte, et la trouver sous le pot. Elle le regarda ouvrir la porte et se glisser à l'intérieur. Son cœur tambourinait dans sa poitrine et elle avait le souffle si court qu'elle craignit d'avoir une crise de panique. La sueur dégoulinait sous son chemisier. Cadavres. Secrets. Un fils en bien triste état... Ça faisait beaucoup. Beaucoup trop.

Mon Dieu...
Elle arrivait à peine à respirer.

Michael se retrouva à l'intérieur. Il écouta, guettant un mouvement, et n'entendit que le souffle d'air qui sortait par les conduits de ventilation. La pièce était propre et bien rangée, avec un parquet un peu décoloré, une cheminée en brique et des meubles mal assortis. Sur la droite, une ouverture en arche donnait sur une salle à manger meublée avec plus de goût, murs bordeaux, tapis couleur crème. Plus loin, une autre ouverture menait à un petit bureau. Il flottait dans l'air une odeur de poulet rôti et de fumée de cigarette qui n'avait pas encore eu le temps de se dissiper. Sortant le .45 qu'il avait fourré au creux de ses reins, il avança dans la pièce, vit une table qui pouvait recevoir quatre convives, et d'affreux bibelots en cristal et en céramique posés sur des étagères. S'arrêtant sous une voûte, il entendit une voix de femme alors qu'il pénétrait dans la pièce et virait sur la droite, l'arme à la main.

— J'ai déjà prévenu les flics.

Elle était sur le canapé avachi, les deux jambes remontées, et serrait dans son poing menu un couteau de cuisine de vingt centimètres. Elle était frêle et pâle, avec de jolis traits et d'épais cheveux ondulés. Dans les vingt ans, de grands yeux effrayés. Le couteau tremblait. Elle tenait un carton à chaussures coincé sous son aisselle gauche.

— Il y a quelqu'un d'autre dans la maison ? demanda Michael en braquant son revolver sur elle.

— Les flics vont arriver, dit-elle, mais il sut que c'était un mensonge.

Le carton sous son bras était si compressé que le couvercle s'était ouvert. Michael vit qu'il contenait des billets de banque. Pas mal. Et il n'y avait pas de téléphone à proximité.

— Vous avez l'intention de planter quelqu'un avec ce couteau ?

— Non, sauf si j'y suis obligée.

Elle portait un short rose en éponge, un T-shirt blanc sans manches. Michael se pencha en arrière, vérifia la cuisine. Il y avait une chambre quelque part, peut-être deux.

– Je ne veux faire de mal à personne, d'accord ? Mais si quelqu'un arrive sans prévenir, je ne garantis rien. Alors dites-le-moi. Avez-vous des enfants ? Est-ce que quelqu'un risque d'entrer ici par surprise ?

– Non...

– Vous en êtes sûre ? insista-t-il en parlant toujours à voix basse.

– Oui, monsieur.

– D'accord. Je vous fais confiance, dit-il en lui montrant qu'il abaissait le chien. Et vous, faites-moi aussi confiance. Ça rendra les choses beaucoup plus faciles.

Il coinça le revolver dans sa ceinture. Elle le regarda faire sans pour autant baisser le couteau.

– Vous êtes la femme de Ronnie Saints ?

– Vous connaissez Ronnie ?

– Vous êtes sa petite amie ?

Elle replia enfin son bras.

– Sa fiancée, répondit-elle.

– Je ne suis pas là pour votre argent.

Baissant les yeux, elle s'aperçut que les billets se voyaient par l'ouverture du carton, alors elle le campa sur ses genoux et referma le couvercle.

– Vous travaillez pour Flint ? demanda-t-elle en reniflant.

– Andrew Flint, qui dirigeait l'orphelinat d'Iron Mountain ?

Elle hocha la tête, et Michael essaya tant bien que mal d'intégrer cette information. Il n'avait pas entendu parler de Flint depuis vingt ans, et que son nom résonne maintenant, dans la maison de Ronnie Saints, avait quelque chose de surréaliste. Michael n'avait jamais imaginé que d'anciens pensionnaires et responsables de la Maison de fer puissent rester en contact. Ce genre d'endroit ne prédisposait guère à entretenir les liens.

– Pourquoi me parlez-vous d'Andrew Flint ?

— Ronnie m'a dit que si Flint se pointait, il fallait que je me tire. C'était il y a quatre jours. Quand j'ai vu votre belle bagnole, je me suis dit que vous étiez avec Flint.

— Savez-vous où se trouve Ronnie ? demanda Michael.

— En tout cas, il ne va pas me laisser en rade, sûr et certain, avec ce qu'il y a là-dedans, remarqua-t-elle en secouant la boîte à chaussures.

— Puis-je voir ? demanda Michael en désignant la boîte d'un hochement de tête, mais elle la serra plus fort.

— Il me tuera.

— Je ne la prendrai pas si vous me dites ce que j'ai besoin de savoir. Promis, affirma-t-il en voyant le coup d'œil qu'elle lançait au revolver.

Toute sa combativité la quitta soudain, et elle cligna des yeux pour chasser ses larmes tandis que le couteau s'abaissait, comme de lui-même.

— Je lui disais bien que c'était trop beau pour être vrai.

Elle posa le couteau, puis le carton sur une table basse, prit un paquet de cigarettes, en alluma une avec un briquet jetable. Michael s'empara du couteau pour le mettre à l'écart, sur le poste de télévision, et approcha une chaise.

— Comment vous appelez-vous ?

Elle souffla de la fumée, leva les yeux au ciel.

— Crystal.

Michael souleva le couvercle du carton. Les billets à l'intérieur étaient tout craquants, rangés en liasses de dix mille. Il aligna quinze liasses sur la table.

— Ça fait beaucoup d'argent, remarqua-t-il.

— Il va me tuer.

Elle fixait les billets, les deux bras croisés sous ses petits seins. Michael vit des cicatrices sur l'un de ses bras, une dizaine de petits ronds parfaits, ourlés de blanc. Elle s'en aperçut et les recouvrit d'une main. Michael croisa son regard et elle baissa les yeux. Il reconnaissait les brûlures de cigarette quand il en voyait.

— Ça fait combien de temps que vous êtes avec Ronnie ?

— J'étais encore au collège quand on s'est connus, répondit-elle en secouant la cendre de sa cigarette sur une soucoupe blanche. Lui, il travaillait. Un homme, quoi. Il a su s'y prendre, il m'a dit que je lui plaisais, que j'étais différente des autres filles.

Michael feuilleta les billets. Leurs numéros ne se suivaient pas et, à première vue, ils n'étaient pas faux. Au fond du carton il y avait un morceau de papier.

– C'est l'écriture de Ronnie ? dit-il en le lui montrant.

– Oui. Il écrit bien pour un homme.

Cinq noms étaient inscrits, formant une colonne.

– D'où vient l'argent ? demanda Michael.

Elle détourna les yeux.

– Crystal...

– On nous l'a livré la semaine dernière. En bonne et due forme. Un drôle de gars est arrivé dans une belle bagnole et l'a remis en main propre à Ronnie en faisant plein de courbettes. Ronnie a dû signer et tout et tout.

– Et que devait-il faire en échange ?

– Ronnie dit que je n'ai pas à le savoir. On va bientôt se marier..., commença-t-elle, mais sa voix se brisa, elle écrasa sa cigarette au filtre taché de rouge à lèvres et se couvrit les yeux. Je vous en prie, monsieur. Ne le prenez pas. Je veux juste avoir un bébé et de quoi acheter une maison. Ronnie fera des choses terribles s'il revient et découvre que l'argent a disparu.

– Je suis un tueur, pas un voleur.

Sur ces mots, il lui accorda un petit temps de réflexion. Il voulait l'effrayer assez pour qu'elle lui révèle ce qu'il voulait savoir. Qu'elle joue franco.

– Vous me comprenez, Crystal ? fit-il, puis il attendit qu'elle relève la tête et le regarde dans les yeux. Vous comprenez ce que je dis ?

Elle le fixa, blême, immobile. Quelque chose dans son regard dut la convaincre, car elle hocha la tête, tandis que le reste de son corps demeurait figé, un peu comme un daim pris dans la lueur des phares.

– Oui, monsieur.

– Alors je vous repose la question. Quel genre de service l'argent servait-il à payer ?

– Tout ce que je sais, c'est qu'il a dit qu'il y en aurait plus, une autre livraison, pareille à la première. Dès qu'il serait de retour. Voilà, c'est tout.
– Et Andrew Flint ?
– Je connais juste le nom, et ce que Ronnie m'a dit. Que je devais fuir si ce gars se pointait. Que je devais prendre l'argent et me rendre à un endroit convenu. Que je devais l'y attendre.
– Savez-vous où Ronnie est allé ?
– Quelque part vers l'est. Il n'a rien voulu me dire de plus.

Michael considéra les liasses de billets, le morceau de papier dans sa main. Il le tint devant elle.
– Ces noms vous disent-ils quelque chose ?
– Non, monsieur.

Il commença à ranger l'argent dans le carton. Il sentait l'odeur de l'encre, du papier, et la peur de Crystal. Quand il eut refermé le couvercle, elle tendit les mains vers lui.
– Monsieur ?

Une main posée sur le carton, il regarda les noms inscrits sur le papier.

Billy Walker
Chase Johnson
George Nichols

Des noms issus du passé, ceux de gars qui faisaient partie de la bande d'Hennessey, à la Maison de fer. Michael les revit comme si c'était hier, vingt-quatre ans plus tôt. Des gars vicieux. Durs. Méchants.

En contemplant ces noms écrits de la main d'un mort, Michael se sentit soudain traversé par un courant sombre et violent, qui faisait mal et arrachait tout sur son passage.
– Monsieur ? répéta-t-elle d'une toute petite voix. Monsieur...

Elle avait dû sentir le changement qui s'opérait en lui.

Il considéra à nouveau la liste de noms établie par Ronnie Saints. Ceux des trois garçons et puis, sautant une ligne, deux autres noms.

— Qui est Salina Slaughter ? interrogea-t-il en la scrutant.

Mais il ne perçut aucune dissimulation quand Crystal secoua la tête en avouant son ignorance.

— Ronnie ne vous a rien dit à ce sujet ? demanda-t-il en tenant le papier devant ses yeux.

— Non, monsieur. J'ai vu la liste, tout comme vous, mais pas question qu'il m'en parle. Ronnie est un peu spécial, sur ce plan-là. Je n'ai pas le droit de poser des questions.

— Mais vous voyez des choses, insista Michael. Vous êtes observatrice.

— Oui, monsieur.

— Qu'avez-vous remarqué d'autre ? dit-il en rapprochant un peu le carton de lui.

— Rien, répondit-elle, les yeux rivés sur le carton.

— Des appels téléphoniques ? Des visites ?

— Non.

— A-t-il parlé à l'un des hommes qui figurent sur la liste ? George Nichols, par exemple ?

— Non. Avec Chase Johnson. Ils sont restés amis.

— Et où habite Chase Johnson ?

— À Charlotte, je crois.

— Que fait-il à Charlotte ?

— Je ne sais pas très bien. Je ne l'ai rencontré qu'une fois.

— Ronnie vous a-t-il appelée depuis son départ ?

— Nan. Il dit que les portables filent des tumeurs au cerveau.

Michael prit le carton, le posa sur ses genoux.

— Qui est Salina Slaughter ? Dites-le-moi et vous pourrez garder l'argent.

Ses yeux se remplirent de larmes tandis que la panique s'emparait d'elle à l'idée de perdre l'argent.

— Je n'ai rien fait de mal... Je veux juste avoir un bébé et une maison.

— Salina Slaughter...

— Elle a appelé une fois ici, juste avant qu'il parte. C'est tout ce que je sais.

Michael se leva, tenant dans la main gauche le carton bourré d'argent. Il la croyait.

– Savez-vous où je peux trouver Andrew Flint ?

Elle se recroquevilla, le nez rouge et humide, la tête tremblante. Michael la considéra un moment, puis il posa le carton sur la table basse.

– Achetez-vous une maison, déclara-t-il. Faites un bébé si le cœur vous en dit. Mais je ne compterais pas sur Ronnie Saints à votre place.

– Que voulez-vous dire ?

Il songea à Ronnie Saints, mort dans le lac. Son regard s'attarda sur les petits ronds boursouflés des cicatrices.

– Vous valez mieux que ça.

26

Il existe une conscience engendrée par la peur, où tous les sens s'aiguisent. Elena la connaissait, à présent. Elle voyait chaque petit défaut sur le mur, sentait sur sa peau la douceur du jean usé, le col raide de la chemise qui lui descendait aux genoux. Flairait sa propre odeur et l'odeur de renfermé de la maison. Entendait nettement les battements de son cœur, au lieu du rythme sourd à peine perceptible qu'ils faisaient d'habitude.

L'oreille collée à la porte, elle guetta les bruits : il y avait des voix, ainsi que le son d'une télévision. Reculant, elle considéra la pièce pour la quinzième fois en quête d'un moyen ou d'une arme qui lui permettrait de s'échapper. La penderie était toujours vide. Pas de cintres ni de vêtements. Même la tringle avait été enlevée. Il n'y avait dans la chambre que le lit et le fauteuil. Le cadre du lit était en fer.

Peut-être l'un des pieds...

Elle passa dix minutes à essayer de dévisser un écrou du bout des doigts, puis retourna s'asseoir dans son coin. Comme le soleil descendait sur l'horizon, elle sentit sa chaleur sur sa peau. Cette attente la tuait. Cette incertitude.

Soudain en colère, elle jura entre ses dents et se leva pour écouter à nouveau derrière la porte. Le son de la télévision était plus net : une chaîne d'actualité, un reportage sur New York parlant d'effusions de sang, de violence. « Fait chier ! » lança une voix d'homme, puis il y eut des bruits de verre brisé. Une dispute. Des cris. Le ton monta. Et soudain un coup de feu, si fort que le silence qui suivit fut total. Les esprits s'échauffaient dans la petite maison sans air. L'atmosphère était chargée d'électricité. Une minute plus tard, une clef tourna dans la serrure. La porte s'ouvrit et Jimmy apparut.

– On se sent mieux ?

Il s'était changé et ses vêtements sentaient la poudre ; il tenait d'une main le sac d'Elena, de l'autre un pistolet. Derrière lui, les hommes semblaient en pleine confusion. Certains en colère, d'autres effrayés. Au beau milieu, la télévision éteinte trônait, avec un trou parfait en son centre. Jimmy restait imperturbable, comme détaché de tout.

– Tout ça, c'est des conneries, Jimmy, pesta un homme posté plus bas dans le couloir, un grand costaud, qui semblait très remonté.

Sans quitter Elena des yeux, Jimmy leva le bras et pointa son pistolet droit sur l'homme qui venait de râler.

– Tu veux bien me tenir ça ? dit-il à Elena en lui tendant son sac à main, puis il descendit le couloir tandis que les hommes se rabattaient contre le mur pour le laisser passer. Pardon... T'as dit quelque chose ? s'enquit-il en pointant le canon de son arme à trois centimètres du visage de l'homme, qui écarta légèrement les bras.

– J'ai rien dit, Jimmy.

– Tu en es bien sûr ?

Le grand costaud hocha la tête. Jimmy abaissa le pistolet et lui tourna le dos avec mépris. Toujours désinvolte, il posa un pied sur la télé, la fit basculer, et l'écran explosa quand elle toucha terre. Puis il réunit quelques journaux et s'arrêta au centre de la pièce.

– Je ne veux plus vous entendre vous plaindre, compris ? fit-il en les considérant tour à tour. On partira quand je le dirai.

Personne n'osa croiser son regard. Certains traînèrent gauchement les pieds. Quelqu'un répondit :

– Bien sûr, Jimmy.

Ils furent deux ou trois à hocher la tête, mais la majorité s'en abstint.

Jimmy retourna à la chambre d'Elena, lui prit le sac à main et ferma la porte.

– J'aimerais m'en aller, maintenant, dit-elle.

– Je m'en doute. Désolé. Demain peut-être.

Il lança les journaux sur le lit et Elena aperçut brièvement des gros titres. Guerre des gangs. Explosions. Elle vit des photos de cadavres, des flics se préparant à donner l'assaut. Jimmy surprit son regard.

– Les chiens se battent pour les quelques miettes que le Vieux a laissées. Sa mort crée un vide qui ne demande qu'à être rempli... Quant à eux, reprit-il en indiquant le salon du pouce, ils trouvent qu'on ferait mieux d'être en ville au lieu de moisir ici.

– Pas vous ?

– Presque toute la fortune d'Otto Kaitlin est reconvertie depuis des années dans des activités tout à fait légales. Agences de pub, de mannequins, concessions automobiles. Il chapeautait même deux concours de beauté. Des trucs prestigieux. Vous imaginez ? Otto Kaitlin... des concours de beauté.

– Pourquoi ne pas leur dire ce qu'il en est ?

– Parce que ce sont des enfants.

Il s'assit sur le lit, ouvrit le sac à main et commença à en vider méthodiquement le contenu en disposant chaque article sur le lit : une brosse à cheveux, du maquillage, un passeport, un portefeuille, des clefs, des chewing-gums, quelques tickets de caisse.

– Le contenu d'un sac à main est on ne peut plus révélateur. Mais, dans votre cas, ce qui l'est, c'est ce qu'on n'y trouve pas, dit-il en fouillant plus profond. Pas de cigarettes, pas de médicaments. Pas d'alcool. Pas de bombe anti-agression, pas de contraception. Pas de carnet d'adresses. Pas de photographies. Le minimum.

Il sortit le portable d'Elena.

– Ça, par contre..., continua-t-il en l'ouvrant, puis il fit défiler le journal d'appels. Quelques rares appels, la semaine dernière. Une ou deux femmes, on dirait. Michael, surtout. Le restaurant. Tiens, fit-il en feignant la surprise. Il y a des textos de Michael. Vous voulez voir ? proposa-t-il en agitant le portable dans sa direction, mais Elena ne mordit pas à l'appât.

Jimmy haussa les épaules, puis fit défiler les textos.

– Appelle-moi. Où es-tu ? Je regrette. Blablabla. Très plan-plan.

– Que voulez-vous ?

– Vous avez quatre nouveaux messages de Michael. J'aimerais les entendre... Pour ça, il me faut le mot de passe, ajouta-t-il après un petit temps.

– En quoi cela vous intéresse-t-il ?

– Ça m'intéresse.

Il sourit, mais elle perçut en lui la folie qu'elle avait déjà pressentie. Quelle que soit la nature de son obsession envers Michael – peur, orgueil, ou autre origine plus profonde –, elle était totale, envahissante. Elena lui donna le mot de passe, et Jimmy composa le numéro accédant à la messagerie vocale.

– Ah... Te voilà..., murmura-t-il, fermant les yeux tout en écoutant.

27

Quand Michael regagna la voiture, Abigail paraissait ébranlée.

— Je suis allée sur Internet, dit-elle en lui tendant son BlackBerry. Tous les principaux organes de presse sont au courant.

— Jusqu'à quel point ?

— Ils parlent du domaine, disent que la police est sur les lieux. Qu'elle a repêché un cadavre. Certains parmi les plus importants font allusion à la mort de Christina il y a huit ans. L'un d'eux fait survoler le domaine par hélicoptère. On voit des bateaux sur le lac, des voitures de police près de l'abri à bateaux.

— Est-ce qu'ils font mention de Julian ?

— Seulement pour dire que, la dernière fois, il était considéré comme suspect. Mais ils affichent sa photo. Ce qui laisse entendre qu'il y a peut-être un lien.

— Vous pouvez dire merci à votre copain Jacobsen. Les flics essaient de forcer Julian à se montrer, de le mettre en cause pour l'obliger à se justifier. Les bonnes vieilles méthodes, quoi.

— Ils vont le traîner dans la boue ?

— Oui. Le traîner dans la boue, le fouler aux pieds. Employer tous les moyens de pression habituels.

Michael jeta un coup d'œil à la maison de Ronnie, puis démarra. Il était dix-sept heures passées de quelques minutes. Le soleil se coucherait dans trois heures.

— Partons d'ici, dit-il, puis il démarra et ils quittèrent la rue de chez Ronnie Saints sans jeter un regard en arrière.

— Qu'avez-vous trouvé ? demanda Abigail en s'affalant dans son siège.

Absorbé dans ses réflexions, Michael resta silencieux.

— Michael ?

Il tourna à droite, et la route s'élargit. Encore un virage, puis ils sortirent du quartier d'habitation pour gagner une quatre voies, bordée çà et là d'usines et d'ateliers. Il songeait à Julian et à Abigail Vane, aux choses qu'il avait apprises, aux noms qui figuraient sur le morceau de papier. Il ignorait où il en était exactement, et une carte ne l'aurait pas aidé à en savoir plus, pourtant le soleil se couchait et il était résolu à suivre sa course.

– Iron Mountain est bien à l'ouest ?

Abigail acquiesça d'un hochement de tête et le regarda d'un drôle d'air.

– Qu'est-ce qui s'est passé là-bas, Michael ?

Ils avaient été alliés, mais les choses avaient changé, et Michael devait en tirer des conclusions, faire le point, puis décider. Et donc, il garda le silence tandis que la voiture glissait de l'ombre d'une colline boisée dans le jaune éclatant du soleil de fin d'après-midi. Il revint à la route tandis qu'Abigail jetait un coup d'œil au GPS et se raclait la gorge.

– Il faudra prendre à droite dans trois ou quatre kilomètres, puis filer tout droit pendant quinze kilomètres. Ensuite, ça se complique.

– Pourquoi ?

– Des petites routes de campagne qui s'enfoncent dans les bois. Il n'y aura plus de grand axe à partir de là jusqu'à Iron Mountain.

– Et c'est à quelle distance ?

– Soixante kilomètres, mais ça tortille tellement qu'il va nous falloir dans les une heure et demie.

– Très bien.

– Si c'est bien à Iron Mountain que nous allons, Michael..., commença-t-elle, visiblement réticente. Pouvez-vous s'il vous plaît me dire pourquoi ?

Il réfléchit à ce qu'il devait ou non lui confier, et dans quel ordre le faire. Ce n'était pas rien, cette collision entre passé et présent. Il fallait y aller doucement. Il lui parla de la petite amie de Ronnie, et d'Andrew Flint. Du carton à chaussures rempli de billets de banque, puis de Billy Walker, Chase Johnson et George Nichols.

— Hennessey, Ronnie Saints et ces trois gars... Ce sont eux qui ont bousillé la vie de Julian, conclut-il.

— Je me souviens d'Andrew Flint. Un type un peu trop nerveux pour avoir tant de responsabilités à gérer. Il paraissait débordé, mais désireux de bien faire.

— Et les autres ? Walker ? Johnson ? Nichols ?

— Je vois de qui il s'agit, répondit-elle d'un ton cassant, plein de rancune, et Michael sut qu'elle avait eu des échos de ce que ces garçons avaient fait à Julian.

Il y avait trop de colère dans sa voix, trop d'amertume pour qu'elle ne soit pas au courant. Oui, Julian avait dû lui raconter avec ses mots à lui, et l'encre de ses yeux. Il s'était ouvert à elle et lui avait laissé voir sa souffrance, parce que Julian était ce genre de garçon-là. Il devait partager, et Michael le savait. Sa force, il la puisait dans la bonne volonté des autres, en se livrant à des mains et des âmes fortes, capables, qui n'avaient pas été brisées aussi jeunes que lui.

— Qu'est-ce que vous gardez pour vous ? demanda-t-elle.

Asheville s'éloignait et la route montait en serpentant dans les montagnes.

— Michael ?

— Le nom de Salina Slaughter vous évoque-t-il quelque chose ?

— Salina... ? Non, répondit Abigail après une hésitation.

— Vous en êtes certaine ?

— C'est un nom qui me dit vaguement quelque chose, comme si je l'avais entendu à la radio. Mais rien de plus.

Sur la route qui faisait des coudes, des camions qui transportaient du bois roulaient en sens inverse. Il chercha la faille en elle, des raisons de douter de sa bonne foi, mensonges ou vérité tronquée, mais il ne décela aucune nervosité dans la façon dont elle se tenait, aucune équivoque dans son regard clair et franc.

— Michael...

— Je réfléchis, dit-il tout en négociant des virages en épingles à cheveux.

Il y avait cinq noms sur la liste.
Celui d'Abigail Vane venait en cinquième position.

Ils étaient au sommet du dernier col. La vallée s'étendait en contrebas et Iron Mountain s'élevait de l'autre côté, masse rocheuse nimbée d'une lumière si douce qu'elle semblait irréelle.

– Ça fait de l'effet, de revenir, n'est-ce pas ? dit Abigail, qui regardait le paysage à travers la vitre.

Michael hocha la tête, sans mot dire.

– Voici la ville d'Iron Mountain, annonça-t-elle en se redressant tandis que Michael entamait la longue descente.

Le dernier soleil éclairait le fond de la vallée en une longue coulée d'or qui faisait briller la rivière.

– Ce n'est pas aussi joli que ça en a l'air, remarqua Abigail.

– Où se trouve l'orphelinat ?

– Il faut traverser la ville et continuer sur six kilomètres. Il est juste au pied de la montagne.

– Je me souviens de la montagne, dit Michael, puis il s'engagea dans le creux de la vallée.

Ils traversèrent de petits cours d'eau qui finiraient par se jeter dans la rivière, longèrent des clôtures en fils barbelés et des prés humides. Michael cherchait en lui de quoi se relier à ce qui l'entourait, mais seule la montagne lui parlait. Elle s'élevait à mesure qu'ils s'en approchaient, du bas de ses pentes couvertes d'une épaisse végétation jusqu'au brusque jaillissement du granit. La vallée se trouvait déjà à 915 mètres d'altitude, et Iron Mountain montait encore de plus de six cents mètres, avec sa façade déchiquetée, son sommet vert sombre.

– Ça va ? lui fit Abigail.

– Mais oui, ça va.

– Le passé est le passé, dit-elle en lui touchant le bras.

– J'ai déjà entendu ça quelque part.

– Mais cela peut être utile, de se souvenir.

Elle lui serra une fois le bras, puis le lâcha. Ils croisèrent des lotissements, des petites maisons qui avaient toutes un air de pauvreté, de saleté.

— Pour l'instant, ça ne m'évoque pas grand-chose, observa-t-il.
— La ville fut construite pour l'exploitation des mines et de la forêt, mais le charbon a fait son temps. Quant au bois, presque tout ce qui en reste appartient aux Eaux et Forêts et ne peut être coupé. Les bois privés ont été décimés il y a des années. Alors les scieries ont fermé leurs portes. Ainsi que les entreprises de transport. Une usine de papier. Tout a disparu.
— Comment savez-vous tout ça ?
— J'ai fait ma petite enquête. Je voulais vous adopter, vous deux, et il fallait que je m'y prépare, que j'arrive un peu armée et renseignée. À gauche, je crois, indiqua-t-elle.

Michael s'engagea dans la rue principale.
— Rien n'a changé, commenta Abigail, d'une voix qui n'était plus qu'un murmure. Ça fait vingt-trois ans et je m'en souviens encore.

Oui, c'étaient les mêmes magasins de spiritueux, les mêmes bars ouverts sur la rue, avec leurs clients accoudés ou assis sur des tabourets, des hommes rudes au teint rougeaud, à la peau burinée par la rigueur du climat.

Ils croisèrent un petit restaurant ouvert, une station-service. Quelques devantures condamnées. Les regards des gens quand ils passaient la mettaient mal à l'aise.
— Saviez-vous que la Maison de fer était un asile d'aliénés avant d'être un orphelinat ?
— Quoi ?
— On y enfermait même des fous criminels, ajouta-t-elle en croisant les bras sur sa poitrine.

Dix minutes plus tard, Michael garait la Mercedes devant un grand portail en fer. Les piliers qui l'encadraient lui étaient familiers, il se souvint d'en avoir touché un quand il courait dans la neige, le couteau à la main.

Mais le portail était nouveau, ainsi que la grille de deux mètres cinquante de haut qui s'étendait de part et d'autre.

Michael descendit de voiture, suivi d'Abigail. Une chaîne reliait les portes, fermée par un gros verrou en cuivre qui cliqueta quand Michael les secoua. À travers les barreaux, la Maison de fer formait une masse sombre adossée aux contreforts.

– Effrayant, non ? lança Abigail.

Il lui jeta un coup d'œil, puis revint à la lugubre bâtisse qui lui tenait jadis lieu de foyer, avec ses briques noircies par le temps. L'aile abandonnée tombait en ruine à présent, tout l'arrière était effondré, et des arbustes poussaient à travers les décombres. Le soleil couchant posait une touche jaune sur le haut toit d'ardoise mais, sous les combles, le reste des bâtiments paraissait gris et déserté. Les fenêtres aux vitres brisées et aux encadrements à moitié pourris, le lierre qui envahissait le grand escalier central, les mauvaises herbes qui montaient à hauteur de poitrine dans la cour... tous ces détails laissaient penser qu'on avait délibérément livré ces lieux au délabrement et à la dégradation.

– Quand l'a-t-on fermé ?

– Je n'en suis pas très sûre, répondit Abigail. Quelques années après le jour où je suis venue chercher Julian.

– Vous dites que c'était un ancien asile ? s'enquit Michael en laissant son regard errer sur ce décor de cauchemar, le morne bâtiment principal et les plus petits, tapis dans son ombre, les hautes herbes qui bougeaient dans le vent, la rivière, noire et luisante comme du pétrole.

– Oui, et c'est pour cette raison qu'il fut construit à l'écart des zones d'habitation importantes. Cela explique aussi son aspect massif et rebutant.

En regardant les deux tourelles et la large montée d'escalier, Michael se rappela à contrecœur certaines des choses qu'il avait découvertes étant enfant, en rôdant dans les sous-sols. De petites pièces basses de plafond ressemblant à des cellules, avec des anneaux de fer fixés aux murs. Des fauteuils munis de lanières de cuir à moitié pourries. D'étranges machines attaquées par la rouille.

– Il fut construit juste après la guerre de Sécession, expliqua Abigail. De nombreux patients étaient d'anciens soldats souffrant de névrose post-traumatique. Évidemment à l'époque, cette maladie n'avait pas de nom. Les gens voulaient traiter les soldats avec bienveillance, mais ils voulaient aussi oublier. La guerre avait durement éprouvé cet État, en engendrant beaucoup de souffrances. L'asile d'Iron Mountain fut conçu au départ pour accueillir cinq cents patients, mais il fut vite débordé et en abrita quatre fois plus. Puis six fois plus. Des soldats blessés souffrant de graves troubles mentaux. Mais aussi d'affreux criminels, qui avaient profité des ravages de la guerre. Il existe des livres sur cet endroit si vous voulez vous documenter. Des histoires. Des photos... Des choses abominables, conclut-elle en secouant la tête.

— Comment savez-vous tout cela ?

— J'ai potassé le sujet après l'arrivée de Julian chez nous. Vous savez comment ça se passe quand on fait des recherches... Une information en amène une autre.

Michael sentit la colère bouillonner en lui. Des gosses dans un asile...

— Quoi d'autre ? demanda-t-il.

— Depuis toujours l'institution a manqué d'argent et donc de personnel d'encadrement et de surveillance ; c'est devenu vraiment terrible après le tournant du siècle. Les patients étaient nus et sales, les pratiques médicales barbares. Saignées. Bains glacés. Muselières. Le surpeuplement endémique engendrait des horreurs, et des morts... Pour finir, reprit-elle après un soupir, ces ignominies furent dénoncées publiquement et cela tourna au scandale, assez pour obliger les hommes politiques à réagir. Ils fermèrent l'asile, jugeant son mode de fonctionnement inhumain.

— Pour le transformer en orphelinat.

— Deux ou trois ans plus tard, oui.

— Parfait, comme reconversion, commenta Michael en contemplant le ciel de plomb, la route déserte qui partait dans les deux directions.

— Que faisons-nous maintenant ? demanda Abigail, les bras croisés sur sa poitrine.

Michael secoua encore la grille tout en scrutant l'allée où les mauvaises herbes poussaient dans les lézardes des pavés, puis il appuya son front contre les barreaux. Il aurait voulu concevoir un plan d'action, mais il était trop happé par le passé pour avoir les idées claires. Il revoyait les garçons jouant dans la cour, entendait résonner leurs cris lointains.

– Ce n'est pas toujours une partie de plaisir, n'est-ce pas ? remarqua Abigail en posant les mains sur les barreaux. De revenir là d'où l'on vient.

Michael fit non de la tête.

– J'avais pensé que nous pourrions y trouver des réponses, dit-il.

– Quel genre de réponses ?

– Andrew Flint, peut-être. Quelque chose qui nous aide à établir un lien entre tout ça. Une direction, à tout le moins... À dire vrai, je ne m'attendais pas du tout à ça, ajouta-t-il en regardant à travers la grille les bâtiments délabrés.

Comme sentant sa détresse, Abigail chercha à le réconforter.

– Ça va aller, Michael.

Mais non, ça n'irait pas. Il songeait aux asiles de fous, aux prisons, à la cage où était enfermé l'esprit de son frère.

– Si on arrête Julian, tout ce qui le maintient à peu près d'aplomb s'effondrera. Il ira en prison ou sera placé dans un asile. Il n'y survivra pas.

– Mais les avocats...

– Les avocats ne pourront pas le sauver, Abigail, répliqua Michael en frappant sur l'un des barreaux du plat de sa main. Croyez-vous Julian capable de supporter les tensions d'un procès ? Croyez-vous qu'il survivra à une année de détention provisoire dans un établissement pire que celui-ci, où il sera en butte à toutes sortes de maltraitances pendant que des avocats grassement payés feront traîner l'affaire ? Je connais des gars qui ont purgé leur peine, des hommes durs, violents... Quand ils en sont sortis, ils n'étaient plus que des ombres. Pour Julian, ce serait comme jeter une victime de viol en pâture à une bande de délinquants sexuels. Les cicatrices sont si profondes qu'ils n'auraient même pas besoin de le toucher pour le briser. Non. En admettant qu'il soit acquitté, il ne sera pas le même quand il reviendra. Nous devons prouver son innocence, ou bien donner aux flics un autre suspect en pâture. Et pour avancer, nous avons besoin de comprendre ce qui a pu se passer.

— Ce n'est sûrement pas aussi grave que ça.

— Avez-vous déjà vu l'intérieur d'une prison ? répliqua Michael, envahi d'une rage froide, oppressante.

Julian, schizophrène.
Des enfants dans un asile.

Il songea à ses années dans la rue... la faim, le froid, la peur... puis à l'homme qu'il était devenu. Les cadavres, le sang sur ses mains, le fantôme d'une vie perdue quand le dégoût s'était brutalement peint sur le visage d'Elena, lorsqu'elle avait découvert ce qu'il était vraiment. Il se voyait à travers ses yeux, et savait que les choses ne pourraient jamais revenir à la simplicité du début. Non, elle ne le regarderait plus jamais de la même façon.

Et il avait abandonné deux vies, tout cela pour protéger Julian.

— **Je ne** le laisserai pas subir ça, dit Michael. Je ne peux pas.

— Je comprends.

— Vraiment ?

Il chercha son regard et y reconnut le lien qui les unissait, leur engagement commun de faire ce qui devait être fait. Mais le portable d'Abigail sonna avant qu'elle ne puisse lui répondre. Elle vérifia l'affichage, puis répondit à la deuxième sonnerie.

— Bonjour, Jessup.

Michael entendit une voix croasser, et Abigail éloigna un peu le portable de son oreille.

— Mais non, dit-elle, je ne vous fais pas le coup du mépris. (Elle se tut, le visage rosi par l'émotion.) Non. Ça ne vous regarde pas où je vais, ni avec qui. Nous sommes dans les montagnes. La réception est mauvaise. Oui, Michael est avec moi. Où nous sommes ? dit-elle en contemplant l'allée envahie par les mauvaises herbes, et son regard s'arrêta sur la tourelle la plus haute. À Iron Mountain.

La voix de Falls gagna encore en volume.
– Bon sang, Jessup...
Michael considéra encore la Maison de fer. Il repéra le coin du deuxième étage où Julian et lui partageaient une chambre avec deux fenêtres donnant sur la cour, dont l'une était brisée.
– Quoi ? s'exclama soudain Abigail avec une nuance de panique dans la voix. Comment est-ce arrivé... ? Quand ? Et où étiez-vous ? Et le garde du corps du sénateur... ? Comment s'appelle-t-il déjà ? Quelqu'un a forcément déconné.
Elle chercha Michael des yeux, puis lui tourna le dos, toute crispée, un bras collé contre son flanc. Elle parla encore deux ou trois minutes, et même après qu'elle eut raccroché, resta dos tourné, aussi raide que les barreaux qui s'alignaient entre les anciens piliers de brique.
– Alors ? demanda Michael.
Elle se retourna.
– Il envoie l'hélicoptère. Ça ira vite, répondit-elle en hochant la tête, comme se parlant à elle-même.
– Quoi ?
– Une heure et quart pour arriver ici. La même chose pour retourner là-bas. Je peux arranger ça.
– Arranger quoi ? Abigail ?
– La police a repêché un autre cadavre dans le lac.
– Ronnie ?
– Non. Pas Ronnie, dit-elle d'une voix atone.
L'esprit de Michael intégra la nouvelle avec une aisance due à une longue pratique. Ça faisait deux cadavres, et celui de Ronnie Saints n'était pas parmi eux. Voilà qui mettrait le feu à l'enquête et aux médias. Ils fouilleraient chaque pouce du domaine, ce n'était qu'une question de temps. D'ici peu, ils trouveraient Ronnie Saints. Et dès qu'ils auraient fait le rapprochement avec Julian, ils obtiendraient un mandat d'arrêt et l'embarqueraient.
Michael regarda le bâtiment, les éclats de verre des fenêtres du haut qui reflétaient le ciel.
Ronnie Saints. La Maison de fer.
Les flics feraient vite le lien.

Il vérifiait l'heure à sa montre quand le portable d'Abigail se remit à sonner.

— Oui... (Elle écouta, se tourna vers la gauche et projeta son regard comme pour mieux discerner quelque chose au loin, puis elle hocha la tête.) Nous trouverons. D'accord. Oui. C'était Jessup, annonça-t-elle après avoir raccroché. Il y a un lycée à l'est, en bordure de la ville, avec un terrain de football. On devrait le trouver facilement. Nous rejoindrons l'hélico là-bas.

— Parlez-moi du cadavre.

— Son état montre qu'il est resté longtemps dans l'eau. Peut-être un mois. Ce n'est donc pas Ronnie. Les vêtements se sont dissous. Ce n'est plus qu'un squelette ou presque. Mon Dieu..., gémit-elle, hagarde, en fourrageant dans ses cheveux.

— Abigail. Regardez-moi, dit Michael pour l'aider à reprendre ses esprits. Qu'est-ce que vous comptez arranger ?

Elle refusa de croiser son regard, et Michael sut à quoi elle pensait. Le soleil se coucherait bientôt. Un lycée. À l'est de la ville.

En la voyant se tordre les mains, il crut deviner.

— C'est Julian ? demanda-t-il.

Elle hocha la tête.

— Alors ?

Elle cligna des yeux pour refouler ses larmes, puis se redressa du mieux qu'elle put.

— Il a disparu, dit-elle. Il s'est enfui.

28

L'hélicoptère arriva, bas et rapide. Ce fut d'abord un grondement sourd qui résonna dans le creux de la vallée puis s'enfla en tonnerre tandis que l'appareil survolait les petites maisons peintes pour tourner au-dessus du lycée en opérant un virage incliné de trente degrés. Le soleil était couché depuis vingt minutes, le ciel violacé virait au noir. Michael et Abigail se trouvaient à côté de la Mercedes dont les phares déversaient un long cône de lumière sur le terrain de football, éclairant des herbes brunes et des hachures blanches presque effacées. De l'autre côté de la rue, des gens sortaient sur le seuil de leurs demeures pour regarder l'hélico, montrant du doigt le faisceau aveuglant qu'il projetait tout en faisant des cercles. Il pénétra dans l'aire par l'est, au-dessus des gradins, oscilla sur toute la longueur du terrain et s'immobilisa à la ligne des vingt mètres. Un instant, il plana au-dessus des herbes sèches aplaties par son souffle, puis se posa en touchant le sol avec la douceur d'un baiser.

Les rotors ralentirent, mais ne coupèrent pas.

Une porte s'ouvrit.

– Si je m'attendais, s'étonna Abigail.

– Quoi ? s'enquit Michael.

Deux hommes descendirent de l'appareil et marchèrent en courbant le dos sous les pales.

– Le sénateur est venu aussi.

Michael reconnut Jessup Falls. À côté de sa longue silhouette, celle du sénateur paraissait encore plus massive. Le premier avait l'air renfrogné ; le second se déplaçait d'un air conquérant, comme si le monde lui appartenait.

Abigail s'avança à leur rencontre. Michael suivit.

– Bonjour, chéri, dit-elle en élevant la voix de manière à être entendue.

Le sénateur posa un baiser furtif sur sa joue, puis tendit la main à Michael.

– Je regrette que nous fassions connaissance dans de telles circonstances, déclara-t-il. Abigail m'a beaucoup parlé de vous. Je suis Randall Vane.

– Sénateur.

Ils échangèrent une poignée de main. Quant à Jessup Falls, il ne lui tendit pas la main, mais resta en arrière d'un air contrit.

– Quand Jessup m'a appris que tu avais quitté la maison, je n'ai pas pensé que tu étais allée si loin, dit le sénateur en gardant la main d'Abigail dans les siennes.

– C'est une longue histoire.

– Tu pourras m'en parler durant le trajet de retour.

– A-t-on des nouvelles de Julian ?

– Non. Pas l'ombre d'une. Désolé.

– Et la police, sait-elle qu'il s'est enfui ?

– Grand Dieu, non. Ce serait désastreux.

– Comment est-ce arrivé, Randall ?

– C'est un adulte, Abigail. Il s'en tirera.

– Je préférerais que tu ne sois pas si fataliste.

– Et moi j'aurais préféré que tu surveilles mieux ce garçon, répliqua-t-il d'un ton cassant, sans se départir de son sourire. Cette histoire fait déjà les gros titres. Tu parles d'une publicité...

– Tu ne penses pas que Julian ait un rapport avec ces cadavres ?

– Je ne sais qu'en penser, ni toi non plus d'ailleurs. C'est le problème avec Julian, après toutes ces années, nous ignorons toujours ce qui peut lui passer par la tête.

– Dieu, que je hais ce sourire de politicien, ragea Abigail en le dépassant. Je ne comprends pas comment les gens peuvent s'y laisser prendre. Jessup..., dit-elle en lui pressant la main. Comment est-ce arrivé ?

– Nous avons envoyé des hommes pour couvrir le périmètre. Quelques journalistes ont passé le mur plus tôt dans la journée. Les gens se pressaient en foule contre les grilles. Apparemment, le médecin s'est absenté quelques minutes et Julian s'est barré à pied, tout simplement. Il n'était pas enfermé, comme vous le savez. Mais, à mon avis, il se trouve toujours sur le domaine. Ce n'est pas son genre d'aller se risquer à l'extérieur. Nous le retrouverons.

— Est-il au courant, pour les cadavres ? A-t-il conscience de ce qui se passe ?

— Possible, mais pas certain.

Le sénateur interrompit leur conversation.

— Les gens du coin commencent à s'agiter, dit-il en montrant la petite foule qui se formait au bord de la route et les voitures qui se garaient le long du bas-côté. Puisque rien ne nous retient ici, nous devrions y aller. Jessup pourra ramener la voiture.

— Je m'en chargerai, intervint Michael.

Le groupe se figea, et Michael vit Jessup appuyer une main sur le dos d'Abigail, qui s'éloigna des deux autres pour se rapprocher de lui.

— Vous ne venez pas ? s'enquit-elle.

— Je n'en ai pas terminé avec ça, répondit-il en désignant du menton la montagne noire au loin, et elle sut qu'il voulait parler de l'orphelinat.

— Andrew Flint ?

— Il faut que je retrouve sa trace. Il y a forcément un lien.

— Ça remonte à des décennies, Michael. Vous avez vu dans quel état est l'orphelinat. Flint peut se trouver n'importe où.

— C'est un point de départ. Je n'en ai pas d'autre.

Abigail jeta un coup d'œil par-dessus son épaule ; elle considéra l'hélico, les hommes qui l'attendaient.

— Venez avec moi, dit-elle. Vous ne trouverez pas de réponses ici. Julian a besoin de nous.

— Vous rappelez-vous ce que vous avez dit au portail ? Combien il est difficile de revenir là d'où on vient ?

— Oui.

— J'ai besoin de revoir cet endroit. Les couloirs. Les salles. Peut-être que j'aurai de la chance, pour Flint.

— Et Elena ? Les femmes s'énervent, mais elles finissent par se calmer. Que lui dirai-je si jamais elle revient ?

Michael lança un coup d'œil à l'hélicoptère et ressentit une émotion aussi intense qu'inattendue. Il eut envie d'y monter, et, un instant, regretta chacune des décisions qui l'avaient conduit en ces lieux. Dire qu'en ce moment ils pourraient être en Espagne tous les deux, ou sur une plage d'Australie. Il sentit la main d'Elena dans la sienne, songea à la petite étincelle si vive qu'elle portait en elle.

— Je serai rentré d'ici demain soir. Si elle vient, dites-lui que... que je l'aime et qu'elle m'attende.

— Vous êtes sûr ?

— Vous devriez partir.

— Michael...

— Allez-y.

— Bon, d'accord, acquiesça-t-elle à contrecœur, tandis que le sénateur la prenait par le bras pour l'entraîner vers l'hélico.

Falls leur donna un peu d'avance, puis il se pencha vers Michael, l'air rogue.

— Je ne peux pas la protéger si j'ignore où elle se trouve.

— C'est une grande fille, répliqua Michael, le visage fermé.

— Dans un monde rempli de dangers, grand couillon. Elle est sous ma responsabilité, et ce depuis vingt-cinq ans. Tu piges ?

— Je veillais au grain.

— T'est-il venu à l'idée qu'il pouvait y avoir des risques que tu ne soupçonnes pas ? Et des aptitudes que tu ne possèdes pas ?

— Vous allez rater votre vol.

Jetant un regard en arrière, Falls constata qu'Abigail et le sénateur étaient remontés dans l'hélico.

— Ne refais jamais ça, menaça-t-il en levant un doigt. Ne l'emmène plus jamais loin de moi.

Michael le regarda grimper à côté du pilote et attacher sa ceinture. Abigail lui fit un salut de la main ; son visage était une tache pâle aux contours flous. Michael répondit à son geste, tiraillé. Il savait ce qu'il devait faire, mais n'en avait pas envie ; Elena lui manquait. Ressaisis-toi, mon vieux, se dit-il, relax ! Il essaya de se persuader que tout pouvait encore s'arranger : Julian, Elena, la vie qu'ils avaient à construire. Mais c'était un réconfort illusoire.

L'hélico monta, tourna, piqua du nez, accéléra en dépassant la voiture, puis disparut dans la nuit.

Michael resta seul avec la montagne.

Il prit la voiture, regagna la rue principale et trouva où se garer entre un petit restaurant et l'un des bars. Une fois sur le trottoir, il vérifia son portable et activa la sonnerie. La montagne formait une masse noire qui masquait les étoiles. Lui tournant le dos, il appela les renseignements et demanda si un certain Andrew Flint habitait dans les environs d'Iron Mountain. La réponse fut négative. Il n'en fut guère surpris et raccrocha. Puis, sachant qu'elle ne décrocherait pas, il appela le portable d'Elena et laissa un message.

Je peux arranger ça.

Je peux changer.

Et il le pensait. Si les circonstances s'y prêtaient. Si le monde changeait aussi.

Puis il avança vers le restaurant et poussa la porte vitrée. Une clochette sonna à son entrée, et une bonne odeur de soupe de légumes emplit ses narines. Il détailla les box qui s'alignaient le long de la vitre donnant sur la rue, le bar et ses petits tabourets ronds, les pâtisseries sous leur cloche de verre, et la femme derrière la caisse, qui lui décocha un sourire. Jolie, un peu enrobée, elle devait avoir la trentaine.

– Assieds-toi où tu veux, mon chou.

Quelques clients levèrent la tête, mais il n'y eut aucun regard insistant. Michael salua la femme au passage et s'installa dans le box le plus éloigné, avec dans son dos un mur de brique rouge, et à sa gauche la vitre qui s'étirait sur dix mètres, jusqu'à mi-chemin de la voiture. Il aperçut un homme en chemise blanche qui s'activait dans la cuisine.

Soudain, il avait une faim de loup.

Il consulta le menu, une feuille plastifiée couverte de ketchup et de traces de doigts, puis commanda un cheeseburger et une bière.

– Avec des frites, trésor ? demanda-t-elle en le considérant d'un œil pétillant de malice, son stylo à la main.

– Oui, merci.

– Bière pression ?

– Ça va de soi… Est-ce que vous auriez un annuaire, par hasard ? lui demanda-t-il alors qu'elle s'apprêtait à s'éloigner après avoir pris sa commande.

– Qui cherches-tu ? Je connais pratiquement tout le monde.

– Connaissez-vous Andrew Flint ?

– Bien sûr. Il habite à l'orphelinat.

– J'y suis passé plus tôt dans la journée. Il n'y a personne, là-bas.

– Y es-tu allé après la tombée de la nuit ?

– Non, pas encore.

– Alors fais confiance à cette bonne vieille Ginger, dit-elle en lui adressant un clin d'œil, puis elle gagna les cuisines avec un lent et fier balancement des hanches.

La bière était bonne. Le burger encore meilleur. À la caisse, il demanda à Ginger :

– Y a-t-il un hôtel en ville ?

– À trois kilomètres, par là, répondit-elle en désignant l'extrémité sud de la ville. Rien de prétentieux, mais très correct. J'y ai surpris mon ex-mari, alors je sais de quoi je parle. On ferme à neuf heures… si tu veux, je pourrai te montrer le chemin.

Michael lui tendit un billet de cinq dollars en guise de pourboire.

– Une autre fois, peut-être.

– Sûr ? dit-elle en lui frôlant la main.

– Oui. Même si je sais que je m'en voudrai à mort demain matin d'avoir raté une occasion pareille.

Il lui fit un clin d'œil, gagna la sortie ; par la vitre, il vit qu'elle souriait.

Durant le trajet jusqu'à l'orphelinat, Michael croisa de rares véhicules roulant en sens inverse, mais aucun ne le suivit ni ne le doubla. En approchant du grand portail, il ralentit et éteignit le moteur. Quand il ouvrit la portière, la lumière du plafonnier s'alluma puis s'éteignit, et il attendit que ses yeux s'adaptent à l'obscurité.

Il faisait nuit noire. Pas de lune. Pas de réverbères. Même la ville à six kilomètres de là semblait tapie dans l'obscurité. Michael marcha jusqu'au portail en écoutant les bruits nocturnes, les criquets, le vent, le chant de la rivière. Il eut beau promener son regard sur la grande bâtisse noire puis sur les alentours, il ne vit briller aucune lumière, à part le reflet des étoiles sur la surface de la rivière. Mais, revenant à l'un des petits bâtiments situés à l'arrière, il aperçut à l'une des fenêtres du rez-de-chaussée une faible lueur d'un bleu argenté, qui filtrait à peine à travers des rideaux tirés. Voilà donc ce que Ginger avait voulu dire en lui conseillant de venir ici après la tombée de la nuit.

Michael sauta par-dessus le grillage et atterrit légèrement, son pistolet à la main. L'allée crevassée était instable sous ses pieds. Tout en la remontant, il sentit le passé revenir et repensa à Andrew Flint. Était-ce ou non un méchant homme ? Certes, c'était un faible, incompétent, négligent. Et puis quelle importance. Qu'il soit mauvais ou faible, Flint avait laissé les prisonniers gérer la prison à sa place. Il avait tourné le dos aux plus petits et manqué lamentablement à sa mission. Michael sentit sourdre en lui une colère profonde, tandis que des formes familières se rassemblaient dans le noir, que de vieilles blessures se rouvraient, que les souvenirs affluaient.

Dix années d'enfer.

De douleur, de peur, de manque.

Il inspira profondément l'air de la nuit et laissa libre cours à ses émotions tout en progressant d'un pas léger sur un terrain dont il se souvenait avec une clarté troublante. Il croisa trois arbres qu'il connaissait, sauta instinctivement par-dessus un fossé de drainage sans même le voir. Le bâtiment principal le dominait à présent. Avec amertume, il revit Julian pleurant dans son petit lit étroit. Il longea le mur est, avança la main pour toucher les briques et les trouva intactes. C'était étrange, ce mélange de ruines et de parties préservées. Il devait y avoir une raison, mais laquelle ? Quand il eut dépassé le grand escalier, il mit un frein au ressentiment qui l'habitait, de sorte que, quand il atteignit la fenêtre par où filtrait la lueur bleue d'une télévision, il était de nouveau lui-même, la tête froide, les sens en éveil, aux aguets.

Il s'adossa au mur, vérifia les alentours et ne vit rien de suspect. Le bâtiment faisait deux étages, il était en brique rouge avec des volets qui étaient verts autrefois, du temps de son enfance. Il servait alors de logement aux quelques membres du personnel qui choisissaient de vivre à la Maison de fer. Il avait toujours été interdit aux pensionnaires. Une règle de plus. Un autre lieu à éviter.

Plus maintenant.

Regardant par la fenêtre, Michael vit une petite pièce piètrement meublée. Un vieux poste de télévision allumé dans un coin, posé sur un coffre. Il n'y avait personne dans la pièce mais, par une porte, Michael perçut une lumière jaune provenant d'une autre pièce. Il contourna lentement le bâtiment. À l'arrière, il trouva une vieille voiture et des fenêtres obscures. La lumière venait d'une pièce située près de l'entrée. Par des rideaux mal tirés, il eut encore quelques aperçus de l'intérieur. À côté d'un poêle à charbon, une bergère à la tapisserie déchirée, deux livres sur le dessus de cheminée et, sur le plancher, un tapis usé jusqu'à la trame.

Rengainant son arme, il frappa à la porte, frappa encore, puis secoua la poignée en entendant comme un grattement à l'intérieur. Collant son oreille, une main plaquée sur la porte, il écouta. Tout d'abord ce fut le silence, l'immobilité, puis il entendit un cliquètement métallique qu'il reconnut aussitôt et recula d'un bond tandis que la porte volait en éclats à hauteur de sa poitrine.

Par le trou, la lumière se déversa, ainsi que la fumée du coup de feu.

Michael entendit un autre déclic, il vit bouger des ombres tandis que quelqu'un se dirigeait vers la porte, alors il se redressa, dos collé au mur de brique, et arma son .45. Il se glissa plus près de la porte, en deux, trois pas. Il entendit quelqu'un haleter et respirer avec peine, puis avancer en traînant des pieds, et la gueule du fusil apparut dans le trou. Métal noir, viseur rouge. Michael vit aussi que l'arme était tenue d'une main tremblante et il n'hésita pas. Il saisit prestement le canon, l'écarta et tira d'un coup sec. L'arme déchargea une longue langue de feu. Michael entendit un petit cri. Il tenait par le canon brûlant un fusil de chasse à gros calibre, avec une crosse en noyer. Il le jeta par terre et tint en joue celui qui avait cherché à le tuer. C'était un vieil homme tout fripé aux joues creuses, aux cheveux clairsemés. Mains en l'air et bouche bée, il était jambes nues sous un peignoir de bain qui lui arrivait aux genoux, avec aux pieds de vieilles pantoufles rouges.

— Ouvrez cette porte, ordonna Michael en braquant sur lui son pistolet.

Andrew Flint resta à le regarder, comme incapable de bouger.

— S'il vous plaît, dit Michael, et sa voix résonna, calme et claire dans la nuit.

Elle sembla avoir sur lui un effet apaisant, car Flint tourna la poignée en cuivre, et la porte s'ouvrit en grand. Michael entra. En le voyant en pleine lumière, Flint cligna des yeux.

— Julian Vane ? dit-il en levant un doigt noueux, et une vague lueur d'espoir anima ses traits, pour s'éteindre aussitôt. Non. Non. Ce n'est pas Julian.

— Reculez s'il vous plaît, poursuivit Michael de cette même voix lénifiante dont il savait par expérience qu'elle aidait les gens à garder leur calme, malgré le caractère intrusif qu'avait pour eux sa visite.

En reculant, Flint se cogna les genoux contre une petite table basse. Michael inspecta la pièce, vit l'âtre éteint, la bergère. Une étagère courait sur un mur, invisible de l'extérieur. Sur la droite, un grand couloir s'enfonçait dans l'ombre. La lueur de la télévision venait d'une pièce située au milieu du couloir.

– Y a-t-il quelqu'un d'autre dans la maison ? demanda Michael, tenant toujours Flint en joue.

– Non.

– Qu'est-ce qui vous a fait croire que j'étais Julian Vane ?

– J'ai ses livres. Tous. Regardez, continua-t-il en avançant d'un pas vers l'étagère où des livres étaient rangés. Il y a sa photo au dos...

Quand Michael l'arrêta, il n'était plus qu'à soixante centimètres des livres.

– Ça suffit.

Flint avança encore d'un pas, tendit la main, et Michael arma le .45.

– Rien ne me dit que vous n'avez pas caché une arme derrière ces bouquins.

– Non...

– N'empêche. Asseyez-vous, lui ordonna Michael en indiquant la bergère de la pointe du pistolet.

– Je vous en prie, ne me tuez pas.

Flint reculait, et quand ses genoux cognèrent le fauteuil, il s'effondra. Dans son peignoir miteux, on aurait dit un vieux sac d'os. Michael tira la table basse de manière à s'asseoir face à lui, à un mètre de distance, en le gardant dans sa ligne de mire tout en surveillant le couloir sombre du coin de l'œil.

– Savez-vous qui je suis ?

– La main de Dieu qui réclame vengeance...

Il eut l'air d'un dément en murmurant ces mots, les yeux exorbités. Michael décela une odeur d'alcool sur ses vêtements, dans son haleine. Par terre, à côté du fauteuil, il vit une Bible usée reliée en cuir, remarqua que les ongles de Flint étaient rongés jusqu'au sang, et ses mains veinées couvertes de taches brunes, aussi calleuses que de la peau de crocodile.

Michael se pencha dans la lumière.

– Me reconnaissez-vous ?

— Je... Non, répondit-il en détournant la tête tout en gardant les yeux fixés sur lui. Non.
— Essayez de deviner.
— Vous n'êtes pas obligé.
— De quoi ?
— De me tuer.
— Tout ce que je demande pour l'instant, c'est que vous prononciez mon nom.
Flint fixait la gueule du pistolet.
— Dites-le.
— Michael...
— Qu'est-ce qui vous fait croire que je suis venu là pour vous tuer ?
— Tous les autres sont morts. Et je savais que ça me retomberait dessus. Parce que prendre cet argent était un péché. Vendre ces garçons...

Sa voix se brisa. Michael relâcha le chien et orienta son arme pour la pointer cinq degrés à gauche du ventre de Flint, qui suivit le canon des yeux.
— Je ne vous en ai jamais voulu d'avoir tué Hennessey, dit Flint. C'était un sale gosse, pourri jusqu'à la moelle.
— Ah oui ?
— Il y en avait tant à l'époque, de ces voyous. Et si peu qui ressemblent à votre frère. Mais faire ça, maintenant..., ajouta-t-il le regard rivé au sol, en branlant la tête. C'était il y a vingt-trois ans, dit-il en relevant les yeux, l'air tourmenté. Pourquoi vouloir tuer ces garçons maintenant ? Après tout ce temps...
— J'ignore de quoi vous parlez, dit Michael.
Mais Flint secouait toujours la tête en tremblant, l'œil vague et humide.
— Le mal, la vengeance et l'œil de Dieu...
Michael pointa son arme sur lui pour raviver son attention.
— Pourquoi avoir troué votre porte, monsieur Flint ?
— J'ai mis un détecteur de mouvement au portail.
— Donc, vous saviez que quelqu'un viendrait. Cela ne me dit pas pourquoi vous avez tiré à travers votre porte avec

ce gros calibre... Avez-vous même regardé pour vérifier qui arrivait ? insista-t-il.

— Non.

— Alors pourquoi ?

— Je me suis juste dit que j'étais le prochain. J'attendais. J'avais peur.

— De quoi ?

— Ne jouez pas avec moi, répliqua Flint d'une voix plus ferme, et ses traits se durcirent. Je ne suis peut-être qu'un vieillard effrayé, mais pas si bête. Je sais bien à quoi m'en tenir : vous, ici, avec votre voix posée et vos yeux perçants, et ces autres garçons disparus, qui doivent être bel et bien morts, à l'heure qu'il est. Tout cet argent sans contrepartie..., dit-il en levant les yeux au ciel, puis il prit une brusque inspiration. Je sais maintenant ce que j'ai fait. Et je sais ce que vous êtes.

— Eh bien non, vous n'en savez rien.

— Je n'ai pas l'argent, si vous êtes venu pour le reprendre, affirma-t-il, et il s'essuya la bouche d'un revers de bras d'un air aigri. Il s'est envolé. Damnés Indiens. Damnés Cherokees, avec leur eau-de-vie bon marché et leurs casinos truqués.

Le regard de Flint erra vers la gauche. Michael vit une bouteille de whisky et un verre presque vide. Flint se gratta une joue piquetée de blanc, puis détourna les yeux.

— Ça tombe sous le sens que ce soit vous, maintenant que j'y réfléchis, reprit-il.

— Et pourquoi ?

— Vous êtes le seul tueur qui soit passé par ici. Qui a tué tuera, dit-il en hochant la tête. Oui, ça tombe sous le sens. Comme la pluie au printemps.

— Vous ne savez rien de moi, monsieur Flint, répliqua Michael en se levant, et il traversa la pièce pour prendre la bouteille ainsi que le verre. Et j'en sais encore moins sur vous. Sur vos besoins, vos faiblesses, et sur ces autres garçons dont on n'entend plus parler.

Il se rassit et versa une bonne rasade de whisky dans le verre.

– Mais vous allez me raconter.
– Et pourquoi le ferais-je ?

Le canon du pistolet se pointa sur le front d'Andrew Flint.

– Je suis prêt à tout pour aider mon frère, monsieur Flint. À défaut d'autre chose, vous devriez vous en souvenir.

Flint regarda le verre, se lécha les lèvres.

– Et vous ne me tuerez pas si je vous raconte ?

L'arme toujours braquée sur lui, Michael lui tendit le verre.

– Je ne fais pas de promesse que je ne peux tenir.
– Ce qui signifie ?
– Que j'ai des questions. Et que j'attends de vous des réponses.

Flint vida le verre d'un trait.

29

À cent trente kilomètres à l'est d'Iron Mountain, l'hélicoptère filait à deux mille pieds d'altitude. Vers le sud, la cité de Charlotte apparut, dorée et ramassée, tandis que le soleil plongeait dans l'immensité noire de l'océan. Abigail était assise derrière le pilote, avec le sénateur à sa gauche. Jessup était placé devant. Son visage couvert d'une barbe naissante semblait tout en creux et en ombres, dans la semi-obscurité. Une ou deux fois, il jeta un regard tourmenté en arrière, mais à cause de la présence du sénateur, il se borna aux platitudes et se contenta de consulter la carte en ne s'adressant qu'au pilote, tout en communiquant de temps en temps par radio avec le domaine pour indiquer leur position et leur trajectoire de vol.

Vingt minutes plus tard, Abigail cessa de prêter attention à ce qui l'entourait. Il faisait bon dans la cabine, et malgré le casque qu'elle portait, elle était bercée par le vrombissement assourdi du moteur. Elle se repassa comme en film les dernières heures qu'elle venait de vivre en compagnie de Michael. Son expression, au portail de la Maison de fer. Sa détermination, lorsqu'ils s'étaient séparés. La torpeur la gagna et elle finit par fermer les yeux. Quand le sénateur posa la main sur sa jambe, elle tressaillit, puis resta silencieuse tandis qu'il s'occupait de régler leurs casques à écouteurs afin d'isoler leur conversation.

– Je me suis dit qu'un peu d'intimité ne nous ferait pas de mal, commença-t-il en lui pressant la jambe.

Elle sentit l'eau de toilette française dont il se parfumait et s'étonna de la force de ses doigts.

– C'est un peu tard pour me murmurer des mots doux.
– Je t'aime... en douterais-tu ?
– Je n'en suis plus très sûre.
– N'accorde pas d'importance à ces passades. Ce n'est que du sexe et de l'ego.
– Tu as de gros appétits, constata-t-elle sans intention particulière, mais il hocha la tête comme si elle lui faisait la morale.
– Je suis aussi capable d'être honnête quand les circonstances l'exigent, ajouta-t-il.
– L'honnêteté est-elle encore d'actualité en ce qui me concerne ?
– Tu as toujours été une épouse parfaite, belle, élégante, calme et posée. J'ai su à l'instant où je t'ai vue...
– Que je ferais bonne impression à ton bras.
– Que tu serais discrète et loyale envers ton mari. Que tu comprendrais la valeur de mes entreprises, et tous les avantages que tu pourrais en retirer. Et qu'en plus de ta beauté, tu comprendrais aussi les règles du jeu. Que tu étais une pragmatiste.

— Peut-être ne suis-je pas aussi intéressée que tu l'imagines.

— Ou peut-être l'es-tu plus que je ne l'imaginais.

— Que veux-tu dire, Randall ?

— Je me demande si tu sais quelque chose au sujet de ces cadavres, dit-il en la toisant de son regard froid de politicien.

— Jamais je ne...

— Ne fais pas comme si tu n'en étais pas capable.

— Capable de quoi... de tuer quelqu'un ?

— De garder des secrets.

Le sénateur jeta un coup d'œil au pilote et à Jessup. Manifestement, ils ne saisissaient pas un mot de leur conversation.

— Pour protéger Julian, même si cela implique de me mentir, reprit-il. On découvre des cadavres sur mon domaine, et je me fais crucifier par les médias, poursuivit-il, inflexible, sans se laisser fléchir par l'effroi d'Abigail, qui portait une main à sa gorge. On m'accuse de faire obstruction à l'enquête, de me croire au-dessus du lot, etc. Bref, ça recommence comme il y a dix-huit ans, et les élections sont dans trois mois ! Il faut que je sache ce qui se passe, Abigail. Ce n'est pas le moment de faire des cachotteries ni de placer ta loyauté là où il ne faut pas.

— Je ne sais rien.

Le sénateur fronça les sourcils.

— Je ne prétends pas te connaître parfaitement, ma chère, et j'ai découvert en toi des qualités de stratège et de dissimulation aussi fines que chez n'importe quel grand politique. Mais je sais toujours quand tu mens.

— Ce petit jeu me fatigue.

— Et moi je m'émerveille de te voir si impénétrable ; néanmoins je veux savoir ce qui se passe.

Il bougea la tête, et elle vit son visage reflété dans la vitre en Plexiglas.

— Ce n'est pas pour le plaisir de la promenade que tu t'es enfuie jusqu'à Iron Mountain avec Michael. Tu ne fais rien sans avoir une bonne raison.

— Toi non plus. Et cet interrogatoire m'amène à me demander si tu ne me caches pas quelque chose... Mon Dieu, dit Abigail en voyant Vane baisser les yeux, sentant soudain en elle un grand vide. Tu me caches bien quelque chose... Ils ont identifié les corps, n'est-ce pas ?

Le sénateur avait le bras long et partout des alliés : les hommes qu'il employait, mais aussi des gens qui lui devaient des faveurs. Il y en avait au moins un dans le service de la police locale, sans doute davantage.

— George Nichols a été porté disparu il y a cinq semaines.

— George Nichols..., répéta Abigail, épouvantée, au bord de la nausée.

— Il gère une entreprise de jardinage à Southern Pines, dit Vane, en se penchant plus près. Il a des amis, Abigail. Des employés. Des personnes qui ont déclaré sa disparition. La police a retrouvé sa voiture il y a plusieurs semaines, calcinée et abandonnée sur un parking désert à l'extrémité sud du comté de Chatham, à moins de trente kilomètres du domaine. Les plaques d'immatriculation avaient été enlevées, mais le numéro d'identification du véhicule était demeuré intact. La police est évidemment remontée jusqu'à lui, et il y avait déjà un dossier à son nom, dans le fichier des personnes disparues. Des relevés d'empreintes dentaires ont été envoyés par fax cet après-midi, et l'identité du cadavre a été confirmée vers l'heure du dîner.

La bouche sèche, Abigail resta silencieuse.

— George Nichols. Un homme de race blanche. Trente-sept ans... Est-ce que ce nom te dit quelque chose ? demanda-t-il.

Elle secoua la tête, comme engourdie.

— Et celui de Ronnie Saints ?

— Ronnie comment ? fit-elle, sentant l'engourdissement gagner ses bras, ses jambes.

— Ils l'ont sorti du lac il y a moins d'une heure. Lui n'était pas dans l'eau depuis longtemps. Il avait toujours son portefeuille dans sa poche. Je suppose que ce nom ne te dit rien non plus.

— Le devrait-il ?

Le sénateur s'adossa.

– Oui, et nous savons fort bien tous les deux que tu mens. Ça remonte à des années, mais j'ai déjà entendu ces noms-là. George Nichols. Ronnie Saints. Je ne me rappelle pas précisément dans quel contexte, mais je suis certain qu'ils sont liés à Julian d'une manière ou d'une autre. Et à Iron Mountain.

Abigail détourna le regard.

– Pourquoi es-tu retournée là-bas, Abigail ?

Prise de panique, elle ne dit rien. Il lui prit la main, et sa pression fut étonnamment douce.

– Te rends-tu compte des risques que tu prends, et combien c'est dangereux ? Ne peux-tu me faire confiance ? ajouta-t-il après avoir attendu qu'elle se tourne vers lui, mais il la vit secouer la tête et accusa le coup. Pourquoi ?

Jamais il ne l'avait suppliée ainsi. Elle aurait pu lui débiter une dizaine de mensonges, dont quelques-uns auxquels il aurait peut-être cru. Pour finir, elle n'en dit aucun.

– Tu n'as jamais aimé Julian autant que je l'aime, déclara-t-elle en relevant le menton. Tu ne l'as jamais aimé assez.

Ils restèrent à se fixer pendant trois secondes, puis Vane lui lâcha la main. Il faillit ajouter quelque chose mais y renonça, et finit par détourner les yeux.

Il devinait quand elle mentait.

Et la connaissait assez pour savoir quand elle disait la vérité.

Victorine savait qu'il se passait quelque chose. Ça devait être un truc maous. Des hélicos partout. Des flics, et encore plus de flics. Elle avait suivi le bruit jusqu'en lisière des bois et les avait tous vus autour du lac. Elle avait vu le cadavre quand on l'avait sorti de l'eau juste alors que le soleil se couchait : un type grand et gras, avec une peau livide, comme rongée, et de l'eau qui lui coulait de la bouche. Elle avait observé leur manège un bon moment, puis elle était repartie en se glissant dans les bois assombris. Dans la grotte, elle avait allumé les bougies et mangé le peu de nourriture qui lui restait.

Allongée, elle réfléchissait à ce qu'elle devait faire. Elle n'avait pas d'argent, pas de voiture. Sa mère la tuerait à coup sûr si elle la retrouvait, et elle avait perdu le fusil qu'elle avait volé dans le placard. Un sourire malicieux plissa ses traits. Elle revit le visage de sa mère à mesure que leur dispute s'envenimait, comment sa mère la prenait de haut et comment elle lui avait rabattu son caquet en tirant un coup de fusil à travers le toit de sa cuisine. Du coup, ça avait mis fin à la dispute, sa mère en était restée baba, et l'expression de surprise et de peur que Victorine avait vue sur son visage lui avait procuré une intense jubilation. Mais les choses se gâtaient. Julian l'avait installée dans le pavillon des invités d'un air protecteur, en lui assurant que personne n'y venait jamais.

Mais quelqu'un était venu y habiter, et maintenant Victorine se retrouvait dans cette grotte sans rien à bouffer, sans argent, sans nulle part où aller. Bon, en soi ce n'était pas un gros problème, sauf que Julian avait disparu depuis... combien de jours maintenant ? Trois, quatre ? Quand il lui avait conseillé de s'enfuir de chez elle, Victorine avait cru qu'il l'aiderait. Il le lui avait même juré. Ils avaient établi un plan, un bon plan, si bon même qu'elle avait pour la première fois de sa vie fait confiance à un homme... Et elle commençait à le regretter.

Où était-il, bon Dieu ?

Elle finit par s'endormir sur cette pensée, et se réveilla tard dans le noir. Toutes les bougies s'étaient consumées sauf un petit bout de chandelle à la flamme vacillante. Victorine allait se lever quand elle se figea soudain, aux aguets.

Il y avait de drôles de bruits juste devant l'entrée de la grotte, comme si quelqu'un se frayait un passage dans les broussailles pour y accéder. Elle entendit même une voix murmurer, alors elle saisit un grand caillou plat, de la taille d'une cartouche de cigarettes. Si quelqu'un avait l'intention de pénétrer dans cette grotte, il devrait le faire la tête la première.

Elle souffla la bougie, et l'obscurité s'abattit. Elle attendit, immobile. Comme les bruits se rapprochaient, indiquant un corps qui se laissait tomber puis rampait à l'intérieur, elle brandit la pierre plate au-dessus de sa tête, et reconnut au même instant la voix de Julian murmurer : « Mon Dieu, je vous en supplie… »

– Julian ? fit-elle en abaissant la pierre.
– Victorine ?
– Je suis là.

Elle lui attrapa les mains et l'aida à avancer à l'intérieur. Il haletait, tout brûlant, et elle sentit son cou luisant de sueur tandis qu'il la prenait dans ses bras.

– Je suis désolé, dit-il. Vraiment désolé.
– Mais de quoi ?
– Je ne comprends pas ce qui se passe. Je regrette de t'avoir laissée seule. Mais ça ne va pas là-dedans, dit-il en se frappant la tempe. Je n'y arrive pas…, souffla-t-il en se frappant encore.
– Attends. Que je nous donne un peu de lumière.

Victorine se dégagea et chercha les allumettes à tâtons. Puis le bout de chandelle éclaira soudain le visage moite de Julian, égratigné par les ronces et couvert de crasse.

– Bon Dieu, Julian. Tu as une de ces mines, constata-t-elle en lui frottant la figure.

Il se recroquevilla sur lui-même, les genoux remontés contre sa poitrine.

– Je n'y arrive pas… Je n'arrête pas de le voir…, commença-t-il, alors il s'agrippa à la chemise de Victorine et enfouit sa tête entre ses seins.

– De voir quoi ?
– Un homme mort, par terre. Du sang éclaboussé, et le bruit de quelque chose de lourd que l'on jette. Je vois mon frère et ma mère, des bribes d'Iron Mountain, des trucs du lointain passé. Des visages. Des voix. Tout ça n'a aucun sens… Du coup je t'ai oubliée, Vi, reprit-il en s'accrochant

à elle. Je regrette, mais ma tête ne marche pas bien. Tout est en pagaille, là-dedans.
— Du calme, Julian. Raconte-moi ce qui s'est passé.
— Je ne sais pas. Parfois j'ai l'impression que je le vois, et puis ça s'en va. Ça disparaît et je me retrouve paumé dans le noir. Avec de l'eau tout autour. Des gens qui rient. Des souvenirs. Des visages. C'est pire que tout ce que j'ai connu, s'exclama-t-il en s'arrachant presque les cheveux, saisi d'un brusque soubresaut.
— Respire, maintenant. Contente-toi juste de respirer, dit-elle en le serrant contre elle.

Elle savait qu'il était d'un caractère tourmenté, mais jamais elle ne l'avait vu ainsi. Celui qu'elle connaissait était encore presque un garçon, doué d'une bonne dose de patience envers une fille comme elle, solitaire et élevée à la dure. Il savait ce que c'était d'être piétiné, savait combien les heures s'empilent longues et noires dans la nuit, et comment le soleil même paraît trop pâle à son lever. Mais voilà qu'elle commençait à se dire qu'elle aurait peut-être dû écouter sa mère, tout compte fait, quand Caravel prétendait qu'il n'y avait pas de Dieu dans les cieux, pas d'homme digne de foi sur cette terre, qu'on n'était rien sans famille et sans fric, et que les femmes Gautreaux n'avaient pas droit à une place au soleil.

— Tout va bien, Julian, l'apaisa-t-elle comme si elle y croyait elle-même. Victorine est là, maintenant.
— J'ai besoin que tu fasses quelque chose pour moi.
— Quoi ?

Il le lui dit.
— Ta mère ?

Il hocha la tête, et Victorine se figura des mains de lys, une peau blanche, des domestiques, des banquiers, des lits doux comme de la plume. Elle songea à ses dures années de raclées, de solitude, en compagnie d'une mère folle qui s'offrait à n'importe quel gars contre cinquante dollars, à condition qu'il ait un véhicule assez costaud pour remonter la piste qui menait à son lit.

– Je saurai comment m'y prendre avec ta mère, lui assura-t-elle.

La lumière vacilla, et ils restèrent un moment sans rien dire, blottis l'un contre l'autre.

– Tu sais pourquoi je t'aime ? demanda-t-il peu après, tandis qu'elle le berçait en silence. Tu sais pourquoi ?

– Oui, je sais.

Ce n'était pas pour sa beauté, son intelligence, ni son joli corps musclé qu'il l'aimait.

– Tu es si forte, dit-il.

L'hélicoptère contourna le domaine et y pénétra par une extrémité afin que les journalistes ne puissent le repérer. Les cimes des arbres qu'il survolait en ralentissant fouettaient l'air de leurs branches, puis une clairière apparut en dessous et Abigail vit la bordure nette de l'hélistation. Elle était éclairée. Des voitures étaient garées dans la pénombre au-delà. Quand le pilote eut opéré sa dernière manœuvre d'atterrissage et que les patins raclèrent le béton, Abigail détacha son harnais.

Sa colère n'avait fait que croître pendant qu'ils survolaient la campagne assombrie. Elle savait qu'elle était injustifiée et se nourrissait surtout de peur, mais Abigail ne supportait plus son mari, son égocentrisme, son esprit calculateur. Dehors, le rotor tournoyait toujours en produisant de furieux courants d'air et le grondement du moteur résonnait aussi fort qu'un éboulement de rochers. Abigail s'approchait de la première voiture quand une main se posa sur son épaule. Elle fit volte-face et se trouva nez à nez avec son mari.

– Réfléchis bien à ce que je t'ai dit, hurla-t-il par-dessus le vacarme, ses cheveux blancs voletant autour de sa grosse tête, et Abigail porta elle-même la voix au même niveau sonore.

– Non. C'est à toi de réfléchir à ce que je t'ai dit.

Il regarda la longue limousine noire auprès de laquelle deux membres de son service de sécurité attendaient. En comparaison, la Land Rover avait l'air d'une épave et c'en était presque insultant. Il se sentait blessé dans sa fierté et eut envie de la blesser à son tour.

— Je suppose que tu préféreras monter avec Jessup, lança-t-il d'un ton mordant.

— Il y a des choses dont nous devons discuter, répliqua Abigail.

— Donc je ne te verrai pas avant demain matin ? lança-t-il en la lorgnant d'un air mauvais, plein de sous-entendus.

La colère d'Abigail monta encore d'un cran. Elle s'efforça de rester courtoise, mais y parvint à grand-peine.

— Je ne t'ai jamais trompé. Tu peux croire ce que tu veux, jamais je ne ferais ça. Nous sommes différents, sur ce plan-là.

— Comme je te l'ai déjà dit, il est normal de chercher à se distraire. Alors ne me prends pas pour plus bête que je ne suis Envoie-toi en l'air si ça te chante, mais au moins, ne fais pas la vertueuse.

— J'ai choisi il y a longtemps le genre de personne que je souhaitais être. Et toi, t'es-tu jamais soucié de moralité ?

— La moralité est un principe très relatif. Tu es bien placée pour le savoir, il me semble.

Il monta en voiture, puis abaissa la vitre.

— À demain matin, à la première heure. Il me faut une réponse à ma question.

Alors que la vitre remontait et que la voiture démarrait, Jessup apparut soudain à ses côtés.

— Ça va ?

— Allons-y.

Comme ils montaient dans la Land Rover, le moteur de l'hélico se tut enfin, et le silence fut si brusque que la voix de Jessup retentit avec force.

— Bon sang, Abigail, qu'est-ce qui se passe ? Vous partez sans me prévenir, avec quelqu'un que vous connaissez à peine, un type dangereux, un gangster...

Mais elle n'avait de pensées que pour Julian et balaya ses reproches d'un geste agacé.

— Vous avez vérifié les motels de la région ? Les rares amis que nous lui connaissons ?

– Bien sûr.
– Le domaine ?
– Les deux mille hectares ? Non. Ça fait beaucoup.
– Il est avec Victorine Gautreaux...
– Ça, nous n'en savons rien.
– Ne me racontez pas de salades, Jessup. C'est la seule explication. Cette petite salope lui a mis le grappin dessus. Il faut fouiller la maison et les terres de Caravel.
– C'est déjà fait.
– Elle a donné son autorisation ?
– Oui, contre cinq mille dollars en liquide. Nous avons tout vérifié et, pendant ce temps, elle est restée assise sur sa véranda à compter son fric et à se fiche de notre gueule. Julian n'était pas là. Victorine non plus. Quand nous sommes repartis, la police était sur les lieux.
– La police ?
– Jacobsen plus un autre inspecteur. J'ignore ce qu'ils voulaient.

Abigail secoua la tête, le regard fixé devant elle. On ne voyait rien à travers le pare-brise embué. Décidément, tout était dans un flou complet.

– J'ai peur, Jessup.
– Nous saurons bien nous en tirer, ne vous en faites pas.

Abigail se passa les deux mains sur le visage.

– Je sais qui sont ces morts. Ronnie Saints. George Nichols. Que Dieu me vienne en aide. Je sais qui ils sont. Mais je ne comprends pas ce qui a pu se passer.
– Rien ne vous y oblige. Bon. Respirez. Soufflez un peu. Laissez-moi m'en occuper.
– Je ne pense pas que vous y parviendrez.
– Commencez par le commencement. Racontez-moi tout.

Elle expliqua où Michael et elle étaient allés et ce qu'ils avaient appris.

– La liste était chez Ronnie Saints. Le nom de George Nichols y figurait, ainsi que ceux de Billy Walker et Chase Johnson.
– C'est pour ça que vous êtes allés à la Maison de fer ?

— Pour parler avec Andrew Flint. Michael pensait qu'il saurait peut-être quelque chose.

— Mais vous n'avez pas vu Flint ?

— Non, répondit-elle, songeant au lac. Il y a un troisième corps qu'ils n'ont pas encore identifié, celui qu'on a sorti de l'eau en deuxième, dont il ne restait plus que les os... Et si c'était Billy Walker ou Chase Johnson ? Ce n'est sûrement pas une coïncidence. Mon Dieu, Jessup, et si on retrouve un autre corps dans le lac ? S'ils ont tous été tués ?

— Julian n'a pas tué ces hommes, affirma Jessup. Vous devez le croire. Quoi qu'il en soit, il a besoin que vous le croyiez.

— Vous l'aimez vraiment, n'est-ce pas ?

— Bien sûr.

— Mais pourquoi, Jessup ? Même le sénateur en est incapable malgré ses efforts.

— Je l'aime parce que vous l'aimez.

— Merci pour ça, Jessup. Merci du fond du cœur, dit Abigail.

Elle lui toucha la joue, et Jessup ne se déroba pas à sa caresse.

— Salina Slaughter..., reprit-elle. Est-ce que ce nom vous dit quelque chose ?

— Pourquoi me demandez-vous ça ? rétorqua-t-il en s'écartant.

— Le nom figurait sur la liste.

— Non. Ça ne me dit rien.

— Vous en êtes certain ?

— Oui. Mais écoutez. Moi aussi, j'ai une question.

— Bon.

— Que ressentez-vous pour Michael ?

— C'est compliqué. Pourquoi ?

— Le sénateur s'est renseigné sur lui. Il l'a signalé aux flics. Ses hommes font des recherches à son sujet. Ils veulent tout savoir sur son compte. Qui il est. D'où il vient. Tout. Ils veulent le suivre à la trace et retrouver sa petite amie. Ils montent un dossier.

— Je ne comprends pas.
— À mon humble avis, le sénateur cherche un bouc émissaire.
— Quelqu'un à qui on puisse coller ces meurtres, acquiesça-t-elle, saisissant la manœuvre.
— C'est dans son mode de pensée. Michael n'est pas des nôtres.
— Vous n'avez pas dit à mon mari ce que nous savons, n'est-ce pas ? dit-elle en se redressant. Vous ne lui avez pas parlé d'Otto Kaitlin, des choses que nous avons trouvées dans la voiture de Michael, les billets de banque, les photos, le pistolet ? Mon Dieu. Vous ne lui avez pas donné l'arme de Michael ?
— Pas encore, non.
— « Pas encore ». Qu'entendez-vous par là ?
Il haussa les épaules, impassible.
— Ce n'est peut-être pas une si mauvaise idée.

30

Jimmy attendait à l'extérieur sur la véranda quand Stevan se décida enfin à se pointer. Il était tard, les hommes somnolaient ou jouaient aux cartes. La maison s'emplissait d'une colère sourde et d'un parfum subtil de mutinerie. Pas de climatisation, une seule télévision avec un trou noir en guise d'écran. Mais ce n'était pas dû à ça. Chacun des gars qui étaient à l'intérieur gagnait sa vie en touchant un salaire. Ils n'avaient pas les millions de Stevan ni les projets de Jimmy. Ils avaient leur territoire réservé, leur morceau du rêve américain durement gagné, trempé de sang, et Stevan était en train de tout bousiller... Tout ça pour quoi ? Cela faisait des jours qu'ils auraient dû tuer Michael. Ils n'auraient jamais dû le laisser quitter la ville. Maintenant, ils se sentaient isolés et exposés.

Jimmy comprenait.

Il s'en fichait pas mal, mais il comprenait. Il faut à chaque homme une raison de se sentir fier, autant qu'un dollar en poche. Pour Jimmy, ça ne posait aucun problème. Ses désirs avaient évolué, ils allaient au-delà des simples questions de peur, de respect et d'occasions à saisir. Ils s'étaient accrus tout en gagnant en simplicité. Jimmy voulait que Michael meure, afin que les gens sachent bien qui était le meilleur des deux ; et il voulait soixante-sept millions de dollars. C'était un chiffre très précis. Il se leva tout en y réfléchissant.

Peut-être une propriété en Californie...
Avec un vignoble...

Des phares balayèrent la maison tandis que Stevan se garait, et Jimmy toucha l'arme à sa ceinture. Il rejoignit Stevan sur la marche du haut.

– Où étais-tu ?

– Tu sers de médium au fantôme de mon père ?

– Ton père t'aurait d'abord flanqué une dérouillée, avant de te poser des questions. Il aurait liquidé quelqu'un au premier signe de traîtrise, pour commencer. Il n'aurait pas traîné ses hommes dans un endroit pareil, et ne les aurait jamais laissés en proie au doute.

– Bon Dieu, Jimmy, quel accueil. Moi aussi, je suis ravi de te voir.

– Trêve de politesses. Les flics se déploient dans tout le domaine. Les hommes en ont ras le bol et Michael est toujours en vie. Tu es en train de tout faire foirer.

– Je suis trop fatigué pour supporter ça, Jimmy.

En effet, il avait l'air à bout de nerfs, la cravate dénouée, le col ouvert, les traits tirés. Il s'avança en le frôlant au passage, mais Jimmy l'arrêta à deux pas de la porte.

– Tes hommes ont besoin d'un chef.

— Ce sont mes hommes, comme tu le dis si bien, rétorqua-t-il en lui faisant face, et il allait saisir la poignée quand Jimmy l'arrêta de nouveau.

— Je veux appeler Michael. Je veux régler ça une bonne fois pour toutes.

— Nous avons déjà eu cette discussion. J'ai un plan. Il est arrêté.

— Vas-tu enfin me dire quel est ce plan de génie ?

— Écoute, Jimmy, mon père te confiait peut-être une partie de ses affaires, je comprends ça, mais nous ne sommes pas proches à ce point-là, toi et moi.

— Foutaises.

Stevan se toucha la poitrine, puis pointa un doigt sur Jimmy en s'adressant à lui comme à un enfant.

— La tête. Et les muscles... Tu piges ? La tête et les muscles, insista-t-il en refaisant le même geste.

— Et la fille ? Qu'est-ce qu'on en fait ?

— Elle est toujours en vie ? s'étonna Stevan. Tu as fichu la merde. À toi de faire le ménage.

Stevan ouvrit la porte et elle se referma en cliquant derrière lui.

Jimmy pensa à tout ce qu'il avait gardé pour lui. Il songea à Michael et à la fille, à Stevan, qui n'était qu'un nabot par rapport à son père. Il songea aux soixante-sept millions de dollars, et à ce qu'il avait trouvé dans la grange abandonnée : les chaînes, les crochets en métal, la vieille roue en pierre et les nombreux outils qu'elle pourrait aiguiser. Il imagina Stevan bras et jambes écartés, pissant le sang, puis se demanda combien de temps ce petit connard tiendrait avant de donner les numéros de compte et les codes d'accès.

Soixante-sept millions de dollars.

Une vieille grange perdue au beau milieu des bois.

Jimmy inspira profondément en repérant tous les endroits où il pourrait enterrer un cadavre.

31

Apparemment Flint était à sec, la bouteille aussi, et quelques points s'étaient éclaircis. Pas tous, mais quelques-uns. Ce qu'il y a de drôle dans l'alcool et la peur, c'est qu'ils peuvent briser la plupart des hommes, avec un minimum de temps et de persévérance.

Mais Flint était d'une autre trempe.

Il avait l'alcool mauvais, et appartenait à ceux dont l'esprit s'aiguise à mesure qu'ils boivent. Michael observait la transformation, c'était comme si les rouages de son cerveau devenaient une mécanique bien huilée grâce à l'effet de l'alcool bon marché. Flint était assez intelligent pour s'en tenir à la vérité sur presque toute la ligne, mais il la ponctuait çà et là par de petits mensonges avisés. Michael ignorait encore en quoi ils consistaient, pourtant il les décelait, et savait qu'ils étaient les clefs de quelque chose d'important. Ivre ou non, un homme ne ment pas à la légère avec un .45 braqué sur lui.

— Vous avez une autre bouteille ? lui demanda Michael.

— Dans la cuisine. Je n'en veux plus.

Tu parles. Flint était le genre de buveur calme et déterminé qui biberonne lentement mais sûrement, en entretenant son ivresse comme un feu bas et couvert pour la faire durer. Michael en connaissait d'autres pareils à lui, des hommes à la fois durs et faibles, calmes et avides, qui ne cessaient de boire qu'en sombrant dans l'inconscience ou quand il n'y avait plus une goutte d'alcool.

— Dans la cuisine, hein ? fit Michael mais, au lieu de se lever, il resta assis sur la table basse et pivota un peu, pour désigner un placard situé sous l'étagère.

— À votre façon de lorgner ce placard, j'aurais pensé que vous aviez là de quoi vous sustenter.

— Je n'ai rien lorgné du tout.

Michael sourit parce que, pour la première fois, Flint mentait avec maladresse. Il avait regardé trois choses depuis qu'il s'était assis : le visage de Michael, le .45, et ce placard.

— Si j'y jetais un coup d'œil ? dit Michael en se levant.

— Non ! s'exclama Flint en remuant dans son siège.

— Pourquoi ?

Michael surveilla Flint tout en ouvrant le placard, qui ne contenait qu'une boîte et rien d'autre. Il la prit et alla se rasseoir face à Flint qui restait bouche bée, mâchoire pendante, visiblement torturé.

La boîte était remplie de billets de banque, que Michael remua du bout de son pistolet. Des billets de cent. Ça devait faire dans les quatre-vingt mille dollars. Il posa la boîte à côté de lui.

— C'est tout ce qui reste ?

— C'est tout, je vous le jure. Je vous en prie, ne le prenez pas.

— Reparlez-moi du type qui vous l'a apporté.

Ils avaient déjà abordé le sujet par deux fois, mais Michael voulait l'entendre à nouveau.

— C'était juste une livraison, répéta Flint. Un paquet dans un emballage plastique. Un jeune homme. J'ai dû signer un accusé de réception.

— Ce n'était pas le même type que la fois précédente ?

Flint secoua la tête et Michael réfléchit à ce qu'il venait d'apprendre. Un homme d'âge moyen, habillé chic et muni d'un attaché-case, était venu voir Flint sept semaines plus tôt. Il se prétendait avocat, lui avait montré la carte du cabinet pour lequel il travaillait, et lui avait parlé avec le plus grand sérieux. Le client qu'il représentait, dont il ne pouvait révéler le nom, avait une proposition à lui faire. Il fallait en fait lui fournir un simple renseignement : les adresses actuelles de quatre hommes qui avaient jadis été pensionnaires à la Maison de fer. Chase Johnson, Billy Walker, George Nichols, Ronnie Saints. Andrew Flint les avait connus, et il avait accès aux dossiers. Le client le paierait bien.

— C'est-à-dire ?
— Cinquante mille pour chaque adresse. Je lui en ai donné trois.
— Lesquelles ?
Flint ferma les yeux et avala sa salive avec peine.
— Ronnie Saints. George Nichols. Chase Johnson.
— Pourquoi pas celle de Billy Walker ?
— Je n'ai pas pu le retrouver, d'accord ? Juste ces trois-là. Je vous en prie. Pouvez-vous partir maintenant ?
Michael souleva la boîte, la secoua.
— Ça fait beaucoup d'argent.
— Prenez-le.
Cette nouvelle attitude intrigua Michael. Flint n'était plus hostile ni désespéré, mais complètement paniqué.
— Que je le prenne ?
— Oui. Il est à vous, affirma Flint.
Michael attendit.
— Écoutez, j'ai répondu à vos questions.
Michael ne dit rien, et, dans ce silence, Flint jeta un coup d'œil vers le couloir. Or depuis que Michael avait franchi le seuil, Flint n'avait pas regardé une seule fois dans cette direction. Pas une seule fois.
Alors Michael l'entendit aussi : un faible bruit de pas, traînant des pieds. Il se leva, l'arme au poing. Soudain, avec une rapidité de réflexe stupéfiante, Flint se précipita vers le couloir en hurlant « non ! » tout en écartant les bras, et il se dressa face à Michael, pâle, ivre et tremblant, pour lui bloquer le passage.
— Non, je vous en prie.
Son peignoir s'ouvrit sur sa poitrine décharnée et presque glabre à part quelques rares poils blancs.
— Qui est-ce ? exigea Michael.
Les bruits de pas se rapprochèrent, avec d'étranges halètements et des froissements de tissu.
— Ce n'est qu'un petit garçon, répondit Flint.
Mais l'homme qui arrivait par le couloir n'était pas un petit garçon. Il faisait plus d'un mètre quatre-vingts, avec de grosses jambes et des mains comme des battoirs. Il avait

une démarche traînante, comme s'il avait un peu de mal à ramener son pied gauche. Il était en jean, pieds nus, avec d'épais cheveux noirs en bataille. Dans la semi-pénombre, son visage s'éclaira de bleu quand il passa devant la pièce où se trouvait la télévision ; il gardait les yeux baissés, le regard dirigé vers la gauche.

— N'allez pas plus loin, avertit Michael en armant le pistolet.

— Ne tirez pas ! hurla Flint en lui barrant le passage. Je vous en supplie.

Sa voix se brisa. Il était au bord des larmes, les joues enflammées d'un rouge maladif.

Michael hésitait, quand l'homme qui arrivait derrière Flint lança un « salut ! », à la façon d'un môme. Il se frotta la figure, puis entra dans la lumière alors que Flint essayait de le protéger de son corps. La vue de l'arme ne lui fit aucun effet. Ni la présence de Michael. L'homme écarta Flint comme il aurait tiré un rideau, et Michael vit que l'un de ses yeux restait fermé, et qu'au-dessus il y avait un grand creux dans la courbe de son crâne. De longues cicatrices dues à d'anciens points de suture zébraient son front et s'enfonçaient dans son cuir chevelu.

— J'ai soif... je peux y aller ?

Flint défia Michael des yeux, puis posa une main sur l'épaule du grand gars.

— Bien sûr que tu peux, répondit-il. Personne ne va te faire de mal. Tu ne crains rien.

— D'accord.

— Dis bonjour au gentil monsieur.

Le grand gars se dandina d'un air timide, puis il leva une main en un geste furtif, enfantin.

— Bonjour, gentil monsieur.

Et Michael le reconnut.

— Bonjour, Billy.

Billy Walker sourit en entendant prononcer son prénom.

— Y a du lait ? demanda-t-il.

— Bien sûr, dit Flint.

— Et du chocolat ?

Des plis d'angoisse creusaient le visage de Flint, pourtant il garda une voix chaleureuse, fit un petit sourire et lissa les cheveux de Billy.

— Allons voir ça.

— Que lui est-il arrivé ? demanda Michael.

Ils apercevaient Billy assis à la table de la cuisine, dont la porte était restée ouverte. Il mangeait des céréales et du lait lui coulait sur le menton tandis qu'il se balançait sur son siège en contemplant le verre de lait chocolaté.

— Il s'est pris le bec avec Ronnie Saints, expliqua Flint, puis il soupira profondément en se versant une autre rasade de bourbon. C'était environ un an après votre fuite. La dispute a mal tourné et Billy est tombé la tête la première dans un escalier en ciment.

— Ronnie l'a poussé ?

— Il l'a nié, évidemment.

Flint vida son verre d'un trait.

— Quelle importance au fond, reprit-il. Les médecins ont passé six heures à extraire des morceaux de crâne du cerveau de Billy, et depuis, il est comme ça.

— Mais que fait-il ici, chez vous ?

Flint eut un sourire mélancolique.

— Qui donc aurait adopté un gamin de seize ans au cerveau fracassé ? Mais c'est drôle, la vie. La marche en ciment qui lui avait entaillé la tête semble l'avoir débarrassé de toute la méchanceté qu'il avait en lui ; elle a fondu d'un coup, comme neige au soleil. Après il était différent, doux comme un agneau, et tout aussi inoffensif. Quand il a eu dix-huit ans, je n'ai pas eu le cœur de le lâcher dans le vaste monde, alors je lui ai permis de rester. Il faisait des petits travaux. Ramasser les branches, balayer. Ça a bien marché un moment. Billy. L'orphelinat. Puis les casinos se sont ouverts... Et j'ai tout perdu.

— Parlez-vous de l'argent dont Abigail vous avait fait don ?

— Cinq millions de dollars, envolés. Aux tables de jeux. Dans de mauvais investissements.

Flint était trop coupable pour prendre un air contrit.

— J'ai cru que je pourrais arranger les choses, j'ai joué le tout pour le tout, vous savez. Mais j'ai fauté envers tout le monde. Tous ces garçons. Moi-même. J'ai tout gâché.

— Et quand l'orphelinat a été fermé ?

— Il y avait des choses de valeur à récupérer, ici. Des gouttières et des tuyaux en cuivre. Les toitures en ardoise... Une entreprise du nord a acheté la propriété et m'en a confié la garde jusqu'à sa démolition. Elle aurait dû déjà avoir lieu depuis longtemps, mais ils n'ont pas cessé de remettre à plus tard. Je ne m'en plains pas. Ils me paient un peu. Nous avons un gîte.

— Vous avez gardé Billy avec vous tout ce temps.

— Oui.

— Pourquoi ?

Flint releva la tête et ses yeux brillèrent d'un amour sincère, limpide.

— Parce que, en soixante ans de conneries, m'occuper de ce garçon a été la seule chose bien que j'ai faite dans ma vie.

Vingt minutes plus tard, Flint raccompagna Billy Walker dans sa chambre et le remit au lit.

— Je vais vous aider à réparer cette porte, lui dit Michael quand il revint.

Une fois dehors dans le noir, sous une lune renflée encore basse, ils clouèrent sur la porte une plaque de contre-plaqué.

— Vous pensez vraiment qu'ils sont morts, n'est-ce pas ? s'enquit Michael.

— En tout cas, ils ont tous disparu.

— Pourquoi l'avez-vous vérifié ?

— J'ai eu un mauvais pressentiment après avoir donné les adresses. J'espérais me tromper.

— Avez-vous parlé à l'un d'entre eux ? demanda Michael.

— Juste à Ronnie Saints, mais il était parano et pas très net, apparemment. Il a cru que j'en voulais à son argent ou un truc de ce genre. Je l'ai prévenu que d'autres garçons avaient disparu, mais il m'a rembarré en me disant de m'occuper de mes affaires. Qu'il savait ce qu'il faisait. Deux jours plus tard, il avait disparu lui aussi.

Michael hocha la tête. Même étant gosse, Saints était parano.

— Est-ce que l'un d'eux avait fondé une famille ?

— Ce n'était pas leur genre, si vous voyez ce que je veux dire.

Michael ferma la porte, assura la plaque en tapant dessus avec son poing. Il songea à la petite amie de Ronnie Saints, qui voulait avoir un bébé et une maison.

— Peut-être que vous feriez mieux de vous en aller d'ici. Emmener Billy avec vous et aller vous installer ailleurs. Prendre un nouveau départ.

— Oui, acquiesça Flint, mais il ajouta : il faut juste que je gagne le gros lot.

Michael ne fit pas de commentaire. Il était rare que les poivrots et les joueurs changent de comportement. Il prit le fusil, le vida de ses cartouches. Quand il eut fini, Flint le fixait du regard.

— Alors c'est vrai, ce n'est pas vous qui les avez tués ?

— En vingt ans, je n'ai pas repensé une seule fois à ces garçons, répondit Michael en contemplant les bâtiments délabrés qui se devinaient dans le noir.

— Peut-être qu'ils ne sont pas morts, suggéra Flint.

— Peut-être.

Oscillant sur ses jambes, Flint prit la bouteille de bourbon.

— J'ai fait du mieux que j'ai pu, vous savez.

Michael serra la mâchoire, mais Flint ne s'en rendit pas compte.

— Quand vous étiez ici, continua-t-il, je n'ai jamais voulu que ça tourne mal. Que Dieu m'entende, j'espère que vous me croyez quand je dis ça. Mais ce n'était pas facile. Tous ces garçons, et si peu de personnel... Je sais, ce n'était pas bien, conclut-il d'un ton vibrant de sincérité.

Michael le scruta d'un regard dur. Ses pensées tournoyaient dans sa tête tandis qu'il s'efforçait de faire le tri dans ses émotions. Il parvint à les maîtriser, les surmonta même. Et il ne dit pas la vérité à Flint, à savoir qu'il était passé par-dessus la grille dans l'intention plus ou moins claire de le tuer. C'était étrange, que ce fût Billy Walker qui l'ait sauvé. Et encore plus étrange que Michael éprouve pour eux une telle compassion.

— C'est bien ce que vous faites pour Billy, dit-il simplement.

En plus de la vie qu'il avait épargnée, c'était tout ce qu'il avait à donner.

Flint se racla la gorge.

— Je vais me coucher. Prenez le canapé, si vous voulez.

Michael hésita. Il avait envie de revoir la Maison de fer à la lumière du jour. Il voulait arpenter ses couloirs, renouer avec les lieux de son enfance. Peut-être aurait-il une illumination soudaine qui éclairerait tout sous un jour nouveau ? Ou peut-être sa rage trouverait-elle dans les couloirs aux hauts plafonds une raison de ressusciter ?

— Il y a un hôtel en ville, remarqua-t-il.

— Le Volonté, oui. Il est correct.

Un hôtel, c'était tentant : une douche et quatre heures de sommeil ; mais Michael n'avait toujours pas confiance en Flint, et les flics du coin seraient trop contents de pouvoir enfin clore le dossier Hennessey, après toutes ces années. Il suffirait d'un simple coup de fil. Les flics à la porte de l'hôtel. Un assaut dans l'accalmie qui précède l'aube. Ce serait d'une suprême ironie, si avec tout le sang qu'il avait sur les mains, Michael allait en prison pour le seul meurtre qu'il n'avait pas commis.

— Le canapé, ça me va. Merci. Mais j'aimerais mieux rentrer ma voiture à l'intérieur des grilles.

Flint sortit un trousseau de clefs de la poche de son peignoir.

— C'est celle en cuivre qui ouvre le portail.

— Je m'en irai tôt.

— Tôt ou pas, moi, je me réveille tard.

— J'aimerais bien d'abord jeter un coup d'œil, dit Michael en indiquant l'orphelinat.

— Vraiment ? Vous voulez y entrer ?

Plus qu'un désir, c'était un besoin presque physique : celui de poser les mains sur les murs du lieu où il s'était formé, façonné. Oui, ça faisait de l'effet, de revenir, comme l'avait si bien dit Abigail.

— Pas maintenant, dit Michael. Demain matin.

— D'accord. Pas de problème. Je suppose que vous saurez vous repérer. La grosse clef argentée ouvre la porte d'entrée, précisa-t-il en désignant le trousseau. Laissez juste les clefs sur le comptoir de la cuisine.

— J'y laisserai aussi votre fusil.

Flint tangua un peu, ses rides dessinant comme une carte sur sa peau.

— J'ai l'impression qu'on ne s'est pas tout dit.

— Si. Ça suffit largement.

— Alors au revoir, conclut Flint en lui tendant la main.

Michael la prit au bout de deux longues secondes.

— Au revoir, monsieur Flint.

Flint lui tourna le dos. Il chancela sur la marche du bas, mais réussit à rentrer dans la maison sans trébucher. Michael vit une lumière s'allumer trois fenêtres plus loin, puis la silhouette d'un homme frêle s'y découpa, buvant au goulot d'une bouteille. Une minute plus tard, la lumière s'éteignit, et Michael se sortit Flint de l'esprit. Il marcha jusqu'au portail, et remonta en voiture la longue allée défoncée. Puis il sortit son portable et appela Abigail. La nuit était fraîche. Un petit nuage passait devant la lune montante.

— Salut. C'est moi... Non, ça va. Des nouvelles de Julian ?

— Non.

— Et Elena ?

— Aucune, Michael. Désolée.

— Tant pis, se résigna Michael sans s'attarder, malgré son besoin désespéré de savoir si elle allait bien. Écoutez, j'ai une question, reprit-il en s'efforçant de chasser Elena de ses pensées.

— Allez-y.

— Julian a-t-il de l'argent ?

— Que voulez-vous dire ?

– Peut-il disposer de beaucoup d'argent liquide ?
– Oh, Michael, répondit-elle en riant presque. Avez-vous une idée du nombre de livres que vend votre frère ?
– Beaucoup, je suppose.
– Des millions et des millions. Pourquoi me demandez-vous ça ?

Michael ferma les yeux en serrant fort les paupières.
– Pour rien.
– Vous êtes sûr ?
– Oui. Ce n'est pas important.
– Vous verrai-je demain ? demanda Abigail.
– Je partirai tôt d'ici.

Un silence s'étira entre eux, chargé de choses sombres et difficiles. Ce fut Abigail qui le rompit.
– Écoutez. Soyez prudent quand vous reviendrez, d'accord ?
– Il y a un problème ?
– Soyez prudent, c'est tout.
– Abigail...
– Je suis très fatiguée.

Michael le sentit à travers le téléphone ; un puits sans fond de souci et d'épuisement.
– Bonne nuit, Abigail.
– Bonne nuit, Michael.

32

Jimmy accorda dix minutes à Stevan, le temps pour ce petit con de faire le caïd, puis de disparaître dans sa chambre. Alors il rentra à son tour dans la maison et s'arrêta sur le seuil du salon. La pièce était dans un état répugnant, jonchée de cartons de pizza, de paquets de cigarettes, de cendriers remplis de mégots, et les hommes ne valaient guère mieux ; dans un infect laisser-aller, ils portaient les mêmes vêtements depuis des jours, et certains s'étaient déchaussés. Ça puait les pieds, la sueur, la fumée de cigarettes refroidie. Une vraie porcherie.

– Hé, Jimmy. Alors, qu'est-ce qui se passe ?

C'était Clint Robins, le seul qui se distinguait du lot et n'était pas un boulet à traîner. Mince, vif, très intelligent, il faisait exception dans cette bande de nullards. Il avait une réussite étalée devant lui, presque accomplie.

– Stevan est dans sa chambre ? demanda Jimmy.

– Ouais.

– Et la fille ?

Robins sourit.

– C'est un vrai chou.

– Ce n'était pas ma question.

– Je sais, Jimmy. Je te taquinais. Elle est toujours enfermée dans la pièce du fond.

– Vous lui avez porté son dîner ?

– Comme dit Stevan, nous ne sommes pas des bêtes, répondit-il en faisant un clin d'œil au gars assis à côté de lui.

Jimmy fronça les sourcils, et un autre gars qui était assis sur le canapé se pencha en avant. Il s'appelait Sean. Il était d'origine irlandaise et conservait une pointe d'accent.

– Quand est-ce qu'on s'y met, Jimmy ?

Soudain tous se figèrent pour mieux prêter l'oreille.

– Le rupin ne veut rien nous dire, ajouta Sean en baissant la voix d'une façon théâtrale, et il indiqua du pouce la pièce que Stevan s'était attribuée.

Plusieurs des hommes hochèrent la tête, et le fait qu'ils puissent se moquer de Stevan si ouvertement indiquait que leur respect pour lui avait décliné au profit d'un mépris grandissant. Jimmy engloba la pièce du regard. Il vit sept hommes frustrés, des armes éparpillées çà et là. Surtout des pistolets, et quelques fusils à pompe calibre 12. Aucun automatique. C'était une bonne chose.

— Ça sera bientôt fini, déclara Jimmy.

— Tu en es sûr ? demanda Sean.

Un silence de mort tomba sur la pièce, et Jimmy se permit un sourire.

— Oui, à quatre-vingt-dix-neuf pour cent.

— Et le cent pour cent, c'est quand ? demanda Robins.

— Bientôt.

— Ça vaudrait mieux.

Jimmy sentit comme un volet d'acier claquer à l'arrière de ses yeux. Cet irrespect le visait lui, même s'il était trop voilé pour qu'il s'en prenne au gars directement. Mais ça n'avait plus d'importance.

— Dans cinq minutes, dit Jimmy.

Robins posa sa dernière carte.

Elena entendit tourner la poignée et ouvrit les yeux alors que Jimmy entrait dans la chambre. Sa façon de bouger lui donnait le frisson. Elle se redressa dans des cliquètements métalliques.

— Désolé pour ça, dit Jimmy en indiquant de la tête les menottes qui l'attachaient au lit par un bras. Il fait nuit. On ne peut pas vous laisser vous égarer dans la nature... Vous n'avez pas faim ? demanda-t-il en poussant du pied l'assiette qu'on lui avait apportée, où un hamburger de fast-food s'était figé dans sa graisse, intact.

— Que voulez-vous ? fit Elena en écartant une mèche de cheveux de son visage.

— Une réponse à une question.

— Laquelle ?

— Michael vous aime-t-il ? s'enquit Jimmy en inclinant la tête.

— Quoi ?

— Je ne parle pas d'amour en général, mais du vrai truc.

Elena en resta sans voix.

— Il l'a laissé entendre, vous comprenez, expliqua Jimmy. Mais je le connais depuis longtemps, et je ne l'ai jamais vu aimer personne à part lui-même et Otto Kaitlin. S'il vous aime autant que ça, alors je vous échangerai peut-être contre lui. En fait, c'est lui qui m'intéresse dans l'histoire, pas vous. Vous pourrez rentrer chez vous. Reprendre votre vie... avoir votre bébé.

Malgré elle, Elena porta une main à son ventre. Jimmy souriait, mais ses yeux étaient trop froids pour que la question soit anodine. Il voulait se servir d'elle pour faire du mal à Michael. C'était la seule explication sensée.

— Je le croyais. Mais non. Il ne m'aime pas tant que ça, répondit-elle.

— Vous me dites la vérité ?

Elle songea à ce qu'il y avait de bon en Michael, à tout ce qu'elle aimait en lui. Il mourrait pour elle, tuerait pour elle. Hier encore, cette idée lui aurait glacé le sang.

— Oui, acquiesça-t-elle. C'est la vérité.

— Vous êtes une jolie femme, rétorqua Jimmy en riant. Mais une piètre menteuse.

— Nous nous sommes disputés. C'est fini. Il ne m'aime pas.

— Une jolie femme, répéta Jimmy en lui tournant le dos. Qui ment très mal.

— Je ne vous mens pas ! protesta Elena en secouant les menottes qui l'entravaient.

Ses cris le poursuivirent dans le couloir, et il entendit le bruit de ferraille du lit qui raclait le sol. Jimmy souriait intérieurement, dans l'espace noir derrière ses yeux. Elle avait préféré Michael au bébé, et cela lui disait tout ce qu'il avait besoin de savoir. Ils s'aimaient, et donc, quel que soit le plan de Stevan, Jimmy n'en avait cure. Il revint dans le salon.

— Robins.

— Jimmy, répondit Clint Robins en levant les yeux.

— Faut qu'on parle. Viens avec moi.

Jimmy se glissa à nouveau dans le couloir, avec Robins à sa suite. Il s'enfonça encore dans la maison et monta un escalier étroit qui menait à une soupente avec de petites fenêtres carrées. Dans un coin se trouvait un vieux bureau.

Rayé, taché d'auréoles, il était jonché de papiers jaunis et de stylos usagés.

— Assieds-toi, fit Jimmy en lui désignant une chaise de l'autre côté de la pièce, puis lui-même s'assit au bureau et joua avec les stylos tandis que Robins approchait sa chaise.

Il aligna les stylos. La pièce sentait le moisi, la poussière et la crotte de souris.

— De quoi veux-tu qu'on parle ? demanda Robins.

Parmi les quatre stylos, trois bleus et un rouge, Jimmy choisit le rouge à la pointe encrassée qui n'avait plus de capuchon et le fit tourner entre ses doigts.

— Les gars commencent à se lasser de Stevan, ce qui se comprend. Je voudrais que tu me dises ceci : si Stevan disparaissait, est-ce que les hommes me suivraient ?

— S'il disparaissait...

— Disparu. Retiré des affaires. Mort.

Ils savaient tous les deux à quoi s'en tenir : un seul de ces mots-là comptait.

— Écoute, Jimmy...

— Je sais que les hommes me craignent, mais est-ce qu'ils me suivraient ? Est-ce qu'ils me feraient confiance ?

— Si Stevan... se retirait des affaires ?

— Exactement.

Robins haussa les épaules.

— Stevan a le fric. Toute la fortune. Les sociétés sont toutes à son nom. Le Vieux est mort, mais le nom de Kaitlin jouit encore d'une grande influence dans la rue.

— C'est à prendre en compte, évidemment, acquiesça Jimmy.

— Et puis, pour la plupart, les gars sont en bons termes avec lui. Il ne vaut peut-être pas son père, mais au moins ils savent à quoi s'en tenir. Il est stable.

— Et avec moi, ils s'inquiètent.

— Franchement ?

Jimmy sourit.

— Nous sommes amis. Tu peux parler sans détours.

— Tu prends facilement la mouche. Tu es nerveux, imprévisible.

— Et toi, Clint ? Quelle serait ta position ?
— Écoute, Jimmy. Je n'aime pas beaucoup la tournure de cette conversation.
— Voilà ta réponse, je suppose.
— Oui, en quelque sorte.
Jimmy se fendit d'un petit sourire.
— Hé, je t'ai demandé la vérité et tu me l'as dite.
— On est toujours amis ? s'enquit l'autre avec nervosité.
— Oui, mais que ça reste entre nous, répondit Jimmy, et il lui tendit la main.
— Ça va de soi.

Soulagé, Robins lui serra la main, et, au même instant, Jimmy lui ficha le stylo dans l'œil, très profondément. Robins s'affaissa en tressautant des jambes et Jimmy le retint pour amortir sa chute. Il y avait eu très peu de bruit. Très peu de sang. Jimmy s'essuya les mains sur la chemise du mort.

Il s'approcha du lit, tira d'en dessous un étui rigide qu'il déposa sur le matelas et l'ouvrit. À l'intérieur, il y avait une rangée d'armes dont aucune n'avait été choisie au hasard. Pas de Uzis. Rien de complètement automatique. Il saisit un 9 mm et en ôta le chargeur. En quittant la maison d'Otto Kaitlin, Michael avait descendu six hommes avec seulement sept balles. Cette histoire circulait déjà dans la rue.

Six hommes armés, sept balles. Naissance d'une légende.
Michael, Michael, Michael...
Jimmy ôta toutes les balles du chargeur, puis en engagea sept, dont une dans la chambre. Robins étant mort, il restait sept hommes dans la maison. Sept hommes, sept balles.

Évidemment, il ne tuerait pas Stevan tout de suite...
N'empêche...
Jimmy sortit une deuxième arme du rembourrage en mousse. C'était l'une de ses préférées, un .22 automatique léger, précis, qui contenait des balles en quantité. Il le fourra au creux de ses reins.

Prétentieux oui, mais pas stupide.

Refermant l'étui, il le glissa à nouveau sous le lit. Il était prêt.

Au passage, il s'adressa dans le miroir un clin d'œil complice et un sourire confiant.

Soixante-sept millions de dollars.

Un changement radical. Définitif. Sans appel.

Il descendit l'escalier à pas légers, entra dans le salon sans ralentir l'allure. À vrai dire il savait qu'il ne réussirait pas totalement le défi lancé par Michael, mais au fond il s'en fichait. Les hommes étaient à moitié ivres et ne s'y attendaient pas, ils firent les yeux ronds quand Jimmy apparut l'arme à la main.

Il tua en premier les deux qui étaient debout ; l'impact les souleva de terre. Deux autres étaient assis, un autre en train de se lever. Jimmy les visa coup sur coup à la tête en pivotant, et s'accroupit.

Ça faisait cinq. Et le sixième ?

Il était là.

Sur le seuil de la cuisine, sa main sur l'arme fixée à sa ceinture.

Jimmy le tua d'une balle dans la bouche avant qu'il ait pu dégainer. Alors ce fut le silence, avec de la fumée dans l'air. Un goût de soufre dans la gorge, Jimmy vérifia. Plus rien ne bougeait dans la pièce.

Six balles. Six morts.

Il lui en restait une. Stevan était sur le seuil du salon, les yeux vitreux au point qu'ils ne semblaient pas réels.

– C'était quelque chose, pas vrai ? lança Jimmy en se redressant.

– Quelque chose ?

Jimmy contourna le tapis trempé de sang.

– Ouais. T'as vu cette rapidité ? Michael n'aurait pas fait mieux.

– Tu les as tués.

– On dirait, oui.

Ils n'étaient plus qu'à deux pas l'un de l'autre. Stevan était encore sous le choc, mais la colère prit le dessus et le rouge lui monta aux joues.

– Bon sang, qu'est-ce qui t'a pris, Jimmy ? beugla-t-il en s'arrêtant, et il se dressa face à lui. Tu es fichu, espèce de cinglé.
– Tu n'as toujours pas compris.
– Compris quoi ?
Jimmy tira sa dernière balle dans le genou de Stevan.

33

Il y avait un silence presque total dans la chambre d'Elena, alors qu'elle bandait tous ses muscles pour faire céder le barreau de la tête de lit, en prenant appui de ses pieds contre le mur. La menotte lui entaillait cruellement le poignet, elle lui broyait les os, arrachait de la peau, pourtant Elena tirait toujours plus fort, le visage moite, tenant la chaîne de sa main libre aux ongles cassés, que la sueur rendait glissante. L'autre menotte raclait le barreau métallique en écaillant la peinture blanche qui le recouvrait.
Elle s'arc-bouta à nouveau en tirant de toutes ses forces, dos meurtri, jambes tremblantes, tout en cherchant mentalement à se construire un abri, une pièce carrée haute de plafond, avec un parquet lisse et des draps en coton d'une douceur exquise. Il y avait une fontaine d'eau fraîche, de la musique se mêlait au bruit de l'eau, et Michael attendait derrière une porte close. Sentir les murs de pierre épais, la brise sur son visage... Elle s'y raccrocha et la vision résista un bon moment, mais de brusques détonations la firent s'écrouler.

Les coups de feu étaient tout proches, elle en ressentit les vibrations jusque dans la pièce et se redressa sur le lit, aux aguets.

Après le bruit fracassant, le silence parut total, accablant. Puis il y eut des voix. Encore un coup de feu.

Et des hurlements.

Mon Dieu, ces hurlements...

Figée, Elena sut que jamais elle n'avait éprouvé une terreur aussi absolue. Pas même quand Jimmy l'avait coincée dans la chambre d'hôtel. Ni lorsqu'il l'avait arrosée d'essence. Ces quelques secondes de silence total, suivies de ces hurlements qui continuaient, continuaient... Elle restait les yeux rivés sur la porte, persuadée que bientôt elle s'ouvrirait, et que son tour viendrait de hurler jusqu'à ce que mort s'ensuive.

Mais non.

Les cris s'estompèrent, Elena entendit claquer une porte, puis le bruit vint du dehors. Elle se leva du lit et voulut se diriger vers la fenêtre, oubliant les menottes qui l'entravaient. Alors elle agrippa le cadre en fer et tira le lit à travers le plancher. Une fois à la fenêtre, elle eut vue sur la cour et la grange située de l'autre côté. Une lune basse brillait juste au-dessus des arbres, et, à sa lueur, elle aperçut Jimmy qui traînait un homme dans la poussière en le tenant par le pied... Impossible de savoir qui c'était, peut-être Stevan. Ils disparurent un instant dans l'ombre de la grange, puis réapparurent quand Jimmy ouvrit la porte et que la lumière se répandit dans la cour. Alors elle les vit nettement : Stevan sur le sol, cramponnant sa jambe, Jimmy dans l'encadrement. Il tenait de la main droite un crochet en métal à la pointe acérée ; Elena en avait vu de semblables dans son enfance, ils servaient à transporter les balles de coton, à la ferme de son grand-père.

Stevan leva les mains en suppliant...

Elena hoqueta d'horreur quand, d'un geste vif, Jimmy transperça la main de Stevan avec le crochet et tira violemment sur son bras. Une seconde, l'image se figea : le bras tendu, le crochet transperçant une paume ensanglantée, puis Stevan hurlant de nouveau en battant des pieds dans la poussière tandis que Jimmy le traînait dans la grange.

Un instant encore, la lumière inonda la cour, puis la porte se referma et Elena se retrouva seule dans l'air brûlant de la maison silencieuse. Pendant de longues secondes, elle resta paralysée, revoyant la scène, l'éclat de l'acier, la lumière jaune, les ombres démentes, tandis que la peur donnait à sa salive un goût acide et que son cœur affolé battait dans sa poitrine, si fort que les côtes lui faisaient mal.

— Michael..., implora-t-elle.

Un prénom si doux à son oreille. Mais Michael ne pourrait la sauver. C'était un fait. Paniquée, elle regarda autour d'elle. Si elle voulait s'échapper, il lui fallait se débrouiller toute seule. Et pas plus tard ni demain, mais tout de suite, tant que Jimmy était occupé. Il y avait une raison pour qu'il l'ait laissée en vie. C'était sa seule certitude. Et cette raison, quelle qu'elle fût, ne présageait sûrement rien de bon.

Et donc elle s'attaqua au lit. Tant pis pour le bruit, tant pis pour la douleur, tant pis si elle y laissait ses dernières forces. C'était une question de survie et le temps lui était compté. Elle tira sur le cadre métallique pour tenter de l'arracher. Elle fit tomber le matelas, puis souleva le lit par une extrémité et le frappa sur le sol à coups redoublés. Elle le poussa contre le mur, décocha des coups de pied dans le métal et appuya sur les menottes de tout son poids en se meurtrissant le bras. Cela dura un long, long moment... Épuisée, Elena tremblait de faiblesse, mais elle ne renonça pas, ne pleura pas.

Jusqu'à ce que Jimmy revienne.

C'était l'aube. Ses vêtements, ses mains, ses cheveux trempés de sang étaient couverts de lambeaux de chair et de peau. Mais ce fut son calme qui effraya le plus Elena. Il entra dans la pièce comme n'importe quel travailleur revenant du boulot qui souffle un peu d'un air de dire, « sacrée journée »... Elena se recroquevilla tandis qu'il s'avançait et allumait une cigarette.

— Il est plus coriace que je ne l'imaginais, remarqua-t-il.

Le briquet se referma en claquant, et Jimmy fourra la main dans sa poche, sans l'en ressortir. Figée, Elena gardait les yeux fixés sur la cigarette, les doigts souillés de sang.

– Est-il..., commença Elena, mais sa voix se brisa et Jimmy finit sa phrase pour elle.

– Mort ? Non.

Il était toujours aussi calme. Désinvolte. Elena s'attendait au pire, mais rien ne venait.

– Pourquoi êtes-vous là ?

– Je voulais faire du café.

– S'il vous plaît, laissez-moi partir.

– Peut-être prendre un petit déjeuner.

– Qu'allez-vous faire de moi ?

Elle était à bout, sur le point de craquer.

Jimmy inspira une dernière bouffée, puis sortit la main de sa poche et laissa tomber par terre une oreille sanguinolente.

– Rien pour l'instant, dit-il.

Alors Elena perdit pied.

34

Abigail chevauchait dans l'aube fraîche : même monture que d'habitude, même piste boueuse à travers champs, en bordure de la rivière. Cet animal lui insufflait de la force, de la détermination, il était pour elle un pilier quand tout le reste déraillait. Et c'était bien le cas en ce moment. L'effondrement de Julian et sa disparition ; les cadavres retrouvés dans le lac, ce que Jessup disait en pensant arranger les choses. Rien de tout cela n'avait de sens.

– Han !

Elle donna un coup de talon dans le flanc du cheval, et il obéit de grand cœur à son injonction. La boue gicla sous les sabots, et les rênes claquèrent une fois sur l'écume blanche avant qu'ils n'aient trouvé leur foulée.

Tout s'effondrait.

Tout.

Elle arriva au bout du champ, tourna, repartit dans l'autre sens, l'esprit en ébullition, tandis que le soleil était assez proche pour enflammer le ciel. C'est pour aujourd'hui, pensa-t-elle. Un autre corps émergera, ou bien on retrouvera Julian et on l'arrêtera. Michael rencontrera Andrew Flint ou apprendra quelque chose de terrible.

Comme elle arrivait au bout du champ, Victorine Gautreaux sortit du couvert des arbres. Saisie, Abigail tira fort sur les rênes et le cheval fit un écart.

– Bon sang, vous allez faire tuer quelqu'un... Que faites-vous là, jeune fille ?

– Je vous cherchais, répondit Victorine.

– Comment saviez-vous que je serais ici ?

– Vous y venez souvent.

– Vous me surveillez ?

– J'aime bien votre cheval.

Le regard d'Abigail passa de la jeune fille à la maison dans le lointain. Elles étaient seules.

– Que voulez-vous ?

– Julian dit qu'il y a un médicament...

– Que savez-vous au sujet de mon fils ?

– Je sais qu'il est venu à moi et pas à vous.

C'était cet air de défi qu'Abigail détestait tant chez les femmes Gautreaux.

– Il va bien ?

– Il dit qu'il y a un médoc qui l'aide à retrouver toute sa tête. Que vous savez ce que c'est et que je dois le lui rapporter.

Abigail détailla cette petite sauvageonne en haillons à la peau parfaite, aux seins menus, aux hanches saillantes. Oui, elle était plutôt jolie, et alors ?

– Vous couchez avec lui ?

— Personne ne me touche sauf si je suis d'accord.
— Nous avons trouvé des préservatifs.
— Je ne dis pas qu'on n'en a pas parlé. Julian est gentil tout plein, mais...

Elle haussa les épaules.

— Alors pourquoi vous soucier de lui ?
— Il va m'aider.
— À quoi ?
— À m'enfuir.

Cette fois, Abigail ne trouva rien à répliquer. Fuir loin de Caravel Gautreaux, cela du moins était sensé. Sa voix se radoucit.

— Et quelle raison Julian aurait-il de vous aider, à part celles qui vont de soi ?

La petite releva le menton.

— Je sors peut-être du ruisseau, mais ça ne veut pas dire que je ne vaux rien.

Abigail étudia la jeune fille plus attentivement. Dans sa façon de se parler, de se tenir, elle faisait la dure, mais Abigail décelait aussi chez elle de la peur.

— Je veux que mon fils revienne, déclara-t-elle avec force.
— Et lui, il veut d'abord retrouver toute sa tête, répliqua Victorine. Il a peur.
— De quoi ?
— Vous me donnerez le médoc ?

Le cheval recula d'un pas, et Abigail posa une main sur son encolure.

— Vous traînez beaucoup par ici.
— Je n'y fais rien de spécial. J'aime bien me promener dans les bois, c'est tout.
— Savez-vous quelque chose sur les cadavres qu'on a retrouvés ?

Elle secoua la tête.

— Ne mentez pas, dit Abigail.
— Je ne veux pas en parler.
— Julian promet de vous aider, soit. Je vous aiderai moi aussi. De l'argent. Un toit. Je vous installerai, petite fille. Je changerai votre vie.

Le défi se mua en défiance.
- Vous mentez.
- Nous en avons les moyens, un milliard de dollars et des poussières. Mettez-moi à l'épreuve.

Elles s'affrontèrent du regard, et ce fut Victorine Gautreaux qui baissa les yeux la première.
- Tout ce que je sais, c'est ce que m'a dit Julian.
- Et que vous a-t-il dit ?
- Ça ne va pas vous plaire.
- Allez-y quand même.
- Il m'a dit que c'était vous.
- Quoi ?
- Il m'a dit que c'était vous qui aviez tué les garçons.

35

Lorsque Jimmy vint la voir pour la deuxième fois, il respirait bruyamment. Elle entendit claquer la porte d'entrée, puis des pas rapides. La porte s'ouvrit en allant taper contre le mur et il apparut dans l'encadrement les épaules raides, les mâchoires crispées. Visiblement, le calme avait cédé la place à la colère. Il jurait entre ses dents comme s'il se trouvait seul dans la pièce. « L'enfant de salaud... têtu comme une mule... putain d'égoïste. » Puis son regard se posa sur Elena qui se recroquevilla dans son coin en tirant au maximum sur la chaîne, et il s'obligea à sourire.
- Ah, elle est toujours là. C'est bien... Je voudrais que tu appelles Michael. Je lui indiquerai le chemin. Il pourra venir te récupérer.

Elena se releva péniblement.

– Non, dit-elle.

Trop surpris pour mal le prendre, Jimmy eut un petit rire étranglé.

– Comment ça, non ?

– Je ne vais pas vous aider.

– Rien ne m'oblige à te le demander poliment, tu sais, remarqua-t-il, les yeux brillant d'une lueur menaçante. Je peux t'y forcer, t'écraser ta jolie petite gueule avec ce putain de téléphone et t'obliger à hurler à la mort. Mais je suis un peu fatigué..., reconnut-il avec un sourire peu engageant. Je préférerais m'éviter cette peine.

Elena comprit alors, et, malgré sa terreur, elle se redressa.

– Vous voulez que Michael vienne, sans se douter de rien. Vous voulez que je l'attire dans un piège. En fait, vous avez peur, dit-elle en relevant le menton.

Jimmy devint soudain très calme, impassible.

– La liberté de choix, tu y crois ? demanda-t-il. C'est un concept important, un droit dont trop de gens pensent qu'il leur est dû. Ils suivent le troupeau, font ce qu'on attend d'eux. Même Michael y sacrifie. Il joue au bon fils, au bon amant, au brave gars. C'est dégoûtant, parce que ce n'est pas ce qu'il est. En réalité, il est comme moi. Pareil.

– Michael ne vous ressemble en rien. Je ne vous aiderai pas.

– Ah ah. Tu ignores encore en quoi consiste le choix qui s'offre à toi.

Jimmy sortit une petite clef de la poche de son veston. Il s'approcha et Elena recula. Le lit glissa de quelques centimètres avant que Jimmy ne pose une main sur la barre pour le bloquer.

– Tu vas vite comprendre..., dit-il en se penchant plus près, et il détacha les menottes du barreau du lit. Parler est facile. Choisir est difficile.

Il tira d'un coup sec sur les menottes en obligeant Elena à le suivre vers la porte. Piégée, elle traversa la maison en chancelant, trébucha, et tomba en entrant dans une pièce qui tenait plus d'une morgue que d'un salon. Jimmy tirait durement en la traînant à travers les cadavres refroidis qui jonchaient le sol. Aussi mince qu'il fût, il était fort, et, une fois dans la cour, Elena sentit les pierres et les graviers lui arracher la peau du dos. Son bras tordu semblait bien près de se rompre, mais cette douleur n'était rien comparée aux idées morbides qui rôdaient dans son esprit. Il l'emmenait rejoindre Stevan dans la grange qui se découpait, massive et sombre, contre le ciel d'un rose pâle. De l'intérieur lui parvint un son étouffé, qui la bouleversa : les sanglots d'un homme brisé, réduit à néant, pleurant sans honte. Voilà où Jimmy l'emmenait. Ils entrèrent par une ouverture de soixante centimètres entre les deux battants de la porte. Elle vit un haut plafond aux poutres poussiéreuses, un lieu noyé d'ombres, à peine éclairé d'une lumière jaune. Elle vit des outils accrochés à des clous, sentit une odeur d'huile de vidange et de vieille paille.

Et elle vit Stevan.

– Voilà quel est ton choix.

Jimmy la releva en la tenant d'une main par les cheveux, de l'autre par les menottes. Il lui tordit le bras derrière le dos, la força à avancer sur la pointe des pieds. Stevan était nu, bras et jambes écartés, allongé sur le capot d'un vieux tracteur rouillé. La corde qui lui nouait les poignets allait s'enrouler bien serrée autour des essieux arrière du tracteur. Des crochets lui transperçaient les mollets, reliés l'un au bloc-moteur du tracteur, l'autre à un lourd sac d'engrais. Il était écartelé, le dos arc-bouté, pissant le sang. Son corps n'était plus qu'un patchwork de plaies béantes.

Mais ce n'était pas le pire.

De loin.

Comme Elena se détournait, Jimmy l'obligea à regarder.

– Non, non, non, pour choisir, il faut avoir tous les éléments, et tu n'as pas bien regardé...

Jimmy la fit approcher, et Stevan les suivit de l'œil qui lui restait. L'autre n'était plus qu'une cavité sanglante. Un miroir était suspendu au-dessus de son visage, incliné de sorte qu'il puisse se voir peu à peu perdre toute apparence humaine.

— Pratique, hein ? fit-il en donnant un coup d'ongle sur le miroir.

— Vous êtes fou à lier.

— Non. Il y a de la méthode là-dedans, crois-moi.

Sa main qui lui empoignait les cheveux la força à bouger la tête pour regarder le supplicié.

— L'œil aurait dû suffire, mais comme je te l'ai dit, il est plus coriace que je ne le pensais.

Elena était faible et se sentait étouffer.

— Pourquoi faites-vous ça ?

— Pour l'argent.

— Je ne l'ai pas...

Les mots étaient sortis comme un râle de la gorge de Stevan.

— On t'a pas sonné, dit Jimmy en tapant sur l'une des plaies ouvertes, assez fort pour le faire hurler.

Jimmy haussa le ton pour dominer ses cris.

— J'ai décidé de m'y prendre un côté à la fois, tu saisis ? Œil gauche, main gauche, oreille gauche, etc.

Il avait découpé des bandes de peau sur le seul côté gauche du visage, et sectionné quatre doigts de la main gauche, ne laissant que le pouce. Jimmy surprit le regard d'Elena sur la main mutilée.

— T'as vu, il lève le pouce pour dire que tout va bien, remarqua-t-il en s'esclaffant. Je vais m'attaquer au sourcil, puis au cuir chevelu. Toujours du côté gauche. Et tu sais pourquoi ? Parce que ce petit merdeux pourri gâté a toujours eu deux visages. Maintenant, tout le monde peut le voir.

Elena regarda la paille par terre, puis l'assortiment d'outils tranchants posés sur un petit établi bancal, bien rangés par ordre de taille : gouges, ciseaux, brosses en fer, cisailles, tenailles. Lames aiguisées, dentelées. Des outils terribles, ensanglantés.

— Pourquoi faites-vous ça ?

— Otto Kaitlin est mort avec soixante-sept millions de dollars sur des comptes off-shore. J'ai cru que ce joli cœur pourrait m'aider à mettre la main dessus. Je commence à me dire que j'avais tort.

Jimmy lâcha les cheveux d'Elena pour prendre un ciseau qu'il inspecta.

– Stevan prétend qu'il n'a jamais pu trouver les numéros de compte et les mots de passe. Nous avions tous supposé qu'Otto les lui avait donnés avant de clamser, mais il prétend le contraire.

Posément et comme sans y penser, Jimmy pinça un morceau de peau sur le flanc de Stevan et glissa le bord tranchant du ciseau entre la peau et la côte. Il pénétra sans mal dans la chair, et Jimmy l'y laissa planté, le manche ressortant, alors que les hurlements incessants montaient encore d'un cran.

– Stevan pense que c'est Michael qui a les codes, reprit-il après une petite pause.

– Michael n'a pas soixante-sept millions de dollars.

– Qui sait, répondit Jimmy en se remettant au travail ; il remua le manche et un bruit de succion écœurant se fit entendre. Le Vieux l'aimait. C'est plausible. Ce qui nous ramène à la question du choix.

Cette fois, Elena comprit où il voulait en venir.

– Il vous faut Michael vivant.

– Bravo. Je commence à comprendre ce qui lui a plu en toi.

Jimmy prit un autre ciseau, plus petit. Il se pencha sur Stevan, pinça une bande de peau, puis une autre tandis que Stevan le suppliait en le fixant de son œil unique.

– Tuer Michael, ce serait facile. Le prendre vivant..., ajouta-t-il en glissant le ciseau sous la chair, c'est une autre paire de manches.

Stevan se convulsa.

Jimmy regarda Elena, qui restait immobile.

– Je veux que tu fasses venir Michael ici. Un simple coup de fil, et je te laisserai partir.

Elle secoua la tête, sans pouvoir détacher les yeux de Stevan gisant sur le tracteur. Son regard se posa sur le plus grand des ciseaux, et sur la coulée de sang qui s'échappait de l'incision. Le manche de l'outil était en caoutchouc bleu ciel.

— Tu peux m'aider. Tu peux me faciliter les choses. Ou bien je peux te faire de la place ici, dans la grange. Une faible femme. Tu ne tiendras pas longtemps. Je n'aurai pas à me démener comme avec lui, dit-il en montrant Stevan, mais...

Comme il tendait la main vers un autre outil posé sur la table, il détourna les yeux un quart de seconde, alors Elena arracha le ciseau de la poitrine de Stevan et, quand Jimmy se retourna, elle l'en frappa.

36

Chez Flint, la pièce de devant était plongée dans le noir et le silence, pourtant Michael se retournait depuis des heures, incapable de dormir. Les yeux rivés au plafond, il s'inquiétait pour Elena, pour son frère, en se rongeant les sangs. Abigail avait-elle retrouvé Julian ? Était-il seul et effrayé, ou encore perdu dans les sombres couloirs de sa schizophrénie ? Les gens qui comptaient le plus pour Michael étaient loin, mais surtout il ne pouvait les atteindre ni les joindre, et cela le mettait à l'agonie. Il voulait les retrouver, les réunir ; plusieurs fois il se leva dans l'intention de s'en aller. Mais la Maison de fer attendait derrière la vitre, et certaines questions exigeaient toujours des réponses. Quelqu'un traquait les garçons de son enfance, quelqu'un à la rancune tenace, qui avait de l'argent et les moyens de les attirer dans la région, de les tuer, puis de jeter leurs corps dans le lac du sénateur. Ronnie Saints était mort, tout comme George Nichols. Billy Walker était toujours en vie. Manquait Chase Johnson. Où était-il, et comment s'intégrait-il au tableau ? Pourquoi donc avaient-ils resurgi dans la vie de Julian ?

Les heures passaient et Michael continuait à s'agiter sur le canapé inconfortable. Il les revit tels qu'il les avait connus, puis les imagina plus vieux, plus forts, toujours aussi vicieux et malfaisants. Que voulaient-ils obtenir de son frère ? De l'argent ? Une revanche ? Autre chose ? Les possibilités se bousculaient dans sa tête, et lorsque le sommeil le submergea enfin, ils l'attendaient dans ses rêves, ces hommes aux yeux sournois qui pourchassaient une silhouette le long de corridors. Ils se déplaçaient comme des loups, rapides et sûrs, puis jetaient Julian à terre avec des rires cruels et s'acharnaient sur lui à coups de barres de fer et de boots ferrés. Michael essayait de les arrêter, mais ses pieds étaient cloués au sol ; il ouvrait la bouche, mais elle était pleine de sable. Riant en chœur, ils se moquaient de Julian, qui suppliait ; puis Julian devint Elena, enceinte et recroquevillée sur le même sol de ciment friable. Ventre arrondi, main tendue, elle croisait son regard, puis hurlait son nom alors qu'ils la rouaient de coups.

Michael se redressa d'un bond dans le noir, l'arme à la main, et balaya la pièce du regard en sentant dans sa paume le relief de la crosse du pistolet. Il prononça le prénom d'Elena d'une voix étranglée, puis se rappela enfin où il était et abaissa le pistolet. Il était en nage, la sueur lui piquait les yeux. S'affalant sur le canapé, il essuya son visage moite. Iron Mountain, la maison de Flint. L'arme claqua contre une bouteille quand il la reposa sur la table. Il jura entre ses dents, puis vérifia son portable. Rien. Il ne résista pas, appuya sur la touche du numéro d'Elena, eut sa boîte vocale. « Où es-tu mon ange ? J'ai vraiment besoin de toi. Appelle-moi. »

Raccrochant à contrecœur, il se leva dans la maison sans air, surchauffée, où son rêve s'attardait, toujours prégnant. Après avoir fait quelques pompes pour s'éclaircir les idées, il enfila ses chaussures et alla vérifier la cour et l'allée, l'esprit vif, le corps dénoué. Il se sentait prêt, avec le besoin urgent de bouger, pourtant il demeura un bon moment sur les larges marches de l'orphelinat, d'où il contempla le lever du soleil qui émergea telle une couronne d'un rouge ardent illuminant les épaules des montagnes. En cet instant, plissant les yeux dans l'éclat aveuglant, Michael se rendit compte qu'Elena avait tous les droits d'être en colère. Jamais il n'aurait dû toucher ce cadavre. Il aurait dû la prendre par la main, la faire sortir de l'abri à bateaux et partir sans un regard en arrière.

Pourtant, avait-il eu le choix ? Julian et lui étaient frères, forgés ici, dans le froid des mêmes hivers. Mais Elena était aussi sa famille, la mère de son enfant, la femme qu'il aimait. N'était-il pas normal qu'elle sache la vérité sur lui ? Qu'elle aussi ait le droit de choisir ? Bon sang, il allait devenir fou à force de penser à tout ça, mais là sur les marches de la Maison de fer, c'était la colère qui dominait. Michael ne s'était jamais plaint du sort que Dieu lui avait accordé, de la vie qui lui avait été impartie. Il jouait le jeu avec les cartes qu'on lui avait données, bossait dur, continuait. Mais cela ne suffisait plus. Il voulait davantage. Il voulait qu'Elena revienne et que son frère s'en sorte indemne. Il voulait une compensation pour l'injustice qui lui avait été faite, il voulait qu'on lui rende son enfance et celle de Julian, il voulait passer cette colère sur quelqu'un. Pourtant, il n'en ferait rien. Flint vivrait, ainsi que Billy Walker. Telle était sa décision, un choix doux-amer. Mais un soleil rouge sang s'était levé, rappelant à Michael toutes les choses qui l'avaient fait tel qu'il était. Et c'était bien ainsi.

Il promena une dernière fois son regard sur la cour, la montagne, le soleil montant, puis ouvrit la porte, entra et fut de retour chez lui. Entre le haut plafond et le sol fissuré, il vit des meubles couverts de poussière, des éclats acérés de verre brisé. Sa peau le picotait étrangement.

C'est juste un lieu comme un autre, se répéta-t-il.

Un long couloir le conduisit à un escalier qui menait au deuxième étage. La lumière y était plus vive, le grillage aux fenêtres brillait comme la lame d'un rasoir. La chambre qu'il partageait avec Julian était tout au bout. Il poussa la porte et entra dans un espace plus restreint que dans son souvenir. Les lits superposés étaient toujours là : le sien en haut, celui de Julian en bas. De la fenêtre, il regarda la façade déchiquetée d'Iron Mountain, éternelle. Cherchant en lui une émotion, il découvrit que sa colère avait disparu. À l'intérieur, il était comme pierre. Peut-être avait-il réussi à enterrer tout ça, finalement.

Mensonge. Le vide qu'il ressentait était trop vide, l'écho trop persistant. Inspirant profondément, il s'assit au bord du lit de Julian, retrouvant des sensations oubliées : le matelas fin, recouvert d'une toile grossière. Même l'oreiller était encore là, et comme il le soulevait, il vit des mots griffonnés dans le bois, en dessous.

Faites que je sois comme Michael.
Rendez-moi fort.

Michael se releva soudain. Non, ce n'était pas juste un lieu comme un autre. C'était l'horrible bouche d'un monde de cauchemar qui les avait vomis. Julian ravagé, et lui...

Quoi ?

Il connaissait le visage de chacun de ceux qu'il avait tués, pas une fois morts, mais au dernier instant de leur vie, les traits déformés par la peur, l'incrédulité, la colère, et quelques-uns, très rares, comme Otto Kaitlin, lassés de la vie et prêts à mourir. Ils se succédèrent dans son esprit, une longue file de visages remontant le temps, pourtant Michael n'éprouvait aucun doute, aucune culpabilité. Était-il si certain d'être dans son bon droit ? Ou bien ces lieux avaient-ils faussé son âme ? Quelques rares certitudes lui servaient de repère. Il aimait Elena et leur enfant à naître. Il aimait Julian. C'était peu, pourtant c'était immense, tout un monde, le genre de cadeau qu'il protégerait au péril de sa vie, quitte à tuer. Peut-être était-ce cela le don de la Maison de fer, et le but de son séjour ici : cette lucidité.

En descendant l'escalier, il décida que oui, c'était ça.

Pourtant être revenu en ces lieux ne lui apportait ni paix, ni réconfort, ni compréhension. Une forme d'acceptation ? Oui, c'était sans doute le mot qui convenait. Les bâtiments tombaient en ruine. Flint était un joueur et un poivrot, Billy réduit à l'état d'innocence. Rien n'était bon dans tout ça, pourtant cela renforçait Michael dans la conviction qu'il avait depuis l'enfance : la vie est dure, et cela paie d'être fort.

Dans la voiture, alors qu'il quittait ces lieux et que le portail se dressait devant lui, il se demanda pour la première fois quelle aurait été sa vie s'il avait laissé Julian endosser le meurtre d'Hennessey. Quel genre d'homme serait-il devenu, si c'était lui qu'Abigail Vane avait ramené chez elle ?

Sans doute le même, conclut-il. Mais avec moins de meurtres à son actif.

Il revint en ville et s'arrêta à la première station-service qu'il rencontra. Elle était modeste : deux vieilles pompes sous un abri en plastique en forme de V, tel un oiseau en vol. Dans la fraîcheur du jour, il se dit qu'il avait des décisions à prendre. Elena était toujours hors d'atteinte, mais pas Julian. Il pouvait retourner au comté de Chatham et aider Abigail à le retrouver, ou encore essayer d'élucider une partie de ces énigmes.

Il gara la Mercedes devant une pompe, sortit de la voiture et réfléchit aux noms tout en faisant le plein. Où était Chase Johnson ? Qui était Salina Slaughter, et pourquoi le nom d'Abigail Vane figurait-il sur la liste ?

Il y avait forcément un lien.

Quand le réservoir fut plein, Michael revissa le bouchon d'essence et se concentra sur Chase Johnson. Ronnie et lui étaient toujours amis ; ils se parlaient de temps à autre. Peut-être que Chase était mort, jeté dans le lac. Peut-être qu'il se cachait, et savait ce qui se passait. En tout cas, la petite amie de Ronnie avait dit qu'il habitait à Charlotte, pas loin d'ici.

En entrant dans la station pour payer, Michael hésitait. Parviendrait-il à débusquer Chase ? Et s'il retournait chez

Ronnie soutirer un peu plus d'informations à sa petite amie ? Elle ne lui avait sûrement pas tout dit.

Sous sa poussée, la porte s'ouvrit en raclant le sol. Il remarqua de petits détails en entrant, une femme menue comme une poupée qui achetait des sucreries, un miroir courbe suspendu au plafond. Il y avait un type âgé à la caisse, qui le salua d'un petit hochement de tête quand Michael s'approcha pour payer.

– Bonjour.

Michael saisit d'un coup d'œil sa physionomie, sa peau tannée, une vieille casquette tachée sur la tête, une chemise usée, et un appareil d'audition à l'oreille droite.

– Bonjour, répondit-il.

– Pompe numéro quatre, dit le gérant, et il plissa les yeux en soulevant ses lunettes cerclées de noir pour vérifier quelque chose sur la caisse enregistreuse. Trente-sept dollars, annonça-t-il.

Michael posa deux billets de vingt sur le comptoir. Une vitre le recouvrait, sous laquelle étaient glissées des cartes postales. Le Grand Canyon. San Diego. Le Flatiron Building de New York, ce qui le fit sourire.

– Voilà, fiston. Trois dollars.

En prenant sa monnaie, il lui vint une idée.

– Vendez-vous des cartes ?

– De quelle région ?

– Charlotte, l'État en général.

– Juste derrière vous, indiqua le gérant en désignant après une étagère de bidons d'huile et d'antigel un présentoir en fer rempli de cartes pliées. Vous trouverez la Caroline du Nord en haut, le Tennessee et la Géorgie plutôt vers le bas.

– Merci.

En s'approchant du présentoir, Michael remarqua, punaisée au mur, une grande carte topographique vert pâle, avec des lignes ondulées montrant les reliefs.

Michael s'arrêta à deux pas et eut un drôle de tiraillement dans la poitrine lorsqu'il vit combien Iron Mountain semblait petite au milieu de tout ce vert. La carte couvrait toute la partie ouest de la Caroline du Nord, en débordant un peu sur le Tennessee et la Géorgie. Un pays montagneux, avec de petites villes, des vallées étroites, des lacs, des rivières, et de larges étendues boisées correspondant à la forêt domaniale. Iron Mountain s'élevait à 1 575 mètres d'altitude, la ville à ses pieds n'était qu'une petite tache jaune. Il trouva la rivière qui, dans son esprit, était large et noire, et suivit son cours. Elle venait du Nord pour se jeter dans la vallée, puis grossissait et se ramifiait en allant vers l'ouest, vers le Tennessee, alimentée par de petits cours d'eau. Il suivit du doigt la frontière de l'État, là où elle longeait le pied d'une autre montagne. En découvrant le nom qui y était inscrit en tout petit, Michael fut sidéré comme par un effet d'optique. Il ne croyait pas aux coïncidences.

La montagne s'appelait Slaughter Mountain, et elle se trouvait à cinquante kilomètres de la Maison de fer.

Iron Mountain.

Slaughter Mountain.

Salina Slaughter.

Il sentit une chaleur sourdre sous sa peau et se répandre dans tout son corps.

Cela signifiait forcément quelque chose, mais quoi ? La porte d'entrée s'ouvrit en raclant le sol. C'était la petite bonne femme qui s'en allait avec un sac de bonbons. Il n'y avait pas d'autres clients. Le vieux fit le tour du comptoir en traînant des pieds.

– Ma parole, vous allez faire des trous dans mon mur à force de regarder fixement. Qu'est-ce qui vous fascine à ce point-là ?

Il émanait de lui une odeur de tabac et d'herbe coupée.

– Vous savez quelque chose sur Slaughter Mountain ? s'enquit Michael.

– Des gens des collines, répondit le gérant en haussant les épaules.

– Ce qui veut dire ?

Il sortit une pipe et se mit à la bourrer.

– Ce qui veut dire qu'ils couchent avec leurs mamans et mangent leurs morts, répondit-il, puis il alluma sa pipe, aspira fort et souffla un nuage de fumée odorante. Pour sûr, les Slaughter, c'était quelque chose, autrefois. Bois d'œuvre, charbon, paraît qu'il y avait même de l'or. Une grande dame vivait là-bas, quand j'étais jeune. Elle doit être morte à l'heure qu'il est.

– Le nom de Salina Slaughter vous dit-il quelque chose ?
– Non, on peut pas dire.

Michael sentit le découragement le gagner, quand le type reprit la parole.

– Je crois qu'elle s'appelait Serena.
– Serena Slaughter ? interrogea Michael, dont l'intérêt se raviva soudain.
– Argent. Politiciens. Partis. On dit qu'ils ont raclé cette montagne jusqu'à l'os.
– Vous avez une carte de cette région ? demanda Michael. Elle paraît assez isolée.
– Vous comptez vous y rendre ?
– Peut-être.
– Je serais vous, je m'équiperais d'une arme, conseilla-t-il, et il donna une carte à Michael en la faisant claquer contre la paume de sa main.

37

Le ciseau atteignit Jimmy alors qu'il se tournait, manquant sa poitrine pour se planter dans la chair, sous son bras gauche. Elle sentit la lame racler l'os et vacilla en arrière. Jimmy poussa un hurlement, il chercha à la saisir par ses vêtements et la rata de peu. Elena pivota et lui balança dans la figure la menotte qui claqua contre son nez. Le sang jaillit, Jimmy hurla plus fort et, dans un mouvement convulsif, sa main vint se poser sur le manche bleu ciel qui saillait de son flanc.

Sans demander son reste, Elena fonça vers la porte, se retrouva dehors dans l'herbe humide et l'air frais d'un jour nouveau. Le froid lui piqua les joues, alors elle sut qu'elle pleurait, que ces sons étranges qui lui emplissaient les oreilles venaient d'elle. Elle regarda vers les véhicules garés près de la grange, doutant qu'ils lui soient d'aucun secours. Certes, il y avait des clefs de voiture dans la maison, posées sur des meubles ou fourrées dans la poche des cadavres, mais elle n'avait pas le temps de les chercher. Jimmy était blessé, mais loin d'être hors d'état de nuire. Elle regarda les bois sombres et profonds, puis se rappela les armes qu'elle avait vues éparpillées dans la maison, sur des tables, ou pendant de mains inertes. L'instinct lui hurlait d'aller se réfugier dans les bois, sous le couvert des arbres qui lui offriraient tant de creux où se tapir et se cacher.

Affolée par ce dilemme, elle opta pour la maison, les armes, et elle montait les marches du perron quand elle entendit claquer un coup de feu. Elle regarda en arrière. Jimmy avait mis un genou à terre pour mieux viser, mais il se redressait déjà et courait sur elle, l'arme à la main.

Un deuxième coup de feu éclata, touchant la maison. D'un revers de manche, il essuya le sang qui lui coulait dans les yeux. Elena doutait fort qu'il rate sa cible une troisième fois. Bondissant des marches, elle courut vers la forêt, son seul recours à présent.

Une minute trente plus tard, cet espoir fut vite compromis. Sous les feuilles qui jonchaient le sol, la terre était dure et rocailleuse. Dans sa fuite éperdue, Elena heurta violemment une pierre saillante et s'effondra, les orteils écrasés par le choc.

Jimmy arrivait.

Elle le vit à la lisière de la forêt. Fluide, rapide, silencieux, il avançait comme si toute sa rage et son énergie étaient canalisées vers ce seul but, et, à sa façon de se faufiler entre les arbres, on aurait dit qu'il était né dans les bois.

— Pour toi, je commencerai d'abord par le côté droit, lui lança-t-il quand il la vit.

Elena se redressa et courut malgré ses orteils brisés. La douleur était atroce, la peur lui broyait le cœur.

Mon Dieu, je vous en supplie...

Elle trébucha dans une ravine et pataugea dans les flaques d'eau, s'empêtrant dans des racines détrempées, étouffant à moitié dans l'air humide. Dans ce fossé ceint de murs de boue, elle crut pendant de longues secondes l'avoir semé mais, au bout de cinquante mètres, les parois s'abaissèrent et elle vit que Jimmy courait, parallèle à elle, tel un chasseur traquant sa proie.

— Petite fille..., lança-t-il d'un ton doucereux, en se moquant d'elle.

Elle changea de cap, courut plus vite tandis que son champ de vision s'obscurcissait sur les bords. Il n'y avait que cette course effrénée, et le souffle dans ses poumons. Les arbres devinrent ennemis, ils se resserraient autour d'elle, la cernaient, tendant leurs branches tels des crochets. Elle trébucha encore, roula, se redressa, courut. Un fossé apparut, qu'elle franchit d'un bond.

Et ce bond lui fut fatal.

Car elle atterrit dans un creux dissimulé par des feuilles pourrissantes, et sa cheville se brisa avec un bruit cassant de plastique. Elle tomba en avant, glacée jusqu'au sang, et se recroquevilla dans ce creux avec le fol espoir de s'y enfoncer et de disparaître.

— C'est une honte, dit la voix derrière elle, terriblement proche.

Un filet de fumée bleue s'élevait dans l'air. Jimmy était à quelques mètres, il se tenait le flanc d'une main tout en fumant une cigarette coincée entre deux doigts. Les traînées de sang lui faisaient un masque autour des yeux, telle une peinture de guerre. Le sang, le calme, la veste en velours, la fumée de cigarette. C'était une vision terrifiante.

Baissant les yeux, Elena découvrit sa pauvre cheville. La peau tendue sur l'os cassé qui saillait était blanche, et noircissait tout autour. Comme elle roulait sur le dos, sa cheville tourna, elle hurla de douleur et tout devint noir.

Cela dura deux ou trois secondes, et quand sa vision s'éclaircit, Jimmy était accroupi à côté d'elle.

– Laisse-moi t'aider.

– N'y touchez pas...

Il lui coinça la jambe avec son genou.

– Non. Non. Je vous en supplie...

Le pied était tordu de côté. Tout en la maintenant allongée, il le redressa d'un coup sec. Quand elle reprit conscience, la douleur surgit en premier, suivie d'un moment d'égarement, puis la mémoire lui revint. Jimmy était assis par terre en tailleur. La jambe blessée d'Elena reposait sur ses genoux, les orteils pointant dans la bonne direction. Elle remarqua l'état lamentable de sa cheville, le menton et les joues de Jimmy bleuis par une barbe naissante. Puis elle vit qu'il avait son portable à la main.

– Nous allons appeler Michael, maintenant.

Ses yeux luisaient comme du verre. Il cherchait du réseau en tenant haut le téléphone.

– J'espère que ça passe, ici, dit-il en se parlant à lui-même, une main posée sur le genou d'Elena.

Quand elle voulut parler, cela lui fut si difficile qu'elle devina qu'elle était en état de choc.

– Je ne ferai pas ça, articula-t-elle avec peine.

– Ah ! ça passe, dit-il l'air de rien, et Elena entendit le faible trémolo de la sonnerie du téléphone.

Jimmy le lui colla contre la joue.

– Je refuse.

– Chut, fit-il. Ça ira. Suffit juste de dire bonjour.

– Mon Dieu.

– Ça y est, murmura Jimmy.

Elena l'entendit aussi.

Sa voix, si nette, si proche qu'elle faillit craquer.

Le téléphone était dur contre son oreille, les bois autour d'eux immobiles, comme aux aguets.

– Michael... Michael, écoute...
Jimmy lui saisit le pied, le tordit. Un hurlement sans fin retentit dans la forêt silencieuse.

38

Michael regagna le parking d'un pas rapide. Il tournait autour depuis assez longtemps pour pressentir que les morceaux du puzzle remuaient dans son esprit en cherchant à s'emboîter les uns dans les autres. Il n'avait pas encore le tableau d'ensemble, mais cela viendrait, il en était convaincu.

C'était ce truc à propos de Slaughter Mountain...

Démarrant en trombe, il sortit du parking avec la carte ouverte sur le siège à côté de lui.

Slaughter Mountain. Salina Slaughter.

Les deux noms tournaient en boucle dans sa tête. Il y avait eu une histoire à Slaughter Mountain, une histoire d'argent et de politiciens, formant comme un tissu conjonctif. S'il voulait sauver Julian, il faudrait qu'il en sache plus sur la nature même de ce tissu. Était-ce lié à la Maison de fer ? À ses anciens pensionnaires ? Ou encore au sénateur ?

Alors qu'il atteignait la périphérie de la ville, les propos du gérant de la station-service lui revinrent en tête.

On dit qu'ils ont raclé cette montagne jusqu'à l'os.

Michael se demanda d'où venait à l'origine l'argent de Randall Vane. Si c'était ça, le lien ? Il ruminait cette question quand le téléphone sonna dans sa poche. Il le sortit, regarda l'écran et fit un brusque écart sur la droite en donnant un violent coup de frein pour s'arrêter sur le bas-côté. Dans le monde vide qui l'entourait, l'espoir brilla soudain et une chaleur l'envahit tandis que le poids qui l'oppressait depuis la disparition d'Elena s'allégeait.

— Elena ?
— Michael...
— Ma chérie, Dieu soit loué...
— Michael, écoute...

Quelque chose n'allait pas dans sa voix. Elle était comme éteinte. Il regardait en contrebas la route noire et sinueuse quand Elena se mit à crier.

— Elena ! appela-t-il en écrasant presque l'appareil contre son oreille. Elena !

Le hurlement dura longtemps. Il le supporta parce qu'il n'avait pas le choix, et qu'il connaissait les règles du jeu. Jimmy voulait quelque chose. Ou Stevan. Ils voulaient qu'il meure, et ils avaient les cartes en main. Aussi Michael agrippa-t-il le téléphone et souffrit mille morts tandis que la voix d'Elena s'amplifiait, se brisait, et finissait par se taire. Pâle de rage et de souffrance, il l'entendit sangloter. Lorsque Jimmy prit le relais, on aurait dit que Michael avait été changé en pierre.

— Je suppose que tu sais ce que je veux ?
— Rester en vie ? répondit froidement Michael. Impossible.
— Non, non, répondit Jimmy avec un petit rire. Il est trop tard pour faire de l'humour.
— Tu n'aurais pas dû, Jimmy. Tu n'aurais pas dû en faire une affaire personnelle.
— Oh, Michael. Tu te conduis toujours comme si le Vieux était encore là pour couvrir tes arrières.
— Tu sais comment ça finira.
— Oh, que oui. C'est pourquoi je t'ai appelé. Et pourquoi je m'occupe en ce moment même de distraire ta petite amie.
— Je veux lui parler.
— Mais oui, tu lui parleras. Quand tu m'auras apporté les soixante-sept millions de dollars.

C'était donc ça. Michael n'en fut pas surpris. Des rumeurs persistantes couraient depuis longtemps sur l'argent du Vieux.

— Laisse-moi parler à Stevan.

Jimmy rit, et Michael comprit.

— Stevan est mort.

Elena hurla de nouveau, plus fort, plus longtemps.

— Je ne cherche pas à discuter avec toi, reprit Jimmy quand ce fut fini. Je veux les numéros. Ou tu les as, ou tu ne les as pas.

— Je les ai. Ne refais pas ça.

— Où es-tu ?

Michael regarda la rue vide ; la muraille rose d'une montagne au loin.

— À cinq heures de route.

Il entendit Elena hurler de nouveau.

— Je suis dans les montagnes ! Je te le jure ! Je pourrai être là-bas dans cinq heures. J'ai ce que tu veux. Ne lui fais plus de mal. Je t'en prie.

— Tu l'aimes vraiment, hein ?

— Je t'en supplie.

Jimmy resta silencieux un instant, pendant que Michael étreignait le téléphone.

— Je t'en donne quatre, conclut-il enfin. Appelle quand tu arriveras en ville. Je te dirai comment me rejoindre.

— Quatre heures, ce n'est pas assez...

— Quatre heures, et ne sois pas en retard. Ce putain de téléphone n'a presque plus de batterie.

— J'aimerais lui parler.

— Soixante-sept millions, Michael.

— Jimmy...

— Tu as intérêt à les avoir.

39

Abigail prenait son café sur la terrasse située à l'arrière de la maison. Un auvent l'abritait du solcil, mais ses rayons se reflétaient sur l'eau. Elle était vêtue sobrement, d'un tailleur noir qu'elle estimait adapté aux circonstances. Les flics s'activaient depuis l'aube sur le lac, et à tout moment, un autre corps pouvait être repêché. La vie était devenue ainsi, peuplée d'incertitudes, et les fils qui la reliaient à la normalité étaient de plus en plus fragiles.

Elle sirotait donc son café tout en observant les recherches, et ne fit aucun commentaire quand le sénateur s'affala dans un fauteuil à côté d'elle.

— Si jamais ils en trouvent un autre, je jure que j'en tue un moi-même, s'exclama-t-il avec dégoût.

Elle regarda le canot et les filins noirs qu'on ramenait, terminés par des crochets en métal qui striaient la surface de l'eau. Les filins furent relancés et volèrent avant de replonger. Un homme posté dans le canot se tourna alors dans leur direction et regarda vers le haut de la colline en mettant une main en visière. À son maintien raide, elle devina que c'était Jacobsen.

Vane se servit du café.

— Trois cadavres, les yeux du monde entier braqués sur nous… Il y aura bientôt des assignations et un mandat d'arrêt pour fouiller la maison, je suppose. Ils voudront mettre Julian en garde à vue. Le soumettre à un interrogatoire, pour le moins. Un vrai désastre.

— Je ne te laisserai pas accuser Michael, déclara Abigail alors qu'il ajoutait de la crème à son café.

— Quoi ?

Elle n'avait pas dormi de la nuit, était restée debout à réfléchir. Mais on ne l'aurait pas dit tant elle avait le regard vif et le teint frais.

– Tu vas lui faire porter le chapeau sans aucun motif. Tu vas le sacrifier juste pour nous protéger.
– C'est absurde.
– Je sais comment tu fonctionnes, Randall. Je t'ai déjà vu à l'œuvre.
Il sourit, mais elle ne s'y laissa pas prendre.
– Cela n'aurait rien de grave, Abigail, juste un peu de fumée et de poudre aux yeux pour sauvegarder les apparences. Ça fait partie des relations publiques, de la politique. Ça ne lui collerait pas longtemps à la peau.
– Je ne te laisserai pas faire.
– Tu ne pourrais pas m'en empêcher si ta vie en dépendait.
– Est-ce une menace déguisée ?
– Bien sûr que non.
– Dans ce cas, n'emploie pas ce ton avec moi, Randall. Je ne suis pas née de la dernière pluie.
Il plissa le front, changea de sujet.
– On t'a vue avec Victorine Gautreaux ce matin. Tu l'as même ramenée à la maison.
– Je lui ai donné le médicament pour Julian.
– Pourquoi ?
Abigail observait les canots qui regagnaient le rivage.
– Parce qu'il est en pleine crise de délire. Et qu'il en a besoin.
– Non, ce qui m'intrigue, c'est pourquoi tu l'as laissée filer, elle ? Sais-tu seulement où se trouve Julian ?
– Dans les bois, je présume.
– Il a besoin d'être sous surveillance permanente.
– Jusqu'à ce qu'il ait retrouvé toute sa tête, je préfère qu'il soit n'importe où sauf ici. Il a des hallucinations.
– Mais tu détestes cette famille.
– Je déteste Caravel. Il y a une différence. Je dois dire que cette fille m'a étonnée.
– En quel sens ?
– Elle m'a impressionnée.
– Cette petite traînée, fille d'une putain de bas étage ? Qu'a-t-elle bien pu te dire pour t'impressionner ?

– Elle voudrait changer de vie. Julian est prêt à l'y aider.
– Tu m'étonnes...
– Es-tu obligé de te montrer si infantile ? C'est une artiste. Elle sculpte des os. Un art que sa grand-mère lui a appris. Elle est particulièrement douée, apparemment.
– Parce que Julian veut la baiser ?
– Parce que, malgré tous ses défauts, Julian est un homme de goût, repartit Abigail d'un ton mordant. S'il décrète qu'elle a du talent, c'est qu'elle en a. Julian a envoyé certaines de ses œuvres à New York. Et il lui a décroché une expo dans l'une des meilleures galeries. Son éditeur veut en faire un livre.
– Un livre sur des os ?
– Sur un art en voie de disparition. Sur une enfant illettrée qui réalise ces œuvres exceptionnelles.
– Artistes. Écrivains... Qu'ai-je fait au bon Dieu pour en arriver là ? se plaignit le sénateur en se levant. Si tu as besoin de moi, je serai avec mes avocats. Ce sont de vrais requins, mais eux au moins, je les comprends.
Il allait rentrer dans la maison quand Abigail l'arrêta.
– Ce que j'ai dit à propos de Michael..., commença-t-elle, puis elle attendit qu'il se retourne. Ce n'était pas à la légère. Si tu essaies de lui faire du tort, je le prendrai pour une agression contre moi.
Le sénateur lui fit un sourire en coin.
– Entre moi et lui, tu prendrais son parti ?
– Ne m'oblige pas à faire un choix.
– Parfois, Abigail, c'est toi que je ne comprends pas.
– Cela vaut peut-être mieux.
– Ou peut-être pas.
Une fois le sénateur parti, elle finit son café.
Deux heures plus tard, la police vint pour arrêter Julian.
Michael l'apprit en écoutant la radio. Il fonçait sur l'autoroute à cent quatre-vingts kilomètres à l'heure, guettant la police routière, un pistolet armé posé à côté de lui, sur le siège passager. Il n'avait jamais tué de flic ni de simple quidam, mais connaissait assez Jimmy pour savoir que quatre heures, c'était quatre heures.

L'aiguille approchait les deux cents kilomètres à l'heure.

Il vérifia le rétroviseur et alluma la radio. « ... d'après des sources proches de l'enquête, un mandat d'arrêt a été délivré contre Julian Vane, l'auteur d'histoires pour enfants mondialement célèbre, fils adoptif du sénateur Randall Vane. Les forces de police convergent et se déploient sur toute l'étendue du domaine... »

Il y avait encore peu de détails, mais l'histoire faisait sensation. Une célébrité liée au monde politique. Plusieurs cadavres retrouvés. Quand ce fut fini, il appela Abigail.

– Comment va Julian ?

– Michael ? Où êtes-vous ?

Il entendit des voix en arrière-fond, un sourd bourdonnement d'activité.

– L'a-t-on arrêté ?

– Non, mais ils le recherchent et ce n'est qu'une question de temps. Il ne pourra pas toujours se cacher, et s'il s'enfuit, Dieu seul sait ce qui arrivera. Je n'en peux plus, Michael, je suis au bout du rouleau. Randall dit que le mandat ne repose sur rien de fondé, mais peu importe. Si on l'arrête, ils le briseront. Vous l'avez dit vous-même. Il n'y résistera pas.

– Je suis en chemin.

– Ne venez pas ici !

– Pourquoi ? Qu'y a-t-il ?

– Ne venez pas... C'est tout.

Michael laissa passer quelques longues secondes.

– Il faut que je récupère mon pistolet, dit-il enfin.

– Quoi ?

Il se figura Elena, brisée au fond d'un trou ; Jimmy, disposant d'un bon nombre d'acolytes, et d'une journée entière pour se préparer. Michael n'avait en tout et pour tout que le .45.

– Le 9 mm que vous avez pris dans ma voiture. J'en ai besoin. Je n'ai pas le temps de m'en procurer un autre.

– Que se passe-t-il, Michael ? Je vous en prie, ne me dites pas que vous avez des ennuis, vous aussi.

– Pouvez-vous le récupérer ?

– Oui, bien sûr, mais...
– Où puis-je vous rejoindre ?

Arrivée au bas des marches défoncées et moussues, Abigail frappa à la porte de Jessup. Elle frappa encore, puis ouvrit la porte et entra dans la petite pièce basse de plafond. Une faible lumière filtrait par les fenêtres aux rideaux tirés. Dans l'alcôve de la cuisine, une bouilloire sifflait sur un petit fourneau.
– Jessup ?
Elle ôta du feu la bouilloire, qu'elle trouva bien légère ; presque toute l'eau s'était évaporée. Le sifflement cessa, et elle éteignit le gaz.
– Jessup ?
La porte de la chambre était restée entrouverte. À l'intérieur, elle vit Jessup, en chemise blanche impeccable, boutonnée aux poignets, pantalon noir, cravate noire, chaussures reluisantes de propreté. Il était assis au bord du lit étroit, le dos raide et bien droit, la tête penchée, de sorte que son cou plissait contre le col amidonné de la chemise.
– Vous vous souvenez quand vous me l'avez offerte ?
Il garda la tête baissée, mais leva une main. Il tenait une chaîne en platine d'où pendait une petite croix. Abigail la lui avait donnée pour Noël, alors qu'ils se connaissaient depuis cinq ans. Ils étaient devenus très proches, et il lui avait dit une nuit qu'il croyait à l'enfer. Pas comme à un vague concept, mais comme à un lieu physique : un lac de feu et de souvenirs. En disant ça, il avait les larmes aux yeux, son haleine sentait un peu le whisky, et il pliait sous un poids trop lourd à porter, bien près de craquer. Pourtant, c'était l'un des hommes les plus forts qu'elle connaisse. Elle avait toujours imaginé que quelque chose de terrible le hantait : la barbarie de la guerre, une trahison, une histoire de femme qui avait mal fini. Mais il n'avait jamais voulu en parler.
– Je m'en souviens, dit-elle simplement, puis elle s'approcha en contournant l'extrémité du lit.

Il avait des cernes, les traits tirés. Le 9 mm était posé sur le lit, à côté de sa jambe. La croix se balançait au bout de la chaîne.

– Vous doutiez-vous alors que nous passerions notre vie ensemble ?

– Comment l'aurais-je su ? J'avais à peine vingt ans.

– Pourtant nous voilà, vingt ans plus tard.

– Et vous avez été le meilleur des amis.

Jessup laissa échapper un rire un peu rauque, un peu amer.

Abigail hésita.

– C'est l'arme de Michael ?

Il avança une main vers l'arme, avec une assurance qui rappela à Abigail quel homme dangereux était Jessup. C'était d'ailleurs pour cette raison que son mari l'avait engagé. Ancien membre des forces spéciales. Ex-flic. Son chauffeur et son garde du corps.

– Oui, répondit Jessup d'un ton neutre, l'air absent, et Abigail pensa à la bouilloire sifflante, à l'eau évaporée.

Elle se demanda depuis combien de temps il était assis là, dans le noir, tenant une croix, avec une arme couchée près de lui. Un instant, Abigail eut l'impression de ne rien connaître de cet homme, mais, quand il leva les yeux, son regard était franc, familier.

– J'ai cru longtemps que vous m'aimiez...

– Jessup, nous en avons déjà parlé.

– Vous êtes mariée, je sais. (Il sourit, et redevint soudain ce bon vieux Jessup.) C'est juste que je suis partagé, avoua-t-il, puis il croisa le regard d'Abigail et leva l'arme. Dois-je faire ce que vous attendez de moi ? Ou faire ce qui me semble bien ? Ce que je sais être bien, ajouta-t-il en reposant l'arme.

– Vous parlez de Michael.

– Il est dangereux.

Abigail comprit alors. Elle comprit ce qu'il voulait faire, et pourquoi c'était un tel dilemme.

– Vous voulez donner cette arme au sénateur.

— À ses hommes, rectifia Jessup. L'arme, les photos. Tout ce que nous savons sur lui et sur Otto Kaitlin.
— Vous ne pouvez pas faire ça.
— Son arrestation arrangerait tout. Les flics auraient de la viande fraîche à se mettre sous la dent, et les médias tiendraient leur histoire. Dans un an, tout serait déjà presque oublié. Nos vies continueraient.
— Et la vérité ?
— La vérité, tout le monde s'en fiche.
— Peut-être pas moi.
— Alors appelez-ça un sacrifice au nom du bien commun.
Abigail s'assit à côté de lui, l'arme posée entre eux.
— C'est à moi qu'il revient de le décider.
— Pourtant, vous ne faites pas toujours le bon choix.
Elle posa la main sur l'arme ; lui posa sa main sur la sienne.
— Vous êtes un type bien, Jessup, mais vous ne m'avez jamais rien refusé et ce n'est pas le moment de commencer.
La main de Jessup étreignit la sienne.
— Ils ont sorti trois corps du lac, Abigail. Combien de temps mettront-ils pour faire le lien avec vous ?
Elle sourit avec lassitude.
— Je n'ai tué personne, Jessup.
— Mais vous les avez amenés ici. Vous les avez traqués, vous avez acheté leurs vies. Les flics le découvriront.
— Ce que j'ai fait, je l'ai fait pour Julian. Jamais il n'y eut dans tout cela de mauvaises intentions.
— Il y aura des témoins quelque part, repartit Jessup en secouant la tête. Un papier qui traîne. Une petite amie. Quelqu'un du cabinet d'avocats que vous avez engagé. Quelque chose mènera les flics ici, jusqu'à vous.
— Je n'ai pas tué ces hommes, et Julian non plus. C'est tout ce qui importe.
— Vous devriez me laisser m'occuper de ça, Abigail.
— Je ne peux pas.
— Pourquoi ?
— Parce que Michael compte pour moi.

— Je ne comprends pas.
— Et je n'attends pas de vous que vous compreniez.

Il baissa la tête, en proie à une violente émotion qui transparut dans ses yeux. Elle resta à le fixer, jusqu'à ce qu'il ôte sa main de la sienne. Alors elle prit l'arme, l'embrassa sur la joue et se leva.

— Ce furent vingt-cinq bonnes années, Jessup.
— Magnifiques.
— Quant à ce qui aurait pu être...

Il ravala sa salive, et lui effleura juste la jambe.
— Dans une autre vie, dit-il.
— Dans une autre vie, répéta Abigail, puis, sentant ses yeux s'humecter, elle pressa sa main contre la joue de Jessup Falls.

Michael retrouva Abigail à onze heures dans le parking d'un drugstore situé à l'autre bout de la ville. C'était un bâtiment mal entretenu, avec un toit plat et des murs fissurés, colmatés à la chaux blanche. Il y avait un parking vide sur la gauche et un autre derrière le drugstore, tous deux envahis de mauvaises herbes, jonchés de détritus. Très peu de passage, apparemment. C'était un bon choix, approuva Michael. Un lieu peu fréquenté, facile à trouver. Un champ de vision dégagé.

Il se gara derrière le bâtiment.

Abigail arriva dans la vieille Land Rover toute couverte de boue. Elle en descendit d'un bond, en grandes bottes, pantalon kaki et veste verte sur une chemise blanche trempée de sueur, qui lui collait au corps.

— Les journalistes, expliqua-t-elle, et Michael comprit sans mal.

L'arrière du domaine n'était pas clôturé, seulement protégé par mille deux cents hectares de bois. Elle avait pris des chemins reculés pour en sortir sans se faire repérer, d'où le choix de la Land Rover. Il vérifia l'heure à sa montre.

— Merci d'être venue.
— Racontez-moi, Michael, dit-elle, et, le voyant hésiter, elle ajouta sans ménagement : vous vouliez récupérer votre

arme, je vous l'ai apportée. Maintenant, dites-moi pourquoi.

Ils étaient à l'arrière de la Land Rover. Il vit à son regard qu'elle ne céderait pas et le temps lui manquait, aussi lui rapporta-t-il le coup de fil, les hurlements, la menace, et le trajet qu'il venait de faire à une allure terrifiante. Elle avait écouté ses propos sans les mettre en doute une seule fois par un geste ou une expression sceptique.

– Vous êtes certain que c'était Elena ? demanda-t-elle en dressant la tête, les mâchoires serrées.

– J'en suis sûr.

– Et ce Jimmy, est-il vraiment prêt à la tuer ?

– Sans l'ombre d'un doute.

– Il vous tuera aussi, dès qu'il aura les numéros de compte.

– Il essaiera, oui, reconnut Michael en haussant les épaules.

– Lequel est le plus dangereux ?

– Moi, répondit Michael sans hésiter.

– Mais il a Elena... Et vous ne savez pas de combien d'hommes ni de combien d'armes il dispose. Ce n'est pas très malin d'y aller seul.

– Je n'ai pas le choix.

– Avez-vous réellement soixante-sept millions de dollars ?

– Quatre-vingts serait plus près de la vérité.

Michael ouvrit le coffre et sortit le Hemingway de son sac de marin. Il passa la main sur la couverture, sourit.

– C'était le livre préféré d'Otto, expliqua-t-il. Il l'a lu tant de fois qu'il pouvait en citer des passages entiers. Vers la fin, comme il était trop faible, je lui en lisais. Encore une chose que nous avions en commun, lui et moi. Un amour pour les classiques.

Michael ouvrit le livre et lui montra la dédicace écrite en pattes de mouche, de la main d'un moribond.

Pour Michael, qui me ressemble plus qu'aucun autre...
Pour Michael, qui est mon fils...
En souvenir d'un vieil homme...

Fais-toi une bonne vie...

— Il a écrit ça huit jours avant de mourir. Le jour où je lui ai dit que je voulais changer de vie.

— Je ne comprends pas.

Michael ouvrit le livre par le milieu et feuilleta les pages. Des numéros défilèrent. Des pages et des pages portant des chiffres écrits de la même écriture fine, maladroite.

— Vingt-neuf comptes off-shore. Dans divers pays. Des banques différentes. Il n'avait jamais écrit les numéros, avant ça. Il les gardait tous en mémoire dans sa tête. Puis il l'a fait. Pour moi.

— Un homme généreux.

— Je l'aimais.

Michael referma le livre, le porta à son front, puis le posa dans la voiture. Abigail resta un long moment silencieuse.

— Il vous tuera, Michael. Vous le savez. Il tuera votre amie. Il vous tuera.

— Ce n'est pas mon style d'appeler la police, repartit Michael avec un petit sourire ironique.

— Si nous faisions appel aux hommes de mon mari ? Ce sont des professionnels entraînés... Non, se ravisa-t-elle presque aussitôt. Ils cherchent un bouc émissaire et vous êtes le premier sur la liste.

— Ils veulent m'impliquer pour protéger Julian, devina Michael.

— Julian. Moi, le sénateur.

— C'est un bon plan. Vous devriez les laisser faire.

— Je ne suis pas comme ça.

— Il faut que j'y aille, dit Michael en tendant la main pour réclamer l'arme. Ce n'est pas loin. Ils attendent.

— Je pourrais vous accompagner.

— Dans quel but ? s'enquit-il en abaissant la main.

— Pour acheter votre vie.

— Je ne comprends pas.

— Je lui en proposerai dix de plus.

— Dix millions de dollars ?

— Ou vingt. Peu importe.

— Pourquoi ?
— Parce que vous êtes le frère de Julian.
— Ça ne suffit pas.
Elle haussa les épaules, impassible.
— Parce que j'ai choisi il y a longtemps le genre de personne que je voulais être. Parce que dix millions de dollars, c'est de l'argent de poche.
— Et c'est tout, c'est la seule raison ?
— Que pourrait-il y avoir d'autre ?
Michael la dévisagea un long moment. Pour une fois, il laissa l'émotion transparaître sur son visage, sans la combattre ni la refouler.
— Savez-vous quel est le fantasme que partagent tous les orphelins ? Qu'ils soient forts ou faibles, jeunes ou vieux. Savez-vous ce qu'ils ont en commun ?
Abigail bougea la tête, sans desserrer les mâchoires. Des cigales chantaient dans les taillis, et sous le soleil accablant, son visage était trempé de sueur.
— Pourquoi êtes-vous venue nous chercher ? s'enquit Michael.
— Je voulais des enfants, mais je ne pouvais pas en porter. Le sénateur et moi sommes convenus de...
— Pourquoi Julian ? Pourquoi moi ?
— Je ne comprends pas.
— Nous étions trop âgés pour être attendrissants ou faciles à élever. Des marchandises avariées, depuis trop longtemps dans le système. Alors pourquoi nous vouloir, nous ?
— J'avais mes raisons.
— Des raisons personnelles ? lança Michael avec une pointe de colère.
— Oui.
— Et maintenant ? Vous me connaissez à peine.
Abigail essaya de rester droite, grande, mais un poids l'accablait en la tirant vers le bas. Elle regarda les taillis, le haut ciel bleu.
— J'ai choisi il y a longtemps la personne que je voulais être, répéta-t-elle.
— Ah oui ? Et comment est-elle, cette personne ?

— Assez courageuse pour faire ce qui est bien et juste. Toujours. Et en toutes circonstances.

Elle n'avait pas tout dit, loin de là. Il le vit à la ligne de son menton, à la façon dont elle redressait les épaules. Cette décision qu'elle avait prise allait avec une vie difficile. Il y avait quelque chose, une chose essentielle qui l'obligeait à faire ce choix, et Michael crut deviner ce que c'était.

— Êtes-vous ma mère ?

Abigail en resta bouche bée, ses yeux verts agrandis.

— Voilà le fantasme dont nous rêvons tous, jour et nuit, continua-t-il obstinément. Que notre mère revienne nous chercher. Que cet abandon était une immense erreur, qu'on nous a échangés, et que l'erreur va enfin être réparée. Les chiffres correspondent. J'ai trente-trois ans, vous pas tout à fait cinquante. Vous étiez jeune. Quand on est jeune, on fait des bêtises. Personne ne vous en voudrait d'avoir préféré disparaître. Moi non plus. Je comprendrais.

Interdite, Abigail leva les yeux sur ce grand gaillard de tueur, avec son beau visage, ses grands yeux, son cœur mis à nu. Tant d'émotions l'envahissaient, mais la première, ce fut la déception qu'elle allait provoquer.

— Non, Michael, répondit-elle en lui caressant le bras. Je ne suis pas votre mère.

Il détourna les yeux en hochant la tête.

— Mais je suis celle de Julian, ajouta-t-elle, et il acquiesça encore, cligna des yeux, se referma.

— Vous feriez mieux de rester ici, dit-il d'un ton égal.

— Tout le monde peut être acheté, Michael. Jimmy aussi. Il suffit d'y mettre le prix.

— Comment le savez-vous ?

— Je suis femme de sénateur.

Elle avait raison au sujet de Jimmy. Il serait capable de tout pour autant d'argent, tuer sa propre mère, et même renoncer à une vendetta personnelle. Il accepterait l'argent, quitte à revenir plus tard tuer Michael. Sans l'ombre d'un doute.

— Vous comptez lui faire un chèque ?

– Vous avez toujours ce sac rempli de billets de banque ? repartit Abigail.

– Oui.

– Il suffira de le lui donner comme un petit avant-goût. La nature humaine fera le reste.

– Je ne peux garantir votre sécurité, comprenez-vous ? Jimmy n'est pas un homme comme un autre, c'est un déséquilibré qui n'a pas de limites.

– Si vous ne m'emmenez pas avec vous, Elena mourra et vous aussi. C'est un coup monté, Michael. Un piège. C'est ce qui l'a fait vous appeler en premier lieu.

– Alors je vais lui donner le liquide pour l'amadouer. J'arrangerai ça.

– Mais non. Cet argent-là, c'est juste une entrée en matière. Il faudra se mettre d'accord sur le prix, ensuite je devrai opérer un virement par informatique que moi seule puis autoriser. Je dois être là. En personne. Il n'y a pas d'autre possibilité.

Michael détourna les yeux, partagé, tourmenté.

– Ce n'est pas votre combat.

– Je vous ai déjà perdu une fois.

– J'étais un enfant. Vous aviez une raison d'être là.

– Je suis une grande fille, Michael. Je veux le faire.

Il étudia son visage, qui lui était devenu très familier.

– Il pourrait bien y avoir mort d'homme.

– Alors faisons en sorte que ce soit Jimmy.

40

La fausse confidence d'Abigail fondit comme neige au soleil à l'instant où elle tourna le dos à Michael pour gagner la Land Rover. Elle se sentait déconnectée de la réalité, le ciel était trop bleu, le capot de la voiture trop brûlant quand elle posa la main dessus. En ravalant une salive au goût amer, elle se rendit compte qu'elle avait peur, pas juste un peu, de façon abstraite, mais peur jusque dans la moelle de ses os. Honteuse, elle se glissa à l'intérieur pour récupérer le 9 mm de Michael qu'elle avait glissé sous le siège. Il était lourd et tiède, le métal luisant comme du beurre. Un instant, elle revit le visage de Jessup, et se demanda ce qu'il penserait si elle ne revenait pas. Croirait-il qu'elle était partie, après toutes ces années ? Ou saurait-il qu'un malheur lui était arrivé ? Ressentirait-il de la colère ou du chagrin ? Chercherait-il à la venger si l'on retrouvait son corps ?

Elle observa Michael à travers la vitre maculée de boue, puis ouvrit la boîte à gants et en sortit l'arme appartenant à Jessup, dont le nom était poinçonné dans le métal : COLT COBRA .38 SPECIAL. Une vieille et vilaine petite arme, dont la crosse en bois était entaillée d'encoches. Abigail ouvrit le barillet, vit qu'il était chargé, le referma. Elle inspira profondément, puis glissa l'arme dans sa ceinture, la recouvrit de sa veste, et rejoignit Michael devant le coffre de la Mercedes. À l'intérieur, le sac marin était ouvert, les billets bien visibles. Elle tendit à Michael le 9 mm, le regarda éjecter le chargeur et faire jouer le mécanisme.

– Vous êtes prête ?

– Oui, je crois.

– Il faut en être sûre.

Elle sentit le .38, lisse et dur contre sa peau.

– J'en suis sûre, affirma-t-elle.

Il lui tendit le sac marin.

La route empruntée par Michael leur fit contourner la ville par le sud. Abigail était assise à côté de lui. Sur ses genoux, le sac marin pesait assez pour que l'arme qu'elle avait glissée dans sa ceinture lui rentre dans la chair en appuyant contre sa hanche. Elle avait de nouveau cette amertume dans la bouche, et cette pression douloureuse derrière les yeux. Elle cligna des paupières pour tenter de la chasser.

– Ça va ? s'enquit Michael d'une voix qui lui parut distante.

Elle se lécha les lèvres, hocha la tête.

– J'ai juste un peu chaud.

– Rien ne vous oblige à faire ça, dit-il.

– Contentez-vous de conduire, s'il vous plaît.

– Vous en êtes sûre ?

Elle se toucha la poitrine là où son cœur battait trop fort, trop vite, sentit une vibration à l'arrière de son crâne.

– Laissez-moi juste réfléchir.

Michael trouva la bifurcation à l'endroit précis indiqué par Jimmy. Un étroit chemin de terre sur la gauche, cinq kilomètres après la station Exxon. Il ouvrait une brèche dans les arbres, près d'une boîte à lettres et de réflecteurs bleus.

Juste après s'y être engagé, il stoppa la voiture, sortit son portable.

Abigail n'avait pas fière allure. Elle était en sueur, congestionnée, le souffle court.

– La seule condition pour que ça se passe bien, c'est que les armes ne parlent pas, expliqua doucement Michael, pour l'aider à retrouver son calme. Jimmy est doué et il fait le fanfaron mais, au fond, il a peur de moi. Il a quelque chose à prouver, quelque chose qui nous dépasse, vous et moi. Cela le rend d'autant plus imprévisible. Je vais l'informer que nous arrivons, conclut-il en lui montrant le téléphone.

Elle jeta un coup d'œil au chemin de terre, ses yeux s'attardèrent sur la masse compacte de la forêt, transpercée çà et là de rais de lumière.
– Vous êtes sûr que c'est bien malin ?
– Tout ce que je peux faire, c'est y aller, mains ouvertes, en espérant que ça se passera le mieux possible. Votre idée lui plaira ou ne lui plaira pas ; il a peut-être dix gars avec lui... J'ai deux bonnes armes, reprit-il après un petit temps, pour permettre à Abigail d'intégrer ce qu'il lui disait. Et je sais m'en servir, mais je doute que cela finirait bien si la mitraille commençait.
– Vous dites que vous savez vous en servir ? Êtes-vous vraiment doué ?
Il la regarda sans ciller.
– Ça ne compte pas, en l'occurrence.
– Parce qu'il tient Elena.
Michael ne jugea pas utile de répondre.
Il fit le numéro.

Dans la grange, il faisait une chaleur étouffante et Elena n'était plus que souffrance : son pied, ses os, son âme, le fil d'acier qui mordait dans la chair de sa gorge et l'empêchait de respirer. Elle cherchait Jimmy des yeux, ne le voyait pas. Elle avait dans la bouche un goût d'huile de vidange et de sang, et ne pouvait bouger. Pendant de longues minutes, elle pensa au bébé, puis aux yeux sombres de Michael, en se demandant si elle avait fait le bon choix. Elle pleurait en songeant à la mort quand, derrière elle, un téléphone sonna.

Jimmy répondit d'une voix enjouée.
– Michael, mon ami. Où es-tu ?
– Au bout du chemin.
– Eh bien, viens donc. Il y a ici quelqu'un qui meurt d'envie de te voir. Attends. Dis bonjour à Michael.
Michael entendit des sons assourdis, puis un cri étouffé.
– Désolé, reprit Jimmy du même ton enjoué. Elle ne peut pas parler pour l'instant. Elle a la bouche pleine.

— Je fais ce que tu m'as demandé...
— Oui mais tu es en retard ! répliqua Jimmy en passant brusquement de l'ironie à la colère et à l'impatience.
Michael se força à rester calme.
— J'ai amené quelqu'un avec moi.
— Ce n'était pas dans notre accord.
— C'est en ta faveur. Plus d'argent. Pas d'ennuis.
— Combien d'argent ?
— Dix de plus.
— Dix millions ?
— Oui, en plus de ce qu'Otto avait sur ses comptes offshore. Ça fait beaucoup d'argent, Jimmy. Laisse-moi venir. Nous réglerons les détails.
— Qui t'accompagne ?... Ah, remarqua-t-il quand Michael le lui eut appris, la femme de ce bon sénateur. Je l'ai vue en photo. Une bien belle dame. Qu'espère-t-elle acheter avec ses dix millions ?
— La vie de tous les gens impliqués.
Un silence s'installa, qui dura une bonne minute.
— Pourquoi ta vie lui importe-t-elle à ce point ?
— C'est elle que ça regarde.
— Y a-t-il quelqu'un d'autre avec vous ?
— Non.
— D'accord, Michael. Nous en discuterons. Je suis dans la grange avec ta bonne amie. Pas de fenêtres ; une seule porte d'entrée. Alors faisons en sorte que ça se passe bien. Vous entrerez tous les deux. Je vous dirai quoi faire. Je veux voir vos mains de là où je serai.
— Je veux parler à Elena...
Jimmy avait déjà raccroché.
Elena entendit le clic qui coupait la tonalité. Jimmy était juste derrière elle ; depuis combien de temps se tenait-il là, en silence ? Cela faisait une heure qu'elle ne l'avait pas vu.
Alors vint la douleur !
Mon Dieu...
Une douleur si terrible. Elle lutta pour se contrôler, sentit une haleine souffler sur son oreille, des doigts là où le fil d'acier lui rentrait dans la gorge. Elle avait les yeux

fixés sur Stevan, écartelé sur le tracteur. Était-il toujours en vie ? Elena ne percevait aucun mouvement, aucun son, à part le bourdonnement des mouches noires qui s'agglutinaient sur les plaies béantes du supplicié.

— Désolé, murmura Jimmy tout près de son oreille.

Elle sanglotait en s'étranglant, à peine capable de respirer à cause du métal fiché dans sa gorge. Des fils d'acier lui entaillaient la peau en une dizaine d'endroits. La main de Jimmy glissa sur son épaule, suivit le contour de son sein, puis descendit le long de son bras jusqu'au doigt qu'il venait juste de briser. Il le toucha légèrement, et Elena se raidit par avance. Mais non, il se contenta de lui presser doucement la main.

— Ne bougez pas d'ici, dit-il en se plaçant devant elle, qu'elle puisse le voir. Michael arrive.

Le calme du tueur s'empara de Michael, et cette sensation lui était familière. Cette façon dont le temps ralentissait, dont toutes ses perceptions sensorielles s'aiguisaient, dont ses idées s'ordonnaient tandis que ses muscles se relâchaient et que toutes les éventualités s'étiraient comme des lignes sur un graphique.

— C'est là, indiqua-t-il en émergeant des bois dans une clairière où une vieille masure se dressait au bord de champs en friche.

Il découvrit les nombreux véhicules, la grange.

— Manifestement, il n'est pas seul, remarqua Abigail en se penchant en avant.

Michael vérifia les fenêtres de la maison, toutes obscurcies. Il considéra la lisière de la forêt, les taillis épais, tous ces recoins d'ombre qui pouvaient abriter un ou plusieurs guetteurs. Il stoppa la voiture. Tout autour d'eux était parfaitement immobile.

— Mon Dieu, Michael. Nous sommes des cibles faciles, souffla Abigail.

— Il veut son argent. Pour l'instant, nous gardons la maîtrise de la situation. Essayez de vous en souvenir.

— D'accord. Où allons-nous ?

– Là-bas.

C'était une grange comme une autre, campée sur un terrain envahi de mauvaises herbes et construite en planches non peintes, décolorées par le temps, avec un toit en tôle rouillée équipé d'une girouette en forme de renard toute de guingois. Il y avait une ouverture dans le grenier mais, à part ça, l'aspect de la grange correspondait à ce qu'en avait dit Jimmy.

Un seul accès, une seule issue.

– Ne faites rien sans que je vous l'aie demandé, compris ? dit Michael en ouvrant sa portière. Abigail ? lança-t-il en la voyant s'apprêter à ouvrir la sienne.

– Je suis capable de me prendre en main, répliqua-t-elle, et ils se retrouvèrent dehors, dans la cour, où la grange les dominait de toute sa hauteur.

Michael avait une arme au-devant de sa ceinture, et une au creux des reins. Balles engagées. Crans de sûreté relevés. Il regarda une fois encore l'espace à découvert, puis prit le livre qui était posé sur le tableau de bord et avança vers la porte de la grange.

– Jimmy, c'est Michael, lança-t-il à un mètre de l'entrée, puis il attendit, sans obtenir de réponse. Abigail Vane est avec moi, ajouta-t-il. Nous entrons.

Il avança un pied dans l'ouverture, poussa la porte qui racla sur de la vieille paille et de la terre battue et entra en présentant ses mains ouvertes, avec Abigail dans son dos.

– Lentement.

C'était Jimmy, au fond sur la gauche. Hors de vue.

– Lentement, répéta Michael.

Il franchit le seuil, avança sur un mètre cinquante et s'arrêta net, de sorte qu'Abigail manqua se cogner contre lui. À l'intérieur, il faisait plus clair que Michael ne l'escomptait, une dizaine de lanternes allumées étaient disséminées çà et là. Il entendit Abigail inspirer avec peine, mais sentit le calme couler en lui alors qu'il enregistrait en quelques secondes ce qui l'entourait. En premier, il vit Stevan, mais ne s'y attarda pas. Peu lui importait qu'il fût mort ou vivant. Puis il aperçut Elena, et se força à détourner les yeux pour y revenir plus tard. Il localisa Jimmy dans un coin sombre, en partie dissimulé par un gros pilier, une arme à la main, bras tendu.

Ce n'était pas cette main-là que craignait Michael...

– Est-ce que nous nous comprenons ?

La voix de Jimmy résonna, étonnamment profonde dans le vaste espace haut de plafond. Michael observa l'autre main de Jimmy : elle tenait une cheville en bois de vingt-cinq centimètres de long, attachée à une ficelle qui passait par un crochet rond fixé au pilier, puis dans un autre crochet fixé sur un deuxième pilier, puis à un troisième, puis à...

Elena.

Elle était attachée au pilier porteur situé au centre de la grange, qui s'élevait jusqu'au faîte du toit. Les fils métalliques qui l'enserraient striaient son front, son cou, ses membres en entrant profondément dans la chair. Ses bras étaient tirés en arrière, si cruellement que les os des épaules saillaient. Le sang qui avait coulé de sa gorge trempait le col de sa chemise en dessinant sur le blanc un V écarlate. Elle se tenait sur une jambe couverte de lacérations et sur un pied aux orteils tordus. L'autre jambe était cassée à la cheville, pliée au genou et attachée haut sur le poteau, de sorte que le pied pendait selon un angle atrocement déformé. Michael ignorait depuis combien de temps elle avait été forcée de se tenir ainsi, mais il avait lui-même eu assez de fractures pour savoir combien elle souffrait. Pourtant, la douleur n'était rien comparée à la peur qu'il voyait dans ses yeux. Ils le clouaient sur place ; ils suppliaient et disaient tant de choses.

Un fusil de chasse enfoncé dans sa bouche maintenait sa mâchoire ouverte ; il était fixé par un adhésif argenté qui s'enroulait autour du canon et de la tête d'Elena. Les dents en sang, les lèvres écrasées, elle respirait fort par les narines, paniquée, en état de choc. Sa peau avait bleui. Des larmes restaient accrochées à ses cils.

Le fusil pendait à des lanières en nylon.

La ficelle allait de la gâchette à la cheville de bois serrée dans la main de Jimmy.

— Nous sommes bien d'accord ? demanda Jimmy.

Quittant Elena des yeux, Michael sentit le froid se répandre en lui. Sur un Remington calibre 12, quelle pression fallait-il exercer sur la gâchette ? Trois livres et demie ? Moins ? Il regarda Stevan, écartelé sur le tracteur. Il ne restait plus grand-chose de son visage, et ses doigts coupés gisaient dans la poussière. Il avait fallu des heures de travail pour en arriver là. Beaucoup de cris, beaucoup de bruit. Jimmy avait accroché un miroir pour que Stevan n'en perde rien. Ce qui voulait dire que Jimmy s'était senti libre de prendre son temps, de s'amuser. Michael devina que ceux qui avaient accompagné Stevan dans le Sud étaient morts, à présent. Jimmy n'aurait pas pris ce risque, pas avec Stevan vivant.

— Je crois que nous nous comprenons, dit Michael.

— Les armes par terre, s'il te plaît.

Michael ôta les deux armes, les posa sur le sol.

— Envoie-les valdinguer plus loin.

Michael obéit.

— Soulève ta chemise.

Michael obéit.

— Les jambes de ton pantalon.

Michael obéit.

— Et le livre ?

— C'est celui d'Otto, dit Michael en le brandissant.

Jimmy hésita, la main serrée sur la cheville de bois.

— Les numéros que tu veux sont à l'intérieur, précisa Michael.

— Tous ? Comptes, mots de passe, codes d'accès numériques ?

— Tout ce dont tu as besoin.

Michael observa Jimmy, devinant ce qui lui tournait dans la tête. Il avait envie de prendre le livre, de vérifier les chiffres, mais il avait les mains pleines, au sens littéral du terme. Il fit un geste avec son arme.

– Si Mme Vane avançait un peu, que je puisse mieux la voir...
– Ça va, murmura Michael à Abigail. Faites ce qu'il vous dit. Doucement et gentiment.
Abigail s'écarta, tenant le sac contre son flanc.
Jimmy pencha la tête.
– Ça m'étonnerait que ce sac contienne dix millions de dollars.
– C'est juste un début, précisa-t-elle. Je peux obtenir le reste.
– En combien de temps ?
– Il me faut juste un ordinateur.
– Apportez-le.
Abigail jeta un coup d'œil à Michael, qui hocha la tête. Elle avança, et quand Jimmy lui dit de s'arrêter, s'immobilisa.
– Lâchez-le là.
Le sac atterrit doucement dans de la poussière sèche.
Jimmy ôta sa main de la cheville et sortit de la pénombre. Sa chemise était tachée de sang sous l'aisselle gauche, son nez gonflé et éclaté. Sinon, ses yeux avaient cet éclat froid, cette lueur de folie que Michael avait vue tant de fois. Un narcissique, un psychopathe, un salopard imprévisible, voilà ce qu'était Jimmy. Il tira un deuxième pistolet de sa ceinture, en garda un pointé sur Michael et visa de l'autre le visage d'Abigail.
– Ouvrez-le.
Elle parut effrayée, hésitante.
– Mettez-vous à genoux et ouvrez-le.
Abigail sentit l'arme cachée sous sa chemise s'enfoncer dans sa peau, mais la seule chose qui comptait pour elle, c'était ce revolver braqué sur son visage, avec sa gueule noire ourlée d'un cercle argenté, et en son centre un trou noir qui sentait la poudre brûlée. Elle le suivait des yeux comme si c'était un serpent à mesure qu'il bougeait de gauche à droite, en petits cercles. Elle sentit à nouveau cette vibration à l'arrière de son crâne. Migraine. Vertige.
– Ouvrez-le !

Jimmy arma le chien, se pencha, et la gueule du revolver fut à quelques centimètres de l'œil droit d'Abigail qui chancela, puis ordonna à ses genoux raides, rétifs de fléchir. Dès que ses jambes plièrent, ils cédèrent vite, elle s'effondra à terre, les cheveux dans les yeux, et le .38 tomba de son pantalon.

Elle n'eut pas le temps de faire le moindre geste, Jimmy lui décocha un coup de pied dans la tête qui la fit s'étaler dans la poussière, tout en gardant un pistolet braqué sur Michael, qui s'obligea à demeurer immobile. Puis Jimmy la bourra de coups de pied, la fit rouler jusqu'à mi-chemin du mur. Il avança à pas rapides, la frappa encore. En tombant, Abigail heurta le mur couvert d'outils. Elle reçut le manche d'une pelle sur la tête, un marteau de forgeron bascula, une boîte de clous se renversa en tintant. Jimmy attendit, mais Abigail ne bougea pas. Elle était à quatre pattes, tête pendante, yeux papillonnants. Il lui tapa sur la tête avec le canon de son pistolet.

– Reste ici, sale connasse, jura Jimmy, puis, s'adressant à Michael : tu te rends compte ? Ah, les gens !

– J'ignorais qu'elle avait ça sur elle.

– Ah ouais ? Bon Dieu, ce n'est pas moi qui t'ai appris à faire confiance à une femme pour manier une arme, riposta Jimmy, sarcastique. Elles seraient encore capables de blesser quelqu'un avec un couvert à salade, ricana-t-il en fourrant l'un des pistolets dans sa ceinture. Bon, où en étais-je ? Ah...

Jimmy se pencha pour prendre le sac de billets. Michael fouilla la pièce du regard. Ses pistolets étaient à deux mètres de lui mais, rapide comme était Jimmy, ils auraient pu aussi bien être à des kilomètres, pour ce que cela changeait. Un assortiment de couteaux et d'autres instruments tranchants était disposé sur un établi à côté de Stevan, trop loin. Il scruta Abigail. Elle respirait, yeux ouverts, mais avec peine. Près d'elle, il y avait des haches, des faux, des faucilles. Il n'arriverait jamais à mettre la main dessus.

À l'autre bout de la pièce, Elena pleurait.

Jimmy souleva le sac, et envoya valdinguer le .38 dans un coin de la grange. Il était aux anges de voir tout ce liquide.

— Pour toi, l'argent n'a jamais assez compté, dit-il en se relevant avec le sac. Ça a toujours été ton problème, Michael. Tu n'as jamais su te projeter, voir plus loin qu'Otto Kaitlin ce que tu pourrais devenir.

— Nous avions le même travail, Jimmy. Nous faisions les mêmes choses.

— Mais je ne m'en suis jamais contenté. C'est la différence entre les grands hommes et les petits. Tu serais resté le souffre-douleur d'Otto Kaitlin jusqu'à la fin de tes jours.

— Otto était un grand homme.

— Otto te donnait des miettes, répliqua Jimmy en secouant la tête d'un air dégoûté. Mais ça te suffisait, pas vrai ? La famille par-ci, la famille par-là. Otto ne t'a jamais aimé autant que tu le croyais.

— Pourtant c'est à moi qu'il a laissé sa fortune.

— Mais ça ne se résume pas à une simple question d'argent, n'est-ce pas ? Ça va bien au-delà. Comment voir, prendre, faire sentir au monde qu'on existe. C'est là où tu m'as vraiment déçu. Nous aurions pu diriger la ville, toi et moi, faire des choses dont Otto lui-même n'avait jamais rêvé durant son règne. Bon Dieu, Michael. J'aurais fait de toi un prince.

— Avec toi comme roi ?

— Ne suis-je pas ton père plus que quiconque ? Otto t'a peut-être trouvé, mais c'est moi qui t'ai fait. Elle comprend. Elle saisit, dit-il en désignant Elena. Voilà pourquoi c'est une telle déception. Toi pour qui la famille compte tant.

— Tu es sérieux quand tu parles de toi et moi comme d'une famille ?

— Il n'est pas trop tard. Tu peux récupérer la fille. Nous pouvons encore faire de grandes choses.

— Ne te fiche pas de moi, Jimmy. Je te connais.

— Bon, d'accord. Il faudra qu'elle y passe. Mais toi et moi..., reprit-il en souriant. Personne ne nous résisterait.

— Je veux juste qu'on sorte d'ici vivants.

— C'est là ta réponse ? répliqua-t-il en durcissant le ton. C'est ton unique ambition ?
— Prends l'argent, Jimmy.
— Tu crois vraiment que c'est tout ce qui compte pour moi, hein ? lança-t-il en avançant vers Stevan. C'est toi qui en as fait une affaire personnelle. C'est toi qui es parti. Tout ça pour quoi ? Pour une femme ?
— Ça fait beaucoup d'argent. Laisse-nous partir.
— Tu ne changeras jamais, hein ? Toujours maître de toi.
— Juste comme tu me l'as enseigné.
— Gardant toujours son sang-froid.

Tout en braquant le pistolet sur Michael, Jimmy souleva le sac et le lâcha sur le ventre sanglant de Stevan.
— Ah... enfin utile à quelque chose, ironisa-t-il en tapotant le visage écorché vif de Stevan.

Il revenait au sac rempli de billets quand Stevan, supplicié, à moitié mort, tourna la tête pour mordre Jimmy, enfonçant dans la chair de sa main des dents incroyablement blanches.

Abigail observa tout cela avec l'impression de tomber dans un puits lisse et sombre. Elle vit le dos de Jimmy s'arquer de douleur, entendit faiblement son cri tandis que la lumière se réduisait.

Ses doigts se refermèrent sur quelque chose de tranchant.

La douleur sourdait derrière ses yeux.

Michael bougea lorsque Jimmy hurla et retourna le pistolet contre le crâne de Stevan. Un coup de feu éclata, Jimmy libéra sa main moins un bon morceau de chair entre le pouce et l'index. Encore un pas, et Michael plongea pour récupérer le .45, la main droite sur la crosse, l'épaule roulant pour amortir la chute. Il mordit la poussière, sentit du mouvement alors qu'il se redressait sur un genou et glissait sur le sol en terre battue. Jimmy fit feu deux fois, deux tirs qui n'auraient pas dû manquer leur cible, mais la manquèrent contre toute attente. Michael tira, toucha

Jimmy dans le haut de la poitrine. Il chancela, mais le doigt toujours sur la gâchette, il tira, tira à travers la grange, et Michael prit une balle dans la jambe. Le coup l'abattit, la douleur fut assez forte pour assombrir sa vision, mais il ne perdit pas conscience et riposta, à moitié aveuglé, cherchant à gagner une seconde après l'autre. Il se redressa en prenant appui sur une main tandis que Jimmy faisait un mouvement brusque vers la gauche, cherchant la cheville en bois qui pendait à un peu plus d'un mètre. Peut-être savait-il qu'il était fini, peut-être pensait-il reprendre ainsi le contrôle de la situation. Michael tira encore, arrachant à Jimmy un morceau de cou. Jimmy chancela en tendant la main pour saisir la cheville de bois. Michael tira encore, le toucha à trois centimètres de l'épine dorsale. Sous l'impact, Jimmy bascula en avant, mais sa main tendue n'était plus qu'à quelques centimètres de la cheville.

Michael bougea pour le viser à la tête en sachant que ce serait trop tard. Trois livres et demie de pression. Les doigts de Jimmy pratiquement posés sur le déclencheur.

Alors Abigail Vane surgit de nulle part, petite et vive comme l'éclair. Michael ne l'avait pas vue se relever mais elle était là, brandissant un croissant de métal rouillé, une faucille de cinquante centimètres qui monta suivant un arc flou et trancha la main de Jimmy au poignet. Son moignon de bras heurta la cheville, la fit osciller.

Michael lui tira une dernière balle dans le crâne.

41

Abigail les emmena dans la Mercedes. Derrière le volant, elle paraissait toute petite, la tête rentrée dans les épaules, comme pour esquiver un coup. Sur la banquette arrière, le sang formait presque une mare. Michael berçait Elena, ses doigts entrelacés aux siens, tout en combattant la douleur de sa jambe. Personne ne dit mot jusqu'au moment où Abigail se gara dans le parking d'un motel miteux, deux villes plus loin. Elle trouva une place vide sous les grosses branches d'un arbre, le long du grillage qui bordait la route.

– Ohé, vous êtes toujours vivants ? lança-t-elle.

– Oui, on est là.

– Restez dans la voiture, dit-elle sans même leur jeter un regard.

L'air qui entrait par la soufflerie était tiède et sentait le cuivre, une odeur mêlée de poudre brûlée et de cuir propre. Michael embrassait les cheveux d'Elena tandis qu'elle se cramponnait à lui, visiblement en état de choc, la peau froide au toucher, les lèvres bleues. Il ôtait tout doucement des morceaux d'adhésif de sa peau, de ses cheveux. Quand un gland tomba sur le toit de la voiture, elle tressaillit dans ses bras.

– Tout va bien, mon amour.

Dans le silence, il n'y eut que leurs deux respirations, et leurs yeux sombres se fixant.

– Tu es venu.

Ce ne fut qu'un murmure, les premiers mots prononcés par Elena depuis qu'il l'avait sortie de la grange. Michael l'embrassa sur le front, elle enfouit son visage dans sa poitrine.

– Bien sûr, dit-il.

– Tu es venu... pour moi.

Ses doigts tortillèrent le tissu de sa chemise. Sa voix retomba, et Michael essuya doucement les larmes qui coulaient sur ses joues. Abigail les rejoignit.

– Je vous ai pris une chambre à l'arrière, annonça-t-elle.
– Il nous faut un médecin.
– C'est grave ?
– Plutôt, oui, répondit Michael en grinçant des dents.

Elle démarra la voiture, alla se garer devant la chambre, ouvrit la porte et les fit sortir après avoir vérifié qu'il n'y avait personne alentour. Ils faisaient peine à voir. Michael marchait difficilement sur sa jambe blessée, dont apparemment aucun os n'était brisé, ni aucune artère touchée.

Quand il la déposa sur le lit, Elena poussa un cri.

Il alla lui chercher de l'eau, tandis qu'Abigail rapportait des choses de la voiture. Elle posa une trousse à pharmacie sur la table.

– C'était dans le coffre, dit-elle, puis elle étala les pistolets de Michael, le .38 de Jessup.

Elle rapporta ensuite le sac bourré de billets, qui contenait aussi le livre d'Hemingway.

– Bon, je me dépêche, dit-elle en regardant Elena et le bandage trempé de sang enroulé autour de la jambe de Michael.

Il la rattrapa à la porte, le visage gris de cendre, luttant contre la douleur insoutenable de sa jambe blessée comme il aurait lutté contre un démon.

– Il faut que je vous remercie.

Elle bégaya quelque chose, et pour la première fois depuis leur mésaventure, Michael la dévisagea pour de bon. Elle était commotionnée, les yeux battus et effrayés, et semblait vieillie, remplie de doute, ce qui ne lui ressemblait pas.

– Mais non..., répondit-elle.
– Si. Sans vous, j'aurais perdu Elena, insista-t-il en lui prenant la main, sentant l'ossature délicate de ses doigts. Comprenez-vous ce que cela signifie pour moi ?
– Je vous assure, Michael. Ne me remerciez pas.

– Regardez-moi, Abigail.
– Je ne m'en souviens pas.
– Que voulez-vous dire ?

Les yeux d'Abigail passèrent d'Elena aux armes puis à la porte, en évitant Michael.

– Je me rappelle qu'il m'a rouée de coups et que j'ai eu mal, dit-elle en se touchant la tempe. Je me rappelle la sensation d'un métal tranchant dans mes doigts.

– La faucille...

– Je me rappelle ma rage et, ensuite, je me souviens seulement d'avoir conduit.

Michael prit doucement la tête d'Abigail entre ses mains et l'inclina pour que la lumière éclaire la tempe droite, qui était gonflée et violet foncé là où Jimmy l'avait frappée.

– C'est douloureux ?
– Extrêmement douloureux.
– Votre vision est-elle floue ?
– Non.
– Vous sentez-vous nauséeuse ?
– Non.
– Êtes-vous capable de conduire ?
– Oui, ça ira.

Il la libéra, mais la retint en posant une main sur la porte.

– Vous avez sauvé la vie d'Elena. Autrement dit, vous m'avez sauvé la vie. Je ne l'oublierai pas.

– C'est drôle, répondit-elle en esquissant un sourire.

– Quoi donc ?

– On dirait que moi, j'ai déjà oublié.

L'atmosphère s'allégea un peu, mais Michael la retint encore un instant.

– Écoutez, je sais une ou deux choses sur des situations de ce genre. Personne ne doit voir cette voiture avec tout ce sang à l'intérieur. Et ne dites à personne ce qui s'est passé.

– Non.

– Ni à Jessup ni au sénateur.

– D'accord.

— Les médecins sont tenus de rapporter les blessures par balles...
— Je ne suis pas idiote.
Il grimaça de douleur, pris d'une envie terrible de s'allonger.
— Je prendrai soin d'Elena, puis je m'occuperai des cadavres. Ne retournez pas là-bas. D'accord ? Il faut régler ça proprement. Ça peut encore nous retomber dessus.
— Je comprends.
Enfin il ôta sa main de la porte, chancela, se rétablit.
— Abigail...
Elle leva les yeux tout en saisissant la poignée.
— Vous avez fait du bon boulot.

Michael s'effondra sur le lit et sentit le monde se fondre dans du gris. Quand la couleur revint, il sortit du paracétamol de la trousse à pharmacie, fit avaler trois comprimés à Elena et en avala trois lui-même. La cheville d'Elena était marbrée, gonflée, et toujours bizarrement tordue.
— Il faut que j'examine ton pied.
Elle fixa le plafond en respirant avec peine.
— Ça fait mal.
— J'ignore dans combien de temps le médecin va arriver...
— Vas-y, répondit-elle, en larmes, la tête tournée contre l'oreiller.
Il souleva sa jambe, mais il eut beau lui toucher le pied tout doucement, elle hurla, si fort qu'il dut lui couvrir la bouche de la main pour assourdir le son. Elle se rebella, le visage en feu, et, lorsque enfin elle se calma, il ôta sa main.
— Je suis désolée, sanglota-t-elle.
— Chut...
— Ça fait trop mal.
— D'accord. Pardonne-moi, souffla-t-il en abaissant sa jambe avec précaution.
Pour soigner la cheville, il aurait fallu une dose massive d'un puissant analgésique, aussi se contenta-t-il de l'entourer d'une serviette-éponge. De même pour le doigt

et les orteils brisés. Le reste de ses blessures étaient des lacérations superficielles, et il en prit soin comme il aurait fait d'un enfant blessé.

À un moment, elle lui saisit la main et la pressa fort contre sa poitrine.

– Jamais je n'ai été aussi heureuse de te voir que quand tu es entré dans cette grange, dit-elle, les yeux emplis de larmes. J'ai cru que j'allais mourir. J'ai cru que le bébé...

Sa voix se brisa.

– Tu veux en parler ?

– Pas maintenant.

– Je regrette tellement, dit-il.

– Mais tu es venu, répéta-t-elle en lui pressant la main plus fort.

C'est tout ce qu'ils se dirent. Ce qu'ils venaient de vivre était encore trop frais. Quand Cloverdale arriva deux heures plus tard, tous deux avaient franchi de nouveaux seuils de souffrance.

– Occupez-vous d'elle en premier, lui dit Michael dès que le médecin eut posé sa sacoche sur le lit.

Il examina d'abord le pied d'Elena, puis ôta le bandage sur la jambe de Michael.

– Votre blessure est plus grave, déclara-t-il.

– Les dames d'abord.

– Vous êtes sérieux ?

– Oui.

Cloverdale haussa les épaules et se mit au travail avec un tampon et une aiguille. Quand la jambe fut engourdie et Elena à demi-consciente, il examina sa cheville.

– Je vais arranger ça du mieux que je peux, mais ce sera provisoire. Le tendon est endommagé, les nerfs aussi, probablement. Les os auront besoin d'être brochés. Il faudra vite l'opérer. Si on attend trop, elle ne remarchera plus jamais bien.

– Peut-elle attendre deux ou trois jours ?

– Oui, mais pas davantage.

– Soignez-la pour qu'elle soit en état de voyager.

Le médecin s'occupa ensuite de Michael. Après avoir recousu les vaisseaux endommagés, il sutura le muscle et la peau.

— Vous avez eu beaucoup de chance. Deux centimètres sur la droite et la balle aurait explosé l'os, déclara-t-il lorsqu'il eut fini, puis il sortit de la sacoche un flacon de pilules orange. La douleur va empirer avant que votre état ne s'améliore. Ces pilules sont très fortes. N'allez pas vous tuer en en prenant trop.

Comme il lui tendait le flacon, Michael lui saisit le poignet.

— Personne ne doit être mis au courant.

Le médecin fixa la main de Michael jusqu'à ce qu'il desserre les doigts.

— Mme Vane a déjà insisté sur ce point.

— Je crains qu'elle n'ait pas été assez claire.

Fronçant les sourcils, Cloverdale s'occupa de ranger ses instruments dans la sacoche. Quand il se retourna, Michael avait à la main vingt mille dollars en liquide.

— C'est pour vous. Pas un mot au sénateur. Ni à quiconque, dit-il en lui tendant l'argent.

Cloverdale regarda Abigail, qui haussa les épaules. Il fit de même et prit l'argent.

— Voici la carotte, remarqua Michael, puis il attendit que les yeux du médecin croisent les siens. Ne m'obligez pas à manier le bâton.

— Vous plaisantez ?

Michael laissa affleurer un peu du tueur qu'il avait en lui.

— J'en ai l'air ?

Le médecin s'en alla, visiblement courroucé. Elena dormait avec une respiration un peu rauque et saccadée. Michael eut envie de la rejoindre, de plonger dans le noir, l'immobilité et le calme que les pilules insuffleraient dans ses veines. Mais il ne pouvait encore se le permettre.

Il fit part de sa requête à Abigail, qui s'en étonna, mais obéit en le voyant insister.

Quand elle revint, elle avait la clef d'une autre chambre.

— Est-ce vraiment nécessaire ? demanda-t-elle en désignant Elena. Regardez-la. Mon Dieu... Regardez-vous.

Michael balança ses jambes hors du lit en sifflant de douleur entre ses dents.

— Où est la chambre ?

— De l'autre côté, indiqua-t-elle en montrant la fenêtre. Numéro trente-sept.

Le motel était en forme de U, avec le parking en son centre. Michael se leva.

— Aidez-moi à la soulever.

Elena se laissa faire, à demi consciente. Cela prit cinq minutes, et quand ils l'eurent transportée dans l'autre chambre, le bandage de Michael était trempé de sang.

— Cloverdale n'en parlera à personne, affirma Abigail, mais Michael lui lança un regard sceptique. S'il le faisait, ce serait juste au sénateur. Mon mari est peut-être amoral et égoïste, mais il n'est pas stupide. Il sait que je suis mouillée jusqu'au cou dans toute cette histoire.

Michael s'allongea à côté d'Elena ; Abigail lui souleva la jambe.

— Mon Dieu. Regardez le résultat, se lamenta-t-elle en voyant son bandage souillé.

— Ce n'est pas la première fois que je me prends une balle.

— Laissez-moi au moins changer ça.

Michael acquiesça d'un hochement de tête et elle changea les tampons, la gaze, puis jeta le bandage ensanglanté dans la poubelle.

— Puis-je mettre un oreiller en dessous ?

— Bien sûr. Pourquoi pas ?

— Pourquoi souriez-vous ?

— C'est que je n'ai pas l'habitude de me faire dorloter.

— Ça ne vous est donc jamais arrivé ?

— Eh non. Jamais.

— Je vais vous apporter un peu d'eau, offrit Abigail, étrangement émue.

— Ce qu'il me faut maintenant, c'est une voiture, lui dit Michael quand elle revint avec le verre d'eau.

— Il y a bien la Land Rover..., répondit-elle en indiquant le parking d'un coup de pouce.

— Avec cette jambe, si je veux conduire, il me faut une automatique.

— Je vais en ramener une autre. Comment procède-t-on ?

— Laissez juste les clefs à la réception.

Il était épuisé, n'avait même plus la force de parler. Son corps le lâchait pour de bon. Comme il tendait la main vers le flacon de pilules, Abigail le devança.

— Laissez-moi faire.

Elle fit tomber deux pilules, le regarda les avaler. Le lit craqua quand elle s'assit à côté de lui.

— Comment va Julian ? demanda-t-il.

— Toujours planqué quelque part. Son visage fait la une des médias.

— Et les flics ?

— Ils le recherchent avec frénésie. On parle de barrages routiers et de chiens. Ils ont obtenu des mandats, des hélicos. Les shérifs adjoints arrivent des autres régions pour aider à fouiller le domaine. Le sénateur a fait appel à ses avocats, mais ils sont impuissants. Cela ne pourra plus durer très longtemps.

Michael devait s'inquiéter de Julian, réfléchir aux noms et à leurs connexions.

La Maison de fer...

Slaughter Mountain...

Il ferma les yeux, commença à dériver, puis les rouvrit soudain.

— Les flingues...

— Ils sont juste à côté de vous, posés sur la table. Ça va, dit-elle. Nous avons fait tout ce qu'il était possible de faire.

— Nous devons le retrouver. Nous devons comprendre...

— Je sais, je sais. Mais ce sera pour demain.

Michael ressentait de la chaleur, de la pesanteur. Sans doute l'effet des pilules, de la perte de sang, ou des deux à la fois.

— Dans ma vie, il n'y a jamais eu qu'une personne qui savait la vérité sur moi et en qui j'avais confiance.

– Otto Kaitlin ?
– Oui.
– Eh bien..., dit-elle en se levant, les mains croisées.
– Merci, Abigail.
Il ferma les yeux et sombra aussitôt.
– De rien, Michael.

Le réveil indiquait quatre heures quand il se réveilla : des chiffres qui luisaient dans le noir, deux ronds rouges tels des yeux démoniaques ou un double canon encore brûlant après avoir tiré. Michael cligna des yeux, et le réveil passa à quatre heures une. Il avait la gorge sèche, mais la douleur se tenait à distance respectueuse. Il se pencha sur Elena qui dormait comme une masse dans le noir, puis vérifia les armes. Le .45 n'avait plus que deux balles, le 9 mm contenait un chargeur plein. Quant au .38, il avait disparu.

Michael alla à la fenêtre, d'où il observa le parking et les véhicules qui s'y trouvaient. Une Range Rover dernier modèle était garée en biais près de leur porte, et il devina qu'Abigail avait tenu parole. Tous les autres véhicules étaient à l'image du motel, sales, vieux, fatigués, alors que la carrosserie de la Rover étincelait à la lumière des étoiles. Il contempla le ciel pailleté d'or, la lune haute et blanche, sans bien savoir ce qu'il éprouvait. Des hommes étaient morts : Stevan, qui jadis était son frère, et Jimmy qui, pour le meilleur ou pour le pire, avait aidé Michael à devenir celui qu'il était. Il ne regrettait pas leur disparition, mais cela faisait drôle d'être si seul au monde.

Otto était mort.
Stevan. Jimmy.

Alors Michael prit brutalement conscience que personne ne le recherchait plus ni n'avait une raison de vouloir sa mort. C'était énorme. Comme d'un seul coup de balai, sa vie avait été délivrée de la violence, de la bassesse, de la peur. Elena dormait à deux mètres de lui, et ils avaient quatre-vingts millions de dollars pour commencer une nouvelle vie. Ils pourraient disparaître et aller vivre quelque part en toute sécurité. Avoir le bébé. Être ensemble. Michael inspira profondément, et sentit sa poitrine se relâcher.

Personne ne le recherchait plus...

Une belle illusion.

La camionnette arriva deux minutes plus tard. Elle pénétra dans le parking en roulant lentement, tous feux éteints, vitres obscurcies. Michael sut d'un seul coup d'œil qu'elle n'apportait que des ennuis. Sa couleur sombre, sa façon de glisser sur l'asphalte tel un prédateur. Elle s'arrêta sur une partie du parking jonchée de verre brisé. Pendant de longues secondes, il ne se passa rien, puis elle s'enfonça encore vers le centre du parking, et se gara en reculant contre la première chambre que Michael avait occupée. La portière glissa, s'ouvrit en grand et des hommes en sortirent, aussi fluides et silencieux que de la fumée. Des professionnels : cela se voyait à leur façon de bouger, de communiquer par geste, à leurs armes automatiques à canons courts, leurs tenues noires, leurs gilets pare-balles. En revanche, ce n'étaient pas des flics.

Aucun badge, pas d'insigne.

Plaque d'immatriculation masquée.

Ils prirent position de l'autre côté de la porte, l'homme au centre muni d'un bélier. En deux secondes, ils furent à l'intérieur : une irruption violente, une coulée de noir silence. Vingt secondes plus tard, ils ressortaient, sans manifester aucune déception. De vrais pros. Trois remontèrent dans la camionnette, tandis que le quatrième tirait sur la porte enfoncée pour la refermer. Il gagna le côté passager, son regard fit une fois le tour du parking à peine éclairé, puis il grimpa à l'intérieur et dit quelque chose au chauffeur. Comme la camionnette se mettait à rouler, il regarda dans la direction de Michael.

Puis la camionnette passa devant sa fenêtre.

Ils repartirent aussi lentement qu'ils étaient venus, et n'allumèrent les phares qu'une fois engagés sur la route. Les feux arrière s'estompèrent, disparurent ; Michael regarda la route déserte. Cinq minutes plus tard, il armait le 9 mm et se recouchait. Il leur faudrait partir bientôt, mais Elena dormait toujours, son corps tiède contre le sien. Il s'en rapprocha et songea à l'homme dont il avait aperçu le visage en un éclair, à la lueur lointaine de la lune. Michael l'avait rencontré une fois, posté devant la porte de la chambre de Julian.

Richard Gale.

L'homme du sénateur.

42

Michael laissa passer quarante minutes, puis il réveilla Elena dans le noir. Elle était abrutie de sommeil.

– Tu es avec moi, mon ange. Tu es en sécurité, lui murmura-t-il pour l'aider à reprendre contact le plus doucement possible avec la réalité.

Elle essaya de bouger, mais alors la douleur la frappa et elle se recroquevilla dans le lit en geignant.

– J'ai cru un instant que ce n'était qu'un mauvais rêve, gémit-elle.

– Respire. Prends ton temps. Tiens, lui dit-il après avoir secoué le flacon d'analgésiques pour en faire tomber deux comprimés qu'il l'aida à avaler.

– Quel jour sommes-nous ? demanda-t-elle.

– Vendredi.

– Tout semble bizarre. Ça ne va pas.

– Attends une seconde.

Michael se leva et écarta juste les rideaux pour laisser filtrer un peu de lumière.

– Mon Dieu, tu es blessé, s'aperçut Elena alors qu'il regagnait le lit en boitillant. Ça aussi, je l'avais oublié.

– C'est normal. Tu étais en état de choc.
– Est-ce que tu vas bien ?
– Oui.
– C'est vrai ?
– Ça fait mal. Mais j'ai connu pire.
– Et ce n'est pas juste une expression, tu as vraiment connu pire, n'est-ce pas ?

Elle le dévisagea un long moment, mais baissa les yeux quand il s'assit sur le lit.

– Cette façon de bouger que tu as... Je n'ai jamais vu personne bouger comme ça. Quand tu as voulu t'emparer du revolver, quand tu as tiré... quand tu as tiré...
– Évitons d'en parler pour l'instant. C'est un jour nouveau. Tout cela est derrière nous.
– D'accord.
– Est-ce que tu as faim ?
– Il faut que j'aille aux toilettes.
– Laisse-moi t'aider.
– Ça me gêne, avoua-t-elle en détournant la tête.
– Voyons, ma puce, c'est moi, Michael.

Il lui décocha un sourire et, un instant, ce fut lui en effet. Avec cette même fossette dans la joue droite, ce même pétillement dans les yeux.

– Je ne crois pas que je puisse marcher.
– Ça va aller.

Michael la souleva du lit, la porta dans la salle de bains et l'aida. Quand elle eut fini, il la recoucha. Elle tremblait, les traits crispés par la souffrance. Michael lui tamponna le visage avec une serviette chaude et humide, puis il nettoya la gomme que l'adhésif avait laissée sur sa peau ainsi que de petits résidus de sang séché et de saleté.

– J'ai cru que j'allais mourir.
– Elena, n'y pense pas.
– J'ai cru que le bébé mourrait avec moi. Qu'on nous jetterait dans les bois et que nous serions perdus à jamais. Que le bébé... (Elle s'essuya les yeux, sembla se ressaisir.) Tu ne peux pas savoir ce que j'ai ressenti quand tu es entré dans la grange. C'est indescriptible. Ce n'était pas du sou-

lagement, de la joie ni rien de semblable. Je n'ai pas cru un instant que tu parviendrais à nous sauver. Il t'attendait, et il s'était préparé à ta venue avec une telle assurance...
— Mon ange...
— J'avais si peur, mais je t'ai vu et j'ai pensé qu'au moins nous mourrions ensemble.
— Mais ça ne s'est pas passé comme ça. C'est fini.
— Je n'ai pas l'impression que ce soit fini.
— Je te promets que si.
— Puis-je être seule, Michael ?
— Bien sûr, trésor.
— Juste un petit moment.

Il sortit et une fois dehors contempla le ciel, où un ruban rose allait s'estompant. Dix minutes plus tard, elle l'appela, et il rentra dans la chambre.
— Ça va ? demanda-t-il.
— Oui.

Elle avait les cheveux humides à cause de la serviette et s'était frotté le visage, qui paraissait lisse et propre à présent.
— Abigail a laissé une voiture à notre disposition, l'informa Michael en indiquant la fenêtre d'un hochement de tête. J'ai trouvé ça à l'intérieur.

Il lui montra des vêtements et des béquilles, puis l'aida à s'habiller et la fit monter en voiture. Elle voulait être devant, aussi inclina-t-il le siège aussi bas que possible, puis il l'emmitoufla dans une couverture.
— Voilà. Comme un coq en pâte, plaisanta-t-il d'un ton léger, mais elle ne sourit pas.
— Où allons-nous ?
— En lieu sûr. On t'emmènera voir un médecin pour réparer ce pied comme il faut. Tu te remettras. Tu verras. Je prendrai soin de toi. Je m'occuperai de tout.

Il se rendit compte en parlant qu'il débitait ces paroles pour lutter contre sa panique. Il était en train de la perdre.
— Je veux rentrer chez moi, dit-elle.
— L'Espagne, ça sera très bien. Nous prendrons des billets à Raleigh.

– Je veux rentrer chez moi seule, précisa-t-elle sans lui lâcher le bras. Ce ne sont pas des adieux. J'ai juste besoin de réfléchir. Ça fait beaucoup. Ce qui s'est passé. Le bébé. Nous.
– Bien sûr.
– Michael...
– Non. Ça me va, dit-il, alors que des volets invisibles s'abattaient sur ses yeux, cachant son désarroi. Je comprends que tu te poses des questions, après tout ce qui s'est passé. Je ne t'en veux pas. Pars seule, c'est plus raisonnable.
– Tu n'es pas obligé de prendre ce ton distant d'homme d'affaires.
– En fait, si, répliqua-t-il en fermant doucement sa portière, puis il fit le tour par l'avant du véhicule et s'installa au volant. L'aéroport de Raleigh n'est pas loin. Nous avons de l'argent liquide. Le médecin dit que tu es en état de voyager. Où est ton passeport ?
– Mon Dieu, gémit-elle, soudain accablée. Il me l'a pris.
– Jimmy ?
– Oui.
– Pas de problème, on y retourne, dit-il en démarrant la voiture.

Tout paraissait différent dans la lumière du petit matin. Le brouillard recouvrait les champs, si épais qu'il noyait presque la maison et la grange.
– Je me sens mal, dit Elena. Je ne veux pas rester ici.
– Je n'en ai que pour deux minutes, le temps d'entrer et de ressortir, déclara Michael, et il lui tendit le 9 mm. Tu te rappelles comment t'en servir ?
Elle le prit sans faire de commentaire.
– Je vais d'abord vérifier la grange, puis la maison.
– Il avait aussi mon portable.
– Je le récupérerai.
– Michael, dit Elena alors qu'il ouvrait la portière.
– Oui ?
– Je sais que tu n'es pas comme lui, déclara-t-elle, et il comprit aussitôt qu'elle parlait de Jimmy. Ce n'est pas pour ça que je m'en vais.

– Alors pourquoi ?
– C'est juste que…, commença-t-elle, trouvant ses mots avec peine, submergée à nouveau par trop d'émotion et d'angoisse. J'aurais voulu le tuer de mes mains. Lui rendre la pareille, lui faire mal, l'obliger à me supplier, et puis le tuer. Tu ne comprends pas ? Je m'en veux tellement de ne pas avoir eu ce courage, d'avoir été aussi faible.
– Il existe différentes sortes de force.
– Je ne sais plus qui je suis.
– Moi, je le sais. Tu es Carmen Elena Del Portal, la personne la plus merveilleuse que je connaisse.
– Tu le penses vraiment ?
– C'est l'une de mes très rares certitudes.
Il referma la portière, sourit à travers la vitre.
Elle croisa les bras sur sa poitrine et le regarda s'éloigner.

La grange était plus sombre, mais c'étaient les mêmes odeurs, le même décor. Michael entra à l'intérieur, en rogne contre lui-même. Secoué comme il était et obligé de s'occuper d'Elena, il avait eu la présence d'esprit de ramasser les armes et les cartouches. Mais il avait oublié le portable.
Imbécile…
Le portable était au nom d'Elena. Si les flics l'avaient trouvé en premier…
Triple idiot…
Mais il n'était pas dans son état normal, entre Elena blessée et ces morts qui étaient jadis toute sa famille. Cette fois, il redoubla de prudence. Il vérifia le cadavre de Jimmy sous toutes les coutures, retrouva le portable d'Elena dans sa poche, mais aucun passeport. Il regarda une fois Stevan avec un soupçon de regret, puis envoya de la poussière à la figure de Jimmy.
Enfoiré.
Espèce de sadique, traître infâme…

Le salon était une vraie boucherie. Même avec la porte grande ouverte, la puanteur qui s'en dégageait était bien reconnaissable. Michael entra prudemment, puis considéra avec détachement ces hommes qu'il avait connus presque toute sa vie durant. C'étaient des soldats mercenaires, des durs à cuire, qui avaient eu une fin brutale.

Dans une chambre sous les combles, il découvrit un autre cadavre, et trouva posé sur un bureau le passeport d'Elena qu'il glissa dans l'une de ses poches. Bien rangée dans son casier, il y avait l'artillerie préférée de Jimmy : une demi-douzaine de pistolets coincés dans de la mousse, des couteaux, du fil d'acier, un pic à glace. Des armes propres et intraçables, pourtant Michael n'y toucha pas. Elles étaient damnées, comme Jimmy, et faisaient partie de lui.

Qu'il brûle en enfer.

En bas, il inspecta les autres pièces en quête du moindre indice susceptible d'incriminer Elena en la reliant à cet endroit. Il essaya de voir le décor avec les yeux d'un flic, et sut alors qu'il lui fallait faire disparaître les cadavres et incendier les bâtiments. Car jamais les flics ne renonceraient, ils gratteraient sous la surface, traqueraient tous les indices, exploreraient toutes les pistes. Et où cela les mènerait-il ? Chacun de ces cadavres les ferait remonter à Otto Kaitlin, et donc au récent bain de sang qui s'était passé à New York, dans la maison d'Otto, ainsi qu'à l'explosion du restaurant et à toutes ses victimes, dont Michael ignorait encore le nombre. Or il y avait une chance, même infime, que tout cela les conduise jusqu'à lui.

Il fit le point, passant en revue tous les détails que cela supposait : les moyens logistiques, et le temps dont il aurait besoin. Trois heures, conclut-il, peut-être quatre. Il conduirait Elena à l'aéroport, puis reviendrait ici pour débarrasser les cadavres et tout brûler. C'est alors qu'il tomba sur le dossier.

Une simple chemise en carton de dix centimètres d'épaisseur, fermée par des élastiques. Elle était posée sur l'angle d'une table de chevet, dans une chambre du fond. La chambre de Stevan, comme il s'en rendit compte en découvrant dans l'armoire de beaux costumes, des chaussures italiennes, des pochettes en soie. Michael s'assit sur le lit, ouvrit le dossier.

Tout se mit à basculer.

Il n'avait pas encore en main tous les éléments, mais certaines choses trouvaient leur sens : les raisons pour lesquelles Stevan était ici, le plan qu'il avait prévu, pourquoi il s'en était d'abord pris à Julian. Michael feuilleta les photos, les déclarations écrites sous serment, les rapports financiers. Il avait déjà vu quelques-unes de ces pièces il y a longtemps. Mais ce dossier-là était plus complet et pouvait faire plus de dégâts ; sa présence en ces lieux changeait la donne. Et ce qu'elle impliquait ouvrait le champ à de nouvelles possibilités.

Michael referma le dossier, fit glisser les élastiques. À mi-chemin de la voiture, il décida finalement de tout laisser en l'état. Les bâtiments, les cadavres. Les flics avaient envie de jouer ? Il serait de la partie. Les médias voulaient une histoire à rebondissements ? Ils l'auraient.

Le dossier changeait tout.

Il remonta en voiture, claqua la portière et resta immobile quelques longues secondes. Elena lui lança un drôle de regard, mais ce qu'il venait de découvrir lui occupait trop l'esprit pour que Michael s'en rende compte. Un chemin s'ouvrait devant lui, et il en évaluait déjà les dangers.

– Ça va ?

– Oui. Pardon.

– Il s'est passé quelque chose ? Tu as l'air bizarre.

– Non. Je réfléchis, c'est tout.

– À quel sujet ?

Il envisagea de le lui dire, mais cela ne concernait que Julian et lui. Il la mettrait dans un avion, puis s'en occuperait.

– Rien, mon ange.

Il fourra le dossier dans le creux de la portière côté conducteur et sortit le passeport d'Elena de sa poche.

– Ne va pas le perdre cette fois, lui dit-il en souriant.

— Tu te fiches de moi ? rétorqua-t-elle en le prenant.
— Non. C'était juste histoire de détendre l'atmosphère.

Elena regarda la maison, la grange, la brume qui restait accrochée aux arbres.

Quand elle revint à lui, il lui fit un clin d'œil et lui prit le pistolet des mains.

— Fichons le camp d'ici.

Quand ils rejoignirent l'autoroute, le soleil se levait et la brume se dissipait. Elena reprit deux pilules et s'emmitoufla dans la couverture.

— Détendre l'atmosphère, répéta-t-elle avec un petit rire.

Ensuite, ce fut un trajet aussi pénible qu'étrange. Elle était juste à côté de lui, mais déjà à cent lieues. Il était en train de la perdre, tout en sachant au fond qu'elle devait partir, au moins pour un moment. Les choses se compliquaient.

— C'est encore à combien ? demanda-t-elle au bout d'un moment.

— Trente, quarante minutes.

Il vit à son expression endormie que les pilules faisaient leur effet et prit son propre téléphone, posé sur le tableau de bord.

— Tu veux appeler pour te renseigner sur les vols ?

— Je l'ai fait pendant que tu étais dans la grange. Il y a un vol cet après-midi.

Il l'imagina dans le brouillard, tenant d'une main le pistolet, de l'autre le téléphone. Une image si nette qu'elle lui blessa presque les yeux.

— As-tu appelé ton père ?

— Je n'ai vraiment pas envie d'en parler. Ça te va ?

Ce fut dur pour Michael, car cette scène s'était déroulée tant de fois dans son esprit : aller en Espagne en avion pour rencontrer le père d'Elena. La demander en mariage en bonne et due forme, afin que leur famille se construise selon l'usage sur un engagement sincère. Et voilà qu'elle rentrait chez elle enceinte, seule. Cette chance-là ne se représenterait jamais plus.

— Bien sûr, répondit-il sans rien laisser paraître, et ce fut un mensonge de plus entre eux, un autre clou vrillé dans son cœur emmuré.

Le sénateur appela alors qu'ils atteignaient la périphérie de Raleigh.

— Michael, bonjour. C'est le sénateur Vane. Est-ce que j'appelle trop tôt ?

— Pas du tout, sénateur, répondit Michael en jetant un coup d'œil au dossier rangé dans le creux près de sa jambe, et il sentit une bouffée de colère l'envahir. Que puis-je pour vous ?

— Abigail dit que vous êtes sur le retour. Je voulais juste vous proposer de nous rejoindre à déjeuner. J'ai pensé que nous pourrions parler de Julian. Les choses se compliquent et il me semble que nous sommes tous les trois les mieux à même d'aider ce garçon. Nous pourrions échanger nos idées, étudier le meilleur plan d'action. Êtes-vous libre vers onze heures ?

Michael regarda la route dégagée sur des kilomètres qui s'ouvrait devant lui, et, songeant au dossier, il vit encore bien plus loin.

— Hélas, je ne pourrai vous rejoindre aujourd'hui, sénateur.

— Ah, fit le sénateur, sincèrement surpris, et Michael sourit.

Le sénateur était comme Stevan. Deux pourris gâtés, habitués à ce que rien ni personne ne leur résiste.

— Peut-être demain, reprit-il.

— Si vous êtes certain que ce n'est pas possible aujourd'hui..., commença Vane en laissant délibérément sa phrase en suspens.

— Demain, sénateur. J'appellerai dès que je serai de retour en ville.

— Ah, vous êtes donc en voyage ?

— À demain donc. Merci pour l'invitation.

Michael raccrocha, puis appela Abigail, qui répondit à la deuxième sonnerie.

– Comment ça va ? Et Elena, comment va-t-elle ?
– Elle va bien. Moi aussi.
– Excusez ma nervosité. Je n'ai pas fermé l'œil de la nuit. Randall n'a cessé de me harceler pour savoir comment je m'étais blessée. Jessup s'en est mêlé. Quelle pagaille. Et puis il y a ces images qui surgissent sans qu'on le veuille. L'esprit vous joue de drôles de tours, vous savez.

Michael savait. La mort avait ce pouvoir.

– Écoutez, dit-il. Vous avez prévu quelque chose pour le déjeuner, aujourd'hui ?
– Pour le déjeuner ? Non, répondit-elle, déconcertée.
– Peu importe. Laissez tomber.
– Vous êtes au motel ?
– J'emmène Elena dans un endroit sûr.
– Vous faites bien, commenta-t-elle sans chercher à en savoir plus, ce dont Michael lui sut gré. Et ensuite, vous y retournerez, n'est-ce pas ?

Il y avait un peu de panique dans sa voix, et il sut qu'elle pensait aux cadavres.

– Je finis toujours le travail, Abigail. Vous pouvez y compter.

Elle expira avec force.

– La nuit a été dure et ce n'est pas la première. Je ne voulais rien insinuer de négatif.
– J'ai quelque chose à faire, et cela risque de me retenir jusque tard dans la soirée ou jusqu'à demain matin. Quoi qu'il en soit, je vous appellerai. Et vous, appelez-moi si Julian réapparaît.
– Cela va de soi.
– Encore une question, ajouta Michael. Elle est personnelle.
– Vous en avez gagné le droit.
– Très personnelle.
– Bon sang de bois, allez-y...
– Aimez-vous votre mari ?
– C'est vraiment une drôle de question.
– Je ne parle pas en général, Abigail. Je veux parler d'amour véritable. Est-ce qu'il compte pour vous ?

Elle resta silencieuse un bon moment.

— Pouvez-vous me dire pourquoi vous me posez cette question ?

— Non, mais c'est important. Je garderai votre réponse pour moi, promis.

— J'ai quarante-sept ans, Michael. Je n'aime pas les devinettes.

— J'ai besoin de savoir si vous aimez le sénateur, répéta-t-il, entêté, et le paysage défila un long moment avant qu'elle ne réponde.

— Non... J'aime quelqu'un d'autre.

Ils arrivèrent à l'aéroport international Raleigh-Durham à neuf heures dix. Il y avait beaucoup de circulation, beaucoup de monde. Michael parvint à se garer le long du trottoir en s'immisçant tout juste entre deux voitures, près de la porte d'embarquement. Elena se redressa, les deux mains sur les genoux, le cou raide.

Il sortit de la voiture et entra dans le hall pour héler un porteur à qui il tendit cent dollars en réclamant un fauteuil roulant.

— La Silver Range Rover, désigna-t-il. Juste devant l'entrée.

— Donnez-moi deux ou trois minutes, le temps de trouver le fauteuil.

— Vous en aurez cent de plus si vous nous apportez deux tasses de café, un noir et un café au lait. Et une viennoiserie, s'il vous plaît.

Le porteur se hâta, et Michael revint à la voiture en se faufilant dans la foule. Il prit de l'argent dans le sac posé à l'arrière, puis ouvrit la portière d'Elena et s'accroupit, en maintenant sa jambe blessée raide et droite. Elena fuyait son regard. Elle avait les traits tirés, des rides au coin des yeux, les lèvres gonflées. Michael plia les billets en une liasse épaisse qu'il lui glissa dans la main.

— Voici trente mille dollars...

— C'est beaucoup trop.

— Tu n'en sais rien. Prends-les.

Il ouvrit la boîte à gants, saisit une grande enveloppe qui contenait le manuel du conducteur, et la lui tendit après en avoir sorti le manuel. Puis il surveilla les alentours tandis qu'elle fourrait les billets dans l'enveloppe.

— Écoute, reprit-il en posant une main sur sa jambe indemne. Tous ceux qui avaient une raison de te faire du mal sont morts. Jimmy. Stevan. Plus personne ne te recherche. Tout cela est derrière toi maintenant.

— J'ai toujours le goût du métal dans la bouche, répondit-elle, et elle craignait tant de craquer qu'elle s'interrompit. Je sens ce fusil comme s'il était toujours là.

— Non...

— Je me suis vue morte, Michael. Je vois ses doigts avancer vers ce bâton. Tu as beau tirer sur lui, rien ne l'arrête. J'en sens toujours le goût, dit-elle en touchant ses lèvres tuméfiées.

— C'est fini, la calma-t-il en lui pressant la jambe.

— Tu vas me manquer.

— Alors ne pars pas.

— Si. Je veux être à la maison, avec mon père. Après tout ça, j'ai besoin de quelque chose de pur.

— Mon amour pour toi est pur.

— Oui, je crois que tes sentiments le sont.

— Mais pas moi.

— Peux-tu me le reprocher, Michael ?

Il détourna les yeux, secoua la tête.

— Alors donne-moi du temps, conclut-elle.

— Combien ?

— Des semaines, des mois. Je ne sais pas. Mais je t'appellerai.

— Pour me dire quoi ?

— Pour te dire au revoir ou bien te révéler l'endroit où je me trouve. Ce sera l'un ou l'autre. Rien dans l'entre-deux.

Michael étudia les traits de son visage en sentant la panique le gagner. Il ne savait même pas où elle avait grandi, elle refusait toujours d'en parler. Il savait seulement que c'était un village dans les montagnes de Catalogne. Une fois qu'elle serait partie, elle disparaîtrait pour de bon.

Mais avait-il le choix ?

Il aida Elena à s'installer dans le fauteuil roulant, puis tendit les béquilles au porteur.

– Des bagages ? s'enquit celui-ci.

– Non, répondit Michael, et il préleva cent dollars d'une liasse qu'il avait dans sa poche. Soyez aux petits soins pour elle, compris ? Tout le temps qu'elle en aura besoin.

Il lui tendit l'argent.

– Compris, monsieur.

– Donnez-nous une minute.

– Bien, monsieur.

Michael prit son gobelet de café, le posa dans la voiture. Il tendit le sien à Elena, avec un petit sac en papier.

– Je sais que tu aimes les viennoiseries.

En regardant le sac, Elena songea à la peinture jaune et au petit déjeuner au lit. Aux enfants à naître, et aux promesses jamais tenues.

– Tu avais raison, tu sais, dit-il.

– À quel sujet ?

– J'aurais dû t'emmener loin d'ici. Rien de tout cela ne serait arrivé.

– Julian doit compter beaucoup pour toi. Tu as raison de l'aider.

– Mais tu es ma famille.

– Et il est ton frère. C'est bon, Michael, je comprends.

Michael cligna des yeux, s'éclaircit la gorge.

– Que vas-tu faire ?

– Être avec ma famille. Guérir. Essayer de dépasser ça. Et toi ?

Michael pensa à Slaughter Mountain, à une liste de noms, au contenu d'un dossier épais de dix centimètres. À tous les flics qui recherchaient son frère, à l'esprit de Julian, si particulier, si fragile.

– Je vais trouver certaines réponses. Sortir Julian de ce merdier. Finir ce que j'ai commencé.

– C'est tout ? dit-elle avec un petit sourire. Sauver la vie d'un homme, résoudre quelques meurtres... Des choses sans importance, quoi.
– Tu te moques de moi ?
– Peut-être un peu.
– Recommence.
Mais le sourire d'Elena s'évanouit.
– Il faut que j'y aille.
– Change d'avis.
– Il le faut.
– Écoute mon âme, dit-il en saisissant les bras du fauteuil, se penchant plus près. Je sais, tu penses que je suis... impur. Mais je ne me résume pas aux choses que j'ai faites. J'espère que tu trouveras le chemin qui mène à cette vérité.
– Michael...
Il se pencha encore et l'embrassa sur les deux joues. Elle posa une main sur son ventre, le sentit bouger.
– Bon voyage, déclara-t-il puis, tournant le dos, il s'en fut.

43

Abigail était juchée sur son lit quand son mari entra sans frapper. Il semblait agité, fatigué. Une barbe naissante piquetait ses joues de poils blancs ; il avait les yeux injectés de sang et sentait l'alcool.
– Tu as l'air fraîche comme une rose.
– Merci, répondit Abigail, qui se leva et lissa son chemisier en coton blanc immaculé.

— Bon Dieu. C'était ironique, mais tu es trop abrutie pour le comprendre.

— Je connais ce ton-là. C'est celui que tu prends quand tu as peur.

— Peur ?

— Ton monde est en train de s'écrouler, n'est-ce pas ?

— C'est aussi le tien.

Abigail haussa les épaules.

— Tu peux perdre ou gagner les prochaines élections, c'est le cadet de mes soucis. Ta carrière politique, ta réputation ne m'ont jamais beaucoup intéressée.

— Juste mon argent.

Elle releva le menton.

— Il me semble que nous avons toujours été francs quant à ce que nous attendions l'un de l'autre. Oui, j'apprécie que tu aies de l'argent. Et alors ?

— Tu es toujours la petite coureuse cupide que j'ai dégotée il y a tant d'années.

— Je n'ai jamais été une coureuse.

— Non. Tu as raison. Une coureuse saurait que ça se mérite.

— Tu es ivre.

— Après moi, le déluge, c'est ça ta philosophie ?

— Non, répondit Abigail en se forçant à sourire. Sur ce, je te souhaite une agréable matinée et je m'en vais.

Elle se détournait quand il lui prit le bras.

— Ne me dis pas que tu n'as pas toi aussi tes sales petits secrets.

— Lâche-moi, Randall, protesta-t-elle en essayant de se dégager, mais il resserra son étreinte en oscillant sur ses pieds.

— Où étais-tu hier, ma loyale et fidèle épouse, hein ? La Mercedes a disparu. Et tu as la moitié de la gueule couleur aubergine. Où as-tu reçu ce coup ?

— Ça suffit.

— Où est Michael ? Ah, tiens donc. Subitement, l'intérêt de madame se réveille, hein ?

— Que sais-tu au sujet de Michael ?

— Je sais qu'on lui a tiré dessus et qu'il a été touché. Je sais que tu as acheté mon médecin. Avec mon argent. Quoi ? Tu pensais peut-être qu'il ne me le dirait pas ?

— Je pensais que tu aurais l'intelligence de me faire confiance pour régler la situation au mieux et protéger notre famille, comme je l'ai toujours fait. Je tenais au moins cela pour acquis.

— Michael n'est pas de la famille.

— Je m'en vais.

— Je veux savoir ce qui se passe.

— Rien.

Elle avança vers la porte, mais il bougea avec une rapidité stupéfiante pour un homme de sa corpulence et la referma d'un geste brusque avant qu'elle n'ait pu franchir le seuil.

— Je veux savoir ce qui se passe, bordel !

— Je refuse de discuter avec toi tant que tu seras dans cet état.

— Il se passe certaines choses..., commença-t-il en lui entrant les doigts dans la chair.

— Je sais.

— Non. Des choses dont tu ne peux saisir toute la portée.

— Je suis bien informée.

— Tu ne sais rien.

Il se rapprocha d'elle, la toisa de toute sa hauteur.

— Où est Julian ? Qu'est-ce que ces cadavres ont à voir avec lui ? Je sais qu'il y a un lien. Leurs noms me sont familiers.

Abigail jeta un coup d'œil vers la porte, puis poussa un profond soupir.

— Es-tu capable de te calmer assez pour que nous puissions discuter en personnes raisonnables ?

— Dis-moi ce que tu sais, lui intima-t-il en lui broyant presque le bras.

— Tu me fais mal.

— Tant mieux.

— Va te faire voir, Randall.

Il la relâcha, et elle frotta son bras meurtri

— Ils étaient à la Maison de fer avec Julian, d'accord ? dit-elle. Ils étaient à la Maison de fer.

— Qu'est-ce que tu en sais ? Les flics n'ont pas encore identifié le troisième corps.

— Chase Johnson. Ça ne peut être que lui.

— Un autre garçon de la Maison de fer ?

— Oui.

— Et qu'est-ce qu'ils font dans mon lac, transformés en cadavres ?

— Je ne sais pas. Je les ai seulement...

— Quoi ?

— Je les ai fait venir ici, d'accord ? Je les ai payés pour qu'ils viennent. Je les ai retrouvés et payés.

— Payés, mais pourquoi ?

— Pour qu'ils s'excusent auprès de Julian. Il n'a jamais surmonté les tourments qu'il a subis dans cet horrible endroit. J'ai cru que, s'ils s'excusaient, cela l'aiderait à tourner la page, en quelque sorte. À laisser tout ça derrière lui. Il a trente-deux ans, il est trop vieux, et c'est trop lourd à porter.

— Tu les as fait venir ici sans me consulter.

— Oui.

— Chez moi.

— Randall...

— Tu les as amenés ici, dans ma maison, et ton dingo de fils les a tués.

Ce n'était pas une question. Sa bouche barrait son visage flasque d'une ligne mince et dure.

— Et même s'il les avait tués ? rétorqua Abigail, en colère à son tour. Ils le méritaient.

Le sénateur leva une main comme pour la frapper, mais Abigail avança sur lui, le menton relevé, les yeux brillants.

— Essaie un peu pour voir, enfoiré.

— Parfois, très chère, on dirait que ton passé remonte à la surface, dit-il en abaissant la main. Ça donne un petit aperçu de la vermine que tu étais avant de me rencontrer.

— Retire ça.

Il eut un sourire dur.

– « Essaie un peu pour voir, enfoiré », singea-t-il avec un rictus méprisant. C'est à se demander d'où tu sors et qui t'a élevée.

Une ombre passa dans les yeux d'Abigail.

– Je t'emmerde.

– Et allez donc.

– Fous-toi de moi encore une fois Randall, et tu le regretteras.

– Et que feras-tu ? Me quitter ? Le problème, railla-t-il en la voyant détourner les yeux, c'est que tu te plais bien ici, hein ? Tu aimes le pouvoir, l'argent. Ça te plaît tout ça. Petite putain.

Relevant brusquement la jambe, Abigail lui fila un coup de genou entre les cuisses. Le sénateur vacilla et se plia en deux, la figure toute congestionnée.

– Salope. Espèce de salope...

– Je t'avais prévenu.

– Bon Dieu de merde...

– Tu es pitoyable, lâcha Abigail en se redressant, puis elle lissa son chemisier blanc, poussa la porte et s'avança dans le long hall luxueux, fermant ses oreilles aux cris de rage qui passaient à travers la porte.

44

Jessup était dans sa salle de bains, planté devant un petit miroir. Il s'était réveillé à six heures, avait fait une longue marche dans les bois, puis il avait préparé la cafetière dont il se servait depuis quatorze ans. Pendant que le café passait, il s'était douché, s'était rasé avec soin et habillé d'une chemise blanche ainsi que du pantalon kaki impeccable qu'il affectionnait. Son teint hâlé faisait paraître encore plus blancs ses dents et ses cheveux. Il essayait de nouer sa cravate à motif cachemire dans les règles de l'art, mais ses doigts tremblaient.

Il inspira profondément, réessaya.

Abigail lui mentait. Et il ne s'agissait pas de petits mensonges sans importance. Elle avait pris le pistolet, puis avait disparu pour revenir blessée, couverte de sang. Elle n'avait pas voulu lui révéler où elle était allée ni ce qui s'était passé. Il ignorait ce qui le contrariait le plus, l'idée qu'elle était en danger, ou le fait qu'elle le tienne à l'écart de ce danger, quel qu'il fût. Cette femme était sa vie.

Comme si elle ne le savait pas.

Ou qu'elle s'en fichait royalement.

Alors qu'il se regardait tout en serrant le nœud de cravate, il s'aperçut dans le miroir et se dit qu'il était trop vieux pour que ses tourments transparaissent autant dans ses yeux bleu clair. Tant pis. Soixante années l'avaient façonné ainsi, il était trop tard pour changer, et d'ailleurs il n'en avait pas envie.

Il tira sur le cordon pour éteindre la lumière, puis quitta la salle de bains et entra dans le petit salon qui était depuis vingt ans son lieu de vie et qu'il connaissait dans les moindres détails : l'âtre, les murs tapissés de livres, le coin où il aimait appuyer les cannes qu'Abigail lui avait offertes au fil des ans, et où il s'était déchaussé après sa promenade. Assis sur le canapé, il regarda ses vieilles bottes en cuir, faites pour protéger les mollets des ronces et des morsures de serpent. Elles étaient enduites du haut jusqu'en bas d'une boue noire et collante. C'était cette même boue qu'il avait vue sur le pantalon et les chaussures d'Abigail quand elle avait fini par rentrer la nuit dernière. Une saloperie de boue noire comme de la suie et sentant le pourri. Or il n'y avait qu'un endroit dans tout le domaine où il s'en trouvait. C'est pourquoi il était parti à pied. Et il avait bien trouvé quelque chose.

Quant à savoir ce que cela signifiait...

Il demeura longtemps assis à ressasser, les yeux fixés sur ces bottes, et ne rompit cette immobilité qu'en entendant frapper à sa porte. Alors il se leva d'un bond, car Abigail était la seule personne à venir ici, et il reconnaissait sa façon de frapper.

– C'est gentil de penser à moi, dit-il en reculant pour la laisser entrer. J'ai cru que j'allais encore devoir vous débusquer.

La colère monta en lui sans prévenir, rendue plus intense encore par l'angoisse, la peur, et un sentiment de trahison si blessant qu'il ne remarqua pas ce qui en temps normal ne lui aurait pas échappé.

– Jessup, je...

– Pas la peine, répliqua-t-il en se raidissant. J'ai trouvé la voiture. Vous l'avez laissée s'enfoncer dans ce bourbier tout au sud du domaine. Et puis vous êtes rentrée à pied. Vous m'avez menti.

– Et alors ?

– Cette bagnole était remplie de sang.

– Je m'en contrefous, riposta Abigail.

Alors seulement il remarqua qu'elle était changée. Ses yeux fiévreux, ses joues empourprées, sa respiration saccadée... Oscillant un peu, elle s'approcha de lui. La sueur perlait comme de la rosée sur sa peau qui sentait la lavande et le miel.

C'était comme si derrière ces yeux trop brillants où les pupilles dilatées faisaient deux puits sombres vivait une âme différente, dangereuse. Non, elle n'était pas dans son état normal.

– Embrasse-moi, dit-elle.

– Quoi ?

– Embrasse-moi. Prends-moi, dit-elle en lui touchant le bras, et il recula.

– Vous n'êtes pas vous-même.

– Non, je ne suis pas moi-même. La vie est un jeu cruel, et je ne suis pas moi-même.

Elle se pressa contre lui et il sentit la chaleur de sa peau, ses doigts sur sa ceinture, la faim avide et noire qui l'habitait.

— Ça suffit.

Sa voix tomba comme un couperet.

— Je croyais que tu en avais envie, rétorqua-t-elle en touchant la boucle de sa ceinture. Toutes ces années...

— Pas comme ça, dit-il en ôtant ses mains de sa taille.

— Alors comment ?

— Arrêtez ça tout de suite.

— Tu ne veux pas de moi ?

— Je veux que vous sortiez.

— Jessup, je t'en prie...

Il ouvrit la porte en grand, brutalement, et sa voix se cassa quand il parla.

— Cessez de me torturer et fichez le camp d'ici.

45

Slaughter Mountain était aussi éloignée que possible des routes principales et celle qui y menait n'était même pas goudronnée. De la caillasse, pensa Michael en passant sur une ornière remplie d'eau boueuse.

Mais c'était en lui une conviction intuitive : il approchait, sinon du but, du moins de quelque chose qui répondrait à certaines de ses questions.

Les garçons morts étaient liés à la Maison de fer. Julian aussi, ainsi que le sénateur et son épouse. Le nom de Salina Slaughter figurait sur la liste avec ceux d'Abigail Vane et d'hommes morts qu'il avait connus enfants. Or

Slaughter Mountain n'était qu'à une cinquantaine de kilomètres de l'orphelinat, soit une distance dérisoire dans un monde aussi vaste. Oui, il y avait forcément un lien.
  Mais lequel ?
  La route plongea, puis atteignit un creux où un pont à voie unique enjambait une ravine de quinze mètres de profondeur. La lumière y était chiche pour un début d'après-midi. Michael n'avait croisé personne ni aucun véhicule depuis qu'il avait quitté une station-service où un employé lui avait indiqué comment arriver à Slaughter Mountain. C'était une demi-heure plus tôt. Auparavant, Michael s'était déjà arrêté trois fois pour demander sa route, sans résultat. Ce n'était pas dû à la mauvaise volonté des habitants du cru, plutôt à l'absence de panneaux de signalisation, et au fait qu'il était difficile de se repérer sur la base d'indications telles que le pont d'où « cet imbécile de gosse de touriste était tombé en se cassant le coccyx », ou encore « le sapin mort au coin de Miller's Field ».
  Michael passa le pont et regarda en contrebas. Dans une brèche entre les arbres, il apercevait par éclairs la rivière qui coulait vive et blanche. Il continua sa route en quête d'une voie secondaire située sur la gauche qui devait monter à travers bois. Il la trouva en effet. Elle était étroite, envahie par les broussailles, et bordée d'arbres dont les branches se rejoignaient, formant presque un tunnel. Michael s'arrêta à l'entrée de l'embranchement et descendit de voiture. Écartant les feuillages et le lierre, il découvrit à l'endroit précis indiqué par l'employé la plaque de granit qui ressemblait plus à une pierre tombale qu'à un panneau indicateur :
Slaughter Mountain
1898
  Tout en haut de la route, il atteignit le sommet de la montagne. On l'avait fait exploser à la dynamite et il était dévasté, creusé, amputé aux deux tiers. Il y avait des carrières, des puits de mine, des monticules de poussier. Du matériel cassé et rouillé. Les décombres s'étendaient sur trois kilomètres à la ronde.

Michael aperçut aussi un manoir en ruine perché sur une hauteur.

Il prit la route qui contournait le site minier. La pierre était grise, déchiquetée, avec çà et là des étangs qui reflétaient le ciel. Il croisa des convoyeurs, des camions démontés, de vieilles charpentes décaties. La ligne bleue et floue des montagnes se déroulait sur l'horizon, et Michael se demanda quelle hauteur cette montagne atteignait avant que les Slaughter ne la dépouillent en la réduisant à néant. Il regarda vers l'ouest et le Tennessee, vers l'est et Iron Mountain puis, s'enfonçant dans des bois, monta vers le manoir en ruine.

L'une des ailes était encore debout. Le reste de l'édifice avait brûlé il y a longtemps, semblait-il. L'herbe poussait autour des poutres noircies et des monticules de pierres taillées ; des débris de verre clignotaient au soleil. Quatre cheminées sortaient des décombres tels des doigts griffus levés vers le ciel, mais deux autres s'étaient effondrées. La maison avait dû être imposante, autrefois. À présent, elle était aussi dévastée que la montagne.

Une vieille camionnette à plateau découvert était garée au coin le plus proche. Rouge à l'origine, sa carrosserie rouillée avait pris la couleur terne de la glaise, et les pneus autrefois crantés étaient lisses jusqu'au centre. Michael s'arrêta près de la camionnette et descendit de voiture. Une petite silhouette voûtée poussait une brouette sur un chemin qui traversait les décombres à la descente.

– Vous voulez un coup de main ? proposa-t-il au vieux qui poussait la brouette quand il se fut rapproché.

Le vieux tressaillit et la brouette pencha dangereusement. Il essaya de la redresser, mais il n'était guère costaud et sa charge était lourde. La brouette se renversa. Des briques en tombèrent. Le vieux parut d'abord effrayé, puis en colère. Impossible de lui donner un âge. Il pouvait aussi bien avoir quatre-vingt-cinq ans que plus de cent, avec un visage si ridé et plissé qu'on aurait dit un masque, un corps maigre et noueux, tout voûté. Il était pauvrement vêtu et portait des bottes dont le cuir tout éraflé avait blanchi.

– Bon sang de bois. Tout ça, c'est votre faute.
– Désolé.
L'homme cligna des yeux, une main fourrée dans sa poche comme s'il tenait un couteau.
– Je ne vole rien. Tout ça n'appartient plus à personne.
Michael remarqua que la plate-forme de la camionnette était déjà remplie de briques qui semblaient faites à la main et devaient valoir cher sur le marché de la récupération.
– Vous pouvez bien prendre ce que vous voulez, je m'en fiche, rétorqua-t-il en haussant les épaules.
Le vieux le détailla des pieds à la tête.
– Vous êtes quoi ? Un genre de touriste ?
– Non. Laissez-moi vous aider, répondit Michael en s'avançant sur le chemin.
Il redressa la brouette et y remit les briques qui venaient de tomber. Le vieux l'observa, puis se pencha et se mit lui-même à les ramasser avec adresse, malgré ses mains noueuses et tremblantes.
– Bon, moi aussi, je m'excuse, fit-il.
– De quoi ?
– Les riches sont presque tous des enculés. J'ai supposé que vous en seriez, expliqua-t-il en désignant la Land Rover.
– Moi aussi, je suis un manuel, répliqua Michael en souriant. Qu'allez-vous faire de ces briques, les vendre ?
– Non, je vais fabriquer un barbecue. Faut bien que je m'occupe en m'amusant un peu.
Michael sourit encore, sans savoir si le vieux le menait ou non en bateau.
– Alors c'est ici qu'habitaient les Slaughter ? demanda-t-il.
– Ce qu'il en reste.
– Qu'est-il arrivé ?
– Ça a brûlé dans un incendie. Il y a une trentaine d'années.
Michael ramassa la dernière brique, puis il saisit les poignées de la brouette et se mit à la pousser vers la camionnette.

– Et il reste des membres de la famille Slaughter dans le coin ?
– Je crois pas.
– Vous en êtes sûr ?
– J'ai toujours été là. Alors vous pensez si je le saurais.

Arrivé devant la camionnette, Michael se mit à transférer les briques sur la plate-forme.

– Et où est passée la famille, vous en avez une idée ?
– En enfer, je dirais.
– Tous ?
– Autant que je sache, il n'y avait que la dame.
– Serena Slaughter ?
– La pire des salopes, si vous voulez mon avis. Elle faisait trimer les hommes jusqu'à ce qu'ils se cassent le dos. Riche comme Crésus, mais pourrie jusqu'à la moelle. Elle est morte dans l'incendie, et j'espère qu'elle l'a senti passer.

Il sortit un bandana de sa poche et se moucha. Michael contempla la courbe douce et bleue des montagnes qui ondulait vers l'est.

– Vous l'avez connue ?
– Ouais, comme presque tous les gens du coin. J'ai travaillé pour elle, en tout cas.
– Que pouvez-vous m'en dire ?
– Vous avez déjà fini de charger ces briques ?

Michael rigola et se remit au travail. Le vieux se servit alors du bandana pour s'essuyer la figure.

– L'avez-vous connue personnellement ?
– Jamais cherché.
– Qui possède la montagne maintenant ?
– Je saurais pas dire.
– Et le nom de Salina Slaughter, ça vous dit quelque chose ? continua Michael en chargeant la dernière brique.
– Que dalle. Vous voulez bien attraper ça ?

Ils saisirent la brouette chacun par un côté, la hissèrent dans la camionnette et la coincèrent en la renversant sur la pile de briques.

– Vous ne voyez personne par ici qui pourrait m'en dire plus ? Avait-elle des amis...

– Fiston, est-ce qu'on attend d'un serpent à sonnettes qu'il ait des copains, ou d'un rocher qu'il accorde la moindre importance à la poussière qu'il écrase ?

Le vieux scruta Michael en plissant les yeux et devina sa déception.

– On dirait que ça vous tient à cœur, pas vrai ? reprit-il.

– Oui, j'ai besoin d'en savoir plus, reconnut Michael.

– Vous êtes pas du genre bégueule ? s'enquit le vieux, l'œil pétillant de malice.

– Ça non, répondit Michael.

– Alors veuillez me suivre.

– Pourquoi ?

– Parce qu'il y a une vieille sorcière qui pourrait peut-être vous aider, et que même en un million d'années vous ne la trouveriez pas, sauf si je vous montre le chemin qui mène chez elle.

Michael suivit le vieux en contournant la camionnette, le regarda monter et claquer la portière.

– De qui s'agit-il ?

Le vieux démarra, un coude posé sur le rebord de la vitre ouverte.

– C'est l'espèce de cinglée qui a mis le feu à cette maison.

Le vieux avait raison. Michael n'aurait jamais trouvé comment arriver là où il le conduisit. Ils descendirent la montagne, prirent à gauche puis à droite sept cents mètres après la ravine, sans qu'aucune indication ni panneau n'invite particulièrement à suivre cette voie-là, une piste boueuse à moitié écroulée se divisant à deux reprises pour finir dans une gorge étroite où coulait un ruisseau de soixante centimètres de fond. Les arbres avaient presque tous été coupés, mais il en restait assez pour procurer de l'ombre et empêcher les glissements de terrain. Michael aperçut quelques caravanes qu'on avait tirées au bout de la piste ainsi que des habitations, en général de pauvres cabanes avec une véranda couverte reposant sur des fondations en parpaings, à côté de cuves à mazout, de carcasses de voiture, d'appareils électriques hors d'usage. La boue envahissait tout, mais des pots de fleurs faisaient çà et là des taches de couleur. Malgré la chaleur torride, de la fumée sortait des cheminées. Michael remarqua qu'il n'y avait aucune ligne électrique à proximité.

Le vieux arrêta sa camionnette auprès du plus grand bâtiment, dont on voyait qu'il avait jadis été peint en blanc. Les fenêtres étaient cassées, le toit s'affaissait. Il s'approcha de la vitre de Michael, qui sortit de la Rover.

– C'est là que se trouvait le magasin de la compagnie, expliqua-t-il à Michael en désignant l'édifice, puis il sortit de sa poche arrière une boîte ronde en fer-blanc et prit une pincée de tabac qu'il coinça sous sa lèvre inférieure. Les Slaughter ont construit tout ça à l'époque. Ils nous faisaient prendre un emprunt pour que nous puissions devenir propriétaires de notre propre maison, puis ils nous payaient une partie du salaire en liquide et l'autre en bons d'achat pour s'approvisionner au magasin de la compagnie. La moitié de ceux qui habitent ici ont travaillé pour eux ou regardé leurs parents s'échiner et vieillir avant l'âge.

– La moitié ?

– Pour le reste, ce sont des hippies, des sans-logis, des Mexicains. La dame dont je vous ai parlé habite la dernière maison au bout de cette piste, au fond, là où le ruisseau fait une chute.

Il désigna une brèche à travers les arbres, humide et pentue.

– La maison était jaune à l'origine. Elle est au bord du ruisseau, avec un gros rocher plat en guise de cour d'entrée. Elle était plutôt chouette dans le temps.

– Vous ne venez pas ? dit Michael en regardant au bas de la piste.

– Moi, j'habite ici, répondit le vieux en désignant une cabane en bois à cinquante mètres de là.

– Votre barbecue semble bien parti, remarqua Michael en parlant de l'assemblage de briques construit dans la cour, devant la véranda.

– Ça fait vingt ans que je le promets à ma femme. C'est sans doute ma meilleure chance de mourir en paix, ajouta-t-il avec un clin d'œil. Allez-y, descendez. Elle s'appelle Arabella Jax. Elle entend mieux qu'elle ne voit, et il lui est arrivé plus d'une fois de tirer sur un chien qui s'aventurait sur son perron. Alors annoncez votre venue. Mais ne lui dites pas que c'est moi qui vous ai envoyé.

Il s'éloignait déjà vers sa camionnette, mais Michael avait encore une ou deux questions.

– Pourquoi saurait-elle quelque chose concernant Serena Slaughter, d'après vous ?

– Je ne peux pas vous le garantir, mais tous les gens d'ici travaillaient dans la carrière ou dans les mines. Des employés qui travaillaient au manoir, c'est la seule qui reste.

– Et qu'est-ce qu'elle y faisait ?

– La vaisselle, le linge. Frotter les pieds de la vieille dame. Qu'est-ce que j'en sais ?

– Pourquoi pensez-vous que c'est elle qui aurait mis le feu à la maison ?

– Elles s'étaient comme qui dirait brouillées. (Il grimpa dans sa camionnette, parla par la vitre ouverte côté passager.) Surtout, c'est la seule ici à être assez mauvaise pour l'avoir fait. Faites gaffe à votre portefeuille, lança-t-il en rigolant puis il démarra, lui fit un salut de la main et s'éloigna.

Les pneus usés patinèrent dans la boue, mais finirent par accrocher au terrain. En regagnant la Rover, Michael sentit des yeux scrutateurs, du mouvement dans les ombres derrière les fenêtres ouvertes. Certes, il aurait pu se rendre à pied à la maison jaune, le trajet n'était pas long, mais la Rover ne survivrait pas à son absence. Aussi remonta-t-il en voiture.

La piste passa entre deux maisons, puis descendit jusqu'au ruisseau et suivit son cours en s'enfonçant dans la gorge. Michael avait côtoyé la pauvreté dans sa jeunesse, mais ici elle était comme enracinée dans le temps et le lieu. Pas d'électricité. Pas de téléphone. Des arbres qu'on abattait pour se chauffer.

La maison jaune était située à l'écart des autres. Elle devait avoir du charme, autrefois ; le ruisseau passait juste devant en formant un large étang contre le bord d'un énorme rocher plat, puis une petite cascade froufroutante. La vue donnait sur la ravine en contrebas et la rivière plus loin, brillant dans son nid de verdure.

Mais c'était autrefois. Presque toutes les gouttières étaient tombées au fil des ans et gisaient rouillées dans la poussière. Celles qui restaient étaient bouchées et il y poussait des plantes sauvages de cinquante centimètres de haut. Une bâche goudronnée couvrait une partie du toit, et les encadrements de fenêtres à moitié pourris laissaient voir l'enduit goudronné en dessous. Des planches manquaient sur la véranda. Ce qui restait de peinture était incrusté dans le grain du bois.

Michael éteignit le moteur et descendit de voiture.

– Arabella Jax ?

Il resta en arrière, à bonne distance du perron, mais n'eut pas à attendre longtemps.

– Qui la demande ? lança une voix grailleuse de fumeuse.

– J'aimerais vous poser quelques questions.

– À quel sujet ?

– Puis-je monter ?

Elle devait être près d'une fenêtre du côté droit, mais il n'entrevoyait que des meubles et un rideau jaune moutarde.

– Il faut casquer si vous voulez me faire causer, aboya-t-elle. Vous avez du fric ?

– Oui.

– Alors restez pas planté là.

Michael avança à pas prudents sur le perron. La porte était ouverte, le grillage de la moustiquaire était déchiré. Une odeur fétide qu'il avait déjà décelée en approchant le prit à la gorge.

– J'entre, prévint-il.

– Pas besoin de commentaires. Je vois votre main sur la poignée.

La porte moustiquaire résista, puis s'ouvrit d'un coup en allant cogner contre le mur. À l'intérieur, la pièce était sombre et basse de plafond. Michael aperçut un tapis usé, de vieux meubles. Arabella Jax était assise dans un fauteuil près de la fenêtre. Elle portait une robe de chambre qui avait dû être blanche, mais avait à présent une couleur d'eau de vaisselle. Elle avait des cheveux gris et clairsemés, un visage flasque au teint cireux, des yeux bouffis. L'une de ses jambes reposait sur un pouf vert jaune, et c'était de là que venait cette odeur nauséabonde. Du pied au genou, la jambe était gonflée et violacée, couverte de plaies ouvertes là où la peau avait éclaté. Deux orteils manquaient au pied.

Un méchant diabète, devina Michael.

La femme faisait comme si de rien n'était, sans prêter attention ni à l'odeur ni au spectacle qu'offrait sa jambe malade. Elle tenait en travers de ses genoux un vieux fusil à double canon, muni de gros chiens spiralés.

– Approchez, ordonna-t-elle.

Michael obéit et elle se pencha en avant.

– Vous êtes plutôt joli garçon. Le fric d'abord, exigea-t-elle en s'adossant, la main tendue.

– Combien ?

– Tout ce que vous avez.

Sans discuter, il sortit les trois cents dollars qu'il avait en poche et les lui tendit. Elle compta les billets d'un doigt expert, secoua un paquet de cigarettes froissé dont tomba une cigarette sans filtre qu'elle alluma, puis inspira goulûment.

– Maintenant mon cœur, dis-moi un peu ce que je pourrais savoir qui vaille trois cents dollars américains ?

Michael songea aux nombreuses entrées en matière possibles. Il pourrait finasser, rester vague, raconter des mensonges. Pour finir, il en vint à ce qui le préoccupait le plus :

– Que pouvez-vous me dire sur Salina Slaughter ?

Elle se figea.
- Salina Slaughter ?
- Oui.
- Salina... cette enfant de salope, maugréa-t-elle, le visage déformé par la peur et la colère.

Sa main se crispa sur le fusil, elle arma l'un des gros chiens en relevant le canon et tapa le sol de son pied malade. Mais aussi rapide qu'elle fût, Michael la devança, il écarta le pouf et lui arracha le fusil des mains. Elle s'enfonça dans le fauteuil, mains levées.

- Fils de pute, saloperie de gars de la ville, éructa-t-elle, mais en voyant Michael pointer le fusil sur elle, le chien toujours relevé, elle s'interrompit.
- Vous avez fini ?
- Quelqu'un d'aussi rapide ne doit pas marcher dans les voies du Seigneur, dit-elle en le toisant.
- Peut-être pas, non.
- T'as l'intention d'appuyer sur cette gâchette ?
- J'hésite encore.
- Eh ben, décide-toi vite, fiston, parce que j'ai lâché ma cigarette et que je suis en train de me cramer les fesses.
- Allez-y.

Elle sortit sa cigarette d'entre sa jambe et le coussin et se la ficha entre les lèvres.

- Tu permets ? dit-elle en désignant l'ottomane. Ma jambe n'est plus ce qu'elle était.

Michael poussa le pouf du pied. Elle installa sa jambe, puis s'adossa et l'observa comme si elle n'avait cure qu'il appuie ou non sur la gâchette.

- C'est ce lèche-cul des plaines qui t'a envoyé ici pour me tuer ?
- De qui s'agit-il ?
- Y en a qu'un.
- Comment s'appelle-t-il ?
- Putain, je me rappelle pas son nom. Ça fait près de quinze ans et lui aussi m'avait collé un fusil sous le nez. Une dame délicate comme moi a du mal à penser clair dans ces circonstances.

Michael se rapprocha et colla le canon contre son front.
- Je ne suis pas du genre à demander deux fois.
- D'accord, d'accord. T'énerve pas. Ça va me revenir, laisse-moi réfléchir un peu...
- Je ne vais pas compter jusqu'à trois, fit Michael en armant le deuxième chien.
- Falls.
Michael recula le fusil de deux centimètres.
- Jessup Falls ?
- Lui-même. Un gars sans foi ni loi. Sans une once de patience pour la souffrance des humbles. Aucune considération pour la famille.
- La famille ?
- Tu crois peut-être que t'es le premier à venir te renseigner sur Salina Slaughter ? fit-elle d'un air retors.
- Elle est de votre famille ?
Elle éclata d'un rire railleur.
- Tu sais rien, que dalle, pas vrai fiston ? Y a pas de Salina Slaughter, et y en a jamais eu. Celle que tu cherches s'appelle en vrai Abigail Jax.
- Abigail ?
- Ma fille, dit-elle en jetant sa cigarette par la fenêtre. Au fait, comment va-t-elle, cette petite voleuse ingrate et sans cœur ?

46

Les quarante minutes que Michael passa en compagnie d'Arabella Jax lui semblèrent durer une éternité. Ce n'était pas tant le spectacle qu'elle offrait, l'odeur qui s'en dégageait, ni la lente et sûre désagrégation de ce qui l'entourait que la sombre poésie qui collait au personnage, cette alternance haletante de mensonges, de forfanteries et de fourberies que Michael avait rarement vue chez quelqu'un, même dans la rue. Elle avançait ses pions dès qu'elle avait l'avantage, s'engouffrait dans la moindre brèche, se retirait quand elle se sentait menacée, puis repartait à l'assaut. Afin de lui soutirer le maximum d'argent et d'informations, elle cherchait à le percer à jour, à lui dérober jusqu'à son âme si elle l'avait pu. Elle proférait des horreurs, puis lui jetait de petits regards en coin d'adolescente allumeuse. Michael n'aurait su dire où commençait la comédie dans tout ça, mais la façon qu'elle avait de l'observer, d'enfoncer ses piques, puis d'ouvrir la bouche en laissant la fumée s'en échapper lentement lui donnait la chair de poule.

– Vous couchez avec mon Abigail ? Elle est assez jolie pour s'offrir un beau gars comme vous, jeune et tout. Nous avons ça en commun, elle et moi, dit Arabella en rangeant coquettement une mèche de cheveux rares derrière l'oreille. C'est comment là où elle vit ? Chouette ?

– C'est moi qui pose les questions.

– T'as des cils de gonzesse. Peut-être bien que tu préfères les garçons ?

– Parlons plutôt d'Abigail et de Salina Slaughter.

– Je parie que ce Jessup Falls couche avec elle. Ça, elle savait comment s'y prendre avec les hommes. Je pense qu'il devait être de Raleigh. Toi aussi, tu viens de là-bas ?

– Je ne vous dirai pas où elle vit.

– Je m'en fiche bien.

C'était un mensonge ; son œil tiquait chaque fois qu'elle parlait de sa fille. Elle voulait savoir où vivait Abigail, ce qu'elle faisait, et balançait entre l'avidité et la peur. Ça dura comme ça un bon moment. Michael posait une question, et elle essayait de l'esquiver en tournant autour du pot, cherchait à deviner qui il était, et la véritable raison de sa venue. Elle avait beau varier les angles d'attaque, Michael en connaissait un rayon dans ce domaine, et il tenait toujours le fusil.

– Parlons de Jessup Falls.
– Qu'est-ce qu'elle a, ta jambe ? C'est arrivé comment ?
– Jessup Falls. Salina Slaughter.

Il se pencha, lui prit la main. Elle essaya de se dégager, mais Michael augmenta la pression, histoire de lui faire comprendre qu'à ce petit jeu elle ne faisait pas le poids. Il relâcha la pression, lui tapota la main.

– Bon... je vous écoute.
– Vous êtes pas cap.
– Je préférerais éviter, répliqua-t-il en lui broyant la main jusqu'à faire craquer les jointures, alors l'attitude d'Arabella changea du tout au tout, sous l'effet de la panique, ses yeux papillonnèrent en tous sens, son corps se raidit.
– Bon Dieu... C'est lui qui vous a envoyé ! s'écria-t-elle, les yeux soudain agrandis de terreur, la bouche flasque. C'est lui. Je vais tout vous dire. Sérieux. Que voulez-vous savoir ? Je vais parler. Pas besoin de faire comme lui, implora-t-elle.

Cette fois, elle avait fini de jouer. Fini les mines, les poses, la sournoiserie, la dureté.

– Vous voulez parler de Jessup Falls, comprit Michael.

Elle hocha farouchement la tête, ferma les yeux en serrant les paupières, et Michael libéra sa main. Ce qui s'était passé entre Arabella Jax et Jessup Falls n'avait pas dû être une partie de plaisir. Elle était morte de peur.

– Parlons d'Abigail, reprit-il.

Alors elle se mit à table, commença à parler d'une toute petite voix, comme anéantie, puis le courage lui revint peu à peu. Voyant que Michael ne la touchait plus, elle se dit sans doute qu'il ne lui ferait pas subir ce que Falls lui avait infligé. Michael suivait le processus, la sournoiserie, le calcul. Pourtant il arriva à ses fins. À présent, il comprenait un certain nombre de choses, dont aucune n'était reluisante.

– Si vous m'avez menti, je reviendrai.

Un sourire narquois plissa le visage d'Arabella, tandis que la couleur revenait à ses joues.

— Revenez ou pas. De toute façon, dans six mois je serai morte.

Elle lui jeta son mégot de cigarette à la figure en visant son œil droit. Cracha par terre.

Michael engloba d'un dernier regard Arabella, la jambe putréfiée, le sourire immonde découvrant les chicots qui lui restaient, le sinistre décor qui l'entourait, puis il partit en emportant le fusil. Si beaucoup de points s'étaient éclaircis, il restait de grandes zones d'ombre. Abigail avait grandi dans la pauvreté. Un sort commun à beaucoup de gens. Elle avait eu pour mère une détestable créature, qui avait fait de son mieux pour la bousiller. Des choses qui arrivent, dans cette chienne de vie.

Mais personne sur terre ne s'appelait Salina Slaughter. Michael sentait encore la haine d'Arabella Jax quand elle le lui avait expliqué.

— Mon abrutie de fille voulait tellement devenir riche qu'elle s'est inventé un nom. Ça ne lui plaisait pas que sa maman gratte les patates, récure la vaisselle et nettoie la merde des autres, tout ça pour qu'elle ait de quoi bouffer. Vous savez comment je l'ai appris ? Au magasin, quand j'ai vu que tout le monde rigolait en se fichant de ma gueule parce que la petite Abigail clamait à la ronde qu'elle s'appelait Salina Slaughter, et qu'un jour la montagne serait à elle, quand sa mère mourrait. Elle parlait pas de moi, notez bien, mais de Serena Slaughter, cette reine des salopes qui me traitait pire que son chien. Voilà quelle femme Abigail voulait pour mère ! C'était à ça qu'elle jouait tout le temps, et toute la vallée était au courant ! Salina Slaughter. Même après que j'ai battu cette sale môme jusqu'au sang...

La « sale môme » avait dix ans, à l'époque. Quatre ans plus tard, elle volait à sa mère ses économies et fuyait au milieu de la nuit pour ne plus jamais revenir. Mais Jessup Falls était venu ici, dans ce cul de basse-fosse. Et il avait si bien traité Arabella Jax qu'encore aujourd'hui elle en était terrorisée. Qu'est-ce qui avait poussé Falls à ces extrémités ? Son amour pour Abigail, ou autre chose ?

Était-il dur à ce point ? Enfin, quel rapport cela avait-il avec Julian et les morts de la Maison de fer ? Il manquait encore de gros morceaux, et Michael les sentait tournoyer autour de lui.

Argent. Partis. Politiciens...

Un trait de lumière fusa soudain à travers ses pensées.

Le sénateur serait-il lié à Slaughter Mountain ? Quand et où Abigail et lui s'étaient-ils rencontrés ? Savait-il qu'elle était de basse extraction ? Comment avait-il fait fortune ? Mais Arabella ignorait tout des relations de sa fille avec Randall Vane et de ce qu'elle était devenue.

Abigail avait quatorze ans quand elle s'était enfuie...

Autant de questions brûlantes, pourtant Michael n'avait pas besoin de ces réponses-là pour sauver Julian. Il détenait le dossier, et cela suffirait. Le comté de Chatham était une poudrière : le dossier serait la torche qui mettrait le feu aux poudres. Posant la main dessus, il parcourut d'avance toutes les étapes qu'il devrait passer en cherchant les défauts, les points faibles, et n'en trouva aucun. Mais d'abord, il lui fallait marquer une pause, un arrêt. Au foyer pour garçons d'Iron Mountain.

Il trouva Flint vêtu du même vieux peignoir, assis devant une bouteille du même whisky frelaté. En voyant Michael, il lui fit un petit salut, puis vida son verre d'un trait.

– Cédez-vous finalement au doux attrait de la vengeance ? lui lança-t-il.

– Pardon ?

Flint se versa une autre rasade, fit vaguement tourner son verre.

– Vous êtes venu pour nous tuer ?

– Je n'ai rien contre vous, monsieur Flint. En fait, je vous souhaite à tous deux de vous en sortir au mieux. Où est Billy ?

– Occupé à ses petites affaires.

– J'ai besoin de vous poser une question.

– Alors asseyez-vous et buvez un coup.

Michael s'assit, mais Flint ne lui apporta pas de verre. Il était avachi, l'œil trouble, et, autour d'eux, la cuisine était un vrai foutoir.

— Est-ce que quelqu'un est venu ici se renseigner sur moi ? Ça peut remonter à un bon bout de temps.

Flint cligna des yeux, but un coup.

— Tous ces garçons, après tout ce temps.

— Vous vous souviendriez à coup sûr de celui auquel je pense.

— Pouvez-vous me le décrire ?

Michael lui décrivit Stevan du mieux qu'il put.

— Il vous aurait aussi posé des questions sur Julian. En usant de menaces ou en essayant de vous acheter. Soit très complaisant, soit tout à fait odieux.

— Oui, ça me revient, un type désagréable, habillé chic et prétentiard au possible. Il est venu quelques années après l'adoption de Julian. Il m'a filé du pognon et ça ne l'a pas empêché de me menacer. Si je me souviens bien, il ne s'intéressait pas seulement à votre frère. Il voulait aussi en savoir plus sur le sénateur Vane. Leurs relations. Les circonstances de l'adoption.

— Il s'appelait Stevan Kaitlin. Ça vous dit quelque chose ?

— Stevan vaguement, oui. Mais je ne pense pas qu'il m'ait donné son nom de famille. Et l'autre... Comment était-ce ? Otto, je crois.

— Otto Kaitlin ?

— Lui non plus n'a pas précisé son nom de famille. C'était un type plus vieux, plus posé, qui restait en retrait, mais n'en perdait pas une miette.

Cela correspondait bien. Michael approuva d'un hochement de tête, puis il posa mille dollars sur la table, sans prêter attention à Flint qui buvait et s'étrangla à moitié.

— Si des gens se ramènent ici pour poser la même question, des flics, n'importe qui, je voudrais que vous leur disiez la vérité. Dites-leur qu'il s'appelait Stevan Kaitlin et qu'il voulait tout savoir sur le sénateur. Ne vous gênez pas pour mentionner également Otto. Vous vous en souviendrez ?

— Oui, acquiesça Flint, les yeux rivés sur les billets de banque.
— Ça ne devrait pas tarder. Dans une semaine ou deux à tout casser. La police ou le FBI.
— Une semaine ou deux...
— Dites-leur juste la vérité. Ensuite, vous feriez mieux de partir en emmenant Billy. Changer de vie. Repartir de zéro. Dire adieu au jeu et à la bouteille...

Michael se leva.
— Monsieur Flint ?

Flint quitta l'argent des yeux et leva la tête vers Michael, ivre et trop bouleversé pour parler.

Michael se pencha, les mains étalées sur la table, avec l'argent posé entre eux.
— La compassion dont vous avez fait preuve envers Billy est chose rare en ce monde. Quand je suis venu la dernière fois, j'ai bien failli vous tuer. J'étais en colère, vous comprenez ? J'ai été à deux doigts de le faire.

Par peur ou par honte, Flint retira ses mains et les cacha sur ses genoux.
— Depuis, chaque jour de votre vie a été un cadeau. Et, à partir d'aujourd'hui, il en sera de même. Chaque minute, chaque heure sera un cadeau. (Michael se redressa.) Vous êtes un homme compatissant, monsieur Flint, et je trouve que vous méritez une seconde chance, poursuivit-il en poussant les billets vers lui. Demandez-vous donc un peu ce qu'il adviendra de Billy si vous finissez par crever à force de picoler, puis faites une pause. Cet endroit a bousillé des tas de gens, mais rien ne vous oblige à y rester. Vous pouvez vous en aller, laisser tout ça derrière vous et en sortir.

Flint leva la tête et lui jeta un regard dur.
— C'est ce que vous vous dites à vous-même ?
— C'est ce que j'en suis venu à croire.
— Peut-être que ce n'est pas si simple.
— Ou peut-être que si.

Flint tendit la main vers la bouteille, se versa un autre verre qu'il posa devant lui sur la table.

– Prenez l'argent, monsieur Flint. Repartez de zéro.
– Je raconterai à la police ce que vous avez dit.
Michael poussa un profond soupir.
– Faites mes amitiés à Billy.

Flint hocha la tête, sans toucher au verre. Il le contempla un long, long moment, puis prit son visage dans ses mains et se mit à trembler de tout son être tandis que Michael, lui tournant le dos, s'en allait.

47

C'était presque le crépuscule quand Michael passa la frontière du comté de Chatham. La route qui partait de la boîte aux lettres aux réflecteurs bleus était déserte. Il se gara sur le bas-côté herbeux quelque sept cents mètres plus loin et surveilla le chemin de terre qui menait à la maison des macchabées. Pas de police. Aucun mouvement. Il scruta le ciel en quête de surveillance aérienne, puis tendit le cou pour vérifier le parking de la station-service situé deux cents mètres derrière lui.

Tout semblait calme dans l'air tiède et silencieux, tandis qu'un soleil ardent amorçait sa lente descente à travers les arbres. Pourtant, Michael patienta en restant sur le qui-vive et il se décida seulement à s'engager sur le chemin de terre lorsque la dernière lueur eut fondu dans le gris. Il lui suffit de quelques secondes pour constater que les lieux n'avaient pas été visités depuis son départ.

Négligeant la grange, Michael roula tout droit vers la maison, prit le dossier et descendit de voiture. Il avança à pas prudents et gagna la chambre de Stevan. Là non plus rien n'avait bougé. Il replaça le dossier sur la table de chevet où il l'avait trouvé, fit un dernier tour d'inspection, puis s'en alla, satisfait.

Quarante minutes plus tard, il prenait une chambre dans un hôtel correct. Après s'être douché et changé, il trouva dans son journal d'appels le numéro de téléphone du sénateur, qui décrocha à la première sonnerie.

– Je me demandais si vous aviez toujours envie que nous nous rencontrions.

– Michael, justement je pensais à vous.

– Voulez-vous que nous déjeunions ensemble demain ?

– Vous êtes de retour en ville ?

– À l'instant. Désirez-vous toujours que nous parlions de Julian ?

– Cela va de soi, mon garçon. Mais pourquoi attendre ? Je n'ai rien de prévu pour la soirée et je viens juste de me servir un verre. Joignez-vous à moi. Vous verrez, mon bureau est une pièce vraiment agréable, et j'ai en réserve un choix des meilleurs whiskies.

– Entendu.

– Disons dans une demi-heure ? Il vous faudra juste donner votre nom à ceux qui gardent le portail.

Songeant au dossier, au chantage, à la trahison et au prix qu'exigeait une carrière politique, Michael broya presque le portable qu'il avait à la main.

– D'accord, dans une demi-heure.

Abigail n'avait pas pour habitude de boire. Les buveurs sont des faibles qui ne savent pas se tenir et commettent des erreurs. Pourtant, ce soir, elle faisait exception à la règle.

Elle noyait son chagrin et sa honte dans l'alcool.

Jessup...

Elle se força à se lever du lit, s'assit à sa coiffeuse et scruta d'un œil sévère le visage qu'elle portait comme un masque depuis tant d'années. Elle avait travaillé dur pour le façonner en lui donnant toutes ces apparentes qualités de confiance, de bon droit, de détermination. Jessup était bien la seule personne sur terre avec qui elle pouvait être elle-même. Il l'avait vue échouer, craquer, s'effondrer. Il connaissait la vérité à son sujet, pourtant cela faisait vingt-cinq ans qu'il était à ses côtés et la soutenait sans jamais faillir.

— Comment ai-je pu me tromper à ce point ? marmonna-t-elle d'une voix pâteuse.

Dans la glace, son reflet devint flou.

Dire qu'elle était si fière d'être restée fidèle au sénateur durant toutes ces années. Fière de quoi, au juste ? De sa force d'âme ? De sa haute moralité ? Toujours déterminée à bien agir, à faire le bon choix. Quelle plaisanterie ! Quelle illusion ! Quelle tristesse !

Son reflet rit d'un rire amer.

Jessup ne la désirait même pas. Il ne voulait pas d'elle.

Elle prit le revolver qu'il lui avait donné des années plus tôt. Il était lourd, froid au toucher. Durant deux décennies, l'arme avait cheminé avec elle dans la Land Rover, pourtant Abigail ne s'en était jamais servie. Elle revit l'expression de Jessup la première fois qu'il la lui avait glissée dans la main : une ombre de sourire qui n'enlevait rien à sa gravité, quelques fils blancs dans les cheveux. *C'est un monde dangereux*, lui avait-il dit. *Vous devriez garder ça à portée de main.*

Se trompait-elle même alors ?

L'avait-il jamais aimée ?

Elle lâcha le revolver, se leva, fit les cent pas. Julian, Michael, les horreurs qu'elle avait vues dans la grange... Tout cela lui traversait l'esprit, mais, surtout, elle songeait à sa vie, aux choix qu'elle avait faits, aux occasions manquées. À des choses qu'elle ne pouvait oublier, à des échecs qu'elle ne pouvait réparer.

Malgré ses efforts constants, incessants, avait-elle réussi à changer en quoi que ce soit ? Toutes ces décisions dures, douloureuses, tous ces sacrifices au nom de nobles idéaux avaient-ils servi à quelque chose ? Ou était-elle toujours la même ? Cette fille qui, trente-sept ans plus tôt, avait juré qu'elle était capable de mieux faire ? Quelle idée dépri-

mante. La bouteille était vide depuis un bon moment quand elle entendit un léger coup frappé à la porte.
— Abigail ?
Elle alla se poster derrière la porte, mais ne dit mot.
— Je vous entends respirer, Abigail.
La pression monta derrière ses yeux. À quoi bon ? Personne ne pouvait l'aider.
— Allez-vous-en, Jessup.
— Vous êtes sûre ?
Cette douceur dans sa voix... Abigail caressa la porte en retenant ses larmes.

Michael laissa les pistolets dans la chambre d'hôtel. Les types de la sécurité ne lui permettraient pas d'entrer avec des armes sur lui, et d'ailleurs il n'en avait pas besoin. Ce qu'il savait lui donnait l'avantage.
Il faisait nuit quand il arriva au domaine. Les journalistes campaient toujours à la grille avec les fourgons, le matériel, les techniciens. Son arrivée provoqua quelques remous, des projecteurs s'allumèrent puis quelqu'un cria : « Rien à signaler. »
Les caméras s'abaissèrent, les fumeurs se remirent à cloper.
Il donna son nom au portail, et un garde en uniforme vint se pencher à sa vitre. Il portait une arme de poing, un calepin.
— Pièce d'identité, s'il vous plaît, lui dit-il d'un air impassible.
— Vous savez qui je suis.
Le garde soutint son regard pendant quinze bonnes secondes.
— Transportez-vous des armes sur vous ou dans la voiture ?
— C'est habituel comme question ?
— Nous avons reçu des menaces anonymes.
— Non, répondit Michael. Aucune arme.
— Rendez-vous directement à la maison. Quelqu'un vous y attend et vous escortera jusqu'au sénateur.

Michael avança, le portail se referma derrière sa voiture. Des réverbères éclairaient l'allée ; plus loin, la maison brillait de tous ses feux. Il roula lentement, et vit que deux hommes l'attendaient sur les marches. L'un d'eux ouvrit sa portière. L'autre était Richard Gale.
– Il faut que je vous fouille, déclara-t-il.
– Est-ce un traitement que le sénateur réserve à tous ses invités ?
– Nous avons reçu...
– Oui, je suis au courant. Des menaces anonymes.
Gale sourit d'un air crispé.
– Permettez ?
– Faites gaffe à ma jambe.
Sachant que ces menaces étaient une fable, mais qu'ils avaient besoin d'un prétexte, Michael leva les bras et laissa Gale le fouiller.
– Veuillez me suivre.
Le sénateur avait raison sur un point : son bureau était en effet une pièce très agréable, avec des boiseries lustrées, des tapis anciens en soie. Il émergea d'un fauteuil en cuir et écarta les bras.
– Alors, qu'est-ce que vous en dites ? Je ne vous ai pas menti, hein ?
– C'est splendide.
Vane portait un costume trois pièces, une chemise avec des boutons de manchette et une cravate rose. Il s'approcha à grands pas et lui tendit la main. Derrière lui, des portes-fenêtres ouvraient sur des jardins à la française éclairés de lumières colorées.
– Que buvez-vous ?
– Je prendrai comme vous. Merci.
– Et votre jambe ? Que lui est-il arrivé ?
– Rien de grave.
– Si vous le dites.
Vane lui tourna le dos, choisit une bouteille et le servit. Quand il se retourna, il ressemblait à tous les politiciens que Michael avait rencontrés dans sa vie, des esprits retors, tout sourire, avec de la malice dans les yeux et une tête

farcie de sombres calculs. Il lui tendit son verre, sirota le sien, puis fit comme si Michael n'avait pas délibérément refusé de répondre à sa question.

— Vous connaissiez déjà Richard Gale.

— En effet.

Cette partie pouvait se jouer courte ou longue, mais quelle qu'en soit la durée, la fin serait la même. Michael traversa la pièce en boitillant et prit place dans l'un des gros fauteuils en cuir. Levant vers la lumière son verre empli d'ambre liquide, il opta pour la version courte.

— Lui et deux ou trois de ses copains ont enfoncé la porte de ma chambre d'hôtel, la nuit dernière.

Puis il sirota son scotch dans un silence de mort.

Comme il fallait s'y attendre, Vane feignit la confusion.

— Je ne...

— Vous devriez engager des types plus doués, remarqua Michael en l'interrompant.

Le sénateur reposa son verre.

— Vous le prenez comme ça ?

— Nous savons tous les deux que je ne suis pas là pour parler de Julian.

Le silence dura, puis Vane hocha la tête.

— Très bien.

Il jeta un regard à Gale, qui ouvrit la porte et fit entrer trois autres gars dans la pièce, sans doute ceux qui étaient avec lui à l'hôtel.

Michael leva son verre.

— Puis-je en avoir un autre ?

Le sénateur sourit et s'assit.

— J'admire votre décontraction. Elle ne vous aidera pas, mais ça me plaît. Et je m'excuse d'avance pour ce qui va vous arriver ce soir.

Michael posa son verre sur une table à côté du fauteuil.

— Laissez-moi vous épargner cette peine.

— Je vous en prie. Ça ne me dérange pas du tout.

— Pourtant vous prévoyez de me tuer, dit Michael, puis il regarda Gale. C'est bien ça, n'est-ce pas ?

– Pas vous tuer. Vous kidnapper, rectifia le sénateur. Vous livrer, plus précisément.

– À Stevan Kaitlin.

– Que savez-vous sur Stevan Kaitlin ? répliqua le sénateur en se raidissant.

– Qu'il vous fait chanter. Et ce depuis un bon bout de temps. Des années, dirais-je, d'après les chiffres que j'ai vus.

– Les chiffres ?

– Oui. Dans une sorte de livre de comptes consignant des opérations qui ont débuté entre vous-même et Otto Kaitlin, il y a des années.

Michael revit le dossier qu'Otto lui avait donné pour ses dix-sept ans. Des informations sur la nouvelle famille de Julian. Des photos du sénateur avec diverses prostituées. Il avait supposé que ces informations lui étaient réservées, mais comprenait à présent qu'Otto ne pouvait renoncer à s'en servir.

– Vous avez payé un demi-million de dollars par an pendant cinq ans, puis six cent mille pendant trois ans. Ensuite sept cent cinquante mille par an durant un certain laps de temps. Je suppose que sur les seize dernières années, vous avez dû cracher dans les treize millions de dollars.

Michael lui laissa le temps de digérer, puis sourit.

– En gros…, ajouta-t-il.

– Où avez-vous vu ces chiffres ?

– Là où j'ai vu les photos.

– Quelles photos ?

– J'ai le dossier.

Vane pâlit et se figea.

– Sortez, ordonna-t-il en faisant un geste en direction de Richard Gale.

– Tous ? demanda Gale.

– Oui.

– Vous êtes sûr que c'est raisonnable ?

– Fichez le camp !

– Très bien.

Gale et les autres quittèrent la pièce. Quand la porte se fut refermée, le sénateur Vane prit le verre de Michael, y versa un peu de scotch et le lui tendit. Il s'en versa lui-même, l'avala d'un trait, reprit un peu de couleur.

— Comment puis-je être sûr que vous ne me mentez pas ?

Michael sortit une photo de sa poche arrière, la déplia et la lui tendit.

— J'ai pris une des meilleures.

— Fils de pute.

Le sénateur resta un long moment les yeux fixés sur la photo.

— Qui êtes-vous ? Et ne me refaites pas le coup en répondant que vous êtes le frère de Julian. Qu'avez-vous à voir avec Otto Kaitlin ? Comment avez-vous mis la main sur ce satané dossier ?

Il était confondu et furieux ; Michael comprenait. Comme beaucoup de personnages publics, le sénateur avait des goûts douteux. Prostituées. Très jeunes filles. Cocaïne.

— Stevan vous a proposé un marché, reprit Michael. Ma vie contre le dossier.

— En fait, il vous veut vivant. Il l'a bien précisé.

— Peu importe. Le marché est fini. Moi, je garde le dossier, quant à vous, dites à vos petits soldats de se tenir tranquilles.

Michael se leva, reposa son verre.

— Merci pour le scotch.

— Quoi ? Vous partez déjà ?

— J'ai dit ce que j'avais à dire. Je compte rester par ici jusqu'à ce que Julian soit tiré d'affaire. En attendant, je ne veux plus de ces visites nocturnes.

— Et le dossier ?

— Eh bien quoi ?

— Qu'allez-vous en faire ? éructa le sénateur en luttant pour se maîtriser.

Michael sourit en songeant au coup de fil qu'il s'apprêtait à passer.

— Ce qu'il me plaira.

Après le départ de Michael, Randall Vane resta planté dans la pièce vide à la porte close, en proie à une furie aveugle. Ces enculés de Kaitlin l'avaient fait chanter pendant seize ans, et ce qu'ils détenaient constituait une menace si personnelle, si accablante qu'il n'avait pas eu d'autre choix que de payer. Certaines photos parmi les pires remontaient à des années, à une époque où très peu de gens connaissaient l'existence des caméras cachées et de la fibre optique. Bon Dieu, quelle honte ! Si ces photos-là sortaient au grand jour, il n'y survivrait pas. Politiquement. Socialement. Il se mit à songer sérieusement au suicide et sortit la photo de sa poche.

Prise quinze ans plus tôt, elle le montrait en compagnie d'Ashley, une blondinette de dix-sept ans originaire de Wilmington, adepte du bronzage intégral. Ils étaient nus dans une chambre d'hôtel de Washington, sur un lit aux draps chiffonnés, et elle riait tandis que lui sniffait de la coke sur l'un de ses superbes nichons.

– Dieu...

Il jeta la photo dans la cheminée, remua les cendres. La mort récente d'Otto Kaitlin lui avait donné de faux espoirs. Le lendemain même, Stevan Kaitlin, son fils, l'appelait pour lui dire qu'il voulait la mort de Michael. Qui était donc ce Michael ? Le sénateur n'avait jamais entendu parler de lui et il s'en fichait bien.

Mais pas Stevan. Et Stevan avait le dossier.

Il est en route vers chez vous. Dès qu'il arrive, vous le récupérez et vous me l'amenez.

Pourquoi ?

Ça ne vous regarde pas.

Et le dossier ?

Il est à vous, si vous faites ce que je vous dis.

Cela aurait dû être si simple. Il suffisait de faire venir au domaine quelques hommes de confiance. Bon Dieu ! Ce type gagnait sa vie comme plongeur dans un restaurant...

Le sénateur se servit un autre verre, le renversa tant ses mains tremblaient. Malgré ce que Michael avait dit, cette photo qui le montrait avec Ashley n'était pas la pire, loin de là. Des années plus tôt, Otto Kaitlin lui avait envoyé des copies de photos de lui avec des prostituées et de jeunes lobbyistes séduisantes, des images crues dont certaines semblaient sorties de pornos hard. Mais le côté sexe n'était pas le pire, on peut encore survivre à un bon scandale de mœurs. Il y avait aussi des dossiers financiers, des traces écrites de pots-de-vin et de votes achetés. Il suffirait d'une de ces traces pour le couler, et il n'avait guère d'alliés au sein du comité d'éthique.

— Bon Dieu, mais comment je vais faire...

Ça recommencerait. Les rackets. Les angoisses. La peur. Il serait forcé de céder, de plier. Le grand Randall Vane ne serait plus qu'un pantin et c'est un autre qui tirerait les ficelles.

Ça recommence !

Dans ses mains, le tisonnier s'anima, écrasa les vases, les lampes, fit de grandes zébrures blanches dans ses boiseries couleur miel. Puis alla se fracasser contre un mur.

— Merde de merde !

La porte s'entrebâilla.

— Sénateur ? Vous allez bien ?

— Oui. Non. Entrez.

Richard Gale entra prudemment et évalua les dégâts du regard.

— Je veux que vous suiviez cet enfoiré. Découvrez où il crèche. Il me faut ce dossier.

Gale resta à distance.

— Vous nous avez dit de le laisser filer. Il vient de passer le portail. Il a disparu.

— Disparu ? Triple idiot, comment avez-vous pu le lâcher des yeux ?

— C'est injustifié, sénateur. Nous avons suivi vos instructions...

— Sortez. Fichez-moi le camp. Non, attendez. Où est ma femme ?

— Votre femme ?

— Vous êtes sourd ?

— Non, mais...

– Où est ma putain de femme ? hurla le sénateur en le saisissant par les revers de son veston.

48

Assise devant sa coiffeuse de l'époque victorienne, Abigail se sentait coupée de la réalité. De cette journée bien trop longue. De la semaine qui venait de s'écouler. De la vie qu'elle s'était faite. Étrangère à elle-même, elle cherchait du réconfort dans des gestes familiers. Et donc elle se maquilla avec soin, redressa les épaules alors qu'elle avait honte de sa faiblesse. Car elle était ivre, et en manque. Le cœur en morceaux, elle se récita à voix basse la formule qui était son mantra depuis l'enfance.
Survie, force, persévérance.
Elle ferma les yeux, le répéta encore et encore en une sorte de murmure frénétique.
Normalement, cela l'aidait à se recentrer, à retrouver assez d'équilibre pour mener sa vie avec la rigueur nécessaire. Mais quand elle rouvrit les yeux, elle vit dans la glace le visage d'une enfant, une fillette battue jusqu'au sang qui retenait ses larmes en se demandant pourquoi sa mère la haïssait avec tant de passion. C'était une image terriblement réelle : la fillette tamponnait sa figure tuméfiée, lavait les meurtrissures, les plaies, la peau à vif sur son cuir chevelu, là où une poignée de cheveux avaient été arrachés jusqu'à la racine. Elle ferma les yeux pour endiguer ses larmes et la pièce tourna autour d'elle et elle se vit dans une cabane froide et nue, où l'on entendait pleurer un bébé.

Survie, force, persévérance.

Serrant fort les paupières, elle posa les mains à plat sur la table, puis toucha une brosse en argent, un peigne en ivoire, tentant vainement de reprendre ses esprits. Julian serait arrêté, et Jessup ne l'aimait pas. Le passé remontait inexorablement.

Survie, force, persévérance.
Survie, force...
Non.

Le peigne était en plastique rose, les larmes brûlantes sur ses joues tandis qu'elle essayait de dissimuler sous des cheveux la zone de peau rouge et suintante qui faisait un grand trou dans son cuir chevelu. Elle était pieds nus, vêtue d'une robe à fleurs noire de crasse, par manque de savon. La glace était fêlée tout du long et le tain avait disparu par endroits, de sorte qu'on avait l'impression de plonger dans le néant en s'y regardant. Pourtant, dans son reflet morcelé, elle vit de la peur à l'état pur, captive dans de grands yeux verts. Elle avait beau cligner des paupières pour chasser ce qui l'entourait, la pièce était là avec son odeur de chou et de lard, et elle entendit les pas de sa mère qui approchait, par-dessus les pleurs déchirants du petit trésor qui appelait, appelait...

– *Qu'est-ce que tu attends, sale morveuse ?*

Elle ne bougea pas d'un pouce. Sa mère entra dans la pièce, dans un effluve de laque et de tabac doux.

– *Non, maman.*

– *Fais-le avant que je te le fasse à toi.*

– *Je t'en prie, ne m'y oblige pas...*

– *Fais-le !*

– *Non, maman. Je t'en prie.*

– *Ingrate, bonne à rien,* pesta-t-elle en l'agrippant par les cheveux pour ensuite lui taper la tête contre la table. *Fais-le, tout de suite !*

Malgré ses supplications, sa mère continua à lui cogner la tête contre la table, encore et encore. Son nez saignait, et elle vit des dents cassées sur le bois irrégulier de la table.

– *Tu vas m'obéir ! Fais-le ! Fais-le ! Fais-le !*

Hurlant toujours, sa mère lui arracha une autre poignée de cheveux.

Alors le monde s'obscurcit en un brouillard opaque.

Elle se revit ensuite assise sur la berge du ruisseau, bleue de froid et clignant des yeux dans le soleil d'hiver. Sa robe mouillée lui collait au corps, elle avait de l'eau dans le nez. Ses mains tremblaient, et d'étranges sons lui sortaient de la gorge. Sur la berge à côté d'elle, le regard dur, sa mère semblait satisfaite.

– Maintenant, tu es à moi pour toujours.

La petite baissa les yeux.

Et vit la chose qu'elle avait faite.

Abigail sursauta en entendant grincer la poignée de la porte. Un petit cri lui échappa, et elle jeta un regard coupable à son reflet. Elle avait encore des yeux de bête blessée, mais ce miroir-là était sans défaut, et le peigne dans sa main valait mille huit cents dollars. Elle se tamponna le visage, se rajusta.

– Oui ?

– C'est moi.

– Randall ? Qu'y a-t-il ?

– Ouvre.

– Un moment, s'il te plaît.

Il secoua si fort la poignée que la porte vibra dans le chambranle. Comme elle l'avait fait tant de fois, Abigail enfouit le passé au plus profond d'elle-même, puis laissa entrer son mari. Il referma la porte. En voyant qu'il serrait les poings, le souffle court, Abigail recula d'un pas, sur ses gardes. Son mari n'avait jamais été vraiment brutal envers elle, mais elle décelait dans ses yeux une lueur brûlante, inquiétante.

– Qu'y a-t-il, Randall ?

– Où est Michael ?

– Comment ça ?

– Ne joue pas avec moi, Abigail. J'ai besoin de savoir où le trouver.

— Je n'en sais strictement rien.
— Mensonge. Vous êtes comme cul et chemise, tous les deux.

Il avança et Abigail sentit en lui son impatience, sa rage réprimée. Elle connaissait les humeurs de son mari, et celle-là n'augurait rien de bon.

— J'ai répondu à ta question, dit-elle calmement. J'ignore complètement où il peut être. Tu ferais mieux de t'en aller.
— Ce n'est pas si simple cette fois.
— Je t'assure que j'ignore...
— Espèce de salope ! explosa-t-il en tapant du poing sur une table. Je n'ai pas le temps de jouer au plus fin, alors épargne-moi tes mensonges et ton instinct protecteur mal placé. C'est important, réponds à ma question. Où séjourne-t-il ? Dans quel hôtel ?
— Je n'en sais rien.
— Il détient quelque chose qu'il me faut absolument récupérer, Abigail, quelque chose de très, très important. Tu comprends ? J'ai besoin de lui. J'ai besoin que tu m'aides.
— Pourquoi ?

Reculant d'un pas, elle s'appuya au dossier du fauteuil de bureau.

— Parce qu'il me veut du mal, et qu'il faut que j'agisse le premier avant qu'il ne m'atteigne lui. S'il me fait du mal, il t'en fera à toi. Bref, si je ne le retrouve pas, c'est fini. Tout est fichu. Tu saisis ? Tout ce pourquoi j'ai travaillé. Tout ce que je suis.

Mais Abigail n'écoutait plus.

— Tu veux lui faire du mal ?
— Il représente une menace.
— Tu veux faire du mal à Michael ?
— Où est-il, Abigail ?

Elle était devant le bureau à présent. Un sourd grondement résonnait dans sa tête. Son champ de vision se rétrécit, la lumière faiblit, et le bourdonnement dans son crâne s'amplifia tant que sa peau se mit à la picoter. Sur le bureau, il y avait un coupe-papier en argent, un cadeau de Julian. Sa main se referma sur le manche en os.

— Tu veux faire du mal à Michael ?
— Lui faire du mal, le tuer, le supprimer, comme tu voudras, repartit le sénateur sans se rendre compte du changement qui s'opérait chez son épouse.

Clignant des paupières, Abigail sentit monter en elle un courant noir, froid, humide qui tournoya en rugissant dans son crâne.

Ses paupières se fermèrent, s'ouvrirent.

Abigail disparut.

Quand il se retrouva dehors, sous les étoiles, Jessup fut face à un dilemme. Ce n'était pas si simple de laisser Abigail tranquille ainsi qu'elle le désirait. Il avait perçu comme une fêlure dans sa voix, pourtant Dieu sait que cette femme n'était pas facile à briser. Par ailleurs, elle ne tolérait pas non plus l'impertinence, et n'apprécierait guère une aide qu'elle n'avait pas sollicitée. Il resta planté là encore quelques longues secondes, puis jura entre ses dents et, coupant à pas vifs par l'allée centrale, il pénétra dans la maison par l'une des portes de derrière. Il traversa la cuisine, la salle à manger, et se trouvait dans le grand vestibule quand il vit Richard Gale et trois de ses hommes descendre l'escalier. Au fil des ans, il avait déjà rencontré Gale occasionnellement pour de brèves missions, lorsque le sénateur voyageait à l'étranger ou durant de courtes périodes de sécurité renforcée, et il estimait son professionnalisme. Certes, c'était un mercenaire, mais un gars capable, entraîné, qui savait se tenir, faisait son boulot, s'en allait. Jessup se doutait que Gale devait le trouver quant à lui un peu ringard et provincial, mais ça lui était bien égal.

— Vous avez vu Mme Vane ? s'enquit Jessup tandis qu'ils se rejoignaient en bas des marches.

Gale leva les yeux vers l'étage, puis répondit après un petit temps de réflexion :

— Elle est dans ses appartements. Je crois que le sénateur est avec elle.

— Merci, dit Jessup, et il se mit aussitôt à grimper les marches deux par deux.

— Est-ce qu'on ne devrait pas intervenir ? lança l'un des hommes de Gale quand il fut hors de vue.

— En faisant quoi ? répliqua Gale, qui avait suivi Jessup des yeux et regardait vers l'étage au-dessus. Tu veux que je te dise ? ajouta-t-il en lissant les revers de son veston. Je crois que notre boulot ici est terminé.

Les appartements d'Abigail se trouvaient tout au bout d'une longue aile située sur le côté nord de la maison. Elle y avait emménagé sept ans après le jour de son mariage, avec ses meubles et ses affaires. Personne n'avait fait de commentaire, ni posé de question. Le sénateur et sa femme vivaient séparés ; le personnel s'était adapté à cet état de fait et la vie avait continué. Jessup venait rarement dans cette partie de la maison, d'abord par correction, mais aussi parce que c'était le lieu refuge d'Abigail, son espace personnel dans une demeure qui n'était pas vraiment la sienne. Il admirait la façon dont elle avait aménagé et décoré l'ensemble, les couleurs, la lumière. Cette aile était comme un reflet d'elle-même et de son goût parfait.

Dans le couloir vide et silencieux, il marchait vite, mais ses pas étaient assourdis par le tapis moelleux. Abigail avait toute une enfilade de pièces à sa disposition : chambre, salon, bibliothèque, plus une pièce pour écouter de la musique. La porte de sa chambre était la dernière d'une rangée de six.

Quand il entendit hurler, il se précipita, ouvrit en grand la porte de la chambre et se figea sur place. Le sénateur était cloué au sol, et c'était lui qui criait tandis qu'Abigail le maintenait à terre en appuyant un genou sur sa gorge. Elle tenait un coupe-papier, qu'elle lui avait planté juste sous la clavicule.

— Alors, tu comptes toujours faire du mal à Michael ? grondait-elle en tournant la lame dans la chair.

Le sénateur hurla plus fort, puis la supplia en s'efforçant de détacher son poignet. Elle tourna encore la lame.

— Ah ! Mais qu'est-ce que tu fous, bon Dieu ? Abigail, lâche ça ! Abigail !

— Abigail..., murmura Jessup en écho tout en s'avançant dans la chambre.

— Jessup. Au nom du ciel..., implora le sénateur. Aidez-moi ! Retenez cette folle !

Jessup hésita. Il savait exactement ce qui se passait. Et il n'avait aucune affection pour le sénateur.

Abigail se pencha, enfonça encore la lame.

— Tu touches à Michael, je te tue. C'est clair ?

— Abigail ? répéta Jessup en approchant.

Elle rit, rejeta ses cheveux en arrière.

— Allons, tu me connais mieux que ça. Vas-y, pauvre type, dis-le.

— Non.

— Dis-le !

— Salina.

— Plus fort.

— Salina !

Elle le regarda les yeux brillants, avec un sourire sardonique.

— Tu voudras bien me baiser cette fois ?

— Salina, arrête.

— Salina ? C'est quoi ce délire ? protesta Vane en essayant de lui tordre le poignet, mais elle appuya sur la lame et il hurla à nouveau.

— Recommence et je t'enfonce ça jusqu'au cœur. Compris, gros lard ?

— Oui ! Oui ! Arrête !

— Voilà ce que je te propose, dit-elle en s'adressant à Jessup. Tu me baises comme il faut et je le laisse en vie.

— Tu sais que je ne peux pas...

— Oui, je le sais, que t'as pas de couilles, nullard. Tu crois peut-être que je ne m'en suis pas rendu compte depuis le temps ? Pourtant ça nous est arrivé..., poursuivit-elle en souriant d'un air entendu.

– Salina, écoute, fit Jessup en levant les mains, doigts écartés. Ce ne sera bon pour personne. On ne tue pas un sénateur des États-Unis.

– Ce n'est pas moi qui trinquerai. C'est elle.

– Vous finirez toutes les deux sur la chaise électrique. Abigail et toi. On ne tue pas un sénateur impunément.

– Il veut buter Michael. Avoue, gros lard, insista-t-elle en appuyant sur la lame.

– Oui. Oui.

– Je ne le laisserai pas faire. Ce serait le moment pour toi de t'en aller, ajouta-t-elle en regardant Jessup.

– Tu sais que je ne partirai pas.

– Ouais, je sais, répondit-elle avant d'éclater d'un rire dément, et dans ce rire, le sénateur puisa de la force, il se cambra sous elle, s'arqua de tout son corps, lui prit le poignet et réussit à la rejeter en arrière.

Elle alla heurter le lit tandis que lui se redressait sur les genoux. Il essaya de se relever, mais Salina était vive et agile. Jessup hésita, puis comme il s'approchait pour l'arrêter, elle s'empara du .38 posé sur le lit et fit volte-face.

Jessup se figea.

Le sénateur arracha la lame de sa chair.

– C'est moi qui mène le jeu, cette fois, déclara Salina en tenant l'arme d'une main sûre.

Les hommes étaient à un mètre cinquante l'un de l'autre, et des deux, seul Jessup savait combien la mort était proche.

– Salina, non...

Mais le coup partit dans une langue de feu, et la balle atteignit le sénateur en plein front, lui emportant le haut du crâne. Il tomba sur le dos. Les yeux de Jessup passèrent du corps étendu au visage de la femme qu'il aimait. C'était le même, en terriblement différent. Les yeux étaient trop durs, le sourire tenait plus du rictus. Il avança jusqu'au lit, s'assit, se prit la tête entre les mains.

– Pourquoi as-tu fait ça ?

– Personne ne touche à Michael.

– Mais...

– J'ai fait ce que j'avais à faire. Maintenant c'est ton tour.
– Mon tour ? répéta Jessup.
– Parfaitement.

Elle s'assit sur le lit à côté de lui. En état de choc, il la regarda, éperdu, affolé.

– Mon tour de faire quoi ?
– D'arranger ça.

Il la scruta et sentit toute la haine qui l'habitait.

– Je devrais te laisser griller sur la chaise électrique.

Elle lui caressa la cuisse du bout des doigts.

– Nous savons tous les deux que tu n'en feras rien.
– Tu es une fille du diable, Salina Slaughter. Une mauvaise femme.
– Qu'est-ce que tu attends, espèce de petit merdeux ?

49

Michael trouva un petit bar en bordure de la ville. À l'intérieur, c'était calme et pratiquement désert, avec pour seul bruit de fond le son d'un juke-box. Il commanda une bière au barman et alla s'asseoir dans un renfoncement. La bière étant trop froide à son goût, il la but lentement et sortit de sa poche le portable prépayé, intraçable, en se félicitant des progrès de la technologie.

Puis il songea aux cadavres.

Et à son frère.

Michael aurait pu cuisiner le sénateur en exigeant des détails sur tout ce qu'il voulait savoir, Slaughter Mountain, Abigail Vane, la Maison de fer, mais cela aurait pris du temps, de l'énergie, tout cela pour quoi ? En fait, il se fichait complètement de savoir qui avait tué ces salopards de la Maison de fer, du moment que Julian était à l'abri des poursuites ; or le dossier le rassurait sur ce point. S'il avait exigé plus d'informations, le sénateur aurait regimbé, tergiversé, ou cherché lui-même à en savoir plus. Parvenir à la vérité pouvait prendre du temps, en admettant seulement que Vane la connaisse, et Michael ne tenait pas plus que ça à connaître toutes les subtilités de cette histoire. Il pouvait régler le problème dès à présent, écarter tout danger avant que les flics ne débusquent Julian du trou où il se terrait pour l'emmener de force.

Tout en jouant à faire tourner le portable sur la surface lisse et noire de la table, il se repassa une dernière fois son plan dans sa tête.

On avait sorti du lac les cadavres d'anciens pensionnaires de la Maison de fer, qui avaient connu Julian. Les flics étaient futés et ils feraient aisément le lien. Le mobile de Julian importerait peu dans une affaire de cette importance. Et ses motivations plus subtiles n'entreraient pas en ligne de compte. Il avait attiré ses ennemis d'autrefois en leur promettant de l'argent, les avait tués, puis jetés dans ce lac où une gamine que Julian avait bien connue était morte dix-huit ans plus tôt. À coup sûr, on lui mettrait ces meurtres sur le dos.

Mais Dieu merci, la situation avait plus d'une facette. À six kilomètres de là, une ferme abandonnée était remplie de gangsters trucidés qui faisaient chanter le sénateur Vane depuis des années. Le dossier était explosif et il parlerait de lui-même. Photographies, registres précis des sommes versées comme pots-de-vin, règlements à échéances correspondant au chantage. Le plan de Michael était élégant dans sa simplicité même. Envoyer les flics à la ferme, où ils découvriraient les cadavres, puis le dossier. Toutes choses qui ne sauraient tarder, à présent.

Primo, les cadavres retrouvés dans le lac passeraient au second plan, après la découverte du carnage qui avait eu lieu à la ferme. À partir des gangsters morts, les flics remonteraient à Otto Kaitlin, et de là aux événements de

New York : l'explosion du restaurant, les meurtres de Sutton Place, l'escalade de violences et le nombre toujours croissant de victimes depuis la mort du Vieux. Les agents du FBI et de l'ATF[1] entreraient en scène. Tout passerait à l'échelle supérieure.

Secundo, et très vite, ils relieraient l'ensemble de ces événements au sénateur Randall Vane. Alors, le fil général de l'enquête se détacherait de Julian. Avec tous ces morts issus du milieu, il changerait radicalement d'orientation. Enfin, quelqu'un se rendrait à la Maison de fer et, là-bas, ce quelqu'un rencontrerait Andrew Flint.

Or Flint avait lui-même des choses à dire à propos des Kaitlin père et fils.

Ils étaient venus à l'orphelinat pour se renseigner sur le sénateur. Julian n'était encore qu'un enfant à l'époque, et Flint le dirait aux flics. Cela renforcerait encore la chaîne d'indices et de preuves reliant le sénateur Vane au crime organisé. À ce stade, l'affaire dépasserait les deux ou trois cadavres retrouvés au fond d'un lac, elle engloberait membres du milieu, politiciens corrompus, pots-de-vin, tueurs à gages et une avalanche de cadavres. Cette version des faits plaisait bien à Michael, par son ampleur d'abord, mais aussi parce qu'elle était si embrouillée qu'on s'y perdait. Mais quelle que soit l'interprétation qu'on en ferait, elle n'aurait plus aucun rapport avec un auteur pour enfants nommé Julian Vane. Peut-être le milieu avait-il liquidé les garçons de la Maison de fer pour incriminer le sénateur. Peut-être le sénateur avait-il usé de représailles. Peut-être existait-il encore d'autres connexions, d'autres personnes impliquées. Les flics ne pourraient que se perdre en conjectures.

Quoi qu'il en soit, cette affaire était trop énorme pour ne concerner que Julian.

Beaucoup trop.

Michael s'apprêtait à passer son coup de fil quand il entendit sonner son portable. Son cœur fit un bond, mais

---

1. *(Federal Bureau of) Alcohol, Tobacco and Firearms* : service fédéral américain chargé de la régulation de l'alcool, du tabac et des armes.

ce n'était pas Elena. C'était le numéro d'Abigail, et il répondit à la deuxième sonnerie.
— Bonjour.
— Michael ? Dieu merci, répondit une voix d'homme, celle de Jessup Falls.

Ils se retrouvèrent au bord d'une prairie déserte à cinq kilomètres au sud du portail est, loin des journalistes et des regards inquisiteurs. Jessup avait pris un coup de vieux, et, dans la semi-pénombre, Michael devina à son air inquiet, accablé, qu'il était en butte à un sérieux problème.
— Le corps est dans la chambre d'Abigail. Je ne peux pas le déplacer tout seul, et je n'ai personne vers qui me tourner à part vous. Tous ceux qui se trouvent sur place sont à la solde du sénateur. Elle va écoper si je ne m'en occupe pas. Il faut que vous m'aidiez. S'il vous plaît.
Il n'avait pas l'habitude de quémander et, visiblement, cela lui coûtait.
Michael regarda les voitures garées face à face au bout du champ, avec leurs feux de stationnement allumés. Il réfléchit à ce que Jessup venait de lui raconter et trouva cela bien mince.
— Redites-moi ce qui est arrivé.
— On n'a pas le temps ! Quelqu'un risque d'avoir entendu le coup de feu. Le corps peut être découvert à tout moment !
À part le fait que le sénateur était mort et qu'Abigail avait tiré, Michael doutait de ce que Jessup lui avait dit par ailleurs.
— Ça n'a pas de sens. Abigail ne l'aurait pas tué sans une sacrée bonne raison. Sûrement pas à cause d'une stupide dispute. C'est quelqu'un de posé, d'intelligent, qui sait se maîtriser.
— Quelle importance ? Je vous en prie !
— Où est-elle maintenant ?
— Chez moi, en sécurité. Pour l'instant.
— Et l'arme ?

— C'est moi qui l'ai.
— Est-elle marquée, répertoriée ?
— Non, je l'ai achetée il y a vingt ans. Impossible de remonter jusqu'à nous.

Michael scruta le visage de Jessup. S'il avait jamais douté de ses sentiments pour Abigail Vane, ce n'était plus le cas. Jessup Falls se fissurait de l'intérieur. Angoisse. Peur. Désespoir. Michael comprenait. Il éprouvait pour Elena les mêmes sentiments. Il récapitula dans sa tête tout ce qui était arrivé, tout ce qu'il savait et avait appris. Puis il décida de profiter de la situation pour avancer son pion.

— Parlez-moi de Salina Slaughter.
— Bon Dieu.
— Je me suis rendu à Slaughter Mountain. Je sais que vous y êtes allé vous aussi.

Jessup parut sur le point de s'effondrer. Il jeta un regard en arrière vers la maison au loin, invisible, puis son visage ne fut plus que supplique.

— Le temps presse. Vous ne comprenez pas ? Ce sera la fin, pour elle. De grâce, Michael. Aidez-moi.
— Si je vous aide...
— Oui, oui, je ferai tout ce que vous voudrez.
— Je veux tout savoir.
— Oui.
— Slaughter Mountain. Salina Slaughter. Tout.
— Je le jure, repartit Jessup en hochant la tête, mais il semblait si torturé que Michael le prit en pitié.
— Je ne ferai rien qui puisse nuire à Abigail. C'est quelqu'un de bien, et c'est la mère de Julian. Et le fait qu'elle ait tué un homme comme Randall Vane n'enlève rien à mon estime pour elle, ajouta-t-il avec un sourire.
— Très bien, dit Falls en laissant échapper un soupir saccadé. Merci.
— Mais quand ce sera fait, nous parlerons.

Jessup hocha la tête, reconnaissant.

— Donnez-moi le flingue, dit alors Michael.

Jessup alla le récupérer dans la voiture, puis hésita. C'était l'arme du crime. Elle portait les empreintes d'Abigail, et les siennes. Leurs yeux se croisèrent, et Michael tendit la main.

— Vous avez ma parole.

Jessup lui donna l'arme, que Michael essuya ensuite avec un mouchoir. Puis il retira les cartouches, les essuya également, rechargea le pistolet, l'enveloppa dans le mouchoir et le fourra sous sa ceinture.

— Je vous appellerai quand ce sera fait.

— Et le corps ?

— Ne vous en faites pas pour ça. Laissez-le en l'état, là où il se trouve.

— Mais...

— Un peu de confiance, Jessup.

Michael s'apprêtait à regagner sa voiture quand Jessup l'arrêta.

— Ça ne me suffit pas. Le corps se trouve dans la chambre d'Abigail. Ça va forcément lui retomber dessus.

— Faites en sorte qu'Abigail n'approche pas de cette chambre ; laissez-les découvrir le corps. D'ici à quelques heures, l'enfer se déchaînera, les chiens seront lâchés. Niez tout. Fournissez-lui un alibi. La situation sera encore limite un jour ou deux, mais je vous promets que pour finir, cela ne lui retombera pas dessus.

Jessup posa une main sur le bras de Michael.

— J'ai du mal à vous faire confiance.

— Je pourrais vous retourner la politesse.

Une lueur de compréhension passa dans les yeux de Jessup. Michael avait l'arme du crime sur lui, glissée sous sa ceinture ; or c'était un tueur, un membre du milieu. Pour protéger Abigail et détourner d'elle le cours de l'enquête, il suffirait à Jessup d'appeler les flics, de leur donner Michael, et tout serait réglé, tout danger écarté. Michael serait arrêté, Abigail libre et lavée de tout soupçon. Son regard sur Michael changea soudain, en profondeur.

— Faire confiance peut être dangereux, Jessup. Mais ce n'est pas une fatalité, lui lança Michael d'un air entendu, en s'approchant de la portière.

— Vous m'appellerez ?

– Vous pouvez y compter.

Il faisait nuit noire quand Michael se rendit pour la troisième fois à la ferme. Il remonta la longue piste sinueuse et déposa l'arme en un endroit qu'il jugeait plausible et où les flics ne risqueraient pas de la manquer. Les premiers jours, Abigail n'y couperait pas, les flics s'en prenaient toujours au conjoint en premier lieu, mais les études balistiques finiraient par revenir au .38 posé sur la table de chevet de Stevan. Bien sûr, question timing, ça ne collerait pas, car tous ceux qui se trouvaient dans la ferme étaient morts depuis longtemps quand une balle fatale avait atteint l'un des sénateurs les plus contestés de la nation pour sa politique. Mais ça n'entrerait pas en ligne de compte. Abigail avait juste besoin qu'on lui accorde le bénéfice du doute, et, à la fin, il y aurait trop de possibilités, de connexions entre le sénateur et l'empire criminel d'Otto Kaitlin, trop d'argent, de rancœur accumulée. Quelqu'un avait tué tous les gangsters de la ferme. Quelqu'un y avait laissé cette arme. Les flics iraient-ils penser que ce quelqu'un était Abigail Vane ? Certainement pas. Il y avait eu des morts à New York, des morts à la ferme, des morts dans le lac.

Et le sénateur était lié à tous ces morts.

Michael quitta la ferme. Il tourna à droite, s'engagea sur la route bitumée et, sept cents mètres plus loin, se gara à la station Exxon, hors de vue. En sortant le portable prépayé, il songea que si Jessup avait appelé une minute plus tard, Michael n'aurait rien pu faire pour l'aider. Il aurait déjà passé l'appel. Oui, Jessup était au bord du gouffre, et tout s'était joué pour lui et Abigail à quelques secondes près.

Il s'en faut souvent de peu.

Michael alluma le portable, appela le service de police et dit au brigadier en fonction qu'il avait un message pour l'inspecteur Jacobsen. Non, il ne voulait pas lui parler, juste lui faire passer un message.

– C'est ça, confirma Michael. Sept cents mètres après la station Exxon, la boîte aux lettres avec trois réflecteurs bleus.

Le brigadier voulut en savoir plus, mais Michael coupa la communication. Pas de noms, pas de renseignements, pas d'explications. Des cadavres à la ferme. Des morts, des armes. Des gars découpés en morceaux. Peut-être le brigadier le prit-il pour un fou ; ou se dit-il que cela lui vaudrait une promotion.

Michael vérifia l'heure à sa montre. Même avant la mort du sénateur Vane, il s'apprêtait à le charger et à faire de lui un bouc émissaire. Pourquoi ? Pour deux raisons. D'abord parce que Vane avait eu l'intention de le livrer à Stevan, alors qu'il aille au diable. Mais surtout, il y avait Abigail. Il lui avait donné l'occasion d'en finir avec son mari. *J'aime quelqu'un d'autre*, lui avait-elle confié. Michael n'avait pas besoin d'en savoir davantage.

Il vérifia encore l'heure à sa montre, en se demandant si Jessup savait ce qu'elle ressentait.

Les flics arrivèrent dix-huit minutes plus tard.

50

En s'éveillant, Abigail serra fort les paupières pour échapper au rêve qui la hantait chaque nuit depuis trente-sept ans et chasser les images floues, tremblotantes qui refusaient de s'effacer. Elle avait dix ans et se trouvait sur la berge du ruisseau. À moitié gelée, elle claquait des dents, la tête étrangement, terriblement vide. Elle ignorait ce qui s'était passé, seulement qu'elle avait fait quelque chose de mal. Elle le voyait dans le visage de sa mère empreint d'une joie sournoise, à ses yeux calmes et froids.

Maintenant tu es à moi pour toujours.

Alors Abigail baissait les yeux et découvrait le petit. Il était tout bleu, les yeux mi-clos, avec de l'eau dans la bouche. Elle essayait de le réveiller, en vain. Dans ses mains, il était aussi mou et inerte qu'une poupée.
Maintenant tu es à moi pour toujours.
— Non, Maman. Non !
— Abigail. Abigail, tout va bien. Ce n'est qu'un rêve.
La voix était réelle, familière. Abigail ouvrit les yeux, en pleine confusion, et sentit une pression tiède sur sa main. Les doigts de Jessup. Par une fenêtre haute et étroite filtrait une lueur bleue qui semblait clignoter. Elle se redressa, écarta les cheveux de son visage.
— Jessup ?
— Oui.
— Est-ce que j'ai dit quelque chose dans mon sommeil ?
— Pas vraiment. Juste « non », à la fin. Vous êtes dans ma chambre. Tout va bien.
Elle frissonna, encore sous l'emprise du rêve, et il lui toucha l'épaule.
— Quelle heure est-il ?
— Il est tard.
— Mais pourquoi suis-je ici ? Mon Dieu... Je me suis encore évanouie, c'est ça ?
— Oui, un petit moment.
— Est-ce que... j'ai fait quelque chose... vous savez.
— Non. Rien de mal.
— Je ne me rappelle rien.
— Le sénateur vous a rendu visite dans votre chambre. Vous en souvenez-vous ?
— Vaguement. Nous nous sommes disputés.
Jessup hocha la tête.
— Je suis arrivé en plein milieu. Votre mari n'a pas apprécié. Nous sommes partis pour venir ici. Ensuite, vous vous êtes trouvée mal.
— Mon Dieu, on dirait que c'est de pire en pire.
— Oh, ça n'a rien d'inquiétant. Vous étiez juste un peu dans les vapes. Je vous ai portée jusqu'ici pour que vous puissiez vous reposer.

– J'ai mal à la tête.

– C'est sans doute l'effet de l'alcool, dit Jessup avec un petit sourire puis, voyant qu'elle s'apprêtait à se lever, il l'en empêcha. Non, Abigail. Je voudrais que vous m'écoutiez très attentivement... C'est important. Il s'est passé quelque chose de grave, mais vous n'y êtes pour rien. Écoutez. Vous étiez avec le sénateur dans votre chambre et vous vous êtes disputés. Mon arrivée a mis fin à la dispute et nous sommes partis pour venir ici. C'est très important. Nous avons parlé de Julian. De tout ce qui s'était passé ces derniers jours. Du cadeau que vous comptiez faire à votre mari pour Noël cette année. Peut-être une œuvre d'art. Un tableau venant de la galerie de Washington que le sénateur apprécie. Vous vous le rappelez ?

– Non, fit Abigail en secouant la tête, gagnée par la peur.

– Voici ce qui s'est passé, reprit Jessup tandis qu'Abigail regardait la lueur bleue qui pulsait par la fenêtre étroite. Une dispute entre époux, qui a cessé quand je suis entré dans votre chambre. Ensuite nous sommes venus ici, vous m'entendez ? Écoutez-moi. Nous avons parlé de Julian...

– Que s'est-il passé, Jessup ?

– Nous avons parlé d'un tableau que vous comptiez offrir à votre mari.

Mais elle n'écoutait pas. Elle se dégagea et alla à la fenêtre. La pièce étant partiellement en sous-sol, la fenêtre était haute, aussi dut-elle monter sur un tabouret pour regarder au-dehors.

– Ça va aller, Abigail. Faites-moi confiance.

– Jessup, fit-elle d'une toute petite voix effrayée.

– Vous n'avez rien fait de mal. Vous vous êtes juste disputée avec le sénateur et...

– Jessup ?

L'allée grouillait de flics.

51

Michael alla se terrer dans un hôtel de Chapel Hill, et tout se déroula plus ou moins comme il l'avait prévu. Une femme de chambre trouva le sénateur gisant dans la chambre d'Abigail peu après que les flics eurent découvert le massacre à la ferme. Cette dernière nouvelle était si explosive que la police ne la divulgua pas, se sentant incapable de gérer les deux événements en une seule et même journée. Le meurtre d'un sénateur, c'était une autre histoire. Au début, les enquêteurs y allèrent sur la pointe des pieds, mais quand ils eurent établi leurs relevés préliminaires, ils fondirent résolument sur Abigail. Randall Vane était un multimilliardaire, et il avait été tué d'une balle dans la tête dans la chambre de son épouse. Or Abigail avait pour seul alibi l'homme qui depuis vingt-cinq ans lui servait de chauffeur et de garde du corps. Pour des flics qui avaient vu semblable cas une bonne centaine de fois, le mobile était d'une évidence presque ennuyeuse. Pourtant, Jessup sut dresser autour d'Abigail une barrière d'avocats qui lui évita la garde à vue durant toute une journée ; puis les flics vinrent avec un mandat en bonne et due forme. Ils la harcelèrent sans relâche pendant six heures d'interrogatoire, mais Jessup avait eu le temps de l'y préparer, et ils durent finir par la relâcher. Michael appela une heure plus tard.

– Elle craque, lui confia Jessup en plein désarroi. Elle croit qu'elle l'a fait.

– Comment ça, elle croit ?

– Mon Dieu..., soupira Jessup. C'est compliqué.

– Je pense qu'il est temps que nous parlions, reprit Michael après un petit temps de réflexion.

– Je ne peux pas la laisser pour l'instant. Julian n'a pas réapparu. Vous avez vu les nouvelles. Même le personnel l'évite.

La Maison de fer 449

– Bon, d'accord. Alors demain ou après-demain.
– Michael, écoutez. Rien ne se passe comme vous l'aviez prévu. Ils la dévorent tout cru. Les flics. Les médias. Vous avez vu ce qu'ils disent ?
– J'ai vu.
Ils affirmaient qu'elle avait tué son mari pour l'argent. Ils montraient des photos d'elle et de Jessup, faisaient des suppositions sur la nature de leur relation. Il y avait tous les composants de l'histoire idéale : argent, sexe, des cadavres dans un lac, le meurtre commandité d'un sénateur. La femme était belle, un visage délicat au teint pâle aux sourcils arqués, le chauffeur séduisant. Les photos triées sur le volet montraient Abigail au bras de Jessup, avec au doigt un diamant gros comme un œuf de caille. Escortée d'une phalange d'avocats, elle était parfaite dans le rôle de la veuve noire.
– Je ne sais pas combien de temps je vais pouvoir l'empêcher de s'effondrer.
– Encore un jour, dit Michael.
– Peut-être qu'elle ne tiendra pas jusque-là.
– Un jour, répéta Michael.

La suite des événements vint leur sauver la mise plus vite que prévu. Il y eut des fuites à propos du massacre de la ferme (un membre du service de police), et l'histoire explosa en prenant une nouvelle dimension impliquant le crime organisé, un politicien corrompu victime de chantage, des tortures, tout cela lié aux violences qui avaient secoué New York. L'affaire fit la une de tous les médias, soudain pris d'une sorte d'hystérie collective. Des équipes de tournage filmèrent le moment où les housses mortuaires furent emportées de la ferme, avec l'armée de fédéraux présents sur le terrain, en costumes sombres et coupe-vent marqués FBI. Pourtant, le répit d'Abigail vint de manière inattendue d'un petit avocat spécialisé dans les droits de succession, que personne n'avait encore pensé à questionner.

Il s'appelait Wendell James Winthrop et s'occupait discrètement de faire homologuer le testament du sénateur Vane. Un inspecteur subalterne qui prit le temps de le vérifier découvrit qu'Abigail ne toucherait pas un centime. Elle pourrait passer un an dans la maison, puis devrait partir avec ses bijoux et ses effets personnels. Julian aussi en était exclu. Un milliard de dollars, dont ils ne toucheraient rien.

Cette nouvelle fâcheuse en apparence fit des miracles.

Quand la police apprit que le mobile financier tombait, les poursuites contre Abigail s'évaporèrent ainsi que sa mise en accusation. Grâce au dossier, qu'ils avaient depuis passé au crible, les enquêteurs en savaient largement assez sur le sénateur.

Cela faisait des années qu'on le faisait chanter ; il était mort.

Tous ceux qui le faisaient chanter étaient morts.

L'arme du crime avait été retrouvée sur le lieu même où ils avaient été supprimés.

Chez les hauts gradés de la police, on parla d'un tueur chargé d'exécuter tous les gens impliqués. Certains membres du crime organisé infiltrés au FBI évoquèrent Otto Kaitlin et son mystérieux second dont il avait pris grand soin de cacher l'identité, mais ces rumeurs ne sortirent jamais du cercle étroit où elles circulaient et s'éteignirent d'elles-mêmes. Personne n'avait jamais pu établir l'existence de ce lieutenant. Il n'y avait pas de nom, pas de photos, aucun signalement. Pour certains, c'était une invention, un mythe fabriqué par un gangster ingénieux, sorte de croque-mitaine pour adultes. Pour finir, on conclut posément que toute la vérité ne serait jamais faite sur cette sombre histoire.

Pendant ce temps, Michael regardait les nouvelles dans sa chambre d'hôtel. Il faisait de longues marches dans Chapel Hill, dînait à l'extérieur et pensait constamment à Elena. Il se demandait où elle pouvait être, et si elle l'appellerait ou pas. Il se tracassait pour ses blessures, pour le bébé. Il espérait aussi avoir des nouvelles de Julian, mais de ce côté-là non plus rien ne venait. Deux jours après la révélation du massacre de la ferme, Jessup finit par appeler.

— C'est la première fois qu'elle réussit à dormir, dit-il.

— Elle va bien ?

— Mieux. C'est comme si on lui avait enlevé un grand poids. Comme si, en fin de compte, elle croyait ne pas l'avoir fait.

— C'est la deuxième fois que vous vous permettez ce genre d'allusion pour le moins paradoxale.

— Je sais. C'est voulu.

— Le moment est peut-être venu de m'expliquer certaines choses, vous ne croyez pas ?

— Possible.

Ils se retrouvèrent à Raleigh parce que c'était une grande ville anonyme, et que les vieilles habitudes ont la vie dure. Quand Jessup arriva, Michael resta à le surveiller durant toute une demi-heure pour s'assurer qu'il était seul.

Il l'était.

Le restaurant proposait des côtes de bœuf et de la bière, et il était vide à trois heures de l'après-midi. Ils prirent une table dans une petite salle située au fond, commandèrent un broc de bière et prièrent qu'on les laissât seuls. Quand la bière arriva, Michael leur servit deux bocks et attendit. Voyant que Jessup l'évitait toujours du regard, il décida de commencer par le plus facile.

— Des nouvelles de Julian ?

Jessup releva enfin la tête, soulagé.

— Il est rentré hier. Le traitement a fini par agir. Il a retrouvé un peu d'équilibre et de bon sens, expliqua-t-il, puis il but un peu de bière, essuya ses lèvres ourlées de mousse. Apparemment, il s'est lié d'amitié avec Victorine Gautreaux. Elle a veillé sur lui.

— Où était-il ?

— Terré au fond des bois et mort de peur.

— Comment va-t-il ?

— Il est perdu, fragile. Comme d'habitude. Je ne suis toujours pas certain qu'il comprenne exactement ce qui s'est passé. En tout cas, il trépigne comme un gosse impatient tant il a hâte de vous voir. À un moment, il a même cru qu'il ne vous avait vu qu'en rêve.

Manifestement, Jessup redoutait la conversation qui se profilait, et Michael avait quelques théories à ce propos. Parler de Julian leur permettait d'aborder en douceur des sujets plus sensibles.

– Il a vu Abigail tuer Ronnie Saints, n'est-ce pas ? demanda Michael en faisant tourner son bock.

Jessup vida le sien d'un trait, se resservit, tout cela sans rien dire.

– Dans l'abri à bateaux, poursuivit Michael, implacable. C'est pour ça qu'il a craqué et qu'il s'est enfui. Il l'a vue tuer Ronnie Saints et n'a pas pu le supporter.

– Au départ, elle avait les meilleures intentions du monde, répondit enfin Jessup, les yeux toujours fixés sur son bock. Elle voulait juste qu'ils s'excusent auprès de Julian. Elle a retrouvé leur trace, les a payés...

– Et puis elle les a tués.

– Non, ça ne s'est pas passé comme ça, répliqua Jessup en relevant la tête. Abigail n'a pas une once de méchanceté en elle. Elle est solide, honnête, juste, et douce comme un agneau. Jamais elle ne ferait de mal à quelqu'un. Rien qu'à cette idée...

– Non, elle est seulement schizophrène.

Jessup se lécha les lèvres, les yeux rivés à la table.

– Elle m'en a parlé, reprit Michael en s'appuyant sur ses coudes. Durant notre trajet jusqu'aux montagnes, elle m'a expliqué que c'était un mal héréditaire.

– Je n'aurais pas dû venir, marmonna Jessup.

Mais il ne bougea pas, et Michael comprit pourquoi. Certains secrets sont lourds à porter, surtout quand on les garde pour soi depuis si longtemps.

– Andrew Flint m'a appris quelque chose d'intéressant quand j'étais à la Maison de fer, poursuivit Michael. Le jour où Abigail est venue nous chercher pour nous adopter, elle lui a tapé dans l'œil. Elle était belle, riche. Mais ce n'est pas ce qui l'a le plus frappé. Elle lui a raconté une histoire expliquant pourquoi elle avait eu envie de nous prendre en charge, Julian et moi. Elle-même avait grandi dans un orphelinat ainsi que sa sœur ; Abigail avait été adoptée, mais sa sœur plus chétive y était restée, et avait fini par mourir. Voilà d'où venait selon elle sa compassion et sa volonté de ne jamais séparer des frères et sœurs, en l'occurrence Julian et moi. Selon Flint, elle a raconté cette histoire avec beaucoup d'émotion. Vous le saviez ?

– Oui, je le savais.

– Pourtant j'ai rencontré sa mère dans un taudis au pied de Slaughter Mountain... Une certaine Arabella Jax, que vous-même connaissez, si je ne m'abuse.

– Bon sang, fit Jessup en secouant la tête, mais Michael refusa de se laisser attendrir.

– Cette Arabella Jax dit que sa fille s'est enfuie de la maison quand elle avait quatorze ans, ce qui m'amène à me demander pourquoi Abigail a menti à Andrew Flint. Et surtout, pourquoi nous comptions pour elle ?

Jessup s'adossa dans sa chaise, écarta le bock vide.

– Pourquoi ne pas me le dire vous-même, puisque vous êtes si malin ? répliqua-t-il.

Soudain Michael eut la gorge nouée, la bouche sèche. Il songea à l'amour d'Abigail pour Julian, à sa ténacité quand elle avait tenu à venir à la ferme et à se confronter à Jimmy pour sauver la vie de Michael quel qu'en soit le prix, dix, vingt, trente millions de dollars, quitte à risquer sa propre vie. Pourtant, elle était terrorisée. Ensuite, dans la grange, les choses avaient dégénéré, et sa peur s'était évanouie. Il revit comment elle s'était dressée d'un bond pour trancher net le poignet de Jimmy. C'était une femme différente, froide, agile, violente. Michael avait rarement vu une telle précision, une telle maîtrise physique ; or l'instant d'après, elle ne gardait aucun souvenir de ce qu'elle venait de faire.

La schizophrénie est un mal héréditaire, lui avait-elle dit.
Frères et sœurs.
Parents.
Michael s'obligea à garder un visage de pierre.

— Abigail est-elle ma mère ?
— Vous dites ça parce que Julian et elle souffrent de la même maladie ?
— Parce qu'elle n'avait aucune raison de venir nous chercher au départ. Parce que nous comptons pour elle et que je ne comprends pas pourquoi.

Jessup se resservit en prenant tout son temps. Il but à grandes goulées, puis regarda ailleurs, comme en quête d'un secours qui lui viendrait du ciel.

— Vous m'avez interrogé à propos de Salina Slaughter, reprit-il. Laissez-moi d'abord vous parler d'Arabella Jax. Vous l'avez vue ?

— Oui.

— Elle était pire quand Abigail était petite. Odieuse, égoïste, pourrie jusqu'à la moelle. Je n'ai jamais été si près de tuer une femme, ajouta-t-il, visiblement troublé à ce souvenir.

— Vous êtes allé là-bas pour vous renseigner sur Salina Slaughter ?

— Il y a des années. Elle a refusé d'en parler... Mais elle a fini par y venir, conclut-il en hochant la tête, les lèvres serrées.

— Vous l'y avez obligée.

— Je n'en suis pas fier.

— On peut dire que ça l'a marquée. Encore aujourd'hui elle a peur de vous. Elle a essayé de me faire sauter la cervelle quand j'ai prononcé pour la deuxième fois le nom de Salina Slaughter. Elle a cru que c'est vous qui m'aviez envoyé.

— C'est une salope et une satanée menteuse. Si j'ai fait ça, c'était pour obtenir la vérité.

— Parce que vous aimez Abigail.

— Parce que j'avais besoin de savoir. De comprendre... Bon Dieu.

Il s'interrompit, se passa les mains sur le visage.

— Racontez-moi.

Après un silence qui dura une bonne minute, Jessup se lança.

— Arabella avait de l'allure, autrefois. J'ai vu de vieilles photos d'elle dans sa maison. Elle plaisait aux hommes. Elle travaillait pour Serena Slaughter, là-haut sur la montagne.

— J'ai vu les ruines du manoir.

— Il s'y donnait des fêtes somptueuses, dont certaines duraient des jours. Des gens de la haute venaient de loin, hors des frontières de l'État. Politiciens. Célébrités. Gros richards en limousines. Quant à Arabella Jax, c'était la bonne à tout faire, et elle ne menait pas la grande vie. Elle était sans le sou, haïssait sa patronne, mais n'avait nulle part où aller. Jeune, elle eut des aventures avec certains des invités des Slaughter. De beaux messieurs avec de belles paroles. En fait, des sales types qui ne pensaient qu'à une chose. C'est ainsi qu'elle me les a décrits. En tout cas, un bon nombre lui sont passés dessus, apparemment, de ces rupins qui aimaient bien se taper des bonniches.

Son regard croisa celui de Michael et il haussa les épaules.

— Sa cote tomba quand elle perdit sa beauté en prenant de l'âge. Les jardiniers, les palefreniers, les ivrognes du coin remplacèrent les beaux messieurs. La seule chose qui détonne dans cette histoire banale à pleurer, c'est le caractère de cette femme et la colère, la rancœur qui la dévoraient vivante. Abigail en était tous les jours le témoin et le souffre-douleur. Elle aussi allait parfois jouer au manoir pendant que sa mère frottait, récurait, cirait et se prostituait. Vous imaginez ce qu'Abigail a pu subir, étant gamine ? Passer du manoir avec les lustres en cristal, l'argenterie, les domestiques, les fêtes somptueuses, à la masure sordide qui leur servait de toit. Et voir sa mère peu à peu rongée par l'envie.

— Elle s'est inventé un monde où elle faisait semblant d'être Salina Slaughter, fille de bonne famille.

— Sauf qu'elle ne faisait pas semblant, rectifia Jessup d'une voix rauque.

— Elle était vraiment la fille de Serena Slaughter ?

— Non, ce n'est pas ça. Elle avait... Écoutez, accordez-moi une minute, d'accord ? s'interrompit Jessup en se levant soudain.

Il gagna la fenêtre et resta le dos tourné, la tête basse. Michael attendit en regardant ailleurs, lui-même troublé. Jessup revint s'asseoir.

— Je regrette, dit-il, gêné, et il se moucha avec une serviette en papier. C'est dur d'aimer une âme blessée.

— Prenez votre temps, déclara Michael, touché malgré lui par la détresse de Jessup.

— Abigail avait un petit frère, reprit Jessup. Un bébé de quelques mois. Elle n'avait que dix ans, mais l'aimait comme si c'était le sien. Elle le nourrissait, prenait soin de lui. Quant à sa mère, elle n'avait aucune sympathie pour les garçons. Elle pensait qu'une fois grands ils ficheraient le camp comme font tous les hommes ou, pire, qu'ils profiteraient d'elle et la maltraiteraient. Contrairement aux filles, qui resteraient à la maison et s'occuperaient de leur mère quand elle serait vieille, croyait-elle.

— Arabella Jax voulait avoir des domestiques à son service.

— Oui, des domestiques, des esclaves. Quelqu'un sur qui passer ses humeurs.

Jessup but une gorgée de bière. Ses mains tremblaient.

— Elle avait un petit frère, lui souffla Michael.

— Oui. Oh ! mon Dieu, soupira Jessup en se frottant la figure. Arabella a forcé Abigail à le noyer dans le ruisseau.

Michael eut un mouvement de recul et Jessup hocha la tête d'un air sombre.

— Elle a battu sa fille à mort, puis l'a forcée à tuer le seul être au monde qu'Abigail aimait. Je pense que c'est là que son esprit s'est fissuré.

— Et que Salina Slaughter est née.

— Elle n'en a pas conscience, Michael. Vous comprenez ? Abigail... est si douce, si tendre, dit-il en s'étranglant presque. Elle ignore l'existence de Salina. Elle a des trous noirs, des pertes de mémoire.

— Mais elle se doute de quelque chose.

— Elle redoute la vraie version des faits, oui. George Nichols et Ronnie Saints sont venus au domaine sur sa demande, on les a ensuite retrouvés morts, et justement, entre-temps, elle a eu des pertes de conscience. Même chose pour Chase Johnson.

— C'est le troisième corps dans le lac ?

Jessup confirma d'un hochement de tête.

— Puis le sénateur a été tué. Abigail était terrifiée à l'idée d'y être peut-être pour quelque chose. Mais vous avez tout arrangé. La police est persuadée que le sénateur a été tué par des gangsters, et que les garçons de la Maison de fer ont été embarqués dans tout ça pour une raison ou une autre. Peut-être les a-t-on jetés dans le lac pour faire pression sur le sénateur. Ou qu'ils étaient en rapport avec Stevan Kaitlin. Les flics pensent que tout est lié, et Abigail s'efforce d'y croire aussi. À vrai dire, elle revit.

— Vous n'avez toujours pas répondu à ma question.

— Toute vérité n'est pas bonne à dire, soupira Jessup d'un air malheureux.

— Abigail est-elle ma mère, oui ou non ?

— J'y viens, Michael, j'y viens... Quand Abigail s'est enfuie, elle avait quatorze ans. Elle a donc passé encore quatre ans avec Arabella Jax. Quatre ans de maltraitance et de privations. Quatre ans d'enfer durant lesquels Salina Slaughter a pu assurer son emprise...

— Continuez.

— Malgré sa préférence marquée pour les filles, il s'avère qu'Arabella Jax eut deux garçons, l'un fort, l'autre maladif. Ils naquirent dans la chambre du fond de la masure que vous avez vue. Ils seraient sans doute morts sans Abigail. Ils dormaient avec elle, dans son lit. Elle les tenait au chaud, les nourrissait, les protégeait... Arabella laissa traîner les choses un moment, mais le jour vint où elle ordonna à Abigail de les noyer aussi. Abigail refusa et s'obstina, malgré tout ce que lui fit subir Arabella. Deux semaines durant, sa mère la battit jusqu'au sang pour la faire céder...

Michael eut un coup au cœur.

– Qu'essayez-vous de me dire ?

Jessup hocha la tête, conscient de la douleur que ses propos allait engendrer.

– Qu'elle s'est enfuie pour ne pas vous tuer.

Michael eut besoin d'aller marcher, de s'éloigner de tout ça un moment. Jessup lui accorda vingt minutes, puis il régla l'addition et le retrouva sur le parking.

– Abigail est ma sœur, conclut Michael, mains dans les poches, face à la route où les voitures passaient en trombe.

– Oui.

– Sait-elle que vous venez de me raconter ça ?

– Non.

Michael se retourna, le visage marqué par le chagrin.

– Pourquoi ?

– Elle n'est plus cette pauvre petite chose bousillée par la vie. Elle ne veut pas et ne peut pas l'être. C'est là qu'elle trouve sa force. Dans cette vie, celle qu'elle s'est choisie.

– Elle nous a laissés mourir là-bas, au bord de ce ruisseau.

– Ce n'était qu'une enfant, Michael. Et elle en avait déjà supporté plus que sa part. Mieux que quiconque, vous devriez le savoir.

– Je n'ai jamais abandonné Julian.

– Non ?

– Ça n'avait rien à voir.

– Julian est resté seul jusqu'à ce qu'Abigail vienne le chercher, remarqua Jessup, et Michael détourna les yeux. Sachez tout de même qu'elle en fait encore des cauchemars et que la culpabilité la ronge. N'oubliez pas qu'elle est venue vous récupérer dès qu'elle l'a pu. Elle vous a retrouvés à la Maison de fer. Elle a essayé de vous donner une vie.

– C'est dur à avaler.

– Aucun doute là-dessus.

– Et je suis censé garder ça pour moi ?

Jessup comprit. Tout raconter à Michael n'avait pas été une décision facile à prendre, mais il avait vendu son âme le jour où il avait torturé Arabella Jax jusqu'à ce qu'elle le supplie en rendant tripes et boyaux. Autant qu'il en sorte quelque chose de bon.

— C'est à vous de voir, je suppose, répondit-il. Je ne sais pas très bien comment Julian le prendrait. Il est à moitié convaincu que ce qu'il a vu dans l'abri à bateaux n'était qu'une illusion, mais à moitié seulement. C'est un homme qui a besoin pour se structurer d'être encadré par des gens solides, capables de l'épauler, de le soutenir. Je ne sais s'il pourrait assumer le fait d'avoir pour mère une Arabella Jax. Ce serait une vérité brutale, après tout l'amour qu'il a reçu.

Tout bien réfléchi, Jessup avait raison, se dit Michael. Pour son frère, cette soudaine révélation relèverait de la cruauté mentale.

— Donc, Julian ignore la vérité, et Abigail ignore que je suis au courant ?

— Oui.

— Vous m'en demandez beaucoup, Jessup. C'est ma sœur. Nous formons une famille. Ne comprenez-vous pas combien c'est important pour moi ? Pour Julian ?

— Il ne faut pas qu'elle sache que vous savez. Se confronter à ce passé la tuerait... Elle qui a déjà du mal à vivre avec elle-même, à se supporter.

— Bon Dieu.

— Je regrette sincèrement, Michael.

Ils restèrent silencieux un long moment.

— Comment Abigail s'est-elle retrouvée ici ?

— Que voulez-vous dire ?

— J'ai vu l'endroit où elle a grandi. J'ai rencontré sa mère...

Arabella Jax était aussi sa mère, mais il refusait encore de l'admettre. En un sursaut mental, il chassa la colère et le dégoût qui l'envahissaient.

— Comment est-elle passée de Slaughter Mountain à l'endroit où elle est maintenant ? poursuivit-il.

— Force de caractère et volonté. J'ignore ce qu'elle a vécu après s'être enfuie, mais elle n'avait que vingt-deux ans quand le sénateur l'a rencontrée. Dans l'intervalle, elle avait fait des études supérieures et parlait couramment trois langues. Elle travaillait dans une galerie d'art de Charlotte, et on l'aurait crue sortie tout droit d'une de ces institutions pour jeunes filles de bonnes familles qui existent en Europe, tant ses manières étaient exquises, son maintien parfait. Il a suffi d'une soirée pour que le sénateur se pâme d'amour pour elle.

– Et elle, l'aimait-elle ?
– Quelle importance ?

Sous le soleil déclinant, pris dans une tourmente d'émotions, Michael avait l'impression de se noyer. Il se sentait comme à l'étroit dans sa propre peau.

– Abigail aura toujours des doutes. Le sénateur est mort dans sa chambre. Julian croit l'avoir vue dans l'abri à bateaux.

– On peut vivre dans le doute, affirma Jessup. C'est la certitude qui vous détruit.

– Et Salina Slaughter, dans l'histoire ?
– Je saurai m'en charger.
– Pourtant, des gens sont morts.
– Une chose et une seule la rend violente.
– Quoi donc ?
– Ceux qui représentent une menace pour vous ou Julian. Les garçons de la Maison de fer. Le sénateur. Salina les considérait comme un risque. Elle est très protectrice envers vous.

– C'est vous qui avez jeté George Nichols et Chase Johnson dans le lac ?

– Pour protéger Abigail des forfaits de Salina Slaughter.

– Pourquoi avoir laissé Ronnie Saints dans l'abri à bateaux ?

– Je ne savais pas, pour Ronnie, dit Jessup. J'ignorais qu'ils devaient se rencontrer. Je n'ai compris qu'elle l'avait tué que quand Caravel Gautreaux vous a vu jeter son cadavre dans le lac.

– Caravel ?

Tiens, c'était nouveau.

— Elle rôdait cette nuit-là, à la recherche de sa fille, je présume. Elle est trop futée pour s'approcher de la grande maison, avec les chiens et tout le reste ; mais elle a observé la scène de loin et elle a appelé la police. Elle tenait sa chance de coincer Abigail pour de bon. Du moins l'a-t-elle cru. Vingt ans de haine trouvant enfin leur exutoire...

— Qu'y a-t-il entre ces deux-là ?

— Jalousie. Rancœur, commenta Jessup en haussant les épaules. Qu'est-ce que j'en sais ?

Écartant de ses pensées Caravel Gautreaux, Michael songea à toutes les choses qu'il avait apprises et qui résonnaient en lui. Il avait une sœur qu'il ne pourrait jamais reconnaître comme telle, ainsi qu'un frère mort tout bébé, dont il venait seulement d'apprendre l'existence. Il avait des choix à faire, et une mère qu'il tuerait bien volontiers.

— Comment avez-vous su, pour Salina Slaughter ?

— Que voulez-vous dire ?

— Vous avez retrouvé la trace d'Arabella Jax, mais comment avez-vous découvert l'existence de Salina Slaughter, au départ ?

— Euh...

— C'est une question simple.

— Et puis merde, fit Jessup en secouant la tête tout en s'éloignant de quelques pas.

Il s'arrêta, fourra ses mains dans ses poches, contempla le ciel.

— Jessup...

— Elle me tourmente. Ça l'amuse.

— Je ne comprends pas.

— Salina vient me voir la nuit. J'ai couché deux fois avec elle avant de m'en rendre compte. Je croyais que c'était Abigail. Je lui ai dit que je l'aimais. J'ai cru que...

— Mais c'était Salina ?

— Depuis, je vis un enfer, soupira Jessup.

52

Une brume fraîche stagnait au fond de la ravine quand Michael engagea la Rover sur la piste raide et boueuse qui menait au ruisseau où son frère était mort noyé. Le soleil ferait bientôt son apparition dans le petit matin gris et silencieux, mais il était encore caché derrière la crête. Sur la voiture, il n'y avait pas de plaques d'immatriculation, rien qui permette de l'identifier. Un ou deux chiens dressèrent la tête, puis retombèrent vite dans l'indolence et la lassitude qui régnaient en ces lieux.

Michael toucha le pistolet posé à côté de lui ; s'il avait tué un bon nombre d'individus au fil des ans, ce n'était jamais sous le coup de la colère ni de la haine.

Mais il y avait du changement dans l'air.

Après sa rencontre avec Falls, il avait essayé de passer le cap et de dormir, mais chaque fois qu'il fermait les yeux, il voyait ses deux frères, l'un brisé, l'autre mort avant d'avoir pu vivre. Il voyait sa sœur Abigail toute gamine, dans l'antre abominable où elle avait grandi. Il les voyait tels qu'ils auraient pu être, puis tels qu'ils étaient, et cela formait comme une brume tournoyante qui se dressait devant lui, une tempête de vies gâchées. Au cours d'une vie pourtant régie par la violence, Michael n'avait jamais connu d'âme aussi venimeuse que celle de sa mère, et il en restait encore confondu. Son égoïsme était sans borne, sa perversité ne connaissait pas de limite. Elle avait forcé une enfant à tuer son petit frère, et en avait ri.

Mais il allait le lui faire payer.

Arrivé au fond de la ravine, il entra chez Arabella Jax, la trouva couchée dans son lit, et lui colla le pistolet sur le front. Elle se réveilla, l'œil brillant d'une lueur mauvaise, sans aucune trace de surprise ni de confusion.

– Je ne vous ai pas raconté de bobards, se défendit-elle.

— Savez-vous qui je suis ?

Elle regarda vers la gauche, mais Michael avait déjà déplacé le fusil. Une odeur de moisi et de putréfaction régnait dans la pièce. Il considéra avec une rage froide la femme qui l'avait mis au monde, puis laissé mourir dans les bois.

— Donnez-moi une cigarette, demanda-t-elle, mais il appuya fort le canon sur son front.

La peur la réduisit au silence, et ses doigts griffus se crispèrent sur les draps.

— Vous avez noyé un bébé dans le ruisseau, dit Michael. Je veux savoir où il est enterré.

— Qu'est-ce que ça peut vous faire ? rétorqua-t-elle, la sournoiserie reprenant le dessus.

Il y eut un temps mort.

— C'était mon frère, répondit Michael.

Sans paraître le moins du monde décontenancée par cette nouvelle, elle se contenta de le détailler de la tête aux pieds.

— Vous attendez peut-être que je me mette à chialer ? railla-t-elle.

— Préparez-vous plutôt à mourir, rétorqua-t-il en abaissant le chien, mais elle ne réagit à sa menace que par un haussement d'épaules.

— J'ai entendu dire que quelqu'un vous avait trouvés, tous les deux. On en a parlé dans le journal.

— Vous auriez dû nous noyer.

— Ouais, répliqua-t-elle avec un rire amer, ça ne m'aurait pas gênée, mais je n'aime pas prendre de risque. Je laissais ça à Abigail. C'était son boulot, dit-elle, puis elle se redressa, comme pour le défier d'appuyer sur la détente. J'en déduis que vous la connaissez, sinon vous ne seriez pas là.

— Levez-vous, lui ordonna Michael en reculant un peu.

— Donne-moi une cigarette.

Il la tira brutalement du lit. Elle tomba par terre avec un bruit sourd, puis se releva, tremblante de colère. Il prit un peignoir posé sur une chaise, le lui jeta.

— Mettez ça.
— Tu vas quand même pas tirer sur ta maman.
— Enfilez ça.
— Si tu devais appuyer sur cette gâchette, tu l'aurais déjà fait. À part cet enculé de Jessup Falls, j'ai jamais connu d'homme capable de...

Michael lui fila un coup de crosse dans la figure, assez fort pour la faire tomber sur le lit. Quand elle se redressa, un trait sanglant lui barrait la joue. Ensuite, elle coopéra, enfila le peignoir, mit de vieilles pantoufles pelucheuses, prit une canne accrochée au dos d'une chaise et se dirigea en boitant vers la porte. Une fois dehors, elle avança avec précaution, inquiète, sur ses gardes. Filtrant à travers les arbres, le soleil commençait à éclairer le fond du ravin qui se teinta de jaune à mesure qu'ils suivaient un étroit sentier en contournant la masure pour pénétrer dans les bois. Elle jeta deux fois un regard en arrière.

— T'as l'intention de me buter ?
— J'hésite. Peut-être que je vais vous casser les deux jambes et vous laisser crever ici.
— Tu ferais pas ça.
— J'y réfléchis.

Ils marchèrent encore cinq minutes dans la forêt toujours plus dense. Elle trébucha une fois, se rattrapa.

— Où est le deuxième ?
— Quel deuxième ?
— Ton frère, où est-il ?
— Avancez.

Ils arrivèrent devant un grand hêtre qui s'élevait fièrement. Sur son écorce grise, quelqu'un avait jadis gravé une croix, au-dessus de deux initiales : RJ. Les inscriptions avaient grandi avec l'arbre jusqu'à devenir presque illisibles. Au pied du hêtre, la terre était aplanie.

— On y est, annonça-t-elle avec un vague geste de la main. Satisfait ?

Quand Michael toucha les initiales, il sut que c'était Abigail qui avait pris la peine de creuser profondément dans le bois. Il essaya de se la représenter à dix ans, fluette, s'appliquant à graver la croix en la rendant le plus droite et le plus belle possible.

— Comment s'appelait-il ?

— Donne-moi cent dollars et je te le dirai.

— Dites-le-moi ou je vous fais exploser la cervelle.

— Robert, répondit-elle en pinçant les lèvres.

— Robert, répéta-t-il en touchant à nouveau l'inscription. À quoi ressemblait-il ?

— À des emmerdes avec un grand E, comme tous les garçons.

Michael sentit à nouveau la rage l'envahir.

— Vous auriez dû passer sur la chaise électrique.

— S'il y avait une justice en ce monde, je serais riche, ou bien c'est moi qui tiendrais ce flingue. Mais ce n'est pas ainsi que Dieu l'a fait. Bon, dit-elle en frappant l'arbre de sa canne. T'as eu ce que tu voulais. Alors file donc quelques dollars à ta vieille mère ou va-t'en au diable.

— C'est vous qui parlez de justice ?

— Parfaitement.

Soudain l'arme qu'il tenait lui parut être la main de Dieu, c'était comme si l'univers faisait un tour sur lui-même pour lui montrer le sens caché qui gît en toutes choses. Cette femme avait fait de lui un tueur afin qu'un jour il puisse la tuer. Le cercle était si parfait qu'il tenait de la providence. L'arme était légère dans sa main. L'air de la montagne frais dans sa gorge. Il pouvait la tuer maintenant et aider ce qui lui restait de famille à tourner la page. Abigail serait libre, la mort de Robert vengée. Justice serait rendue aux petits garçons que Julian et lui étaient jadis.

— Vas-y, fais-le, le provoqua-t-elle.

Il la scruta au fond des yeux, ne vit rien.

— Vas-y bon sang !

La détente grinça sous son doigt mais, au même instant, Michael songea à Otto Kaitlin, qui l'avait élevé pour qu'il fût meilleur que les choses qu'il faisait. Il songea à Elena, à l'homme qu'elle souhaitait qu'il devienne, puis à leur enfant et au père qu'il méritait. À l'avenir qu'il désirait.

L'arme s'abaissa d'elle-même.

— Je le savais bien que t'étais un trouillard, se moqua Arabella Jax en crachant par terre. Couille molle, enculé de mes deux, je savais que t'aurais pas le cran.

À son tour, Michael la détailla des pieds à la tête, de la jambe gangrenée aux lèvres fendues et aux yeux amers, qui n'exprimaient pas le moindre regret.

— J'espère que vous vivrez très longtemps, dit-il, puis il s'éloigna.

Il n'avait fait que quelques pas quand elle l'apostropha.

— Abigail t'a dit ton vrai nom ?

Pris au dépourvu, Michael jeta un regard en arrière. C'était la question que se posait tout orphelin. Qui sont mes parents ? Quel est mon nom ?

— Si elle t'a pas dit le nom de Robert, c'est qu'elle t'a pas dit le tien non plus, hein ? Égoïste comme elle est.

Michael reprit son chemin. Elle haussa la voix.

— Le prénom qu'on t'a donné à cet orphelinat n'est pas celui que tu as devant Dieu ! Celui-là, c'est moi qui te l'ai donné !

Il avançait sur le sol détrempé, à travers les branchages qui lui cinglaient le visage.

— Ça compte le prénom qu'une maman donne à son enfant !

Michael se retourna.

— Je ne veux rien de vous.

— Et le nom de ton père ? Tu veux pas le savoir non plus ?

Michael leva l'arme, la visa juste sous le menton.

— On sait déjà que t'as pas le cran, le défia-t-elle.

Michael tira des deux côtés de sa tête, et les balles sifflèrent si près qu'elles soulevèrent ses cheveux.

Elle se figea, bouche bée, réduite au silence.

— La prochaine est pour votre œil droit, menaça Michael.

Elle se risqua à reculer d'un pas, mais il ajusta son tir.

— Vous ne manquerez à personne. Tout le monde s'en fichera comme d'une guigne, dit-il.

Arabella ne bougea plus d'un pouce, tenant entre ses doigts une cigarette qui se consumait. Derrière elle, la

ravine plongeait de douze mètres, avec au fond l'eau écumeuse.
— Tu veux ton vrai prénom, oui ou merde ?
— Non.
— Alors tu n'es rien. Tu n'as rien.
— Objection. J'ai quatre-vingts millions de dollars. J'ai un frère et une sœur, une famille à moi, répliqua Michael en glissant le pistolet sous sa ceinture. Et vous, vous avez quoi ?

53

Deux jours plus tard, les derniers journalistes quittèrent le comté de Chatham. La police en avait fini avec Abigail et Julian ; les fédéraux étaient partis, l'enquête s'était déplacée vers le nord, et l'affaire ne faisait plus la une des médias. Julian finissait de nouer sa cravate devant un haut miroir en pied, dans le trait de lumière qui fusait par la fenêtre de sa chambre en cette fin de matinée.
Abigail apparut sur le seuil.
— Puis-je entrer ? demanda-t-elle en esquissant un sourire.
— Bien sûr.
Elle traversa la pièce, se planta à côté de lui, et scruta le reflet de Julian dans la glace.
— Tu as l'air si grave, si sérieux, nota-t-elle.
— Ne te moque pas.
— Excuse-moi, dit-elle en se plaçant devant lui, puis elle ajusta sa cravate et lissa les revers de son veston. C'est vrai que la rumeur du monde n'était pas particulièrement

légère, ces derniers temps. Mais tu es en sécurité, à présent. Tu ne crains plus rien.

— Peut-être, mais je ne me sens pas bien.

Il était d'une pâleur extrême et si mince que le costume sombre pendait sur lui comme sur un cintre.

— Ça va aller, mon chéri.

— Je n'en suis pas sûr, répondit Julian, figé devant son image. Je suis… partagé.

— Qu'entends-tu par là ? s'alarma-t-elle, pensant à la schizophrénie.

Phrases inachevées, regards éperdus… Il en était ainsi depuis toujours et Abigail vivait avec cette angoisse. La terre était si friable sous les pieds de Julian qu'elle craignait qu'il ne s'y enlise et ne disparaisse comme dans des sables mouvants.

Mais Julian secoua la tête.

— Non, pas dans ce sens-là. C'est juste… de la nervosité, je suppose.

— Ton nom est connu dans quarante pays, remarqua Abigail. Tu as vendu des millions de livres. Je t'ai vu parler devant des milliers d'auditeurs…

— Là, c'est différent.

— Pourquoi ?

Le temps pressait, donnant d'autant plus de poids à sa question. Durant le silence qui suivit, Julian sentit couler entre eux un sombre courant de non-dits, qui formait un lien puissant, tangible.

— Ça l'est, c'est tout.

C'était une réponse d'enfant, il le savait bien. Mais comment expliquer que ni l'expérience, ni la force de volonté, ni l'homme qu'il avait choisi de devenir ne pouvaient l'aider en l'occurrence. Malgré ce qu'il avait accompli, il serait toujours le gamin de la Maison de fer. Il se sentirait toujours traqué, en danger, menacé par les coins d'ombre. Il était capable d'enfouir un temps donné ce genre d'angoisses, mais il y avait tellement de saloperies en ce monde. C'était ça le problème. Aussi merveilleuse qu'elle soit, la présence de Michael rappelait à Julian de sombres choses, de honteux secrets, et surtout une impardonnable faute. Oui, il était tout ce que sa mère avait tenté de définir, pourtant, il avait égorgé un jeune garçon et laissé son frère écoper à sa place.

— Et si l'homme que je suis devenu ne comptait pas pour lui ?

Abigail sourit en appuyant les paumes de ses mains sur sa poitrine.

— Tu es un artiste, quelqu'un de gentil, un fils merveilleux. Un homme bien.

— Sait-il que je suis sous traitement ? Que je suis...

— Oui, il le sait. Il comprend.

Julian lui saisit les mains, et sentit les mots monter du plus profond de lui.

— Et s'il me détestait ?

Ses doigts se resserrèrent sur ceux d'Abigail, mais elle éclata de rire.

— C'est ton frère, il t'aime. Il est ta famille.

Julian acquiesça malgré ses doutes.

— Tu as sans doute raison.

— Bien sûr que j'ai raison.

Reculant, il vit dans le miroir des yeux trop nus pour le monde extérieur. Le regard de Michael plongerait tout au fond ; rien ne lui échapperait.

— Ça va, ce costume ? J'aurais peut-être dû mettre le bleu marine à rayures... Qu'en penses-tu ?

— Je pense que tu ne devrais pas te mettre en frais. Sois toi-même, Julian, dit-elle en prenant son visage dans ses mains, et elle l'embrassa sur le front. C'est ton frère. Et ne te fais pas autant de souci.

— Je vais essayer.

— Allons, fais-moi un sourire.

Il lui sourit, et elle essuya une trace imaginaire sur sa joue.

— On se rejoint dehors. Dans une dizaine de minutes.

Elle s'en alla, et Julian regarda son sourire s'effacer dans le miroir. Il était grand, mince, élégant, mais ce qu'il voyait, c'était le gamin qui avait planté un couteau dans la gorge d'Hennessey et laissé son frère endosser la faute, et c'était ce garçon-là que Michael verrait : une mauviette. Il ravala péniblement la boule qui lui coinçait la gorge, puis ôta le costume et le rangea dans la penderie. Il se sentait coupable de tous les beaux objets qui l'entouraient, de sa mère, de l'argent, et de tout un tas d'autres choses que Michael avait perdues quand il avait pris le couteau et s'était enfui dans la neige. Il se sentait coupable de sa vie même. Il s'assit sur le lit et croisa ses bras sur sa poitrine tandis que les rares choses qu'il tenait pour certaines s'effritaient comme du sable.

— Faites que j'aime Michael, pria-t-il. Rendez-moi fort.

Dans le miroir, il était pâle, faible, petit.

— S'il vous plaît, faites qu'il ne me déteste pas...

Il guetta une voix en écho dans son esprit, mais n'entendit que le silence.

— Je vous en prie, mon Dieu...

Il enfila un jean et une chemise qu'il fourra sous sa ceinture.

— Je vous en prie, faites qu'il ne me déteste pas.

Jessup les conduisit à un petit parc situé à soixante kilomètres du domaine. Selon lui, c'était un lieu neutre, un bon endroit pour se rencontrer loin des regards inquisiteurs.

— Vous allez bien, vous deux ? leur lança-t-il depuis le siège avant.

— Très bien, répondit Abigail.

Mais Julian avait la bouche sèche et des fourmis dans les doigts.

— Sommes-nous en retard ? s'enquit-il.

— Non, juste à l'heure.

Jessup tourna pour s'engager dans le parc, puis il suivit un étroit sentier jusqu'à une place ombreuse avec des bancs et une jolie vue sur un lac en contrebas. Julian vit une seule voiture garée non loin de là, avec un homme debout, près du capot.

— C'est lui ?

— Oui, confirma Abigail.

Ils se rapprochèrent, et Michael s'avança à leur rencontre. Julian prit la main de sa mère.

— Tu veux bien venir avec moi ?

— Non, cette rencontre est pour toi et Michael.

— Il a l'air sévère, remarqua Julian en le scrutant, ce qui fit sourire Abigail.

— Il a toujours cet air-là, répondit-elle.

— J'ai peur, avoua Julian, hésitant.

— Tu n'as pas à avoir peur.

— Mais et si... ?

La phrase resta inachevée, sauf dans sa tête.

S'il me déteste ?

S'il regarde au fond de mon âme et s'en va, tout simplement ?

— Aie confiance, l'encouragea-t-elle en lui pressant la main. Sois fort.

Julian prit une profonde inspiration, puis il ouvrit la portière et, quand il descendit de voiture, ce fut comme s'il posait le pied sur une autre planète. Les couleurs étaient trop vives, le soleil comme une paume sur sa joue. Michael était grand, imposant, et tandis qu'ils avançaient l'un vers l'autre, Julian scruta son visage en cherchant une raison d'espérer, quelque chose qui enlève cet énorme poids de sa poitrine.

— Salut Julian, lança Michael quand ils ne furent plus qu'à deux pas l'un de l'autre, et alors un vide s'ouvrit dans la tête de Julian, aspirant toute sa lucidité d'esprit.

Michael semblait le même, mais différent. Une barbe naissante piquetait ses joues et ses yeux étaient très brillants. Il avait de grandes mains qui se crispèrent tandis que Julian cherchait à répondre et n'y parvenait pas.

Michael hocha la tête, et ses traits, le pli de ses sourcils, son regard s'adoucirent. Julian le vit alors comme il l'aurait dessiné : un homme aux épaules carrées, une main levée, la tête un peu inclinée, qui disait : « Tout va bien. »

— Je regrette, dit Julian.

Michael avança d'un pas et posa une main sur sa nuque.

– Quoi donc ? dit-il en souriant.
– Je regrette tellement...
Alors les bras l'enveloppèrent. Il sentit la chaleur, la force, c'était son frère, et il n'y avait pas de colère en lui. Sa joue était râpeuse contre celle de Julian, mais aussi tiède et humide.
– Tout va bien, affirma Michael.
Il pleurait.
– Nous allons bien.

Ils se revirent le lendemain, et le surlendemain. Assis au soleil, ils parlèrent, et c'était pour eux une chose étrange. Tant d'années avaient passé, tant de choses avaient changé. Mais ils étaient frères et donc, ils trouvèrent leur chemin. Ils parlèrent et ils grandirent, et leur temps séparé sembla moins colossal. Michael ne dit pas tout de sa vie à Julian (il ne parla pas de son ancien métier, pas encore), mais il lui confia l'essentiel, ce qui comptait vraiment, avec une absolue sincérité. Elena et le bébé.
– Tu n'as toujours pas eu de ses nouvelles ? s'enquit Julian.
– Non, toujours pas, répondit-il d'une voix que la détresse rendait rauque.
– Moi aussi, je suis amoureux, je crois.
Michael regarda Abigail et Victorine Gautreaux, assises plus loin dans le parc, à une table de pique-nique. Elles aussi essayaient de se parler, mais, visiblement, elles avaient du mal. Un gouffre les séparait encore. Pourtant, par moments, elles riaient.
– Parle-moi d'elle, dit Michael.
Ils étaient assis sur un banc, à l'ombre fraîche d'un grand arbre. Des enfants jouaient sur la pelouse.
– Elle nous ressemble beaucoup, dit Julian en regardant un garçonnet taper du pied dans un ballon.
– Détraquée, comme nous ?
– Ouais, confirma Julian avec un rire gêné.
– Pauvre petite.

— Tu es sérieux ? s'enquit Julian d'un air inquiet, mais Michael sourit en lui donnant un petit coup d'épaule.
— Mais non. Elle est belle et forte. Elle sait ce qu'elle veut.
— J'aimerais bien l'épouser, je crois.
Michael regarda la jeune fille, vit les yeux d'un bleu froid, le masque qui l'aidait à cacher sa peur. Il songea à l'enfance qu'elle avait eue, et à ce qu'il savait de celle d'Abigail.
— Tu devrais, dit-il.
— Ouais ?
— Ouais, et sans tarder.

Ces moments passés dans le parc étaient ce qu'il y avait de meilleur dans les journées de Michael. Ensuite, il rentrait à l'hôtel et restait des heures à fixer le téléphone. Abigail lui avait proposé par deux fois de séjourner à la grande maison, mais il avait décliné son offre, en invoquant la prudence. Ce n'était qu'une des raisons. Il avait besoin de temps à lui pour broyer du noir en songeant à sa femme qui lui manquait tant.
Jessup appela une fois, demandant à le voir.
— Abigail n'est pas au courant de mon appel. J'ai juste besoin de vous parler.
— Où ça ?
Ils se rejoignirent dans un parking à mi-chemin entre le domaine et Chapel Hill. Jessup conduisait la Land Rover ; Michael se glissa à côté de lui sur le siège passager.
— Comment va Julian ? demanda-t-il.
— Mieux, je pense. Vous l'avez vu.
— Il fait le fort, mais...
— Vous devriez le voir avec Victorine. Elle a beau être têtue comme une mule et d'une ignorance crasse, elle a de la fierté, de l'intelligence et du talent. Bref, elle lui fait du bien, et ils forment un couple étrangement assorti, qui fait plaisir à voir.
Michael acquiesça car c'était aussi son avis. Deux êtres abîmés par la vie, l'un fort, l'autre moins, mais artistes tous les deux.

— Et vous et Abigail ?
— Il y a un mur entre nous, dit Jessup.
— Vous devriez l'abattre.
— Je ne sais pas...
— Mais si, insista Michael. N'attendez pas. Faites-le. Parlez-lui. Racontez-lui.
— Écoutez, ce n'est pas pour ça que j'ai demandé à vous voir.
— Je m'en doute.
— Abigail m'a demandé de faire le tri dans les affaires du sénateur. Papiers, dossiers... elle n'avait pas le cœur à ça. J'ai trouvé certaines choses qui pourraient vous intéresser.
— Par exemple ?
— Le sénateur détenait le rapport d'autopsie concernant la jeune fille qui s'est noyée il y a longtemps.
— Christina ?
— Christina Carpenter, oui. Il l'avait rangé dans son coffre-fort personnel. Il s'avère qu'elle avait subi un avortement la veille de sa mort. Les flics ont gardé ça pour eux, mais le sénateur le savait.
— Et il ne l'a pas dit à Abigail.
— Dieu sait pour quelle raison.

Une adolescente se fait avorter, puis meurt le lendemain. Ce simple scénario était chargé d'une sacrée dose de tensions et de souffrances.

— Julian était-il le père ? s'enquit Michael.
— Non, le groupe sanguin ne concordait pas. Peut-être que cette noyade était en fait un suicide déguisé. Cette gamine avait des parents très religieux. Tomber enceinte et se faire avorter, tout cela sans pouvoir en souffler mot... Peut-être que Julian a essayé de la sauver, mais qu'il n'a pas réussi.
— Cela expliquerait la peau sous ses ongles et pourquoi il était trempé...
— Et aussi pourquoi il ne s'est souvenu de rien, à cause du choc traumatique.

— Et si le sénateur était le père ?
— Dans ce cas, il aurait eu une très bonne raison de garder secret le rapport d'autopsie. Diable ! Peut-être est-ce lui qui l'a tuée ?
Une autre possibilité se fit jour dans l'esprit de Michael.
— Ou bien Salina.
— Ne plaisantez pas avec ça, répliqua Jessup, mais ils restèrent tous deux pensifs un bon moment.
— Vous aviez plusieurs choses à me dire, reprit Michael. Quoi d'autre ?
— Ça reste entre nous, d'accord ?
— D'accord.
Serrant les lèvres, Jessup détourna les yeux.
— Alors ? insista Michael.
Jessup jura entre ses dents, puis extirpa un mince dossier de derrière son siège.
— Ça aussi, c'était dans le coffre-fort du sénateur.
Il lui tendit le dossier, et Michael l'ouvrit.
— Ce sont des rapports médicaux.
— Ceux d'Abigail...
— Je me suis dit que vous deviez savoir à quel point elle désirait vous prendre avec elle, quand vous étiez encore de jeunes garçons, commenta Jessup pendant que Michael les feuilletait, et ses propos ne prirent tout leur sens qu'au bout de quelques secondes.
— Elle s'est fait ligaturer les trompes, constata Michael.
— Peu après son mariage. Elle n'en a jamais informé le sénateur.
— Mais il l'a découvert.
— Forcément, puisqu'il avait ce dossier en sa possession. Je suppose que c'est après cette découverte qu'ils ont fait chambre à part. J'ignore s'il lui en a demandé raison.
— Elle m'avait dit qu'ils étaient incapables de concevoir.
— C'est ce qu'elle a prétendu aux yeux du monde. C'est ainsi qu'elle a convaincu son mari d'adopter.
Michael referma le dossier, et Jessup le lui reprit d'un geste gauche.

— Elle voulait vous donner un foyer, Michael. Elle voulait vous mettre tous les deux à l'abri, guérir vos blessures, vous entourer d'amour.

À la rencontre suivante, ils étaient juste tous les trois, Michael, Julian et Abigail. Étrangement, le coin d'ombre et de verdure où ils se retrouvaient était devenu leur lieu, une infime partie du monde qui leur était réservée. Assis à la même table sous le même arbre, ils contemplaient des enfants aux visages presque familiers. Les mots leur venaient plus facilement ; leurs réponses étaient moins sur la défensive. Pourtant, une gêne subtile persistait, et Michael se demanda si le problème ne venait pas de lui et de lui seul. Il jeta un coup d'œil à Abigail, qui semblait reposée, mais pas tout à fait en paix. Il eut envie de lui dire qu'il savait la vérité, de lui pardonner une bonne fois pour toutes de les avoir abandonnés, et de la remercier pour ce qu'elle avait fait. Peut-être cela lui apporterait-il un peu de répit en lui ouvrant un chemin vers des cieux plus sereins. Mais Abigail était une bonne mère pour Julian, et Julian un bon fils pour elle. Entre eux, Michael voyait du respect, de l'amour, du réconfort. Exhumer la vérité maintenant ne leur serait d'aucun secours, et donc, il la laissa enfouie. Goûtant ce moment, il laissa de même Arabella Jax là où était sa place, oubliée et ignorée, pourrissant lentement dans la masure qui les avait vus naître tous les trois.

Ils firent une petite marche au bord du lac, et Michael sentit que sa jambe guérissait. Un peu plus tard, ils retournèrent s'asseoir à la table et burent du vin blanc dans des gobelets en plastique, malgré le panneau à l'entrée du parc qui interdisait d'apporter de l'alcool. Julian s'inquiéta de voir les flics rappliquer, ce qui fit rire Abigail et sourire Michael. Quand la bouteille fut presque vide, Michael croisa le regard d'Abigail.

— J'ai appris, pour le testament du sénateur, commença-t-il, et comme elle tentait de l'interrompre, il leva la main. J'ai plein d'argent. Il est à vous.

— C'est gentil, mais ce n'est pas nécessaire, déclina-t-elle en lui prenant la main.

— Mais le journal disait que vous pouviez juste emporter vos bijoux et vos effets personnels...

Abigail rit d'un rire sans mélange.

— Oh, Michael. Mes bijoux à eux seuls sont estimés à douze millions de dollars, et les œuvres d'art que Randall m'a offertes valent deux fois plus. La maison de Charlotte est à mon nom, ainsi que la maison d'Aspen. Randall n'était pas aussi mauvais que le prétendent les journaux. Nous fûmes amoureux autrefois, et cela comptait pour lui comme pour moi. Il me gâtait, faisait des investissements à mon nom. Tiens, en parlant de ça... J'ai quelque chose pour vous, les garçons.

Plongeant la main dans le panier, elle en sortit deux petits paquets joliment enveloppés et leur en tendit un à chacun.

— Allez-y, ouvrez.

Michael défit le ruban, arracha le papier d'emballage. C'était un coffret contenant un briquet en or et en platine. Son prénom était gravé sur le côté. Julian en avait un semblable.

— Je ne comprends pas.

— C'est une sorte de gage, expliqua Abigail.

— Un gage de quoi ?

— De nouveaux départs.

Michael regarda Julian, et leur commune incompréhension la fit sourire.

— Randall m'a fait un autre cadeau, poursuivit-elle. Quand l'orphelinat a fermé, il l'a acheté à mon nom. Les bâtiments, les terrains. Tout.

— Mais dans quel but ? demanda Michael.

— En partie parce que je voulais garder Andrew Flint sous la main. Mais surtout pour en être propriétaire au cas où ce jour viendrait.

— Je ne comprends toujours pas.

Elle désigna les briquets qu'ils tenaient.

— Tournez-les de l'autre côté.

Il y avait une autre inscription.
La Maison de fer
— Mettez-y le feu, dit-elle, puis elle se pencha au-dessus de la table pour leur prendre les mains. Qu'il n'en reste plus que cendres. Et qu'on n'en parle plus.

54

Andrew Flint était parti quand ils arrivèrent à la Maison de fer. Le portail était grand ouvert, la vieille maison vide. Quand Michael parla à Julian de Billy Walker, son frère resta étrangement silencieux. Planté près de la porte rafistolée, il se contenta de fixer la chambre où ils avaient vécu, située au coin du troisième étage.
— Flint avait tous tes livres, ajouta Michael. Je pense qu'il les lisait à Billy.
— Ce n'est pas pour ça que je les ai écrits.
— Je sais bien.
— Je les ai écrits pour instruire les enfants sur le mal, pas pour que de méchants garçons les lisent.
— Je ne crois pas que Billy soit encore méchant.
Une brise légère faisait frissonner l'herbe, le crépuscule noyait déjà la vallée. Julian ferma les yeux. À part le vent et la mémoire remuante, le silence régnait.
— Ils sont bel et bien morts.
— Tout ce qu'il y a de morts, oui, confirma Michael, sachant que son frère pensait à Ronnie Saints, George Nichols et Chase Johnson.
Quand Julian rouvrit les yeux, un éclat de soleil rouge s'y refléta.

— Sais-tu comment ils sont morts, Michael ?

Il songeait à l'abri à bateaux, aux souvenirs fragmentés encore enfouis dans son esprit. Il voyait Abigail tuer Ronnie Saints. N'était-ce qu'un jeu de son imagination ? Il aurait tant voulu en être sûr. Michael réfléchit à peine une seconde, puis haussa les épaules.

— Ça n'a pas grande importance.

Et il en était convaincu. Parce qu'il se devait encore de protéger son frère ; et parce que Jessup avait raison.

On peut vivre dans le doute. C'est la certitude qui vous détruit.

— Je regrette d'avoir tué Hennessey.

— Qu'il aille se faire voir, répliqua Michael en le prenant par le cou. C'était un salopard de première... Julian, mon frère, ajouta-t-il en l'étreignant, je pense que le moment est venu de faire un feu d'enfer.

Ils avancèrent vers la porte d'entrée. Michael se servit de la clef qu'Abigail lui avait donnée.

— Tu veux revoir l'intérieur avant ? Notre chambre ou autre chose ?

— Pour quoi faire ?

C'était une sacrée bonne réponse et elle plut à Michael, car elle convenait tout à fait à l'homme que Julian aspirait à devenir. Ils se rendirent dans le sous-sol afin que le bâtiment brûle de fond en comble. Ils empilèrent des cartons, de vieux meubles disloqués, des ballots de vêtements moisis, tout ce qu'ils trouvèrent, et durent projeter les derniers débris au sommet de l'immense tas qui faisait maintenant deux mètres cinquante de haut et trois mètres de large à la base.

— Beau travail, frérot, admira Michael.

Un peu essoufflé, Julian recula et resta un long moment à contempler la montagne de débris.

— Tu te souviens du vieux Dredge et de ce qu'il me racontait ? dit-il enfin.

— « Soleil et marches argentées... »

— « Portes ouvrant sur des mondes meilleurs... »

— Oui, je m'en souviens.

Julian hésita un moment, comme luttant avec lui-même, puis il se lança.

– Tu crois que ce genre de choses existe ?

– En tout cas, nous allons rendre ce monde-ci un peu moins mauvais, répondit Michael en ouvrant la main, montrant le briquet qui reposait sur sa paume. Tu as le tien ?

Julian le sortit, tout tiède, de sa poche.

– On va le faire pour de vrai, dit-il avec un sourire craintif et ravi.

– Tu veux commencer ? demanda Michael.

– Non, ensemble.

– Et si elle avait oublié de mettre de l'essence dans les briquets, ce serait drôle, non ?

Julian rigola, et à trois pas l'un de l'autre, ils allumèrent au même moment le feu qui détruirait la Maison de fer. Les flammes léchèrent les cartons empilés. Quand elles atteignirent le plafond, ils se rapprochèrent de la sortie et restèrent encore une longue minute à regarder tandis que Julian faisait tourner le briquet entre ses doigts, puis le glissait dans sa poche.

– Qu'est-ce que tu ressens ? s'enquit Michael.

– J'ai chaud.

– Tu veux rire ?

– À l'intérieur. Il y a toutes sortes de chaleur.

Celle dégagée par le feu devint trop intense, alors ils remontèrent à l'air libre, roulèrent jusqu'à la haute grille en fer forgé, et là, descendirent de voiture pour contempler les flammes qui caressaient les vitres du sous-sol.

– Ça ne va plus tarder, dit Michael.

Julian mit la main sur son cœur.

– Maman aurait dû venir.

– Non, ce moment est pour nous.

– Tu es heureux ? demanda Julian avec un signe de tête vers la Maison de fer.

– Chut, murmura Michael. Ouvre bien tes mirettes.

Michael passa un bras autour des épaules de son frère. Dans la nuit qui tombait avec l'air frais venant de la montagne en face, ils regardèrent en silence les vitres exploser et la fumée s'échapper à gros bouillons de la Maison de fer, qui brûlait.

55

Les jours qui suivirent furent doux-amers pour Michael. Julian entrait dans sa nouvelle vie d'un pas léger, avec une grâce qui faisait la joie d'Abigail, elle qui l'avait toujours connu si fragile, si perturbé. Il ne serait jamais quelqu'un de fort, mais depuis la destruction de la Maison de fer, il semblait plus confiant, plus sûr de lui. Elle ne l'avait jamais vu ainsi.

— Peut-être est-ce dû à la mort de ces garçons, suggéra Michael à Abigail, un jour qu'ils en discutaient tous les deux en prenant un verre sur la terrasse.

— Ou à Victorine Gautreaux.

Au loin, les deux jeunes gens canotaient sur le lac, et Michael crut voir rire Victorine.

— Elle lui fait du bien, n'est-ce pas ?

Abigail acquiesça, mais son regard resta indécis.

— Je ne puis m'empêcher de guetter en elle l'influence de sa mère.

Michael comprenait. La famille est une force puissante, capable de vous façonner ou de vous détruire, et c'était justement ce qui rendait ses journées si dures à supporter, bien plus qu'il ne l'aurait cru. Entre Abigail et Julian, il existait un lien qui s'était construit au fil des ans, avec un tel vécu, une telle compréhension que Michael se sentait exclu. Ils étaient mère et fils, pour le meilleur et pour le pire, et lui était le témoin d'une intimité qu'il ne partagerait jamais. C'était douloureux de savoir la vérité, et de devoir taire son amour.

Elle était sa sœur, mais seulement par le sang.

Ils étaient frères, mais si éloignés l'un de l'autre.

Bien sûr, chacun faisait de son mieux, mais, les jours passant, Michael se surprit à songer souvent à Otto Kaitlin. Comme Abigail et Julian, Otto et lui avaient construit entre eux un pont solide, bâti sur des décennies de confiance et de dévouement mutuel, de sacrifice même. Certes, Michael serait toujours le bienvenu chez eux, Abigail et Julian se démenaient pour bien l'en persuader, qu'il tienne ce fait pour acquis, mais lui gardait son portable sous la main en attendant un appel d'Elena et, la nuit, il dormait en rêvant à sa propre famille, sa femme et l'enfant qu'elle portait. D'ailleurs, c'était ce rêve qui avait tout déclenché. Vint un jour où il ne tint plus en place.

– Où irez-vous ? demanda Abigail.

– Je ne le sais pas encore.

– Est-ce que nous nous reverrons ? demanda Julian d'une petite voix crispée, en luttant pour ne pas prendre un ton implorant. On vient seulement de...

Son regard passa d'Abigail à Michael tandis que sa confiance toute nouvelle fondait lamentablement.

– Tu ne peux pas t'en aller comme ça !

– Ce ne sera pas comme avant. Oui, nous nous reverrons, et plus tôt que tu ne le penses, assura Michael.

– Tu me le promets ?

– Oui.

– Tu le jures ? insista-t-il, et Michael revit en lui le petit Julian qu'il avait connu enfant, avec ses peurs et ses manques.

– Je le jure, dit-il en l'étreignant très fort.

Ils firent leurs adieux à la maison, en privé, puis Jessup conduisit Michael à l'aéroport de Raleigh. Durant le trajet, ils parlèrent peu, mais cela leur convenait à tous deux.

– Où voulez-vous que je vous dépose ? demanda Jessup.

– Devant American Airlines.

– Abigail m'a dit que vous ne saviez pas où vous alliez.

— En effet.
— Bon.

Jessup suivit les panneaux jusqu'à l'enseigne de la compagnie, puis se gara le long du trottoir et coupa le moteur. À travers les grandes baies vitrées, ils virent une foule de gens normaux vaquant à des occupations normales.

— Nous y voilà, annonça Jessup, mais Michael ne semblait pas vouloir descendre de voiture.

— Ça pourrait bien devenir sérieux entre Victorine et Julian, dit-il.

— Possible.

— Le sénateur est mort. Je m'en vais... Elle risque de se retrouver très seule.

— Où voulez-vous en venir ?

Michael se tourna vers lui.

— Vous le savez très bien.

— Elle croira que j'en veux à son argent, dit Jessup en secouant tristement la tête. Ça fait vingt-cinq ans...

— Abigail a besoin de vous.

La mâchoire de Jessup se crispa.

— Je veillerai toujours sur elle.

— Ce n'est pas pareil, et vous le savez, rétorqua Michael avant d'ouvrir sa portière. Vous devriez lui dire le fond de votre pensée.

— Et vous, vous devriez me laisser m'occuper de mes affaires.

Michael le fixa un long moment, assez pour que Jessup ait la gorge nouée, puis il descendit de voiture et se pencha vers lui. Sur le visage de l'homme vieillissant, il vit les rides dues aux soucis et au sacrifice, le désir et la privation, la peur tenace. Il chercha des paroles de réconfort, et, pour finir, ne dit rien. Car Jessup avait raison : c'était à chacun de s'occuper de ses affaires, surtout quand il s'agissait d'affaires de cœur. Il trouverait la force ou pas de se déclarer à Abigail, vivrait seul, ou lui tendrait la main.

— Merci de m'avoir accompagné, conclut Michael.

— Quand vous voulez.

Michael claqua la portière et tapa un coup sur le toit. Il entra dans l'aéroport sans bagage ni billet puis, se retournant avant que la foule ne l'engloutisse, il vit Jessup à travers la vitre, pâle et immobile, le regard perdu au loin. Au bout de quelques minutes, Jessup courba la tête et la voiture s'éloigna lentement.

Michael mit un peu moins d'un quart d'heure à retrouver l'homme qu'il cherchait. Même tenue, même casquette.

– Vous vous souvenez de moi ?

Le visage du porteur s'éclaira.

– Hé ! L'homme aux billets de mille ! s'exclama-t-il avec un grand sourire.

Michael sortit une grosse liasse de sa poche.

– Ça vous dirait d'en gagner cinq de plus ?

– Cinq mille ?

Michael hocha la tête et se mit à compter les billets.

56

Cinq mois plus tard

Assis dans un café surpeuplé au cœur de Barcelone, Michael levait souvent les yeux pour regarder les passants de sa table située près de la vitrine. Une jolie fille lui apporta un autre café et elle rit en l'entendant prononcer maladroitement quelques mots en catalan. Elle le corrigea, puis lui décocha un beau sourire et se dirigea vers une autre table.

Michael nota quelque chose dans les marges d'un gros livre écorné. Il était presque devenu un habitué des lieux, même si les autres clients et employés ne connaissaient en tout et pour tout que son prénom. Pour eux, il était l'Américain tranquille et discret qui donnait de bons pourboires. Il habitait juste à côté, dans la ruelle pavée qui faisait le coin. Il était toujours très poli, mais certaines des serveuses lui trouvaient un air cafardeux, et s'interrogeaient sur la raison de sa tristesse. Plus d'une avait tenté de le ramener chez elle au bout d'une longue nuit, mais il leur faisait toujours la même réponse.

Estic esperant a algú.
J'attends quelqu'un.

Et c'était bien ainsi qu'il considérait cette période : une attente, avec sa litanie de chaque jour.

Elle va appeler.

Pourtant cinq mois avaient passé. Le porteur lui avait juste dit qu'Elena avait attrapé le vol pour Madrid, mais qu'il n'avait aucune idée de sa destination finale. Cinq mille dollars, c'était beaucoup pour ce simple renseignement, pourtant Michael ne s'estimait pas lésé. Il s'était aussitôt envolé pour Madrid, puis avait rejoint Barcelone. Bien sûr, il n'espérait pas la retrouver dans cette capitale de la Catalogne qui comptait des millions d'habitants, mais ça lui allait. Il voulait juste se rapprocher.

Et donc, il avait trouvé cet appartement dans la ruelle tortueuse, avec sa porte d'entrée laquée de rouge. Il mangeait la cuisine régionale et étudiait le catalan, car c'était la langue que parlait le père d'Elena, et ce serait aussi celle que parlerait un jour son enfant. Ce qui l'étonnait, c'était le plaisir qu'il prenait dans cet apprentissage. Il découvrait qu'il faisait bon vivre dans ce pays étranger, et c'était aussi une surprise, pour lui, d'aimer la vie. La nuit seulement, le doute revenait, les heures d'avant l'aube se traînaient, lourdes d'angoisse et de regret. Mais le soleil se levait, et chaque jour commençait par la même pensée.

Elle va appeler.

Michael sirota son café et toucha la vitrine. Dehors il faisait froid, c'était l'hiver. Il but une dernière gorgée, régla sa note. En sortant du café, il songea à tous les villages de montagne des Pyrénées en se demandant quel était celui d'Elena.

Arrivé au coin, il tourna et s'engagea dans la ruelle en courbant la tête sous les assauts du vent glacial qui s'y engouffrait. Le vent gémissait si fort à travers les persiennes que Michael n'entendit pas sonner son portable. Ce ne fut qu'une fois entré chez lui qu'il s'en rendit compte. Il en resta saisi une seconde, puis écarta vivement son manteau et réussit à tirer son portable d'une poche intérieure après la troisième sonnerie. Le numéro qui s'afficha lui était inconnu.

– Allô, allô...

Il perçut des parasites, des voix, des bruits de fond métalliques.

– Michael ?
– Elena.

Derrière les grésillements, sa voix était à peine perceptible.

– Oh ! mon Dieu. Je m'en veux tellement...
– Elena, quoi ? Je t'entends mal.
– Le bébé... Le bébé arrive.

La voix disparut.

– Elena !
– ... sais pas quoi dire. Je croyais avoir du temps, mais il arrive plus tôt que prévu. Comme je regrette, Michael... si tu savais. Je voulais que tu sois là. J'allais appeler. Oh ! mon Dieu...

Une sorte de cri rauque lui échappa.

– Dis-moi où tu es. Quel hôpital ? Quelle ville ?

Elle devait être sur un lit à roulettes, pensa-t-il en entendant des grincements et des voix parlant d'un ton sévère en catalan, sans doute celles des médecins.

– Mon amour. Quel hôpital ?

Elle le lui dit entre deux halètements, l'hôpital, et la ville. Un instant, les parasites cessèrent et il l'entendit distinctement.

– Il arrive. Il arrive.

Puis ça raccrocha. On avait dû lui confisquer le téléphone.

Michael essaya de rappeler, mais la ligne ne répondait pas. Il resta à fixer le mur, immobile, comme tétanisé pour la première fois de sa vie. Elle avait appelé, le bébé allait naître. D'un coup, son esprit se débloqua et il se mit à fureter comme un fou dans l'appartement à la recherche d'une carte et de ses clefs de contact.

– Qu'est-ce qu'il me faut d'autre ? Réfléchis, bon sang !

Mais à part son portefeuille, ses clefs, une carte routière, il n'avait besoin de rien.

Il se glissa dans la minuscule voiture qu'il avait remisée au garage ; ses mains tremblaient quand il ouvrit la carte et repéra la route qui le mènerait à Elena. Il démarra, s'engagea dans des rues bondées, verglacées, et se força un passage jusqu'à des routes dégagées qui l'emportèrent à vive allure vers le nord. Il roulait si vite que la voiture en tremblait.

Le bébé arrive.

Le bébé arrive.

Mais ce n'était pas tout à fait vrai. L'accouchement dura trois heures et demie.

Michael, lui, arriva avec huit minutes d'avance.

REMERCIEMENTS

Il fut un temps durant l'écriture de ce livre où je faillis bien m'en écarter. C'était l'un de ces moments de doute et de découragement comme on en rencontre. Celui-ci avait tendance à se prolonger ; rien ne marchait comme je l'espérais, les pages me résistaient, luttaient contre moi. Et j'aurais pu laisser tomber, démarrer autre chose, si mes éditeurs, Pete Wolverton et Matthew Shear, qui avaient lu une première partie consistante du manuscrit, n'en avaient senti le potentiel. Ils m'ont assuré que j'étais capable de mener ce roman à son terme. Leur confiance m'a aidé à traverser ce long passage à vide, et j'aimerais les remercier au premier chef. Matthew, Pete... sans vous, ce livre n'aurait jamais vu le jour. Merci pour la foi que vous avez eue en moi, et pour m'avoir aidé à garder le cap.

J'aimerais aussi remercier les autres membres de l'équipe éditoriale, Anne Bensson et Katie Gilligan ; après chacune de vos relectures et grâce à vos remarques judicieuses, ce livre n'a fait que se bonifier. Et encore merci à Pete. Ça vaut toujours la peine d'aller dans le Sud.

Pour avoir entretenu le feu qui couvait sous *La Maison de fer*, mes éditeurs méritent une immense gratitude. Sally Richardson, Matthew Shear, Tom Dunne... Je sais que vous supervisez un bon nombre de livres, mais j'ai toujours senti l'attention que vous accordiez à celui-ci. Merci d'avoir cru en ce que je fais.

Pour la promotion de ce livre, Matt Baldacci, comme toujours, fait un travail fabuleux, tout comme son équipe, Nancy Trypuc, Kim Ludlam et Laura Clark. Merci à Stephen Lee et Dori Weintraub, deux formidables agents de publicité. Merci également à Kenneth J. Silver, chef de fabrication, à Cathy Turiano, qui a préparé la publication, et à Jonathan Bennett, qui s'est occupé de la maquette. Vous avez réalisé un livre magnifique, ce que j'apprécie grandement ! J'aimerais aussi remercier Steven A. Roman, mon secrétaire d'édition, qui s'est efforcé de m'épargner toute la gêne que je pouvais me causer à moi-même. Toutes les erreurs susceptibles de figurer dans ce livre me sont imputables, et non à lui. Il me faut aussi remercier les nombreuses personnes du service graphique, qui ont travaillé avec zèle pour créer la bonne jaquette, ce qui n'est jamais une tâche facile. Comme toujours, j'aimerais acclamer la force de vente de St. Martin Press et Griffin Books. À Mickey Choate et Esther Newberg, j'exprime toute ma gratitude. Vous êtes tous deux de merveilleux agents.

Il me faut aussi remercier mon grand ami Neal Sansovitch, dont la pureté de cœur et l'optimisme constant m'ont sauvé la mise quand je m'embourbais dans des jours particulièrement longs et creux. Ton amitié compte beaucoup pour moi, Neal. Merci pour la profondeur et la richesse de nos échanges.

Les éditeurs à travers le monde ont travaillé dur pour faire de ce livre une réussite, mais mon équipe au Royaume-Uni mérite des remerciements tout particuliers. Et donc, je les transmets à Roland Philipps, Kate Parkin, et Tim Hely Hutchinson, comme à tous les autres membres de chez Murray Publishers ; grâce à leur sollicitude, je me suis senti moi-même un membre à part entière de la famille Murray.

J'en viens enfin aux personnes les plus importantes. Seules les familles d'écrivains comprennent le défi quotidien que cela représente de vivre sous le même toit qu'un romancier. Le processus de création prend du temps ; nous avons tendance à être ailleurs et nos horaires de travail sont souvent étrangement décalés. Ce n'est pas toujours drôle, et c'est à ma femme Katie et à mes filles, Saylor et Sophie, que j'adresse ma profonde gratitude. Merci et chapeau bas. Je ne serais rien sans vous.

JC Lattès s'engage pour
l'environnement en réduisant
l'empreinte carbone de ses livres.
Celle de cet exemplaire est de :
1,139 kg éq. CO$_2$
Rendez-vous sur
www.jclattes-durable.fr

PAPIER À BASE DE
FIBRES CERTIFIÉES

CET OUVRAGE A ÉTÉ COMPOSÉ PAR NORD COMPO
POUR LE COMPTE DES ÉDITIONS J.-C. LATTÈS
ET ACHEVÉ D'IMPRIMER EN FRANCE
PAR CPI BUSSIÈRE
À SAINT-AMAND-MONTROND (CHER)
EN AOÛT 2013

N° d'édition : 01. — N° d'impression : 2003424.
Dépôt légal : septembre 2013.